L'ULTIME COMMANDEMENT

ŒUVRES DE GEORGE LUCAS
CHEZ POCKET

Starwars : la trilogie

1. La guerre des étoiles, *par George Lucas*
2. L'empire contre-attaque, *par Donald F. Glut*
3. Le retour du Jedi, *par James Kahn*

La croisade noire du Jedi fou, par Timothy Zahn

1. L'héritier de l'Empire
2. La bataille des Jedi

Grand format :

L'orgueil du conquérant, par Timothy Zahn

LE CYCLE DE STARS WARS

DANS L'ORDRE CHRONOLOGIQUE DE LA GUERRE

AN 1 George Lucas, *La Guerre des étoiles* (Pocket)

AN 3 Don Glut, *L'Empire contre-attaque* (Pocket)
Steve Perry, *Les Ombres de l'Empire* (Presses de la Cité, mars 1997)
Christopher Golden, *Les Ombres de l'Empire*, version junior (Pocket Junior, mars 1997)

AN 4 James Kahn, *Le Retour du Jedi* (Pocket)

AN 5 Kathy Tyers, *Trève à Bakura* (Presses de la Cité)
Paul & Hollace Davids, *La Saga du prince Ken* (Pocket Junior):

1. Le Gant de Dark Vador
2. La Cité perdue des Jedi
3. La Vengeance de Zorba le Hutt
4. Le Prophète Suprême du Côté Obscur
5. La Reine de l'Empire
6. Le Destin du prince Jedi

AN 8 Dave Wolverton, *Le Mariage de la princesse Leia* (Presses de la Cité)

AN 9 Timothy Zahn, *La Croisade noire du Jedi fou (*Pocket):

1. L'Héritier de l'Empire
2. La Bataille des Jedi
3. L'Ultime commandement

AN 11 Kevin J. Anderson, *L'Académie Jedi* (Pocket):

1. La Quête des Jedi
2. Sombre disciple
3. Les Champions de la Force

AN 12 Barbara Hambly, *Les Enfants du Jedi* (Presses de la Cité)

AN 14 Vonda McIntyre, *L'Étoile de cristal* (Presses de la Cité)

AN 18 Roger McBride Allen, *La Trilogie corellienne* (Pocket, mars 1997):

1. Traquenard sur Corellia
2. Assaut sur Selonia
3. Bras-de-fer sur Centerpoint

AN 23 Kevin J. Andersson & Julia Mœsta, *Les Jeunes Chevaliers Jedi* (Pocket Junior, mars 1997):

1. Les Enfants de la Force
2. L'Académie des Ténèbres
3. Génération perdue

SCIENCE-FICTION
Collection dirigée par Jacques Goimard

TIMOTHY ZAHN

LA GUERRE DES ÉTOILES

L'ULTIME COMMANDEMENT

PRESSES DE LA CITÉ

Titre original :
Star Wars - The Last Command

Traduit par Michel Demuth

A tous ceux qui m'ont aidé pour ces livres,
et plus particulièrement à
Anna Zahn
Betsy Mitchell
Lucy Autrey Wilson
et, bien sûr, à l'homme dont la vision est à la base de tout :
George Lucas

PRESSECO

PAPIER RECYCLÉ
NATURE PROTÉGÉE

ISBN ; 2-266-07589-6

1

Le superdestroyer impérial *Chimaera* glissait dans l'obscurité de l'espace profond, pointé comme une gigantesque flèche sur l'étoile ténue du système qui était sa cible, à trois millièmes d'année-lumière. Paré au combat.

– Tous les systèmes sont prêts pour la bataille, amiral, annonça l'officier des communications dans le puits bâbord. La force d'attaque se regroupe.

– Très bien, lieutenant. (Le Grand Amiral Thrawn hocha la tête.) Prévenez-moi quand le mouvement sera terminé. Capitaine Pellaeon?

– Oui, amiral?

Pellaeon essaya de déceler une trace de tension sur le visage du Grand Amiral. La tension qu'il éprouvait lui-même. Après tout, ils ne s'apprêtaient pas à un nouvel assaut stratégique contre la Rébellion – cela n'aurait rien d'un raid destiné à s'emparer de vaisseaux, ni d'une incursion complexe et directe de diversion dans une base planétaire insignifiante. Après un mois de préparatifs laborieux, Thrawn allait enfin déclencher sa grande campagne qui visait à la victoire finale de l'Empire.

Mais, à supposer qu'il ressente quelque tension, il se gardait bien de le montrer.

– Commencez le compte à rebours, capitaine, dit-il à Pellaeon d'un ton calme, comme s'il commandait le menu de son dîner.

– Oui, amiral.

Pellaeon se tourna vers le groupe d'hologrammes au 1/4 de taille qui attendaient ses ordres dans la nacelle de projection du pont arrière.

– Messieurs : préparez-vous. *Bellicose* : trois minutes.

Le capitaine Aban acquiesça :

– Bien reçu, *Chimaera.*

Son maintien roide ne parvenait pas à masquer la jubilation qu'il éprouvait à reprendre le combat contre la Rébellion.

– Bonne chasse.

L'holo crépita brièvement et s'effaça à la seconde où le *Bellicose* mettait en place ses boucliers déflecteurs, interrompant ainsi les communications à longue distance. Pellaeon porta son attention vers un autre commandant de vaisseau.

– *Relentless* : quatre minutes cinq.

Le capitaine Dorja frappa du poing droit dans sa main gauche : le geste ancestral de victoire pour un Mirshaf et dit : « Bien reçu », avant de disparaître à son tour.

Pellaeon consulta son bloc de données.

– *Judicator* : six minutes.

– Nous sommes parés, *Chimaera*, répondit le capitaine Brandei de sa voix douce. Douce, mais cependant marquée d'un accent faux...

Pellaeon le regarda en fronçant les sourcils. Sur ces visages réduits au quart, les détails n'étaient jamais très nets, mais l'expression de Brandei ne laissait cependant aucun doute. L'homme était assoiffé de sang.

– Capitaine Brandei, nous sommes en guerre, fit Thrawn, qui s'était porté silencieusement au côté de son commandant de bord. Nous ne venons pas accomplir des vengeances personnelles.

– Je connais mon devoir, amiral, rétorqua Brandei d'un air crispé.

Thrawn haussa légèrement ses sourcils bleu-noir.

– Vraiment, capitaine? Vous en êtes certain?

Lentement, avec réticence, Brandei se maîtrisa et son visage se fit moins rayonnant.

– Oui, amiral. Je me dois à l'Empire, et à vous, ainsi qu'aux vaisseaux et aux équipages que je commande.

– Parfait. En d'autres termes, vous vous devez aux vivants. Et non aux morts.

Brandei était encore sombre, mais il inclina respectueusement la tête.

– Bien sûr, amiral.

– Ne l'oubliez jamais, capitaine. Les fortunes de la guerre vont et viennent, et vous pouvez être certain que la Rébellion paiera le prix de la destruction du *Peremptoire* lors de l'escarmouche avec la flotte Katana. Mais cela n'interviendra que dans le contexte général de notre stratégie. Il ne saurait s'agir d'un acte de vengeance privé. (Ses yeux de braise s'étrécirent presque imperceptiblement.) Et, très certainement, ce ne saurait être le fait d'un capitaine de la Flotte placé sous mon commandement. J'espère que je me fais clairement comprendre.

La mâchoire de Brandei frémit. Pellaeon ne l'avait jamais considéré comme un élément brillant, mais il était assez intelligent pour savoir reconnaître une menace.

– Très clairement, amiral.

– Bonne chose. (Le regard de Thrawn s'attarda encore un instant sur lui.) Je crois que l'on vous a donné vos coordonnées de départ?...

– Oui, amiral. Le *Judicator* est en route.

Thrawn se tourna vers Pellaeon.

– Poursuivez, capitaine.

Et il s'éloigna.

– Oui, amiral. (Pellaeon consulta son bloc de données.)

– *Nemesis*...

Il acheva sa liste sans autre incident. Quand la dernière image holo eut disparu, la flotte d'attaque avait signalé qu'elle était regroupée.

– Il semble que nous suivions correctement le calendrier, déclara Thrawn en rejoignant Pellaeon à son poste de commandement.

– Le *Stormhawk* rapporte que les cargos-guides largués avec leurs câbles de remorquage fonctionnent comme voulu. Et nous venons juste d'intercepter un message d'alerte général en provenance du système d'Ando.

Le *Bellicose* et sa force d'intervention étaient au rendez-vous.

– Il y a eu une réponse, amiral?

– La base des Rebelles d'Ord Padron a accusé réception, dit Thrawn. Il va être intéressant de voir l'importance de leurs renforts.

Pellaeon acquiesça. Les Rebelles connaissaient trop bien la tactique de Thrawn désormais pour croire que l'attaque d'Ando était une diversion et réagir en conséquence. Mais, d'un autre côté, une force d'attaque constituée d'un superdestroyer et de huit cuirassés de la flotte Katana était à prendre en considération.

Quoique cela n'eût guère d'importance réelle, ils allaient dépêcher quelques vaisseaux vers Ando pour s'opposer au *Bellicose*, plus quelques autres vers Filve, pour le *Judicator*, et d'autres encore vers Condre, pour repousser le *Nemesis*, etc. Lorsque le *Tête de la Mort* frapperait la base elle-même, le dispositif de défense d'Ord Padron serait squelettique et appellerait les ultimes renforts que la Rébellion pouvait rassembler.

Et quand ces renforts seraient partis, la vraie cible que visait l'Empire serait à leur portée. Bien mûre. Et ils n'auraient plus qu'à la cueillir.

Pellaeon observait par la baie de proue l'étoile centrale de la planète Ukio, droit devant. Il avait la gorge nouée en pensant à l'immense et orgueilleuse ingéniosité dont Thrawn avait fait preuve en concevant ce plan. Avec des boucliers planétaires qui pouvaient résister à tout sauf aux turbolasers géants et aux bombardements par torpilles protoniques, la sagesse conventionnelle, pour conquérir une planète moderne, recommandait un seul moyen : un soutien rapide par des forces au sol avec mission de détruire les générateurs des boucliers. Entre le feu des forces terrestres et l'artillerie sur orbite, le monde assiégé était inévitablement gravement endommagé avant d'être investi. La seconde alternative, qui consistait à débarquer des centaines de milliers d'hommes pour se lancer dans une campagne qui pouvait durer des mois ou des années, n'était pas meilleure. S'emparer d'une planète presque sans dommages avec des générateurs de boucliers encore intacts était considéré militairement comme une impossibilité.

Aujourd'hui, c'en serait fini de cette vieille règle. Et d'Ukio.

– Nous venons d'intercepter un signal de détresse en provenance de Filve, amiral, annonça l'officier des communications. Ord Padron a répondu.

– Bien. (Thrawn consulta son chrono.) Sept minutes, je pense, et nous serons en mesure d'avancer.

Il avait les lèvres serrées.

– Je suppose que nous ferions bien d'avoir la confirmation que notre exalté de Maître Jedi est prêt à jouer son rôle.

Pellaeon dissimula une grimace. Joruus C'baoth, le clone dément du Maître Jedi Jorus C'baoth, depuis longtemps disparu, s'était proclamé lui-même héritier légitime de l'Empire un mois auparavant [1]. Pas plus que Thrawn, il n'aimait parler à C'baoth, mais il avait tout intérêt à se porter volontaire avant que le Grand Amiral ne lui en donne l'ordre.

– Je vais y aller, amiral, dit-il en se levant.

– Merci, capitaine.

Comme s'il avait eu le choix.

Dès qu'il franchit le rideau de protection contre la Force des ysalamari perchés sur leurs supports nourriciers un peu partout sur le pont, il ressentit l'appel mental. Le Maître C'baoth, à

1. Voir *La Bataille des Jedi. (N.d.T.)*

l'évidence, était impatient d'entamer l'opération. Tout en luttant comme il pouvait contre la pression psychique du Jedi qui insistait pour qu'il accélère les choses, Pellaeon continua son chemin vers la chambre de commandement de Thrawn.

Elle était brillamment illuminée, en contraste avec la lueur crépusculaire que le Grand Amiral affectionnait d'ordinaire. C'baoth lui fit signe depuis le double anneau de projection, au centre de la pièce.

– Entrez, capitaine Pellaeon. Je vous attendais.

– La phase suivante de l'opération requérait toute mon attention, dit Pellaeon avec raideur, en essayant de cacher son dégoût, certain pourtant que cet effort était futile.

– Certes, dit C'baoth en souriant, visiblement amusé par le malaise de l'autre. Mais peu importe. J'en conclus que le Grand Amiral est enfin prêt, n'est-ce pas?

– Presque. Nous voulons neutraliser autant que possible le dispositif d'Ord Padron avant d'intervenir.

C'baoth eut une moue de mépris.

– Parce que vous persistez à croire que la Nouvelle République va danser comme une marionnette?

– Bien entendu. Le Grand Amiral a étudié à fond le comportement de l'ennemi.

– Il a étudié ses diverses formes d'art, répliqua C'baoth, méprisant. Ce qui sera certainement très utile lorsque la Nouvelle République n'aura plus que des artistes à nous opposer.

Pellaeon n'eut pas à répondre : il fut sauvé par un signal sonore de l'anneau.

– Nous commençons notre mouvement, déclara-t-il à C'baoth, tout en entamant un compte à rebours mental des 76 secondes qu'il leur faudrait pour atteindre le système d'Ukio à partir de leur position.

Il luttait pour ne pas laisser les paroles de C'baoth pénétrer en lui. Il n'était jamais parvenu à comprendre lui-même comment Thrawn pouvait percer avec une telle précision les secrets de la culture d'une race à partir de ses œuvres d'art. Mais le Grand Amiral lui en avait tant de fois administré la preuve qu'il ne pouvait en douter. Il avait l'instinct de déceler ce genre de chose, ce que C'baoth n'avait pas, lui.

Mais, après tout, C'baoth refusait de débattre honnêtement de ce sujet. Depuis un mois qu'il s'était déclaré héritier légitime de l'Empire, le clone Jedi n'avait cessé de mettre en doute ce don de Thrawn, insistant sur le fait qu'une vraie divination ne pouvait venir que de la Force. Autrement dit de lui, et lui seul.

Pellaeon n'y croyait pas un instant. L'Empereur lui-même

avait été doté de la Force, et il n'avait su prévoir sa propre mort à la bataille d'Endor. Mais les graines de doute que C'baoth semait commençaient à germer, et plus particulièrement chez les officiers les moins expérimentés.

Pour Pellaeon, c'était une autre raison déterminante de la réussite de cette attaque. La victoire dépendait autant de la connaissance que Thrawn avait de l'éthique culturelle ukienne que de sa stratégie militaire. Il avait la conviction que, fondamentalement, la psychologie des Ukiens reposait sur la terreur de l'impossible.

– Il n'aura pas constamment raison, fit C'baoth, s'infiltrant dans les réflexions de Pellaeon.

Et le capitaine se mordit la joue de rage.

– Vous n'avez donc aucun respect de l'intimité? gronda-t-il.

– Mais je suis l'Empire, capitaine Pellaeon, répliqua C'baoth, avec une lueur fanatique, à la fois sombre et ardente, dans son regard. Vous me devez vos pensées comme vos actes.

– Je n'ai de devoir qu'envers le Grand Amiral Thrawn.

C'baoth sourit.

– Croyez donc ce qui vous plaît. Mais pour en revenir à nos tâches – nos *vraies* tâches impériales, capitaine Pellaeon –, je voudrais que l'on transmette un message à Wayland quand la bataille sera terminée.

– Pour annoncer votre retour imminent, sans doute, fit Pellaeon d'un ton acerbe.

C'baoth insistait depuis un mois pour retourner à son domaine de Wayland. Là, seulement, il commencerait à diriger le complexe de clonage de l'ex-Empereur, dans l'ancien entrepôt du Mont Tantiss [1]. Jusqu'à présent, il avait été trop préoccupé par ses tentatives de subversion contre le pouvoir du Grand Amiral.

– Ne vous inquiétez pas, capitaine Pellaeon, fit C'baoth, toujours ironique. Le moment venu, je retournerai sur Wayland. Ce qui explique pourquoi vous allez contacter Wayland dès la fin de cette bataille afin de créer un clone pour moi. Un clone très spécial.

Il faudra l'autorisation du Grand Amiral Thrawn. Ce furent les mots qui vinrent à l'esprit de Pellaeon, mais il se surprit en train de dire de façon inexplicable :

– De quel genre?

Il cilla. Oui, c'était bien lui qui venait de poser cette question.

C'baoth sourit à nouveau devant son désarroi.

1. Voir *L'Héritier de l'Empire. (N.d.T.)*

– Je souhaite simplement un serviteur. Quelqu'un qui m'attende à mon retour. Formé à partir d'un des souvenirs favoris de l'Empereur – l'échantillon B-2332-54, je crois. Bien entendu, je compte sur vous pour expliquer au commandant de la garnison que cela doit demeurer strictement secret.

Je ne ferai rien de la sorte.

– Oui, bien sûr, s'entendit dire Pellaeon.

Ces paroles le choquèrent : il n'était pas sincère, à l'évidence. Bien au contraire, dès que la bataille aurait pris fin, il rapporterait ce petit incident à Thrawn.

– Il convient aussi que toute notre conversation reste entre nous, ajouta C'baoth d'un ton paresseux. Quand vous aurez obéi, vous oublierez ce qui s'est passé.

– Bien sûr, acquiesça Pellaeon, pour le faire taire.

Mais il comptait bien raconter tout cela à Thrawn. Et le Grand Amiral saurait quelle décision prendre.

Le compte à rebours était terminé et, sur le mur, la planète Ukio apparut.

– Maître C'baoth, dit Pellaeon, nous devrions avoir une projection tactique.

C'baoth leva la main.

– Comme vous le désirerez.

Pellaeon tendit la main vers l'anneau de projection, appuya sur la touche d'hologramme tactique.

Le *Chimaera* se portait en orbite élevée au-dessus de l'équateur, sur la face diurne. Les dix cuirassés de la flotte Katana s'étaient placés en position de défense déployée, et le *Stormhawk*, lui, arrivait en soutien arrière depuis la face nocturne d'Ukio. D'autres vaisseaux, pour la plupart des cargos et autres bâtiments de commerce, franchissaient les brèches-éclair que le Contrôle Planétaire leur ouvrait dans le bouclier énergétique : une coquille brumeuse et bleuâtre qui enveloppait la planète à 50 kilomètres de distance. Deux blips clignotèrent en rouge : les cargos-guides du *Stormhawk* venaient de passer, aussi inoffensifs que les vaisseaux qui se précipitaient tous vers l'abri de la planète. Deux cargos, avec les compagnons invisibles qu'ils remorquaient.

– Invisibles seulement pour ceux qui n'ont pas les yeux pour les voir, murmura C'baoth.

– Et vous-même, vous pouvez les voir en ce moment? grommela Pellaeon. C'est fou le pouvoir d'un Jedi.

Il avait espéré irriter quelque peu C'baoth, mais cette tentative s'avéra futile.

– Je peux voir les hommes qui sont à l'intérieur de nos précieux manteaux-boucliers, dit le Maître Jedi, placide. Je peux lire leurs pensées, influer sur leur volonté. Quelle importance a donc le métal en ce cas?

Pellaeon sentit ses lèvres se crisper.

– Je suppose qu'il n'y a guère de choses qui ont de l'importance à vos yeux.

Il entrevit le sourire de C'baoth.

– Ce qui est sans importance pour un Maître Jedi l'est aussi pour l'univers.

Les cargos et les cuirassés masqués avaient presque atteint le bouclier planétaire, à présent.

– Ils vont larguer les câbles de remorque dès qu'ils seront à l'intérieur, dit Pellaeon. Êtes-vous prêt?

Le Jedi se redressa, les paupières à demi closes.

– J'attends l'ordre du Grand Amiral, dit-il, sardonique.

Une seconde encore, Pellaeon l'observa. Stoïque, fermé, et un frisson le parcourut. Il gardait le souvenir très vif de la première fois où C'baoth s'était servi de ce contrôle à longue distance. De la souffrance qu'il avait lue sur son visage, de son expression de concentration douloureuse tandis qu'il luttait pour maintenir le contact mental.

Il y avait à peine deux mois, Thrawn, confiant, avait déclaré à son capitaine que C'baoth ne constituerait jamais une menace pour l'Empire car il n'avait pas la capacité de concentrer et de focaliser sa puissance à long terme. Apparemment, depuis, C'baoth avait réussi à maîtriser son pouvoir.

Ce qui faisait de lui une menace dressée contre l'Empire. Une menace très dangereuse.

L'intercom bippa.

– Capitaine Pellaeon?...

Il effleura une touche en luttant pour rejeter ses craintes. Pour le moment, la Flotte avait besoin des pouvoirs de C'baoth. Et heureusement, peut-être, C'baoth, lui aussi, avait besoin de la Flotte.

– Nous sommes prêts, amiral, dit Pellaeon.

– Préparez-vous. Largage des câbles de remorque...

– Ils sont dégagés et libres, dit C'baoth. Ils obéissent au pouvoir et se déplacent vers les positions prévues.

– Confirmez qu'ils sont à l'intérieur du bouclier planétaire.

Pour la première fois, une trace de l'ancienne souffrance traversa le visage du Jedi. Ce qui n'était guère surprenant : le manteau-bouclier interdisait au *Chimaera* de voir les croiseurs tout en bloquant les senseurs des vaisseaux, et la seule façon qu'avait C'baoth de faire un relevé précis était de lire dans les esprits.

– Les quatre bâtiments sont passés sous le bouclier, dit-il enfin.

– Il faut en être absolument certain, Maître Jedi. Si vous vous trompez...

– Je ne me trompe pas, Grand Amiral Thrawn! rétorqua C'baoth d'un ton dur. Je jouerai le rôle qui me revient dans cette bataille. Occupez-vous du vôtre.

Un instant, le silence persista. Pellaeon essayait de déchiffrer l'expression du Grand Amiral.

– Parfait, Maître Jedi, dit-il enfin d'un ton calme. Jouez donc votre rôle.

Un double clic annonça l'ouverture d'une autre fréquence de communication.

– Ici superdestroyer impérial *Chimaera*. J'appelle la Haute Vassalité d'Ukio, dit Thrawn. Au nom de l'Empire, je déclare que le système ukien se trouve à nouveau sous mandat de la loi impériale et sous la protection des forces impériales. Veuillez abaisser vos boucliers, rappeler à leurs bases toutes vos unités militaires, et vous préparer à la remise officielle du commandement planétaire.

Aucune réponse.

– Je sais que ce message vous est parvenu, poursuivit Thrawn. Si vous n'y répondez pas, je devrai en conclure que vous avez l'intention de rejeter cette offre de l'Empire. En ce cas, je n'aurai d'autre choix que d'ouvrir les hostilités.

Le silence.

Puis, l'officier des communications annonça :

– Ils émettent un autre message. Ils semblent plus paniqués que lors du premier.

– Et ils le seront encore plus pour le troisième, commenta Thrawn. Maître C'baoth, êtes-vous prêt pour déclencher la première salve?

– Les croiseurs sont parés, Grand Amiral. Et je le suis.

– J'espère que vous en êtes certain, fit Thrawn avec un accent de menace tranquille. Si la synchronisation n'est pas parfaite, tout ce spectacle sera moins qu'inutile. Batterie turbolaser trois : tenez-vous prêts à tirer la première salve à mon ordre. Trois... deux... un... Feu!

Sur l'hologramme tactique, une double lance de feu vert jaillit du *Chimaera*, droit vers la planète. Elle toucha la brume bleue du bouclier planétaire et se fragmenta à l'instant où l'énergie se dispersait dans l'espace...

Et, en parfaite synchronisation, les deux croiseurs masqués, soutenus par leurs répulseurs, immédiatement sous le manteau aux deux points touchés, ouvrirent le feu. Leurs turbolasers tracèrent deux traits ardents dans l'atmosphère d'Ukio et touchèrent deux des principales bases de défense aérienne.

C'était du moins ce que Pellaeon pouvait voir. Mais les Ukiens, ignorant l'existence des croiseurs masqués, n'avaient assisté qu'à deux tirs dévastateurs du superdestroyer *Chimaera* sur un bouclier planétaire réputé impénétrable.

– Nous avons intercepté la troisième transmission, amiral, annonça l'officier des communications avec un accent d'humour féroce. Je pense que nous les avons surpris.

– Il faut les convaincre qu'il ne s'agissait pas d'un coup de chance, dit Thrawn. Préparez-vous pour la deuxième salve. Maître C'baoth?

– Les croiseurs sont parés.

– Batterie turbolaser deux : parés à ouvrir le feu à mon ordre. Trois... deux... un... feu!

Une fois encore, le trait vert transperça la planète et, en parfaite coordination, les croiseurs masqués recréèrent l'illusion.

– Bien joué, dit Thrawn. Maître C'baoth, déplacez vos croiseurs pour les mouvements trois et quatre.

– A vos ordres, Grand Amiral.

Inconsciemment, Pellaeon se prépara. Le mouvement quatre visait deux des trente générateurs de boucliers supérieurs de la planète. Ce qui impliquerait qu'il avait abandonné son idée initiale de s'emparer d'Ukio avec ses défenses intactes.

Une voix légèrement tremblotante résonna dans l'intercom.

– Superdestroyer impérial *Chimaera*, ici Tol dosLla, de la Haute Vassalité ukienne. Nous requérons que vous cessiez votre bombardement d'Ukio jusqu'à ce que nous discutions des termes de notre reddition.

– Mes termes sont très simples, dit Thrawn. Tout d'abord, vous abaisserez votre bouclier planétaire afin de permettre à ma force de se poser. Ensuite, vous nous remettrez le contrôle de tous les générateurs et de l'ensemble de l'armement sol-espace. Tous les véhicules de combat dont le gabarit est supérieur aux speeders de commandement seront rassemblés dans les bases militaires qui vous seront assignées et placés sous contrôle de l'Empire. Vous relèverez certes de l'autorité impériale, mais votre système politique et social restera placé sous votre contrôle. A la seule condition que vos populations obéissent à cette règle, bien sûr.

– Et quand ces modifications auront été appliquées?...

– Vous dépendrez de l'Empire, avec tous les droits et les devoirs que cela implique.

– Et il n'y aura plus d'impôts en temps de guerre? demanda

dosLla d'un ton soupçonneux. Plus de conscription parmi notre jeunesse?

Pellaeon pouvait imaginer le sourire sombre de Thrawn. Non, l'Empire n'aurait plus besoin de la conscription forcée. Pas avec la collection de cylindres de clonage spaarti laissés par l'Empereur [1].

– La réponse est un non ferme à votre seconde question. Et un non mitigé à la première, déclara Thrawn à l'Ukien. Vous savez à l'évidence que la plupart des mondes de l'Empire sont soumis à un régime de taxes en temps de guerre. Cependant, il existe des exceptions, et il est probable que votre participation à l'effort de guerre viendra de votre production alimentaire et de votre industrie.

Longtemps, l'Ukien demeura silencieux. DosLla n'était pas stupide, se dit Pellaeon – il savait bien les projets que Thrawn avait à l'égard de sa planète. En premier lieu, ses défenses spatiales et terrestres seraient sous le contrôle direct de l'Empire, ensuite suivraient tout le système de distribution alimentaire, les installations industrielles, puis les régions d'agriculture et d'élevage. En peu de temps, la planète Ukio tout entière ne serait plus qu'un dépôt de ravitaillement pour la machine de guerre impériale.

Mais la seule alternative qui lui restait était d'assister en silence à la démolition totale de son monde. Et il le savait.

– *Chimaera*, nous allons abaisser nos boucliers en signe de bonne foi, dit-il enfin, avec un accent de méfiance mais aussi d'abattement. Mais avant que les générateurs et l'ensemble de nos dispositifs de défense passent aux mains des forces impériales, nous aurons besoin de certaines garanties sur la sécurité du peuple ukien et de notre sol.

– Mais certainement, fit Thrawn, sans la moindre trace d'exultation mauvaise que d'autres responsables de l'Empire auraient montrée à ce stade.

Un petit numéro de courtoisie, songea Pellaeon. Aussi subtilement calculé que l'ensemble de l'offensive. En laissant les leaders ukiens se rendre sans attenter à leur dignité, il ralentissait l'inévitable résistance au pouvoir impérial avant qu'il ne soit trop tard.

– Nous vous envoyons un parlementaire afin de discuter des détails avec votre gouvernement, ajouta le Grand Amiral. Entre-temps, je suppose que vous ne verrez aucune objection à ce que nos forces se placent en position préliminaire de défense?...

1. Voir *L'Héritier de l'Empire (N.d.T.).*

Ils devinèrent le soupir de dosLla.

– Non, aucune objection. Nous abaissons les boucliers.

Sur la projection tactique, la brume bleue qui entourait la planète s'effaça.

– Maître C'baoth, que les croiseurs se mettent en position polaire, ordonna Thrawn. Je ne tiens pas à ce que les vaisseaux de débarquement risquent des collisions. Général Covell, vous pouvez commencer à déposer vos forces à la surface. Positions de défense standard autour de toutes les cibles.

– Bien reçu, amiral, fit Covell, d'un ton un rien trop sec.

Pellaeon esquissa un sourire : il n'y avait que deux semaines que les principaux commandants de la Flotte et de l'armée avaient été mis dans le secret du projet de clonage du Mont Tantiss, et Covell, plus particulièrement, ne s'était pas encore totalement fait à cette idée.

Mais le fait que trois de ses compagnies étaient entièrement composées de clones expliquait sans doute son scepticisme.

Sur l'hologramme tactique, les premières vagues de vaisseaux de débarquement et de chasseurs Tie venaient de quitter le *Chimaera* et le *Stormhawk* pour se déployer en direction des cibles qui leur avaient été assignées. Dans les unités de débarquement, des clones s'apprêtaient à obéir aux ordres de l'Empire. Comme ceux des croiseurs masqués l'avaient déjà fait.

Pellaeon éprouva soudain un sentiment bizarre et pénible. C'baoth avait-il réussi à guider aussi bien les croiseurs parce que les mille hommes de leurs équipages étaient en fait composés de variantes d'une vingtaine d'esprits différents? Ou alors – ce qui était plus inquiétant – se pouvait-il que le contrôle quasi instantané du Maître Jedi s'expliquait par le fait qu'il était lui-même un clone?...

Mais les deux hypothèses n'impliquaient-elles pas que le projet du Mont Tantiss était l'atout essentiel de C'baoth pour son accès au pouvoir? Peut-être. C'était là encore une question dont Pellaeon devrait s'ouvrir à Thrawn.

Il se tourna vers C'baoth, prenant conscience, un peu tard, que de telles pensées ne pouvaient échapper au Maître Jedi. Mais C'baoth ne le regardait pas. Il levait les yeux au loin, les traits tendus, avec un faible sourire.

– Maître C'baoth?

– Ils sont là, chuchota C'baoth d'un ton rauque. (Et il répéta, un peu plus fort cette fois :) Oui, ils sont là.

Pellaeon observa l'hologramme, le front plissé.

– Qui donc?

– Ils sont sur Filve, répondit C'baoth. (Brusquement, il redressa la tête avec un regard brûlant, dément.) Mes Jedi sont sur Filve.

La voix de Thrawn l'interrompit.

– Maître C'baoth, veuillez confirmer que les croiseurs sont bien en position polaire. Faites-nous ensuite votre rapport sur les engagements...

– Mes Jedi sont sur Filve! lança C'baoth. Que m'importe vos jeux de guerre?

– C'baoth...

D'un geste brusque, C'baoth coupa l'intercom et dit :

– Maintenant, Leia Organa Solo, tu es à moi!

Le *Faucon Millenium* embarda violemment sur tribord à l'instant où un chasseur Tie fusait à Tribord, crachant des salves folles de lasers pour tenter de bloquer la manœuvre du cargo. Leia Organa Solo serra les dents et observa le mouvement de leurs ailes-X qui désintégraient le chasseur impérial dans un nuage flamboyant. Le ciel étoilé tournoya autour du cockpit du vaisseau qui pivotait pour reprendre son cap initial.

– Attention! glapit 6PO installé derrière Leia : un autre chasseur Tie venait de les aborder. Mais son avertissement était tardif : le *Faucon*, avec une aisance trompeuse, venait de basculer pour ouvrir le feu de sa batterie quad de canons lasers. Leia perçut vaguement le grondement de guerre du Wookie à la seconde où le Tie retournait au néant comme son partenaire.

– Bien visé, Chewie, fit Yan Solo dans l'intercom. Wedge?

– Je suis toujours avec toi, *Faucon*, répondit Wedge Antilles [1]. Pour l'instant, on en est sortis, mais une nouvelle vague de chasseurs Tie est en route.

– Ouais! fit Yan avec un bref regard en direction de Leia. A toi de jouer, ma belle. Tu veux toûjours tenter d'atteindre la surface?

6PO émit un petit cri d'effroi électronique.

– Mais, capitaine Solo, vous ne suggérez quand même pas...

– Ferme un peu ton clapet, Bâton d'Or. Leia?...

Leia leva les yeux vers le cockpit. Le superdestroyer impérial et les huit cuirassés s'étaient mis en position autour de la planète assiégée. Normalement, ç'aurait dû être son ultime mission diplomatique avant la naissance des jumeaux. Un simple aller-retour rapide pour apaiser le gouvernement filvien inquiet et démontrer que la Nouvelle République était déterminée à protéger tous les systèmes de ce secteur de la galaxie.

1. Voir *L'Héritier de l'Empire (N.d.T.)*.

Quelle démonstration.
– Impossible de nous en sortir, dit-elle à Yan à regret. Et même si nous y arrivions, je doute que les Filviens acceptent d'ouvrir leur bouclier pour nous. Nous ferions aussi bien de dégager le secteur.
– Ça me semble préférable, grommela Yan. Wedge? On s'en va. Reste avec nous.
– Bien reçu, *Faucon*. Il va falloir nous laisser quelques minutes pour paramétrer le saut arrière.
– Ne vous donnez pas cette peine, dit Yan en pivotant vers l'ordinateur de navigation. Nous allons vous transmettre les chiffres.
– Reçu. Escadron Rogue : formation en écran.
– Tu sais, dit Yan à Leia, je commence à me lasser de tout ça. Je croyais que tu m'avais dit que tes copains les Noghri devaient te ficher la paix.
Leia secoua la tête, avec une expression étrange, semi-inquiète. Est-ce qu'elle imaginait tout cela, ou bien les vaisseaux impériaux qui entouraient Filve s'apprêtaient-ils à rompre leur formation?...
– Ça n'a rien à voir avec les Noghri. Le Grand Amiral Thrawn joue avec les cuirassés de sa nouvelle Force Sombre.
– Oui, acquiesça Yan, calmement.
Leia tressaillit devant cette totale absence d'amertume. En dépit de tous les efforts des autres, Yan considérait toujours que c'était par sa faute que Thrawn s'était emparé des vaisseaux perdus de la flotte Katana – la Force Sombre – avant la Nouvelle République.
– Je n'aurais pas cru qu'il réussisse à les reconvertir aussi rapidement, ajouta-t-il à l'instant où il virait de bord, s'éloignant de Filve pour replonger vers l'espace profond.
Leia avait la gorge nouée. Elle ressentait toujours cette étrange tension, ce sentiment de malveillance lointaine à l'extrême limite de son esprit.
– Il a peut-être suffisamment de cylindres spaarti pour cloner des ingénieurs et des techniciens comme les soldats.
– Quelle drôle d'idée, fit Yan.
Même sous l'emprise de sa tension, Leia sentit son soudain changement d'humeur quand il appuya sur l'intercom.
– Wedge, jette un coup d'œil sur Filve et dis-moi si j'ai des visions ou quoi...
Leia entendit Wedge retenir son souffle.
– Tu veux dire que la force impériale semble avoir stoppé son attaque pour foncer derrière nous?

– Oui. C'est ça.
– C'est bien ce qu'il me semble. Ça serait une bonne chose de ficher le camp.
– Oui, peut-être, fit Yan, lentement.
Leia fronça les sourcils en observant son époux. Elle avait décelé dans sa voix une note qui...
– Yan?...
– Les Filviens auraient demandé du secours avant de mettre leurs boucliers en place, non?
– C'est juste, fit Leia d'un ton incertain.
– Et la base de la Nouvelle République la plus proche est Ord Padron, non?
– Exact.
– O.K. Escadron Rogue, cap à tribord. Restez avec moi.
Le *Faucon* incurva brutalement sa course.
– Attention, *Faucon*! lança Wedge. Ça nous ramène droit sur le groupe des chasseurs Tie.
– Nous n'irons pas jusque-là. Voilà notre vecteur.
Yan redressa sa trajectoire et jeta un regard sur la projection arrière.
– Parfait : ils sont toujours à nos trousses.
L'ordinateur de navigation émit son bip de confirmation : les coordonnées étaient justes.
– Wedge, nous avons nos coordonnées, maintenant, dit Leia en tendant la main vers la touche de transmission.
– *Faucon*, attention, l'interrompit Wedge. On dirait que nous avons de la compagnie à tribord.
Leia tourna la tête et cessa de respirer : les chasseurs Tie arrivaient à pleine vitesse. Ils étaient assez près pour capter toutes les communications entre le *Faucon* et son escorte. Si elle transmettait les coordonnées de saut hyperspatial à Wedge, les Impériaux n'auraient plus qu'à leur préparer un comité d'accueil.
– Votre Altesse, sans doute puis-je vous aider, proposa 6PO d'un ton pétulant. Comme vous le savez, je dispose de six millions de moyens de communication. Je pourrais transmettre nos coordonnées au commandant Wedge Antilles en boordiist ou en langage de commerce vaathkree, par exemple...
– Et ensuite, tu enverras la traduction? trancha Yan d'un ton sec.
– Bien entendu... (Le droïd s'interrompit, embarrassé.) Oh, seigneur!...
– Allons, ne t'inquiète pas pour ça, lui dit Yan. Wedge, tu était bien sur Xyquine, il y a deux ans, non?...

– Oui. Ah... le Cracken Twist?

– Exact. Sur deux : un, deux.

Leia entrevit les ailes-X qui se déployaient en une nouvelle formation complexe autour du *Faucon.*

– Ça nous fait gagner quoi? demanda-t-elle.

– La sortie, dit Yan en se penchant vers l'écran de vision arrière. Tu vas transmettre les coordonnées en ajoutant un 2 au deuxième chiffre de chaque séquence.

– Je vois, acquiesça Leia en obéissant aussitôt.

En modifiant le deuxième chiffre de leur vecteur, ils ne tromperaient pas vraiment les Impériaux, mais cela suffirait à les écarter de plusieurs années-lumière.

– Bien vu. Et ce petit exercice auquel les X viennent de se livrer, ça n'était qu'un effet de camouflage?

– C'est juste. C'est ce qu'ils vont tous penser. Un petit rappel de ce fiasco au Pash Cracken au large de Xyquine. (Yan jeta un autre regard sur l'écran arrière.) Je pense que nous avons suffisamment d'avance pour les distancer. Essayons.

– On ne saute pas en luminique? s'inquiéta Leia.

Un souvenir ancien et douloureux venait de lui revenir. Ils tentaient de fuir Hoth avec toute la flotte de Dark Vador derrière eux, et l'hyperdrive s'était bloqué...

Yan lui jeta un regard en biais.

– Ne t'en fais pas, mon cœur. L'hyperdrive est en parfait état.

– Je l'espère, murmura-t-elle.

– Tu comprends : tant qu'ils nous poursuivront, Filve sera en paix. Et plus nous les entraînerons loin, plus nous laisserons le temps à la force de soutien d'arriver d'Ord Padron.

Un éclair vert frôla le *Faucon* et interrompit la réponse de Leia. Elle sentit les jumeaux bouger dans son ventre et dit :

– Je crois que nous leur avons donné tout le temps dont nous disposions. Est-ce que nous ne pourrions pas sortir de ce secteur?

Un deuxième tir éclaboussa le bouclier déflecteur du *Faucon.*

– Oui, je pense que tu as raison, acquiesça Yan. Wedge? Tu es prêt à quitter la fête?

– Quand tu voudras, *Faucon.* Vas-y – on te suit.

– D'accord.

Yan tira lentement le levier d'hyperdrive en arrière. Au-delà du cockpit, les étoiles se changèrent en stries de feu.

Doucement, Leia relâcha son souffle. Elle sentait l'anxiété des jumeaux et, un instant, elle se concentra afin de les apaiser. Quelle sensation étrange, se dit-elle une fois encore, que de toucher des esprits qui ne connaissaient que l'émotion et la sensation pures, sans mémoire d'images, de mondes. C'était absolument différent des contacts qu'elle pouvait avoir avec l'esprit de Yan, de Luke et de tous ses amis.

Et tellement différent, aussi, de cet esprit distant qui avait orchestré l'attaque de la flotte impériale.

La porte coulissa derrière elle et Chewbacca entra dans le cockpit.

– Bien visé, Chewie, lui dit Yan à l'instant où le Wookie installait son corps massif dans le siège bâbord, à côté de 6PO. Tu as toujours des problèmes avec le contrôle horizontal?

Chewbacca grommela une réponse négative. Ses yeux sombres étudièrent Leia un instant et elle lui dit :

– Je vais bien (Elle dut refouler ses larmes.) Très bien.

Elle se tourna vers Yan. Il fixait sur elle un regard troublé.

– Tu n'étais pas inquiète, n'est-ce pas? Ça n'était rien de plus qu'une force d'attaque impériale. Pas de quoi s'exciter.

Elle secoua la tête.

– Mais non, Yan. Il y avait... quelque chose d'autre là-derrière. Une sorte de... Je ne sais pas.

– Peut-être était-ce similaire à ce malaise que vous avez eu près d'Endor? suggéra 6PO. Vous vous rappelez? Vous vous êtes évanouie pendant que Chewbacca et moi nous réparions le...

Chewbacca grogna et le droïd se tut. Mais trop tard.

– Non, laisse-le parler, intervint Yan en dévisageant Leia. De quel genre de malaise s'agissait-il?

– Rien de grave, Yan. (Elle lui prit la main.) Lors de notre premier passage en orbite autour d'Endor, nous avons traversé le secteur où l'Étoile Noire a explosé. Et, durant quelques secondes, j'ai senti la présence de l'Empereur. C'est tout.

– Ah, vraiment! fit Yan, sarcastique, en foudroyant Chewbacca du regard. Un empereur défunt essaie de s'en prendre à toi et tu considères que ça ne vaut même pas la peine d'être mentionné?

– Là, tu deviens franchement stupide. Il n'y avait aucun motif d'inquiétude – ç'a été très bref et sans effets ultérieurs. Vraiment. Mais ce que j'ai ressenti à Filve, de toute façon, était complètement différent.

– Heureux de l'apprendre, dit Yan, qui n'avait visiblement pas l'intention d'en rester là. Et est-ce que tu as vu des médecins ou qui que ce soit après ton retour?

– Eh bien, jamais ça ne s'était produit et...

– Bien. Tu vas le faire dès que nous serons de retour.

Leia acquiesça avec un bref soupir. Elle savait reconnaître ce ton, chez Yan, et elle ne pouvait protester.

– D'accord. Dès que j'en aurai le temps.

– Tu le trouveras. Ou alors, je demanderai à Luke de te boucler dans le centre médical dès qu'il sera de retour. Tu peux compter sur moi, ma belle.

Leia referma ses doigts sur les siens. Dans le même temps, elle sentit une emprise sur son cœur. Luke était seul en territoire impérial... mais il était sauf. Il le fallait.

– D'accord. Je te promets de passer un examen.

– Bien. Et alors, qu'est-ce que tu as éprouvé au large de Filve?

Elle hésita.

– Je... je ne sais pas vraiment. Sans doute la même sensation que Luke a eue à bord d'un des vaisseaux Katana. Quand les Impériaux ont lancé cet assaut avec leurs clones.

– Oui. Peut-être. Mais les cuirassés étaient très éloignés.

– Il y avait peut-être encore plus de clones à bord.

– Ça se pourrait. Bon... Je suppose que Chewie et moi, on ferait bien de se mettre au travail sur ce stabilisateur de flux ionique avant qu'il ne nous lâche complètement. Tu peux nous remplacer pour tout, mon amour?

– Mais oui, je vais bien. Allez-y.

En fait, elle était heureuse d'abandonner ce sujet de conversation.

Car une autre possibilité lui était apparue. Les rumeurs disaient que l'Empereur avait le pouvoir d'user de la Force pour contrôler ses éléments militaires. Si le Maître Jedi que Luke avait affronté sur Jomark le pouvait aussi...

Elle se caressa le ventre et focalisa son esprit sur les jumeaux. Non, pour le moment du moins, elle ne voulait pas penser à cette possibilité.

– Je suppose que vous avez une explication, fit Thrawn de ce ton d'un calme mortel qui était le sien.

Lentement, délibérément, C'baoth leva la tête du double cercle de projection de la chambre de commandement et regarda le Grand Amiral. Et, avec dégoût, l'ysalamir installé sur les épaules du Grand Amiral, agrippé comme toujours à sa branche nutritive.

– Et vous, Grand Amiral, avez-vous une explication?

– Vous avez interrompu l'attaque de diversion sur Filve. Et ensuite, vous avez lancé l'ensemble de la force d'assaut dans une poursuite qui a échoué.

– Et vous, Grand Amiral Thrawn, vous n'avez pas réussi à me livrer mes Jedi.

Pellaeon ne manqua pas de remarquer que la voix de C'baoth était moins équilibrée, marquée de sautes de graves et d'aigus.

– Vous avez échoué, vous et vos Noghri domestiqués... Tout votre Empire a échoué.

Les yeux rouges de Thrawn s'étrécirent un peu plus encore.

– Vraiment? Et est-ce donc par notre faute que Luke Skywalker nous a échappé après que nous vous l'avions livré sur Jomark[1]?

– Mais vous ne me l'avez pas livré, Grand Amiral Thrawn. Je l'ai attiré grâce à la Force...

– C'est le Service de Renseignements de l'Empire qui a fait circuler la rumeur selon laquelle Jorus C'baoth était de retour et avait été vu sur Jomark, le coupa Thrawn d'un ton glacé. Et c'est un transport impérial qui vous y a amené, c'est la Logistique impériale qui a installé votre domicile sur Jomark, et l'Ingénierie impériale qui a camouflé le site d'atterrissage de l'île pour votre seul usage. L'Empire a joué son rôle afin de vous livrer Skywalker. Et vous n'avez pas réussi à le garder.

– Non! s'exclama C'baoth. Skywalker a quitté Jomark parce que Mara Jade vous avait échappé et lancé son esprit contre le mien. Pour ça, elle paiera. Vous m'entendez, Grand Amiral? Elle paiera!

Longtemps, Thrawn demeura silencieux.

– Vous avez lancé l'ensemble de la force de Filve à la poursuite du *Faucon Millenium*, dit-il enfin. Et avez-vous seulement réussi à capturer Leia Organa Solo?

– Non, marmonna C'baoth. Mais ce n'est pas parce qu'elle ne voulait pas venir à moi. Elle le voulait autant que Skywalker.

Thrawn glissa un bref regard vers Pellaeon.

– Elle veut venir à vous?

C'baoth sourit.

– Oui, elle le veut vraiment. (Sa voix, de façon inattendue, avait perdu tout accent de colère. Il s'exprimait comme en un rêve.) Elle veut... que je m'occupe de ses enfants. Que je leur enseigne l'art des Jedi. Qu'ils soient à mon image. Car je suis le Maître. Le seul qui demeure encore.

Son regard revint sur Thrawn.

– Il faut que vous me l'ameniez, Grand Amiral Thrawn. (Son attitude était à la fois autoritaire et suppliante.) Nous devons l'arracher à l'emprise de ceux qui redoutent ses pouvoirs. Sinon, ils la détruiront.

1. Voir *La Bataille des Jedi (N.d.T.)*

– Mais bien sûr que nous allons intervenir, fit Thrawn d'un ton apaisant. Mais c'est à moi de m'acquitter de cette tâche. Il ne me faut qu'un peu de temps.

C'baoth pesa cette réflexion, glissa la main sous sa barbe pour toucher le médaillon qui pendait à son cou. Pellaeon ne put réprimer un frisson. Jamais il ne s'habituerait à ces plongées crépusculaires dans la démence des clones. Il savait pourtant que, à l'origine, le problème avait été universel, dès les premières expériences : instabilité émotionnelle et mentale des sujets en proportion inverse de la durée de duplication. Rares étaient les ouvrages scientifiques qui avaient survécu aux Guerres Cloniques, mais Pellaeon en avait consulté un dans lequel on suggérait qu'aucun clone qui avait atteint sa maturité en dessous d'une année ne pouvait être suffisamment stable pour survivre hors d'un milieu totalement contrôlé.

A en juger par la vague de destruction qui avait déferlé sur la galaxie tout entière, Pellaeon s'était dit que les maîtres cloneurs avaient bien dû finir par trouver une solution, même partielle, à leurs problèmes. A moins qu'ils n'aient admis que la cause sous-jacente de la folie des clones était une question totalement différente.

Et il se pouvait très bien que Thrawn fût le premier à la comprendre.

– Parfait, Grand Amiral Thrawn, déclara C'baoth d'un ton abrupt. Vous allez avoir une dernière chance. Mais je vous préviens : elle sera *vraiment* la dernière. Après, je prendrai moi-même l'affaire en main. (Ses yeux lancèrent un éclair sous ses sourcils broussailleux.) Autre chose encore : si vous ne parvenez pas à accomplir une mission aussi facile, je songerai à vous démettre de vos fonctions de chef des forces militaires de l'Empire.

Une brève étincelle apparut dans le regard de Thrawn, mais il se contenta d'incliner la tête.

– J'accepte ce défi, Maître C'baoth.

– Parfait. (C'baoth ferma les yeux.) A présent, Grand Amiral Thrawn, vous pouvez me laisser seul. J'ai besoin de méditer et de réfléchir à l'avenir de mes Jedi.

Thrawn garda un instant le silence, ses yeux ardents fixés sur le Jedi. Puis, il se tourna vers Pellaeon.

– Capitaine, voulez-vous m'accompagner sur la passerelle? Je souhaiterais que vous supervisiez nos dispositifs de défense sur Ukio.

– Mais oui, amiral.

Un instant soulagé, il marqua une pause en baissant les yeux sur C'baoth. N'y avait-il donc pas quelques points qu'il aurait dû porter à l'attention de Thrawn? Oui, il en avait la quasi-certitude. Quelque chose à propos de C'baoth, des clones, et du projet Mont Tantiss...

Mais il ne parvenait pas à rassembler ses pensées. Alors, il les abandonna. Ça lui reviendrait sûrement...

Il s'écarta de l'anneau de projection holographique et suivit son amiral.

2

Elle portait le nom de Calius saj Leelooo : la Cité de Cristal Scintillant de Berchest, et c'était une des merveilles les plus courues de la galaxie depuis les premiers jours de l'Ancienne République. Toute la ville était un cristal gigantesque, créé au fil des éons de temps par les embruns de sels orangés de la mer de Leefari dont les vagues déferlaient à la base de l'escarpement sur lequel se dressait la cité. Dans ses premiers âges, Calius avait été sculptée avec un art infini par les artisans berchestiens, et leurs descendants continuaient à entretenir et à guider sa lente et magnifique croissance.

A l'âge d'or de l'Ancienne République, Calius avait été une planète touristique de premier ordre qui attirait des millions d'êtres intelligents. Mais le chaos des Guerres Cloniques avait suivi, précédant l'avènement de l'Empire, et Calius avait payé le prix fort avant d'être obligée de se tourner vers d'autres sources de survie.

Heureusement, le tourisme avait laissé tout un dispositif de routes commerciales entre Berchest et la plupart des systèmes majeurs de la galaxie. Pour les Berchestiens, l'issue avait été de promouvoir Calius comme centre commercial. Et même si leur cité n'atteignait pas le niveau de Svivren ou de Ketaris, ils étaient parvenus à un modeste degré de réussite.

Le seul problème était qu'elle constituait un centre commercial pour l'Empire.

Une escouade de commandos impériaux descendait la rue bondée. Leurs armures blanches se détachaient parfaitement sur les bâtiments orangés. Luke Skywalker s'écarta en une grande enjambée tout en rabattant son capuchon sur son visage. Il ne détecta pas le moindre frémissement d'alerte dans l'escouade, mais ils étaient loin dans la région impériale et il n'avait aucune raison de prendre des risques particuliers. Les commandos passèrent sans un regard et, avec un soupir de soulagement, Luke reporta son attention sur la cité. Sa beauté paisible était en opposition absolue avec les bordées des équipages de la flotte impériale, et les contrebandiers qui hantaient les rues en quête d'occasions. La brillance du cristal contre l'aspect obscur des commerces et autres trafics.

Et, dans cette ville de beauté et de ténèbres, il existait un danger plus redoutable encore que les commandos de l'Empire.

Un groupe de clones.

C'était du moins ce que pensait le Service de Renseignements de la Nouvelle République. En filtrant minutieusement des milliers de communications impériales, ils étaient parvenus à isoler Calius et le système de Berchest comme étant l'un des principaux points de transfert des duplicatas humains qui commençaient à constituer les équipages des vaisseaux de la vaste machine de guerre du Grand Amiral Thrawn.

Il fallait stopper ce flux, et le plus rapidement possible. Ce qui impliquait de localiser les cuves de clonage et de les détruire. Donc, de remonter la filière à partir d'un point de transfert connu. Et, par conséquent, de confirmer que les clones transitaient tous par Calius.

Un groupe d'hommes vêtus de la robe typique et des bandeaux qui caractérisaient les marchands svrivreni surgit à l'angle d'une rue, à deux blocs de distance, et Luke lança la Force comme il l'avait fait si souvent depuis deux jours. Il les sonda très vite : les marchands n'avaient pas l'aura bizarre qu'il avait décelée dans les équipages de vaisseaux Katana. Mais, à la seconde où il se retirait, quelque chose attira de nouveau sa conscience. Une chose qui avait bien failli lui échapper dans le torrent de pensées et de sensations humaines et étrangères qui déferlait autour de lui, comme autant de particules de verre coloré dans une tourmente de sable. Un esprit froidement calculateur qu'il était certain d'avoir déjà rencontré auparavant mais qu'il ne parvenait pas à identifier dans cette brume de bruit psychique qui les séparait.

Et le propriétaire de cet esprit avait à son tour détecté la présence de Luke sur Calius. Et il l'épiait.

Luke grimaça. Seul en plein territoire ennemi, avec son vaisseau à deux kilomètres de là, sur le port de Calius, et pour arme unique un sabrolaser qui le ferait reconnaître à l'instant où il le brandirait, il n'était pas dans une situation très favorable.

Mais il possédait la Force... et il savait que l'autre le suivait. Ce qui, après tout, lui laissait quelques chances.

Une passerelle couverte pour piétons s'ouvrait à quelques mètres sur sa gauche. Tout en pressant le pas dans cette direction, il essaya de se remémorer le plan de la ville pour savoir où elle conduisait. Elle traversait le fleuve glacial avant de monter vers les quartiers résidentiels qui dominaient la mer. Il sentit son suiveur et, en s'éloignant du vacarme mental du secteur du marché, il parvint enfin à l'identifier.

Ce n'était pas aussi redoutable qu'il l'avait craint. Mais, potentiellement, il était en danger. Avec un soupir, Luke s'arrêta et attendit. La courbe supérieure de la passerelle constituait un lieu favorable à une confrontation.

Son suiveur abordait la courbe. Puis, comme s'il s'attendait que sa proie le guette, il s'arrêta à son tour. Luke projeta ses sens vers lui et devina le froissement d'un étui : l'autre sortait son blaster.

– Ça va, dit-il d'une voix étouffée. Nous sommes seuls. Montrez-vous.

Une brève hésitation, un éclair de surprise que Luke capta nettement. Et Talon Karrde apparut.

– Je vois que l'univers n'est pas à court de surprises pour moi, dit le contrebandier en inclinant brièvement la tête avant de rengainer son arme. A votre comportement, je pensais bien que vous étiez probablement un espion de la Nouvelle République. Mais je dois reconnaître que vous êtes la dernière personne que je les aurais soupçonnés d'avoir envoyée.

Luke le dévisagea longuement, essayant de le percer. La dernière fois qu'il avait vu Karrde, juste après la bataille de la flotte Katana, le contrebandier avait juré que lui et tout son groupe garderaient la neutralité dans cette guerre.

– Et qu'est-ce que vous comptiez faire?

– Mon intention n'était pas de vous dénoncer, si c'est ce que vous pensez, dit Karrde en lançant un regard furtif derrière lui. Je ne sais pas si vous pensez comme moi, mais je crois qu'on ferait aussi bien de marcher. Les Berchestiens, généralement, ne bavardent pas sur les passerelles de la ville. Et les voix peuvent y porter à des distances surprenantes.

Et si on lui avait tendu une embuscade à l'autre extrémité? songea Luke. Mais il le saurait avant d'y arriver.

– Ça me va, dit-il en faisant signe à Karrde de le précéder.

L'autre s'exécuta avec un sourire sardonique.

– Vous ne me faites pas confiance, hein?

– Ça doit être l'influence de Yan, dit Luke d'un ton d'excuse en lui emboîtant le pas. Ou la vôtre. A moins que ce ne soit Mara la responsable.

Il perçut le léger vacillement des sens de Karrde : une touche d'inquiétude qui disparut aussitôt.

– A propos de Mara, comment va-t-elle?

– Elle est presque remise, dit Luke. Les médics disent que ce n'est pas vraiment difficile de réparer ce genre de lésion neuronique, mais qu'il faut du temps.

Karrde acquiesça, sans quitter la passerelle du regard.

– J'apprécie que vous preniez soin d'elle, fit-il, de mauvaise grâce. Mais notre équipe médicale aurait pu la soigner tout aussi bien.

Avec un geste vague, Luke répondit :

– C'était le moins que nous puissions faire après le soutien que vous nous avez apporté durant la bataille de la flotte Katana.

– Peut-être...

Ils avaient enfin atteint l'extrémité de la passerelle, et ils plongèrent dans une rue considérablement moins encombrée que celle du marché. Les trois tours gigantesques et merveilleusement sculptées du siège gouvernemental se dressaient au-dessus des bâtiments, face à la mer. Luke lança la Force autour de lui afin de sonder les passants. Rien.

– Vous aviez un but particulier? demanda-t-il à Karrde.

Le contrebandier secoura la tête.

– Non. J'errais au hasard. Et vous?

– La même chose, dit Luke en épousant le ton désinvolte de Karrde.

– Avec l'espoir de rencontrer un visage familier? Ou même deux, trois ou quatre? Ou cinq?

Ainsi, Karrde savait pourquoi il était ici. Ou il l'avait deviné. Ce qui, après tout, n'avait rien de surprenant.

– S'ils sont là, je les trouverai, dit-il enfin. Je suppose que vous n'avez aucune information à me fournir à ce sujet?...

– Si, ça se pourrait. Mais aurez-vous assez d'argent pour la payer?

– Connaissant vos prix, j'en douterais. Mais je pourrai vous proposer un crédit dès mon retour.

– *Si* vous revenez. En tenant compte des troupes impériales qui vous séparent de votre territoire, je dirais que vous n'êtes pas un investissement idéal.

Luke haussa un sourcil.

– Par rapport à un contrebandier qui figure en tête de la liste des gens recherchés par l'Empire?

Karrde sourit.

– Il se trouve que Calius est un des rares endroits des régions impériales où je sois totalement en sûreté. Le gouvernement berchestien et moi-même nous nous connaissons depuis pas mal d'années. De plus, je suis le seul à pouvoir lui fournir des articles particulièrement importants pour lui.

– Des articles militaires?

– Skywalker, je ne me mêle pas de votre guerre, lui rappela Karrde d'un ton froid. Je reste neutre. Je croyais m'être bien fait comprendre de vous et de votre sœur la dernière fois que nous étions ensemble.

– Oui, très clairement. Mais je pensais que les événements du mois dernier avaient pu vous faire changer d'idée.

L'expression de Karrde ne varia en rien, mais Luke devina sa réticence.

– L'idée que le Grand Amiral Thrawn puisse avoir accès à la fabrication de clones ne me plaît pas particulièrement. A long terme, cela pourrait faire pencher la balance en sa faveur, et cela, ni l'un ni l'autre nous ne le souhaitons. Mais je pense que, dans votre camp, la réaction est excessive.

– Je ne vois pas quel sens vous pouvez donner à « excessif » dans ce cas, contra Luke. L'Empire dispose de la plus grande partie des deux cents cuirassés de la flotte Katana, et désormais d'un stock illimité de clones pour former des équipages.

– A mon tour, je dirai que « illimité » n'est sans doute pas le terme que j'emploierais. Si l'on tient à ce qu'ils soient mentalement stables, on ne peut pas produire aussi rapidement des clones. Du moins pour leur confier la responsabilité de bâtiments de guerre. Il faut compter un minimum d'une année pour la constitution d'un clone, si je me souviens bien de l'ancienne règle d'or.

Un groupe de cinq Vaathkree passa devant eux, débouchant d'une rue perpendiculaire. Jusqu'alors, l'Empire s'était contenté de cloner des humains, mais Luke les sonda quand même. En vain, une fois encore.

– Vous dites une année par clone, Talon?

– C'est le strict minimum. Les documents antérieurs aux Guerres Cloniques que j'ai eus sous les yeux suggéraient qu'une période de cinq ans était plus appropriée. C'est certainement plus rapide que la gestation d'un être humain, mais il n'y a aucune raison de paniquer.

Luke leva les yeux vers les tours sculptées, baignées dans la clarté orangée du soleil, en contraste avec les lourds nuages blancs qui déferlaient depuis la mer.

– Qu'est-ce que vous répondriez si je vous disais que les clones qui nous ont attaqués pendant la bataille de la flotte Katana ont été conçus en moins d'une année?

Karrde haussa les épaules.
– En combien de temps?
– L'ensemble du cycle n'a pas dépassé quinze ou vingt jours.
Karrde se figea sur place.
– Quoi?
– J'ai dit quinze ou vingt jours.
Longtemps, le regard de Karrde resta rivé sur le sien. Puis, lentement, il se détourna et se remit en marche.
– C'est impossible. Il doit y avoir une erreur quelque part.
– Je peux vous fournir une copie des études qui ont été faites.
Karrde hocha la tête, pensif.
– Voilà qui expliquerait Ukio, du moins.
– Ukio? fit Luke en fronçant les sourcils.
– Oui, Ukio. Vous avez probablement été coupé de vos sources d'information pendant quelque temps. Il y a deux jours, les Impériaux ont lancé un faisceau d'attaques sur diverses cibles dans le secteur d'Abrion et l'espace dulfivien. Ils ont gravement endommagé la base militaire d'Ord Padron et se sont emparés du système d'Ukio.
Luke éprouva un creux soudain dans l'estomac. Ukio était l'un des principaux centres de production alimentaire de la Nouvelle République. Rien que les répercussions que cette situation pouvait avoir sur le secteur d'Abrion...
– Ukio a été gravement touchée?
– Apparemment pas, dit Karrde. Selon mes sources, la planète s'est rendue avec ses boucliers et son armement terrestre et spatial intacts.
Le creux se dilata jusqu'à envahir la poitrine de Luke.
– Je croyais que c'était impossible.
– C'est ce truc qui fait les Grands Amiraux de l'Empire, dit Karrde d'un ton cassant. Les détails concernant l'attaque sont encore vagues. Mais il sera intéressant de voir comment Thrawn s'y est pris.
Thrawn disposait donc des cuirassés de la Katana, avec des équipages clonés. Qu'il pouvait désormais nourrir.
– Il ne prépare certainement pas une autre série de raids, dit Luke, lentement. Il va se lancer dans une offensive d'envergure.
– Ça y ressemble. Je dirais que votre rôle est tout tracé.
Luke l'observa. L'expression de Karrde, pas plus que sa voix, n'avait changé. Mais il lisait de l'incertitude en lui.
– Et rien de tout cela ne vous fera changer d'idée? demanda-t-il.
– Skywalker, je ne vais pas rallier la Nouvelle République

pour autant. Et cela, pour bien des raisons. En particulier, parce que je ne me fie pas entièrement à certains éléments de votre gouvernement.

– Oui, je pense que Fey'lya a certainement jeté le discrédit sur...

– Je ne faisais pas particulièrement allusion à Fey'lya. Vous savez aussi bien que moi que les Mon Calamari ont toujours adoré les contrebandiers. A présent que l'amiral Ackbar a repris ses fonctions de Président du Conseil et de Commandant Suprême, nous devons tous nous méfier à nouveau.

– Oh, ça va, grommela Luke. Vous croyez vraiment qu'Ackbar a du temps à perdre avec les contrebandiers?

Karrde eut un sourire torve.

– Pas vraiment. Mais je ne tiens pas non plus à risquer ma peau.

Échec et mat.

– Bon, d'accord. Restons-en au niveau strictement professionnel. Nous avons besoin de connaître les mouvements et les intentions de l'Empire, ce que vous suivez probablement. Est-il possible de vous acheter ce genre d'information?

Karrde réfléchit.

– Oui, ce serait possible, fit-il d'un ton mesuré. Mais seulement si j'ai le droit de regard absolu sur ce que je vous transmets. Je ne tiens pas à ce que vous transformiez mon groupe en agence officieuse de renseignements au service de la Nouvelle République.

– C'est d'accord, fit Luke, quelque peu déçu. Je vais vous faire ouvrir un crédit dès mon retour.

– Nous pourrions peut-être commencer par une information purement commerciale, proposa Karrde en portant son regard vers les bâtiments cristallins. Dites-moi par exemple ce qui a attiré votre attention sur Calius.

– Je vais faire mieux encore, dit Luke. (Le contact lointain qu'il ressentait au fond de son esprit était ténu mais absolument reconnaissable.) Et si je vous confirmais la présence de clones ici même?

– Où? fit Karrde d'un ton tranchant.

Luke pointa le doigt vers la droite.

– Quelque part dans cette direction – à 500 mètres probablement. Difficile à dire précisément.

– Alors ils sont à l'intérieur des Tours, décida Karrde. A l'abri des regards, en sécurité... Je me demande s'il existe un moyen d'aller y jeter un coup d'œil...

– Une minute – ils se déplacent, le prévint Luke, les traits crispés, luttant pour ne pas rompre le contact. Ils se dirigent... vers nous, il semble. Mais pas vraiment...

– Ils vont vers le port spatial. Ils vont sans doute emprunter un moyen de transport dans la rue Mavrille – c'est à deux blocs de là, dans cette direction.

Ils accélérèrent le pas, mais avec une prudence mesurée. En trois minutes, ils rejoignirent la rue Mavrille.

Et trouvèrent un point d'observation à l'écart du flot de la foule.

– Ce sera probablement un transporteur ou un véhicule léger, dit Karrde. Un engin militaire attirerait trop l'attention.

Luke acquiesça. Il se souvint que Mavrille, sur les plans, était une des rares artères de Calius qui étaient suffisamment larges pour permettre la circulation des véhicules et des passants. Ce qui expliquait qu'elle fût aussi encombrée.

– J'aimerais avoir des macrolunettes.

– Croyez-moi, dit Karrde, vous avez l'air suffisamment suspect comme ça. (Il dressait la tête.) Aucun signe d'eux?

– Non, mais ils arrivent droit sur nous, l'assura Luke.

Il lança la Force, essayant de discerner les clones dans la tempête de pensées qui les balayait.

– Je dirais qu'ils sont vingt, peut-être trente...

– Alors, ils ont pris un transporteur, décida Karrde. Il y en a justement un qui arrive, derrière ce camion speeder Trast.

– Vu. (Luke inspira à fond, concentrant tous ses pouvoirs de Jedi.) Oui, c'est eux, murmura-t-il avec un frisson.

– Parfait, grinça Karrde. Ne les perdez pas de vue. Ils ont dû laisser ouverts les panneaux de ventilation.

Le transporteur s'avançait sur ses répulseurs gravifiques. Il dut stopper brusquement : le conducteur du speeder venait de décider de tourner. Il bloquait maintenant la circulation.

– Attendez-moi ici, fit Karrde avant de plonger dans le flot des piétons.

Luke surveillait ses alentours et sondait les esprits des passants afin de savoir si Karrde avait pu être identifié. S'ils étaient tombés dans un piège complexe élaboré pour des espions étrangers, le ressort ne tarderait pas à se déclencher.

Le camion speeder réussit enfin son virage, et le transporteur put continuer. Il passa devant Luke et, en quelques secondes, disparut vers le bout de la rue, entre les immeubles orange. Luke battit en retraite dans une rue et attendit. La minute d'après, Karrde était de retour.

– Deux des panneaux étaient ouverts, annonça-t-il, mais je n'ai pas pu voir nettement. (Il avait le souffle court.) Et vous?

Luke secoua la tête.
– Je n'ai rien vu non plus. Mais c'était eux, j'en suis certain.
Une seconde, Karrde le fixa. Avant de hocher la tête.
– D'accord. Et alors, qu'est-ce qu'on fait?
– Je vais voir si je peux arriver à décoller avant eux, dit Luke. Si je peux suivre leur vecteur hyperspatial, on arrivera peut-être à savoir quelle est leur destination. (Il haussa les sourcils.) Quoique deux vaisseaux en équipe feraient du meilleur pistage.
Un sourire effleura les lèvres de Karrde.
– Vous me pardonnerez si je décline votre offre. Mais voler en tandem avec un agent de la Nouvelle République, ça n'est pas vraiment respecter la neutralité. (Il jeta un coup d'œil sur la rue.) En tout cas, je pense que je préfère les suivre à partir d'ici. Rien que pour voir si j'arrive à identifier leur origine.
– Ça me paraît bien. Je crois que je vais retourner au port et préparer mon vaisseau.
– On reste en contact, promit Karrde. Et ne lésinez pas sur mon crédit. Soyez généreux.

Face à la baie, au dernier étage de la Tour Numéro Un du Gouvernement Central, le gouverneur Staffa abaissa ses jumelles avec un reniflement de mépris.
– Oui, c'était bien lui, Fingal, dit-il au petit homme qui s'agitait à son côté. Pas de doute. Luke Skywalker en personne.
– Pensez-vous qu'il soit au courant de notre transport spécial? demanda Fingal en abaissant à son tour ses jumelles d'un geste nerveux.
– Bien sûr qu'il l'a vu, grommela Staffa. Vous pensez qu'il faisait quoi dans la rue Mavrille? Une petite balade?
– Je pensais seulement que...
– Ne pensez pas trop, Fingal. Vous n'êtes pas suffisamment équipé pour ça.
Le gouverneur retourna à son bureau, remit ses jumelles dans un tiroir et fit apparaître la directive du Grand Amiral Thrawn sur son bloc de données. En son for intérieur, très secrètement, il la jugeait bizarre. Plus bizarre encore que ces mystérieux transferts de troupes que le Haut Commandement Impérial faisait transiter par Calius depuis quelque temps. Mais, vu les circonstances, il ne pouvait qu'estimer que Thrawn savait ce qu'il faisait.
En tout cas, c'était son affaire personnelle, pas celle de Staffa.
– Fingal, je veux que vous transmettiez un message au super-

destroyer impérial *Chimaera*. (Il installa lentement son corps massif dans son fauteuil et poussa le bloc.) Codez-le selon les instructions. Informez le Grand Amiral Thrawn que Luke Skywalker était à Calius et que je l'ai personnellement observé à proximité du transport spécial. Selon la directive du Grand Amiral, nous l'avons laissé quitter librement Berchest.

– Oui, gouverneur, acquiesça Fingal en relevant ces instructions sur son propre bloc.

Si le petit homme éprouvait quelque sentiment spécial à laisser un espion rebelle se promener librement dans une cité impériale, il ne le montrait pas.

– Et en ce qui concerne l'autre homme, gouverneur? Celui qui accompagnait Skywalker?

Staffa plissa les lèvres. La tête de Talon Karrde était mise à prix pour une somme qui approchait les 50 000 crédits – ce qui était considérable, même pour un gouverneur, avec son salaire et tous ses petits profits. Il avait toujours su qu'un jour viendrait où il devrait mettre un terme aux tranquilles relations commerciales qu'il avait avec Talon Karrde. Oui, le moment était venu.

Mais non. Pas aussi longtemps que la guerre ravagerait la galaxie. Il devrait attendre plus tard, quand la victoire serait proche et que les réseaux de ravitaillement redeviendraient fiables.

– L'autre homme ne nous importe guère, dit-il enfin. C'est un agent spécial que j'ai envoyé afin que le Rebelle se montre à découvert. Oubliez-le, Fingal. Allez plutôt transmettre ce message.

– Oui, monsieur.

Fingal se dirigea vers la porte. Et, durant une fraction de seconde, quand le petit personnage franchit le seuil, Staffa décela un éclat étrange dans ses yeux. Peut-être était-ce simplement un effet de la lumière extérieure... En plus de sa loyauté absolue envers son gouverneur, la qualité essentielle de Fingal était son manque tout aussi absolu d'imagination.

Staffa poussa un long soupir, chassant momentanément de son esprit Fingal, les espions rebelles et même tous les Grands Amiraux de la Flotte. Il se rencoigna dans son fauteuil et réfléchit à l'usage qu'il allait faire de cette livraison de Karrde qu'on débarquait en cet instant même au spatioport.

3

Lentement, comme si elle remontait une immense échelle sombre, Mara Jade sortait de son sommeil profond. Elle ouvrit les yeux sur une pièce baignée d'une douce lumière et se demanda dans quel endroit de la galaxie elle pouvait bien se trouver.

C'était une unité médicale – à l'évidence, si elle en jugeait par les biomoniteurs, les rideaux de séparation et les lits à multipositions semblables à celui dans lequel elle se trouvait. Mais elle n'était pas dans une des cliniques de Karrde. Du moins, celle-ci ne lui était pas familière.

Par contre, le décor, lui, l'était : une salle standard de traitement de l'Empire.

Pour l'instant, elle semblait être seule, mais elle savait que cela ne durerait pas. Silencieusement, elle se laissa glisser de son lit en position accroupie, tout en se livrant à un rapide inventaire de sa condition physique. Pas de douleurs, pas de tiraillements. Aucune sensation de vertige. Pas la moindre trace de blessures. Elle enfila son peignoir, chaussa ses mules au pied du lit, et traversa discrètement la pièce, se préparant à réduire au silence ou à l'immobilité quiconque se dresserait devant elle. Elle déclencha l'ouverture de la porte, le panneau coulissa, et elle bondit dans l'antichambre.

Pour s'arrêter aussitôt, quelque peu désorientée.

– Hello, Mara, dit Ghent en levant les yeux du terminal sur lequel il était penché. Vous vous sentez comment?

– Pas trop mal, fit-elle.

Elle fixait le gamin en fouillant frénétiquement dans ses souvenirs brumeux. Ghent était au service de Karrde, et c'était sans doute l'un des craqueurs les plus doués de la galaxie. Le fait qu'il fût installé là, devant un terminal, impliquait qu'ils n'étaient pas des prisonniers, à moins que celui qui les avait capturés soit assez incommensurablement idiot pour laisser un craqueur à portée de clavier d'un ordinateur.

Mais... n'avait-elle pas expédié Ghent en mission auprès du quartier général de la Nouvelle République, sur Coruscant? Mais oui. Et ce, sur les instructions de Karrde, juste avant qu'il rassemble son groupe pour aller au combat pour la flotte Katana.

Ensuite, elle avait lancé son Z-95 contre un superdestroyer impérial... elle avait dû s'éjecter... et elle avait traversé brillamment le faisceau d'un canon ionique. Qui avait grillé son équipement de survie, la laissant dériver dans l'espace interstellaire [1].

Pour l'éternité.

Elle regarda autour d'elle. Apparemment, l'éternité n'avait pas été aussi longue que prévue.

– Où sommes-nous? demanda-t-elle, avec déjà une idée de la réponse.

– Dans le vieux Palais Impérial de Coruscant, répondit Ghent. (Ainsi donc, elle ne s'était pas trompée. Il plissa le front.) Dans l'aile médicale. Ils ont dû régénérer certains de vos circuits nerveux. Vous ne vous rappelez pas?

– C'est un peu vague, admit-elle.

Mais les toiles d'araignées disparaissaient peu à peu et tout se remettait en place. Son système vital avait été détruit, et elle avait éprouvé une étrange sensation de légèreté avant de dériver vers les ténèbres. Elle avait sans doute manqué d'oxygène avant qu'ils la repèrent et l'évacuent jusqu'à un vaisseau.

Non. Pas *ils*, mais *lui*. Il n'y avait qu'une seule personne dans l'univers capable de retrouver un siège éjecté dans le vide et les essaims de débris : Luke Skywalker, le dernier des Chevaliers Jedi.

L'homme qu'elle devait tuer.

VOUS DEVEZ TUER LUKE SKYWALKER.

Elle fit un pas en arrière pour s'appuyer contre la paroi. Les paroles de l'Empereur résonnaient encore dans son esprit et ses genoux se dérobaient. Lorsqu'il avait trouvé la mort à la bataille d'Endor, elle était ici même, sur ce monde, dans ce bâtiment. A travers son esprit, elle avait vécu sa mort, elle avait vu Luke Skywalker le massacrer. Et ruiner son existence à elle.

– Je vois que vous êtes réveillée, dit une voix nouvelle.

Mara rouvrit les yeux. La femme était d'un âge moyen. Elle

1. Voir la fin de *La Bataille des Jedi (N.d.T.)*.

portait une tunique de docteur et traversait la salle dans sa direction, suivie d'un droïd méd...

– Comment vous sentez-vous?

– Plutôt bien, dit Mara, luttant contre une envie brutale de sauter sur la femme.

Tous ces gens... ces ennemis de l'Empire... n'avaient absolument pas le droit d'occuper le palais de l'Empereur...

Prudemment, lentement, elle inspira, luttant contre ses émotions. La femme médic s'était arrêtée net, avec une expression de souci professionnel. Ghent, délaissant un moment ses chers ordinateurs, s'était figé, intrigué.

– Désolé, murmura enfin Mara. Je crois que je n'ai pas encore très bien fait le point.

– Ce qui est compréhensible, dit la médic. Vous êtes dans ce lit depuis un mois, après tout.

Mara la fixa.

– *Un mois*?

– Presque. Car vous avez fait un séjour en cuve bacta. Mais ne vous alarmez pas : les problèmes de mémoire à court terme sont communs pendant la période de reconstruction neurale. Ils disparaissent après le traitement.

– Je comprends, fit Mara, mécaniquement.

Un mois. Elle avait perdu un mois de sa vie ici. Et pendant ce temps...

– Quand vous aurez décidé de quitter cette salle, un appartement vous attend à l'étage. Voulez-vous que quelqu'un vous y accompagne pour que vous puissiez dire s'il vous convient?...

Mara la dévisagea.

– Oui. Ce serait parfait.

La femme sortit un comlink et entama un dialogue. Mara se dirigea vers Ghent.

– Quel cours a suivi la guerre depuis un mois? lui demanda-t-elle.

– Oh, l'Empire a continué à nous créer des ennuis, comme d'habitude. Mais tout le monde s'est beaucoup agité, ici, ces derniers temps. Ackbar, Madine et les autres se sont démenés pour repousser les autres ou les couper de leurs bases... Quelque chose dans ce genre.

Et Mara comprit qu'elle n'en tirerait pas plus de lui sur les événements récents. Si l'on exceptait sa fascination pour le folklore des contrebandiers, Ghent ne se passionnait que pour une chose : craquer les systèmes et les ordinateurs.

Elle plissa le front en se rappelant tardivement pourquoi Karrde avait envoyé Ghent ici.

– Une minute... Ackbar a repris ses fonctions? Il est déjà lavé de tout soupçon?

– Bien sûr. Ce dépôt bancaire suspect à propos duquel le Conseiller Fey'lya s'est déchaîné était un coup monté – les types qui ont effectué ce casse électronique à la banque en ont profité pour y implanter un compte fictif. Probablement les Services de Renseignements de l'Empire – on le sent dans toute la programmation. Ce qui est sûr, c'est que j'ai fourni la preuve deux jours après mon arrivée ici.

– J'imagine qu'ils ont dû être soulagés. Dans ce cas, pourquoi es-tu encore là?

Un instant, Ghent parut déconcerté.

– Eh bien, d'abord, personne n'est venu me récupérer. (Puis, son visage s'éclaira.) Et puis, surtout, il y a ce code encrypté que quelqu'un utilise dans le coin pour envoyer des informations à l'Empire. Le général Bel Iblis dit que les Impériaux l'appellent la Source Delta et qu'elle émet depuis le Palais.

– Et il t'a demandé d'essayer de craquer le code, dit Mara en hochant la tête. Je suppose qu'il n'a pas proposé de te payer?

La médic rengaina son comlink.

– Votre guide sera là d'un instant à l'autre.

– Merci.

Mara lutta contre l'envie de dire à la femme qu'elle pouvait se reconnaître de nuit dans le Palais Impérial bien mieux que n'importe quel guide en plein jour. Mais coopération et courtoisie étaient les maîtres mots qui lui assureraient une place à bord d'un vaisseau avec Ghent pour fuir enfin cet endroit et cette guerre.

Une porte coulissa et une femme de haute taille aux cheveux d'un blanc immaculé entra.

– Bonjour, Mara, dit-elle gravement. Je m'appelle Winter. Je suis l'assistante personnelle de la Princesse Leia Organa Solo. Je suis heureuse de vous voir sur pied.

– Et moi de me retrouver ici, répliqua Mara, en s'efforçant de conserver un ton poli.

Cette femme était proche de Skywalker. Exactement ce qu'il lui fallait.

– Je suppose que vous allez être mon guide?

– Votre guide, votre assistante, tout ce dont vous pourriez avoir besoin dans les jours qui suivent. La Princesse Leia m'a demandé de veiller sur vous jusqu'à ce qu'elle et le capitaine Solo soient de retour de Filve.

– Je n'ai pas besoin d'assistante, ni que l'on veille sur moi, fit Mara. Tout ce qu'il me faut, c'est un vaisseau.

– Je m'en suis déjà occupée, dit Winter. J'espère que nous en aurons bientôt un. Entre-temps, puis-je vous faire visiter votre suite?

Mara réprima une grimace. Ces usurpateurs de la Nouvelle République lui offraient l'hospitalité dans ce qui avait été sa propre demeure.

– C'est très aimable de votre part. Tu nous accompagnes, Ghent?

– Non, fit Ghent d'un air absent, les yeux rivés à son écran. Je voudrais faire tourner ce programme.

– Il ne risque rien, dit Winter. Venez.

Winter précéda Mara vers l'arrière du Palais.

– L'appartement de Ghent est voisin du vôtre, commenta-t-elle. Mais je crois qu'il n'y a passé que deux nuits en un mois. Il s'est installé dans l'antichambre pour avoir toujours un œil sur vous.

Mara ne put s'empêcher de sourire. Ghent passait 90 pour cent de son temps dans l'oubli absolu du monde extérieur et ce n'était pas exactement l'idée qu'elle se faisait d'un infirmier ou d'un garde du corps. Mais c'était l'intention qui comptait.

– Je vous suis très reconnaissante de vous occuper de moi, dit-elle.

– Après l'aide que vous nous avez apportée à la bataille de la flotte Katana, c'était le moins que nous pouvions faire.

– C'était l'idée de Karrde. C'est lui qu'il convient de remercier, pas moi.

– Nous l'avons fait. Mais vous avez risqué votre vie. Et nous ne l'oublierons pas.

Mara risqua un regard vers la femme aux cheveux blancs. Elle avait lu tous les dossiers impériaux sur les leaders de la Rébellion, y compris celui de Leia Organa, mais le nom de Winter ne lui disait absolument rien.

– Depuis combien de temps êtes-vous avec Organa Solo?

Un sourire doux amer effleura les lèvres de Winter.

– J'ai grandi avec elle à la cour royale d'Alderaan. Nous étions amies, et lorsqu'elle a fait ses premiers pas dans la politique galactique, son père m'a désignée pour être son assistante. Et je le suis restée.

– Je ne me souviens pas d'avoir entendu parler de vous durant la Rébellion.

– J'ai consacré la plus longue partie de la guerre à circuler de planète en planète pour le service de Fournitures et d'Approvisionnement. Mes collègues passaient leur temps à me demander de leur dessiner les plans des dépôts et des hangars dès qu'ils avaient besoin de quoi que ce soit. Comme ça, les raids étaient plus rapides et plus sûrs.

Mara hocha la tête : elle commençait à comprendre.

– Vous étiez celle qu'on appelait « La Traceuse », non? On disait que vous aviez une mémoire absolument parfaite.

Le front de Winter se plissa presque imperceptiblement.

– Oui, c'était un de mes noms de code. Mais j'en ai eu bien d'autres.

– Je vois...

A présent, elle se rappelait les nombreux rapports des services de renseignements pré-Yavin concernant cette mystérieuse rebelle appelée « La Traceuse. » A l'époque, tous s'étaient interrogés sur sa véritable identité et Mara se demanda si les informateurs avaient seulement jamais réussi à la soupçonner.

Elles venaient d'atteindre la batterie de turbolifts installés au fond du Palais Impérial, l'une des rares rénovations faites par l'Empereur quand il s'était installé dans l'antique bâtiment. Les turbolifts évitaient d'avoir à circuler constamment dans les escaliers en spirale, tout en ayant l'avantage de masquer certaines autres améliorations faites par l'Empereur dans le Palais.

– Me trouver un vaisseau pose donc un problème? demanda Mara à la seconde où Winter appelait une cabine.

– C'est l'Empire qui nous pose un problème. Ils ont lancé une attaque d'envergure, et toutes nos unités y sont engagées, des cargos légers au reste.

Mara fronça les sourcils. Lancer des attaques massives contre des forces supérieures, cela n'était pas dans le style du Grand Amiral Thrawn.

– C'est à ce point?

– Oui, c'est plutôt grave. J'ignore si vous le savez, mais ils nous ont vaincus à la bataille de la flotte Katana. Ils avaient déjà réactivés près de cent quatre-vingts cuirassés lourds quand nous sommes intervenus. Avec leurs nouvelles ressources inépuisables en équipages et en soldats, l'équilibre était déjà rompu.

Mara acquiesça avec un goût aigre dans la bouche. Oui, si l'on posait ainsi les choses, cette offensive était bien dans le style de Thrawn.

– Ce qui veut dire que j'ai failli me faire tuer pour rien. Winter eut un mince sourire.

– Comme beaucoup d'autres, si ça peut vous consoler.

La cabine du turbolift s'ouvrit, et elles montèrent vers les étages résidentiels.

– Ghent m'a dit que l'Empire nous harcelait, dit Mara. J'aurais dû réaliser que ça devait être assez sérieux pour réussir à percer la brume dans laquelle il vit.

– Sérieux est un euphémisme, dit Winter d'un air sombre. Depuis cinq jours, nous avons perdu tout contrôle sur quatre secteurs, et treize autres sont en jeu. La perte majeure a été Ukio, avec toutes les ressources alimentaires qu'elle représente. Apparemment, l'Empire s'en est emparé sans causer de dommages au système de défense.

– Quelqu'un s'est endormi ?

– Pas si l'on en croit les rapports. Certaines rumeurs disent que les Impériaux ont utilisé une arme nouvelle qui leur aurait permis de percer le bouclier des Ukiens. Nous essayons toujours de savoir comment.

Mara sentit sa gorge se nouer en retrouvant dans ses souvenirs des mages de l'Étoile Noire. Si une telle arme se trouvait entre les mains du Grand Amiral Thrawn...

Elle rejeta cette pensée. Après tout, cette guerre n'était pas la sienne. Karrde avait promis qu'ils resteraient neutres.

– Dans ce cas, fit-elle, je suppose que je ferais aussi bien de contacter Talon Karrde pour qu'il envoie quelqu'un nous récupérer.

– Oui, ce serait probablement plus rapide que d'attendre qu'un de nos vaisseaux soit libre, acquiesça Winter. Il a laissé une carte de données pour vous avec le nom d'un contact par qui vous pouvez passer pour envoyer un message. Il a dit aussi que vous sauriez quel code d'encryptage utiliser.

Le turbolift les déposa au niveau des Suites Présidentielles, l'un des quelques espaces du Palais auxquels l'Empereur s'était strictement abstenu de toucher pendant son règne. En s'avançant simplement sur les parquets antiques, au-delà des hautes portes à gonds, entre les meubles de bois exotiques, on se retrouvait à un millier d'années dans le passé. L'Empereur réservait généralement ces suites pour les émissaires qui avaient encore la nostalgie de ces jours lointains, ou pour ceux qui pouvaient se laisser impressionner par le soin avec lequel il avait su donner une suite à cette ère hautement artistique.

– Après la bataille de la flotte Katana, le capitaine Karrde nous a laissé certains de vos vêtements et de vos objets personnels, dit Winter tout en ouvrant une porte gravée. S'il a oublié quoi que ce soit, faites-le-moi savoir et je ferai le nécessaire. Tenez, voici la carte dont je vous ai parlé.

Elle la sortit de sa tunique.

– Merci.

Mara inspira profondément en prenant la carte. Les meubles de la suite étaient en bois Fijisi de Cardooine et, gagnée par sa senteur délicate, elle revint aux jours fastueux du pouvoir impérial, à tout son décorum...

– Y a-t-il autre chose que je puisse pour vous?

Les souvenirs s'effacèrent.

– Non. Non, tout ira bien.

Winter acquiesça.

– En tout cas, vous n'avez qu'à appeler l'officier de service, dit-elle en désignant le bureau. Je serai disponible plus tard : pour l'heure, je dois me rendre à la réunion du Conseil.

– Allez-y. Je vous remercie.

Winter se retira en souriant, laissant Mara en lutte contre ses souvenirs qui étaient revenus dans une nouvelle bouffée de bois Fijisi.

Elle était dans le Palais, mais aussi dans le présent. Et, comme le lui avait si souvent répété l'Empereur, le plus urgent était de s'habituer à son environnement. Ce qui voulait dire qu'elle ne devait plus avoir l'air d'une rescapée du complexe médical.

Karrde lui avait laissé une garde-robe très satisfaisante : une jupe mi-classique, deux ensembles de ville qu'elle pourrait porter sur une bonne centaine de mondes sans être remarquée, plus quatre des combinaisons fantaisie qu'elle portait en général à bord du vaisseau. Elle enfila la plus récente avant d'explorer les choses que Karrde avait laissées pour elle. Avec un peu de chance – et ce sens de la prévision qui le caractérisait...

Oui, c'était bien ça. Le holster de son mini blaster. L'arme elle-même avait disparu, bien sûr – le capitaine du *Diamant* la lui avait confisquée, et il était peu probable que les Impériaux la lui restituent avant longtemps. Se mettre en quête d'une réplique de mini blaster dans les arsenaux de la Nouvelle République serait sans doute vain. Mais elle se dit qu'elle essaierait quand même de poser la question à Winter, ne serait-ce que pour tester sa réaction.

Heureusement, il existait un autre moyen.

A chaque étage du Palais Impérial, on trouvait une bibliothèque complète, et dans chacune d'elles une série de multicartes intitulée *L'Histoire complète de Corvis Minor*. Étant donné le peu d'intérêt que présentait l'histoire de Corvis Minor, il n'y avait guère de chances pour que la série quitte le rayon où elle dormait. Ce qui était préférable, vu qu'il n'y avait pas de cartes de données dans la boîte.

Le blaster que Mara y trouva était d'un modèle légèrement

différent du sien. Mais son bloc énergétique était chargé, il rentrait parfaitement dans son holster et c'était là tout ce qui importait. Désormais, quoi qu'il advienne dans le cadre de la guerre ou des conflits internes de la Nouvelle République, elle aurait au moins une chance de se battre.

Elle s'interrompit soudain, la fausse boîte de données en main : une question venait de lui traverser tardivement l'esprit. Qu'est-ce que Winter avait bien pu vouloir dire à propos de ces ressources inépuisables en soldats et en équipages? Un ou même plusieurs systèmes de la Nouvelle République étaient-ils tombés aux mains des Impériaux? Ou alors Thrawn avait-il découvert un monde colonisé resté inconnu jusque-là avec une population recrutable?

Elle devrait l'interroger à ce propos. Mais, avant tout, elle devait expédier un message encrypté à Karrde par le relais qu'il lui avait désigné. Plus vite elle quitterait ces lieux, mieux ça vaudrait.

Elle remit la fausse histoire de Corvis Minor en place et regagna son appartement, le bras gauche agréablement lesté du poids de sa nouvelle arme.

Thrawn leva ses yeux rouges vers l'œuvre d'art à l'aspect putride qu'il contemplait sur le double anneau holographique.

– Non, dit-il. C'est tout à fait hors de question.

Lentement, délibérément, C'baoth revint à la statue Woostroïd qu'il avait examinée jusqu'alors.

– Non? fit-il d'une voix qui était comme le grondement du tonnerre au loin, avant l'orage. Qu'entendez-vous par non?

– Ce que ce simple mot signifie de lui-même. (Le ton de Thrawn était glacé.) La logique militaire devrait l'être également. Nous ne disposons pas d'un nombre suffisant de troupes pour un assaut direct contre Coruscant. Pas plus que des lignes de ravitaillement et des bases nécessaires pour un siège traditionnel. Toute attaque serait inutile et ruineuse. Donc, l'Empire s'abstiendra.

Le visage de C'baoth s'assombrit.

– Prenez garde, Grand Amiral Thrawn : c'est moi qui dirige l'Empire, et pas vous.

– Vraiment?

Thrawn leva la main pour caresser l'ysalamir perché sur sa branche.

C'baoth se dressa de toute sa hauteur, le regard ardent.

– Oui, je dirige l'Empire! clama-t-il. Vous m'obéirez, sinon vous mourrez!

Prudemment, Pellaeon s'installa un peu plus au fond de la bulle anti-Force de l'ysalamir. Dans ses éclats de fureur, C'baoth semblait de plus en plus sûr de lui. Et, dans le même temps, ses crises de folie clonique devenaient plus fréquentes et plus âpres. Il semblait fonctionner en une sorte de boucle de feedback, comme s'il récupérait un peu plus d'énergie à chaque oscillation. Avant peu, la boucle exploserait.

Jusqu'alors, le Jedi n'avait tué personne, ni cassé quoi que ce fût. Mais Pellaeon était certain que ça ne durerait guère.

Thrawn partageait sans doute ce sentiment, car il rappela à C'baoth :

– Si vous me tuez, vous perdrez la guerre, Maître Jedi. Et si vous perdez la guerre, jamais Leia Organa Solo et ses jumeaux ne vous appartiendront.

C'baoth fit un pas dans sa direction, les yeux flamboyants, puis, brusquement, il parut reprendre une taille normale.

– Vous n'auriez jamais parlé ainsi à l'Empereur, fit-il, d'un ton irrité.

– Bien au contraire. Par quatre fois, pas moins, j'ai dit à l'Empereur que je ne gaspillerais pas ses troupes et ses vaisseaux contre un ennemi qui n'était pas encore prêt à être vaincu.

– Il n'y a que les fous pour parler ainsi. Ou ceux qui sont las de la vie.

– C'est ce que l'Empereur pensait aussi, acquiesça Thrawn. A mon premier refus d'obéissance, il m'a traité de traître et a confié ma force d'attaque à un autre. (Une fois encore, le Grand Amiral caressa l'ysalamir.) Après son anéantissement, il tint compte des mes recommandations.

Durant une longue minute, C'baoth dévisagea Thrawn, comme s'il avait du mal à contenir ses pensées ou ses émotions.

– Vous pourrez répéter le stratagème d'Ukio, suggéra-t-il. Avec les croiseurs masqués et les tirs de turbolasers programmés. Je vous aiderai.

– Voilà qui est très généreux de votre part. Malheureusement, là aussi, nous ruinerions nos efforts. Les leaders rebelles de Coruscant ne se rendront jamais aussi rapidement que les fermiers d'Ukio. Aussi parfaitement programmée que soit notre attaque, ils s'apercevront que les tirs de turbolasers qui touchent le bouclier ne sont pas les mêmes que ceux du *Chimaera* et ils en tireront la conclusion qui s'impose.

Il désigna tour à tour chacune des statues holographiques.

– Le peuple de Woostrie et ses chefs, par ailleurs, sont bien différents. Tout comme les Ukiens, ils redoutent l'inconnu et ce qui leur paraît impossible. Tout aussi important, ils ont tendance à exagérer les rumeurs de menace. Le stratagème des croiseurs masqués réussirait parfaitement avec eux.

C'boath s'empourprait à nouveau.

– Grand Amiral Thrawn...

– Pour ce qui est d'Organa Solo et ses jumeaux, l'interrompit Thrawn, vous pourrez les avoir dès que vous le souhaiterez.

L'embryon de rage s'évapora.

– Que voulez-vous dire? demanda le Jedi d'un ton méfiant.

– Qu'attaquer Coruscant et enlever Organa Solo de force est impossible. Par contre, expédier un petit groupe chargé de la kidnapper est parfaitement faisable. J'ai déjà donné l'ordre aux Renseignements de rassembler un commando dans ce but. Il devrait être prêt avant la fin de cette journée.

– Un commando... (C'baoth plissa les lèvres.) Est-il besoin de vous rappeler que les Noghri ont constamment échoué dans de telles opérations?

– Je le reconnais, fit Thrawn avec une note sombre dans la voix. C'est bien pour cela qu'ils ne feront pas partie du groupe.

Pellaeon leva un regard surpris vers son amiral, avant de se tourner involontairement vers la porte de l'antichambre où, il le savait, Rukh le Noghri veillait. Depuis que le Seigneur Dark Vador s'était attaché les services des Noghri, les crédules non-humains à peau grise se faisaient un honneur d'être en première ligne à chaque mission. S'ils étaient écartés de cette opération de commando, ils prendraient cela pour un affront. Ou pire.

– Amiral?... marmonna Pellaeon. Je ne suis pas certain que...

– Capitaine, nous discuterons de cela plus tard. Pour l'instant, tout ce que je souhaite savoir, c'est si Maître C'baoth est vraiment prêt à accueillir ses jeunes Jedi. (Il haussa un sourcil bleu-noir.) A moins qu'il ne préfère que nous en parlions au préalable.

Un mince sourire joua sur les lèvres de C'baoth.

– Dois-je accepter le défi, Grand Amiral Thrawn?

– Prenez ça comme vous le voudrez. Je souhaitais seulement vous faire comprendre qu'un tacticien doué de sagesse doit estimer le coût d'une opération avant de la déclencher. Les jumeaux d'Organa Solo devraient voir le jour sous peu, ce qui signifie que nous aurions deux nouveau-nés à notre charge en plus d'Organa Solo. Si vous ne pensez pas être en mesure de vous en charger, mieux vaudrait alors reporter cette opération.

Pellaeon se prépara à une nouvelle explosion de fureur clonique. Mais elle ne vint pas, à sa grande surprise.

– La seule question, Grand Amiral Thrawn, dit C'baoth d'une voix douce, c'est de savoir si vos commandos seront capables de se charger des nouveau-nés.

– Parfaitement, acquiesça Thrawn. Nous avons rendez-vous avec le reste de la flotte dans trente minutes. On vous transférera sur le *Tête de la Mort* au moment de l'offensive contre Woostri. Et lorsque vous reviendrez à bord du *Chimaera*... les Jedi seront à vous.

– Très bien, Grand Amiral Thrawn. (C'baoth, en se redressant, lissa sa longue barbe blanche.) Mais je vous préviens : si vous échouez cette fois, vous n'apprécierez guère les conséquences.

Il quitta la chambre de commandement.

– Quel plaisir ! souffla Thrawn tandis que la porte se refermait.

Pellaeon avait la bouche sèche.

– Amiral, avec tout le respect que je vous dois...

– Vous êtes inquiet parce que je lui ai promis d'enlever Organa Solo du monde le mieux gardé de tout le secteur rebelle ?

– Oui, amiral, c'est bien cela. Le Palais Impérial est censé être une forteresse imprenable.

– C'est exact. Mais c'est l'Empereur qui l'avait conçu ainsi, et, comme pour nombre de choses, il gardait par-devers lui certains secrets concernant le Palais. Pour lui et certains de ses favoris.

Pellaeon plissa le front en le regardant.

– Telles que des issues secrètes ? risqua-t-il.

Thrawn lui sourit.

– Très précisément. Et comme nous sommes certains qu'Organa Solo restera pour un temps au Palais, il serait opportun d'essayer d'y envoyer un commando.

– Mais pas des Noghri.

Le regard de Thrawn s'était perdu entre les sculptures qui les entouraient.

– Capitaine, quelque chose ne va pas avec les Noghri. J'ignore encore de quoi il s'agit, mais je le sens. Je l'ai senti dans chaque communication que j'ai eue avec les dynastes d'Honoghr.

Pellaeon se souvint de cet épisode pénible qui remontait à un mois, quand cet envoyé des dynastes noghri était venu présenter douloureusement ses excuses parce que le traître Khabarakh[1]

1. Voir *La Bataille des Jedi (N.d.T.)*.

avait échappé à leur vigilance. Et depuis, malgré tous leurs efforts, ils n'avaient pas réussi à le capturer.

– Ils sont sans doute encore occupés par cette affaire Khabarakh, suggéra-t-il.

– Ils ont tout intérêt. Mais il y a bien plus que ça. Et jusqu'à ce que je le découvre, les Noghri resteront sous haute surveillance.

Il se pencha pour effleurer deux touches de son clavier, et les sculptures holo furent remplacées par une projection tactique actualisée des différents vaisseaux.

– Nous avons deux autres questions plus pressantes à traiter. D'abord, il faut ôter de l'esprit de notre Maître Jedi, dont l'arrogance ne fait que croître, cette idée fausse qu'il peut légitimement gouverner l'Empire. Nous tenons notre diversion : Organa Solo et ses jumeaux.

Pellaeon essaya de se remémorer toutes les tentatives qui avaient été faites pour capturer Leia Organa Solo.

– Et si ce commando échoue?...

– Nous devons être parés à toutes les éventualités. En dépit de son pouvoir et de son imprévisibilité, notre Maître C'baoth peut cependant être manipulé. (Il désigna la projection.) Mais ce qui compte pour l'heure, c'est d'assurer l'équilibre de notre plan de bataille. Théoriquement, la bataille suit exactement le calendrier prévu. La Rébellion a résisté plus fermement que prévu dans les secteurs de Farrfin et de Dolomar. Mais partout ailleurs, les systèmes visés se sont rendus à l'Empire.

– Je ne considérerais pas ça comme autant de gains véritables.

– Précisément. Tout dépend de la présence visible et puissante de l'Empire. Et, pour cela, il est vital que nous maintenions notre approvisionnement en clones.

Il s'interrompit. Pellaeon explorait fiévreusement la projection tactique du regard, y cherchant la réponse que Thrawn attendait de lui. Les cylindres de clonages paarti, qui avaient été cachés durant des siècles dans l'entrepôt de l'Empereur, sur Wayland, étaient en totale sécurité. Enfouis sous une montagne, protégés par toute une garnison impériale, entourés d'habitants hostiles, leur existence n'était connue que du haut commandement de l'Empire.

Il se figea. Mais aussi, peut-être...

– Mara Jade. Elle est en convalescence sur Coruscant. Est-ce qu'il se pourrait qu'elle sache, pour l'entrepôt?

– Telle est bien la question. Il y a de fortes chances pour qu'elle ne sache rien – j'étais au courant de bien des secrets de l'Empereur, mais il m'a fallu de sérieux efforts pour localiser Wayland. Mais c'est un risque que nous ne pouvons nous permettre de prendre.

Pellaeon inclina la tête en réprimant un frisson. Il s'était demandé jusque-là pour quelle raison le Grand Amiral avait recruté une équipe des Renseignements pour cette mission. A la différence des unités de commandos, les groupes des Renseignements étaient entraînés pour des méthodes d'assassinat non militaires...

– Une seule équipe sera chargée des deux missions, amiral? Ou bien deux?

– Une seule suffira. Les deux objectifs sont suffisamment proches. Et neutraliser une Jedi ne signifie pas nécessairement la tuer.

Avant que Pellaeon puisse répondre et demander à Thrawn ce qu'il entendait par là, le Grand Amiral effleura de nouveau son clavier et fit apparaître une carte du secteur d'Orus.

– Jusque-là, dit-il, je pense qu'il est temps de souligner pour nos ennemis l'importance de Calius saj Leelooo. Avons-nous reçu le rapport du gouverneur Staffa?

– Oui, amiral. (Pellaeon consulta son bloc de données.) Skywalker est reparti en même temps que la navette de diversion, et il semble avoir suivi son vecteur. Dans ce cas, il atteindra le système de Poderis dans trente heures approximativement.

– Excellent. Il ne fait aucun doute qu'il fera son rapport à Coruscant avant d'atteindre Poderis. Quand il aura disparu, ils ne tarderont pas à penser qu'ils ont mis le doigt sur notre filière de trafic de clones.

– Oui, amiral.

Pellaeon préféra garder pour lui les doutes qu'il avait à l'esprit en ce qui concernait la disparition de Skywalker. Thrawn savait probablement ce qu'il faisait.

– Autre chose, amiral. Un deuxième rapport a doublé celui de Staffa. Il nous est parvenu encrypté par le biais des Renseignements.

– Oui, il émane de Fingal, son assistant. Un homme aussi peu fiable que le gouverneur Staffa nous invite pratiquement à lui assigner un chien de garde. Il y avait des détails douteux dans le rapport du gouverneur?

– Un seul, amiral. Le second message donne la description du contact de Skywalker, un homme que Staffa aurait désigné comme l'un de ses agents. Cette description de Fingal correspond tout à fait Talon Karrde.

Thrawn relâcha son souffle d'un air pensif.

– Vraiment... Est-ce que Fingal avait une suggestion à faire pour la présence de Karrde sur Calius?

– Selon lui, il semble que le gouverneur Staffa ait passé des accords commerciaux avec Karrde depuis plusieurs années. Fingal dit qu'il voulait faire arrêter l'homme pour l'interroger, mais que ça lui a été impossible au risque d'alerter Skywalker.

– Oui, murmura Thrawn. Eh bien... ce qui est fait est fait. Et s'il n'a été question que de contrebande, je n'y vois aucun mal. Néanmoins, il conviendrait d'éviter que des contrebandiers répandent nos stratagèmes au point que certains ne finissent par les percer à jour. Et puis, Karrde nous a déjà créé beaucoup d'ennuis.

Un instant, Thrawn observa en silence la carte du secteur d'Orus. Avant de revenir à son commandant de bord.

– Mais nous avons d'autres affaires plus urgentes, capitaine. Mettons le cap sur Poderis. Je voudrais que le *Chimaera* soit sur le site dans quarante heures. Et avertissez le commandant de la garnison que j'espère une réception digne de ce nom à notre arrivée. Il se pourrait que dans deux ou trois jours, nous ayons u. cadeau surprise pour notre bien-aimé Maître Jedi.

Pellaeon hésita.

– Amiral... qu'arrivera-t-il si nous livrons Organa Solo et ses jumeaux à C'baoth et qu'il s'avère capable de les transformer ainsi qu'il le dit? Nous aurions quatre Jedi devant nous au lieu d'un seul. Et même cinq, si nous parvenons à capturer Skywalker sur Poderis.

– Inutile de s'inquiéter. Avec Organa Solo ou Skywalker, C'baoth aura du travail devant lui. Ça va lui prendre beaucoup de temps et d'efforts. Et il faudra encore plus longtemps avant que les jumeaux présentent quelque danger pour nous, quoi qu'il en fasse. Avant que tout cela arrive... nous serons parvenus à un arrangement convenable avec notre Maître Jedi sur le partage du pouvoir impérial.

Pellaeon, la gorge nouée, acquiesça :

– Je comprends, amiral.

– Bien. A présent, capitaine, vous pouvez regagner la passerelle.

– Bien, amiral.

Pellaeon s'éloigna. Il savait maintenant que Thrawn parviendrait à un arrangement avec C'baoth... sinon, il ferait tuer le Maître Jedi.

S'il y réussissait. Sinon, il serait curieux d'assister à la confrontation.

4

Poderis faisait partie de ce groupe particulier de mondes qualifiés de « marginaux » : des planètes qui avaient été colonisées non pas à cause de leur position ou de leurs ressources, mais seulement à force de l'opiniâtreté de leurs colons. Poderis avait une rotation de dix heures déconcertante, des terres basses marécageuses, et les colons avaient dû se confiner sur un vaste archipel de hautes mesas. Poderis avait un axe planétaire quasi perpendiculaire qui générait des vents terribles au printemps et en automne. Ça n'était pas l'une des étapes favorites des voyageurs. Ses habitants étaient indépendants et farouches et, s'ils toléraient les visiteurs, ils s'étaient toujours désintéressés de la politique galactique.

Ce qui en faisait le point nodal parfait pour le nouveau trafic de clones de l'Empire. Et le lieu tout désigné pour y monter un piège.

L'homme qui suivait Luke était petit et ordinaire, du genre à se fondre dans le décor où qu'il aille. Mais il excellait dans sa tâche, à un degré qui indiquait une longue habitude des Renseignements de l'Empire. Mais son expérience n'allait pas jusqu'à connaître l'art de traquer les Chevaliers Jedi. Luke avait décelé sa présence dès qu'il avait commencé à le filer et, la minute d'après, il l'avait repéré dans la foule environnante.

Restait un problème : que faire de lui?

– D2? chuchota-t-il dans le comlink qu'il avait dissimulé sous le col de sa robe à capuche. On a de la compagnie? Les Impériaux, sans doute.

Une trille douce d'inquiétude lui répondit, suivie d'une série de sons qui formaient à l'évidence une question.

– Non, tu ne peux rien faire, dit Luke, qui avait à peu près deviné l'interrogation du petit droïd.

Il aurait aimé que 6PO fût là pour traduire. En général, il parvenait à saisir l'essentiel des propos de D2, mais dans une telle situation, l'essentiel risquait de n'être pas suffisant.

– Y a-t-il quelqu'un qui rôde à proximité du cargo? Ou sur le terrain?

D2 pépia une réponse négative.

– Eh bien, ils ne devraient pas tarder, le prévint Luke en s'arrêtant devant une vitrine.

Son suiveur fit encore quelques pas avant de trouver un prétexte pour s'arrêter à son tour. Oui, un vrai professionnel.

– Avance autant que possible les dispositions de vol sans attirer l'attention. Il faudra que nous décollions dès mon retour.

Le droïd gazouilla en réponse. Luke coupa le comlink et sonda rapidement les environs. La priorité absolue était de semer son ombre avant que les Impériaux ne passent ouvertement à l'action. Pour cela, il avait besoin d'une diversion...

Sa meilleure occasion se présentait dans la foule, à cinquante mètres de là : un autre homme s'approchait. Sa robe avait la même coupe et la même couleur que celle de Luke. Il se remit en marche dans sa direction, sans trop accélérer le pas.

L'homme continua jusqu'à l'intersection en T droit devant, puis tourna à droite. Luke pressa le pas et sentit que son suiveur venait de deviner qu'il avait été repéré. Il résista à l'envie de courir et franchit le coin de la rue.

Qui ressemblait aux autres : large, pavée, avec de rares passants, bordée d'immeubles de pierre grise. Une fois encore, d'instinct, il lança la Force devant lui. Loin, plus loin encore... – et retint son souffle. Droit devant lui, il y avait des poches de ténèbres que ses sens de Jedi ne parvenaient pas à percer. Comme si la Force qui devait lui apporter ce qu'il voulait savoir avait cessé d'exister... ou bien qu'elle était bloquée, coupée...

Il n'avait pas affaire à une embuscade ordinaire destinée à un espion ordinaire de la République. Les Impériaux étaient au courant de sa présence et ils étaient venus sur Poderis avec des ysalamari.

S'il n'agissait pas dans l'instant, ils allaient le capturer.

Les immeubles qui l'entouraient étaient pour la plupart bas, ils ne dépassaient pas deux étages, avec des façades gravées et des parapets de toiture décorés. Sur sa droite, ils formaient une rangée continue. A gauche, immédiatement après la bifurcation en T, le premier bâtiment avait une façade déformée qui laissait un passage étroit dans l'ombre de l'immeuble voisin. Il devrait, pour l'atteindre, franchir une certaine distance à découvert, mais c'était la seule issue en vue. Il s'élança vers l'autre côté de la rue, s'attendant à ce que le piège se referme avant qu'il ait atteint son but. Il se glissa dans l'interstice, puis, ployant les genoux, appelant la Force dans chacun de ses muscles, il bondit.

Il faillit manquer le parapet. Il était anguleux et glissant sous ses doigts et, une seconde, il se débattit dans les airs pour affermir sa prise. Dans un dernier effort, il se hissa enfin vers le haut et resta allongé sur le toit.

Juste à temps. Quand il risqua un œil vers le bas, par-dessus le parapet, il vit son suiveur qui accourait. Écartant quelques passants, il brandit un comlink.

Et un rang de soldats commandos en cuirasse blanche surgit alors de la rue suivante. Ils brandissaient des fusils blasters et, sur leurs épaules, des ysalamari s'accrochaient à leurs branches nutritives. Ils se déployèrent en cordon.

Un coup de filet bien conçu et parfaitement exécuté. Luke ne disposait que de trois minutes pour franchir le toit et redescendre avant qu'ils ne réalisent que le poisson avait échappé à la nasse. Il s'éloigna du parapet et voulut se pencher vers l'autre pente du toit.

Mais il n'y en avait pas. A un demi-mètre de l'endroit où il se trouvait, le toit devenait une paroi nue qui plongeait vers le bas sur une centaine de mètres. De part et d'autre, pour autant que Luke pouvait voir. Tout au fond, il devina les brumes des terres basses qui cernaient la mesa.

Une erreur de calcul qui lui serait peut-être fatale. Il s'était tellement concentré sur son suiveur, qu'il avait complètement oublié qu'il se rapprochait du bord de la mesa. Et le mur incurvé qui était sous lui n'était qu'une des grandes barrières destinées à repousser les terribles tempêtes qui soufflaient sur la cité.

Il n'avait échappé au filet des Impériaux que pour se retrouver dans une impasse.

– Ah, bravo, marmonna-t-il dans un souffle en retournant vers le parapet pour observer la rue : d'autres commandos d'assaut avaient maintenant rejoint la première escouade et fouillaient les civils ébahis pris dans l'embuscade. Derrière, deux autres escouades s'étaient déployées à l'intersection pour barrer la rue. L'ombre qui avait traqué Luke jusque-là, un blaster au poing, se dirigeait vers l'autre silhouette en robe que Luke avait précédemment repérée...

Cette autre silhouette en robe...

Luke se mordit la lèvre. Le tour qu'il allait jouer à ce témoin innocent n'était pas très sympathique. Mais, par ailleurs, les Impériaux savaient à l'évidence qui ils cherchaient et ils le voulaient vivant. Luke savait que s'il mettait l'inconnu en danger de mort, il n'agirait pas selon les règles des Jedi. Il ne pouvait qu'espérer qu'un bref désagrément n'obéissait pas aux mêmes principes.

Il serra les dents, lança la Force avec violence, et arracha le blaster de la main de l'ombre. Il le fit tournoyer au-dessus des têtes des passants et retomber avec précision entre les doigts de l'inconnu.

L'ombre appela les commandos à son aide. Mais ce qui avait commencé comme un cri de triomphe s'acheva en un glapissement. Car Luke, focalisant au maximum la Force, tourna le blaster dans la main de son possesseur et l'obligea à appuyer sur la détente.

Le tir passa bien au-dessus de la foule, certes : Luke n'était pas en mesure de toucher les Impériaux de cette manière, même s'il l'avait voulu. Mais cela suffit pour que les commandos entrent en action. Ils abandonnèrent instantanément leur opération de contrôle d'identité pour se porter vers l'inconnu en robe, tandis que ceux qui bloquaient la rue s'avançaient en position de soutien.

C'en était vraiment trop pour l'inconnu. Rien de surprenant. Il jeta le blaster qui s'était inexplicablement collé dans sa main, se glissa entre des passants paralysés et enfila une étroite ruelle.

Luke n'attendit pas d'en voir plus. Dès la seconde où le visage de l'inconnu serait visible, c'en serait fini de sa diversion. Il devrait avoir quitté le toit et rallié le port. Il regarda vers le bas.

Ce qu'il vit n'avait rien de particulièrement engageant. Le mur-bouclier avait été conçu pour résister à des vents de 200 kilomètres par heure, il était absolument lisse, sans fenêtres, ni portes de services ou autres orifices visibles. Mais ça ne devrait pas poser de problème : avec son sabrolaser, Luke pouvait toujours se découper une issue si nécessaire. La question véritable était : comment échapper à l'embuscade des Impériaux avant qu'ils ne se lancent vraiment à sa recherche.

Il regarda derrière lui. Il devrait faire vite : dans le ciel, au-dessus du port spatial, des airspeeders venaient de surgir au-dessus des bâtiments trapus.

Impossible de redescendre dans la rue sans attirer l'attention. Impossible de ramper sur le faîte du mur, du moins suffisamment vite pour échapper aux airspeeders qui approchaient. Ce qui ne lui laissait qu'une option : le bas.

Mais il n'était pas obligé d'aller *tout droit* vers le bas.

Il cligna des yeux en observant le ciel. Le soleil de Poderis approchait de l'horizon, bouclant son cycle de dix heures. Les pilotes des airspeeders devaient recevoir ses rayons droit dans les yeux mais, avant cinq minutes, il aurait disparu sous l'horizon. Et ses poursuivants y verraient à nouveau clairement et détecteraient aussitôt le flamboiement d'un sabrolaser dans le crépuscule.

C'était maintenant ou jamais.

Luke sortit son sabrolaser et l'activa en dissimulant l'éclat vert de la lame au regard des pilotes des airspeeders en approche. Avec la pointe, il creusa un sillon profond sur sa droite, à quelques degrés vers le bas du mur-bouclier. Le tissu de sa robe était plutôt léger et il ne lui fallut qu'une seconde pour arracher sa manche gauche et l'enrouler autour de ses doigts. Ainsi protégée, sa main s'inséra aisément dans la fente qu'il venait de ménager. Il disposait de suffisamment d'espace pour s'y laisser glisser. Il assura sa prise, planta la pointe du sabre dans l'extrémité de la fente, et se laissa rouler vers le bas, suivant le chemin tracé par la lame. Il glissait de plus en plus rapidement vers le bas de la muraille.

C'était à la fois excitant et terrifiant. Des souvenirs affluèrent à son esprit. Il plongeait vers le cœur de la Cité des Nuages de Bespin, suspendu par l'extrémité des doigts au-dessous de la ville. Il était étendu, à bout de forces, dans la deuxième Étoile Noire, et il percevait au travers de sa souffrance, l'impuissance et la rage de Vador qui le lançaient vers la mort.

Le mur-bouclier filait de plus en plus vite contre sa poitrine et ses jambes. Il était lancé vers le bas, vers le vide de l'espace...

Il inclina la tête dans les coups de fouet du vent, et jeta un regard par-dessus son épaule. Il approchait du bord à une vitesse mortelle. A l'ultime seconde, il modifia l'angle d'attaque de son sabrolaser, ses doigts l'amenèrent à l'horizontale et, quelques secondes après, il s'arrêta net dans sa course.

Un instant, il resta suspendu dans le vide, luttant pour retrouver son souffle et maîtriser les battements de son cœur. Levant les yeux vers le sillon qu'il avait tracé et qui se dessinait dans les derniers rayons du soleil, il estima qu'il avait dévalé une bonne centaine de mètres. Il espérait que ce serait suffisant pour échapper au piège des Impériaux.

Il ne tarderait pas à le savoir.

Derrière lui, le soleil disparut, effaçant la dernière trace de sa fuite. Avec des gestes précautionneux, en luttant pour ne pas dégager la prise de ses doigts roidis, il entreprit de percer un trou dans la paroi.

– Un rapport du commandant du commando d'assaut, amiral, annonça Pellaeon avec une grimace. Skywalker semble avoir échappé au cordon.

– Ce qui ne me surprend guère, fit Thrawn d'un air sinistre en consultant les projections. J'ai répété tant de fois aux Renseignements qu'ils sous-estimaient les capacités de détection de Skywalker. J'ai le sentiment qu'ils ne m'ont pas pris au sérieux.

– Oui, amiral. Mais nous savons qu'il était bel et bien dans la ville, et il n'a pu aller loin. Les commandos ont établi un second cordon et entrepris une fouille systématique des immeubles.

– Non, fit Thrawn. Il n'a pénétré dans aucun de ces immeubles. Pas Skywalker. Cette petite diversion avec le blaster... (Il revint à Pellaeon.) Vers le haut, capitaine. Il est allé tout droit vers les toits.

– Les repéreurs se sont déjà rabattus dans cette direction. S'il se trouve quelque part, ils ne peuvent pas le manquer.

– Bien. (Thrawn pianota sur sa console et une projection de la mesa apparut.) Et ce mur-bouclier, à l'ouest?... Est-ce qu'on ne pourrait pas l'escalader?

– Nos hommes prétendent que c'est impossible. La paroi est trop lisse et trop inclinée, sans la moindre bordure en bas. Si Skywalker a escaladé ce côté de la rue, il s'y trouve encore. Ou bien, il est tombé au fond de la mesa.

– Peut-être, fit Thrawn, songeur. Mais demandez quand même à l'un de nos repéreurs de se porter de ce côté. Et en ce qui concerne le vaisseau de Skywalker?...

– Les Renseignements essaient toujours de l'identifier. Il semble que nous rencontrions quelques problèmes avec les enregistrements du port. Mais nous aurons ça dans quelques minutes.

– Les minutes, c'est bien ce qui nous manque, par la faute de leur homme de traque, lança Thrawn d'un ton dur. Il faut qu'il soit rétrogradé d'un rang.

– Oui, amiral, fit Pellaeon, en enregistrant l'ordre.

La punition était sévère mais, avec Thrawn, elle aurait pu être bien plus grave. Quant au Seigneur Vador, il aurait tout simplement fait garrotter le coupable.

– Bien entendu, ajouta-t-il, le port est entièrement encerclé.

Thrawn se frotta le menton d'un air songeur.

– C'est probablement une perte de temps. D'un autre côté... (Il porta son regard vers la planète qui tournait lentement.)

Capitaine, dites-leur de se retirer. A l'exception des troupes clones. Qu'elles demeurent en position sur les voies d'accès probables au vaisseau de Skywalker.

– Amiral?...

Thran se tourna vers son commandant de bord avec un éclat nouveau dans ses yeux de braise.

– Le cordon qui cerne le port ne dispose pas de suffisamment d'ysalamari pour bloquer un Jedi, capitaine. Nous n'essaierons donc pas de le faire. Nous le laisserons regagner l'espace, et nous le capturerons avec le *Chimaera*.

– Bien, amiral, cependant...

– Pourquoi laissons-nous les clones en place? acheva Thrawn. Parce que si Skywalker nous est précieux, il n'en est pas de même de son droïd astromécano. (Il eut un sourire furtif.) A moins, bien entendu, que les efforts héroïques de Skywalker pour s'échapper de Poderis n'aient convaincu le droïd qu'ils se trouvaient bien sur la filière principale de notre trafic de clones...

– Ah... fit Pellaeon, comprenant enfin. Auquel cas, nous allons nous arranger pour que le droïd s'échappe et regagne les forces de la Rébellion?

– Très précisément. (Thrawn désigna la console.) Capitaine, les ordres...

– Bien sûr, amiral.

Pellaeon avait décelé une note d'excitation dans la voix du Grand Amiral. Skywalker allait-il enfin tomber entre leurs mains?...

D2 jacassait nerveusement quand Luke franchit enfin la porte du petit cargo et boucla le sas.

– Tout est paré? lança-t-il en se ruant dans l'alcôve du cockpit.

D2 émit une trille de confirmation. Luke s'était déjà laissé tomber dans le siège de pilotage en lançant toutes les commandes en même temps et en se harnachant.

– O.K.! Alors, on y va!

Il lança les répulseurs et le vaisseau s'arracha au terrain pour s'élever à tribord. A la seconde où il se dirigeait vers le bord de la mesa, deux Skiprays décollèrent en tandem derrière lui.

– D2, surveille-moi ces deux Skips! lança Luke, observant à la fois le seuil de la cité et l'espace.

Le combat avec les clones avait été violent, mais trop bref pour être vraiment crédible. Ou bien l'Empire avait confié cette mission à quelqu'un d'incapable, ou bien on l'avait laissé s'échapper volontairement. Pour le faire plonger vers un autre piège.

Le *vrai* piège...

Ils franchirent le bord de la mesa et il lança un bref regard sur l'écran arrière avant de pianoter le code subluminique.

Le petit cargo s'élança comme un oiseau fou, laissant les Skiprays cloués sur place. Et les voix qui avaient hurlé des ordres jusque-là s'étouffèrent brusquement. Luke coupa l'intercom.

– D2? Tu es toujours là?

Le droïd émit un pépiement affirmatif. Une question se déroula sur l'écran de l'ordinateur de bord.

– Oui, c'étaient bien des clones, confirma Luke d'un ton grave.

L'étrange aura qui entourait les nouveaux duplicatas d'humains créés par l'Empire était deux fois plus sinistre et plus proche.

– D2, je vais te dire autre chose : les Impériaux savaient très bien que c'était moi qu'ils pourchassaient. Ces commandos avaient des ysalamari sur le dos.

D2 sifflota songeusement avant de gargouiller une question importante.

– Oui... tout vient de la Source Delta, acquiesça Luke. Leia m'a dit que si nous ne parvenions pas à mettre très vite un terme à ces fuites, elle donnerait des instructions pour que le centre des opérations soit réinstallé hors du Palais. Et peut-être même loin de Coruscant.

Quoique si la Source Delta était un espion humain ou non, et non pas un système indétectable d'écoute installé dans le Palais, déménager au loin serait inutile. Et le silence de D2 conforta Luke dans cette pensée.

L'horizon semi-obscur commençait à se courber.

– D2, il faudrait calculer notre saut en luminique. Il est probable que nous ayons à dégager d'ici très vite.

Le droïd lui confirma cet ordre en un bip.

Luke savait qu'une flotte complète de superdestroyers pouvait les guetter au-delà de ce sombre horizon, hors de portée de ses instruments de détection, attendant qu'il soit suffisamment à découvert pour déclencher leur attaque.

Mais s'ils pouvaient être hors de portée de ses instruments, ils ne pouvaient échapper aux sens d'un Jedi. Il ferma à demi les paupières, laissa l'apaisement affluer dans son esprit, et lança la Force...

Il décela le superdestroyer une fraction de seconde avant que le sifflet aigu de D2 ne retentisse dans le vaisseau. Mais le superdestroyer impérial ne se présentait pas selon le cap prévu.

En fait, il arrivait derrière lui, suivant l'orbite planétaire qui lui avait permis d'acquérir de la vitesse sans se montrer.

– Cramponne-toi! lança Luke en poussant la puissance au maximum.

Mais sa manœuvre était futile, et les autres le savaient. Le superdestroyer avait déjà activé ses rayons tracteurs et fondait sur lui. Ils allaient le capturer dans quelques secondes.

Ou, du moins, ils allaient capturer le cargo...

Il libéra son siège tout en ouvrant le panneau de sortie dissimulé, et il appuya sur les trois touches placées à l'intérieur. La première activa l'autopilote, la deuxième déverrouilla la torpille protonique de poupe et la mit à feu dans la direction approximative du superdestroyer.

Et la troisième déclencha le processus d'autodestruction du cargo.

L'aile X était calée le nez en avant dans le secteur arrière, immédiatement derrière le cockpit, pareille à un étrange animal métallique pointant le museau hors de sa tanière. Luke sauta dans l'habitacle et faillit bien se cogner la tête contre le plafond bas du cargo. D2 était déjà en place, bavardant avec lui-même tout en activant les systèmes de vol du chasseur. A l'instant où Luke bouclait son harnais et coiffait son casque, il lui signala qu'ils étaient parés.

– O.K. (Il posa la main gauche sur la touche spéciale qui avait été ajoutée à sa console de commande.) Si ça doit marcher, il faut que notre timing soit juste. Prépare-toi.

Une fois encore, il ferma les yeux et laissa la Force affluer dans tous ses sens. Déjà, lors de sa première tentative pour localiser le Maître Jedi C'baoth, il avait dû jouer cette même partie avec les Impériaux : une aile X face à un superdestroyer impérial [1]. Il avait bien failli se laisser capturer dans cette première embuscade, avant de réaliser l'ignoble alliance que l'Empire avait scellée avec C'baoth. Et seules la Force, son expérience et sa chance l'avaient sauvé.

Cette fois, les spécialistes de Coruscant avaient bien fait leur travail : il avait déjà la chance avec lui.

L'esprit en fusion profonde avec la Force, il sentit le verrouillage du rayon tracteur une demi-seconde avant qu'il ne s'effectue. Il pressa la touche, et dans l'instant où le cargo était secoué par l'impact du rayon tracteur, sa proue explosa dans un nuage de shrapnels. Une fraction de seconde après, sous l'impulsion du blast-booster installé dans le pont du cargo, l'aile X jaillit au milieu des débris scintillants.

1. Voir *La Bataille des Jedi*.

– D2, on est libres! hurla Luke en virant de bord avant de plonger vers l'espace profond. Je vais faire des manœuvres d'esquive, alors cramponne-toi!

L'aile-X bascula une deuxième fois, suivie par deux stries vertes qui frôlèrent l'habitacle. Les Impériaux, voyant qu'il venait d'échapper à leurs rayons tracteurs, avaient visiblement décidé de l'abattre. Un autre barrage de flammes vertes, et D2 cria : un projectile incandescent avait franchi les déflecteurs pour venir cogner la coque de l'aile-X. Luke concentra la Force dans ses mains et agrippa les commandes. A la seconde S, il abaissa le levier d'hyperdrive.

Un vacillement illusoire, et le chasseur disparut dans la sécurité de l'hyperespace. Une seconde encore, les batteries de turbolasers du *Chimaera* strièrent le volume d'espace où il s'était trouvé. En vain. Puis, elle se turent, et Pellaeon laissa échapper un long soupir en essayant de rassembler son courage pour se tourner vers Thrawn. C'était la seconde fois que Skywalker s'échappait de ce genre de piège... et, la fois précédente, un homme était mort pour la faute qu'il avait commise.

Apparemment, les hommes de la passerelle n'avaient pas oublié, eux non plus. Et quand Thrawn se leva, ils tressaillirent.

– Bien, fit le Grand Amiral, étrangement calme. Il faut reconnaître que ces Rebelles sont vraiment ingénieux. J'ai déjà été témoin de ce genre d'astuce, mais pas avec une telle efficacité.

– Oui, amiral, approuva Pellaeon, essayant en vain de masquer sa tension.

Thrawn lui jeta un regard oblique.

– Du calme, capitaine. Certes, Skywalker aurait fait un joli cadeau pour Maître C'baoth, mais sa fuite ne doit pas nous perturber. L'objectif essentiel de cet exercice était de convaincre la Rébellion qu'elle a mis le doigt sur notre filière clone. Et sur ce point, nous avons réussi.

Tout soudain, Pellaeon se sentit plus léger. Il semblait que le Grand Amiral ne lui en voulait pas...

– Ce qui ne veut pas dire, reprit Thrawn, qu'il faille oublier les fautes de l'équipage du *Chimaera* pour autant. Suivez-moi, capitaine.

Pellaeon obéit, repris par l'angoisse.

– Oui, amiral.

Thrawn le précéda vers l'escalier de poupe, et ils s'engagèrent dans le puits d'équipage tribord. Ils passèrent entre les hommes d'équipage rivés à leurs consoles, les officiers roides, et s'arrêtèrent enfin devant une des stations de contrôle des rayons tracteurs tribord. Un jeune homme se mit au garde-à-vous.

– Votre nom, lui demanda tranquillement Thrawn.

– Enseigne Mithel, dit l'autre, la voix calme mais le visage blême.

Celui d'un homme qui affrontait la mort.

– Enseigne Mithel, racontez-moi ce qui s'est passé.

Mithel, la gorge serrée, répondit :

– Amiral, je venais juste d'obtenir une localisation positive sur le cargo quand il a explosé dans un nuage de particules réfléchissantes. Le système de ciblage a tenté de se focaliser sur toutes en même temps et il s'est mis en vrille.

– Et qu'avez-vous fait alors?

– Je... Amiral, je savais que si j'attendais la dissipation des particules, le chasseur nous échapperait. J'ai donc tenté de les dissiper moi-même en mettant le rayon tracteur en mode direct.

– Et ça n'a pas marché.

Un léger soupir filtra des lèvres de l'enseigne Mithel.

– Non, amiral. Le verrouillage sur cible n'a pas suivi. Il s'est complètement bloqué.

Thrawn inclina légèrement la tête.

– Oui. Dites-moi, enseigne, vous avez eu quelque temps pour réfléchir à vos décisions. Est-ce que vous avez pensé à ce que vous auriez dû faire?

– Non, amiral. Je suis désolé. Mais je ne me souviens d'aucun article du manuel concernant ce genre de situation.

Thrawn hocha la tête.

– C'est exact. Il n'y a rien à ce sujet. Plusieurs méthodes ont été proposées lors des dernières décennies pour contrer un effet de gambit de linceul, mais aucune ne s'est révélée applicable. Ce que vous avez tenté est une innovation, surtout si l'on tient compte du peu de temps dont vous disposiez. Le fait que vous n'ayez pas réussi ne diminue en rien votre mérite.

Une expression d'incrédulité prudente se lisait sur le visage de Mithel.

– Amiral?...

– Enseigne, l'Empire a besoin d'esprits rapides et créatifs. Je vous nomme au grade de lieutenant... et votre première mission sera de trouver un moyen de contrer une couverture en linceul. La Rébellion, après son succès, pourrait bien tenter un nouveau gambit.

– Oui, amiral, souffla Mithel, reprenant quelques couleurs. Je... je vous remercie, amiral.

– Mes félicitations, lieutenant, fit Thrawn avant de se tourner vers Pellaeon. Capitaine, la passerelle est à vous. Nous reprenons notre cap initial. Je serai dans la chambre de commandement si vous désirez me voir.

– Bien, amiral.

Il resta auprès du lieutenant tout nouvellement promu et tout ému tandis que Thrawn quittait le pont. Hier encore, l'équipage du *Chimaera* avait du respect pour le Grand Amiral. Maintenant, il était prêt à mourir pour lui.

Pour la première fois en cinq ans, Pellaeon comprit au plus profond de lui-même que le vieil Empire avait disparu. Et qu'un nouvel Empire, dirigé par le Grand Amiral Thrawn, venait de naître.

L'aile-X était immobile dans l'obscurité de l'espace, à des années-lumière de toute masse plus importante qu'un grain de poussière. Luke se dit que c'était comme une réplique de cet autre combat où il avait affronté déjà un superdestroyer, celui qui l'avait laissé perdu dans l'espace avant de le conduire enfin jusqu'à Talon Karrde, Mara Jade et la planète Myrkr.

Heureusement, la ressemblance n'était qu'apparente. En grande partie.

Du fond de son alvéole, D2 fit entendre un gazouillement nerveux.

– Mais non, D2 du calme, dit Luke. Ce n'est pas aussi grave que ça. De toute façon, on aurait dû se ravitailler avant d'atteindre Coruscant. On devra simplement le faire un peu plus tôt.

Une sorte de grommellement indigné lui répondit.

– Mais non, D2, je suis *très sérieux*, insista Luke, patiemment, tout en transmettant la projection de trajectoire au droïd. Écoute : tu vois tous ces endroits que nous pouvons rallier sans faire griller la moitié de nos cellules d'énergie? Tu les vois?

Durant un instant, le droïd sembla réfléchir sur la liste, et Luke en profita pour la relire à nouveau. Oui, le choix était assez large. Mais le problème était que de nombreux mondes n'étaient pas très sûrs pour une aile-X de la Nouvelle République. La moitié était contrôlée par l'Empire, et la majorité des autres était neutre ou hésitait entre les deux camps.

Mais, même sur les mondes contrôlés par l'Empire, les senseurs avaient des failles dans lesquelles un chasseur pouvait probablement se glisser. Luke avait quelque chance de se poser dans un endroit isolé, de gagner un spatioport à pied et d'acheter des cellules de ravitaillement avec la monnaie impériale qui lui restait. Évidemment, les ramener à l'aile-X poserait certains problèmes, mais rien que D2 et lui ne puissent résoudre.

D2 pépia une suggestion.

– Oui, Kessel est une possibilité à envisager, acquiesça Luke. Mais... je ne sais pas... La dernière fois que j'en ai entendu parler, Moruth Doole était encore au pouvoir et Yan ne lui a jamais vraiment fait confiance. Je pense qu'on ferait mieux de viser Fwillsing, ou encore...

Il s'interrompit en découvrant le nom d'une planète que Leia avait programmé sur le système de navigation, comme mue par une arrière-pensée, juste avant qu'il ne parte pour cette mission.

Honoghr.

– D2, il me vient une meilleure idée, dit-il lentement. On va aller rendre une petite visite aux Noghri.

Il reçut un *oouac* incrédule et surpris en réponse.

– Oh, ça suffit! Leia et Chewie y sont allés et en sont revenus sains et saufs, non?... Et 6PO lui aussi. Tu ne veux quand même pas que 6PO raconte que tu as eu peur d'aller là où *lui* n'a pas eu peur d'aller, n'est-ce pas?

Grognement.

– Peu importe qu'ii ait eu ou non le choix, insista Luke. Ce qui compte, c'est qu'il y est allé.

Gargouillis triste et résigné.

– Voilà ce qu'il faut se dire, fit Luke en composant les données de navigation pour Honoghr. Leia voulait que je leur rende visite, de toute façon. Comme ça, on va faire d'une pierre deux coups.

Nouveau gargouillement de chagrin et d'abattement profond... Luke lui-même, qui se fiait totalement au jugement de Leia à propos des Noghri, ne put s'empêcher de penser que ce n'était peut-être pas l'expression la plus heureuse à employer en cette circonstance.

5

Les données de combat pour le système de Woostri défilèrent sur le bloc et s'arrêtèrent.

– Je n'arrive toujours pas à y croire, dit Leia en secouant la tête. Si l'Empire disposait d'une superarme capable de percer les boucliers planétaires, il l'aurait employée dans toutes ses attaques contre nos systèmes. Il y a un truc, un effet d'illusion...

– Je l'admets, fit Mon Mothma d'un ton calme. La question est de savoir comment convaincre le Conseil et l'Assemblage de cette hypothèse? Sans oublier nos propres systèmes.

– Il nous faut résoudre le puzzle posé par Ukio et Woostri, dit l'amiral Ackbar, plus grave que d'accoutumée. Et vite.

Leia reprit son bloc de données tout en lançant un rapide regard à Ackbar. Les paupières du Mon Calamari semblaient anormalement lourdes au-dessus de ses grands yeux, et sa peau rose saumon avait considérablement pâli. Il était fatigué, à bout... et avec l'offensive impériale qui déferlait sur la galaxie, il ne pourrait guère prendre de repos avant longtemps.

Ni les uns ni les autres, d'ailleurs.

– Nous savons déjà que le Grand Amiral Thrawn possède le talent de deviner les pensées de ses adversaires, rappela Leia. Se pourrait-il qu'il ait prévu que les Ukiens et les Woostroïds se rendraient aussi facilement?

– Par opposition aux Filviens, par exemple? acquiesça Mon Mothma. C'est un point intéressant. Ce qui semblerait indiquer que l'illusion ne peut persister très longtemps.

– Ou que l'énergie qu'elle nécessite est excessivement forte, ajouta Ackbar. Si l'Empire a appris une méthode qui permet de concentrer un faisceau d'énergie invisible sur un bouclier, il est concevable que cela permette aussi de faire passer un tir de turbolaser par la brèche. Mais, je le répète, ça exigerait une énergie formidable.

– Et la tension énergétique apparaîtrait sur le bouclier, ajouta Mon Mothma. Ce qu'aucune de nos informations ne confirme.

– Nos informations peuvent être erronées, dit Ackbar. (Il lança un regard noir au Conseiller Borsk Fey'lya.) Ou bien elles ont été manipulées par l'Empire. On a déjà vu ce genre de chose...

Leia observa Fey'lya, en se demandant si cette insulte voilée ferait sortir le Bothan du silence dans lequel il se cantonnait. Mais il gardait les yeux fixés sur la table, et son pelage crème était sans la moindre ride. Il ne parlait plus, ne réagissait plus, ne pensait peut-être même plus.

Elle supposait qu'il finirait bien par retrouver son agressivité verbale en même temps que son pouvoir politique. Mais, comme tous ses congénères, avec le souvenir de sa dénonciation erronée d'une prétendue trahison d'Ackbar, il s'était mis en pénitence.

Elle en éprouva une crispation de frustration. Une fois encore, elle avait la confirmation de l'attitude bien connue et inflexible des Bothans en politique : tout ou rien, qui allait à l'encontre des intérêts de la Nouvelle République. Quelques mois auparavant, les accusations de Fey'lya leur avaient coûté beaucoup de temps et d'efforts. Et maintenant, alors que le Conseil avait besoin de tous les avis et de tous les esprits, Fey'lya jouait les martyrs silencieux.

Certains jours – et surtout certaines nuits – Leia désespérait de pouvoir un jour unifier la Nouvelle République.

– Vous avez raison, amiral, déclara Mon Mothma avec un soupir. Nous avons besoin d'autres informations. Et très vite.

– L'organisation de Talon Karrde reste encore notre meilleur atout, dit Leia. Ils disposent des contacts nécessaires dans les deux camps. Et, d'après ce que Luke dit dans son dernier message, Karrde semble intéressé.

– Nous ne pouvons dépendre des caprices d'un contrebandier, grommela Ackbar, les vrilles de sa bouche roidies par le dégoût. Et le général Bel Iblis? Il a combattu seul contre l'Empire durant plusieurs années.

– Il nous a déjà ouvert ses contacts de renseignements, remarqua Mon Mothma. Et jusqu'alors, nous continuons de les intégrer à notre propre dispositif.

– Je ne parlais pas de ses contacts, rectifia Ackbar, mais du général lui-même. Pourquoi n'est-il pas présent?

Leia se tourna vers Mon Mothma avec une nouvelle crispation. Garm Bel Iblis avait constitué l'une des premières forces de résistance individuelle au sein de l'Alliance Rebelle et, durant des années, il avait formé une triade de l'ombre avec Mon Mothma et le propre père adoptif de Leia, Beil Organa. Mais, quand Organa était mort avec ses hommes dans l'attaque de l'Étoile Noire au large d'Alderaan – tandis que Mon Mothma acquérait de plus en plus de pouvoir – Bel Iblis avait quitté l'Alliance pour continuer seul la lutte. Jusqu'à ce qu'accidentellement son chemin croise celui de son homologue corellien, Yan Solo.

C'est à la demande pressante de Yan que Bel Iblis et ses six cuirassés s'étaient rangés aux côtés de la Nouvelle République lors de la bataille de la flotte Katana. Et Mon Mothma avait enterré la hache de guerre pour accueillir à nouveau le général dans la République.

Il était désormais chargé de soutenir les défenses des avant-postes de la Nouvelle République. Et il était loin, très loin de Coruscant.

Mais, au sein de la hiérarchie de la Nouvelle République, certains avaient gardé le souvenir de Bel Iblis et de son génie tactique... et ils ne seraient pas tous prêts à accorder le bénéfice du doute à Mon Mothma si elle se montrait réticente.

– Les talents du général Bel Iblis sont plus utiles sur la ligne de front, fit-elle d'un ton vague.

– Mais ici également, insista Ackbar.

Leia, cependant, devina à son ton qu'il avait baissé les bras. Il venait de revenir d'une inspection des défenses de Farrfin et de Dolomar et, dès le lendemain matin, il devait repartir pour Dantooine. La machine de guerre impériale était lancée, et la Nouvelle République ne pouvait plus s'offrir le luxe de garder ses meilleurs commandants dans les bureaux.

– Je comprends vos inquiétudes, reprit Mon Mothma d'un ton plus affable. Dès que la situation sera stabilisée, je compte bien rappeler le général Bel Iblis auprès de nous et le nommer responsable de la stratégie.

Si la situation est stabilisée, corrigea Leia mentalement; car, jusque-là, l'offensive de l'Empire se déroulait sans résistance.

Son ventre se crispa. Et soudain, le flot de ses pensées s'interrompit. Non, ça n'était pas son *ventre* qui se crispait...

Ackbar avait pris la parole.

– Excusez-moi, fit-elle en se dressant avec peine. Je suis navrée de vous interrompre, mais il faut que j'aille au centre médical.

Mon Mothma la fixa, ébahie.

– Les jumeaux?

Leia hocha la tête.

– Oui, je crois qu'ils sont en route.

Le plafond et les murs de la chambre d'accouchement étaient d'un havane chaud. Les lumières changeantes avaient été synchronisées sur les ondes cérébrales de Leia. En théorie, cela devait l'amener à se concentrer tout en l'apaisant. En fait, Leia avait constaté qu'après dix heures, l'influence cessait.

Elle eut une autre contraction, la plus forte qu'elle ait ressentie jusqu'alors. D'instinct, elle lança la Force, se servant des méthodes que Luke lui avait enseignées pour repousser la souffrance de ses muscles. Cet accouchement était au moins une occasion de pratiquer ses techniques Jedi.

Non seulement en apaisant la douleur, mais en appelant aussi les petits esprits qui étaient encore en elle. *Tout ira bien. Maman est avec vous.*

Elle ne réussit pas vraiment. Pris dans le jeu de forces qu'ils ne pouvaient comprendre, leurs petits corps serrés et entraînés vers l'inconnu, les jumeaux étaient envahis par la peur.

Et, à vrai dire, leur père n'était pas en meilleure forme.

– Ça va? demanda Yan pour la énième fois.

Il lui serra un peu plus fort la main.

– Mais oui, ça va, fit Leia.

A la fin de la contraction, ses épaules se détendirent et elle serra la main de Yan en retour.

– Tu sais que tu n'as pas l'air bien, lui dit-elle.

– Je devrais déjà être couché à cette heure, répliqua-t-il d'un ton maussade.

– Oui, c'est sans doute ça. Désolée.

– Ne t'en fais pas pour ça.

Il se tourna vers le médic et les droïds qui tournaient autour du lit.

– Chérie, on dirait que ça se rapproche.

– Oui, ça je crois bien... (Leia s'interrompit, prise d'une nouvelle contraction.) Ouille!...

L'anxiété de Yan grimpa d'un cran.

– Ça va?

Elle ne put que hocher la tête, les muscles noués. Puis elle parvint à souffler :

– Yan, tiens-moi. Tiens-moi, c'est tout.

– Je suis là.

Il glissa une main sous son épaule, doucement.

Elle l'entendit à peine. Au plus profond d'elle, les deux vies que Yan avait créées bougeaient... et leur peur s'était muée en une totale terreur.

Il ne faut pas avoir peur. Tout ira bien. Je suis là. Et bientôt, vous serez vraiment avec moi.

Elle éprouva soudain une joie immense : l'un des petits esprits venait de réagir, de lui répondre, comme jamais auparavant. Il avait réagi à sa caresse mental. Et la peur déclina, tandis que Leia avait tout à coup à l'esprit l'image d'une main de bébé qui se refermait sur son doigt.

Oui, je suis ta mère. Je suis là.

L'un des tout petits esprits parut réfléchir. Leia continua de les rassurer, mais celui-ci semblait s'éloigner d'elle, comme attiré ailleurs. C'était un bon signe, décida-t-elle. S'il était capable d'être distrait...

C'est alors qu'à son immense surprise, le second esprit s'estompa à son tour. Et, à sa connaissance, il n'avait pas encore enregistré sa présence, lui...

Plus tard, quand elle se souvint, tout cela lui apparut comme évident, et même inévitable. Mais dans l'instant, cette révélation fut suffisamment brutale pour qu'elle éprouve un frisson qui plongea jusqu'au tréfonds de son âme. Les jumeaux, qui avaient grandi en elle avec la Force, étaient accordés l'un à l'autre – ils se situaient sur une même longueur d'onde qu'elle ne pourrait jamais partager.

Dans le même temps, elle ressentait de la peine et de l'orgueil. Elle avait entrevu l'avenir de ses enfants – ils allaient grandir avec la Force... mais il y aurait cette part de leur vie commune que jamais elle ne partagerait complètement.

La dernière contraction cessa, et l'image fugace, immense et douce amère de l'avenir se réduisit à une pépite de chagrin coloré tout au fond de son esprit. Un chagrin accentué encore par la honte secrète qui affluait en elle : Yan partagerait encore moins leur existence qu'elle.

Et soudain, au centre de la brume mentale où elle s'était perdue, une lumière ardente jaillit et parut exploser derrière ses yeux. Par pur réflexe, elle serra encore plus fort la main de Yan et souffla :

– Est-ce que?...

– Ils viennent. Le premier est déjà à demi sorti.

– Éteignez cette lumière. Elle est trop violente, dit Leia. Leurs yeux...

– Mais non, tout va bien, dit le médic. Leur vision va s'adapter. Allez : encore une dernière poussée...

Et brusquement, le premier stade fut franchi.
– J'en ai un, dit Yan, le souffle court. C'est... c'est notre fille.
Il se tourna vers Leia avec ce sourire bizarre qu'elle connaissait si bien.
– C'est Jaina.
Leia hocha la tête.
– Jaina, répéta-t-elle. (De façon étrange, les noms sur lesquels ils s'étaient mis d'accord ne sonnaient plus comme avant.) Et Jacen?...
– Je dirais qu'à mon avis, il est pressé de rejoindre sa sœur, commenta le médic d'un ton sec. Soyez prête à pousser – on dirait qu'il essaie de sortir tout seul, O.K... *Allez-y*!
Leia inspira à fond. Neuf mois d'attente, dix heures de travail... et la fin était en vue.
Non. Pas la fin, mais le commencement.
Quelques minutes plus tard, on déposa les jumeaux entre ses bras. Et, en levant les yeux sur Yan, elle ressentit un sentiment de paix intense. Il se pouvait que la guerre continue entre les étoiles. Mais ici, avec ses enfants, elle était en paix avec l'univers.

– Attention, Rogue Leader! cracha Rogue Dix dans l'oreille de Wedge. Vous êtes pris en chasse!
– Vu!
Wedge vira de bord. L'intercepteur Tie passa au large dans le feu de ses canons laser, et manœuvra pour essayer de l'intercepter. A une demi-seconde derrière lui, une aile X plongea et le réduisit en un nuage embrasé.
– Merci, Rogue huit.
Wedge essuya la sueur de son nez et vérifia ses scanners. Il semblait que, temporairement du moins, ils se trouvaient un peu dégagés de la mêlée. Il pivota lentement l'aile X et examina le site de la bataille.
C'était plus grave qu'il ne l'avait redouté. En tout cas, pire que cinq minutes auparavant. Deux nouveaux superdestroyers de la classe Victory avaient surgi de l'hyperespace pour se mettre en position d'attaque, à portée de tir des trois supercroiseurs calamari. Et ils venaient de déclencher leurs turbolasers...
– Escadron Rogue : modifier le cap au 22.8, ordonna-t-il, avant de pivoter pour intercepter les nouveaux bâtiments, se demandant comment diable les Impériaux avaient pu réussir un coup pareil.
Un saut hyperspatial aussi précis était une performance diffi-

cile dans des circonstances normales. Mais dans la tourmente de la bataille, cela semblait absolument impossible. Un nouvel exemple de l'incroyable talent de l'Empire pour coordonner ses forces.

Le droïd astromécano installé dans l'alvéole, immédiatement derrière lui, lui lança une trille de mise en garde : ils étaient maintenant trop proches d'une masse importante pour un saut luminique.

Wedge regarda autour de lui, désorienté, et repéra enfin le croiseur Interdictor qui s'était mis en position au large de l'engagement. Apparemment, les Impériaux ne tenaient pas à ce que les unités de la Nouvelle République se replient trop vite.

Et, droit devant, certains des chasseurs Tie des superdestroyers Victory se portaient à leur rencontre.

– En formation « Porkins » ! lança Wedge. Attention aux unités de flanc. Superdestroyer *Orthavan*, ici Escadron Rogue : nous arrivons !

– Restez en position, Rogue Leader, lui répondit une voix à l'accent graveleux de Mon Calamari. Ils sont en surnombre. Vous ne pouvez pas nous aider.

Wedge serra les dents. Mais le Calamari avait probablement raison.

– En tout cas, on va quand même essayer. (Les chasseurs Tie étaient presque à portée de tir, maintenant.) On s'accroche !

– Escadron Rogue, ici Bel Iblis ! Interrompez votre attaque ! A zéro : virez de trente degrés bâbord.

Wedge retint une exclamation qui lui aurait probablement valu la cour martiale. Il savait qu'aussi longtemps qu'un vaisseau était entier, il y avait encore l'espoir de le sauver. Apparemment, le général Bel Iblis en avait décidé autrement.

– Bien reçu, général. (Il soupira.) Escadron Rogue : tenez-vous prêt.

– Escadron Rogue... Zéro !

A regret, Wedge fit basculer son aile-X. Les chasseurs Tie s'inclinèrent pour le suivre. Et parurent soudain désorientés...

Et brutalement, une formation d'ailes-A surgit dans le volume d'espace que l'Escadron Rogue venait de quitter. Les chasseurs Tie, qui faisaient déjà mouvement pour intercepter les ailes-X, furent pris en tenaille. Avant même qu'ils aient pu se placer en position de barrage, les ailes-A filaient droit sur le superdestroyer.

– O.K., Escadron Rogue, lança Bel Iblis. A vous, maintenant. Soutenez leurs arrières.

Wedge eut un mince sourire. C'était bien dans le style d'Iblis.

– D'accord, général. Escadron : on y va.

– Ensuite, ajouta Bel Iblis d'un ton sombre, vous vous préparerez à battre en retraite.

Là, Wedge tiqua et perdit son sourire. *Battre en retraite*? Il fit pivoter son aile-X en direction des chasseurs Tie, mais se retourna pour observer la bataille.

Quelques minutes auparavant, il avait estimé que la situation était mauvaise. A présent, ils étaient au seuil du désastre. La force de Bel Iblis avait perdu près du tiers de ses quinze unités d'intervention, et ceux qui restaient se regroupaient en formation de résistance. Ils étaient cernés par une vingtaine de superdestroyers impériaux et des cuirassés.

Wedge se tourna vers les chasseurs Tie qui approchaient. Derrière eux, le croiseur de classe Interdictor suivait. Ses projecteurs gravifiques interdisaient à la force cernée de plonger en vitesse luminique...

Puis ils se retrouvèrent au contact des Tie, et il n'eut plus une fraction de seconde pour penser. Le combat fut dur mais bref – la soudaine apparition des ailes-A dans l'ombre de l'Escadron Rogue avait apparemment désuni les chasseurs Tie. Trois ou quatre minutes plus tard, l'Escadron Rogue était hors d'affaire.

– Et maintenant, Rogue Leader? demanda Rogue Deux tandis qu'ils se mettaient en formation au milieu des essaims de débris.

Wedge croisa mentalement les doigts et se retourna vers l'*Orthavan.* Si le stratagème de Bel Iblis avait échoué...

Mais non. L'intervention éclair des ailes-A avait perturbé l'attaque lancée par les Impériaux contre le superdestroyer de classe Victory, et il avait eu le temps de repasser à l'offensive. L'*Orthavan* faisait feu de toutes ses pièces de turbolasers et de canons ioniques, ravageant les lignes impériales. Le superdestroyer ennemi le plus proche cracha un geyser de gaz à haute température et se mit à tournoyer à la dérive. L'*Orthavan* passa sous la coque de sa victime et s'éloigna de la bataille pour se porter au devant du croiseur Interdictor.

– Cap sur l'*Orthavan*, ordonna Wedge. Ils vont peut-être avoir besoin de soutien.

Il avait à peine achevé que deux cuirassés surgirent dans l'espace sur le flanc de l'*Orthavan*. Il retint son souffle, mais le superdestroyer allait déjà trop vite et les cuirassés ne purent que lancer une salve au hasard. Il poursuivit sa route, et les ailes-A renouvelèrent leur manœuvre éclair pour se placer derrière les cuirassés. Une fois encore, l'effet de distraction fut hors de proportion avec les dommages infligés. Quand les chasseurs se replièrent, l'*Orthavan* était hors de portée des cuirassés.

Les Impériaux s'en rendirent compte. Derrière Wedge, le droïd bippa : le champ de pseudogravité diminuait : le croiseur Interdictor venait de couper ses projecteurs pour se préparer lui-même à fuir en luminique.

Le croiseur Interdictor...

Il trouva l'explication tardivement. Il s'était trompé – ces superdestroyers de classe Victory n'avaient nul besoin de dépendre d'une mystérieure coordination technique pour sauter si près du croiseur. Il leur suffisait de voler en suivant un vecteur hyperspatial qui leur était tracé par l'Interdictor et d'attendre jusqu'à ce que le cône gravifique les ramène en espace normal.

Wedge serra les lèvres. On lui avait depuis longtemps appris qu'il était tout aussi dangereux de surestimer les moyens de l'ennemi que de les sous-estimer. Il ne devait surtout pas oublier cette leçon.

– Le croiseur a abaissé son champ gravifique, dit Bel Iblis. A toutes les unités : accusez réception et préparez-vous à battre en retraite au signal.

– Escadron Rogue : compris, fit Wedge, tout en se plaçant sur le vecteur de fuite et en faisant le compte de ce qui subsistait du groupe d'attaque principal.

Il grimaça. Aucun doute : ils avaient été battus, et sévèrement. Et tout ce que Bel Iblis avait pu faire avec son légendaire talent de tacticien, ç'avait été d'empêcher la déroute totale. Ils allaient certainement payer ça avec un nouveau système qui tomberait aux mains de l'Empire.

– Escadron Rogue : allez!

– Bien reçu.

Avec un soupir, Wedge fit basculer le levier de commande hyperspatial, les étoiles se changèrent en traits de feu, et une pensée de consolation lui vint.

Au moins, dans l'avenir immédiat, il était peu probable qu'ils sous-estiment l'Empire.

6

Les traits de feu redevinrent des étoiles. Le *Wild Karrde* avait regagné l'espace normal. Loin devant brillait l'étoile naine blanche du système de Chazwa, à peine distincte sur le fond embrasé des soleils en arrière-plan. A proximité, sur le côté, la planète Chazwa n'était visible que comme un mince croissant lumineux. Dans l'espace obscur, les traces des évents d'une cinquantaine de vaisseaux étaient repérables. Cargos et transporteurs lourds, qui quittaient le site central de transbordement de Chazwa ou qui s'y dirigeaient. Quelques-uns étaient à l'évidence des unités de guerre impériales.

– Eh bien, nous y sommes, dit Aves sur le ton de la simple conversation. Incidemment, Karrde, j'aimerais que l'on enregistre que je considère personnellement cette idée comme absolument démente.

– Peut-être bien, concéda Karrde en consultant ses écrans. (Bon : le reste du groupe les avait rejoints.) Mais si le trafic de clones de l'Empire passe effectivement par le secteur d'Orus, la garnison de Chazwa devrait en avoir la trace. Et peut-être même le point d'origine, pour peu qu'il y ait eu une défaillance humaine.

– Je ne faisais pas allusion aux détails du raid. Ce que je voulais dire, c'est qu'on était complètement cinglés de nous investir là-dedans. Cette guerre, c'est l'affaire de la Nouvelle République, pas la nôtre – c'est à eux de remonter la filière.

– C'est bien ce que j'aurais décidé, si je leur faisais confiance. (Karrde observait l'espace par la baie tribord. Un cargo semblait s'approcher lentement de leur secteur.) Mais je ne crois pas qu'ils soient à la hauteur.

Aves grogna.

– Je ne marche pas dans les combines de Skywalker. Je me dis que s'il était possible de produire des clones à une telle vitesse, les anciens maîtres-clones l'auraient fait...

– Mais justement, ils l'ont peut-être fait, contra Karrde. Je ne pense pas qu'aucune information sur les techniques de cette époque ait subsisté. Tout ce que j'ai pu voir provenait des expériences qui ont précédé les Guerres Cloniques.

– Oui, mais quand même... je préférerais qu'on se tienne à l'écart de tout ça.

– Il se pourrait qu'on n'ait plus tellement le choix, fit Karrde en montrant le cargo en approche. Je crois qu'on s'apprête à nous intercepter. Tu peux essayer de me l'identifier?

– Tout de suite. (Aves se pencha vers sa console.) Pour l'instant, il ne correspond à rien de connu. Mais attends une seconde... oui. Ils ont trafiqué leur identité – un simple bricolage de transpondeur, je dirais. Voyons si le décodeur magique de notre Ghent peut déchiffrer tout ça...

Karrde acquiesça. A la seule mention du nom de Ghent, il pensa à Coruscant et aux deux associés qu'il avait confiés aux bons soins de la Nouvelle République. Si le calendrier des docteurs était exact, Mara devait être sur pied, à présent. Et elle ne tarderait pas à essayer de le contacter. Mentalement, il prit note de l'appeler via leur contact dès qu'ils en auraient fini ici.

– Je le tiens! s'exclama Aves, triomphant. Karrde... je crois bien que c'est un de vos amis. Le moins qu'honorable Samuel Tomas Gillespee, propriétaire du *Kern's pride*.

– Ah, vraiment, dit Karde en observant le vaisseau qui était maintenant à une centaine de mètres. Je suppose que nous ferions bien de savoir ce qu'il veut.

Il pressa la touche de transmission rapprochée.

– Ici Talon Karrde. J'appelle le *Kern's pride*. Alors, Gillespee, on ne dit plus « bonjour »?...

– Salut, Karrde. Ça ne te gêne pas si je prends le temps de savoir à qui je parle?

– Pas du tout. Pas mal, ton camouflage, en tout cas.

– J'aurais pu faire mieux, d'accord, dit Gillespee d'un ton cassant. En tout cas, on n'était pas prêt de craquer le tien. Qu'est-ce que tu fiches dans le coin?

– J'allais justement te poser la même question. J'avais cru que tu devais prendre ta retraite.

– Mais oui. Je comptais bien dire adieu à tout le monde, et merci bien et tout ça... Je me suis acheté un beau petit bout de terre sur un joli monde à l'écart de tout pour regarder pousser les arbres et me tenir à l'abri de tous les mauvais coups. Ukio... tu connais?...

Aves secoua la tête en murmurant.

– Il me semble que j'en ai entendu parler récemment, dit Karrde. Tu étais là lors de l'attaque des Impériaux?

– Pendant l'attaque, pendant la reddition, et jusqu'à ce que je ne puisse plus tolérer l'occupation. A vrai dire, j'étais au premier rang. Un beau spectacle, pour sûr.

– Et qui pourrait être enrichissant, ajouta Karrde, qui réfléchissait à toute allure.

A sa connaissance, la Nouvelle République ne savait pas très exactement comment l'Empire avait opéré sur Ukio. Des informations sur l'attaque pouvaient être très précieuses pour ses stratèges. Et on pouvait espérer une prime sérieuse.

– Je suppose que tu n'as pas fait de relevés pendant l'attaque.

– Si, j'ai une partie du bombardement initial, dit Gillespee. Dans la carte de données de mes macrojumelles. Pourquoi?

– Je pense que je vais te trouver un client. Ce qui pourrait te dédommager de tes biens perdus.

– Je ne pense pas que ton client ait autant à dépenser, Karrde, grogna Gillespee. Tu n'en aurais pas cru tes yeux. On ne parle pas de Svivrfen, tu me comprends? Mais Ukio aurait quand même pu tenir plus longtemps.

– Tu sais, l'Empire a pas mal de pratique pour ce qui est d'investir les systèmes. Tu as même eu de la chance de t'en tirer.

– Là, tu as raison. Faughn et Rappapor m'ont fait sauter juste avant les commandos d'assaut. Derrière ces ouvriers qu'on m'avait expédiés pour transformer ma propriété en exploitation agricole. Ça, je te le dis, ce nouveau système de clones qu'ils mettent en place, c'est à mourir de peur.

Karrde lança un regard en biais à Aves.

– A ce point-là?

– Qu'est-ce que tu veux dire : à ce point-là? rétorqua Gillespee. Merci, mais je ne pense pas que les gens doivent sortir d'une chaîne d'assemblage comme ça. Et en tout cas, ce n'est pas à l'Empire de s'occuper de l'usine. Tu aurais dû voir les gars qu'ils avaient envoyés pour les barrages routiers – de quoi te ficher la trouille, oui.

– Je n'en doute pas, dit Karrde. Mais quand tu auras quitté Chazwa, quels sont tes plans?

– Je n'en avais pas *avant*, tu sais, dit Gillespee d'un ton aigre. J'espérais entrer en relation avec le vieux contact de Brasck. Pourquoi, tu as mieux à me proposer?

– Ça se pourrait. On pourrait commencer par envoyer ces

données que tu as dans ta carte de macrolunettes à mon client et à te faire payer sur le crédit qu'il m'a accordé. Ensuite, j'aurais un autre projet qui risque de t'intéresser...

– On a de la compagnie, interrompit Aves. Deux unités impériales qui arrivent droit sur nous. Des frégates de classe Lancer, je dirais...

– Tiens, tiens, fit Gillespee. On n'est peut-être pas partis aussi discrètement que ça d'Ukio.

– Je pense que c'est plus probablement après nous qu'ils en ont, dit Karrde, tout en tapant un cap de fuite sur le clavier de gouverne. Ça m'a fait plaisir de bavarder avec toi, Gillespee. Si tu veux qu'on reprenne la conversation, donnons-nous rendez-vous dans huit jours dans le système Trogan – tu le connais.

– J'y arriverai, si tu y arrives, toi. Sinon, fais-leur passer un sale moment.

Karrde coupa le contact.

– Ça ne va pas être facile, marmonna-t-il. O.K. On y va. Vite fait, bien fait...

Le *Wild Karrde* bascula sur bâbord, pour donner l'illusion qu'ils se préparaient à passer au large de la planète pour choisir un nouveau vecteur hyperspatial.

– J'alerte les autres? demanda Aves.

– Pas encore.

Karrde consulta rapidement ses moniteurs et demanda à l'ordinateur de navigation de calculer leur saut en luminique.

– Je préfère annuler la mission quitte à remettre ça plus tard plutôt que de me colleter avec deux Lancer qui m'ont l'air sérieusement décidés.

– Oui, fit Aves. Karrde... ils n'ont pas modifié leur cap, tu sais.

Karrde leva les yeux. Aves avait raison : les deux frégates ne s'étaient pas déportées d'un pouce. Elles continuaient sur leur vecteur initial.

Droit sur le *Kern's Pride*.

Il échangea un regard avec Aves.

– Qu'est-ce qu'on fait? demanda son second.

Karrde revint aux deux unités impériales. Le *Wild Karrde* était loin d'être inoffensif en cas d'engagement, et il avait le meilleur des équipages. Mais avec son artillerie qui avait été prévue pour repousser les chasseurs ennemis, ils ne seraient pas à armes égales avec les deux frégates.

Et soudain, le *Kern's Pride* manœuvra. Il roula bord sur bord et plongea dans une espèce de saut koiogran, avant d'accélérer à angle aigu par rapport à sa trajectoire initiale. Les Lancer ne se laissèrent pas abuser et lui collèrent au train.

Ce qui laissait la voie libre au *Wild Karrde*. Ils pouvaient maintenant continuer leur route vers Chazwa, piller les données de la garnison et prendre le large avant même que les frégates n'aient regagné la planète. Vite et bien, et très certainement tout à l'avantage de la Nouvelle République.

Mais Gillespee était une vieille connaissance... et à l'échelle de Karrde, un copain de contrebande se plaçait très au-dessus de n'importe quel gouvernement interstellaire. Surtout si on ne lui appartenait pas officiellement.

– On dirait effectivement que Gillespee n'a pas quitté Ukio aussi discrètement qu'il le pensait. (Il pressa la touche de l'intercom tout en faisant pivoter le vaisseau.) Lachton, Chin, Corvis : armez les turbolasers. On y va.

– Et les autres? demanda Aves tout en activant les boucliers déflecteurs et en composant le dispositif stratégique.

– On va d'abord attirer l'attention des frégates.

Les trois servants des turbolasers signalèrent qu'ils étaient prêts et, en prenant son souffle, il lança le vaisseau.

Le commandant des frégates n'était pas stupide. Dès que le *Wild Karrde* manœuvra dans leur direction, l'un des deux Lancer se détourna pour se porter à la rencontre de ce nouvel adversaire.

– Maintenant, je crois qu'on a attiré leur attention, commenta Aves d'un ton tendu. Est-ce qu'on ne devrait pas inviter les autres à cette petite fête?

– Oui, vas-y. (Et Karrde appela le *Kerns' Pride* :) Gillespee, ici Karrde.

– Oui, je te vois. Qu'est-ce que tu penses faire, là?...

– Te donner un coup de main.

La frégate impériale venait d'ouvrir le feu avec une vingtaine de ses batteries laser quadruples et des traits verts se concentrèrent sur le *Wild Karrde*. Les turbolasers ripostèrent. Mais les trois pièces étaient bien misérables face à la puissance de destruction des Impériaux.

– O.K. – on bloque celle-là. Tu ferais mieux de dégager avant que l'autre soit à portée.

– Parce que tu as *bloqué* une frégate Lancer? répliqua Gillespee. Écoute, Karrde...

– Je t'ai dit de dégager. On ne pourra pas rester là longtemps. Et ne t'inquiète pas pour moi : je ne suis pas seul dans le coin.

– Ils arrivent, confirma Aves.

Karrde se tourna brièvement vers l'écran arrière. Oui, ils arrivaient tous : quinze cargos bourrés à bloc qui convergeaient sur la frégate brusquement dominée.

Un sifflement de totale surprise retentit dans l'intercom.
– Hé, dis, tu ne plaisantais pas! fit Gillespee.
– Pas du tout. Maintenant, tu te sors de là, tu veux bien?
Gillespee éclata de rire.
– Laisse-moi te confier un petit secret, Karrde. Moi non plus, je ne suis pas seul.
Et tout à coup, à peine distincts dans la brume ardente des tirs de lasers, les jets des évents d'une vingtaine de nouveaux vaisseaux apparurent et convergèrent sur la seconde frégate comme des barabels affamés.
– Karrde, je vais te dire, reprit Gillespee sur le ton de la conversation. A mon avis, je ne pense pas que ni toi ni moi on fasse des affaires sur Chazwa avant quelque temps. Ça te dirait qu'on reparle de tout ça ailleurs? Disons, dans huit jours.
– Avec plaisir, répondit Karrde en souriant.
Mais, comme il se tournait vers la frégate, son sourire disparut. L'équipage normal d'une frégate Lancer était de 850 hommes. A la façon dont celle-ci se défendait, il était facile d'estimer qu'elle en avait de nombreux autres en renfort. Combien sortaient des usines de clones du Grand Amiral Thrawn?
– A propos, Gillespee, ajouta-t-il. Si jamais tu rencontres des collègues en chemin, tu pourrais les inviter. Ce que j'ai à dire pourrait les intéresser.
– Tu as raison, Karrde, grommela l'autre. A dans huit jours.
Karrde coupa l'intercom. C'était fait. Gillespee allait passer le mot aux autres groupes de contrebandiers et, le connaissant, l'invitation deviendrait très vite une incitation, pour ne pas dire un ordre pressant. Ils seraient dans le système Trogan – tous, ou presque.
Maintenant, le problème était de savoir ce qu'il allait leur dire.

Le Grand Amiral Thrawn se laissa aller en arrière dans son fauteuil de commandement.
– Très bien, messieurs, fit-il en levant les yeux vers les quatorze officiers rassemblés autour de la console. Vous avez des questions?
Le petit personnage échevelé qui se tenait à une extrémité interrogea du regard ses collègues. Et il répondit d'un ton militaire net et précis qui contrastait avec son apparence civile négligée :
– Aucune question, amiral. Quel est notre programme?
– On prépare votre cargo en ce moment. Vous partirez dès

que possible. Combien de temps, selon vous, vous faudra-t-il pour pénétrer dans le Palais Impérial?

– Pas plus de six jours à compter de maintenant, amiral. J'aimerais faire escale dans un ou deux ports avant de rallier Coruscant. Il nous sera plus facile de tromper leur sécurité si nous avons des données de parcours officielles. A moins que vous ne teniez à ce que nous agissions plus rapidement, bien sûr.

Les yeux de Thrawn s'étrécirent presque imperceptiblement, et Pellaeon devina à qui il pensait. A Mara Jade, qui se trouvait là-bas, dans le quartier général des Rebelles. Et qui leur révélait peut-être en cet instant l'existence du dépôt de l'Empereur sur Wayland.

– Le temps est l'élément déterminant de cette opération, dit enfin Thrawn au chef du commando. Mais la vitesse d'exécution serait inutile si vous veniez à être démasqués avant même de pénétrer à l'intérieur du Palais. Major Himron, c'est vous qui serez sur place. Et je me fie à votre jugement.

– Merci, amiral. Nous nous montrerons dignes de votre confiance.

– Je le sais, major. Vous pouvez vous retirer.

En silence, les quatorze hommes quittèrent la chambre de commandement.

– Capitaine, certaines de mes instructions ont paru vous surprendre, dit Thrawn.

– Oui, amiral, c'est juste. Bien sûr, tout cela est logique. Je n'avais simplement pas envisagé que l'opération pouvait être menée jusqu'à son point final.

– Il faut toujours se préparer au point final, répliqua Thrawn en tapant sur sa console.

Les lumières s'atténuèrent. Des hologrammes et des peintures plates apparurent.

– L'art des Mriss, commenta Thrawn. L'un des plus curieux exemples d'omission que l'on ait rencontré dans la galaxie civilisée. Jusqu'à ce qu'ils aient été contactés par la dixième Expédition d'Alderaan, aucune des douze sociétés des Mriss n'avait encore abordé l'art tridimensionnel.

– Intéressant, dit Pellaeon, prudent. Un défaut de leurs sens de la perception?

– C'est ce qu'estiment de nombreux experts. Mais il me semble clair, cependant, que cette occultation s'explique par des zones aveugles dans leur culture et une harmonisation sociale très subtile mais tout aussi forte. Une combinaison que nous devrions pouvoir exploiter.

Pellaeon ne pouvait détacher son regard des œuvres d'art, l'estomac noué.

– Nous allons attaquer Mrisst?

– Oui, car elle est certainement prête à être cueillie. Et quand nous y aurons installé une base, nous pourrons lancer des attaques droit vers le cœur de la Rébellion.

– Mais la Rébellion doit le savoir, risqua Pellaeon.

Si les demandes répétées de C'baoth pour une attaque massive contre Coruscant avaient fini par convaincre le Grand Amiral...

– En ce cas, ils lanceraient une contre-attaque d'envergure dès que nous ferions mouvement sur Mrisst.

– Exactement, fit Thrawn, l'air sombre et satisfait. Ce qui signifie que lorsque nous serons prêts à prendre le secteur de Coruscant en embuscade, Mrisst sera l'appât idéal. S'ils nous affrontent, nous les battrons sur place. Et s'ils devinent le piège et se dérobent, nous disposerons d'une base avancée. D'une façon ou d'une autre, l'Empire triomphera.

Il se pencha sur sa console et l'exposition holographique se changea en carte stellaire tactique.

– Mais... disons que cette bataille est encore dans l'avenir. Pour l'heure, notre objectif essentiel est d'édifier une force assez puissante pour nous assurer la victoire à terme. Et repousser la Rébellion en attendant.

Pellaeon hocha la tête.

– Pour ça, l'assaut contre Ord Mantell devrait nous servir.

– Oui, car il suscitera une certaine crainte dans les systèmes voisins. Tout en diminuant le harcèlement des Rebelles sur les lignes de ravitaillement de nos chantiers.

– Ce serait assez utile, fit Pellaeon, l'air préoccupé. Le dernier rapport que nous avons reçu de Bilbringi fait apparaître que les chantiers commencent à être à court de gaz Tibanna, et qu'ils manquent de hfredium et de kammris.

– J'ai d'ores et déjà donné l'ordre à la garnison de Bespin d'augmenter la production de gaz Tibanna. En ce qui concerne les métaux, les Renseignements ont récemment signalé une source d'approvisionnement qui nous conviendrait.

Pellaeon se pencha. Et s'arrêta sur le nom de la planète qui avait été localisée.

– C'est *vraiment* ce que les Renseignements considèrent comme un gisement convenable?

– Je crois comprendre que vous n'êtes pas d'accord? fit Thrawn, suave.

Pellaeon revint au rapport et une grimace plissa tout son visage. L'Empire avait déjà tenté d'attaquer le complexe minier mobile de Lando Calrissian sur Nkllon, la planète superchaude exposée à des radiations mortelles quand des taupes minières avaient été nécessaires pour l'assaut de Thrawn contre les chantiers de Sluis Van [1]. Dans cette affaire, l'Empire avait perdu des milliers d'heures, d'abord en préparant un bouclier géant pour le *Judicator*, et ensuite en réparations diverses.

– Amiral, tout dépend du temps que nous allons accorder au superdestroyer chargé de ce raid.

– Question pertinente, acquiesça Thrawn. Heureusement, cette fois-ci, nous n'aurons pas besoin de détacher l'un quelconque de nos superdestroyers. Trois de nos nouveaux cuirassés devraient être plus que suffisants pour neutraliser les défenses de Nkllon.

– Mais un cuirassé ne pourra jamais... (Pellaeon s'interrompit en devinant le plan.) Oui, un cuirassé pourra s'emparer d'un des cargos qui font la navette et, avec sa taille, il pourra s'abriter derrière un des parapluies.

– Exactement. Et en capturer un ne devrait pas poser de problème, capitaine. Ces vaisseaux-boucliers sont peut-être impressionnants par leurs dimensions, mais ils sont surtout constitués de blindage, de systèmes de refroidissement, avec une unité motrice réduite tout autant que l'équipage. Avec six navettes d'assaut, nous en aurons raison très vite.

Pellaeon acquiesça, tout en poursuivant sa lecture du rapport des Renseignements.

– Mais que se passera-t-il si Calrissian vend ses stocks avant que la force d'assaut n'intervienne?

– Il ne le fera pas. La cote des métaux vient à peine de remonter, et des gens comme Calrissian attendent toujours que les prix montent encore un peu plus. A moins que Calrissian ne succombe à une nouvelle crise de patriotisme pour ses amis de la Nouvelle République et ne décide de leur vendre ses stocks à bas prix.

– Néanmoins, amiral, je recommanderais que cette attaque soit déclenchée aussi rapidement que possible.

– Je le note, capitaine, dit Thrawn avec un mince sourire. En fait, j'ai déjà agi dans ce sens : le raid a commencé il y a dix minutes.

Pellaeon répondit par un sourire crispé. Un jour, se dit-il, il devrait cesser d'essayer de deviner les pensées du Grand Amiral.

Thrawn s'enfonça dans son fauteuil et ajouta :

– Capitaine, regagnez donc la passerelle et préparez notre saut en luminique. Ord Mantell nous attend.

1. Voir la fin de *L'Héritier de l'Empire (N.d.T.)*.

7

Un bip tira Luke de sa somnolence. Il repoussa les dernières ombres du sommeil et examina les écrans.

– D2? On y est presque. Prépare-toi.

Il s'étira du mieux qu'il put dans le cockpit étroit.

Un gazouillis inquiet lui répondit.

– Allons, D2, détends-toi.

Il posa les doigts sur le levier de commande hyperspatiale de l'aile X et laissa la Force affluer en lui. Il compta les secondes et... *maintenant*! Il bascula le levier et les étoiles réapparurent.

Droit devant eux brillait Honoghr, le monde natal des Noghri.

D2 siffla doucement.

– Oui, je sais.

Luke lui-même éprouvait une sorte de malaise. Leia l'avait prévenu, mais la vision qu'il avait de la planète était quand même un choc. Sous les quelques bancs de nuages qui flottaient dans le ciel, ce monde tout entier n'était qu'une plaine brunâtre. L'herbe *kholm*, ainsi que l'appelait Leia : la plante honoghrane que l'Empire avait génétiquement modifiée dans le but de poursuivre la destruction systématique de l'écologie planétaire. C'est par cette ruse, avec l'assistance limitée de Vador puis, ensuite, de Thrawn, que l'Empire s'était attaché les services des Noghri depuis quatre décennies. A présent encore, les Commandos de la Mort noghri étaient dispersés dans toute la galaxie. Ils se battaient et mouraient pour ceux-là même qui, de sang-froid, les avaient abusés, trahis, et réduits en esclavage.

D2 trilla et Luke s'arracha au morne spectacle des exactions impériales.

– Non, je ne sais pas, répondit-il en déchiffrant la question du droïd sur son moniteur. Il faudrait envoyer une équipe de spécialistes de l'environnement et de l'écologie avant de pouvoir nous prononcer. Mais ça me semble plutôt désespéré, non?...

Le droïd lança un pépiement électronique qui se changea brutalement en un sifflement suraigu. Luke redressa la tête à la seconde où un patrouilleur léger les survolait.

– Ils nous ont détectés, dit-il sur un ton aussi neutre que possible. Espérons que ce sont des Noghri et pas des Imp...

– Chasseur, veuillez vous identifier, miaula une voix de félin.

Luke pressa les touches de transmission tout en lançant la Force vers le patrouilleur qui, après avoir pivoté, se remettait en position d'attaque.

Même à une telle distance, il aurait pu détecter un pilote humain, ce qui signifiait qu'il avait affaire à un Noghri. Du moins, il l'espérait.

– Ici, Luke Skywalker. Fils de Dark Vador, frère de Leia Organa Solo.

La réponse se fit attendre.

– Pourquoi êtes-vous venu?

En temps normal, il le savait, la prudence aurait recommandé qu'il n'aborde pas la question des cellules énergétiques avant de connaître la situation politique des chefs noghri. Mais Leia lui avait répété plusieurs fois à quel point elle avait été impressionnée par la franche honnêteté et le sens de l'honneur des Noghri.

– Les cellules primaires de mon vaisseau ont été endommagées, dit-il. Je pensais que vous pourriez peut-être me venir en aide.

Un sifflement léger.

– Vous nous mettez en grand danger, fils de Vador. Les vaisseaux de l'Empire abordent inopinément Honoghr. S'ils vous voient, nous en souffrirons.

– Je comprends, dit Luke, soulagé d'un poids : si les Noghri redoutaient qu'il soit repéré par les Impériaux, cela indiquait au moins qu'ils n'avaient pas complètement rejeté l'invitation de Leia à se rallier aux forces rebelles.

– Si vous le préférez, je peux me retirer.

Il retint son souffle, tandis que D2 geignait doucement.

Si le Noghri acceptait qu'il reparte, il n'y avait guère de chance qu'ils puissent aller encore loin.

Apparemment, le Noghri avait dû se dire la même chose.

– La Dame Vador a déjà pris bien des risques pour les Noghri, dit-il enfin. Nous ne pouvons permettre que votre vie soit en danger. Suivez-moi, fils de Vador. Je vais vous conduire vers le refuge que les Noghri peuvent vous offrir.

Selon Leia, il n'existait qu'une seule région d'Honoghr, très réduite, où l'on pouvait trouver d'autres formes de vie végétale que l'herbe *kholm* produite par le génie génétique de l'Empire. C'était dans l'un des villages que Khabarakh et la maitrakh du clan Kihm'bar avaient caché Leia, Chewbacca et 6PO, et les avaient soustraits aux recherches des Impériaux avec beaucoup d'astuce et de chance. Leia avait donné à Luke les coordonnées des Terres Propres en même temps que celles du système. Mais, tandis qu'ils plongeaient vers la surface, Luke s'aperçut qu'ils ne se dirigeaient absolument pas vers cette région.

– Où allons-nous? demanda-t-il alors qu'ils traversaient une strate de nuages.

– Vers l'avenir de notre monde, répondit le Noghri.

– Ah! fit Luke dans un souffle.

Il apercevait, loin devant, une double ligne de falaises déchiquetées qui évoquait l'arête dorsale des dragons de Tatooine.

– Votre avenir se trouve dans ces montagnes? ajouta-t-il.

Un autre sifflement léger lui répondit.

– Tout comme Dame Vador et le Seigneur Vador avant elle, vous aussi lisez dans l'âme des Noghri.

Luke haussa les épaules. A vrai dire, la vérité n'avait pas été difficile à percer.

– Où allons exactement?

– D'autres vont vous montrer la route. Ici, je dois vous quitter. Adieu, fils de Vador. Ma famille chérira longtemps l'honneur qui a été le mien ce jour.

Et le patrouilleur vira à angle aigu, remontant vers l'espace...

En parfaite synchronisation, deux équipes de rase-nuages équipés pour le combat venaient de surgir de nulle part pour se placer de part et d'autre du vaisseau.

– Bienvenue, fils de Vador, dit une voix nouvelle. C'est un honneur pour nous de vous guider. Suivez-nous.

L'un des rase-nuages accéléra pour les précéder tandis que les autres se plaçaient en arrière-garde. Luke resta au sein de la formation tout en observant les falaises qui, apparemment, étaient aussi désolées que le reste de la planète.

D2 lança un gazouillement et le message s'afficha sur le moniteur de Luke.

– Un fleuve? s'exclama Luke en se penchant vers l'extérieur. Où est-ce que tu as... Ah, oui, le voilà. Il se déverse entre ces deux lignes de collines, c'est ça?...

Un bip de confirmation. Ce fleuve, se dit Luke, était presque un torrent tandis qu'ils se rapprochaient du flot tumultueux qui cernait d'écume les crocs de roc noir. Ce qui expliquait sans doute pourquoi la gorge qui séparait les deux chaînes de collines était si profonde et étroite.

Ils abordèrent les falaises quelques minutes après. Le rase-nuages de tête se porta vers bâbord en prenant lentement de l'altitude avant de disparaître sur l'autre versant d'un à-pic. Luke lui suivit. Un souvenir lointain lui revint et un sourire plissa ses lèvres. *Il va falloir plonger tout droit dans cette tranchée...* Il lança l'aile X dans l'ombre des falaises.

Pour se retrouver dans un monde absolument différent. Les berges étroites du fleuve étaient d'un vert intense.

D2 sifflota, surpris.

– Des plantes, commenta Luke, en réalisant dans la seconde ce que ces mots avaient de ridicule : bien sûr qu'il s'agissait de plantes. Mais ici, sur Honoghr...

– Voilà l'avenir de notre monde, commenta un Noghri avec un accent d'orgueil. L'avenir que Dame Vador nous a donné. Continuez à nous suivre, fils de Vador. Le terrain d'atterrissage est encore loin devant.

Le terrain se révéla être un rocher énorme au sommet plat, qui séparait le torrent à deux kilomètres en amont de la gorge. Luke, sans quitter des yeux les flots furieux, effectua ses manœuvres d'approche. Heureusement, la piste était plus large qu'elle ne lui avait paru à cinquante mètres d'altitude. Les rase-nuages attendirent qu'il se soit immobilisé pour continuer leur route plus loin dans la gorge. Luke coupa les contrôles et regarda autour de lui.

La verdure, il pouvait le constater maintenant, n'était pas aussi monochrome qu'il l'avait cru. Il discernait au moins quatre teintes différentes, mêlées en un schéma qui était trop évident pour être dû au hasard. Il vit un tuyau d'alimentation en eau qui allait du fleuve aux plantations. Les Noghri, se dit-il, utilisaient la force du courant pour détourner une partie de l'eau. A quelques mètres en aval, à demi dissimulée par un surplomb rocheux, il y avait une sorte de cabane. Deux Noghri étaient campés de part et d'autre de l'entrée. L'un avait la peau gris acier, l'autre était presque noir. Ils s'avancèrent vers le chasseur.

– On dirait que nous avons droit à un comité de réception, dit Luke en déclenchant l'ouverture du cockpit. D2, tu restes ici. Et j'entends par là : *tiens-toi prêt à tout.* Si tu tombes encore une fois à l'eau comme tu l'as fait lors du premier voyage sur Dagobah, il te faudra de la chance pour que je retrouve tes morceaux, tu sais...

Il n'eut pas besoin de répéter son ordre. D2 trilla un acquiescement angoissé, suivi d'une question.

– Oui, je suis persuadé que leurs intentions sont amicales, l'assura Luke tout en ôtant son casque. Ne t'en fais pas. Je ne vais pas aller très loin.

Il descendit et se porta à la rencontre de leurs hôtes.

Les deux Noghri étaient déjà au bord du terrain et l'observaient en silence. Avec une grimace rentrée, Luke s'avança vers eux et lança la Force en souhaitant avoir suffisamment de talent pour obtenir quelques données de plus – n'importe lesquelles – sur cette race.

Quand il fut assez près pour se faire entendre par-dessus le grondement du fleuve, il lança :

– Au nom de la Nouvelle République, je vous salue. Je suis Luke Skywalker. Fils du Seigneur Dark Vador, frère de Leia Organa Solo.

Et il tendit la main, la paume vers le haut, comme le lui avait indiqué Leia.

Le plus âgé des Noghri s'avança et frôla du groin la paume de Luke, et il dut lutter contre l'envie de retirer sa main à ce contact urticant.

– Soyez le bienvenu, fils de Vador, dit le Noghri.

Et, dans un parfait ensemble, les deux Noghri s'agenouillèrent, les mains sur les flancs en signe de profonde déférence.

– Je suis Ovkhevam du clan Bakh'tor. Je sers le peuple des Noghri, ici, pour l'avenir de notre monde. Votre présence est pour nous un honneur.

– Et votre hospitalité est de même un honneur pour moi. (Les deux Noghri venaient de se redresser.) Et votre compagnon est ?...

– Je suis Khabarakh, du clan Kihm'bar, dit le plus jeune. Et le clan de Vador m'a maintenant doublement honoré.

– Khabarakh du clan Kihm'bar, répéta Luke en dévisageant le jeune Noghri.

Ainsi, il avait devant lui celui qui avait tout risqué, d'abord en amenant Leia à son peuple, puis en la protégeant du Grand Amiral Thrawn.

– Je vous remercie pour le service que vous avez rendu à ma sœur Leia. Ma famille et moi-même sommes vos débiteurs.

– La dette ne vous revient pas, fils de Vador, observa Ovkhevam. Elle revient au peuple des Noghri, et par ses actes, Khabarakh du clan Kihm'bar n'a fait que commencer à vous rembourser.

Luke hocha la tête, incertain de sa réponse.

– Vous appelez cet endroit l'avenir de votre monde? demanda-t-il, espérant changer de sujet.

– C'est l'avenir que Dame Vador a donné à notre peuple. (Ovkhevam leva les mains pour montrer la vallée tout entière.) C'est grâce à son don que nous avons pu nettoyer ces terres empoisonnées par l'Empire. Un jour, elles nous donneront de quoi nourrir tous les Noghri.

– Impressionnant, fit Luke.

Et il était sincère. Ailleurs, dans les régions découvertes, toute cette verdure aurait été menacée par l'herbe *kholm*, mais ici, entre les falaises, les vaisseaux impériaux ne risquaient guère de découvrir son existence. Le fleuve était là pour irriguer, et, sous cette altitude, la saison de croissance durait certainement plus longtemps que dans les Terres Propres. Et si la situation venait à s'aggraver encore, il suffirait de charges d'explosifs judicieusement disposées pour barrer le fleuve ou faire s'effondrer les falaises, ce qui dissimulerait à jamais cette paisible révolte aux yeux de l'Empire.

Les Noghri n'avaient eu qu'un mois pour concevoir le projet et le réaliser. Pas étonnant que Vador, puis Thrawn aient trouvé en eux des serviteurs très utiles, songea Luke.

– Oui, c'est Dame Vador qui a rendu tout cela possible, reprit Ovkhevam. Pour l'hospitalité, nous n'avons guère à vous proposer, fils de Vador. Mais ce que nous possédons est vôtre.

Luke acquiesça.

– Je vous remercie, mais, comme l'a fait remarquer le pilote de votre patrouilleur, ma présence ici est un danger pour vous. Si vous pouvez me fournir des cellules de remplacement, je repartirai aussitôt. Je vous paierai, bien entendu.

– Nous ne saurions accepter un paiement du fils de Vador, fit Ovkhevam, offusqué. Cela s'inscrira simplement dans la dette qui vous est due par les Noghri.

– Je comprends, fit Luke en soupirant.

Tout cela partait d'une bonne intention, il le savait, mais ce complexe de culpabilité devrait cesser. Des êtres et des races bien plus évolués que les Noghri s'étaient laissé prendre aux pièges de l'Empereur.

– Je suppose qu'il faudrait d'abord que nous voyions si vous diposez des cellules adéquates.

– C'est déjà fait, dit Khabarakh. Les rase-nuages sont allés jusqu'au port de Nystao. Les cellules et les techniciens seront ici à la tombée de la nuit.

– En attendant, vous êtes notre hôte, ajouta Ovkhevam en coulant un regard vers Khabarakh.

Il semblait considérer qu'il aurait dû laisser parler son aîné.

– C'est un honneur, dit Luke. Conduisez-moi.

La cabane qu'il avait aperçue du ciel était effectivement aussi petite à l'intérieur. Deux couchettes étroites occupaient la plus grande partie de la surface, avec une table basse et ce qui semblait être un module alimentaire de stockage et de préparation tel qu'on en trouvait dans les petites unités spatiales. Mais c'était au moins plus confortable qu'à l'extérieur.

– Ce sera votre gîte aussi longtemps que vous demeurerez sur Honoghr, dit Ovkhevam. Khabarakh et moi, nous monterons la garde au dehors afin de protéger votre vie.

– Ce ne sera pas nécessaire, fit Luke. (Mais, en observant la pièce, il se dit qu'elle avait été conçue pour une longue occupation.) Mais vous deux, quel est précisément votre rôle, si je puis me permettre de vous le demander?...

– Je suis le gardien, répondit Ovkhevam. Je veille sur cet endroit et je m'occupe des plantations. Quant à Khabarakh du clan Kihm'bar... (Il se tourna vers le jeune Noghri et Luke devina une trace d'humour sombre dans son regard.) C'est un fugitif. De nombreux vaisseaux sont lancés à sa poursuite.

– Oui, bien sûr, appuya Luke d'un ton sec.

Le Grand Amiral Thrawn menaçait de soumettre Khabarakh à un interrogatoire impérial complet, et il avait été essentiel que le jeune commando s'« enfuie ». De même qu'il avait été essentiel de faire connaître la trahison de l'Empire à tous les commandos noghri dispersés aux quatre coins de la galaxie. Jusqu'alors, ces deux objectifs semblaient avoir été atteints.

– Désirez-vous manger ou bien vous reposer? demanda Ovkhevam.

– Ça va, merci. Je crois que je devrais avant tout retourner à mon vaisseau pour démonter les cellules.

– Je peux vous aider? proposa Khabarakh.

– Oui, avec plaisir.

En fait, Luke n'avait pas besoin d'aide, mais plus vite les Noghri auraient épongé leur dette, mieux ce serait.

– Venez, les outils sont à bord.

Luke s'adossa au patin d'atterrissage de l'aile X, et Khabarakh, silencieux, se fraya un chemin dans la nuit.

– Nous avons reçu d'autres nouvelles de Nystao, annonça-t-il. Le commandant du vaisseau impérial a décidé de faire effectuer des réparations mineures ici. Ça devrait prendre deux journées. (Il hésita.) Les dynastes vous transmettent leurs excuses, fils de Vador.

– Mais ce n'est pas nécessaire.

Luke leva les yeux vers les étoiles, au-delà de l'ombre de son vaisseau. C'était donc bien ça. Il serait cloué ici pendant deux jours.

– En venant ici, je savais que ce risque existait. Je suis désolé de cette gêne.

– Mais votre présence parmi nous n'est nullement une gêne.

– J'apprécie votre hospitalité. Puis-je en conclure qu'ils n'ont pas repéré mon vaisseau ?

– Mais... si tel était le cas, le fils de Vador ne le saurait-il pas ?...

Luke sourit.

– Même les Jedi ont leurs limites, Khabarakh. Le danger lointain est difficile à déceler.

Pourtant, se dit-il, la Force était toujours avec lui. Ce croiseur d'interception aurait pu surgir à n'importe quel moment plus difficile : par exemple, pendant que l'équipe des techniciens noghri allait du port à la vallée secrète, ou même au moment de son départ. Ou alors, un commandant zélé les avait repérés et tout était fichu.

Dans un froissement léger d'étoffe, Khabarakh vint s'asseoir près de lui et lui demanda calmement :

– Ce n'est pas suffisant, n'est-ce pas ? Cet endroit que les dynastes nomment notre avenir. Il ne l'est pas ?...

Luke hocha la tête.

– Non. Vous avez accompli un formidable travail, et cela aidera certainement à alimenter votre peuple. Mais pour ce qui est de l'avenir d'Honoghr... Je ne suis pas un expert, Khabarakh. Mais d'après ce que j'ai vu, je ne pense pas que votre monde puisse être sauvé.

Le jeune Noghri siffla entre ses crocs.

– Ce que vous dites là reflète ce que pensent de nombreux Noghri, dit-il. Et il se peut qu'aucun d'eux ne pense le contraire.

– Nous pouvons vous aider à trouver un autre foyer. Il y a bien des mondes dans cette galaxie. Sur l'un d'eux, vous pourriez tout recommencer.

Un autre sifflement lui répondit.

– Mais ce ne serait pas Honoghr.

– Non, fit Luke, la gorge serrée.

Durant un moment, ils ne se dirent plus un mot. Luke se dit que ce qui s'était passé sur Honoghr était bien au-delà de son pouvoir et qu'il ne pouvait rien y changer. Les Jedi avaient leurs limites.

Khabarakh se remit sur pied.

– Avez-vous faim? demanda-t-il. Je peux vous faire apporter à manger.

– Je vous remercie.

Le Noghri se retira et Luke se dit que la perspective de passer deux jours ici était encore assombrie par l'accusation silencieuse de ce monde tout entier.

En levant les yeux vers les rares étoiles, il se demanda ce que Leia avait pu penser de cette situation. Avait-elle pris conscience qu'il était trop tard désormais pour sauver Honoghr? A moins qu'elle ait eu son idée sur la solution? Mais elle avait sans doute été trop absorbée par sa simple survie pour concevoir un futur plus lointain...

Ses pensées l'emportèrent vers Coruscant, vers sa sœur qui allait donner le jour à des jumeaux. C'était peut-être déjà fait. Yan était auprès d'elle, certes, mais il aurait tant aimé se trouver avec eux.

S'il ne pouvait y être en personne...

Il inspira profondément et apaisa tout son corps. Il lui était arrivé déjà une fois, sur Dagobah, d'atteindre l'avenir. Pour voir ses amis, discerner le chemin de leur vie. Mais en ce temps-là, Yoda avait été auprès de lui pour le guider. Si pourtant il parvenait à trouver son propre chemin, il pourrait entrevoir sa nièce et son neveu. Concentrant et focalisant toutes ses pensées et sa volonté, il lança la Force...

Leia était accroupie dans l'obscurité serrant dans ses mains son blaster et son sabrolaser, le cœur battant sous l'effet de la peur et de la détermination. Derrière elle se tenait Winter, serrant contre elle deux petites vies, vulnérables, fragiles. Une voix – celle de Yan – marquée par la même détermination et la colère. Chewbacca aussi était là, quelque part au-dessus – et Lando. Devant eux, des silhouettes bougeaient. Leurs esprits étaient emplis de menace et d'une volonté froide et mortelle. Un blaster cracha un trait ardent – puis un autre – une porte céda...

– Leia! cria Luke dans un sursaut violent, arraché soudain à sa transe sur une ultime trace d'image qui se perdit dans la nuit d'Honoghr. Celle d'un homme sans visage surgit des ombres mauvaises, qui s'avançait vers sa sœur et ses enfants. Avec l'aura de la Force...

– Qu'y a-t-il?

Luke ouvrit les yeux pour découvrir Khabarakh et Ovkhevam accroupis devant lui, leurs visages transformés en masques de cauchemar dans la clarté d'un petit bâton de lumière.

– J'ai vu Leia, dit-il, conscient du frémissement de sa voix. Elle et ses enfants étaient en danger. (Il reprit son souffle en frissonnant, chassant l'adrénaline de ses veines.) Il faut que je regagne Coruscant.

Les deux Noghri se regardèrent.

– Mais s'ils sont en danger à cette heure?... commença Ovkhevam.

– Pas à cette heure. (Il secoua la tête.) Ce que j'ai vu se situe dans l'avenir. Mais j'ignore si c'est loin ou proche.

Khabarakh posa la main sur l'épaule d'Ovkhevam et, durant une minute, ils discutèrent en noghri. Tandis que Luke appliquait toutes les techniques d'apaisement Jedi. *Tout ira bien.* Lando avait été présent dans cette vision. Pourtant, à sa connaissance, il était encore dans sa Cité Nomade de Nkllon. Ce qui signifiait que Luke avait encore le temps de regagner Coruscant avant qu'on attaque Leia.

Vraiment? Cette vision était-elle bien une image du futur? Ou bien un changement dans le cours des événements pouvait-il altérer ce qu'il avait vu? *Difficile de voir l'avenir.* Tel avait été le commentaire de Maître Yoda après la vision que Luke avait eue sur Dagobah. *Il est toujours en mouvement.* Et si un Jedi qui connaissait en profondeur la Force s'était montré incapable de faire le tri des incertitudes du temps...

– Si vous le souhaitez, fils de Vador, les commandos peuvent s'emparer du vaisseau impérial, proposa Ovkhevam. Si nous supprimons suffisamment vite ses gens, rien n'indiquera que la faute incombe aux Noghri.

– Non, je ne peux pas vous laisser faire ça, dit Luke en secouant la tête. C'est trop dangereux. Nous ne pouvons être certains qu'ils n'auront pas le temps d'envoyer un message.

Ovkhevam se redressa.

– Si Dame Vador est en péril, les Noghri sont prêts à courir le risque.

Luke dévisagea les deux Noghri avec, soudain, un sentiment étrange. Leurs faces de cauchemar n'avaient en rien changé mais, le temps d'un battement de cœur, il les avait perçus différemment. Tout soudain, pour lui, ils n'étaient plus des non-humains, mais des amis. Leurs visages étaient familiers.

– La dernière fois que j'ai eu une telle vision, leur expliqua-t-il calmement, je me suis précipité sans prendre le temps de réfléchir ni de trouver de l'aide. Non seulement, je ne leur ai été d'aucun secours, mais j'ai bien failli ruiner leur seule chance de s'en sortir. (Il regarda sa main artificielle et une trace fantôme de la souffrance qu'il avait éprouvée quand le laser de Vador lui avait tranché le poignet l'effleura.) Ce qui m'a coûté...

Il revint aux Noghri.

– Je ne veux pas répéter la même erreur. Surtout pas en mettant en jeu l'existence des Noghri. J'attendrai que le vaisseau impérial soit reparti.

Khabarakh lui toucha l'épaule.

– Fils de Vador, il ne faut pas vous tourmenter pour leur sécurité. Dame Vador ne saurait être aisément vaincue. Pas avec le Wookie Chewbacca auprès d'elle.

Luke, encore une fois, leva les yeux vers les étoiles. Non, pas avec Yan, Chewie, et toute la sécurité du Palais. Leia saurait repousser des intrus hostiles.

Mais il gardait encore la trace de cette dernière image entrevue. Cet être qui portait la Force...

Sur Jomark, le Maître Jedi C'baoth lui avait fait comprendre qu'il voulait Leia et ses enfants. Se pouvait-il qu'il les veuille assez intensément au point d'aller lui-même sur Coruscant?

– Ils résisteront, insista Khabarakh.

Luke fit un effort pour acquiescer.

– Je sais.

Il essayait d'avoir un accent sincère. Ce serait absurde de transmettre son inquiétude aux autres.

Les dernières salves avaient été tirées, les dernières microfractures étaient scellées, les derniers blessés à l'abri... Et, avec une impression bizarre de résignation et de fureur glacée, Lando Calrissian regarda par la fenêtre de sa salle de commandement et sut que c'était fini. Après la Cité des Nuages de Bespin, la Cité minière Nomade de Nkllon venait de succomber. Pour la seconde fois, l'Empire s'était emparé de ce qu'il avait durement bataillé pour créer, de ce qui lui avait coûté tellement d'efforts, d'astuce et de sueur. A présent, tout n'était que cendres.

Un bip résonna sur sa console. Il pressa la touche de communication.

– Ici Calrissian.

– Monsieur, ici Bagitt, du central machines, dit une voix épuisée. Le dernier motivateur vient de claquer.

Lando grimaça. Mais, après les dégâts que les chasseurs Tie avaient commis sur le site minier, ça n'était pas une surprise.

– Est-ce qu'il y a une chance pour qu'on en relance suffisamment pour avancer?

– Pour ça, il nous faudrait une frégate bourrée de pièces

détachées. Désolé, monsieur, mais il y a trop d'éléments cassés ou grillés.

– Compris. Dans ce cas, passez en état d'urgence survie.

– Oui, monsieur... Monsieur... on prétend que nous aurions perdu toutes nos lignes de communications intersystèmes.

– C'est temporaire. On y travaille. Et nous avons suffisamment de pièces détachées pour construire deux nouveaux émetteurs.

– Bien, monsieur, dit Bagitt, apparemment un peu moins découragé. Je m'occupe des systèmes de survie.

– Tenez-moi au courant.

Lando retourna à la fenêtre. Vingt jours. Ils disposaient de vingt jours avant que la lente rotation de Nkllon ne les ramène en plein dans les feux du soleil. Et alors, peu importerait que les motivateurs de roulement soient réparés ou que les communications et les systèmes de survie fonctionnent. Dès que le soleil se lèverait sur la Cité Nomade, leurs heures de vie seraient comptées et ils seraient promis à une mort rapide et incandescente.

Vingt jours.

Il leva les yeux vers les constellations. S'ils pouvaient faire fonctionner l'émetteur à longue portée avant deux jours, ils pourraient demander du secours à Coruscant. Même si l'attaque impériale avait endommagé les vaisseaux-boucliers du dépôt extérieur, les techniciens de la Nouvelle République sauraient en remettre en état un certain nombre, suffisamment du moins pour un dernier voyage. Ce serait juste, mais avec un peu de chance...

Brusquement, ses pensées s'interrompirent. Dans le ciel, presque à la verticale, l'étoile étincelante d'un vaisseau-bouclier en approche venait d'apparaître.

Obéissant à un réflexe, il se précipita vers la console pour alerter les postes de combat. Les Impériaux étaient peut-être de retour pour achever le travail...

Il se figea sur place. Non. Si les Impériaux attaquaient encore une fois, c'était fini. Il n'avait plus de chasseurs à leur opposer, et la Cité Nomade était sans défense. Donc, inutile de secouer ses gens pour rien.

C'est alors qu'il entendit un sifflement de statique, puis une voix :

– Cité Nomade, ici le général Bel Iblis. Vous m'entendez?

Oh, oui, il l'entendait, cette voix!

– Général, ici Lando Calrissian, répondit-il avec toute la nonchalance qu'il était capable de feindre. C'est bien vous?...

– Mais oui. Nous étions dans le système de Qat Chrystac quand nous avons capté votre appel de détresse. Désolé que nous ne soyons pas arrivés à temps.

– Moi aussi. A quoi ressemble le dépôt des vaisseaux-boucliers?

– Je crains que ça ne ressemble à un désastre. Vos gros vaisseaux sont difficiles à détruire, mais on dirait qu'ils y sont parvenus. Pour le moment, celui-là semble être le seul en mesure de voler.

– Une curiosité, commenta Lando. La Cité Nomade est faite pour ça.

– Impossible de la redémarrer?

– Pas en vingt jours. Pas avant que le jour se lève. On pourrait essayer de creuser et de nous enfouir pour attendre le retour de la nuit, mais ça nécessiterait du matériel lourd que nous n'avons pas.

– On pourrait peut-être l'arracher à Nkllon pour l'emporter jusqu'à un système et la réparer, suggéra Bel Iblis. Une frégate d'assaut et deux transbordeurs lourds, si nous parvenons à avoir un autre bouclier.

– Et à persuader l'amiral Ackbar de réquisitionner une frégate d'assaut dans ses forces de combat? ajouta Lando.

– D'accord, reconnut Bel Iblis. Je suppose que je dois entendre le reste des mauvaises nouvelles, à présent. De quoi s'est emparé l'Empire?

Lando soupira.

– De tout. De nos stocks en hfredium, kammris, dolovite – tout. Ce que nous avons exploité, ils l'ont emporté.

– Ça se chiffre à combien?

– A quatre mois de travail. Plus de trois millions sur le marché courant.

Un instant, Bel Iblis garda le silence.

– Je n'avais pas eu conscience jusqu'alors que cette planète pouvait être aussi productive. Ce qui rend d'autant plus urgent le fait de persuader Coruscant de vous redresser pour recommencer. Vous disposez de combien d'hommes?

– Un peu moins de cinq mille. Mais il y en a pas mal qui ne sont pas en très grande forme, je dois dire.

– J'ai déjà eu bien des fois à transporter des blessés, dit Bel Iblis d'un ton grave. Ne vous en faites pas, nous pourrons les prendre à bord. J'aimerais que vous affectiez un détachement pour notre arrière-garde et que vous essayiez de rendre les vaisseaux-boucliers opérationnels. Nous pourrons transporter tout le monde jusqu'à Qat Chrystac. De là, vous pourrez demander officiellement secours à Coruscant.

– Je ne pensais même plus qu'il existait encore des endroits sûrs pour des demandes officielles, grommela Lando.

– Ils ont pas mal de soucis. Je dirais qu'à mon avis, vous avez sans doute une chance de ne pas vous perdre dans la mêlée.

Lando se mordit la lèvre.

– Eh bien, on va se dégager de la mêlée. Vous allez me conduire jusqu'à Coruscant pour que je leur parle en personne.

– En temps de voyage, ça vous coûtera cinq jours de plus, remarqua Bel Iblis. Vous pouvez vous permettre ça?...

– Je préfère dépenser cinq jours de plus que d'attendre sur Qat Chystac à me ronger pour savoir si le centre de communications a expédié mon message, répliqua Lando. Disons cinq jours jusqu'à Coruscant, un jour ou deux de plus pour m'entretenir avec Leia et récupérer un vaisseau et des transbordeurs, et encore dix pour les ramener ici et finir le travail.

– Dix-sept jours. Assez bien calculé.

– Je n'ai pas de meilleure idée. Qu'est-ce que vous en pensez?

Bel Iblis émit un vague grognement.

– Ma foi... je devais me rendre jusqu'à Coruscant tôt ou tard. Pourquoi pas maintenant?

– Merci, général.

– Ça ne me pose aucun problème. En tout cas, mieux vaudrait préparer vos gens dès maintenant – nous allons lancer nos navettes dès que nous serons dans la zone d'ombre de votre planète.

– D'accord. A bientôt.

Lando coupa la communication. Oui, c'était un vrai pari, il le savait. Mais c'était la seule issue dont il disposait. Et même si les autres l'écrasaient, un voyage jusqu'à Coruscant, ça n'était pas une si mauvaise idée. Il fallait qu'il revoie Leia, Yan, les jumeaux nouveau-nés, et, avec un peu de chance, Luke ou Wedge Antilles.

Sur Coruscant, au moins, il n'aurait pas à s'inquiéter des attaques des Impériaux.

Il pressa la touche de l'intercom et commença à donner ses ordres d'évacuation.

8

Jacen s'était endormi au milieu de son dîner, mais Jaina n'avait toujours pas fini. Leia, étendue sur le côté, se déplaça légèrement dans le lit sans écarter sa fille et reprit son bloc de données. Elle se dit vaguement qu'elle avait dû s'y reprendre à quatre fois pour lire cette page.

– A la cinquième, c'est encore mieux, murmura-t-elle, avec un sourire forcé, tout en caressant la tête de sa fille de sa main libre.

Jaina avait des projets plus pressants et elle ne réagit pas. Un instant, Leia l'observa avec un émerveillement nouveau. Ces petites mains qui couraient sur son corps, ces petits cheveux noirs au-dessus de ce visage concentré.

Une vie nouvelle, fragile et vive à la fois.

La porte de sa chambre s'ouvrit et Yan appela doucement :

– Tout va bien, mon cœur?

– Oui, tout va bien. Mais c'est encore l'heure du repas.

– Mais ça dévore autant qu'un Wookie, fit Yan en s'approchant du lit. Jacen dort?

– Oui, il n'avait besoin que d'un petit casse-croûte, à mon avis. Comme ça, il aura très faim pour le second service, dans une heure.

– J'aimerais bien qu'ils se mettent d'accord sur leurs horaires, dit Yan en s'installant précautionneusement auprès d'elle, et en posant son index dans la paume de Jacen. La petite main de l'enfant endormi se crispa et Leia entrevit le sourire furtif de son époux.

– Ça va être un garçon costaud.

– Tu devrais essayer avec elle, fit Leia en regardant sa fille. Est-ce que Lando est encore en bas?

– Oui. Avec Bel Iblis. Ils sont en conversation avec l'amiral Drayson. Ils essaient toujours de le convaincre d'envoyer quelques vaisseaux vers Nkllon.

– Et ça se présente comment?

– Pas très bien. On n'arrivera jamais à faire décoller la Cité Nomade sans au moins une frégate d'assaut. Et Drayson n'a pas envie de dégarnir son front d'une unité de cette taille.

– Est-ce que tu lui as fait remarquer que nous avions besoin des métaux de la mine de Lando?

– Oui, mais ça n'a pas paru l'impressionner plus que ça.

– Il faut savoir lui parler. (Leia observa un instant sa fille, qui commençait à avoir les paupières lourdes.) Quand elle se sera endormie, je descendrai peut-être donner un coup de main à Lando.

– Très bien, fit Yan d'un ton sec. Ne m'en veux pas, amour, mais s'endormir sur une table, ça ne risque pas d'impressionner grand monde.

Leia prit un air furieux.

– Mais, tu sais, je ne suis pas aussi fatiguée que ça. Je dors autant que toi, après tout.

– Pas vraiment. (Il caressa la joue de Jaina.) Moi, j'arrive à faire un petit somme pendant ces ravitaillements de nuit.

– Je sais que tu veux te rendre utile, Yan, et j'en suis heureuse. Mais en même temps, je me sens coupable.

– Oh, il n'y a vraiment pas de quoi. (Il lui prit la main.) Nous autres, vieux contrebandiers, nous n'avons pas d'heures. (Il tourna la tête vers la porte de la chambre de Winter.) Winter est déjà au lit?

– Non, elle n'est pas encore arrivée. (Leia lança son esprit vers la chambre voisine et la sentit déserte.) Elle est occupée par un projet – je ne sais lequel...

– Moi je le sais. Elle est allée consulter les anciennes archives de l'Alliance.

Leia le dévisagea.

– Des ennuis?

– Je ne sais pas encore. Winter ne parle pas trop de ce qui la préoccupe. En tout cas, pas à moi. Mais il semble que quelque chose l'inquiète.

Derrière la porte, maintenant, Leia décelait une présence.

– Elle est de retour. Je vais voir si j'arrive à tirer quelque chose d'elle.

– Bonne chance, dit Yan en se redressant. Je crois que je vais redescendre pour essayer d'aider Lando à amadouer un peu Drayson.

– Vous devriez jouer ça au sabacc. Pour les vaisseaux, comme Lando et toi pour le *Faucon Millenium*. Tu gagnerais peut-être une frégate d'assaut...

– Moi, jouer contre Drayson? Ah non, merci, chérie, parce que Lando et moi on serait très embarrassés avec toute une flotte à nous. A plus tard.

– Je t'aime.

Il lui fit un autre de ses sourires furtifs.

– Je sais.

Et il disparut. Leia, en soupirant, cala son épaule sur l'oreiller et appela doucement, en se tournant à demi :

– Winter?

La porte s'entrouvrit et Winter se glissa dans la chambre.

– Oui, Votre Altesse?

– J'aimerais te parler une minute, si cela t'est possible.

– Bien entendu. (Winter s'avança avec cette grâce que Leia lui avait toujours enviée.) Je crois que Jacen dort. Dois-je le mettre dans son lit?

– Oui, si tu veux bien. Yan m'a dit que tu avais fait des recherches dans les vieilles archives de l'Alliance.

Winter resta impassible, mais Leia perçut le changement subtil et soudain de son attitude et de son langage.

– Oui.

– Puis-je te demander pourquoi?

Avec des gestes prudents, Winter emportait Jacen vers son petit lit.

– Je pense avoir découvert qu'un agent de l'Empire se trouve dans le Palais, dit-elle enfin. J'essayais de trouver des preuves.

Leia sentit ses cheveux se hérisser sur sa nuque.

– Et ce serait qui?

– Je préférerais ne pas porter d'accusation avant de disposer de plus amples informations. Je pourrais m'être trompée.

– J'apprécie tes scrupules. Mais si tu as quelque idée quant à l'identité de la Source Delta, il faudrait que nous le sachions dès maintenant.

– Ce n'est pas en relation avec la Source Delta, dit Winter en secouant la tête. Pas directement, tout au moins. Elle n'est pas là depuis suffisamment longtemps.

Leia plissa le front en essayant de deviner. Winter était très préoccupée, mais elle luttait contre un vif désir de livrer des informations qui pourraient se révéler fausses ou trop hâtives.

– Il s'agit de Mara Jade?

Winter hésita.

– Oui. Mais, je vous le répète, je n'ai aucune preuve.

– Mais de quoi disposes-tu, alors?

– De pas grand-chose. (Winter tira doucement la couverture de Jacen.) En fait, il y a surtout une brève conversation que nous avons eue pendant que je l'escortais jusqu'à son appartement. Elle m'a demandé ce que j'avais fait pendant la Rébellion, et je lui ai parlé de son mon rôle au sein du service de Fournitures et Approvisionnement. Elle m'a identifiée comme étant « La Traceuse ».

Leia réfléchit. Winter avait eu tellement de noms de code.

– Était-ce incorrect?

– Non, j'ai porté ce nom de code quelque temps. En fait, c'était là le problème. Je ne me suis appelée « La Traceuse » que durant quelques semaines, sur Averam. Avant que les Renseignements de l'Empire détruisent notre cellule.

– Je vois. Et Mara n'était pas avec les Averistes?

– Je l'ignore. Je n'en ai rencontré que quelques-uns. C'est pour cette raison que j'ai fouillé les archives. Je pensais trouver un listing complet quelque part.

– Je doute que ce soit possible, dit Leia. Les cellules locales comme celle d'Averam ne gardent jamais la moindre trace de leurs membres. Si cela tombait entre les mains de l'Empire, ce serait un arrêt de mort pour tous.

– Je sais. Ce qui nous laisse dans une impasse.

– Peut-être, fit Leia d'un ton pensif en essayant de rassembler tout ce qu'elle savait à propos de Mara.

Pas grand-chose à vrai dire. Pour autant qu'elle sût, jamais Mara ne s'était réclamée de l'Alliance, ce qui ne pouvait que renforcer les soupçons de Winter. D'un autre côté, moins de deux mois auparavant, Luke l'avait libérée de la cellule où la détenait Thrawn, à bord de son vaisseau-amiral. Ce qui était absurde si elle était un agent impérial.

– Je pense, dit-elle lentement, que quel que soit le bord que Mara ait choisi autrefois, elle n'en fait plus partie. Elle est sans doute loyale envers Karrde et ses gens.

Winter eut un sourire vite évanoui.

– Est-ce une perception de Jedi, Votre Altesse? Ou simplement une opinion de diplomate aguerrie?

– Un peu des deux. Je ne crois pas que nous ayons quoi que ce soit à redouter de sa part.

– J'espère que vous voyez juste. Dois-je mettre Jaina au lit, à présent?...

Leia se pencha sur sa fille. Elle avait les paupières fermées et sa bouche ne se plissait plus que de temps en temps.

– Oui, merci. Cette réception donnée en l'honneur de la délégation sarkane se poursuit-elle?

Elle s'étira longuement.

– Oui, en tout cas, elle durait encore lorsque je suis passée en bas. Mon Mothma m'a demandé de vous suggérer d'y faire une apparition pendant quelques minutes si cela est possible.

– Oui, pour ça, je compte sur elle, dit Leia en se levant pour gagner sa garde-robe.

L'un des avantages d'avoir donné naissance à des jumeaux était qu'elle disposait d'une excuse en or pour échapper à tous ces devoirs superficiels qui prenaient toujours plus de temps qu'ils n'en méritaient. Et voilà que Mon Mothma essayait de la ramener vers ce manège infernal.

– Pour l'heure, Winter, je suis navrée de la décevoir, mais je crains qu'une tâche plus urgente m'appelle. Tu veux bien veiller sur les jumeaux?

– Certainement. Puis-je vous demander où vous allez?

Leia était occupée à choisir une tenue plus passe-partout que son peignoir.

– Je vais essayer de trouver quelque chose sur le passé de Mara Jade.

Elle devina le froncement de sourcils de Winter.

– Et comment comptez-vous vous y prendre?

Leia eut un mince sourire.

– Je vais lui poser la question.

Il se dressait devant elle, le visage à demi dissimulé par le capuchon de sa robe, et le regard de ses yeux jaunes la transperçait. Il bougeait les lèvres, mais ses paroles étaient noyées dans la clameur des alarmes qui résonnaient de toutes parts. Et Mara sentait monter la panique en elle. Entre l'Empereur et elle, deux silhouettes apparurent : l'image sombre et imposante de Dark Vador, et celle, plus petite et noire, de Luke Skywalker. Ils se tenaient devant l'Empereur, ils se faisaient face, et ils allumèrent leurs sabrolasers. Les lames se croisèrent : rouge ardent contre vert incandescent. Le duel allait commencer.

Et c'est alors que, sans avertissement, elles se séparèrent. Et dans un double rugissement de haine qui domina les sirènes, l'une et l'autre se levèrent sur l'Empereur. Qui porta les yeux sur elle.

Elle répondit à son regard. Désespérément, elle aurait voulu se détourner du désastre, mais elle ne parvenait pas à esquisser un geste. Un millier de pensées et d'émotions se déversaient des yeux de l'Empereur, un kaléidoscope de chagrin, de peur et de fureur trop violent pour qu'elle puisse l'absorber. L'Empereur leva les mains et projeta des cascades d'éclairs blanc-bleu sur ses ennemis. Les deux hommes vacillèrent. Mara regardait, avec l'espoir déchirant que, cette fois, cela pourrait finir différemment. Mais non. Vador et Skywalker se redressèrent avec un nouveau cri et brandirent très haut leurs sabrolasers.

C'est alors qu'un roulement de tonnerre lointain couvrit le crépitement des armes...

Dans un sursaut, Mara s'arracha au rêve.

Et elle détecta la faible trace d'une présence à l'extérieur de sa chambre. Tout en se laissant tomber de son fauteuil pour se mettre instinctivement en position de combat, elle entendit à nouveau le tonnerre échappé de son rêve. En fait, on frappait discrètement à la porte pour la seconde fois.

Un instant, elle se dit qu'elle allait rester là, immobile et silencieuse, jusqu'à ce que celui ou celle qui était là dehors décide de s'en aller. Mais la lumière devait filtrer sous la porte ancienne. Et si la personne qui était là était bien celle qu'elle soupçonnait, elle ne se laisserait pas abuser.

– Entrez, dit-elle.

La porte pivota sur ses gonds, mais ce ne fut pas Luke Skywalker qui pénétra dans la chambre.

Leia Organa Solo inclina la tête.

– Bonsoir, Mara. Est-ce que je vous interromps dans quoi que ce soit?

– Pas du tout, fit-elle en réprimant une grimace de dépit.

Une telle compagnie était bien la dernière chose qu'elle pût souhaiter en ce moment, mais elle et Ghent étaient cloués ici, et il ne serait pas très habile de s'aliéner délibérément une personne aussi influente qu'Organa Solo.

– Non, je lisais les rapports des secteurs de combat. Entrez.

– Je vous remercie (Organa Solo pénétra dans l'appartement.) J'en ai pris connaissance il y a quelques instants. Une chose est certaine : le Grand Amiral Thrawn justifie la confiance que l'Empereur avait dans ses capacités.

Mara lui lança un regard appuyé en se demandant ce que Luke avait pu lui dire. Mais Organa Solo s'était tournée vers les lumières de la Cité Impériale. Et le peu qu'elle lisait dans ses sens n'avait rien de méprisant ou de sarcastique.

– Oui, Thrawn était l'un des meilleurs. Brillant, inventif, avec un appétit de victoire presque obsessionnel.

– Il avait peut-être besoin de prouver qu'il était l'égal des autres Grands Amiraux, suggéra Organa Solo. Surtout si l'on tient compte de son origine mixte et des sentiments de l'Empereur à l'égard des non-humains.

– Je suis certaine que ça l'explique en partie.

Organa Solo lui tournait toujours le dos.

– Vous connaissiez bien le Grand Amiral?

– Pas exactement, répondit prudemment Mara. Il est entré en contact avec Karrde quelquefois alors que j'étais là, et il nous a rendu visite sur notre base de Myrkr une fois. Pendant un certain temps, il s'est lancé dans une énorme opération sur les ysalamari. Karrde a estimé une fois qu'il en avait emporté cinq ou six mille...

– Je voulais dire : est-ce que vous l'avez connu pendant la guerre? insista Organa Solo en se retournant enfin pour lui faire face.

Mara affronta calmement son regard fixe. Si Skywalker lui avait dit quoi que ce soit... Mais, si tel était le cas, pourquoi n'était-elle pas déjà dans une cellule? Non : Organa Solo était venue dans l'espoir de lui arracher des informations.

– Pourquoi aurais-je dû connaître Thrawn pendant la guerre?

Organa Solo eut un faible haussement d'épaules.

– On a suggéré que vous auriez bien pu servir l'Empire.

– Et vous tenez à en avoir la certitude avant de me boucler?

– Je voulais seulement savoir si vous connaissiez quelque chose à propos du Grand Amiral que nous pourrions utiliser contre lui.

– Bien peu. Pas avec Thrawn. Il n'a pas de caractéristiques précises. Pas de stratégies préférentielles. Pas de faiblesses décelables. Il étudie ses ennemis et modèle son attaque en fonction des points faibles psychologiques. Il ne surengage jamais ses forces, et son orgueil ne l'empêche pas de se replier quand il est évident qu'il est dominé. Ce qui ne se produit pas souvent. Ainsi que vous le savez. (Elle haussa un sourcil.) Ai-je dit quelque chose qui puisse vous être utile? fit-elle d'un ton sarcastique.

– Oui, en fait. Si nous parvenons à dresser la liste des points faibles qu'il compte exploiter, nous pourrons anticiper la puissance de ses attaques.

– Ce ne sera pas facile.

Organa Solo esquissa un sourire.

– Non, mais ça nous donnera un point de départ. Je vous remercie de votre coopération.

– Mais tout le plaisir était pour moi. Y a-t-il autre chose que vous souhaitiez me demander?

– Non, je ne pense pas. (Organa Solo se dirigea vers la porte.) Il faut je prenne un peu de sommeil avant que les jumeaux ne se réveillent à nouveau. Et vous aussi, vous avez peut-être envie de dormir un peu.

– Je suis toujours libre de circuler dans le Palais?...

– Bien sûr. Quoi que vous ayez pu faire dans le passé, il est clair désormais que vous n'êtes plus au service de l'Empire. Bonne nuit.

Elle posa la main sur la poignée de la porte...

– Je vais tuer votre frère, dit Mara. Est-ce qu'il vous l'a dit?

Organa Solo se roidit et Mara sentit très nettement l'onde de choc qui se propageait en elle en dépit de sa sérénité de Jedi. Et sa main retomba.

– Non, fit-elle, sans se retourner. Puis-je vous demander pourquoi?

– Il a détruit ma vie. (Mara sentit l'ancienne souffrance affluer dans sa gorge serrée tout en se demandant pourquoi elle avouait cela à Organa Solo.) Mais vous vous trompez : je n'ai pas seulement servi l'Empire. J'étais l'agent personnel de l'Empereur lui-même. Il m'a amenée ici, sur Coruscant, dans ce Palais, et m'a éduquée afin que je sois la messagère de sa volonté dans toute la galaxie. Où je me trouvais, je pouvais entendre sa voix, et je savais comment transmettre ses ordres à quiconque, d'une brigade de commandos d'assaut jusqu'à un Grand Moff. J'avais un but dans cette existence, l'autorité et le pouvoir. On m'appelait « la Main de l'Empereur », et on me respectait autant que lui. Et votre frère m'a pris tout ça.

– Je suis désolée, dit Organa Solo. Mais il n'avait pas d'autre choix. Les vies et la liberté de milliards d'êtres...

– Je ne tiens pas à débattre de ce problème avec vous, l'interrompit Mara. Vous ne pourriez comprendre ce que j'ai vécu.

L'ombre d'une peine lointaine passa sur le visage de la princesse.

– Vous vous trompez. Je comprends très bien.

Mara lui lança un regard de colère, mais une colère sans haine. Leia Organa Solo de la planète Alderaan avait vu son monde anéanti par la première Étoile Noire...

– Au moins, vous aviez une vie nouvelle devant vous, gronda Mara. Vous aviez la Rébellion – plus d'amis et d'alliés que vous ne pouviez en compter. Moi, je n'avais plus personne.

– Cela a dû effectivement être difficile.

– J'y ai survécu, jeta Mara. Et à présent, vous allez m'emprisonner?

Les sourcils de l'Alderaanienne se haussèrent doucement.

– Vous ne cessez de suggérer que c'est ce que je devrais faire. Est-ce donc ce que vous désirez?

– Je vous ai déjà dit ce que je veux. Je veux tuer votre frère.

– Vraiment? Vous le voulez réellement?

Mara sourit.

– Amenez-le et je vous le prouverai.

Organa Solo la fixa et Mara sentit s'éveiller ses sens rudimentaires de Jedi.

– D'après ce que Luke m'a dit, il semble que vous ayez eu plusieurs chances de le tuer, remarqua Organa Solo. Vous ne les avez pas saisies.

– Ce n'était pas l'envie qui m'a manqué. (Cette pensée, pourtant, l'avait rongée depuis longtemps.) Mais je me suis toujours retrouvée dans des situations où j'avais besoin qu'il reste vivant. Mais ça changera bien.

– Peut-être. A moins que ce ne soit pas vraiment vous qui souhaitiez sa mort.

Mara plissa le front.

– Et c'est censé signifier quoi?...

Organa Solo détourna le regard vers la fenêtre, et Mara sentit tous ses sens s'aiguiser et se tendre.

– Il y a deux mois, j'étais au large d'Endor, dit-elle.

Un doigt de glace remonta l'échine de Mara. Endor... C'était près d'Endor qu'elle s'était retrouvée face au Grand Amiral Thrawn... et elle se souvenait très bien de ce qu'elle avait ressenti dans l'espace où était mort l'Empereur.

– Et?... demanda-t-elle d'une voix tendue.

– Vous savez ce dont je parle, n'est-ce pas? (Organa Solo semblait fascinée par les lumières de la Cité Impériale.) Une trace de l'ombre de la présence de l'Empereur existe encore là-bas. De sa colère et de sa haine. C'est comme... je ne saurais le dire.

– Comme une tache de sang émotionnelle, acheva Mara calmement, l'image s'imposant brutalement à son esprit. Une marque laissée à l'endroit où il est mort.

Elle observa Organa Solo et rencontra son regard.

– Oui. C'est exactement ça.

Mara inspira profondément.

– Et quel rapport cela peut-il avoir avec moi?

– Je pense que vous le savez, dit la Princesse.

VOUS ALLEZ TUER LUKE SKYWALKER.

– Non, dit Mara, la bouche sèche. Vous vous trompez.

– Vraiment? Vous m'avez dit que vous pouviez entendre la voix de l'Empereur depuis tous les endroits de la galaxie.

– Oui, je pouvais entendre *sa voix*, rien d'autre.

– Mais vous en savez plus que cela, bien sûr. Ça mériterait que vous y réfléchissiez.

– C'est ce que je vais faire, dit Mara, rigide. Si c'est tout, vous pouvez vous retirer.

Organa Solo acquiesça, sans montrer la moindre irritation en s'entendant renvoyée comme n'importe quelle servante.

– Merci de votre aide, dit-elle. Nous nous reparlerons plus tard. (Avec un dernier sourire léger, elle ouvrit la porte et Mara marmonna : « N'y compte pas trop ».)

Elle se laissa tomber dans son fauteuil. Tout ça allait trop loin. Si Karrde était trop occupé pour entrer en liaison avec son contact, alors le contact lui-même devrait la sortir de là avec Ghent. Elle composa son code avant de demander une communication à longue portée.

La réponse fut instantanée : APPEL NON RECEVABLE. LES COMMUNICATIONS À LONGUE PORTÉE SONT INTERROMPUES.

Elle jura en coupant le terminal. Tout l'univers semblait contre elle, cette nuit. Elle reprit son bloc de données, le reposa, puis se leva. Il était tard, elle s'était déjà assoupie sur son bureau, et il serait sans doute plus raisonnable d'aller au lit.

Elle s'approcha de la fenêtre et, penchée sur l'embrasure de bois, elle contempla la mer de lumières en essayant de réfléchir.

Non, c'était impossible. Impossible, absurde et impensable. Organa pouvait toujours s'épuiser dans ses subtiles spéculations mais, après cinq années, Mara avait appris à vivre avec ses propres sentiments, ses propres pensées. Elle devait discerner ce qui était réel de ce qui ne l'était pas.

Et cependant...

L'image du rêve lui revint. Le regard intense et amer de l'Empereur dans l'instant où Vador et Skywalker se rabattaient sur lui. Avec cette accusation intangible dans ses yeux jaunes : c'était la faute de Mara si elle n'avait pas supprimé Skywalker alors qu'il était chez Jabba le Hutt. C'était à cause d'elle qu'il allait mourir. Et sa fureur se déversait en cette fraction de seconde où les lames des sabrolasers s'abattaient. Dans ce dernier cri, qui résonnait encore dans sa tête...

VOUS ALLEZ TUER SKYWALKER.

– Assez! gronda-t-elle en se cognant la tête contre l'embrasure. Les mots et les images explosèrent dans un éclair de douleur et d'étincelles.

Longtemps, elle demeura immobile à guetter les battements affolés de son cœur. Les pensées se heurtaient dans son esprit. L'Empereur avait certainement voulu la mort de Skywalker... mais Organa Solo se trompait. Il le fallait. C'était Mara, Mara seule qui voulait la mort de Luke Skywalker, et non pas quelque fantôme du passé.

Loin à l'horizon de la cité, une trace multicolore effleura les bâtiments et les nuages bas, l'arrachant à ses songes. L'horloge de l'ancien Hall de Rassemblement venait de marquer l'heure, ainsi qu'elle le faisait depuis trois siècles. Une deuxième ride de lumière, et le ciel retourna à l'obscurité.

Minuit et demi. Mara, perdue dans ses pensées, n'avait pas mesuré le passage du temps. Avec un soupir, elle s'écarta de la fenêtre.

Et se changea soudain en statue. Au fond de son esprit, une sonnette d'alarme résonnait.

Le danger était là, tout proche.

Elle prit son mini-blaster dans son étui et guetta les sons de la nuit. Rien. Elle se déplaça lentement en direction de la porte, en se demandant si quelqu'un pouvait l'observer. Elle posa l'oreille contre le bois épais et écouta intensément.

Durant quelques secondes, elle n'entendit rien. Puis elle perçut des bruits de pas qui approchaient. Discrets mais décidés. Les pas de combattants professionnels. Tous ses muscles se tendirent. Mais les pas s'éloignèrent vers l'autre extrémité du couloir.

Elle compta jusqu'à dix afin de leur donner une bonne avance. Puis, lentement, elle entrouvrit la porte.

Ils étaient quatre. Dans la tenue du service de sécurité du Palais, déployés en losange. Arrivés au bout du couloir, ils ralentirent, tandis que l'homme de tête jetait un rapide regard autour de lui. Il ploya légèrement la main, et les trois autres le suivirent et disparurent. Ils se dirigeaient vers l'escalier qui accédait aux appartements du centre, près de la Tour et des suites résidentielles, juste au-dessus.

La fatigue de Mara avait été remplacée par un flux violent d'adrénaline. Cette formation en losange, cette prudence furtive, ce signe de la main. Tout cela, plus sa prémonition du danger... Tout aboutissait à une même conclusion.

Les services de Renseignements de l'Empire venaient de s'infiltrer dans le Palais.

Elle retourna jusqu'à son bureau, puis s'arrêta avec un juron bref. L'une des premières missions de cette équipe aurait dû être d'atteindre l'ordinateur central et le dispositif de communications. A la moindre tentative pour déclencher l'alarme, ils se replieraient.

Ce qui impliquait que s'il fallait les arrêter, elle devait s'en charger elle-même. Serrant son blaster, elle se glissa hors de sa chambre et les suivit.

Elle avait à peine atteint l'angle du couloir et penchait la tête quand elle entendit le déclic de sûreté d'un blaster derrière elle et qu'une voix lui murmura à l'oreille :

– Ça va, Jade. Du calme. Tout va bien.

9

L'amiral Drayson s'installa un peu plus profondément dans son fauteuil en secouant la tête.

– Désolé, Calrissian, général Bel Iblis, dit-il encore pour la dixième fois depuis le début de leur entrevue. Non, nous ne pouvons prendre un tel risque.

Lando reprit son souffle et rassembla le peu de patience qui lui restait.

– Amiral...

– Amiral, intervint Bel Iblis d'un ton affable dont Lando aurait été bien incapable. Ce n'est pas un risque aussi grave. Je vous ai montré au moins huit points où nous pourrions prélever une frégate d'assaut pendant dix jours.

Drayson grommela.

– Au train où vont les choses, le Grand Amiral Thrawn peut reprendre trois secteurs de plus tous les dix jours. Vous tenez vraiment à ce qu'il en arrive à quatre?

– Amiral, il s'agit d'une seule frégate d'assaut, insista Lando. Et non pas d'une dizaine de superdestroyers en orbite de combat. Quel atout pourrait nous sortir Thrawn pour qu'une frégate ait un rôle essentiel en défense ou en attaque?

– Mais que n'a-t-il pas déjà fait avec un simple cargo bricolé contre un chantier naval tout entier? rétorqua Drayson. Messieurs, regardez la vérité en face : quand on affronte un adversaire comme Thrawn, il faut rejeter toutes les règles de base. Il pourrait nous envelopper dans un filet tellement transparent que nous ne pourrions même pas nous en apercevoir avant qu'il soit trop tard. Il l'a déjà fait.

Lando grimaça. Mais il ne pouvait en vouloir à Drayson. Deux mois auparavant, lorsque lui et Yan avaient été conduits jusqu'à la base militaire cachée de Bel Iblis, il avait bien failli croire à un stratagème énorme et tordu de Thrawn. Il avait dû attendre la fin de la bataille de la flotte Katana pour être convaincu du contraire et apprendre une leçon précieuse.

– Amiral, nous sommes tous d'accord pour reconnaître que Thrawn est un tacticien brillant. Mais nous ne pouvons quand même pas supposer que tout ce qui se passe dans la galaxie dépend d'un vaste plan absolu qu'il aurait imaginé. Il s'est emparé de mes stocks de métaux et il a neutralisé la Cité Nomade. Il veut mettre autant de chances que possible de son côté.

Drayson secoua la tête.

– Calrissian, je crains que l'on ne puisse parler de « chances » à son propos. Apportez-moi la preuve que l'Empire ne tirera pas avantage de l'absence d'une seule frégate, et je serai prêt à vous en céder une.

– Écoutez, Amiral...

– Et si j'étais vous, poursuivit Drayson, en commençant à rassembler ses cartes de données, je me montrerais discret à propos de mes rapports avec l'ensemble minier de Nkllon. Nous sommes encore nombreux à nous rappeler que Thrawn s'est servi de vos taupes minières pour l'attaque des chantiers de Sluis Van.

– Et c'est grâce à la connaissance que nous avions de ces machines que l'attaque a échoué, contra Bel Iblis, tranquillement. Et nous sommes encore nombreux à nous le rappeler.

– Ce qui suppose que Thrawn avait réellement l'intention de voler les vaisseaux, appuya Drayson. Personnellement, je pense qu'il s'est satisfait de les neutraliser. Maintenant, messieurs, si vous voulez bien m'excuser, j'ai une guerre à poursuivre.

Il sortit et Lando poussa un soupir résigné.

– Et voilà.

– Ne vous laissez pas abattre par ça, dit Bel Iblis en s'étirant. Ce n'est pas tellement vous et la Cité Nomade qu'il vise, mais moi. Drayson a toujours été de ceux qui considèrent que le moindre désaccord avec Mon Mothma est un pas de plus vers la collaboration avec l'Empire. Apparemment, il n'a pas changé d'idée...

– Je pensais que vous et Mon Mothma aviez réglé ça, dit Lando en se levant.

– Oh, oui, certes. (Bel Iblis contourna la table et se dirigea vers la porte.) Plus ou moins. Elle m'a demandé de réintégrer la Nouvelle République, j'ai accepté son commandement, et officiellement tout va bien. Mais les anciens souvenirs mettent du temps à s'effacer. Et je dois dire que j'aurais dû rompre avec l'Alliance, après Alderaan, plus diplomatiquement. Vous montez au niveau des Suites Présidentielles?

– Oui. Et vous?

– Moi aussi. Je vous accompagne.

Ils se dirigèrent vers les turbolifts.

– Vous pensez qu'il peut changer d'idée? demanda Lando.

– Drayson? Non, il n'y a aucune chance. A moins qu'on ne parvienne à extirper Mon Mothma de la salle de guerre et qu'elle vous accorde une entrevue. Je pense que votre seule chance en fait est qu'Ackbar regagne Coruscant dans les deux jours qui viennent. Mis à part l'importance de la Cité Nomade, on peut considérer qu'il vous doit encore une ou deux faveurs.

Lando repensa à cette scène pénible entre lui et Ackbar lorsqu'il avait annoncé qu'il renonçait à sa commission de général.

– Des faveurs n'auront aucun sens s'il croit qu'il s'agit d'un coup monté. Pas après s'être fait échauder à Sluis Van.

– Exact, concéda Bel Iblis. (Ils passèrent un couloir et Bel Iblis détourna la tête. Lando crut discerner une nouvelle inquiétude sur son visage tandis qu'ils poursuivaient leur marche.) Tout cela est malheureusement compliqué par cette Source Delta que l'Empire a réussi à implanter dans le Palais. Le fait que Thrawn n'ait pas de plans immédiats pour Nkllon ne veut pas dire qu'il n'en aura pas un quand il apprendra ce que nous allons faire.

– *S'il* l'apprend, corrigea Lando. Cette Source Delta n'est pas omnisciente, vous savez. Yan et Leia ont déjà accompli des missions importantes malgré ça.

– Ce qui prouve une fois encore la force de base de petits groupes. Mais plus vite nous identifierons l'origine de ces fuites, mieux cela vaudra.

Ils croisèrent un autre couloir et, cette fois, l'inquiétude de Bel Iblis fut évidente.

– Des ennuis? demanda Lando.

– Je n'en suis pas sûr. Mais est-ce qu'il ne devrait pas y avoir quelques gardes dans cette partie du Palais?

Lando regarda autour d'eux. Oui, ils étaient *plutôt seuls.*

– Ils ont peut-être été réquisitionnés pour la soirée sarkane?

– Non, il y en avait là il y a un moment. J'en ai rencontré au moins deux en descendant de mon appartement.

Lando inspecta le long couloir avec une sensation déplaisante au long de l'échine.

– Mais qu'est-ce qui a pu leur arriver?

– Je l'ignore. (Bel Iblis inspira profondément.) Je suppose que vous n'êtes pas armé.

Lando secoua la tête.

– J'ai laissé mon blaster dans ma chambre. Je ne pensais pas en avoir besoin ici.

– Ce ne sera sans doute pas le cas, dit Bel Iblis tout en glissant la main droite sous son blouson. Il y a sans doute une explication très simple.

– Certainement. (Lando sortit son comlink.) Mieux vaut appeler pour savoir ce qu'il en est.

Il pressa le contact...

Et le coupa instantanément quand un sifflement de statique en jaillit.

– Je ne pense plus que l'explication soit aussi simple, fit-il d'un air sombre. (Tout soudain, sa main se crispait involontairement sur un blaster qui n'était pas là.) Qu'est-ce qu'on fait?

– On essaie de trouver un moyen d'alerter la Sécurité du Palais. Bien. Les turbolifts ne nous seront d'aucune utilité : ils ne desservent que les secteurs résidentiels. Mais au bout de ce couloir, il y a un escalier qui accède au Central du Palais. On va essayer par là.

– Ça me paraît bien. Mais d'abord, on passe à mon appartement pour prendre mon blaster.

– Bonne idée.

L'escalier était aussi désert que le couloir mais, dès qu'ils s'avancèrent, Bel Iblis leva la main. Lando se porta à sa hauteur et regarda.

Devant eux, une silhouette s'éloignait dans le couloir. Une femme mince aux cheveux d'or roux. Elle braquait devant elle un petit blaster.

Mara Jade.

Bel Iblis dégaina dans un léger froissement de tissu contre le métal. Il fit signe à Lando de le suivre. Ils étaient sur le point de la rejoindre quand elle atteignit un angle. Elle s'arrêta pour regarder autour d'elle...

Bel Iblis leva son blaster.

– Ça va, Jade. Du calme. Tout va bien.

Une seconde, Lando pensa qu'elle allait résister. Elle s'était à demi tournée, regardant par-dessus son épaule comme pour mieux viser ses assaillants.

– Calrissian! souffla-t-elle, à l'évidence soulagée.

En tout cas libérée de sa tension intérieure.

– Il y a des Impériaux dans le Palais. Ils sont en uniformes de la Sécurité. Je n'en ai vu que quatre.

– Intéressant, dit Bel Iblis en la scrutant attentivement. Et vous alliez où?

– Je me suis dit que ce serait une bonne idée de les suivre pour voir ce qu'ils préparent, grommela-t-elle d'un ton sarcastique. Vous voulez m'aider, oui ou non?

Bel Iblis risqua un coup d'œil dans le couloir.

– Je ne vois personne. Ils sont sans doute déjà trop loin. Ils doivent aller à la salle de guerre où à la soirée sarkane.

Et soudain, tout le schéma se forma dans l'esprit de Lando.

– Non. Ils ne sont pas descendus. Ils sont montés, au contraire. Ce sont les jumeaux de Leia qu'ils veulent.

Mara jura à mi-voix.

– Vous avez raison. Thrawn les a promis à ce fou de C'baoth. C'est certainement ça.

– Vous pourriez bien avoir raison, dit Bel Iblis. Calrissian, où est votre chambre?

– La deuxième porte derrière nous.

– Allez récupérer votre blaster. Avec Jade, vous irez jusqu'au bout du couloir pour prendre l'escalier principal. Regardez s'il y a quelqu'un là-haut. Essayez de prévenir Leia et Solo. Moi, je descends chercher du renfort.

– Méfiez-vous, dit Mara. Ils ont très bien pu laisser une arrière-garde dans l'escalier.

– En tout cas, ils en ont sûrement une dans l'escalier du haut. C'est surtout à vous de faire attention.

Avec un dernier regard, il franchit l'angle et disparut.

– Attendez ici, dit Lando à Mara en se dirigeant vers sa chambre.

– Faites vite.

A la seconde où il ouvrait sa porte, il jeta un bref regard à Mara. Elle était immobile à l'angle du couloir, avec une expression intense et, en même temps, étrangement vide.

Ce visage lui était familier. Il l'avait déjà vu ailleurs, autrefois, mais le souvenir restait caché dans un recoin de son esprit. Il rejeta cette pensée.

Ce n'était guère le moment de chercher à savoir. Yan, Leia et leurs enfants couraient un danger mortel... et c'était à lui et à Mara de les tirer de là.

Il se rua dans sa chambre.

Leia Organa Solo. Leia Organa Solo. Réveillez-vous. Vous êtes en danger. Réveillez-vous, Leia Organa Solo...

Avec un cri étouffé, Leia fut arrachée à son rêve. Les derniers échos d'un appel insistant s'évanouirent de son esprit. Les dernières brumes du sommeil s'évaporèrent. Elle était dans la suite du Palais Impérial. Auprès d'elle, Yan grogna doucement en se retournant. A l'autre bout de la chambre, les jumeaux étaient pelotonnés dans leurs lits. A côté, Winter dormait, voyageant dans doute dans les images de ses souvenirs, précises comme des lasers. Et au-dehors...

Elle plissa le front. Il y avait quelqu'un au-dehors. Non : au moins cinq ou six hommes, serrés en groupe.

Elle se glissa hors du lit, empoignant automatiquement son sabrolaser et son blaster. Ce n'était peut-être rien de plus grave qu'un groupe de gardes de la Sécurité qui s'étaient arrêtés là pour bavarder avant de poursuivre leur ronde. Mais ils violaient plusieurs règles strictes du personnel en service. Il fallait qu'elle s'y prenne d'une façon diplomatique mais ferme pour les rappeler à leurs devoirs.

Le tapis épais étouffant ses pas, elle quitta la chambre et s'approcha de la porte. Elle lança ses sens Jedi. Si elle parvenait à identifier les gardes à leurs voix, elle pourrait ainsi les tancer en privé dès le matin.

Mais elle n'atteignit pas la porte. Elle discernait un bourdonnement infime mais net. Dominant les battements de son cœur, elle écouta avec une acuité accrue. Elle connaissait ce son.

C'était celui d'un passe électronique. Quelqu'un essayait de faire jouer la serrure.

Elle était là, paralysée, quand le déclic se fit entendre.

Elle n'avait plus le temps de courir. Et elle ne savait où aller... Mais les concepteurs de la Tour avaient été conscients de l'éventualité d'un tel danger. Elle leva son blaster en espérant avec ferveur que le mécanisme de la porte fonctionnait encore. Et elle tira deux fois dans le battant.

Le bois était l'un des plus durs de la galaxie, et les deux traits de laser ne durent l'entamer que sur un quart de son épaisseur. Mais cela suffit. Les senseurs incorporés à l'intérieur enregistrèrent l'attaque, et l'écho du tir résonnait encore quand la lourde porte de sécurité se mit en place sur la face intérieure.

– Leia?

La voix de Yan était très lointaine, étouffée par le tintement qui emplissait ses oreilles.

– Quelqu'un essaie de pénétrer ici, lança-t-elle en retournant vers lui.

Il serrait son blaster.

– J'ai actionné la porte de sécurité à temps, mais ça ne les arrêtera pas.

– Pas longtemps, en tout cas. Retourne dans la chambre et appelle la Sécurité. Je vais voir ce que je peux faire pour les ralentir.

– Sois prudent, ils sont décidés.

Elle avait à peine parlé que la chambre tout entière se mit à trembler. Les agresseurs, abandonnant toute discrétion, commençaient à réduire en miettes la porte de bois.

– Ils ont l'air, oui. Réveille Winter et 6PO et prends les jumeaux. Il faut qu'on fasse très vite.

Le premier son qui retentit dans l'escalier de la Tour pouvait être l'écho lointain d'un tir de blaster – mais Mara n'en était pas sûre. Le deuxième, quelques secondes après, lui confirma qu'elle ne se trompait pas.

– Oh, oh... marmonna Calrissian. C'est du sérieux.

A la troisième détonation, Mara déclara :

– On dirait un blaster lourd. Ils n'ont pas dû réussir à ouvrir la porte.

– Ou alors, ils ne veulent que les jumeaux, dit Lando d'un air sinistre. Venez.

– Attendez.

De sa main libre, elle le saisit par le bras et sonda le secteur devant eux. L'arche de la première volée d'escalier aboutissait à un palier bordé par une balustrade de pierre sculptée. A peine visibles entre les colonnades ouvragées, deux escaliers plus étroits montaient vers le haut en une double hélice, partant de part et d'autre du palier.

– Voilà qui fait une belle cible pour une arrière-garde, et je n'ai pas envie de me prendre un coup direct.

Calrissian eut un grognement d'impatience, mais resta sur place. L'instant d'après, il ne le regretta pas.

– Vous avez raison : il y a quelqu'un près de l'escalier de gauche.

– Ce qui veut dire qu'il y a aussi quelqu'un sur la droite, ajoute Mara en explorant du regard la balustrade à l'instant où un nouveau tir de blaster éclatait en haut. Les hommes des Renseignements de l'Empire aimaient agir dans l'ombre...

– Et il y en a deux autres de chaque côté de l'escalier principal, ajouta-t-elle. A deux mètres du bas.

– Je les vois, confirma Lando. Ça ne va pas être facile. (Il jeta un coup d'œil par-dessus son épaule.) Allez, Bel Iblis, rapplique !

– Il ferait bien de faire vite, dit Mara en risquant un regard vers les quatre commandos tout en essayant de se souvenir des plans de la Tour. Organa Solo ne tiendra plus longtemps.

– Moins longtemps que cette arrière-garde pourra nous retenir, acquiesça Lando, les dents serrées. Une minute : restez ici. Je crois que j'ai une idée.

– Où allez-vous?

– Au hangar principal, dit-il en s'engageant sur les marches, rebroussant chemin. Chewie travaillait sur le *Faucon*. S'il est encore là, on pourra monter jusqu'en haut par l'extérieur et les évacuer.

– Mais comment? Les fenêtres sont en transparacier – vous n'arriverez jamais à les faire sauter sans tuer quelqu'un?

– Ça ne sera pas utile, dit Lando avec un sourire crispé. Leia a un sabrolaser. Occupez ces gars, d'accord?

Il courut vers l'escalier.

– Parfait, marmonna Mara avant de reporter son attention sur les Impériaux embusqués dans l'escalier. Est-ce qu'ils les avait repérés? Probablement. Auquel cas, celui qui se trouvait dans l'escalier de gauche se trouvait sans doute à découvert, rien que pour l'appâter.

Bien, elle devait jouer le jeu. Elle prit son blaster dans sa main gauche, cala son poignet sur l'angle de la paroi, visa soigneusement...

Le tir de l'autre éclata juste au-dessus de son arme, et des éclats brûlants rejaillirent sur sa main.

Elle jura en repliant le bras. Ah, ils voulaient jouer les malins!... Parfait. Elle allait leur donner un petit peu de distraction. Elle serra fermement son blaster et recula...

Ce fut le titillement du danger, tout au fond de son esprit, qui lui sauva la vie. Elle se laissa tomber sur un genou et, dans la même seconde, deux traits de laser frappèrent la pierre à l'endroit exact où s'était trouvée sa tête. Elle se jeta en arrière, roula sur le côté, pointant son arme vers l'origine du tir.

Ils étaient deux qui s'avançaient tranquillement sur elle sur la paroi opposée de l'escalier. Elle esquiva deux autres tirs en se jetant à plat ventre. Elle leva son blaster à deux mains, essayant d'ignorer les tirs des autres qui l'effleuraient dangereusement, et fit feu deux fois sur l'attaquant qui se trouvait le plus à droite.

Il tressauta et s'effondra en lâchant son blaster qui continua de cracher inutilement vers le plafond. Un trait frôla l'oreille de Mara à l'instant où elle ajustait son acolyte, un autre faillit la toucher...

Et soudain, un torrent de tirs se déchaîna autour d'elle. Le commando impérial s'abattit au sol comme une bantha.

Mara pivota sur elle-même. Une demi-douzaine de gardes de

la Sécurité se précipitaient vers elle dans l'escalier, suivis par Bel Iblis.

– Ça va? cria-t-il.

– Parfait.

Elle roula encore une fois sur elle-même. Juste à temps : les Impériaux embusqués sur le palier, voyant que leur attaque-surprise avait échoué, se déchaînaient. Mara se redressa pour échapper à la grêle de fragments de pierre.

– Calrissian est redescendu au hangar! lança-t-elle dans le vacarme.

– Oui, nous l'avons croisé en montant tandis que les gardes se ruaient en avant. Que s'est-il passé ici?

– On est tombés sur quelques invités de dernière minute. Ils remontaient sans doute de la section des communications. Leurs copains, là, sur le palier, ont essayé de détourner mon attention. Ça a bien failli marcher.

– Heureux de vous retrouver entière, commenta Bel Iblis. Lieutenant?

– Ça ne va pas être facile, général. Nous faisons monter un blaster automatique à Trame-E de l'arsenal – dès qu'il sera là, nous pourrons les couper du palier. Mais jusque-là, on ne peut que jouer la diversion en espérant qu'ils se montrent idiots.

Bel Iblis inclina la tête avec une expression tendue. Mara l'avait rarement vu ainsi, comme s'il se préparait à envoyer ses hommes à une mort certaine.

– Nous ne pouvons attendre, dit-il d'une voix ferme, cependant. Le groupe qui se trouve en haut aura déjà forcé la porte de l'appartement de Leia et Solo. Il faut attaquer maintenant.

Le commandant des gardes prit son souffle.

– Compris, général. Écoutez, vous autres, vous avez entendu. On va essayer de se mettre à couvert, et ensuite, on y va.

Mara se rapprocha de Bel Iblis.

– Jamais ils n'y arriveront à temps.

– Je sais. Mais plus nous en éliminerons, moins ils seront nombreux quand ils redescendront... Avec leurs otages.

Une dernière rafale de blaster lourd, un vague craquement de métal, puis le silence.

– Oh, seigneur! gémit 6PO depuis le recoin où il essayait de se faire aussi discret que possible. Je crois bien que la porte de sécurité vient de céder.

– Quel bonheur que tu sois là pour nous renseigner! fit Yan, irrité, tout en inspectant la chambre de Winter. Mais Leia savait que c'était vain : tout ce qu'ils avaient pu utiliser pour leur défense était maintenant en position. Le lit de Winter et son secrétaire avaient été poussés contre les deux portes d'accès. Quant à sa penderie, ils l'avaient basculée contre la fenêtre en guise de barricade. Il n'y avait plus rien qu'ils puissent faire. Sinon attendre l'assaut final.

Leia saisit son sabrolaser. Elle ne permettrait pas qu'on enlève ses enfants.

Un dernier craquement leur parvint de l'extérieur. Puis un autre.

– C'est la fin du canapé, marmonna Yan. Et aussi du fauteuil. Je n'ai pas cru un instant que ça les ralentirait vraiment.

– Il fallait essayer, quand même.

– Tu sais, je t'ai dit depuis des mois que nous devrions remeubler cet appartement.

Un sourire effleura les lèvres de Leia et sa main se referma sur la sienne. Elle aimait cette façon qu'il avait d'alléger les pires situations.

– Mais non, lui dit-elle. Et tu n'es jamais là, de toute façon.

Elle se tourna vers Winter, assise sur le parquet, sous la fenêtre de transparacier, les jumeaux blottis entre ses bras.

– Comment vont-ils?

– Je crois qu'ils se réveillent, murmura Winter.

– Oui, confirma Leia après une prudente caresse mentale.

– Essayez de les calmer, grommela Yan. Nos amis, là dehors, n'ont pas vraiment besoin qu'on les aide.

Leia hocha la tête. Une tension nouvelle lui serrait le cœur. Les deux chambres, la leur et celle de Winter, ouvraient sur les autres pièces de la suite, ce qui donnait cinquante pour cent de chances à leurs assaillants de s'attaquer à d'autres portes. Ils disposaient apparemment d'un armement lourd et, s'ils se trompaient, il ne leur faudrait que quelques minutes pour rectifier. Ce qui signifiait la différence entre la vie et la mort.

La détonation puissante et sourde d'un blaster leur parvint de leur chambre et, un bref instant, Leia retrouva son souffle. Mais, la seconde d'après, la même explosion se répéta devant la porte de communication. Les Impériaux avaient décidé de s'attaquer aux deux obstacles à la fois.

Elle se tourna vers Yan. Il la regardait.

– Ça les retarde un peu plus, lui dit-il. Ils ont été obligés de partager leur puissance de feu. Ce qui nous donne un délai supplémentaire.

Leia regarda encore une fois autour d'elle. Winter, durant des années, avait sillonné la galaxie pour le service des Fournitures et Approvisionnement, et elle avait eu l'habitude de voyager léger. Et il ne n'y avait vraiment plus rien d'utilisable dans sa chambre.

Une autre salve de blasters éclata. Les portes n'allaient pas tarder à céder et Leia chercha désespérément autour d'elle en luttant pour éclaircir ses pensées. Il ne leur restait que les portes de sécurité, le transparacier des fenêtres, et les murs.

Les murs...

Elle leva son sabrolaser.

– Yan, pourquoi ne pas sortir d'ici? (Un premier frémissement d'espoir filtra dans son esprit tandis qu'elle serrait plus fort son arme.) Je peux découper ce mur et passer dans l'autre appartement. Et nous n'aurions même pas à nous y arrêter – nous serions déjà dans le couloir avant que ces portes ne s'abattent.

– Oui, j'y ai déjà pensé. Le problème, c'est qu'eux aussi y ont pensé, probablement.

La gorge nouée, elle reconnut qu'il avait raison et que les Impériaux risquaient de les attendre en embuscade.

– Alors comment descendre? Comment monter? Tu crois qu'ils pensent que nous allons passer par le plafond?

– Tu as déjà vu Thrawn en action. Qu'est-ce que tu penses, *toi*?

Elle secoua furieusement la tête.

– Non, il n'est pas infaillible. Nous l'avons déjoué auparavant, et on peut très bien recommencer.

Elle tourna la tête vers Winter et les jumeaux.

– Bien, fit-elle calmement. Et si nous passions par la fenêtre?...

– Pour aller où?

– N'importe où. (Les tirs de blasters redoublaient.) Vers le haut, vers le bas, sur le côté... peu importe...

– Ma chérie, au cas où tu ne l'aurais pas remarqué, ces murs sont en pierre polie. Chewie lui-même ne pourrait pas les escalader sans un équipement spécial...

– C'est pour ça qu'ils ne se douteront pas que nous nous sommes enfuis par là. Parce que si je parviens à creuser des fentes et des points d'appui avec le sabre...

Elle s'interrompit : non, ça n'était pas un effet de lumière. Deux phares s'approchaient de la fenêtre.

– Yan...

– Oui, fit-il. On a encore de la compagnie. Formidable.

– C'est peut-être une équipe de secours? suggéra Leia d'un ton hésitant.

– J'en doute. Il y a à peine quinze minutes que les tirs ont commencé. Attends un peu...

Elle se retourna. Les phares s'étaient mis à clignoter. Elle essaya de déchiffrer le rythme, qui semblait correspondre à un code...

– Capitaine Solo! lança soudain 6PO d'un ton excité. Comme vous le savez, je pratique parfaitement six millions de formes de communication...

– C'est Chewie, l'interrompit Yan en agitant les mains face à la fenêtre.

– ... et ces signaux semblent correspondre à l'un des codes utilisés par les joueurs professionnels de sabacc quand ils voulaient...

– Il faut nous débarrasser de cette fenêtre, dit Yan en jetant un regard en direction de la porte. Leia?...

Elle laissa tomber son blaster et se dressa, le sabrolaser au poing.

– Je suis prête.

– ... tricher avec deux ou trois autres groupes de joueurs... poursuivait 6PO.

– Ferme ça, Bâton d'Or! lança Yan en écartant Winter et les jumeaux de la fenêtre.

Les lumières se rapprochaient rapidement et Leia discernait maintenant la forme vague du *Faucon* sur le fond de clarté de la cité. Un souvenir lui revint : sur Bpfassh, les Noghri avaient tenté d'utiliser le *Faucon* comme un leurre. Mais jamais les Impériaux ne se seraient servis d'un code de joueurs de sabacc... A moins que?...

Mais cela n'avait presque aucune importance. Elle préférait affronter des ennemis à bord d'un vaisseau que de rester assise à les attendre. Et bien avant qu'ils soient à bord, elle devrait être certaine qu'il s'agissait bien de Chewbacca. S'avançant vers la fenêtre, elle leva très haut son sabrolaser...

Et, derrière elle, dans un dernier fracas, la porte de sécurité céda.

Elle pivota, entrevit deux silhouettes dans la fumée et les étincelles. Les assaillants repoussèrent le secrétaire et plongèrent sur le sol, tandis que Yan lui saisissait le bras, la forçant à s'allonger. Une rafale de blaster crépita sur le mur et la fenêtre. Leia éteignit son sabre et reprit son blaster.

Yan, à son côté, avait ouvert le feu, accroupi contre la penderie, ignorant le danger. Quatre autres commandos étaient sur le seuil. Leia ripostait, soutenue par la Force et sa longue pratique des combats. Mais elle savait que leur résistance était futile. Et qu'à chaque rafale, les bébés risquaient d'être touchés par un ricochet.

Et soudain, de façon inattendue, quelque chose pénétra son esprit. Une pression mentale qui était à la fois une suggestion et une demande. Qui lui disait...

– Stop! cria-t-elle dans le fracas. Cessez le tir. Nous nous rendons.

Quelques traits jaillirent encore, puis tout s'arrêta. Posant son blaster sur la penderie fracassée, Leia leva les mains et les deux Impériaux couchés sur le sol se dressèrent pour s'avancer sur eux, ignorant l'exclamation incrédule de Yan.

La balustrade proche de l'escalier de droite explosa dans un nuage de fragments et de poussière sous le feu concentré des gardes de la Sécurité. A la seconde où elle s'écroulait, un des tirs de riposte atteignit un garde qui bascula en arrière. Mara jeta un regard prudent entre les volées de débris et les éclairs des blasters, en se demandant s'ils avaient enfin réussi à déloger les Impériaux dans ce chaos.

Apparemment. Entre deux lambeaux de fumée, elles discerna un corps grillé et poussiéreux.

– Un de moins, dit-elle à Bel Iblis. Il en reste trois.

– Plus ceux qui sont en haut. Espérons que la chance légendaire de Solo protégera Leia et les bébés, plus les otages qu'ils peuvent avoir.

– Ça fait deux fois que vous parlez d'otages.

Il haussa les épaules.

– C'est le seul moyen dont dispose ce commando pour sortir d'ici. Je suis certain qu'ils en ont conscience. J'ai déjà demandé à Calrissian de faire immédiatement décoller des chasseurs pour couvrir l'espace aérien au-dessus du Palais. Avec les turbolifts bloqués, il ne leur reste que cet escalier.

Mara le dévisagea en retour, avec un frisson. Dans l'action et la précipitation, depuis que toute cette affaire avait commencé, elle n'avait pas pris un instant pour considérer les divers aspects de la situation. Mais les dernières paroles de Bel Iblis venaient de fusionner avec des souvenirs anciens.

Le temps de quelques battements de cœur, elle réfléchit, se demandant si ce qu'elle venait de comprendre était réel ou bien un pur produit de son imagination. Mais non : tout se tenait. Tout était logique, tactiquement brillant. La patte du Grand Amiral Thrawn. La seule réponse possible.

Tout aurait fonctionné à merveille... s'il n'y avait eu cette simple faille : sa présence ici. Que Thrawn ignorait. A moins qu'il n'ait jamais cru qu'elle avait été la Main de l'Empereur.

– Je reviens, lança-t-elle à Bel Iblis en enfilant le couloir.

Elle atteignit un angle et courut dans un couloir perpendiculaire, les yeux fixés sur la frise sculptée en haut de la paroi. Elle devait trouver absolument la marque discrète qu'elle cherchait.

Oui. Elle était bien là. Elle venait de se figer devant le panneau banal en apparence, et regarda avec méfiance de part et d'autre. Skywalker et Organa Solo étaient capables d'accepter ses alliances passées sans trop de réticence, mais elle doutait que quiconque d'autre se montre aussi ouvert. Mais le couloir était désert. Elle tendit les mains vers la frise, glissa deux doigts dans les indentations qu'elle avait repérées, et toucha les deux senseurs.

Avec un déclic discret, le panneau joua.

Elle se glissa à l'intérieur, referma, et prit ses repères. Les passages secrets de l'Empereur avaient été construits plus ou moins en parallèle avec les puits des turbolifts, et ils étaient étroits et bas. Mais il n'y avait pas de trace de poussière, ils étaient insonores et bien éclairés. Plus important encore dans ces circonstances, ils lui permettraient d'éviter le palier où étaient les Impériaux.

Deux minutes et trois escaliers plus loin, elle atteignit l'issue qui correspondait au niveau de la suite d'Organa Solo. Elle prit son souffle, tendit tous ses muscles pour le combat, et sortit dans le couloir.

La bataille faisait rage à trois niveaux plus bas et elle s'était attendue à affronter une arrière-garde. Elle ne s'était pas trompée : deux hommes en uniforme de la Sécurité étaient accroupis contre la paroi, lui tournant le dos, les yeux fixés sur l'extrémité du couloir. L'écho des tirs couvrait largement le son léger des pas de Mara et, quand elle abattit les deux hommes, ils n'avaient sans doute même pas eu conscience de sa présence. Elle s'assura rapidement qu'ils étaient hors de combat et se dirigea vers la suite d'Organa Solo.

Elle venait de l'atteindre et essayait de se frayer un passage dans les débris de la porte quand un tir de blaster jaillit de l'intérieur, ponctué par une explosion.

Les feux des assaillants et des défenseurs se croisaient. Mara se dit que si elle fonçait directement à l'intérieur, sans se mettre à couvert, elle avait toutes les chances d'être tuée. Mais si elle perdait du temps, il était probable que l'un de ceux qui se trouvaient dans l'appartement serait abattu avant même qu'elle soit en position de tir.

Ou alors...

Leia Organa Solo, appela-t-elle mentalement. *J'arrive dans leur dos. Rendez-vous. Vous m'entendez? Rendez-vous. Rendez-vous.*

A la seconde où elle atteignait la porte extérieure, elle entendit la voix d'Organa Solo.

– Stop! Cessez le tir. Nous nous rendons.

Mara risqua un regard vers la porte. Et vit quatre Impériaux debout ou agenouillés dans les décombres carbonisés, braquant leur blaster d'un bras lourd, tandis que deux autres se redressaient au-delà de la porte de sécurité. Aucun d'eux n'avait détecté sa présence.

Avec un mince sourire, Mara ouvrit le feu.

Elle en avait abattu deux avant même que les autres ne réagissent. Un troisième tomba à la seconde où il voulait se retourner. Le quatrième était presque en position de tir quand un trait venu de la chambre l'envoya rouler sur le sol.

Cinq secondes plus tard, tout était terminé.

Il y avait un semi-survivant.

– Nous pensons que c'est le chef du groupe, dit Bel Iblis à Yan tandis qu'ils couraient vers l'aile médicale du Palais. Je dirais qu'il s'agit du major Himron. Mais nous ne pourrons le vérifier que lorsqu'il aura repris conscience.

Yan acquiesça.

– Vous avez une idée de la façon dont ils ont pu s'introduire dans le Palais?...

– Je pense que c'est la première question que je vais poser. On va le mettre en urgence. Par là...

Lando les attendait avec un médic.

– Tout s'est bien passé? demanda-t-il. J'ai envoyé Chewie en haut, mais on m'a dit que je devais rester avec le prisonnier.

– Oui, tout va bien, fit Yan tandis que Bel Iblis écartait le médic. Chewie a installé Leia et Winter dans une autre suite. A propos : merci.

– C'était un plaisir, grommela Lando. Surtout qu'on s'est contentés d'observer la bagarre. Mais tu n'aurais pas pu arrêter ton petit feu d'artifice pendant une ou deux minutes?

– Ah, ça, c'est pas de ma faute, mon vieux, protesta Yan. Mara a suivi son timing.

Une ombre passa sur le visage de Lando.

– Oui. Mara...

– Qu'est-ce que ça veut dire?

– Je ne sais pas, fit Lando en secouant la tête. Tu sais qu'il y a toujours quelque chose qui m'inquiète en elle. Tu te souviens de ce qui s'est passé sur Myrkr, à la base de Karrde, juste avant que Thrawn ne nous tombe dessus et qu'on soit obligés de se planquer dans la forêt [1]...?

– Tu avais dit que tu la connaissais. Mais d'où donc?

Cette pensée était restée gravée au fond de son esprit depuis des mois.

– Je ne sais pas encore. Mais c'est en train de me revenir. Je le sens.

Yan regarda Bel Iblis, puis le médic, en se souvenant de ce que Luke leur avait dit en quittant Myrkr. Que Mara avait avoué franchement à Luke qu'elle voulait le tuer.

– Je ne sais pas où tu l'as déjà rencontrée, mais elle est apparemment de notre côté à présent.

– Oui, on le dirait, fit Lando sans quitter son air sombre.

Bel Iblis leur fit signe.

– Venez. On va essayer de le réveiller.

A l'intérieur, rassemblés autour du lit de réanimation, il y avait une demi-douzaine de médics et de droïds, plus trois des officiers supérieurs de la Sécurité d'Ackbar. Bel Iblis hocha la tête à l'adresse d'un des docteurs. L'agent impérial se mit à tousser et entrouvrit les yeux.

– Major Himron? lui demanda l'un des officiers. Vous pouvez m'entendre, major?

– Oui, souffla Himron. (Son regard dériva un instant, encore flou... puis il sembla à Yan qu'il devenait plus vif.) Oui.

– Votre attaque a échoué. Tous vos hommes sont morts et nous ne sommes pas certains de pouvoir vous sauver.

Himron soupira en refermant les yeux. Mais son visage restait maintenant parfaitement éveillé.

– Ce sont les risques de la guerre, dit-il.

Bel Iblis se pencha sur lui.

– Comment êtes-vous entrés dans le Palais, major?

– Je crois... que je ne risque plus rien à le dire... maintenant, murmura Himron. Par la porte de derrière. On l'avait installée... en même temps que le dispositif de passages secrets. Elle nous a ouvert de l'intérieur.

– Qui vous a ouvert de l'intérieur? Qui?

Himron ouvrit les yeux.

– Notre contact ici. Son nom est... Jade.

Bel Iblis jeta un regard surpris à Yan.

– Mara Jade?

Himron souffla longuement.

– Oui. C'est... un agent spécial de l'Empire... On l'appelait... « la Main de l'Empereur ».

1. Voir *L'Héritier de l'Empire* (N d.T).

Il retourna au silence et parut s'affaisser dans son lit.

– Général Bel Iblis, je ne peux vous autoriser à poser d'autres questions, intervint le médic. Il a besoin de repos et il faut que nous le récupérions. Dans un ou deux jours, je pense, il sera en mesure de vous répondre plus avant.

L'un des officiers de la Sécurité se dirigeait vers la porte.

– Ça ira comme ça. Nous en savons assez pour le moment.

– Une minute! lança Yan. Où allez-vous?

– Où croyez-vous que j'aille? Je vais faire mettre Mara Jade aux arrêts.

– Sur la seule déclaration d'un officier de l'Empire?

– Solo, il n'a pas le choix, intervint Bel Iblis en lui posant la main sur l'épaule. Sur une accusation aussi grave, la détention est requise par mesure de précaution. Ne vous inquiétez pas – on va tirer tout ça au clair.

– C'est dans notre intérêt, dit Yan. Un agent impérial, mon œil! Elle en a descendu au moins deux... (Il s'interrompit net en surprenant l'expression de Lando.) Lando?...

– Oui, c'est bien ça. C'est là-bas que je l'ai vue. Elle faisait partie des nouvelles danseuses de Jabba le Hutt, sur Tatooine, quand on rassemblait le groupe pour te libérer.

– Chez Jabba?

– Oui. Et... mais je n'en suis pas sûr, dans la confusion, avant qu'on parte pour le Grand Puits de Carkoon, il me semble me rappeler qu'elle a demandé à Jabba de la laisser venir sur la barge antigrav. Non... En fait, elle l'a supplié.

Yan observait le major Himron, inconscient. La Main de l'Empereur? Et Luke avait dit qu'elle voulait le tuer?...

Il chassa ces pensées.

– Peu m'importe qui elle était. Elle a quand même descendu les Impériaux. Allons : on va aller aider Leia et ses jumeaux. Ensuite, on va réfléchir à ce qui a pu se passer ici.

10

Le cabaret du Tourbillon du Siffleur, sur Trogan, était l'un des plus parfaits exemples que Karrde ait jamais vus d'une bonne idée gâchée par ses concepteurs. Le Tourbillon était situé sur le littoral du plus peuplé des continents de Trogan, et il avait été construit autour d'une formation naturelle appelée la Tasse, un bassin rocheux qui allait se perdre vers la mer. Six fois par jour, les marées énormes de Trogan montaient et redescendaient dans le bassin, provoquant un maelström d'écume. Les tables du cabaret avaient été disposées en cercles concentriques autour du bassin, en juste équilibre entre le luxe et la vision spectaculaire de la nature – un choix parfait pour les milliards d'humains et de non-humains qui raffolaient de cette combinaison.

C'était du moins ce que les promoteurs et les concepteurs avaient pensé. Malheureusement, ils avaient oublié trois points importants : premièrement, un tel endroit constituait par définition une attraction touristique qui dépendait des caprices du marché. Deuxièmement, quand le charme du Tourbillon ne ferait plus effet, il était exclu d'envisager de repenser le design pour un autre type de distraction. En troisièmement, à supposer qu'on remodèle les lieux, le fracas de mini-déferlantes dans la Tasse noierait tout.

Et c'est ainsi que les gens de Calius saj Leelooo de Berchest avaient fait de cette attraction en péril un centre commercial. Et les Trogans avaient tout simplement abandonné le Tourbillon du Siffleur.

– J'espère toujours que quelqu'un va racheter ça et tout remettre à neuf, commenta Karrde en promenant le regard sur les tables désertes.

En compagnie d'Aves, il descendait l'une des travées du Tourbillon vers celui qui les attendait.

Il était visible que les lieux étaient abandonnés depuis des années, mais l'ensemble n'était pas aussi repoussant qu'il aurait pu l'être.

– Moi, j'ai toujours bien aimé le Tourbillon, dit Aves. Plutôt bruyant, d'accord, mais c'est comme ça partout.

– Ce qui ne facilite pas l'espionnage de table en table, acquiesça Karrde. Une qualité essentielle. Salut, Gillespee.

L'autre se leva de la table où il était installé et tendit la main.

– Karrde... Je me demandais si tu allais finir par te montrer enfin.

– Nous n'avions rendez-vous que dans deux heures, remarqua Aves.

– Allons, allons, fit Gillespee avec un sourire malin. Depuis quand Talon Karrde arriverait-il à l'heure exacte? Mais vous auriez pu vous épargner des efforts : mes hommes ont déjà tout contrôlé.

– Un service que j'apprécie, dit Karrde.

Ce qui ne signifiait nullement, bien entendu, qu'il eût l'intention de rappeler ses hommes à lui. Il avait l'Empire sur le dos et une garnison impériale était installée à vingt kilomètres de là.

– Tu as la liste des invités?

– La voici, dit Gillespee en lui présentant un bloc. Je crains qu'elle ne soit pas aussi longue que je l'espérais.

– Ça ira, dit Karrde en parcourant les noms.

D'accord, la liste était assez courte, mais très sélective, avec de grands noms qu'il connaissait personnellement. Brasck, Par'tah, Ellor, Dravis – ils faisaient tous partie du groupe de Billey. Billey lui-même ne se montrait plus guère... Mazzic, Clyngunn le ZeHethbra, Ferrier...

Il releva brusquement la tête.

– Ferrier? *Niles* Ferrier? Le voleur de vaisseaux?

– Oui, précisément, dit Gillespee. Il fait aussi dans la contrebande.

– Et il travaille également pour l'Empire, ajouta Karrde.

– Nous aussi, fit Gillespee avec un haussement d'épaules. Et toi aussi, la dernière fois que j'en ai entendu parler.

– Je ne voulais pas dire faire de la contrebande de marchandises entre les mondes de l'Empire, mais travailler directement pour le Grand Amiral Thrawn. Des petits boulots, comme de capturer l'homme qui avait localisé la flotte Katana pour lui.

Le visage de Gillespee se crispa presque imperceptiblement. Il se souvenait sans doute de sa fuite éperdue d'Ukio devant la flotte d'invasion impériale avec, justement, ces unités de la flotte Katana.

– C'est Ferrier qui a fait ce coup-là?

– Et il semble y avoir pris du plaisir. (Karrde sortit son comlink) Lachton?

– Oui, je suis là.

– Ça se présente comment à la garnison?

– Comme à la morgue un jour de congé, ricana Lachton. Pas un mouvement depuis trois heures.

Karrde haussa les sourcils.

– Vraiment. Très intéressant. Et combien de vols ou d'activités au sol?

– Nul dans les deux cas. Je ne plaisante pas, Karrde, mais l'endroit a l'air totalement mort. Ils ont dû se trouver de nouveaux holos d'entraînement ou je ne sais quoi...

Karrde eut un sourire bref.

– Oui, c'est sûrement ça. D'accord, ne bouge pas. S'il se passe quoi que ce soit, tu m'appelles.

– Sûr. Bien reçu.

Karrde, tout en remettant le comlink dans sa ceinture, déclara aux autres :

– Les Impériaux ne bougent pas de leur garnison, apparemment.

– Ce n'est pas ce qu'on voulait? demanda Gillespee. Ils ne peuvent pas nous tomber dessus s'ils sont terrés dans leurs casernements.

– D'accord. Mais d'un autre côté, je n'ai encore jamais entendu parler d'une garnison qui s'offrait un jour de permission.

– C'est vrai. A moins que la grande offensive de Thrawn ait plus ou moins vidé les garnisons de second ordre.

– Une raison de plus pour eux de multiplier les patrouilles pour montrer leur force, dit Karrde. Un type comme le Grand Amiral Thrawn compte sur les déductions de ses adversaires pour combler les lacunes de sa propre force.

– On ferait peut-être mieux d'annuler la réunion, suggéra Aves, l'air inquiet. Ils sont peut-être en train de nous piéger.

Le regard de Karrde se porta vers l'eau turbulente qui léchait de son écume les parois de la Tasse. Avant deux heures, elle serait à son point le plus bas et le plus tranquille, et c'était la raison pour laquelle il avait choisi ce moment. S'il annulait leur réunion – s'il reconnaissait que Talon Karrde tremblait devant l'Empire...

– Non, fit-il lentement. Nous restons. Et puis nos invités ne seront pas sans défense, après tout. Et nous devrions être prévenus de toute opération officielle à notre encontre. En fait, je dois dire que le risque vaut bien de voir ce qu'ils mijotent.

Gillespee haussa les épaules.

– Ils ne préparent peut-être rien du tout. On a tellement bien embrouillé les Renseignements de l'Empire qu'ils nous ont complètement perdus.

– Ça ne ressemble guère à ces bons vieux Renseignements que nous connaissons et aimons tous, conclut Karrde en regardant autour d'eux. Il nous reste deux heures avant la réunion. Voyons ce qu'on peut arranger, d'accord?...

Ils étaient maintenant silencieux, tous ces individus, tous ces petits groupes. Et quand il eut fini son intervention, Karrde sut qu'il ne les avait pas convaincus.

Brasck résuma leur sentiment.

Le Brubb goûta l'air ambiant de sa langue acérée.

– Karrde, tu as bien parlé. Et même avec passion, je dirais, si un tel mot peut s'appliquer à toi. Mais tu ne nous as persuadés de rien.

– Vraiment, Brasck? Ou bien est-ce que je n'ai pas réussi à te convaincre de te retourner contre l'Empire?...

L'expression de Brasck ne changea pas, mais la peau gris-vert et grêlée de son visage – l'unique partie de son corps qui fût visible – se fit plus sombre.

– L'Empire paie un bon prix pour les marchandises de contrebande.

C'est alors qu'intervint Par'tah. Les écailles quasi reptiliennes de sa tête se balancèrent doucement quand elle se dressa et ouvrit brusquement la bouche, signe de mépris Ho'Din évident.

– [Et pour les esclaves aussi?] demanda-t-elle dans son langage musical. [Et aussi pour les victiiiimes de kiiidnapiiing? Tu ne vaux pas mieux que le Hutt.]

L'un des gardes du corps de Brasck s'agita dans son siège. Celui-là, Karrde le savait, s'était évadé en même temps que Brasck de la servitude de Jabba le Hutt quand Luke Skywalker et les siens avaient décimé l'organisation [1].

– Aucun de ceux qui connaissaient le Hutt n'aurait dit cela, grommela-t-il en posant un doigt menaçant sur la table.

– Nous ne sommes pas ici pour nous quereller, fit Karrde avant que Par'tah et ses collègues aient pu réagir.

– Alors, pourquoi on est là? demanda Mazzic.

Il était vautré entre un Gotal cornu et une femme à l'appa-

1. Voir *Le Retour du Jedi (N.d.T.)*.

rence spectaculaire, mais à l'air absent, coiffée en tresses compliquées piquetées d'aiguilles laquées.

– Excuse-moi, Karrde, mais tout ça sonne comme un discours de recrutement de la Nouvelle République.

– Oui, et Yan Solo nous l'a déjà servi, appuya Dravis, en posant les pieds sur la table. Billey a déjà dit qu'il refusait de remorquer des chargements de la Nouvelle République.

– Trop dangereux, ajouta Clyngunn en secouant sa toison tigrée de noir et de blanc. Beaucoup trop dangereux.

– Vraiment? fit Karrde, feignant la surprise. Mais pourquoi?

– Tu dois plaisanter, gronda le ZeHethbra. L'Empire harcèle tous les transports de la Nouvelle République, et on risque sa vie à chaque décollage.

– Si je te comprends bien, tu es en train de nous dire que le regain de puissance de l'Empire est de plus en plus dangereux pour nos affaires.

– Oh, Karrde, fit Brasck en agitant l'index. Non, n'essaie pas de nous persuader de suivre ton plan en déformant nos paroles.

– Mais je n'ai proposé aucun plan, protesta Karrde. J'ai simplement suggéré que nous fournissions à la Nouvelle République toute information utile que nous pourrions recueillir durant nos activités.

– Et tu ne penses pas que l'Empire risquerait de trouver ce genre d'activité-là inacceptable? fit Brasck.

– [Depuiiis quand te souciies-tuuu des réactiiions de l'Empiiire?] rétorqua Par'tah.

– Depuis que le Grand Amiral a pris le pouvoir. J'ai entendu pas mal d'histoires sur ce seigneur de la guerre, Par'tah. C'est lui qui a jeté le linceul de l'Empire sur ma planète.

– Ce qui devrait être une raison de s'opposer à lui, dit Gillespee. Si tu redoutes ce que Thrawn peut te faire à toi *maintenant*, pense à ce qui arrivera s'il jette le linceul de l'Empire sur toute la galaxie.

– Mais il ne nous arrivera rien si nous ne nous opposons pas à lui, insista Brasck. L'Empire a trop besoin de nos services.

– Jolie théorie, fit une voix nouvelle, derrière le groupe. Mais ce que je peux vous dire, c'est qu'elle ne contient que du vide.

Karrde se tourna vers le nouvel intervenant. Un humain robuste et grand, aux cheveux et à la barbe sombres, un cigarra éteint coincé entre les dents.

– Et tu es?... commença Karrde, bien qu'il fût déjà certain de l'identité de l'autre.

– Niles Ferrier. Et je tiens à vous dire à tous que ce n'est pas en vous occupant uniquement de vos affaires que ça changera quoi que ce soit si jamais Thrawn décide qu'il veut votre peau.

– Pourtant, il paie bien, remarqua Mazzic en caressant machinalement sa compagne. C'est ce que j'ai entendu dire.

– Ah, oui, vraiment? grinça Ferrier. Et est-ce que tu as entendu dire aussi qu'il m'a mis le grappin dessus au large de New Cov, qu'il a confisqué mon vaisseau et m'a envoyé faire ses sales courses dans une barge des Renseignements piégée, bourrée de bombes? Allez, réfléchis un peu : tu vois la punition qui nous aurait attendus si nous ne l'avions pas fait?

Karrde regarda autour de lui et se tut, tout en guettant le clapotis de l'eau dans la Tasse. On était loin de la description que Solo lui avait donnée du rôle joué par Ferrier. Mais, toutes choses étant égales, il inclinait plutôt pour la version de Solo. Néanmoins, il était quand même possible que Solo se soit trompé dans son interprétation des faits. Et si le récit de Ferrier l'aidait à convaincre les autres qu'il fallait s'opposer à l'Empire...

– Et il t'a payé après tous ces malheurs? demanda Mazzic.

– Bien sûr, renifla Ferrier. Là n'est pas la question.

– Mais ça l'est pour moi. (Mazzic se tourna vers Karrde.) Désolé, Karrde, mais je n'ai encore entendu aucune bonne raison pour changer de commerce.

– Et qu'est-ce que tu dis de ce nouveau trafic de clones dans l'Empire? Ça ne t'inquiète pas?

– Ça ne me fait pas particulièrement plaisir, c'est vrai. Mais je pense que c'est le problème de la Nouvelle République, pas le nôtre.

– [Ça sssera ton problème, sssi l'Empiire remplaccce tous les contrebandiers avec ccces clones?] siffla Par'tah.

– Personne ne va nous remplacer par des clones, dit Dravis. Tu sais, Karrde, Brasck a raison : l'Empire a trop besoin de nous pour nous créer des ennuis... à condition qu'on ne choisisse pas notre camp.

– Exactement, insista Mazzic. On est des gens d'affaires, un point c'est tout. Et je compte bien le rester, moi. Si la Nouvelle République monte les enchères pour des informations, je lui en vendrai avec plaisir. Sinon...

Il haussa les épaules.

Karrde hocha la tête, acceptant en silence son échec. Par'tah était sans doute prête à discuter, plus un ou deux autres. Ellor, sans doute : le Duro était resté jusque-là en dehors du débat, ce qui, chez sa race, était un signe d'agrément. Mais les autres ne s'étaient pas laissé convaincre, et il ne pouvait risquer de les irriter en insistant.

– Très bien. Il est clair que vous voulez rester sur vos positions. Merci de m'avoir accordé un peu de votre temps. Nous pourrions peut-être projeter de nous revoir après...

Et, brusquement, l'arrière-salle de la Tasse du Siffleur explosa dans un fracas énorme.

– Restez où vous êtes ! lança une voix amplifiée. Tournez-vous en avant. Pas un geste. Vous êtes tous sous mandat d'arrêt impérial.

Karrde plissa les yeux en regardant vers le fond de la salle. Dans la fumée et la poussière, il distingua une double rangée de soldats de l'Empire qui s'avançaient dans les débris du mur, flanqués de quatre commandos d'assaut en armure blanche. Derrière eux, dans la brume, il devina deux command-speeders de type Chariot en surplace de soutien.

– Eh bien, murmura-t-il, ils ont quand même fini par s'inviter.

– Ils ont cogné un peu fort à la porte, maugréa Gillespee. On dirait bien que tu avais raison au sujet de Ferrier.

– Peut-être...

Karrde se tourna lentement vers Ferrier, s'attendant à lire une expression de triomphe sur le visage de l'autre. Mais Ferrier ne le regardait pas. Il fixait quelque chose sur le côté. Ce n'était pas les soldats qui approchaient, mais une partie du mur, à droite de la brèche. Karrde suivit son regard...

Juste à temps pour surprendre une ombre noire qui se détachait de la paroi et se déplaçait silencieusement derrière les commandos garde-flanc.

– D'un autre côté, peut-être pas, dit-il en désignant l'ombre du menton. Jette seulement un coup d'œil par-dessus l'épaule d'Ellor.

Gillespee retint son souffle.

– Mais qu'est-ce que c'est que ça, *par tous les Enfers* ?

– Le Defel favori de Ferrier, je crois bien. On les appelle des « spectres ». Solo m'a parlé d'eux. C'est le moment. Tout le monde est prêt ?

– Prêt, dit Gillespee, et des murmures confirmèrent ce qu'il venait de dire.

Karrde promena rapidement les yeux sur ses collègues. Ils lui rendirent son regard. D'abord choqués, ils étaient maintenant gagnés par une colère froide. Oui, ils étaient tous prêts. L'ombre du Defel atteignit la ligne des Impériaux... et soudain, l'un des soldats fut soulevé du sol et alla percuter son voisin. Les autres réagirent aussitôt et pointèrent leurs armes sur l'invisible agresseur.

– On y va, dit Karrde.

Du coin de l'œil, il entrevit les longs museaux de deux fusils blasters BlasTech 280 qui pointaient hors de la Tasse et ouvraient le feu.

La première salve faucha le centre de la ligne des attaquants. Les survivants plongèrent à couvert sous les tables et les fauteuils. Karrde s'élança, bascula la table la plus proche et s'agenouilla derrière.

Précaution presque inutile. L'attention des Impériaux avait été distraite de leurs supposés prisonniers l'espace d'une demi-seconde fatale... et avant même que Karrde ait pu dégainer son arme, la salle explosa sous les tirs croisés des blasters.

Dans les cinq premières secondes, Brasck et ses gardes du corps avaient neutralisé une escouade complète grâce à des tirs synchrones qui montraient que le Brubb n'avait pas oublié son passé de mercenaire. L'équipe de Par'tah se concentrait sur un autre rang avec des armes plus légères et moins dévastatrices que les blasters lourds de Brasck. Malgré tout, les Impériaux étaient cloués sur place. Dravis, Ellor et Clyngunn profitèrent du feu de couverture pour capturer les derniers impériaux. Mazzic, lui, se désintéressait des soldats pour diriger son feu sur les command-speeders à l'extérieur. Idée superbe !

– Aves ! Fein ! cria Karrde dans le vacarme ambiant. Concentrez vos tirs sur les Chariots !

Des cris lui répondirent depuis la Tasse, et les BlasTech A 280 pivotèrent. Karrde se détendit un peu derrière la table et surprit la femelle de Mazzic en pleine action : ses tresses compliquées lui tombaient sur les épaules, mais elle n'avait plus l'air absent, et elle décochait ses aiguilles laquées avec une précision mortelle. Un Impérial bondit en l'ajustant, et retomba immédiatement en arrière, cueilli en plein torse par le tir de Karrde. Un double trait de feu toucha sa table dans un jaillissement d'échardes, et il se colla au sol. Du dehors, une explosion énorme leur parvint, suivie d'une seconde.

Et, brutalement, tout fut terminé.

Prudemment, Karrde se redressa en même temps que les autres. Ils gardaient tous leurs armes levées en inspectant les décombres alentour. Clyngunn pliait le bras avec peine tout en cherchant un pansement dans son ceinturon. La tunique de Brasck portait plusieurs balafres, et son armure de protection était noircie.

– Tout le monde tient debout ? demanda Karrde.

Mazzic se relevait seulement. Karrde vit que ses doigts étaient roides et blancs sur la crosse de son blaster.

– Ils ont eu Lishma, fit-il avec un calme mortel. Il n'a même pas tiré un coup de feu.

Karrde baissa les yeux sur le corps inerte du Gotal, au pied de Mazzic, à demi caché par les débris d'une table.

– Je suis désolé, dit-il avec sincérité : il avait toujours eu une certaine affection pour les Gotals.

– Moi aussi, dit Mazzic en rengainant son blaster pour dévisager Karrde avec des yeux ardents. Mais l'Empire va être encore plus désolé. D'accord, Karrde, je suis convaincu. Où est-ce que je dois signer?

– Quelque part loin d'ici, je pense, dit Karrde en observant les Chariots qui achevaient de se consumer.

Il n'y avait encore aucun mouvement au-dehors, mais ça ne durerait guère, il le savait.

– Il y a certainement des renforts qui rappliquent. Lachton, Torve : vous m'entendez?

– On est là, dit Torve. Mais qu'est-ce qui s'est passé?

– Les Impériaux ont voulu se joindre à notre petite fête. Ils se sont ramenés avec deux Chariots. Ça ne bouge pas dans votre secteur?

– Pas ici, non. En tout cas, ils ne sont pas partis du spatioport.

– Même chose, confirma Lachton. La garnison est toujours aussi calme qu'une tombe.

– Bon, espérons que ça dure encore un moment. Passez le mot aux autres : on se replie vers le vaisseau.

– On y va. A tout à l'heure.

Karrde coupa son comlink. Gillespee aidait Aves et Fein à s'extirper de la Tasse et du harnais où ils étaient restés suspendus tout ce temps.

– Beau boulot messieurs, dit-il. Je vous remercie.

– Mais tout le plaisir était pour nous, grommela Aves en récupérant le blaster que Gillespee lui tendait.

Même à son niveau le plus bas, le ressac avait trempé les deux hommes jusqu'aux genoux.

– On a le temps de décamper d'ici? ajouta Aves.

– Oui, et on fait vite. (Karrde se tourna vers les autres.) Messieurs, on se reverra dans l'espace.

Aucune embuscade ne les attendait à proximité du *Wild Karrde.* Aucun poursuivant, pas le moindre superdestroyer impérial en orbite. Selon toutes les apparences, l'incident du Tourbillon du Siffleur aurait pu être une hallucination de masse très élaborée.

Si l'on ne tenait pas compte de la destruction du café, des Chariots calcinés, et des blessures. Et de la mort du Gotal.

– Alors, quels sont les plans? demanda Dravis. Tu veux toujours qu'on suive cette filière de clones, hein?

– Oui. On sait qu'elle transite par Poderis, donc on doit commencer avec le secteur d'Orus.

– Elle *passait* par Poderis, remarqua Clyngunn. Thrawn a pu tout changer.

– Mais on peut supposer qu'il aura laissé quelques traces qu'on pourra suivre, dit Karrde. Bon. Est-ce que nous sommes d'accord ?

– Mon groupe est avec le vôtre, déclara aussitôt Ferrier. Si vous le voulez Karrde, je vais essayer de vous procurer quelques bons vaisseaux de combat.

– Je crois que je peux vous faire confiance là-dessus. Par'tah ?...

– [Nous vous asssissssterons dans vos recheeerches.]

Il y avait dans sa voix une colère intense que Karrde ne lui avait jamais connue. La mort du Gotal l'avait sans doute autant frappée que Mazzic.

– [Il est nécesssaire que l'Empiiire en tire une leçon.]

– Merci. Mazzic ?

– Je suis d'accord avec Par'tah. Mais je pense que la leçon doit être plus spectaculaire. Toi, tu continues à suivre la piste de tes clones. Ellor et moi, on a une autre idée.

Karrde se tourna vers Aves, qui se contenta de hausser les épaules.

– S'il tient à leur donner une claque, comment l'en empêcher ?

Karrde hocha la tête.

– Très bien, dit-il à Mazzic. Bonne chance. Mais essaie de ne pas t'attaquer à un trop gros morceau, hein ?

– Mais non. On y va, maintenant. A plus tard.

A tribord, deux des vaisseaux se dégagèrent de la formation, clignotèrent brièvement, et disparurent dans l'hyperespace.

– Bon, reste toi, Brasck, dit Karrde. Qu'est-ce que tu décides ?

Un long soupir s'échappa du circuit de communication. Cela faisait partie des manières verbales intraduisibles des Brubbs.

– Je ne peux pas et ne veux pas m'opposer au Grand Amiral Thrawn. Fournir des informations à la Nouvelle République, ce serait s'attirer sa haine et sa colère. (Autre soupir.) Mais je ne veux pas non plus interférer avec tes activités et les lui révéler.

– Ça me paraît raisonnable, admit Karrde. (En fait, c'était mieux que ce qu'il avait attendu de Brasck : les Brubbs avaient toujours craint l'Empire.) Bien. Organisons nos groupes et convenons de nous retrouver au large de Chazwa dans... disons cinq jours. Bonne chance à tous.

L'un après l'autre, les divers groupes passèrent en luminique.

– Adieu la neutralité, fit Aves en consultant l'ordinateur de navigation. Ça va poser un problème à Mara quand elle le saura. Mais quand est-ce qu'elle doit revenir, à propos ?...

– Dès que j'aurai trouvé un moyen de la ramener ici, répondit Karrde avec un sentiment de culpabilité.

Il y avait plusieurs jours déjà qu'il avait reçu ce message où elle lui annonçait qu'elle et Ghent étaient prêts à les rejoindre, un message qui avait sans doute mis plusieurs jours avant de lui parvenir. Elle devait être déchaînée, à l'heure qu'il était.

– L'Empire a monté les prix. Il y a sans doute au moins vingt chasseurs de primes qui nous guettent au large de Coruscant.

Aves s'agita d'un air inquiet.

– C'est ce que vous pensez qu'il est arrivé? Qu'un chasseur de primes a eu vent de notre réunion et a averti les Impériaux?

Karrde leva les yeux vers les étoiles.

– A vrai dire j'ignore comment ça s'est passé. Les chasseurs de primes, généralement, évitent de renseigner les autorités tant qu'ils n'ont pas conclu un accord financier. D'un autre côté, quand les Impériaux lancent un raid, on pourrait s'attendre à ce qu'il soit plus efficace.

– Ou alors, ils suivaient simplement Gillespee et ils ignoraient que nous serions tous là. Trois escouades et deux Chariots, c'était peut-être tout ce qu'ils lui avaient consacré...

– Possible, admit Karrde. Mais je n'arrive pas à croire que leurs Renseignements aient pu se montrer aussi précis. Je vais demander à nos contacts sur Trogan de faire des recherches discrètes. Peut-être qu'ils pourront remonter la piste de cette unité et trouver d'où venait l'information. Entre-temps, il faut qu'on organise notre chasse.

Derrière sa barbe négligée, Niles Ferrier souriait. C'est ce que remarqua Pellaeon tandis que les commandos l'escortaient sur le pont. Un sourire vaniteux et satisfait qui montrait bien qu'il n'avait pas la moindre idée de la raison pour laquelle il se retrouvait sur le *Chimaera*.

– Il est là, amiral, murmura Pellaeon.

– Je sais, lui répondit la voix calme de Thrawn.

Il tournait le dos au prisonnier. Il était calme, certes, mais le regard de ses yeux rouges était létal. Et, avec une grimace, Pellaeon se prépara. Le spectacle n'allait pas être très joli.

Le groupe s'arrêta à proximité du siège de Thrawn.

– Niles Ferrier, annonça le chef des commandos. Selon vos ordres.

Durant un long moment, le Grand Amiral n'esquissa pas un mouvement. Et le sourire de Ferrier s'estompa.

– Vous étiez sur Trogan il y a deux jours, dit enfin le Grand Amiral sans tourner la tête. Vous y avez rencontré deux hommes recherchés par l'Empire : Talon Karrde et Samuel Tomas Gillespee. Vous avez également convaincu un certain lieutenant Reynol Kosk d'organiser un petit groupe d'assaut non entraîné pour lancer une attaque contre le lieu de cette réunion. Attaque qui a échoué. Est-ce exact?

– Certainement, dit Ferrier. Vous comprenez la raison pour laquelle je vous ai adressé ce message. Et en ce cas, vous devriez savoir...

– J'aimerais que vous me fassiez part de vos motivations, l'interrompit Thrawn, faisant enfin pivoter son siège pour lui faire face. Et m'expliquer pourquoi je n'ordonne pas votre exécution sur-le-champ...

Ferrier en resta bouche bée.

– Comment? Mais... j'ai fait ami avec Karrde. Il me fait confiance, à présent, vous comprenez?... C'était ça, l'idée de base. Comme ça, je vais pouvoir débusquer toute son équipe et vous la livrer...

Il acheva sa phrase dans un borborygme, la gorge nouée.

– Vous êtes directement responsable de la mort de quatre commandos d'assaut et de trente-deux soldats de l'Empire. Ainsi que de la destruction de deux command-speeders et de leurs équipages. Ferrier, je ne suis pas le Seigneur Dark Vador – je ne gaspille pas mes hommes. Et je prends en considération leur mort.

Le visage de Ferrier avait à présent perdu toute couleur.

– Amiral... Je sais que vous avez mis à prix la tête de Karrde et de tous ses acolytes...

– Mais cela n'est rien comparé au désastre absolu que vous avez provoqué. Les Renseignements m'ont informé de cette réunion de contrebandiers il y a quatre jours. J'en connaissais le lieu, l'heure ainsi que la liste probable des invités... Et j'avais donné des instructions précises à la garnison de Trogan – des instructions *précises*, Ferrier, pour que l'on ne s'en occupe pas.

Pellaeon n'aurait jamais pensé que Ferrier pût devenir plus blême encore. Il s'était trompé.

– Vous?... Mais, amiral... Je ne comprends pas...

– Je suis persuadé que vous ne comprenez pas, oui, dit Thrawn avec une sérénité mortelle.

Il fit un geste, et Rukh le Noghri s'avança.

– Mais voyez-vous, c'est très simple, Ferrier. Je connais ces contrebandiers. J'ai étudié leurs opérations, et je me suis fait un devoir de traiter personnellement avec chacun d'eux durant l'année passée. Aucun d'eux ne souhaite être mêlé à cette guerre, et je suis persuadé que, sans votre attaque manquée, ils auraient tous quitté Trogan avec la conviction qu'ils devaient conserver leur neutralité de contrebandiers.

Il fit un autre geste, et soudain un poignard effilé brilla dans la main du Noghri.

– Le résultat de votre interférence, c'est qu'ils se sont tous unis contre l'Empire – un retournement que j'avais tout fait pour éviter. (Ses yeux de flamme se posèrent sur le visage de Ferrier.) Et je n'apprécie guère que l'on ruine mes initiatives.

Le regard de Ferrier alla de Thrawn à la lame que brandissait le Noghri. Le voleur de vaisseaux était absolument gris, maintenant.

– Je suis navré, amiral, éructa-t-il. Je ne voulais pas... Je veux dire : donnez-moi encore une chance, non?... Une seule chance? Je peux vous livrer Karrde. Je le jure. Et même plus : je peux vous amener tous les autres.

A court de suppliques, il demeura muet, pétrifié. Et Thrawn le fit attendre encore le temps de quelques souffles.

– Ferrier, dit-il enfin, vous êtes un idiot à l'esprit particulièrement obtus. Mais, parfois, même les idiots ont leur utilité. Vous allez bénéficier d'une dernière chance. La *dernière*. J'espère que je me fais clairement comprendre.

– Oh, oui, amiral, parfaitement.

La tête de Ferrier tressautait littéralement.

– Bien... (Sur un geste de Thrawn, la lame disparut de la main du Noghri.) Vous pourriez donc commencer par m'expliquer ce qu'ils ont projeté.

– Bien sûr, fit Ferrier dans un soupir frémissant. Karrde, Par'tah et Clyngunn vont se retrouver – dans trois jours je pense – au large de Chazwa. Et ils savent que le trafic de vos nouveaux clones passe par le secteur d'Orus.

– Vraiment. Et ils ont l'intention d'y mettre un terme?

– Non. Ils veulent seulement en connaître l'origine. Ensuite, ils contacteront la Nouvelle République. Brasck ne s'est pas joint à eux, mais il a dit qu'il ne ferait rien pour les contrecarrer. Dravis va consulter Billey avant de revenir. Et Mazzic et Ellor ont un autre plan en préparation – ils n'ont pas dit lequel exactement.

Il se tut, à court de mots ou d'air.

– Très bien, fit Thrawn après un instant. Voilà ce que vous allez faire. Avec votre équipe, vous retrouverez Karrde et les autres au rendez-vous de Chazwa comme prévu. Vous apporterez un cadeau à Karrde : une navette d'assaut que vous aurez dérobée dans la station de patrouille d'Hishyim.

– Elle sera piégée? (Ferrier secoua fébrilement la tête.) Oui, moi aussi, j'avais pensé à ça : leur donner des vaisseaux piégés qui...

– Bien entendu, Karrde ne manquera pas d'inspecter à fond ce cadeau, poursuivit Thrawn, dont la patience s'épuisait. Le vaisseau devra être en parfait état. Le seul but de cette opération est de consolider votre crédibilité. A supposer que vous puissiez en avoir.

– Oui, amiral. Et ensuite?

– Vous continuerez à me renseigner sur les actions de Karrde. Et, de temps à autre, je vous adresserai de nouvelles instructions. Des instructions que vous devrez exécuter sur l'heure et sans poser de question. Est-ce bien clair?

– Certainement. N'ayez aucune inquiétude, amiral : vous pouvez compter sur moi.

– Je l'espère, évidemment. (A dessein, Thrawn se tourna vers Rukh.) Parce que je n'aimerais pas vraiment que Rukh vous rende visite. Donc, je crois que je me suis bien fait comprendre?...

– Oui, bien entendu, souffla Ferrier en jetant un regard de biais au Noghri.

– Bon. (Thrawn fit pivoter encore une fois son siège.) Commandant, veuillez reconduire notre hôte jusqu'à son vaisseau et transférer ses hommes sur la navette d'assaut qui a été préparée.

– Bien, amiral.

Le commandant donna un coup de coude à Ferrier et ils se dirigèrent vers l'arrière du destroyer.

– Rukh, tu vas avec eux, dit Thrawn. Ferrier a certes un tout petit esprit, mais je tiens à ce qu'il reparte avec la certitude de ce qui lui arrivera s'il se met encore une fois en travers de mes plans.

– Oui, seigneur, fit le Noghri, et il se glissa en silence sur les pas du voleur de vaisseaux.

Thrawn se tourna vers Pellaeon.

– Votre analyse, capitaine?

– La situation n'est pas bonne, amiral, mais pas aussi grave qu'on aurait pu le craindre. Nous disposons d'une ligne d'information sur le groupe de Karrde, pour autant que nous puissions croire Ferrier. Dans l'intervalle, lui et ses nouveaux alliés ne feront que suivre la piste appât que nous avons déjà tracée pour la Rébellion.

– Et à terme, ils se lasseront et se sépareront. Surtout parce que la perte sèche qu'ils vont connaître après leur rupture commerciale avec l'Empire commencera à faire ses effets. Ce qui nous donne du temps.

– Quelles sont les options? Nous prenons en considération la proposition de Ferrier de leur donner des vaisseaux piégés?

Thrawn sourit.

– Capitaine, j'ai un projet plus utile et satisfaisant. Je suis certain que les autres contrebandiers finiront par réaliser que l'attaque de Trogan n'était guère convaincante. Si nous posons quelques jalons, nous arriverons à terme à leur faire penser que c'était Karrde qui était derrière tout ça.

Pellaeon cilla.

– Karrde?...

– Pourquoi pas? Disons qu'il s'agissait d'une tentative aussi sournoise que violente pour... persuader les autres que ses craintes à propos de l'Empire étaient justifiées. Ce qui lui fera perdre l'influence qu'il peut avoir sur eux, tout en nous évitant l'effort de le poursuivre nous-mêmes.

– Oui, il y a matière à réflexion, amiral, admit Pellaeon, diplomate.

Mais ils étaient en plein milieu d'une offensive majeure, et il ne pensait pas que ce soit le moment idéal pour exercer des représailles contre la lie des confins galactiques. Ils auraient assez de temps pour cela quand la Rébellion aurait été réduite en poussière.

– Amiral, puis-je vous rappeler que notre campagne de Ketaris requiert votre attention?

Thrawn lui répondit par un sourire.

– J'apprécie à sa mesure votre dévouement à notre cause, capitaine. Nous n'avons encore pas de nouvelles de Coruscant?

– Pas encore, amiral. (Pellaeon se pencha sur le tableau de communications.) Mais il ne faut pas oublier ce que Himron nous a dit à propos de cette piste de données qu'il devait créer en préliminaire. Il a dû rencontrer quelques retards.

– Peut-être. Ou peut-être pas. (Pellaeon décela la tension sur son visage.) Malgré tout, si nous n'arrivons pas à obtenir les jumeaux destinés à notre très cher Maître Jedi, le major Himron pourrait sans doute se charger de neutraliser Mara Jade, qui représente pour nous une menace. C'est ce qui compte pour le moment. (Il se redressa.) Capitaine, veuillez donner le cap pour la bataille de Ketaris. Nous appareillerons dès que Ferrier sera au large.

11

Le personnage corpulent enfilait le Grand Corridor quand Yan le rattrapa. Il avait l'expression d'un homme pressé qui remuait de sombres pensées. Mais Yan lui-même n'était pas de très bonne humeur.

– Colonel Bremen, commença-t-il en alignant son pas sur celui du colonel tandis qu'ils passaient devant le premier des grands arbres ch'hala mauve et vert qui bordent le Grand Corridor. Je voudrais vous parler une minute.

Bremen lui décocha un regard irrité.

– S'il s'agit de Mara Jade, Solo, je ne veux pas en entendre parler.

– Elle est encore aux arrêts. Je voudrais savoir pourquoi.

– Eh bien, disons que ce n'est pas sans rapport avec cette attaque des Impériaux, il y a deux nuits de cela, fit Bremen, sarcastique. C'est ce que vous supposeriez, non?

– Oui, c'est possible, admit Yan.

Il écarta une branche de ch'hala qui pointait trop avant dans le couloir. Instantanément, le tronc, sous l'écorce translucide, prit un ton de rouge colérique qui se diffusa en ondes successives avant de pâlir.

– Je crois que ça dépend du fait que nous croyions ou non aux rumeurs répandues par l'Empire depuis quelque temps.

Bremen s'arrêta net.

– Écoutez, Solo, qu'attendez-vous de moi? Considérons les faits, voulez-vous? Jade connaissait l'existence de la porte secrète et du passage – elle l'a reconnu. Et elle était sur les lieux avant même que l'alerte n'ait été donnée. Ça aussi, elle l'a reconnu.

– Mais Lando et le général Bel Iblis également, fit Yan, avec le sentiment que la mince couche de diplomatie que Leia avait eu tant de mal à lui transmettre était en train de s'effriter. Et vous ne les avez pas mis aux arrêts, *eux*?

– Les deux situations ne sauraient être comparables. Calrissian et Bel Iblis ont des liens avec la Nouvelle République, et des gens qui peuvent répondre pour eux. Ce n'est pas le cas de Jade.

– Leia et moi répondons d'elle, répliqua Yan. (Il tentait d'oublier qu'elle lui avait dit qu'elle voulait tuer Luke.) Est-ce que ça n'est pas suffisant? Ou êtes-vous simplement fâché de ce qu'elle ait fait le travail qui était le vôtre?...

Ce qui n'était vraiment pas la chose à dire. Bremen devint aussi rouge qu'un ch'hala et ses traits se durcirent encore.

– Elle a aidé à abattre quelques agents impériaux, ce qui ne prouve absolument rien. C'est un grand amiral qui tire les ficelles, et tout ce raid n'était peut-être qu'une comédie compliquée destinée à nous convaincre qu'elle est de notre côté. Désolé, mais je n'avale pas ça. Elle a droit au traitement complet : enquête sur son passé, ses activités, ses relations, plus une séance d'interrogatoire avec nos spécialistes.

– Fantastique, grinça Yan. Si elle n'est pas avec nous, elle ne risquera plus de l'être ensuite.

Bremen se dressa de toute sa hauteur.

– Solo, nous ne faisons pas ça pour nous rendre sympathiques. Mais pour protéger des vies dans la Nouvelle République : les vôtres et celles de vos enfants en particulier. Je présume que la Conseillère Organa Solo sera présente à la réunion de Mon Mothma. Si elle a quelque plainte ou suggestion, elle pourra nous en faire part. Jusque-là, je ne veux plus entendre parler de Jade. Surtout pas par vous. Est-ce bien clair, *capitaine* Solo?

– Oui. Très clair.

– Parfait.

Et Bremen descendit le corridor, suivi par le regard furieux de Yan.

– Tu sais comment t'y prendre avec les gens, hein? fit une voix moqueuse et familière.

Il se tourna, à demi surpris.

– Luke! Depuis quand es-tu revenu?

– Dix minutes environ. Je t'ai appelé dans ta chambre, et Winter m'a dit que vous alliez à une réunion spéciale. J'espérais bien te cueillir avant que tu y arrives.

– A vrai dire, je ne suis pas invité. Et Leia s'est d'abord arrêtée chez Mara.

– Ah... Mara.
Yan dévisagea son ami.
– Elle était là à l'instant où nous avions besoin d'elle.
Luke fit la grimace.
– Pas moi.
– Ce n'est pas ce que je voulais dire.
– Je sais. Mais n'empêche : j'aurais pu y être.
– Eh bien... Tu ne peux pas être constamment là pour la protéger. C'est mon rôle.
Luke eut un sourire forcé.
– Oui. J'avais oublié.
Yan jeta un regard derrière eux. De nouveaux diplomates et des aides du Conseil commençaient à affluer, mais Leia n'était toujours pas en vue.
– Viens – elle a dû être retenue. On va la retrouver en chemin.
– Je suis surpris que tu la laisses se déplacer seule dans le Palais, fit Luke tandis qu'ils s'avançaient entre les ch'halas.
– Elle n'est pas vraiment seule. Chewie ne la quitte pas depuis l'attaque. Ce gros poilu dort devant sa porte toutes les nuits...
– Tu dois te sentir plus en sécurité.
– Oui, je dois dire. Les gamins vont probablement finir par être allergiques à ses poils. Dis-moi, où étais-tu passé ? Ton dernier message annonçait que tu serais de retour il y a trois jours.
– C'était avant que je sois en panne sur... (Luke se tut en observant les gens.) Je te raconterai plus tard. Winter m'a dit que Mara était aux arrêts ?
– Oui, et on dirait bien qu'elle va y rester. Du moins jusqu'à ce que nous puissions convaincre les durs de la Sécurité qu'elle est nette.
– Oui, fit Luke, hésitant. Mais ça ne sera pas aussi facile que ça.
Yan fronça les sourcils.
– Pourquoi ?
– Parce qu'elle a passé la plus grande partie des années de guerre comme assistante personnelle de l'Empereur.
Yan le scruta.
– J'espère que tu plaisantes.
– Mais non. Elle a accompli des missions pour lui dans tout l'Empire. On l'appelait « la Main de l'Empereur ».
C'était bien le nom qu'avait prononcé le major de l'Empire dans l'aile médicale.
– Formidable, dit Yan. Tout simplement formidable. Tu aurais pu nous le dire avant.

– Je ne pensais pas que c'était important. Une chose est certaine : elle n'est plus avec l'Empire, désormais. (Il lança un regard lourd de sens à son ami.) Et je suppose que nous gardons secrètes pas mal de choses dont nous ne voudrions pas que les gens parlent.

– Je crains que Bremen et les pontes de la Sécurité ne voient pas ça sous cet angle, fit Yan d'un air sombre.

– On va essayer de les convaincre...

Luke s'interrompit.

– Qu'y a-t-il ? demanda Yan.

– Je l'ignore. C'était comme une perturbation de la Force...

Une sensation glacée s'installa au creux de l'estomac de Yan.

– Quel genre ? Tu veux dire un danger ?

– Non, fit Luke en se concentrant. C'était comme de la surprise. Un choc... (Il regarda Yan.) Je n'en suis pas certain... mais je pense que ça venait de Leia.

Yan regarda de part et d'autre, la main posée sur son blaster. Leia était avec un ex-agent de l'Empire... et elle venait d'éprouver une surprise que Luke avait captée.

– Tu penses que nous devons courir la rejoindre ? demanda-t-il calmement.

– Non. Mais il faut marcher très vite, dit Luke.

Sa main palpait son sabrolaser.

A l'extérieur, Mara entendit la voix étouffée d'un garde droïd G-2RD. Avec un soupir las, elle jeta son bloc de données sur le bureau. La Sécurité, elle le savait, finirait par se lasser de ces interrogatoires courtois. Pour l'heure, elle ne le montrait guère. Elle lança la Force vers le dehors, essayant d'identifier son visiteur, avec l'espoir que ce ne serait pas de nouveau cet insupportable Bremen.

Mais non. Et elle eut à peine le temps de masquer sa surprise que la porte s'ouvrit sur Leia Organa Solo.

– Bonjour, Mara, dit-elle.

Derrière elle, le droïd refermait la porte. Mara eut le temps d'entr'apercevoir un Wookie visiblement mécontent.

– Je suis juste venue voir comment vous alliez.

– Je suis dans une forme splendide, dit Mara, en se demandant si elle n'allait pas regretter que ce ne fût pas Bremen. Que s'est-il passé là dehors ?

Leia secoua la tête et Mara décela son irritation.

– Quelqu'un de la Sécurité a apparemment décidé que vous ne deviez pas avoir plus d'un visiteur à la fois, exception faite pour eux. Et Chewie a dû rester dehors, ce qui ne lui plaît guère.

– Je suis sûre qu'il ne me fait pas confiance.

– N'en faites pas un problème personnel, l'assura Leia. Les Wookies prennent ces dettes de sang très au sérieux, vous le savez. Il est très contrarié d'avoir failli nous laisser enlever par ce raid de kidnapping. En fait, il doit plus avoir confiance en vous qu'en quiconque dans ce Palais, probablement.

– Ça fait au moins quelqu'un, dit Mara, consciente de son ton amer. Je devrais peut-être lui demander de dire deux mots au colonel Bremen.

Leia soupira.

– Je suis désolée, Mara. Nous avons une réunion en bas dans quelques minutes et je vais essayer encore de vous faire libérer. Mais je ne crois pas qu'Ackbar et Mon Mothma acceptent aussi longtemps que la Sécurité n'aura pas bouclé son enquête.

Et quand ils auraient appris qu'elle avait été la Main de l'Empereur...

– J'aurais dû insister auprès de Winter pour qu'elle me procure un vaisseau.

– Et les jumeaux et moi, nous serions aux mains de l'Empire actuellement, fit calmement Leia. Qui nous remettrait à son Maître Jedi, C'baoth.

– Vous m'avez déjà remerciée, marmonna-t-elle. Disons que vous me devez ça et restons-en là, voulez-vous?

Leia esquissa un sourire.

– Je pense que nous vous devons plus que ça.

Mara la fixa droit dans les yeux.

– Rappelez-vous-en quand je tuerai votre frère.

Leia ne broncha pas.

– Vous pensez encore à le tuer?

– Je ne tiens pas à en discuter. (Mara se leva et alla jusqu'à la fenêtre.) Je vais bien, vous faites votre possible pour me faire sortir de là, et nous sommes toutes deux heureuses de vous avoir sauvée des griffes de C'baoth. Y a-t-il quelque chose à ajouter?

Elle sentait le regard de Leia Organa Solo peser sur elle.

– Non, pas vraiment. Je voulais seulement vous demander pourquoi vous avez fait ça?

Mara regardait au-dehors, balayée par une émotion gênante, qui venait se briser contre l'armure interne qu'elle s'était construite.

– Je l'ignore. J'ai eu deux jours de solitude absolue pour y réfléchir, et je ne sais toujours pas. Peut-être... peut-être était-ce la simple idée que Thrawn puisse essayer de vous voler vos enfants.

Un instant, Leia resta silencieuse.

– Mara, d'où venez-vous? Je veux dire : avant que l'Empereur vous amène sur Coruscant?

Mara secoua la tête.

– Je ne sais pas. Je me souviens de ma première rencontre avec l'Empereur, du voyage dans son vaisseau privé. Mais je n'ai aucune trace de l'endroit d'où j'ai pu venir.

– Vous vous rappelez l'âge que vous aviez à cette époque?

– Pas vraiment. J'étais assez grande pour lui parler, pour comprendre que je partais de chez moi pour aller avec lui. Mais je ne parviens pas à aller plus loin.

– Et vos parents? Vous en avez quelque souvenir?

– Un peu. Mais ce ne sont que des ombres. (Elle hésita.) Il me reste le sentiment, pourtant, qu'ils ne voulaient pas que je parte.

– Je doute que l'Empereur leur ait laissé le choix, dit Leia d'un ton radouci. Et vous Mara? Est-ce que vous avez eu vraiment le choix?

Mara, inexplicablement, avait les yeux soudain embués de larmes.

– Ainsi donc, c'est ce que vous pensez. Que j'ai risqué ma vie pour vos jumeaux parce qu'on m'avait enlevée de mon foyer de la même manière?...

– Ç'a été le cas?

– Non. Ça ne s'est pas du tout passé ainsi. Je voulais seulement que C'baoth ne pose pas ses griffes de fou sur eux. C'est la seule explication.

– D'accord, dit Leia d'une voix imprégnée de doute. Mais si jamais vous souhaitez m'en reparler...

– Je sais où vous trouver, oui.

Elle n'arrivait pas à croire qu'elle avait pu dire tout cela à Organa Solo... Mais, tout au fond d'elle, elle devait admettre que ça lui avait fait du bien. Elle s'amollissait sans doute.

– N'importe quand, ajouta Organa Solo. Maintenant, je dois descendre à cette réunion. Ne serait-ce que pour savoir ce que les combattants clones de Thrawn nous ont réservé.

Mara plissa le front.

– Quels combattants clones?

– Comment? Vous ne savez pas?

– Je ne sais pas *quoi*?

– L'Empire s'est procuré des cylindres de clonage spaarti quelque part. Et il fabrique des clones en quantités énormes pour les lancer dans le combat.

Mara la dévisagea longuement, glacée. Des clones...

– Personne ne m'a rien dit, souffla-t-elle.

– Je suis navrée. Je pensais que tout le monde était au courant. C'est le principal sujet de conversation dans le Palais depuis près d'un mois.

– J'étais dans l'aile médicale, fit Mara, d'une voix mécanique.

Des clones... Avec les cuirassés de la flotte Katana et le Grand Amiral Thrawn au commandement... C'était le retour des Guerres Cloniques.

– C'est juste : j'avais oublié. Il s'est passé tant de choses. (Elle posait un regard bizarre sur Mara.) Vous allez bien?

– Oui, je me sens bien...

La voix de Mara résonnait dans le lointain à ses propres oreilles.

Des souvenirs traversaient son esprit comme autant d'éclairs soudains. Une forêt... une montagne. Un entrepôt caché avec tous les trésors personnels de l'Empereur...

Et une salle immense emplie de cuves de clonage.

– Bon, fit Organa Solo, visiblement pas convaincue mais désireuse de ne pas la brusquer. Je... Nous nous reverrons plus tard...

Elle avait la main sur la poignée de la porte.

– Attendez.

– Oui?

Mara retint son souffle. L'Empereur lui avait fait comprendre tant de fois que l'existence de ce lieu était un secret absolu, sacré, connu seulement d'une poignée d'êtres. Mais, pour Thrawn, cela représentait une armée recyclable de clones à lancer à travers la galaxie...

– Je crois que je sais où se trouvent les cylindres spaarti.

Même avec ses dons rudimentaires de Jedi, elle sentit le choc que Leia Organa Solo éprouvait.

– Où donc? demanda-t-elle en maîtrisant sa voix.

– L'Empereur disposait d'un entrepôt privé...

Les mots venaient difficilement à l'esprit de Mara. Elle revoyait son visage ridé, buriné, usé. Ses yeux jaunes emplis d'une accusation silencieuse et amère.

– Il se trouvait sous une montagne, sur un monde qu'il appelait Wayland – je ne sais même pas si tel était son nom officiel. C'était là qu'il conservait tous ses souvenirs, ses mémoires, et d'étranges trouvailles technologiques qui, selon lui, seraient utiles un jour. Dans l'une des cavernes artificielles, il y avait une unité de clonage complète qu'il avait apparemment enlevée à l'un des maîtres-clones.

– Complète? Jusqu'à quel point?

– Tout à fait complète, dit Mara avec un frisson. Il y avait un système nutritif, plus un dispositif d'impersonnalisation éclair et de formation technique pour les clones développés à partir des cylindres.

– Et il y avait combien de cylindres?

Mara secoua la tête.

– Je ne sais pas exactement. Ils étaient disposés en étages concentriques. Ils formaient une sorte d'arène qui remplissait toute la caverne.

– Il y en avait combien? Un millier? insista Organa Solo. Deux mille? Dix mille?

– Je dirais au moins vingt mille. Peut-être même plus.

– Vingt mille, répéta Organa Solo, le visage gelé. Et il peut fabriquer un clone tous les vingt jours.

Mara la regarda.

– *Vingt jours*? C'est impossible.

– Je sais. Mais Thrawn y est arrivé. Est-ce que vous connaissez les coordonnées de Wayland?

– Je n'y suis allée qu'une seule fois, et c'était l'Empereur qui pilotait lui-même. Mais je sais que je pourrais la retrouver si j'avais accès à des cartes stellaires et à un ordinateur de navigation.

Organa Solo acquiesça, et Mara eut l'impression d'un vent qui balayait un ravin.

– Je vais voir ce que je peux faire dans ce sens. Entre-temps... (Ses yeux se rivèrent sur le visage de Mara.) Vous ne devrez répéter ce que vous venez de me dire à personne. *A personne*. Thrawn obtient toujours des informations du Palais... et ce genre d'information peut signifier votre mort.

Mara acquiesça.

– Je comprends.

Tout à coup, la chambre était glaciale.

– Très bien. Je vais tenter d'obtenir un renfort de sécurité. Tout en essayant de ne pas attirer d'attention inopportune. (Leia s'interrompit et pencha légèrement la tête, comme si elle écoutait une voix silencieuse.) Je ferais bien de partir. Yan et Luke arrivent, et ce n'est nullement l'endroit pour tenir un conseil de guerre.

– Certainement, dit Mara en se détournant de la fenêtre.

Le sort était jeté : irrévocablement, elle était désormais dans le camp de la Nouvelle République.

Du côté de Luke Skywalker. L'homme qu'elle devait tuer.

Le conseil de guerre eut lieu cette même nuit dans le bureau de Leia, le seul endroit, selon elle, où la Source Delta ne pouvait avoir accès. En entrant, Luke examina les lieux en se remémorant tous ces événements entremêlées qui avaient conduit ces gens – ses amis – dans sa vie. Yan et Leia, assis côte à côte sur un sofa, partageaient un bref instant de répit avant de retrouver les réalités de la galaxie en guerre. Chewbacca, posté entre eux et la porte, son arbalète sur les genoux, avait l'air férocement décidé à ne plus faiblir dans les devoirs que lui imposait sa dette de sang. Lando, lui, était penché sur le terminal de Leia et consultait les variations du marché. 6PO et D2, isolés dans un coin, échangeaient sans doute les rumeurs et les échos récents réservés aux droïds. Quant à Winter, à l'écart dans un autre coin, elle veillait sur les jumeaux endormis.

Ils étaient ses amis. Sa famille.

– Eh bien? demanda Yan.

– J'ai fait le tour complet du secteur, dit Luke. Pas le moindre être vivant, pas le moindre droïd. Et ici?...

– J'ai demandé au lieutenant Page de venir faire en personne un balayage de contre-sécurité, dit Leia. Et personne n'est passé depuis. Tout devrait être sûr.

– Parfait, dit Yan. Maintenant, est-ce que nous pouvons connaître la raison de tout cela?

– Oui, fit Leia, et Luke sentit la tension de sa sœur. Mara pense connaître la situation exacte de la fabrique de clones de l'Empire.

Yan se redressa en jetant un regard vif à Lando.

– Et ce serait où?...

– Sur une planète que l'Empereur appelait Wayland. Un nom de code, apparemment – elle ne figure sur aucune carte.

– L'une des fabriques de clones des anciens maîtres? demanda Luke.

– Mara dit qu'il s'agissait de l'entrepôt personnel de l'Empereur. J'ai l'impression que c'était à la fois une sorte de salle des trophées et de hangar à outillage.

– La tanière du rat, commenta Yan. Ça lui ressemble. Et ça se situerait où?...

– Mara n'a pas les coordonnées, dit Leia. Elle n'y est allée qu'une fois. Mais elle pense qu'elle peut retrouver cette planète.

– Pourquoi n'en a-t-elle jamais parlé auparavant? demanda Lando.

– Apparemment, elle ignorait tout des clones avant que j'en parle moi-même. Elle était sous régénération neurale, si vous vous en souvenez, alors que nous discutions du problème.

– Il paraît difficile de croire que tout ça ait pu lui échapper, objecta Lando.

– Difficile, mais pas impossible. Aucun des bulletins d'information qu'elle a pu recevoir n'a jamais fait état des clones. Et elle n'a pas noué dans le Palais ce qu'on pourrait appeler vraiment des liens sociaux...

– Jusque-là, ça cadre très bien avec le timing, dit Lando. Je dirais même que c'est presque suspect. Elle était là, elle circulait librement dans le Palais, elle pouvait partir librement. Et voilà qu'un chef de commando de l'Empire la montre du doigt et qu'elle se retrouve bouclée – et maintenant, elle nous fait miroiter Wayland et elle veut qu'on la sorte du trou.

– Qui a dit qu'elle voulait qu'on la libère? lança Leia, l'air stupéfait.

– Ce n'est pas ce qu'elle nous propose? demanda Lando. Nous conduire jusqu'à Wayland si nous la faisons sortir d'ici?

– Mais elle n'exige rien, protesta Leia. Et tout ce que je lui propose, *moi*, c'est de lui apporter un ordinateur de navigation pour qu'elle localise Wayland.

– Je crains que ça ne suffise pas, mon cœur, dit Yan en secouant la tête. On peut toujours commencer par les coordonnées, mais une planète, c'est très grand pour y dissimuler un entrepôt...

– Surtout si l'Empereur ne souhaitait pas qu'on le découvre, ajouta Luke. Lando a raison. Il va bien falloir qu'elle nous accompagne.

Lando et Yan se tournèrent vers lui, aussi stupéfaits que Leia.

– Tu ne veux pas dire que tu crois toute cette histoire? demanda Lando.

– Je ne pense pas que nous ayons le choix. Plus nous tardons, plus l'Empire produit de clones.

– Et la filière que tu as suivie? risqua Leia. Celle qui passe par Poderis et le secteur d'Orus?

– Il va nous falloir du temps. Nous irons plus vite en remontant la piste de Mara.

– En *supposant* qu'elle dit la vérité, remarqua Lando d'un ton grave. Sinon, nous aboutirons à une impasse.

– Ou pire encore, ajouta Yan. Thrawn a déjà tenté de te faire rencontrer ce C'baoth. Et nous pourrions bien risquer de tomber dans un autre piège.

Luke les regarda tour à tour. Il aurait souhaité savoir comment leur expliquer ce qu'il éprouvait. Quelque part, tout au fond de lui, il savait que c'était ce qu'il fallait faire. Le tracé de son destin l'y conduisait tout droit. Tout comme son affrontement final avec Vador et l'Empereur, son destin et celui de Mara devaient se rejoindre à ce point précis du temps.

– Ce n'est pas un piège, dit-il enfin. Du moins, Mara n'y est pour rien.

– Je suis d'accord, dit calmement Leia, et je crois que tu as raison. Il faut qu'elle nous accompagne.

Yan se tourna vers elle, puis vers Luke, avant de revenir à son épouse.

– Laissez-moi deviner. C'est encore un de vos trucs fous de Jedi, hein?....

– En partie, concéda Leia. Mais c'est avant tout une simple logique de tactique. Je ne pense pas que Thrawn se serait donné autant de mal pour nous convaincre que Mara avait partie liée avec ce raid de kidnapping s'il ne voulait pas que nous rejetions tout ce qu'elle aurait pu nous révéler à propos de Wayland.

– Mais, en supposant cela, vous supposez donc que Thrawn avait prévu que le commando échouerait... remarqua Lando.

– Je suppose que Thrawn est prêt à toutes les éventualités, dit Leia. Et, comme tu l'as dit, Yan, il s'agit aussi de perception Jedi. Durant cette attaque, j'ai effleuré par deux fois l'esprit de Mara : la première fois, quand elle m'a éveillée, la seconde, quand elle a surgi sur l'arrière du commando.

Elle regarda Luke et il lut dans ses yeux qu'elle savait maintenant que Mara avait fait le vœu de le tuer.

– Mara ne nous aime guère, dit-elle enfin. Mais je ne crois pas que cela compte vraiment. Elle comprend très bien ce que de nouvelles Guerres Cloniques signifieraient pour la galaxie, et elle ne les souhaite pas.

– Si elle veut bien me conduire jusqu'à Wayland, j'y vais, ajouta Luke. Je ne demande à aucun de vous de m'accompagner. Tout ce que je vous demande, c'est de m'aider à convaincre Mon Mothma de la libérer. (Il hésita.) Et votre bénédiction.

Le silence persista longtemps. Yan contemplait le sol, l'air concentré, serrant la main de Leia très fort entre les siennes. Lando se caressait la moustache. Chewbacca triturait son blaster tout en émettant un grondement sourd. Dans un coin, D2 pépiait discrètement pour lui-même. L'un des jumeaux – Jacen, se dit Luke – gémit dans son sommeil, et Winter lui caressa doucement le dos.

– On ne peut pas en parler à Mon Mothma, dit enfin Yan. Elle va remonter toutes les pistes et quand nous serons tous prêts, la moitié du Palais sera au courant. Si Thrawn veut faire taire Mara une fois pour toutes, il en aura largement le temps.

– Mais quel autre choix avons-nous? demanda Leia d'un air méfiant.

– Faire ce que Lando a proposé, dit Yan d'un ton tranchant. La tirer de là.

Leia se tourna vers Luke, éberluée.

– Mais, Yan! Nous ne pouvons pas faire une chose pareille!

– Mais si. Chewie et moi, on a fait sortir un type d'une cellule de torture de l'Empire, et on s'en est très bien tirés.

Chewbacca grogna et Yan protesta en le regardant :

– Ça n'est pas de *notre* faute s'il s'est fait reprendre une semaine plus tard.

– Ce n'est pas ce que je voulais dire, fit Leia d'un ton attristé. Tu envisages une action totalement illégale. A la limite de la trahison.

Yan lui tapota le genou.

– La Rébellion tout entière était totalement illégale, mon cœur. Quand les règles ne fonctionnent plus, il faut les violer.

Leia relâcha lentement son souffle.

– Tu as raison. Oui. Et quand ferons-nous cela?

– *Nous*... Je veux dire, fit Yan, que ça ne concerne que Luke et moi. Toi et Chewie, vous resterez ici.

Chewbacca se mit à grommeler, puis s'interrompit.

Leia l'observa avant de revenir à Luke.

– Yan, tu n'as pas besoin de venir, dit Luke, lisant dans l'esprit de sa sœur les craintes qu'elle ne pouvait exprimer à haute voix. Mara et moi, on peut s'en charger seuls.

– Quoi, vous comptez vous emparer de tout un complexe de clonage à vous seuls? s'écria Yan.

– On n'a pas tellement le choix, ajouta Luke. Aussi longtemps que la Source Delta ne sera pas neutralisée, il y a bien trop de gens en qui nous ne pouvons avoir totalement confiance. Et ceux à qui nous pouvons nous fier, l'Escadron Rogue par exemple, sont en mission de défense. (Il leva la main en un geste qui englobait toute la pièce.) Nous sommes déjà très nombreux.

– C'est comme ça, dit Yan. Nous aurons plus de chances de réussir à trois.

Luke observa Leia. Il lut la peur dans ses yeux, toutes les craintes qu'elle avait pour la vie de son époux, mais elle commençait à regret à céder à la proposition de Yan. Ou alors, tout comme Yan, elle se refusait à laisser Luke partir seul avec cette femme qui avait juré de le tuer.

– D'accord, Yan, dit-il. Nous serons trois.

– Disons quatre, alors, soupira Lando. Vu la façon dont les choses se présentent pour ma pétition en ce qui concerne la Cité Nomade, j'ai l'impression que je n'aurai pas grande-chose à faire. Ça sera un plaisir de régler une partie de la facture.

– Ça me paraît bien, mon vieux, acquiesça Yan. Bienvenue au club. (Il se tourna vers le Wookie.) Et maintenant, à toi, Chewie : quel est ton problème?

Luke se tourna vers Chewbacca, surpris. Il n'avait pas eu conscience jusqu'alors d'un problème éventuel du côté du Wookie. Mais, maintenant, il sentait avec acuité le tourbillon de ses émotions.

– Qu'y a-t-il, Chewie?

Un instant encore, le Wookie rumina. Puis, avec réticence, il s'expliqua.

– Mais on t'accepterait avec plaisir, bien sûr, l'assura Yan. Mais il faut bien que quelqu'un veille sur Leia. A moins que tu ne considères que la Sécurité du Palais peut s'en tirer.

Chewbacca grommela son opinion très succincte sur la Sécurité.

– O.K., dit Yan. Et c'est bien pour ça que tu restes.

Luke consulta Leia. Elle aussi avait conscience du dilemme. La dette de sang de Chewbacca était envers Yan, et il souffrait terriblement à la seule idée de laisser Yan exposé au danger sans qu'il soit là. Mais Leia et ses jumeaux dépendaient de lui, et il ne pouvait se résoudre à l'idée de les laisser seuls, sans défense, dans le Palais.

Luke cherchait une solution, et c'est alors qu'il vit le regard de sa sœur s'éclairer.

– Je crois que j'ai une idée.

Ils écoutèrent tous et, à l'immense surprise de Yan, Chewbacca fut aussitôt d'accord.

– Mais tu plaisantes! s'exclama Yan. Tu plaisantes, n'est-ce pas? Parce que si tu crois que je vais partir en laissant Leia et les jumeaux...

– C'est l'unique solution, dit calmement Leia. Sinon, Chewbacca va être affreusement malheureux.

– Mais il l'a déjà été. Il s'en remettra. Luke : dis-lui.

Luke secoua la tête.

– Désolé, Yan. Mais je pense pour ma part que c'est une bonne idée, effectivement. (Il hésita, mais ne put s'empêcher d'ajouter :) Une de ces folles idées de Jedi, tu vois...

– Très drôle, grommela Yan. (Il chercha désespérément autour de lui.) Lando? Winter? Dites au moins quelque chose.

– Ne me regarde pas comme ça, protesta Lando. Je ne veux pas être mêlé à cette discussion.

– Pour ma part, je me fie au jugement de la Princesse Leia, dit Winter. Si elle considère que nous serons en sécurité, j'accepte.

– Vous avez encore quelques jours pour vous habituer à cette idée, rappela Leia avant que Yan ait pu dire quoi que ce soit. Tu changeras peut-être d'idée.

Il acquiesça d'un air sombre.

– Oui. C'est ça.

Un silence suivit, et Lando risqua :

– On en reste là?

– On en reste là, confirma Leia. Nous avons à dresser un plan de mission. Allons-y.

12

L'intercom tinta sur la console de communications.

– Karrde? fit la voix lasse de Dankin. On approche du système de Bilbringi. Sortie dans cinq minutes environ.

– On y sera. Assure-toi que les turbolasers sont parés – on ne sait pas qui peut nous attendre.

– D'accord. Terminé.

Karrde coupa la communication et éteignit le décrypteur.

– Dankin a l'air crevé, remarqua Aves en posant son bloc de données.

– Toi aussi, répliqua Karrde en jetant un dernier regard sur la projection qu'il étudiait.

Le rapport de ses gens sur Anchoron était comme les précédents : négatif.

– Il y a trop longtemps que nous n'avons pas doublé les quarts. Tout le monde en a perdu l'habitude. Il faudra prévoir ça dans les prochains exercices.

– Je suis certain que ça va faire plaisir à l'équipage, commenta Aves, d'un ton sec. Il ne faut surtout pas que les gens croient qu'on mollit.

– Ça ne correspondrait pas à notre image, acquiesça Karrde en se levant. Allons-y. On finira ça plus tard.

– Pour ce qu'on va en retirer, grommela Aves. Vous êtes absolument certain que ce sont bien des clones que Skywalker a repérés sur Berchest?

– En tout cas, *lui*, il en était certain, dit Karrde tandis qu'ils se dirigeaient vers la passerelle. J'espère que tu n'insinues pas que le noble Jedi ait pu me mentir...

– Je ne pensais pas à un mensonge, mais je me demandais s'il ne pouvait pas s'agir d'une ruse. Supposons que Thrawn vous ait agité ça sous le nez pour vous écarter de la véritable filière...

– Cette idée m'est venue, avoua Karrde. Même si l'on tient compte du fait que le gouverneur Staffa nous est redevable, il semble que nous circulions avec un peu trop de facilité dans son système.

– Vous n'avez pas mentionné ces réserves quand nous nous sommes partagés les missions de recherches sur Chazwa.

– Je pense que les autres ont dû avoir ce genre d'idée. Et ils se sont dit aussi que si jamais il y avait un agent impérial infiltré chez nous, on devait faire de notre mieux pour qu'il croit qu'on est tombés dans le stratagème du Grand Amiral Thrawn. *Si* il s'agit bien d'un stratagème.

– Et *si* il y a bien un agent impérial dans le groupe, acheva Aves.

Ce qui fit sourire Karrde.

– Si on avait un peu de bruallki, on pourrait avoir du bruallki et du Menkoroo...

– ... si on avait un peu de Menkoroo, acheva Aves. Un vieux dicton. Vous pensez encore que Ferrier travaille pour Thrawn, hein?

Karrde haussa les épaules.

– Sur son rôle d'agent de l'Empire dans l'embuscade de la flotte Katana, c'est sa parole contre celle de Solo.

– C'est pour ça que vous avez demandé à Torve de conduire cette navette d'assaut jusque dans le système de Roche?

– Exact, acquiesça Karrde, en regrettant que Mara ne fût plus là.

Aves était un brave type, mais on devait lui expliquer des choses que Mara aurait devinées bien avant.

– Je connais quelques Verpine qui me doivent un petit service. Et si la navette est piégée, ils sauront bien le découvrir.

Ils pénétrèrent sur la passerelle.

– Statut? demanda Karrde en jetant un regard vers le ciel diapré de l'hyperespace.

– Tous les systèmes parés, déclara Dankin en cédant le siège de commande à Aves. Balig, Lachton et Corvis se tiennent prêts aux turbolasers.

– Merci, Dankin (Karrde s'installa dans le siège de copilote.) Ne t'écarte pas trop : aujourd'hui, ça va être toi le commandant.

– Très honoré, ricana Dankin en prenant place dans la console de communications.

Aves entama la procédure de sortie d'hyperespace et demanda :

– Selon vous, ça veut dire quoi?

– Je n'en ai pas la moindre idée, admit Karrde. A en croire Par'tah, Mazzic s'est contenté de dire que j'aurais sûrement envie de venir faire un tour sur Bilbringi après notre rendez-vous de Chazwa.

– C'est probablement en rapport avec cette leçon de diversion destinée à l'Empire dont lui et Ellor parlaient sur Trogan. Je ne pense pas que ça me plaise beaucoup.

– N'oublie pas une chose : quoi qu'il se passe, nous ne sommes que d'innocents touristes. Un cargo avec des documents bien en règle et un chargement de convertisseurs énergétiques Koensayr. Tout cela est totalement légitime.

– Pour autant qu'ils n'y regardent pas de trop près, ajouta Aves. O.K. : on y va.

Il repoussa le levier de commande hyperspatiale en avant et les étoiles se remirent en place.

Les étoiles, des vaisseaux en cours de construction, des unités de service et de transport, des plates-formes d'abordage. Et, presque droit devant le *Wild Karrde*, une énorme station de combat Golan II hérissée d'armements.

Les chantiers impériaux de Bilbringi.

Dankin siffla entre ses dents.

– Regardez-moi toutes ces nouvelles installations, fit-il d'un ton impressionné. Je crois qu'ils ne plaisantent pas.

– Certainement pas. Pas plus qu'à Ord Trasi ou Yaga Minor.

Il semblait bien que Thrawn lançait tous ses efforts dans l'opération clone, tout comme pour reconstituer sa flotte...

– Cargo en approche, ici Contrôle de Bilbringi! lança une voix dans le communicateur. Identifiez-vous et déclinez votre port d'attache ainsi que votre mission.

– Dankin? murmura Karrde.

Dankin acquiesça.

– Ici cargo *Hab Camber*, en provenance de Valrar. Capitaine Abel Quiller. Transport d'une cargaison de convertisseurs énergétiques à destination du dock 47.

– Bien reçu. Attendez confirmation.

Aves tapota le bras de Karrde et lui désigna la station de combat.

– Ils lancent une navette d'assaut.

Et ils la lançaient droit sur le *Wild Karrde*.

– Maintiens ce cap, dit tranquillement Karrde. Ils veulent peut-être vérifier si nous ne sommes pas trop nerveux.

– Ou alors, ils s'attendent à de la casse, remarqua Aves.

– A moins qu'elle ait déjà eu lieu et qu'ils nettoient, dit Dankin. Si Mazzic est passé par là...

– Cargo *Hab Camber*, vous avez l'ordre de stopper, dit le contrôle. Une équipe d'inspection se dirige vers vous afin de vérifier vos rôles de commission.

Dankin fixait la console d'un air courroucé.

– Qu'est-ce qui ne va pas? fit-il avec un juste dosage de surprise et d'irritation. Écoutez, on a notre travail à faire – je n'ai pas de temps à perdre avec des embarras de bureaucrates.

– Si vous préférez, nous pouvons mettre un terme à tous vos problèmes tout de suite, proposa le contrôleur d'un ton hostile. Mais, si ça ne vous séduit pas, je vous suggère de recevoir nos inspecteurs.

– Bien reçu, Contrôle, grommela Dankin. J'espère seulement qu'ils vont faire vite.

– Contrôle terminé.

Dankin consulta Karrde.

– Et maintenant?...

– On se prépare à recevoir les inspecteurs, dit Karrde, les yeux perdus dans l'immensité des chantiers.

Si Mazzic appliquait le plan initial qu'il avait confié à Par'tah, il ne devrait pas tarder à se montrer.

– Aves, dit-il soudain, en désignant un essaim de taches sombres qui dérivaient vers le centre du secteur, fais-moi un point sur eux. Ça ne ressemble guère à des vaisseaux.

Aves lui confirma ses doutes quelques secondes après.

– Ce ne sont pas des vaisseaux. On dirait des astéroïdes – d'environ quarante mètres de diamètre chacun. Il y en a... Oui, vingt-deux...

– Bizarre, fit Karrde, penché sur la projection qu'Aves venait d'appeler sur l'écran.

Il repéra trente petites unités de soutien autour des astéroïdes, ainsi qu'un nombre presque équivalent d'ouvriers spatiaux en tenue.

– Je me demande ce que les Impériaux fabriquent avec tous ces astéroïdes.

– Ils font peut-être des travaux de minage. Mais je n'ai jamais entendu dire qu'on devait haler des astéroïdes jusque dans des chantiers pour ça.

– Moi non plus. Je pensais... mais ce n'est qu'une supposition... qu'ils pourraient bien être en rapport avec cette superarme de Thrawn. Celle qu'il a utilisée sur Ukio et Woostri.

– Ce qui pourrait expliquer le renforcement de la sécurité, dit Aves. Justement, la navette d'assaut est en approche. On les laisse monter?

– Je ne vois pas d'autre solution, à moins que tu n'aies

l'intention de virer de bord. Dankin, jusqu'où ils peuvent fouiller sans risque?

– Oh, assez loin. Ou bien ils soupçonnent quelque chose, ou alors ils prennent leurs précautions. Karrde, jetez donc un regard à quarante degrés bâbord. Ce superdestroyer impérial à moitié achevé... vous le voyez?

Karrde fit pivoter son siège. Le superdestroyer, en fait, était plus qu'à demi achevé. Il ne lui manquait plus que quelques sections de la dorsale de défense avant et la superstructure de la passerelle de commandement.

– Oui, je le vois. Et alors?...

– On dirait qu'on s'agite pas mal autour...

Il n'avait pas achevé sa phrase que le flanc tribord du superdestroyer explosait.

– Un de moins, dit Aves, stupéfait, tandis que l'explosion se propageait sur la coque en traînées de feu. Mazzic, vous croyez?

– Je pense que ça ne fait aucun doute.

Karrde zooma sur le secteur. Il entrevit brièvement une demi-douzaine de cargos légers qui se dégageaient à vive allure vers le périmètre des chantiers.

– Je pense également qu'ils ont joué un peu serré.

Il observait le superdestroyer. Un engin de secours arrivait déjà sur les lieux, suivi de trois escadrons de chasseurs Tie.

Brutalement, les Tie s'écartèrent du superdestroyer en perdition pour prendre le vecteur des cargos en fuite.

– Ils ont été repérés, commenta Karrde d'un air sombre.

Il se livra à une rapide estimation de la situation : le groupe de Mazzic était en infériorité, tant en armement qu'en nombre. Et le déséquilibre ne ferait qu'empirer avant même qu'ils s'éloignent suffisamment des chantiers pour sauter en hyperespace. Et ce n'étaient pas les trois turbolasers du *Wild Karrde* qui pouvaient modifier la situation. Le cargo était d'ailleurs encore bien trop loin.

– On va à leur secours? marmonna Aves.

– On ne peut pas lever le petit doigt, dit Karrde en consultant l'ordinateur de navigation. En essayant de sauver un plan tactique trop risqué, on ne fait qu'aggraver les choses. Mais je suppose qu'on ne peut pas rester plantés là. Corvis?...

– Oui?

– A mon commandement, tu ouvriras le feu sur cette navette d'assaut en approche. Balig, Lachton : vous allez faire le point sur la station de combat. Essayez de calculer les dégâts qu'on peut semer. Et toi, Aves, tu nous places sur un vecteur de...

– Une minute, Karrde, l'interrompit Dankin. Là : à 50 degrés bâbord !

Un couple d'avisos corelliens venait de surgir de l'hyperespace, sur le même vecteur que les cargos de sabotage de Mazzic. Une formation de chasseurs Tie se déporta pour les intercepter et fut transformée presque aussitôt en une traînée de poussière ardente.

– Bien, bien, bien, fit Karrde. La stratégie de Mazzic n'est peut-être pas aussi mauvaise que je le craignais.

– Ce sont les gars d'Ellor, dit Aves.

– Oui, je suis d'accord. Des avisos corelliens, ça n'est pas tout à fait dans le style de Mazzic – en tout cas pas dans ses moyens. C'est le genre de tactique qui séduirait certainement la légendaire témérité culturelle des Duros.

– J'aurais pensé qu'Ellor n'avait pas les moyens de se payer des avisos corelliens, remarqua Dankin. Vous pensez qu'il a pu les voler à la Nouvelle République?

– « Voler » est peut-être un peu fort. Je pense qu'il considère ça comme une sorte d'emprunt momentané. Les vaisseaux de la Nouvelle République utilisent souvent les dépôts de maintenance de Duros, tout au long de l'Échine Commerciale, et disons qu'Ellor dispose d'un intérêt officieux.

– Je parierais qu'il va y avoir quelques plaintes pour la qualité du service avant peu, dit Aves. A propos, est-ce que nous attaquons toujours cette navette d'assaut?

C'est vrai, se dit Karrde, il avait presque oublié.

– Non, plus vraiment. Corvis, Balig, Lachton : désactivez-moi ces turbolasers. A tous les autres : mettez-vous en état d'alerte et préparez-vous à l'inspection impériale...

Aves ne le quittait pas des yeux.

– On ne s'enfuit pas? Après ce qui vient de se passer?

Il montra l'orage de feu à bâbord.

– Mais... ce qui se passe là-bas ne nous concerne en rien, dit Karrde, impavide. Nous sommes un cargo indépendant qui livre des convertisseurs. Est-ce que tu l'aurais oublié?

– Non, mais...

– Et pour être plus précis, je dirai qu'il nous sera très utile de voir quelles seront les conséquences de ce raid.

Karrde revint aux écrans. Leur vecteur de fuite désormais couvert par les avisos d'Ellor, et les bâtiments majeurs trop loin pour intervenir, les raiders devaient pouvoir s'éclipser sans problème.

– Écoute leurs communications, surveille leurs manœuvres de sécurité et donne-moi une estimation des dommages. Enfin, tous ces détails...

Aves n'avait pas l'air convaincu, mais il n'avait pas l'intention de discuter.

– Si vous pensez qu'on peut s'en tirer. Je veux dire : avec les mises à prix qu'on traîne et tout le reste...

– C'est vraiment le dernier endroit où un commandeur de l'Empire s'attendrait à nous trouver, le rassura Karrde. Donc, il n'y a ici personne pour nous surveiller en particulier.

– Certainement pas avec un vaisseau placé sous le commandement du capitaine Abel Quiller, lança Dankin en se détachant avant de se lever. A la fois emporté et grandiloquent, non?...

– Sûr. Mais ne force pas trop dans la grandiloquence. On a besoin de mépris, pas d'hostilité, surtout.

– C'est vu, acquiesça Dankin.

Il quitta la passerelle et Karrde revint au spectacle de la carcasse du superdestroyer qui se désagrégeait. Une leçon spectaculaire, mais contre laquelle il aurait violemment protesté si Mazzic et Ellor lui avaient demandé son avis. Ce qui n'était pas le cas. Ils avaient pris les devants, et la chose était faite.

Les conséquences étaient encore plus nettement prévisibles qu'après l'affaire de Trogan. Car le Grand Amiral Thrawn ne saurait laisser passer ça sans une riposte aussi rapide que violente. Et s'il remontait la piste jusqu'à Mazzic... et, de Mazzic à Karrde...

– On ne va pas pouvoir faire relâche ici, murmura Karrde, surtout pour lui-même. Il va falloir nous organiser. Tous.

– Comment? fit Aves.

Karrde posa les yeux sur le visage intrigué mais ouvert de son second. Certes, Aves était malin, mais ni brillant ni intuitif.

– Laisse tomber, lui dit-il avec un sourire sans amertume.

Il revint à la navette d'assaut. Et se dit qu'il faudrait absolument, ensuite, qu'il rapatrie Mara.

La dernière page acheva de défiler sur l'écran, et Thrawn jeta un regard à l'homme qui se tenait au garde-à-vous près de lui.

– Général Drost, avez-vous quelque chose à ajouter à ce rapport?

Pellaeon se dit que son amiral avait un ton dangereusement serein. Certainement plus serein, en tout cas, que si *lui*, Pellaeon, avait été au commandement de ce vaisseau. En observant par la baie du *Chimaera* la carcasse noircie de ce qui aurait pu être un superdestroyer d'une valeur immense, il ne pouvait que garder le silence en pensant que le général Drost allait y laisser sa tête. Car il ne méritait que ça.

Et Drost le savait.

– Non, amiral, dit-il enfin d'un ton tendu.

Thrawn leva brièvement les yeux.

– Général, pouvez-vous me donner une raison qui puisse m'empêcher de vous relever de votre commandement?

Un soupir léger filtra entre les lèvres de Drost.

– Aucune, amiral.

Durant un long moment, seul demeura le murmure de fond de la passerelle du *Chimaera*. Pellaeon fixait avec colère le visage de pierre de Drost, se demandant quel allait être son sort. Un tel fiasco méritait au moins la cour martiale pour extrême négligence. Et au pire... Rukh se tenait déjà derrière le siège du Grand Amiral.

– Général, veuillez regagner vos quartiers, dit enfin Thrawn. Le *Chimaera* devrait appareiller dans trente heures environ. Vous disposez de ce délai pour concevoir et installer un nouveau système de sécurité pour ces chantiers. C'est à ce moment-là que je prendrai ma décision quant à votre sort.

Drost regarda Pellaeon avant de revenir à Thrawn.

– J'ai compris, amiral. Je ne faillirai plus à mon devoir.

– Je l'espère, fit Thrawn avec une trace infime de menace. Retirez-vous.

Drost hocha la tête et s'éloigna. Il y avait une nouvelle énergie dans sa démarche.

– Capitaine, vous me désapprouvez.

Pellaeon prit sur lui pour affronter les yeux de feu de son supérieur.

– J'aurais pensé qu'une réprimande plus dure eût été méritée.

– Drost, dans son genre, est un bon élément. Sa grande faiblesse est une certaine tendance à la complaisance. Je pense que dans le proche avenir, au moins, il devrait en être guéri.

Pellaeon se tourna vers la baie.

– Une leçon qui aura coûté très cher.

– Oui, et qui démontre très précisément pourquoi je ne voulais pas qu'on remonte les contrebandiers de Karrde contre nous.

Pellaeon se tourna vers lui, surpris.

– Les contrebandiers? Vous pensez que ce sont eux? Je croyais à un coup d'une escouade de sabotage des Rebelles...

– Drost a la même idée. Mais la méthode et le style n'étaient pas du tout dans la manière rebelle. Je soupçonne Mazzic d'être le coupable le plus probable. Bien que je reconnaisse certains éléments Duros du groupe d'Ellor qui pourrait bien être compromis aussi.

– Je vois. (Cela modifiait tous les schémas.) Je présume que cela leur apprendra ce qu'il en coûte de s'attaquer à l'Empire.

– Ce qui me séduirait, effectivement, acquiesça Thrawn. Et, au pinacle de l'Empire, certes, je n'aurais pas hésité à exercer des représailles. Malheureusement, à ce stade, ce type de réaction aurait un contre-effet regrettable. Non seulement il renforcerait la détermination des contrebandiers, mais il risquerait également de déclencher une franche hostilité envers nous chez les éléments de la Frange galactique.

– Mais nous n'avons pas besoin de leur soutien ni de leurs services à un tel degré, remarqua Pellaeon. Pas en ce moment, du moins.

– J'admets que l'usage que nous puissions avoir de ce genre de vermine s'est réduit. Mais cela ne signifie pas que nous sommes en position de les abandonner totalement. Mais là n'est pas le problème. Le problème, c'est que ceux de la Frange ont une certaine expérience pour opérer à l'intérieur des cercles officiels sans permission officielle. Les maintenir à l'écart de secteurs tels que Bilbringi exigerait plus de dépenses humaines que nous pouvons nous le permettre présentement.

– Je comprends, amiral. Mais nous ne pouvons quand même pas ignorer une attaque d'une telle ampleur.

– Certainement pas. Et, quand nous y répondrons, ce sera pour le plus grand avantage de l'Empire. Dans l'intervalle...

– GRAND AMIRAL THRAWN!

La clameur énorme monta de la passerelle comme un roulement de tonnerre et se diffusa dans tout le vaisseau avant que les échos ne refluent. Et Pellaeon se tint prêt, portant la main au blaster qu'il n'avait pas à la ceinture.

Joruus C'baoth s'avançait droit sur eux, les yeux embrasés. Sa colère semblait faire crépiter l'air et, derrière lui, les deux commandos d'assaut qui avaient gardé la passerelle étaient étendus sur le sol, inconscients ou morts.

Pellaeon, la gorge serrée, agrippa la branche de l'ysalamir perché au-dessus du Grand Amiral.

– Vous souhaitiez me parler, Maître C'baoth? demanda Thrawn.

– Ils ont échoué, Grand Amiral Thrawn! grinça C'baoth. Vous m'entendez? Vos commandos ont échoué!

– Je vous entends, dit Thrawn, imperturbable. Mais qu'avez-vous fait à mes gardes?

– *Vos* gardes? aboya C'baoth, et sa voix retentit aux quatre coins de la passerelle. Mais ce sont *mes* gardes, Grand Amiral Thrawn! Pas les vôtres!

Même sans l'élément de surprise, le tour était efficace.

Thrawn se tourna de côté et interpella l'officier de bâbord, dans le puits d'équipage.

– Appelez l'infirmerie. Qu'ils envoient une équipe.

Pellaeon se dit un bref instant que C'baoth allait intervenir et, pis encore, s'attaquer à l'officier lui-même. Mais toute son attention était concentrée sur Thrawn.

– Grand Amiral Thrawn, votre commando a échoué, répéta-t-il avec un calme mortel.

– Je sais. Il semble bien qu'ils aient tous été tués, sauf le major qui les commandait.

C'baoth se redressa.

– En ce cas, il est temps pour moi de me charger de cette tâche. Vous allez me conduire jusqu'à Coruscant. Immédiatement.

Thrawn inclina la tête.

– Très bien, Maître C'baoth. Nous allons procéder à l'embarquement de ma cargaison spéciale, et nous partirons.

A l'évidence, C'baoth ne s'était pas attendu à ce genre de réponse.

– Comment?

– Je dis que dès que ma cargaison spéciale sera à bord du *Chimaera* et des autres bâtiments, nous serons prêts à partir pour Coruscant.

C'baoth jeta un regard à Pellaeon, comme s'il attendait une réponse que ses sens de Jedi ne pouvaient lui donner.

– Quel est donc encore ce piège? grommela-t-il en revenant à Thrawn.

– Il n'y a pas de piège. J'ai décidé qu'un coup éclair en plein cœur de la Rébellion serait la meilleure façon de secouer leur moral et de les préparer à la prochaine phase de cette campagne. Nous allons donc frapper.

Le regard de C'baoth dériva vers la baie, explorant les vastes structures des chantiers spatiaux de Bilbringi. Il s'attarda sur la carcasse noire du superdestroyer détruit... passa à l'amas d'astéroïdes regroupés dans le secteur central...

– Ça? C'est ça votre cargaison spéciale?

– Mais c'est vous le Maître Jedi. C'est donc à vous de me le dire.

C'baoth lui lança un regard ténébreux et Pellaeon retint son souffle. Le Grand Amiral harcelait le Jedi, Pellaeon le savait – mais il pensait que c'était là un jeu bien dangereux. Les seuls à connaître précisément les intentions de Thrawn quant à l'usage de ces astéroïdes étaient protégés en permanence par des ysalamari.

– Très bien, Grand Amiral Thrawn, déclara enfin C'baoth. Je vais vous le dire.

Il inspira longuement, ferma les yeux et ses traits se durcirent en une concentration mentale que jamais encore Pellaeon n'avait constatée chez un Maître Jedi. Il se demanda à quoi pouvait se livrer l'autre... et comprit soudain. Là-bas, autour des astéroïdes, des centaines d'officiers et de techniciens avaient travaillé sur le projet, et tous se demandaient quel en était le but exact. C'baoth, en cet instant même, sondait leurs esprits, essayant de construire un édifice à partir de toutes ces spéculations.

– Non ! (Le Jedi foudroya Thrawn du regard.) Vous ne pouvez détruire Coruscant ! Pas avant que les Jedi soient miens.

Thrawn secoua la tête.

– Je n'ai nullement l'intention de détruire Coruscant...

– Vous mentez ! (C'baoth pointa sur lui un doigt accusateur.) Vous me mentez constamment. Mais c'est fini. C'est fini à présent. C'est *mòi* qui commande l'Empire, ainsi que toutes ses forces.

Il leva les mains et une auréole effrayante, blanc-bleu, se déploya au-dessus de sa tête. Pellaeon se crispa, retrouvant le souvenir des éclairs que C'baoth avait lancés sur eux dans sa crypte de Wayland. Mais il n'y eut pas d'éclair. C'baoth restait là, immobile, les yeux perdus dans l'infini. Pellaeon s'apprêtait à l'interroger quand son regard se posa sur le puits d'équipage de bâbord.

Les hommes étaient roidis dans leurs sièges, comme à la parade, les mains jointes sur les genoux, le regard fixe devant leurs consoles. Derrière eux, les officiers étaient dans le même état, immobiles, le visage rigide, absents. Le spectacle était le même à tribord aussi bien que sur la passerelle arrière. Et, sur les écrans, les projections s'étaient transformées en rayonnements de statique.

Depuis leur première visite sur Wayland, Pellaeon avait toujours redouté cet instant. C'baoth venait effectivement de s'emparer du commandement du *Chimaera*.

– Impressionnant, dit Thrawn dans le silence glacé. Vraiment. Et que proposez-vous que nous fassions, maintenant?

– Dois-je me répéter? J'entends mener ce vaisseau jusqu'à Coruscant. Pour y prendre mes Jedi, et non les détruire.

– Pour gagner Coruscant, il faut un minimum de cinq jours, déclara froidement Thrawn. Cinq jours durant lesquels vous devrez maintenir votre contrôle sur les trente-sept mille hommes d'équipage du *Chimaera*. Plus, peut-être, si vous avez l'intention de leur faire livrer bataille au terme de ce voyage. Et si vous nourrissez l'intention d'arriver sur les lieux avec une unité d'appoint, ce chiffre de trente-sept mille va en être augmenté considérablement.

C'baoth eut un reniflement de mépris.

– Douteriez-vous de la Force, Grand Amiral Thrawn?

– Pas du tout. Je vous exposais simplement les problèmes que vous, avec la Force, aurez à résoudre si vous souhaitez persister dans cette action. Par exemple, savez-vous où est basée la flotte du secteur de Coruscant? Connaissez-vous le nombre et le type de vaisseaux qui la composent? Avez-vous envisagé une tactique pour neutraliser les stations de combat orbitales de Coruscant et ses systèmes de défense au sol? Savez-vous seulement qui est au commandement des défenses de la planète actuellement, et ce qu'il ou elle va déployer comme forces? Et avez-vous même songé au champ énergétique de Coruscant? Savez-vous quel est le meilleur parti à tirer des capacités stratégiques du superdestroyer impérial?...

– Vous cherchez à semer le trouble dans mon esprit, rétorqua C'baoth. Vos hommes – *mes* hommes – connaissent les réponses à toutes ces questions.

– A certaines, oui. Mais vous ne pouvez pas apprendre toutes ces leçons. Pas assez vite, en tout cas.

– J'ai le contrôle de la Force, répéta C'baoth, furibond.

Mais, aux oreilles de Pellaeon, cela sonnait plutôt comme une supplique.

– Non, dit Thrawn, d'une voix soudain radoucie. La galaxie n'est pas encore prête à vous accepter, Maître C'baoth. Plus tard, quand l'ordre aura été rétabli, je vous proposerai de gouverner à votre gré. Mais ce temps n'est pas encore venu.

Longtemps, C'baoth resta immobile, figé. Seules ses lèvres bougeaient en silence sous sa longue barbe. Puis, comme à regret, il baissa les bras. Et, dans le même instant, la passerelle retrouva ses chuchotements, ses grognements vagues, ses raclements de bottes.

– Ce n'est pas à vous de me faire don de l'Empire, déclara C'baoth.

– Tout dépendra de votre capacité à maintenir en état ce que je suis en train de recréer, répliqua Thrawn.

– Et qui ne serait rien sans vous?

Thrawn leva un sourcil bleu.

– C'est vous le Maître Jedi. Si vous lisez dans l'avenir, pouvez-vous me dire si vous voyez un Empire se redresser sans moi?...

– Je vois bien des avenirs. Et nombreux sont ceux dans lesquels vous ne survivez pas.

– C'est là l'incertitude propre aux guerriers, dit Thrawn en inclinant la tête. Mais tel n'était pas le sens de ma question.

Un mince sourire effleura les lèvres de C'baoth.

– Grand Amiral Thrawn, ne vous estimez jamais indispensable à mon Empire. Moi seul le suis. Pour l'heure, néanmoins, je me satisferai que vous dirigiez mes forces dans cette bataille. Mais vous ne détruirez pas Coruscant. Pas avant que ces Jedi soient miens.

– Je vous l'ai déjà dit : il n'est pas dans mes intentions de détruire Coruscant. Dans l'immédiat, je ne veux que répandre la peur et saper leur moral en même temps qu'assiéger leur monde. Ce qui est beaucoup plus utile à mes desseins.

– *Nos* desseins, rectifia C'baoth. N'oubliez pas cela, Grand Amiral Thrawn.

– Mais je n'oublie rien, Maître C'baoth.

– Parfait. En ce cas, vous pouvez vaquer à vos devoirs. Si jamais vous avez besoin de moi, je serai en méditation. Sur l'avenir de l'Empire.

Il quitta la passerelle et Pellaeon lâcha dans un souffle :

– Amiral...

– Capitaine, contactez le *Relentless*. Dites au commandant Dorja que j'ai besoin d'un équipage de cinq cents gardiens pendant les six heures qui vont suivre.

Pellaeon se tourna vers le puits d'équipage bâbord. Pour la plupart, les hommes d'équipages étaient affalés sur leurs sièges et les officiers étaient encore tremblants.

– Oui, amiral. Vous allez reporter l'opération sur Coruscant ?

– Dans les limites du nécessaire, dit Thrawn. Capitaine, l'Histoire est en marche. Ceux qui ne peuvent pas la suivre resteront en arrière. (Thrawn jeta un regard vers la porte par laquelle C'baoth avait disparu.) Et ceux qui se mettent en travers de notre chemin, ajouta-t-il d'une voix très douce, ne pourront même pas la voir.

13

Ils se glissèrent au cœur de la nuit de Coruscant. Ils étaient dix déguisés en Jawas. Ils pénétrèrent dans le Palais par l'entrée secrète que la Sécurité avait fait sceller et que Luke avait réouverte avec soin. Ils n'eurent aucun problème à atteindre la Tour sans être vus – nul n'avait encore eu le temps de faire quoi que ce soit à propos du labyrinthe de passages secrets de l'Empereur.

Aussi suivaient-ils tous en silence Luke et, pour la première fois, Yan se retrouva face à face avec les gardes du corps que son épouse avait choisis pour la protéger, elle et ses enfants, contre les atteintes de l'Empire.

Un groupe de Noghri.

– Nous vous saluons, Dame Vador, dit un des non-humains à peau grise, d'une voix graveleuse, en se laissant tomber au sol, les bras écartés. Les autres l'imitèrent, ce qui, étant donné l'étroitesse de l'entrée, en disait long sur leur agilité.

– Je suis Cakhmaim, guerre du clan Eikh'mar, poursuivit le Noghri, sans redresser la tête. Chef de la garde d'honneur de la *Mal'ary'ush*. Nos vies sont vouées à votre service et à votre protection.

– Tu peux te relever, fit Leia avec une solennité royale. En tant que *Mal'ary'ush*, j'accepte tes services.

Le Noghri se releva en silence. Il indiqua celui qui se trouvait à sa droite.

– Voici mon lieutenant. Mobvekhar, du clan Hakh'khar. Il va prendre le second tour de garde.

– Mon époux, Yan Solo, déclara Leia en montrant Yan.

Cakhmaim se tourna pour lui faire face et Yan dut prendre sur lui pour ne pas dégainer son blaster.

– Nous vous saluons, dit le Noghri d'un ton grave. Les Noghri honorent le consort de la Dame Vador.

Le consort? Yan décocha un regard stupéfait à Leia. Elle demeurait toujours sérieuse, mais il devinait le sourire amusé qui plissait les commissures de ses lèvres.

– Merci bien, marmonna-t-il. Pour moi aussi, c'est un honneur de vous connaître.

Leia désigna un troisième Noghri.

– Khabarakh. Comme c'est bon de te revoir. J'espère que la maitrakh de ta famille va bien?

– Très bien, ma Dame. (Il lui prit la main.) Elle vous adresse ses compliments, de même que la promesse renouvelée de son dévouement.

Derrière le Noghri, une porte s'ouvrit et Chewbacca se glissa à l'intérieur.

– Des ennuis? lui demanda Yan, heureux de cette diversion.

Chewbacca grogna une réponse négative en inspectant le groupe des Noghri. Apercevant Khabarakh, il s'avança et rauqua une salutation à laquelle Khabarakh répondit.

– Quelles autres personnes seront sous notre protection, Dame Vador? demanda Cakhmaim.

– Ma servante, Winter, et mes jumeaux. Venez : je vais vous conduire à eux.

Elle se dirigea vers la chambre, encadrée de Cakhmaim et Mobvekhar. Les autres Noghri se dispersèrent, inspectant avec soin les portes et les parois. Chewbacca et Khabarakh se dirigèrent ensemble vers la chambre de Winter tout en conversant à voix basse.

– Ça ne te plaît toujours pas, hein? demanda Luke à Yan.

– Non, pas vraiment. Mais il ne semble pas que j'aie le choix.

– Toi et Chewie, vous pourriez rester ici. J'irais sur Wayland avec Lando et Mara.

– Tu pourrais aussi prendre les Noghri, suggéra Yan d'un ton froid. Comme ça, tu n'aurais plus à t'inquiéter que quelqu'un les voit.

– Personne ne nous verra ici, miaula une voix graveleuse. Yan sursauta, le blaster au poing.

Oui, il y avait bien un Noghri à quelques pas d'eux. Il aurait pourtant juré que tous s'étaient écartés.

– Est-ce que vous espionnez toujours les gens comme ça? Le non-humain inclina la tête.

– Pardonnez-moi, consort de Dame Vador. Mon intention n'était nullement de vous offenser.

– Ce sont de très grands chasseurs, murmura Luke.

– Oui, je l'ai entendu dire.

Yan se retourna vers lui. C'était certes impressionnant, mais il n'avait jamais douté que les Noghri fussent capables de protéger efficacement Leia et les jumeaux.

– Écoute, Luke...

– Il n'y a aucun problème avec eux. Vraiment aucun. Leia a mis sa vie entre leurs mains, déjà.

– Oui. (Yan essaya de chasser de son esprit la vision de Leia et des jumeaux capturés par l'Empire.) Tout se passe bien sur le terrain?

– Très bien. Wedge et deux de ses collègues de l'Escadron Rogue nous ont servi d'escorte, et Chewie a mis le vaisseau à couvert. Personne dans le Palais n'a remarqué notre arrivée.

– J'espère que vous avez bien rescellé la porte derrière vous. Si une autre équipe de l'Empire s'infiltre ici, Leia aura du mal à s'en sortir.

– Elle est fermée mais pas scellée, dit Luke en secouant la tête. C'est Cakhmaim qui s'en chargera derrière nous.

Yan fronça les sourcils avec un soupçon pénible au creux du ventre.

– Parce que tu suggères que nous partions *maintenant*?

– Tu crois qu'il peut y avoir un meilleur moment? Je veux dire : les Noghri sont là, et le *Faucon* est chargé et prêt à décoller. Et personne ne s'apercevra de la disparition de Mara avant le matin.

Yan ne put qu'admettre en grimaçant :

– Tu as raison. C'est vrai. Pourquoi pas maintenant?

– Oui, je sais ce que tu éprouves, fit Luke. Je suis désolé.

– Laisse tomber. On va s'y prendre comment?

– Avec Lando, on va faire sortir Mara. Toi et Chewie, vous décollez avec le *Faucon* et vous nous récupérez. Et surtout, n'oubliez pas les droïds.

– O.K.

Yan se dit que tout était parfait : non seulement Leia et les jumeaux pouvaient terminer dans une cellule impériale, mais il devrait supporter les bavardages et les gémissements de 6PO.

– Tu as le verrou de neutralisation que Chewie a bricolé?

– Ici, acquiesça Luke en tapotant son blouson. Et je sais comment boucler ça sur un droïd.

– Surtout ne rate pas ton coup. Si tu laisses démarrer un G-2RD, tu seras obligé de lui trancher la tête pour l'arrêter.

– Compris. On se retrouve là où nous avons caché le vaisseau noghri – Chewie connaît l'endroit.

Luke se détourna.

– Bonne chance, murmura Yan.

A la seconde où il s'écartait, il découvrit le Noghri.

– Mais qu'est-ce que vous regardez?

L'autre inclina la tête.

– Je ne voulais pas vous offenser, consort de Dame Vador.

Et il reprit son examen minutieux de la paroi.

Yan se mit en quête de Leia. D'accord, il allait partir dès cette nuit. Mais il ne le ferait pas sans lui avoir dit au revoir. Et en privé.

L'Empereur levait les mains, projetant des cascades d'éclairs bleus sur ses ennemis. Ils titubaient sous sa terrible défense et Mara, dans une seconde d'espoir douloureux, pensa que l'issue allait changer. Mais non : Skywalker et Vador se redressaient déjà et levaient à nouveau leurs sabres dans un sifflement électronique aigu, furieux...

Et Mara sortit brutalement du sommeil, sa main cherchant instinctivement le blaster qui n'était pas là. Le sifflement venait du garde droïd G-2RD, à la porte de sa chambre. Mais l'alarme avait été aussitôt interrompue...

La serrure cliqueta. Mara trouva sous ses doigts le bloc de données qu'elle avait lu avant de sombrer dans le sommeil... et, dès que le battant pivota, elle le lança de toutes ses forces vers la silhouette sombre qui se dessinait sur le seuil.

L'intrus se contenta de lever la main et le missile improvisé fut stoppé net dans sa trajectoire.

– Tout va bien, Mara. C'est moi : Luke Skywalker.

Elle tenta de lancer son esprit vers lui.

– Que voulez-vous?

– Il va falloir que nous partions. (Il s'avança vers le bureau et alluma.) Venez – il faut vous habiller.

– Vraiment? (Elle cligna des yeux.) Ça ne vous ferait rien de me dire où nous allons?

Elle vit que Skywalker avait un air préoccupé.

– Sur la planète Wayland. Vous avez dit à Leia que vous sauriez la retrouver.

– Bien sûr. C'est ce que je lui ai dit. Mais je n'ai jamais dit que j'étais prête à y conduire qui que ce soit.

– Il le faut, Mara, fit Luke avec cet accent d'idéalisme irréaliste qu'elle trouvait si irritant. L'accent même qui l'avait empêchée de tuer ce fou de Joruus C'baoth sur Jomark.

– Nous nous trouvons au bord de nouvelles Guerres Cloniques. Il faut arrêter ça.

– Eh bien, arrêtez-les. Skywalker, cette guerre n'est pas la mienne.

Mais cette réplique, elle le savait, n'était que le produit d'un pur réflexe. A la minute où elle avait révélé à Leia Organa Solo l'existence de l'entrepôt de l'Empereur, elle avait changé de camp. Ce qui impliquait qu'elle devait faire ce qu'on attendait d'elle. Même si elle devait les conduire jusqu'à Wayland.

Avec ses talents de Jedi, Skywalker avait certainement lu cela en elle. Heureusement, il était assez habile pour ne pas le lui lancer à la face.

– Très bien, marmonna-t-elle en quittant le lit. Attendez au dehors : j'arrive.

Elle eut un instant pour balayer l'extérieur avec ses faibles pouvoirs et ne fut donc pas surprise de retrouver Calrissian en compagnie de Skywalker. Mais elle fut surprise par l'état du droïd G-2RD, néanmoins. D'après le cri électronique avorté qu'elle avait perçu, elle s'était attendue à retrouver le garde en pièces détachées. Mais non : il était là, sur le seuil, intact, tremblant sous l'effet d'une rage mécanique rentrée.

– Verrouillage de neutralisation, expliqua Skywalker en réponse à sa question muette.

Elle découvrit alors l'objet plat fixé sur le flanc du droïd.

– J'ignorais qu'on pouvait les neutraliser comme ça.

– Ça n'est pas facile, mais Yan et Chewie en connaissent un rayon sur la question, dit Skywalker tandis qu'ils se dirigeaient vers les turbolifts. Ils se sont dit que l'effraction serait quand même moins évidente comme ça.

Une effraction. Mara lança un regard en biais à Luke. Ce simple mot conférait à l'opération une perspective nouvelle. Luke Skywalker, Chevalier Jedi, héros de la Rébellion, pilier de la justice et de la loi, avait défié toute la Nouvelle République, Mon Mothma et les autres, uniquement pour la sortir de là. Elle, Mara Jade, une contrebandière sans le moindre bien, et qui avait fait vœu de le tuer.

Tout cela parce qu'il savait ce qu'il fallait faire. Et qu'il avait confiance en elle pour l'aider.

– Bien joué, dit-elle enfin, en scrutant l'ombre d'un couloir. Il faudra que je demande à Solo de m'apprendre comment on fait ça.

Calrissian fit descendre l'airspeeder vers ce qui paraissait être un ancien terrain d'atterrissage privé. Le *Faucon Millenium* était déjà là et Chewbacca attendait devant l'écoutille, visiblement nerveux.

– Il est presque temps, fit Solo à l'instant où Mara suivait Skywalker dans le cockpit.

Ils décollèrent presque instantanément.

– O.K. Mara, quel cap doit-on prendre?

– Obroa-skai. Durant le voyage, ça a été notre dernière halte. Je pense que je retrouverai la suite avant que nous y arrivions.

– Espérons-le, dit Solo en se penchant pour activer l'ordinateur de navigation. Il vaut mieux nous boucler – on va sauter en luminique dès qu'on sera au large.

Mara se glissa dans le siège immédiatement derrière lui, et Skywalker s'installa à côté d'elle.

– De quelle force d'assaut disposons-nous? demanda-t-elle.

– Vous l'avez sous les yeux, grommela Solo. Vous, moi, Luke, Lando et Chewie.

– Je vois.

Elle sentit sa gorge se nouer.

Cinq. Contre toutes les défenses que Thrawn avait dû mettre en place pour protéger cette base qui lui était vitale. Terrifiant.

– Vous êtes sûr qu'on ne se montre pas trop impitoyables? demanda-t-elle, sarcastique.

– Pour Yavin, nous n'étions guère plus que cela, rétorqua Solo. A Endor non plus.

– Votre confiance est vraiment rassurante.

Il haussa les épaules.

– Si vous ne faites pas ce que l'autre attend de vous, vous pouvez mettre pas mal de distance entre lui et vous. Rappelez-moi de vous raconter un de ces jours comment nous avons fichu le camp de Hoth.

Chewbacca entra dans le cockpit.

– Tout est paré? lui demanda Solo.

Le Wookie grommela ce qui pouvait être une réponse affirmative.

– Luke, avant que j'oublie : c'est toi qui es responsable des droïds. Je ne veux pas que 6PO se mêle de quoi que ce soit sans que Lando ou Chewie soient avec lui. Vu?

– Vu, dit Luke. (Il surprit le regard de Mara et lui adressa un sourire amusé.) 6PO en fait souvent un peu trop. Il s'intéresse à la mécanique.

– Et il est assez mauvais dans son genre, acheva Solo d'un ton amer. O.K., Chewie, prépare-toi. On y va...

Il tira les leviers à lui et les étoiles se changèrent en une rafale de traits de feu.

Une force formidable de cinq êtres plus ou moins humains fonçait vers un bastion de l'Empire.

Mara regarda Skywalker. C'était le seul en qui elle avait toute confiance. Celui qu'elle devait tuer.

– Hé, Yan, c'est ton premier commandement depuis que tu as démissionné, dit-il.

– Exact. Espérons que ce ne soit pas le dernier.

– La force d'assaut du *Bellicose* est arrivée, commandant, annonça l'officier des communications. Le capitaine Aban annonce que toutes ses unités sont parées au combat et demande les instructions de déploiement.

Pellaeon observait au-delà de la baie les lueurs nouvelles qui étaient apparues à tribord en essayant de repousser l'appréhension qui montait au fond de lui comme un tourbillon de fumée méphitique.

Thrawn avait rassemblé là l'élite de l'Empire pour une attaque-éclair sur Coruscant : parfait. Ce qui l'était moins, c'était la possibilité que le raid soit stoppé net ici. C'baoth était à bord, et sa seule obsession, depuis quelque temps, était de capturer Leia Organa Solo et ses jumeaux. Il avait déjà démontré qu'il était capable de prendre le contrôle absolu du *Chimaera* et de son équipage, et cette démonstration avait déjà retardé l'opération de quelques heures. S'il décidait de récidiver au plus fort de l'attaque...

Il se souvenait de la défaite de l'Empire à Endor. De la fin de la deuxième Étoile Noire, du désastre du superdestroyer *Executor*, avec Dark Vador à son bord, et tant et tant d'officiers tous plus brillants les uns que les autres. Si C'baoth venait à précipiter une autre débâcle... Si jamais l'Empire perdait à la fois le Grand Amiral Thrawn et sa force – ils ne s'en remettraient jamais.

Il avait encore les yeux fixés sur la flotte qui se regroupait quand un frémissement de malaise le prévint... et il n'eut pas à se retourner pour savoir que C'baoth était là.

Pellaeon était à plus de dix pas de son siège de commandement et de ses ysalamari protecteurs – bien trop loin. Et aucun des autres ysalamari dispersés sur la passerelle ne pouvait l'abriter. Pas plus qu'il ne pouvait se permettre de fuir comme un gibier effrayé devant les hommes de son équipage.

Et si le Maître Jedi décidait de le paralyser ainsi qu'il l'avait fait pour l'ensemble de l'équipage du *Chimaera* à Bilbringi...

Il se décida enfin à se tourner vers C'baoth tout en se demandant si l'Empereur était parti de cette même crainte de l'humiliation pour accéder au pouvoir.

– Maître C'baoth, dit-il avec gravité. Que puis-je faire pour vous ?

– J'exige qu'on prépare un vaisseau pour moi dans l'instant, fit C'baoth avec une lueur étrange dans le regard. Doté d'un rayon d'action qui me permette de rallier Wayland.

Pellaeon cilla.

– Wayland?

– Oui. Je vous ai dit il y a bien longtemps que je prendrais le pouvoir là-bas. Ce temps est venu.

– J'avais le sentiment que vous étiez d'accord pour soutenir l'attaque de Coruscant...

– J'ai changé d'idée, dit C'baoth d'un ton tranchant.

Tranchant, mais mitigé, cependant. Par une sorte de préoccupation.

– Est-ce que quelque chose se serait passé sur Wayland? demanda Pellaeon.

C'baoth posa les yeux sur lui, et Pellaeon eut le sentiment bizarre que le Maître Jedi avait pour la première fois conscience de sa présence.

– Capitaine Pellaeon de la Flotte Impériale, ce qui se passe ou non sur Wayland n'est nullement de votre ressort. Votre devoir est de faire préparer mon vaisseau. (Il reporta son regard vers la baie.) Ou bien devrai-je en choisir un autre?

Du coin de l'œil, Pellaeon surprit l'arrivée du Grand Amiral. Il venait de quitter sa chambre de commandement privée pour superviser les derniers préparatifs de l'assaut de Coruscant. Ses yeux embrasés s'arrêtèrent brièvement sur C'baoth, puis sur Pellaeon. Il détourna la tête et un soldat-commando surgit à son côté avec un ysalamir perché sur son support nutritif.

C'baoth ne se retourna même pas.

– Grand Amiral Thrawn, il faut que vous me fassiez préparer un vaisseau. Je souhaite me rendre immédiatement sur Wayland.

– Mais certainement, acquiesça Thrawn en s'arrêtant à côté de Pellaeon.

Le commando s'avança entre les deux hommes, les protégeant de la Force avec la bulle de l'ysalamir.

– Puis-je vous demander pour quelle raison? ajouta Thrawn.

– Mes raisons ne regardent que moi. En douteriez-vous? fit le Jedi d'un ton sinistre.

Un instant, Pellaeon redouta que Thrawn ne se bloque sur cette provocation.

– Pas du tout. Si vous souhaitez vous rendre sur Wayland, certes, vous le pouvez. Lieutenant Tschel?

– Amiral? demanda le jeune officier installé dans le puits bâbord.

– Envoyez un message au *Tête de la Mort*. Informez le commandant Habid que le supergalion *Draklor* doit être détaché de son groupe pour être réassigné sous mes ordres. Je ne veux que l'équipage. Je fournirai personnellement les troupes et les passagers.

– Bien, amiral, fit Tschel en se dirigeant vers la station de communications.

– Mais je n'ai pas demandé de troupes, Grand Amiral Thrawn, fit C'baoth, partagé entre la suspiscion et l'énervement. Non plus que d'autres passagers...

– J'avais prévu depuis quelque temps de placer la garnison du Mont Tantiss sous le commandement du général Covell. Et d'y expédier des troupes en renfort. Le moment me paraît opportun.

Le regard de C'baoth alla de Pellaeon à Thrawn.

– Très bien, fit-il, reprenant quelque peu son calme. Mais ce sera *mon* vaisseau, et non pas celui de Covell. Et c'est *moi* qui donnerai les ordres.

– Bien entendu, Maître C'baoth, dit Thrawn d'un ton apaisant. J'en informerai le général.

– Très bien.

C'baoth, un instant, plissa fébrilement les lèvres sous sa longue barbe blanche, et Pellaeon craignit qu'il ne reparte dans son délire. Mais il inclina brièvement la tête et ajouta :

– Parfait. Je serai dans mes appartements. Prévenez-moi quand le vaisseau sera prêt.

– Comme vous le souhaitez, dit Thrawn.

C'baoth leur lança un regard perçant avant de se retirer.

– Informez le général Covell de ce changement dans nos plans, capitaine, dit Thrawn en suivant du regard le Jedi. Il y a dans l'ordinateur une liste de soldats et d'hommes d'équipages assignés comme gabarits de clonage. Les assistants de Covell devront les embarquer à bord du *Draklor*. En même temps qu'une compagnie sélectionnée parmi les meilleurs éléments du général.

Pellaeon fixa son amiral d'un air sombre. Les troupes de Covell – et le général lui-même – avaient été prévues initialement pour relever les troupes de choc qui étaient engagées dans le système de Qat Chrystac.

– Vous pensez que le Mont Tantiss est menacé?

– Pas encore vraiment. Mais il est possible que notre Maître Jedi, avec sa vision, ait détecté quelque chose – probablement une certaine nervosité des indigènes. Mais il vaut mieux ne pas courir de risques là-bas.

Pellaeon observa l'étoile qui était le soleil de Coruscant.
– Est-ce que les Rebelles pourraient savoir quelque chose? demanda-t-il.
– C'est improbable. Rien n'indique qu'ils soient au courant de l'existence de Wayland, encore moins qu'ils aient l'intention de monter une action. Si cela advenait, nous en serions avertis bien avant.
– Par la Source Delta.
– Et aussi par nos filières habituelles de renseignements, ajouta Thrawn. Mais je constate que cela vous contrarie encore de recevoir des informations d'une source que vous ignorez?...
– Oui, certes un peu, amiral, dut admettre Pellaeon.
– Considérez cela comme un secteur en friche de votre confiance. Un jour, je vous confierai peut-être la Source Delta. Mais pas tout de suite.
– Je comprends, amiral.
Pellaeon restait tourné vers l'arrière, sur la trace de C'baoth. Quelque chose le tourmentait, tout au fond de sa mémoire. A propos de C'baoth et de Wayland...
– Capitaine, vous me paraissez inquiet, constata Thrawn.
Pellaeon secoua la tête.
– L'idée qu'il puisse pénétrer à nouveau dans le Mont Tantiss ne me plaît guère, amiral. Je ne sais pourquoi. Mais c'est vrai : cela m'inquiète.
– A votre place, je ne m'en soucierais pas, dit calmement Thrawn. En fait, il s'agit plus d'une solution que d'un problème.
– Je ne comprends pas...
– Toute chose en son temps, capitaine. Mais, pour l'heure, nous avons une tâche à accomplir. Mon vaisseau-amiral est-il paré?
Pellaeon s'arracha à ses pensées.
– Le *Chimaera* est à vos ordres, amiral.
– Bien. (Thrawn inspecta la passerelle du regard.) Faites le nécessaire pour qu'il en soit de même du reste de la force d'assaut, et informez les hommes que nous attendrons que le *Draklor* ait pris le large. Ensuite... (Il regarda au-delà de la baie.) Nous rappellerons à la Rébellion ce qu'est la guerre.

14

Mara et Luke attendaient dans le silence et l'obscurité tandis que la silhouette encapuchonnée s'approchait, un sabrolaser crépitant au bout de son bras. Et, derrière ce personnage, un vieil homme suivait, le regard dément, avec des éclairs bleus qui jaillissaient de ses doigts. L'ombre s'arrêta et leva haut son sabre. Luke se détacha de Mara et brandit son propre sabre, l'esprit empli de crainte et d'horreur...

L'alerte mugissait dans le corridor, Leia fut projetée hors du sommeil, et le cauchemar se fragmenta en éclats de couleurs vives.

Sa première pensée fut pour Mara et Luke. Elle se dit ensuite qu'un autre commando impérial venait de pénétrer dans le Palais. Mais, quand elle fut tout à fait consciente, elle réalisa que c'était bien plus grave.

On attaquait Coruscant.

A l'autre bout de la chambre, les jumeaux pleuraient.

– Winter ! cria Leia en agrippant son peignoir tout en lançant une pensée de réconfort en direction des enfants.

Winter était déjà sur le seuil.

– C'est l'alerte d'attaque.

– Je sais, fit Leia en nouant sa ceinture. Il faut que j'aille immédiatement à la salle de guerre.

– Je comprends, fit Winter en la scrutant attentivement. Vous vous sentez bien?

– Je faisais un cauchemar, c'est tout.

Leia enfila ses demi-bottes : c'était bien de Winter de pouvoir capter cela en plein chaos.

– Luke et Mara affrontaient l'ennemi. Et j'avais le sentiment qu'ils redoutaient de perdre le combat.

– Êtes-vous certaine que ce n'était qu'un cauchemar?

Leia se mordit la lèvre.

– Je ne sais pas. (Mais oui : ç'avait pu être tout aussi bien une vision de Jedi.) Non... c'était sûrement un cauchemar. Luke aurait pu me faire savoir depuis l'espace s'il devait affronter C'baoth ou un autre Maître Jedi. Il n'aurait pas pris le risque de se lancer dans cette mission dans de pareilles conditions.

– J'espère que non, dit Winter.

Mais il n'y avait pas dans sa voix l'écho d'une confiance absolue.

– Ne t'inquiète pas. C'était sans doute à cause de l'alarme qui s'est déclenchée. (Et, mue par le sentiment de culpabilité qu'elle ressentait d'avoir laissé Yan et Luke partir vers Wayland, elle ajouta :) Prends soin des jumeaux, tu veux bien?

– Nous veillerons sur eux, dit Winter.

Nous? Elle chercha autour d'elle, le front plissé, et pour la première fois remarqua la présence de Mobvekhar et de deux autres Noghri qui avaient pris position dans l'ombre, autour des lits. Ils n'étaient pas là quand elle s'était couchée, elle en était certaine, ce qui signifiait qu'ils avaient dû se glisser dans la chambre à l'instant où l'alerte avait sonné. Sans qu'elle s'en apercoive.

– Vous pouvez allez sans crainte, Dame Vador, déclara Mobvekhar, solennellement. Vos héritiers n'auront rien à redouter.

– Je sais, fit-elle avec sincérité.

Elle prit son comlink sur la table de chevet, songea un instant à appeler pour avoir des informations, mais se ravisa et le glissa dans la poche de sa robe. Ce n'était guère le moment de demander aux gens de l'état-major d'expliquer la situation à une civile. Elle la connaîtrait bien assez tôt.

– Je reviendrai dès que possible.

Elle saisit son sabre et sortit.

Le couloir grouillait de gens de toutes sortes. Certains se hâtaient avec un but précis, mais la plupart se bousculaient dans une absolue confusion ou bombardaient les gardes de questions. Leia réussit à se frayer un chemin et se mêla à un groupe de militaires à peine arrachés du lit qui couraient vers les turbolifts. Dès qu'elle pénétra dans la cabine, deux personnes la reconnurent et s'écartèrent promptement. La porte coulissa et faillit bien se refermer sur deux Jawas en robe brune, qui bavardaient et en réchappèrent de justesse.

Le rez-de-chaussée du Palais était entièrement occupé par la section des opérations militaires. Les services de logistique étaient installés à la périphérie, reliés aux bureaux d'Ackbar, de Drayson et autres commandants en titre. Les dispositifs les plus essentiels et les plus sensibles avaient été regroupés au centre. Leia parvint à gagner le poste d'opérations, passa entre deux sentinelles wookies et pénétra enfin dans la salle de guerre.

Quelques minutes seulement s'étaient écoulées depuis le début de l'alerte et le chaos commençait à diminuer au fur et à mesure que les officiers et leurs adjoints s'installaient à leurs postes. Un simple coup d'œil sur l'écran tactique expliquait cette fièvre : huit croiseurs impériaux de classe Interdictor étaient apparus en formation dispersée autour du vecteur 116, dans le Secteur Quatre. Leurs cônes gravifiques d'hyperdrive interdisaient toute entrée ou sortie de Coruscant. Sous les yeux de Leia, un second groupe de vaisseaux se matérialisa en clignotant au centre de la première formation : deux autres Interdictor, plus une escorte de huit cuirassés Katana.

– Que se passe-t-il? demanda une voix inconnue, tout près de Leia.

Elle se retourna et découvrit un tout jeune homme – un gamin, à vrai dire – qui observait l'image tactique en grattant ses cheveux hirsutes. Un instant, elle ne parvint pas à l'identifier, puis un déclic se produisit dans sa mémoire : Ghent, le craqueur que Karrde leur avait prêté pour percer le code bancaire dont les Impériaux s'étaient servis pour essayer de piéger l'amiral Ackbar. Elle avait oublié qu'il était encore dans le Palais.

– Une attaque de l'Empire, lui dit-elle.

– Oh... Ils peuvent vraiment oser?

– Nous sommes en guerre. Et vous pouvez faire tout ce que l'autre camp ne peut vous empêcher de faire. Mais comment vous êtes-vous introduit ici?

– Oh, je me suis goupillé un code d'entrée, fit-il avec un geste vague sans quitter l'écran des yeux. Vous savez, je n'avais pas grand-chose à faire tous ces temps. Vous ne pouvez pas les arrêter?

– On va essayer, ça c'est sûr, dit-elle d'un ton grave. (Elle venait de repérer le général Rieekan devant la console de commandes.) Ne touchez à rien et faites-vous discret, lança-t-elle à Ghent avant de s'éloigner.

Elle avait fait deux pas en direction de Rieekan quand elle s'arrêta net : Ghent s'était *goupillé* un code d'accès de haut niveau parce qu'il n'avait pas grand-chose à faire!...

Elle retourna vers lui et lui saisit le bras.

– Je viens juste d'avoir une idée, fit-elle en l'entraînant vers une porte marquée CRYPTAGE. Elle introduisit son code de sécurité et la porte s'ouvrit.

La pièce était vaste, bourrée d'ordinateurs, de droïds, d'interfaces et de techniciens.

– Qui commande ici? demanda-t-elle à la seconde où plusieurs têtes se tournaient vers elle.

– Moi, dit un homme d'âge moyen qui arborait les insignes de colonel en quittant une console.

– Je suis la Conseillère Organa Solo. Voici Ghent, un expert en décryptage. Pourriez-vous l'employer?

Le colonel scruta le garçon.

– Je l'ignore. Vous avez déjà eu affaire à un code crypté de bataille impérial, Ghent?

– Je n'en ai jamais vu. Mais j'ai déjà craqué quelques-uns de leurs cryptages militaires réguliers, en tout cas.

– Lesquels?

Ghent prit l'air songeur.

– Attendez... Il y en avait un qui s'appelait le programme Lepido. Oh, oui, et quand j'avais douze ans, j'ai craqué le Ilko. Il n'était pas facile, celui-là – il m'a pris deux mois.

Quelqu'un émit un sifflement admiratif.

– C'est bon? demanda Leia.

Le colonel renifla pensivement.

– Oui. Je dirais que oui, en effet. L'Ilko était un des maîtres-codes d'encryptage que l'Empire utilisait entre Coruscant et l'Étoile Noire alors qu'elle était en construction à Horuz. Nous, il nous a fallu près d'un mois pour en venir à bout. Viens par là, fiston. On a une console libre. Si l'Ilko t'a plu, tu vas passer du bon temps avec leurs codes de combat.

Ghent prit une expression ravie et il se précipitait vers la console quand Leia retourna dans la salle de guerre.

Pour s'apercevoir que la bataille était engagée.

Six superdestroyers avaient surgi de l'hyperespace dans la brèche ménagée par le groupe des Interdictor. Ils se séparèrent en deux groupes pour se diriger vers les deux énormes stations de bataille orbitales Golan III. Leurs chasseurs Tie se dispersaient déjà en essaims, se portant au-devant de la défense qui montait de la surface de Coruscant et des docks sur orbite basse. Sur le moniteur principal, les jets de turbolasers se croisaient déjà.

Le général Rieekan se tenait à quelques pas de la console principale lorsque Leia le rejoignit.

– Princesse... fit-il en s'inclinant.

Le souffle court, elle lui rendit son salut :

– Général...

Elle constata que le bouclier énergétique de la planète était activé, que les défenses de base passaient toutes en statut de bataille, et qu'une seconde vague d'ailes-X et d'ailes-B venait de décoller du dock spatial.

Et que c'était l'amiral Drayson qui aboyait les ordres.

– *Drayson*? demanda-t-elle.

Rieekan lui répondit d'un air sombre.

– Ackbar est en mission dans la région de Ketaris. Et c'est Drayson qui dirige les opérations.

Leia leva les yeux vers l'écran tactique avec une sensation de malaise. Drayson était compétent... mais cela ne pèserait pas lourd face au Grand Amiral Thrawn.

– La flotte du secteur est-elle en état d'alerte?

– Je pense que nous avons réussi à la contacter avant que le bouclier ne soit en place. Malheureusement, l'une des premières choses que l'Empire ait faite a été de tirer sur la station-relais extra-orbitale, donc nous ne pouvons pas savoir s'ils nous ont reçus. Et nous ne pouvons pas ouvrir le bouclier.

Le malaise grandissait tout au fond de Leia.

– Donc, il ne s'agit pas simplement d'une feinte destinée à attirer la flotte. Sinon, ils auraient épargné la station-relais pour que nous puissions demander de l'aide.

– Je le reconnais. Quelles que soient les intentions de Thrawn, c'est bien nous qu'il semble avoir dans le collimateur.

Sur l'écran tactique, une étincelle pâle montait vers le haut : un canon ionique venait d'ouvrir le feu sur les superdestroyers.

– Gaspillage d'énergie, marmonna Rieekan. Ils sont hors de portée.

Et même s'ils ne l'étaient pas, se dit Leia. La charge de disruption électronique avait autant de chance d'atteindre leur station de bataille que les superdestroyers de l'ennemi. Le manque de précision des canons ioniques était bien connu.

– Il faut que quelqu'un d'autre prenne le commandement.

Si seulement elle parvenait à joindre Mon Mothma, elle pourrait sans doute la persuader de mettre Rieekan à la place de Drayson...

Brusquement, ses yeux se posèrent sur un personnage qui, appuyé au mur du fond, observait la projection tactique. Sena Leikvold Midanyl. Conseillère principale du général Garm Bel Iblis. Qui était considérablement plus que compétente.

– Je reviens, dit-elle à Rieekan avant de plonger dans la foule.

Sena l'accueillit avec une expression tendue.

– Conseillère Organa Solo. On m'a demandé de me tenir à l'écart. Pouvez-vous me dire ce qui se passe?

– Il se passe que nous avons besoin de Garm. Où se trouve-t-il?

– Sur la galerie d'observation.

Leia leva les yeux. Des civils s'entassaient là-haut. Ils n'avaient pas accès à la salle de guerre. Seul à l'écart, les yeux rivés sur les écrans, elle découvrit Bel Iblis.

– Dites-lui de descendre, demanda-t-elle à Sena. Nous avons besoin de lui.

– Il va refuser. Sauf si c'est Mon Mothma elle-même qui le lui demande. C'est exactement ce qu'il m'a dit.

Leia se crispa. Bel Iblis avait certes droit à sa part d'orgueil, mais le moment ne se prêtait guère aux querelles internes.

– Nous avons besoin de lui. Il ne peut pas réagir comme ça.

Sena secoua la tête.

– J'ai essayé de le faire changer d'idée.

– Il m'écoutera peut-être.

– Je le souhaite.

Sena désigna l'écran visuel. L'un des cuirassés de Bel Iblis venait de quitter le dock pour se joindre aux chasseurs, aux avisos corelliens et aux frégates d'escorte.

– C'est le *Harrier*. Mes fils Peter et Dayvid sont à bord.

Leia lui effleura l'épaule.

– Ne vous inquiétez pas – je vais lui demander de descendre.

La foule de la galerie était moins dense autour de Bel Iblis.

– Bonjour, Leia, lui dit-il. Je pensais bien vous trouver dans le coin.

– C'est là que vous devriez être vous aussi. Nous avons besoin de vous en bas...

– Est-ce que vous avez un comlink sur vous?

Elle le regarda, surprise.

– Oui.

– Sortez-le. Tout de suite. Appelez Drayson et mettez-le en garde contre ces deux Interdictor.

Leia se tourna vers la projection tactique. Les deux croiseurs de classe Interdictor qui étaient intervenus en dernier se livraient à des manœuvres en finesse, et leurs cônes à ondes gravifiques balayaient l'une des stations de bataille.

– Thrawn nous a déjà fait ce coup à Qat Chrystac, expliqua Bel Iblis. Il utilise un croiseur Interdictor pour créer une marge hyperspatial, et ensuite, il fait intervenir un vaisseau selon un vecteur d'intersection pour le poser à un point choisi avec précision. Drayson a besoin de lancer quelques vaisseaux sur les flancs pour être prêt à la seconde phase du coup de Thrawn. Quoi qu'il nous prépare.

Leia avait la main sur son comlink.

– Mais nous n'avons aucune unité qui puisse affronter un autre superdestroyer.

– Il ne s'agit pas de l'affronter. Quel que soit le vaisseau que Thrawn envoie, il sera aveugle, ses déflecteurs abaissés, et sans références de visée. Si nos vaisseaux sont en place, on pourra leur envoyer une volée sans problème. Ce qui nous redonnera un certain avantage.

– Je comprends. (Leia appela l'opérateur.) Ici la Conseillère Leia Organa Solo. J'ai un message urgent pour l'amiral Drayson.

– Il est interdit de déranger l'amiral, dit la voix électronique.

– Priorité absolue du Conseil. Passez-moi directement Drayson.

– Analyse vocale confirmée. Propriété du Conseil annulée par procédure militaire d'urgence. Vous pouvez laisser un message à l'amiral Drayson.

Leia grinça des dents.

– Alors, passez-moi un de ses adjoints.

– Le lieutenant DuPre ne peut être...

– Annulé! Passez-moi le général Rieekan.

– Le général Rieekan est occupé et ne saurait être...

– Trop tard, fit Bel Iblis d'un ton calme.

Leia leva les yeux. Deux superdestroyers de classe Victory venaient de sortir de l'hyperepace presque à bout portant de leur cible, exactement comme l'avait prévu Bel Iblis. Ils ouvrirent un feu nourri de chaque flanc et se replièrent avant que la station et ses avisos ripostent par un tir symbolique. Sur l'écran tactique, la coquille bleue brumeuse qui correspondait au bouclier déflecteur de la station vacilla et s'éteignit.

– Drayson n'est pas à la hauteur, soupira Bel Iblis. Pas du tout.

Leia prit son souffle.

– Garm, il faut que vous descendiez.

Il secoua la tête.

– Non. Je ne peux pas. Pas avant que Mon Mothma ne me le demande.

– Vous vous comportez comme un enfant! Vous ne pouvez quand même pas laisser mourir des gens à cause de querelles personnelles!

Il la regarda et elle fut surprise par le chagrin qu'elle lut dans ses yeux.

– Leia, vous ne comprenez pas. Cela n'a rien à voir avec moi. Mais avec Mon Mothma. Après toutes ces années, j'ai fini par comprendre pourquoi elle agissait ainsi. J'avais toujours supposé qu'elle prenait de plus en plus de pouvoir simplement parce qu'elle aimait le pouvoir. Mais je me trompais.

– Alors, qu'est-ce qui la motive? demanda Leia, qui n'avait pas réellement envie d'affronter Mon Mothma.

– Parce que, de tous ses actes, dépendent des existences, expliqua Bel Iblis, calmement. Et qu'elle est terrifiée à la seule idée de faire confiance à quelqu'un d'autre. A cause de toutes ces existences...

Leia le fixa, et elle allait ouvrir la bouche pour réfuter ses arguments, quand tous les moments de ces quelques dernières années trouvèrent un sens nouveau dans son esprit. Toutes ces missions diplomatiques que Mon Mothma lui avait confiées, au prix de sa formation de Jedi, de sa vie de famille. Cette confiance absolue qu'elle avait témoignée à Ackbar et à d'autres, de plus en plus rares.

Qui s'étaient raréfiés au point de n'être plus que quelques-uns...

– Voilà pourquoi je ne peux pas descendre comme ça et prendre le commandement des opérations, ajouta Bel Iblis. A moins qu'elle ne soit en mesure de m'accepter – de m'accepter *vraiment* – et de me faire confiance. Sinon, je ne jouirai jamais d'une véritable autorité. (Il inclina la tête vers la salle de guerre.) Quand elle saura me faire confiance, je serai prêt à la servir. En attendant, il vaut mieux que je ne me mêle pas de tout cela.

– Mais il y a tous ceux qui meurent en ce moment, lui rappela Leia d'un ton sévère. Garm, permettez-moi de l'appeler. Je parviendrai peut-être à la convaincre.

– Leia, si vous devez la convaincre, cela ne vaut guère la peine. C'est à elle de décider.

– Et elle a peut-être décidé, dit Mon Mothma.

Leia se retourna brusquement. Toute son attention avait été concentrée sur Bel Iblis et elle n'avait pas deviné une seconde l'approche de la vieille femme; Elle se sentait prise en défaut.

– Mon Mothma, je...

– Ne vous en faites pas, Leia. Général Bel Iblis...

– Oui?... fit Bel Iblis.

– Général, nous avons eu bien des différends au fil des années. Mais cela remonte à pas mal de temps. Nous formions autrefois une bonne équipe. Il n'y a aucune raison pour que nous ne le redevenions pas.

Elle hésita et Leia décela à quel point cette démarche était difficile pour elle. Combien il était humiliant d'affronter un homme qui lui avait tourné le dos et d'admettre qu'elle avait à nouveau besoin de lui. Si Bel Iblis ne désirait pas s'incliner avant d'entendre les paroles qu'il attendait...

C'est alors, à la grande surprise de Leia, que Bel Iblis se mit au garde-à-vous et dit :

– Mon Mothma, dans la présente situation d'urgence, je requiers votre permission de prendre le commandement de la défense de Coruscant.

– Je vous en serais reconnaissante, Garm, répondit Mon Mothma avec une douceur nouvelle.

– Alors... (Il sourit.) Allons-y.

Ensemble, ils descendirent vers la salle de guerre, et Leia pensa qu'elle n'avait peut-être compris que la moitié de l'échange auquel elle venait d'assister. C'était sans doute l'empathie qui était la base véritable de la puissance de la Nouvelle République. Celle qui allait définir le futur de la galaxie.

Si la galaxie résistait aux heures qui allaient suivre.

Un couple d'avisos corelliens passa de part et d'autre du *Chimaera* en déclenchant une bordée de turbolasers sur le déflecteur de la passerelle. Instantanément, un escadron de chasseurs Tie les suivit et se lança dans une manœuvre Rellis comme ils tentaient de dégager. Au-delà, Pellaeon repéra une frégate d'escorte qui se portait en position de soutien en coupant le vecteur de fuite des avisos.

– Escadron A-4, portez-vous sur le secteur 22, ordonna Pellaeon.

Jusque-là, la bataille semblait être à leur avantage, se dit-il.

– Les voilà, fit Thrawn.

Pellaeon explora l'écran.

– Où ?

– Ils se préparent à se retirer. (Thrawn désigna l'un des cuirassés rebelles qui avaient participé à l'engagement.) Observez cette unité. Elle se place à couvert pour préparer sa retraite. Et l'autre suit...

Pellaeon fronça les sourcils. Il ne comprenait toujours pas ce que préparaient les deux cuirassés. Mais, dans ce genre de situation, jamais encore Thrawn ne s'était trompé.

– Ils abandonnent les stations de bataille ?

– Jamais ils n'auraient dû faire intervenir ces vaisseaux pour les défendre. Les plates-formes Golan peuvent supporter beaucoup plus que leur ex-commandant de la défense pouvait le croire.

– Leur *ex*-commandant ?

– Oui. Je dirais d'instinct que notre bon vieil adversaire corellien vient de reprendre les rênes du dispositif de défense de Coruscant. Je me demande pourquoi il leur a fallu tellement longtemps...

Pellaeon haussa les épaules : le Grand Amiral avait raison, comme toujours. Les défenseurs se retiraient.

– Ils ont peut-être été obligés de le réveiller.

– Peut-être, fit Thrawn avec un regard vague en direction du moniteur de combat. Le Corellien nous propose un choix : rester ici et nous battre en duel avec les stations de bataille, ou suivre les défenseurs un peu plus bas, à portée des défenses au sol. Par bonheur... nous disposons d'une troisième option.

Pellaeon hocha la tête. Il commençait à se demander à quel moment Thrawn lui dévoilerait sa nouvelle arme.

– Oui, amiral. Puis-je donner l'ordre de larguer le tracteur?

– Nous attendrons que le Corellien replie ses unités un peu plus loin. Nous ne tenons pas à ce qu'il puisse manquer ça.

– Bien compris.

Pellaeon se rencoigna dans son siège et s'assura que les astéroïdes et les rayons tracteurs du hangar étaient parés.

Et il attendit le signal du Grand Amiral.

– Très bien, dit Bel Iblis. *Harrier*, commencez à vous dégager – et couvrez ces frégates d'escorte sur votre flanc bâbord. Red Leader, ne quittez pas ces intercepteurs Tie.

Leia ne quittait pas des yeux l'écran tactique. Oui, apparemment ça marchait : les Impériaux n'avaient pas envie d'affronter l'artillerie au sol, et ils laissaient les défenseurs des stations se replier vers Coruscant. Ce qui laissait les deux stations en position de danger, mais apparemment plus résistantes qu'elle ne l'avait cru. Et le Grand Amiral saurait bien se replier quand la flotte du secteur interviendrait.

– Général Bel Iblis? appela l'un des officiers de service des stations. Nous recevons une lecture bizarre du hangar du *Chimaera*.

– Oui? fit Bel Iblis.

– Il semble que les rayons tracteurs aient été réactivés, dit l'officier en montrant l'un des points multicolores dessinés sur la silhouette du superdestroyer. Mais l'énergie absorbée est bien trop importante.

– Est-ce qu'il est possible qu'ils engagent un escadron complet de chasseurs Tie? suggéra Leia.

– Je ne le pense pas, répondit l'officier. Parce que pour autant que nous puissions le dire pour l'instant, c'est que rien n'a quitté le hangar.

Leia sentit Bel Iblis se roidir.

– Calculez le vecteur d'évacuation. A tous les vaisseaux : focalisez vos senseurs sur cette trajectoire pour toute émission porteuse. Je pense que le *Chimaera* vient de lancer un vaisseau sous manteau-bouclier.

Quelqu'un poussa un juron. Et Leia, en regardant le moniteur visuel principal, sentit sa gorge se serrer : elle se souvenait de cette brève conversation qu'elle et Yan avaient eue avec l'amiral Ackbar. Ackbar avait réussi à la convaincre que les propriétés d'aveuglement-double du manteau-bouclier étaient bien trop dangereuses pour en faire une arme efficace. Mais si Thrawn avait trouvé le moyen de contourner ce problème...

– Ils tirent à nouveau, annonça l'officier responsable du senseur. Sans répit...

– Même chose pour le *Tête de la Mort*, confirma un autre officier.

– Signalez aux stations de bataille de suivre les vecteurs pour riposter, ordonna Bel Iblis. Aussi près que possible des superdestroyers. Il faut que nous sachions ce que Thrawn prépare.

Au même instant, un éclair jaillit sur l'écran. L'une des frégates d'escorte qui se trouvaient sur le premier vecteur de projection venait de s'embraser et tourbillonnait follement dans un jaillissement de gaz incandescents en poupe.

– Collision ! hurla une voix. La frégate *Evanrue* – impact avec un objet inconnu !

– Impact ? répété Bel Iblis. Ce n'était pas un tir de turbolaser ?

– La télémétrie confirme un impact physique !

L'*Evanrue* tentait de reprendre son plan de vol dans un nuage de gaz flamboyants.

– Les manteaux-boucliers sont censés être doublement aveugles, dit Leia. Comment manœuvrent-ils ?

– Ils ne le sont peut-être pas, fit Bel Iblis d'un ton lourd. Tactique : donnez-moi un nouveau tracé à partir du point d'impact de l'*Evanrue*. Postulat : objet inerte. Calculez la vélocité d'impact par rapport à la distance du *Chimaera*. Et n'oubliez pas le facteur de champ gravifique local. Transmettez la localisation probable au *Harrier* et donnez-lui l'ordre d'ouvrir le feu dès qu'il aura les coordonnées.

– Oui, amiral, confirma l'un des lieutenants. Transmission commencée à destination du *Harrier*.

Bel Iblis leva soudain la main.

– Modifiez les dernières instructions. Ordonnez au *Harrier* de n'utiliser que son canon ionique – je répète : uniquement son canon ionique. Pas de turbolasers.

Leia le regarda en fronçant les sourcils.

– Vous essayez de vous emparer de ce vaisseau intact?

– Oui, j'essaie de le capturer. Mais je ne pense pas qu'il s'agisse d'un vaisseau.

Bel Iblis se tut. Et, sur l'écran, le *Harrier* déclencha le feu de son canon ionique.

Thrawn avait prévu la riposte du cuirassé, se dit Pellaeon, surpris, mais pas avec son seul canon ionique.

– Amiral?

– Je vois, capitaine... Très intéressant – notre vieil adversaire corellien est bien installé au commandement. Mais, jusqu'à présent, nous le menons par le bout du nez.

Pellaeon acquiesça, comprenant enfin.

– Il tente de neutraliser le manteau de l'astéroïde.

– Il espère le capturer intact. (Thrawn pianota sur sa console.) Batteries turbolasers avant : repérage et visée de l'astéroïde numéro un. Ne tirez que sur mon ordre.

Pellaeon se pencha sur son écran. Le cuirassé avait trouvé sa cible. Ses rayons ioniques se perdaient autour du manteau-bouclier qui ne résisterait guère plus longtemps...

Brusquement, les étoiles de ce secteur spatial furent éclipsées. Le temps de quelques battements de cœur, il n'y eut plus qu'une obscurité opaque. Puis, tout aussi soudainement, l'astéroïde démasqué apparut.

Les tirs de rayons ioniques cessèrent.

– Turbolasers : tenez-vous prêts, lança Thrawn. Je veux qu'ils profitent un peu du spectacle d'abord... Maintenant... Feu!

Pellaeon se tourna vers la baie. Les traits de feu vert convergeaient sur la cible. Une seconde après, un éclair creva l'espace. Puis un autre, et un autre encore...

– Cessez le feu, dit Thrawn avec une satisfaction évidente. Laissons-leur quand même quelque chose. Batteries du hangar : statut du tir...

– Nous en sommes à 72, amiral, répondit un ingénieur à la voix quelque peu tendue. Mais le feedback du circuit de dérivation est dans le blanc. Nous ne pourrons maintenir ces tirs à sec sans griller le shunt ou le projecteur lui-même.

– Coupez les tirs à sec, et transmettez l'ordre aux autres unités. A combien de tirs en sommes-nous, capitaine?

Pellaeon consulta ses chiffres.

– 287.

– Je suppose que l'ensemble des vingt-deux astéroïdes est passé?...

– Oui, amiral. La plupart dans les deux premières minutes. Quoiqu'il soit impossible de savoir s'ils ont suivi les orbites prescrites.

– Peu importe. Ce qui compte, c'est qu'ils se trouvent dans l'espace au large de Coruscant.

Pellaeon sourit. Oui, ils étaient bien là... sauf qu'ils ne représentaient qu'une fraction du nombre que les Rebelles avaient dû estimer.

– Et à présent, amiral? Nous nous retirons?

– Oui, nous nous retirons, confirma Thrawn. Pour le moment, du moins, Coruscant échappe à la guerre.

Drayson hocha la tête à l'intention du colonel en charge des opérations et rejoignit le petit groupe qui l'attendait à quelque distance des consoles.

– Nous avons les derniers chiffres, dit-il d'une voix creuse. Mais on ne peut en être certain avec tous les débris laissés par la bataille. Néanmoins, ça se monterait à... 287.

– 287? répéta le général Rieekan, d'un air abattu.

– Oui, c'est le chiffre exact, confirma Drayson en posant sur Bel Iblis un regard furieux. Et maintenant?

Comme si, songea Leia, il le rendait responsable de cette situation.

Bel Iblis se frotta la joue d'un air songeur.

– D'abord, je ne pense pas que la situation soit aussi précaire que cela, dit-il. Je sais ce que coûtent ces manteaux-boucliers, et je n'imagine pas Thrawn en train de gaspiller la somme nécessaire à trois cents astéroïdes. Surtout si l'on considère qu'un nombre largement inférieur suffirait à la tâche.

– Vous pensez que les autres rayons tracteurs étaient simulés? demanda Leia.

– Impossible, protesta Rieekan. J'avais l'écran du senseur sous les yeux. L'énergie était réelle.

Bel Iblis fixa Drayson.

– Amiral, vous en connaissez plus qu'aucun de nous sur les superdestroyers, non?... Est-ce que ce serait réalisable?

Drayson se concentra, son orgueil professionnel dominant un instant son animosité.

– Oui, ce serait possible. On pourrait activer un shunt en feedback à partir du projecteur de rayon tracteur, ou d'un capacitor d'éclair, ou encore d'un dissipateur d'énergie. Où que ce soit sur le vaisseau. Ce qui peut permettre de déployer une énorme quantité d'énergie détectable par le projecteur sans résultat réel.

– Est-il possible de faire la différence entre une telle manœuvre et un véritable lancement d'astéroïde? demanda Mon Mothma.

– A cette distance? Non.

– Le nombre de ces astéroïdes n'a presque aucune importance, intervint Rieekan. A terme, leurs orbites vont décroître et à chaque chute correspondra un désastre. Aussi longtemps que nous n'en serons pas débarrassés, nous ne pouvons courir le risque d'abaisser le bouclier planétaire.

– Le problème est justement de les localiser, ajouta Drayson. Et comment savoir que nous les aurons tous récupérés?

Du coin de l'œil, Leia surprit un mouvement : le colonel Bremen venait de se joindre à eux, le visage tendu.

– Je le répète, dit Bel Iblis, ça pourrait être plus grave. La flotte du secteur pourra remplacer la station de relais extraorbitale en quelques heures et nous serons au moins en mesure de diriger la défense à partir d'ici.

– Et aussi d'émettre un message d'alerte à tous les mondes, dit Bremen. Mara Jade s'est évadée.

Mon Mothma retint son souffle.

– Et comment?...

– On l'a aidée. Le droïd de garde a été désactivé. Avec un verrou de neutralisation bricolé sur place et qui a aussi effacé une partie de sa mémoire.

– Ça s'est passé il y a combien de temps? demanda Rieekan.

– Il y a quelques heures. Nous avons renforcé le dispositif de sécurité : nous craignions des sabotages pendant l'attaque impériale.

– C'est sans doute leur plan, dit Bel Iblis. Avez-vous fait boucler le Palais?

– Comme un coffre de contrebandier, grogna Bremen. Mais je ne pense pas qu'ils soient encore dans le coin.

– Il faut nous en assurer, dit Mon Mothma. Colonel, je veux que vous fassiez fouiller le Palais de fond en comble.

Bremen se redressa.

– A vos ordres.

Leia rassembla tout son courage, sachant bien que ce qu'elle allait dire ne leur plairait guère. Et elle arrêta Bremen à l'instant où il se détournait.

– Mara n'est plus ici, dit-elle.

Tous les regards convergèrent sur elle.

– Comment le savez-vous? demanda enfin Bel Iblis.

– Parce qu'elle a quitté Coruscant cette nuit même. En compagnie de Yan et de Luke.

Un long silence s'ensuivit.

– Je me demandais pourquoi Yan Solo ne vous avait pas accompagnée ici, fit Bel Iblis. Souhaitez-vous nous expliquer ce qui se passe?

Leia hésita. Mais elle était certaine qu'aucun de ses interlocuteurs n'était en relation avec la Source Delta.

– Mara croit savoir où se trouve la fabrique de clones de l'Empire. Nous avons pensé qu'il était de notre intérêt de l'envoyer là-bas avec une équipe réduite.

– *Nous*? aboya Drayson. Et qui recouvre ce *nous*?

Leia le fixa droit dans les yeux.

– Ma famille et les amis les plus proches. Les seules personnes dont je sois certaine qu'elles ne livrent pas des informations à l'Empire.

– C'est une insulte inadmissible!

– Ça suffit, amiral, trancha Mon Mothma avec un calme que démentait son regard. Les réprimandes, s'il y a lieu, seront pour plus tard. Le fait est que ces personnes sont en route et qu'il nous appartient de décider comment les aider... Leia?...

– La chose primordiale est de faire croire que Mara se trouve encore ici, dit Leia. Elle m'a dit qu'elle n'avait été sur Wayland qu'une seule fois et qu'elle ne pouvait estimer combien de temps il lui faudrait pour en retrouver le chemin. Plus le temps passe, plus l'Empire est à même de renforcer ses dispositifs.

Mon Mothma demanda alors :

– Mais s'ils retrouvent Wayland, que se passera-t-il alors?

– Ils essaieront de détruire la fabrique de clones.

– A eux seuls? demanda Drayson après un instant de silence.

– A moins que vous n'ayez une flotte à leur prêter.

Mon Mothma secoua la tête.

– Leia... Vous n'auriez jamais dû faire cela sans consulter le Conseil.

– Si j'avais fait appel devant le Conseil, Mara pourrait être morte à l'heure qu'il est, dit Leia d'un ton sans appel. Si l'Empire avait appris qu'elle était capable de retrouver Wayland, il aurait envoyé un autre commando dont le but n'aurait pas été de la discréditer simplement...

– Le Conseil est au-dessus de tout soupçon, fit Mon Mothma, d'un ton soudain glacial.

– Ainsi que les aides? répliqua Leia. Les tacticiens, les officiers d'intendance et les bibliothécaires? Si j'avais proposé une attaque de Wayland au Conseil, tous ces gens auraient été au courant.

– Et bien d'autres encore, appuya Bel Iblis. Mon Mothma, elle a raison sur ce point.

– Je ne cherche pas de coupables, dit calmement Mon Mothma. Ni à défendre tel ou tel lobby de pouvoir. Ce qui me préoccupe, c'est la possibilité que tout cela ne soit qu'un stratagème, Leia... qui pourrait coûter la vie à votre époux et à votre frère.

– Nous y avons pensé, dit Leia. Mais nous avons décidé que cela méritait de courir un tel risque. Et nul autre ne pouvait se charger de cette mission.

Mon Mothma se tourna vers Bremen.

– Il est nécessaire que vous vous entreteniez avec tous ceux qui sont au courant de la disparition de Mara Jade, colonel. Si nous parvenons à localiser Wayland, nous pourrons envisager d'envoyer des renforts.

– En supposant qu'il ne s'agit pas d'un piège, ajouta Drayson, l'air hostile.

– Certes, fit Mon Mothma en évitant le regard de Leia. Pour l'heure, c'est tout ce que nous pouvons faire. Il faut nous concentrer sur les problèmes immédiats de Coruscant : la défense et ces astéroïdes sous manteaux-boucliers. Général Bel Iblis...

Une main effleura l'épaule de Leia et elle se retourna pour découvrir Ghent.

– C'est terminé? lui demanda-t-il à voix basse.

– La bataille, oui.

Elle consulta du regard Mon Mothma et les autres. Ils étaient lancés dans une discussion fébrile à propos des astéroïdes, mais l'un ou l'autre ne tarderait pas à s'apercevoir de la présence illicite de Ghent.

– Venez, lui dit-elle en l'attirant vers la sortie. Je vous en dirai plus long quand nous serons à l'extérieur. Que pensez-vous des codes de combat des Impériaux?

– Oh, ils sont parfaits. Mais les types ne m'ont pas laissé faire grand-chose. Je ne connais pas leurs machines aussi bien qu'eux. Et puis, ils étaient lancés dans une espèce d'exercice idiot.

Leia sourit. Le meilleur et le plus subtil des exercices de décryptage dont les experts de la Nouvelle République étaient capables : idiot pour le jeune Ghent.

– Vous savez, les gens tombent souvent dans la routine, dit-elle très diplomatiquement. Je pourrai peut-être me débrouiller pour que vous puissiez parler à la personne qui dirige les opérations afin de lui proposer des suggestions.

Ghent agita la main.

– Non, non. Les militaires n'apprécieraient pas la façon dont je m'y prends. Même Karrde est agacé, quelquefois. A propos, vous êtes au courant pour cet émetteur à impulsions qui fonctionne dans le coin?...

– Celui qu'utilise la Source Delta? fit Leia en hochant la tête. Le contre-espionnage a essayé de le localiser depuis le début. Mais il paraît qu'il s'agit d'une sorte de fréquence croisée à phase alternative ou je ne sais quoi, et ils ne sont parvenus à rien.

– Oh... (Ghent mit quelques secondes à digérer ça.) Ma foi, c'est un problème technique. Je n'y connais pas grand-chose.

– Il n'y a pas de mal. Je suis persuadée que vous saurez vous rendre utile d'une autre manière.

– Oui. (Il sortit une carte de données de sa poche.) En attendant... prenez ça.

– C'est quoi?

– Le code d'encryptage de l'émetteur à impulsions.

Elle s'arrêta net.

– Le *quoi*?

Ghent s'était également arrêté, avec un regard totalement innocent.

– Le code d'encryptage que ce machin à fréquences croisées utilise. J'ai fini par le craquer.

Elle ne le quittait pas des yeux.

– Comme ça? Vous l'avez craqué... comme ça?

Il haussa les épaules.

– Oui, on peut le dire. Mais, vous savez, je travaille dessus depuis un mois.

Leia regarda la carte avec un sentiment étrange et presque désagréable.

– Est-ce que quelqu'un sait que vous avez cela? demanda-t-elle aussi calmement que possible.

Il secoua la tête.

– J'ai pensé un moment à la donner à ce colonel qui était là-bas avant de partir mais... il discutait avec quelqu'un.

Le code d'encryptage de la Source Delta... et la Source Delta ne savait pas qu'elle l'avait.

– N'en dites rien à personne. Je répète : *à personne.*

Ghent plissa le front.

– O.K. Je ferai comme vous dites.

– Merci.

Leia glissa la carte de données dans sa poche. La clé de la Source Delta – elle en avait la conviction. Il ne lui restait plus qu'à l'utiliser correctement.

Et vite.

15

La forteresse d'Hijarna tombait en ruine depuis un millier d'années peut-être avant que la Cinquième Expédition Alderaanienne ne la découvre, sentinelle silencieuse et désertée, sur un monde silencieux et désert. Hijarna était une immense étendue de pierre noire et incroyablement dure, située au sommet d'une éminence qui dominait une plaine sur laquelle on trouvait encore les cicatrices profondes d'une destruction absolue. Pour certains, l'énigmatique forteresse était un monument tragique, le dernier rempart d'un monde assiégé. Pour d'autres, elle était la cause maléfique et endormie à jamais du siège qui avait dévasté ce monde.

Pour Karrde, momentanément du moins, elle était un refuge où il se sentait chez lui.

Gillespee posa les pieds sur la console de communications auxiliaires, regarda autour de lui et commenta :

– Une chose est sûre, Karrde : tu sais comment dénicher ce genre d'endroit. Mais comment tu as fait pour celui-là?

– Il est mentionné dans les vieilles archives, dit Karrde sans quitter son écran sur lequel défilait le programme de décryptage. Une carte stellaire apparut enfin, accompagnée d'une brève légende.

– Le rapport de Clyngunn? demanda Gillespee.

Karrde retira la carte de données.

– Oui. Pour ce qu'il vaut.

– Il n'y a rien?

– Si. Beaucoup de choses. Mais pas le moindre signe d'un trafic de clones sur Poderis, Chazwa ou Joiol.

Gillespee se redressa.

– C'est comme ça. (Il s'approcha du panier de fruits que

quelqu'un avait déposé sur la table et prit un fruit de driblis.) On dirait que tout ce que l'Empire a pu manigancer dans le secteur d'Orus s'est volatilisé sans laisser de traces. A supposer qu'il ait manigancé quelque chose.

– Étant donné le manque absolu d'indices, je pencherais pour la seconde hypothèse, en prenant une des cartes expédiées par son contact sur Bespin pour l'insérer dans le lecteur. Il fallait que nous sachions, d'une façon ou d'une autre. Et d'abord, ça nous évite de nous concentrer sur d'autres possibilités.

– Oui, fit Gillespee à regret. Tu sais, Karrde, tout ce truc a été vraiment bizarre. Je veux dire que les contrebandiers ne font pas souvent ce genre de boulot. Et ça n'a pas été payant, d'ailleurs.

– Je t'ai déjà dit que la Nouvelle République nous rembourserait.

– Sauf qu'on a rien à leur vendre. Tu connais beaucoup de gens qui ont été payés pour rien?...

Karrde le fixa d'un regard noir. Gillespee avait sorti un couteau à l'aspect menaçant et se taillait tranquillement une tranche de driblis.

– Il ne s'agit pas tant d'être payé que de survivre face à l'Empire.

Gillespee mâchonna un instant avant de répondre.

– C'est peut-être vrai pour toi. Tu peux te permettre de laisser tomber le boulot pendant un certain temps, toi. Mais nous on a des feuilles de paye à respecter, des frais de carburant. Quand l'argent n'arrive plus, tu sais, nos employés deviennent méchants.

– Donc, ce que vous voulez, c'est de l'argent, hein?

Il sentit la tension de Gillespee.

– Moi, je veux de l'argent, oui. Les autres veulent laisser tomber.

A bien y réfléchir, se dit Karrde, ce n'était pas une issue surprenante. L'incident du Tourbillon du Siffleur commençait à s'effacer des mémoires et ils retrouvaient tous leurs bonnes vieilles habitudes.

– L'Empire reste un danger, insista-t-il.

– Pas pour nous, trancha Gillespee. Depuis l'histoire de Trogan, il ne s'intéresse plus à nous. Ils ne se sont même pas inquiétés de nous voir fureter dans le secteur d'Orus. Ils ne sont même pas tombés sur Mazzic pour cette expédition dans les chantiers de Bilbringi.

– Ils nous ignorent, en attendant d'autres provocations. Et pour toi, c'est ça la sécurité?

– Je ne sais pas. Je partage pour moitié l'opinion de Brasck, à savoir que si nous ne nous occupons pas de l'Empire, il nous laissera en paix. Mais je ne peux pas non plus m'empêcher de penser à cette armée de clones que Thrawn a employée pour me chasser d'Ukio. Et il m'arrive de me dire que s'il ne s'occupe pas de nous en ce moment, c'est parce qu'il est bien trop occupé avec l'Empire.

Karrde secoua la tête.

– Thrawn n'est jamais occupé au point d'abandonner la poursuite quand il veut vraiment quelqu'un. S'il nous ignore, c'est parce qu'il sait justement que c'est le meilleur moyen d'apaiser toute opposition de notre part. Il va sans doute nous proposer des contrats de transport particuliers comme si nous étions redevenus les meilleurs amis de la galaxie.

Gillespee lui décocha un regard acéré.

– Tu as parlé à Par'tah?

– Non. Pourquoi?

– Elle m'a dit il y a deux jours qu'on lui avait proposé un contrat pour acheminer des moteurs subluminiques jusqu'aux chantiers impériaux d'Ord Trasi.

– Et elle a accepté?

– Elle a dit qu'elle voulait réfléchir à la chose dans le détail. Mais tu connais Par'tah : elle a toujours été limite sur le plan financier. Et elle ne peut sans doute pas se permettre de dire non.

Karrde revint à son écran avec un goût aigre dans la bouche.

– Je ne peux pas lui en vouloir. Et les autres?...

Gillespee s'agita, mal à l'aise.

– Je te l'ai dit : on perd de l'argent. Et il faut en faire rentrer.

Karrde se leva. La coalition qu'il avait tenté tant bien que mal de former s'effondrait. Et l'Empire n'avait pas eu à tirer une salve.

– Je suppose que je dois agir seul désormais. Merci pour ton appui. Je suis persuadé que tu es maintenant pressé de te remettre au travail.

– Non, Karrde, ne sois pas aussi susceptible, protesta Gillespee en achevant de croquer son fruit. Tu as raison : cette histoire de clones est grave. Si tu veux m'emprunter mes vaisseaux et du personnel, je serai heureux de te rendre service. Mais on ne peut plus faire tout ça gratis. Tu nous tiens au courant, d'accord?

Il se tourna vers la porte...

– Une minute, lança Karrde.

Une pensée plutôt audacieuse venait de lui venir.

– Supposons que je trouve un moyen de garantir le financement de chacun. Tu penses que les autres resteraient, dans ce cas?

Gillespee l'épia d'un air soupçonneux.

– Karrde, n'essaie pas de m'avoir. Tu n'as pas autant d'argent.

– Non. Mais la Nouvelle République, si. Et, vu la situation présente, je ne pense pas qu'ils verraient un inconvénient à inscrire quelques unités de combat supplémentaires sur leurs bulletins de paiement.

– Hon, hon. (Gillespee secoua la tête.) Désolé, mais jouer les corsaires, ça n'est pas dans mon style.

– Même si tu es uniquement chargé de rassembler des informations? Rien de plus que ce que tu viens de faire dans le secteur d'Orus.

– La vie rêvée, quoi, ricana Gillespee. Si l'on oublie un petit problème : comment trouver dans la Nouvelle République quelqu'un d'assez stupide pour verser des primes de corsaires à des petits fureteurs...

Karrde souriait.

– A vrai dire, je n'envisageais pas de leur faire gaspiller leur précieux temps à leur expliquer où est leur intérêt. Est-ce que tu as déjà rencontré mon associé Ghent?

Un instant, Gillespee le fixa en silence, l'air perplexe. Puis, comprenant soudain, il s'exclama :

– Tu n'oserais pas!

– Pourquoi pas? Bien au contraire, ce serait leur rendre un grand service. Pourquoi s'encombreraient-ils la vie avec des problèmes sordides de comptabilité alors qu'ils essaient de se sortir d'une guerre?

– Oui, et puis, après tout, il faudra bien qu'ils paient quand nous aurons mis la main sur ce centre de clonage...

– Exactement. Considérons cela comme un simple à-valoir pour service rendu.

– Il vaudrait quand même mieux qu'ils ne l'apprennent pas avant qu'on ait terminé le travail. La question qui se pose est : comment Ghent va-t-il s'y prendre pour soutirer ces sommes?

– Facilement. Tout particulièrement depuis qu'il se trouve dans le Palais Impérial de Coruscant. J'avais l'intention d'aller y faire un tour pour récupérer Mara, de toute façon. Il n'aura tout simplement qu'à craquer les données d'une flotte du secteur et nous inscrire sur le registre des soldes.

Gillespee souffla bruyamment.

– Oui, j'admets que ça paraît possible, je te l'accorde. Mais je ne sais pas si ça suffira à ramener les autres.

– Disons qu'on n'aura qu'à leur poser la question, fit Karrde en retournant à son bureau. On les invite dans... disons quatre jours?...

Gillespee haussa les épaules.

– Essayons. Qu'est-ce qu'on a à perdre?

Karrde redevint grave.

– Avec le Grand Amiral Thawn, dit-il, ce n'est pas une question que l'on risque à la légère.

La brise du soir sifflait entre les murailles effondrées et les colonnes de pierre noire de l'antique forteresse. Elle susurrait doucement, parfois, dans les crevasses et les trous. Adossé à un pilier, Karrde dégustait son café en observant l'ultime faucille du soleil qui sombrait à l'horizon. En bas, dans la plaine, les dernières ombres qui s'étiraient sur les cicatrices du sol commençaient à s'estomper dans l'ombre qui, inexorablement, se déployait sur le paysage.

Une image assez symbolique de cette guerre galactique par laquelle Karrde avait fini par être happé.

La situation était merveilleusement absurde. Il en était là, lui, le contrebandier calculateur, intelligent, égoïste, qui s'était toujours tenu à l'écart des remous politiques. Qui, en plus, s'était toujours juré de ne pas mêler les siens au conflit. Et maintenant, il était en plein milieu.

Et il luttait même pour convaincre ses pareils de se joindre à lui.

Il secoua la tête, vaguement irrité. C'était plus ou moins la même chose qui s'était passée pour Yan Solo, durant la grande bataille de Yavin. Il se rappelait qu'il s'était amusé de voir Solo se rapprocher peu à peu de l'Alliance Rebelle, d'accepter des missions et des responsabilités. Parce que, une fois qu'on était pris dans le filet, ça n'était pas aussi drôle que vu de l'extérieur.

Un bruit de pas sur le gravier l'arracha à ses réflexions. Il porta la main à son blaster. Il n'attendait personne à cette heure.

– Sturm? appela-t-il. Drang?

Le ronronnement familier lui répondit et il eut un soupir de soulagement.

– Par ici.

Mais le vornskr bondissait déjà entre les piliers dans sa direction, le museau au ras du sol, agitant frénétiquement son bout de queue. C'était sans doute Drang, décida Karrde. Le plus sociable des deux. Et puis Sturm avait tendance à prolonger ses repas.

Le vornskr s'arrêta devant lui avec un autre de ses bizarres ronronnements secs. Karrde y décela une note de tristesse tandis que l'animal posait son museau au creux de sa paume. Oui, c'était bien Drang.

– Oui, tout est très calme, dit Karrde, en grattant les points sensibles, derrière ses oreilles. Mais les autres vont revenir bientôt. Ils sont juste allés inspecter les vaisseaux.

Drang émit un autre ronronnement craquant avant de s'affaler à demi auprès du siège de son maître, balayant de son regard vif la plaine sombre.

– Mais oui, il ne se passe rien, fit Karrde en passant les doigts dans son pelage. Qu'est-ce qui a pu se produire ici, hein?...

Drang ne réagit pas. Karrde baissa les yeux sur le dos musculeux et élancé de cet étrange prédateur qu'il avait décidé un jour – avec un rien de désinvolture et d'arrogance – de domestiquer. Quand il y repensait, il se disait qu'il aurait dû y réfléchir à deux fois avant de jouer avec des animaux qui étaient les seuls, dans toute la galaxie, à chasser grâce à la Force.

La conclusion était absurde, à bien y réfléchir. La sensibilité à la Force, nul n'en avait jamais vraiment entendu parler avec certitude. Les Gotal la possédaient sous une forme complètement inutile, et certaines rumeurs prêtaient ce pouvoir aux Duinuogwuin. Pour ne citer que deux races. Mais il s'agissait d'êtres évolués, intelligents. L'usage de la Force chez des animaux était une chose nouvelle.

Mais Karrde avait tiré ses conclusions de tous les événements survenus dans les derniers mois. Ses vornskrs avaient réagi dès l'apparition de Luke Skywalker à la base de Myrkr. Il en avait été de même avec Mara, à bord du *Wild Karrde*, peu de temps avant que son instinct ne les sauve du croiseur impérial Interdictor. Et les vornskrs sauvages des forêts de Myrkr avaient réagi avec infiniment plus de violence au passage de Mara et de Skywalker durant leur périple de trois jours.

Skywalker était un Jedi. Mara, elle, avait révélé quelques talents de Jedi. Et, finalement, l'existence de ces bulles bizarres insensibles à la Force que produisaient les ysalamari de Myrkr n'était sans doute que la preuve d'un moyen de défense ou de camouflage contre les prédateurs.

Brusquement, Drang leva le mufle et redressa à demi les oreilles. Karrde écouta la nuit et perçut enfin le bruit discret de la navette qui redescendait.

– Tout va bien, dit-il au vornskr. C'est seulement Chin et les autres qui reviennent.

Karrde, soudain, se sentit très seul. Il se leva.

– Viens, Drang. Il est temps de rentrer.

La navette se posa dans le hangar du *Chimaera*. Les valves sifflèrent au-dessus des commandos qui se plaçaient rapidement en position de part et d'autre de la coupée. Pellaeon demeura au côté de Thrawn, grimaçant dans l'odeur des patins de freinage en se disant qu'il aurait bien aimé savoir ce que le Grand Amiral mijotait encore.

Quoi que ce fût, il avait le pressentiment que ça ne lui plairait guère. Thrawn pouvait toujours dire que les contrebandiers étaient prévisibles. Pour lui, sans doute. Mais Pellaeon avait eu largement sa part de tourments avec les racailles de la Frange et jamais il ne les avait vues respecter un accord.

Encore moins un *accord* qui avait commencé par un raid d'une audace rare sur un chantier de l'Empire.

La rampe de coupée toucha le sol, le chef des commandos hocha la tête et, flanqué de deux soldats en noir, le prisonnier descendit.

– Ah... capitaine Mazzic! l'interpella Thrawn d'une voix aimable. Soyez le bienvenu à bord du *Chimaera*. Je m'excuse de cette convocation plutôt théâtrale et des problèmes qu'elle a pu vous poser dans votre calendrier professionnel. Mais, voyez-vous, il est des sujets dont on ne peut discuter que face à face.

– Très drôle, grinça Mazzic.

En parfait contraste, se dit Pellaeon, avec le portrait suave de séducteur qu'en donnaient les fichiers des Renseignements. Mais le seul fait de savoir que l'on allait être interrogé par l'Empire suffisait à ôter tout vernis civilisé à un homme normal.

– Comment m'avez-vous retrouvé?

– Allons, capitaine. Avez-vous sérieusement pensé un instant que vous pouviez vous cacher alors que je souhaitais votre présence?

– Karrde y est bien parvenu, rétorqua Mazzic. (Il essayait de garder la tête haute, mais ses mains s'agitaient nerveusement sous les menottes.) Parce que vous ne l'avez toujours pas pris, n'est-ce pas?

– Son heure viendra, fit Thrawn d'un ton nettement rafraîchi. Mais nous sommes là pour parler de vous.

– Oui, et je sais que vous êtes impatient, grommela Mazzic. Eh bien, allons-y.

Thrawn haussa légèrement les sourcils.

– Vous ne me comprenez pas, capitaine. Vous n'êtes pas ici pour vous voir infliger un châtiment. Mais parce que je désire clarifier la situation entre nous.

– Mais de quoi parlez-vous? demanda Mazzic d'un ton soupçonneux.

– De ce récent incident survenu aux chantiers de Bilbringi. Non, ne niez pas : je sais que c'est vous et Ellor qui avez détruit le superdestroyer en cours d'achèvement. Pour un tel acte, l'Empire ferait payer un prix très élevé. Cependant, les circonstances sont particulières, et je suis prêt à oublier.

– Je ne comprends pas.

– C'est très simple, capitaine. (Thrawn fit un geste, et l'un des soldats entreprit d'ôter les menottes de Mazzic.) Ce raid sur Bilbringi constituait une vengeance à la suite d'une agression similaire commise contre vous lors d'une réunion sur Trogan. Parfait. Mais ni moi ni aucun autre officier supérieur n'avait ordonné cette attaque. En fait, le commandant de la garnison avait des ordres explicites pour vous laisser en paix.

Mazzic se redressa.

– Et vous espérez que j'avale ça?

Les yeux de Thrawn brasillèrent.

– Parce que vous me considérez comme assez incompétent pour lancer une force d'intervention au sol par erreur?

Mazzic semblait réfléchir, tout en conservant son attitude hostile.

– J'ai toujours eu le sentiment que nous nous en étions tirés trop facilement, marmonna-t-il enfin.

– Alors, nous nous comprenons. Et la question est réglée. Le commandant de cette navette a des instructions pour vous reconduire jusqu'à votre base. (Un sourire effleura ses lèvres.) Disons plus précisément jusqu'au refuge que vous avez trouvé sur Lelmra. Une fois encore, je vous présente mes excuses pour les ennuis que je vous ai causés.

Mazzic regarda autour de lui, partagé entre l'idée d'un piège et un espoir presque douloureux.

– Et je suis censé vous croire?

– Mais vous pouvez croire ce que vous voulez, dit Thrawn. Cependant... souvenez-vous que je vous avais entre mes mains... et que je vous ai laissé repartir. Bonsoir, capitaine.

Il se détourna et Mazzic lança :

– Mais alors, qui étaient-ils? Si ce n'étaient pas des Impériaux, je veux dire?...

– Mais il s'agissait bien de soldats de l'Empire. Nos

recherches ne sont pas encore terminées, mais il semble que le lieutenant Kosk et ses hommes essayaient de se faire un petit peu d'argent en extra.

Mazzic le fixa.

– Quelqu'un les aurait *payés* pour nous attaquer? Des soldats de l'Empire?

– Même les soldats de l'Empire peuvent être soudoyés, lâcha Thrawn, avec un accent de mépris amer qui semblait vraiment sincère. Dans le cas présent, ils ont payé cette trahison de leurs vies. Soyez assuré que la ou les personnes responsables paieront de même.

– Vous savez de qui il s'agit?

– Je le crois, oui. Mais, pour l'heure, je ne dispose d'aucune preuve.

– Donnez-moi quand même un indice.

Thrawn eut un sourire sardonique.

– Capitaine, trouvez vous-même les indices. Bonsoir.

Thrawn s'éloigna vers l'arche qui accédait aux zones de service. Pellaeon, lui, s'attarda encore un instant pour voir Mazzic remonter à bord de la navette, puis rejoignit son amiral.

– Vous pensez lui en avoir donné suffisamment, amiral? demanda-t-il.

– C'est de peu d'importance, capitaine. Nous lui avons en tout cas donné tout ce qui était nécessaire. Et si Mazzic n'est pas assez subtil pour accuser Karrde, l'un des autres contrebandiers le fera. Dans tous les cas, il vaut mieux offrir trop peu que trop. Certaines personnes ne se fient jamais aux informations gratuites.

La navette quittait le pont pour s'enfoncer dans l'espace. Et un personnage souriant surgit de derrière l'arche.

– Bien joué, amiral, dit Niles Ferrier en roulant son cigarra entre ses lèvres. Vous l'avez complètement embobiné. Il va se creuser les méninges pendant un certain temps.

– Merci, Ferrier, fit Thrawn d'un ton cassant. J'apprécie vos compliments.

Une seconde, le sourire de Ferrier s'estompa, puis il demanda :

– D'accord. Et quelle sera notre prochaine manœuvre?

Thrawn cilla devant le *notre*, mais il laissa passer.

– Karrde a émis une série de messages la nuit dernière, dont un que nous avons intercepté. Nous le décryptons, mais il ne peut s'agir que d'une invitation à une nouvelle réunion. Lorsque nous aurons le lieu et l'heure, nous vous les donnerons.

– Et j'aiderai Mazzic à accuser Karrde.

– Absolument pas. Vous resterez bien tranquille et vous vous tairez.

Ferrier accusa le coup.

– Bon. D'accord.

– Mais, en revanche, ce que vous allez faire, poursuivit Thrawn, c'est vous assurer qu'une certaine carte de données a été transmise à Karrde. Il vaut mieux que ça se passe à bord de son vaisseau – c'est probablement là que Mazzic cherchera d'abord.

Obéissant à un signe, un officier s'avança et tendit une carte à Ferrier.

– Ah, fit le voleur de vaisseaux d'un air amusé. Oui, je saisis... C'est l'enregistrement du marché passé entre Karrde et le lieutenant Kosk, c'est ça?...

– Exact. Si l'on ajoute les preuves que nous avons d'ores et déjà implantées dans le dossier de Kosk, il ne fera aucun doute que Karrde a manipulé les autres contrebandiers. J'espère que l'ensemble fonctionnera.

– Oui, parce que c'est une sacrée bande de coquins, commenta Ferrier en retournant la carte entre ses doigts tout en tirant sur son cigarra. Bon. Donc, tout ce que j'aurai à faire, c'est de me retrouver sur le *Wild Karrde.*

Il s'interrompit devant l'expression de Thrawn.

– Non. Au contraire, vous vous tiendrez aussi loin que possible de son vaisseau et de ses installations au sol. En fait, ne vous trouvez jamais seul dès que vous serez à l'intérieur de la base de Karrde.

Ferrier cligna des yeux.

– Oui, mais...

Il leva la carte, et Pellaeon surprit le soupir tendu de Thrawn.

– Votre Defel... C'est lui qui glissera la carte dans le *Wild Karrde.*

– Oh, oui, je vois... Personne ne pourra le surprendre, lui.

– Ce serait préférable, en effet, dit Thrawn d'un ton glacial. Car je n'ai pas oublié le rôle qui a été le vôtre dans la mort du lieutenant Kosk et de ses hommes. Vous avez une dette envers l'Empire, Ferrier. Il faut la rembourser.

Derrière sa barbe, le visage de Ferrier était soudain blême.

– Je comprends, amiral.

– Parfait. Vous resterez à bord de votre vaisseau jusqu'à ce que la section de décryptage localise Karrde. Ensuite, vous pourrez vaquer à votre guise.

– Certainement, dit Ferrier en glissant la carte de données dans sa tunique. Et quand ils se seront occupés de Karrde, qu'est-ce que je ferai?

– Ensuite... vous serez libre de poursuivre vos affaires. Et quand j'aurai à nouveau besoin de vous, je vous appellerai.

– Bien entendu.

Et Thrawn lut sur le visage du contrebandier qu'il commençait seulement à comprendre l'importance de sa dette envers l'Empire.

16

C'était un monde vert et bleu, tacheté de blanc, très semblable à tous ceux que Yan avait abordés depuis des années. A une exception près : il n'avait pas de nom.

Ni de port spatial. Pas de villes, de sites industriels. Pas d'autres vaisseaux.

– C'est lui? demanda-t-il à Mara.

Elle ne répondit pas. Yan se retourna. Elle contemplait la planète.

– Eh bien, c'est elle, oui ou non?

– Oui, fit-elle enfin d'une voix étrangement creuse. Nous y sommes.

– Bien. (Il était encore agacé.) Superbe. Et vous allez nous dire où se trouve cette montagne? Ou bien est-ce qu'on la survole jusqu'à ce qu'on nous tire dessus?

Mara parut s'arracher à une transe.

– Elle se trouve à mi-chemin entre l'équateur et le pôle nord. Près du littoral oriental du continent principal. Elle est isolée, au milieu de prairies et de forêts.

– D'accord.

Yan enregistra l'information en espérant que les senseurs ne les lâcheraient pas au dernier moment. Mara avait fait suffisamment de commentaires ironiques sur le *Faucon* depuis leur départ.

La porte du cockpit coulissa et Lando et Chewbacca entrèrent.

– On est arrivés? demanda Lando. C'est bien elle?

– Oui, c'est bien elle, répondit Mara.

Chewbacca ronfla une question.

– Non, dit Yan en secouant la tête. Pas de transmissions, pas de sources d'énergie.

– Des bases militaires? demanda Lando.
– S'il y en a, je n'ai pas réussi à les détecter.
– Intéressant, murmura Lando en se penchant par-dessus l'épaule de Mara. Je n'aurais pas cru que le Grand Amiral était du genre confiant.
– Initialement, c'était un entrepôt privé, dit Mara d'un ton cassant. Et pas une quincaillerie de l'Empire. Il n'y avait aucun centre de commandement, aucune garnison pour arrêter Thrawn.
– Et ce qu'il a trouvé, quoi que ce soit, est planqué dans la montagne? insista Yan.
– Plus, probablement, quelques patrouilles de terrain à l'extérieur, dit Mara. Mais ils n'ont pas de chasseurs ni d'artillerie lourde à nous opposer.
– Ça va être un changement agréable, grimaça Lando.
– A moins que Thrawn n'ait décidé de mettre en place quelques garnisons entre-temps, dit Yan. Toi et Chewie, vous feriez aussi bien d'armer les batteries quads.
– D'accord.
Yan resta seul avec Mara dans le cockpit, programma un vecteur d'approche général et enclencha un senseur.
– Des problèmes? demanda Mara.
– Sans doute pas. (Il observait les écrans, mais rien de particulier n'était apparu depuis leur approche.) Par deux fois, j'ai cru déceler quelque chose dans ce secteur.
– Calrissian a cru apercevoir quelque chose quand nous avons changé de cap à Obroa-skai, dit Mara. Ça pourrait être n'importe quoi équipé d'un bon senseur furtif.
– Ou un simple écho. Les Fabritechs nous ont causé pas mal de problèmes ces derniers temps.
Mara regarda vers tribord.
– Est-ce que quelqu'un aurait pu nous suivre depuis Coruscant?
– Mais qui pouvait savoir que nous venions là? (Il secoua la tête. Non, tout cela était un effet de son imagination.) Cet entrepôt privé... vous l'avez entièrement visité?
Lentement, Mara se tourna vers lui.
– Non. En fait, je ne suis allée que de l'entrée à la salle du trône, tout en haut. Mais je sais où se trouve la chambre des cyclindres spaarti.
– Et les générateurs?
– Je ne les ai pas vus. Mais je me souviens que le système de refroidissement est dérivé à partir d'un cours d'eau qui coule sur la pente nord-est de la montagne. Et ils sont probablement de ce côté.

Yan se mordit la lèvre.
– Et l'entrée principale est sur le flanc sud-ouest.
– La *seule* entrée, rectifia Mara.
– J'ai déjà entendu ça.
– Mais cette fois, c'est vrai.
– Bon, d'accord.
Il n'insista pas. Avant tout, ils devaient pénétrer dans la place et l'explorer.
Luke entra et Yan jeta un regard en biais à Mara. Elle avait passé le plus clair de son temps à éviter Luke, ce qui n'était pas facile à bord d'un petit cargo comme le *Faucon*. Mais Luke lui avait facilité les choses en se tenant lui aussi à l'écart.
– C'est Wayland, hein? fit Luke en observant la planète.
– Exact. (Mara se leva, se dégagea de son harnais et quitta le cockpit.) Je reviens!
– Vous faites un excellent tandem! commenta Yan.
– Mais c'est vrai, dit Luke en s'installant dans le siège de copilote. Tu aurais dû nous voir sur le *Chimaera* quand nous avons volé au secours de Karrde. C'est rassurant de l'avoir à son côté.
Yan lui jeta un bref regard.
– Sauf quand elle a très envie de t'y enfoncer un couteau.
– Je veux tenter ma chance, fit Luke en souriant. Ça doit encore être un de ces trucs dingues de Jedi.
– Luke, ça n'est vraiment pas drôle, grommela Yan. Tu sais qu'elle n'a pas renoncé à son projet de te tuer. Elle l'a répété à Leia sur Coruscant.
– Ce qui me conforte dans l'idée qu'elle ne le veut pas vraiment. Les gens n'annoncent jamais leurs intentions de meurtre à l'avance. Et surtout pas à la famille de la future victime.
– Et tu es prêt à parier ta vie?
– Mais... je l'ai déjà fait, dit Luke en haussant à demi les épaules.
Le *Faucon* effleurait l'atmosphère et l'ordinateur leur transmit enfin une localisation probable du Mont Tantiss.
– Si tu me poses la question, dit Yan, je te dirai que ce n'est pas le moment de prendre des risques.
Il consulta la projection du senseur. Une approche directe par le sud, décida-t-il, leur permettrait de profiter du couvert de la forêt pour l'atterrissage et le survol de la montagne.
– Des suggestions? proposa Luke.
– Oui, une au moins. (Yan modifia le cap.) On laisse Mara avec le *Faucon* au point d'atterrissage.
– Vivante?

Yan se dit qu'en certains autres moments de sa vie, la question ne lui aurait pas paru forcément ridicule.

– Évidemment. Il y a pas mal de moyens de lui éviter d'avoir des ennuis.

– Tu penses vraiment qu'elle sera d'accord pour qu'on la laisse en arrière?

– Mais personne n'a dit qu'on allait lui demander son avis.

Luke secoua la tête.

– Yan, on ne peut pas faire ça. Il faut qu'elle nous accompagne.

– Jusqu'où?... Jusqu'à ce qu'on ait exploré la fabrique de clones ou jusqu'à ce qu'elle ait essayé de te tuer?

– Je ne sais pas. Les deux, peut-être...

Avant de rejoindre les forces de l'Alliance Rebelle, Yan n'avait jamais beaucoup aimé les forêts. Ce qui ne voulait pas dire qu'il les détestait non plus. Le contrebandier commun ne se sentait guère concerné par les vastes étendues d'arbres. La plupart du temps, les rendez-vous et les livraisons avaient lieu dans de petits spatioports sinistres comme Mos Eisely ou Abregadorae. Les rares fois où une rencontre était prévue en forêt, on laissait le client admirer les arbres sans le quitter des yeux. Le résultat était que, pour Yan, toutes les forêts de la galaxie se ressemblaient plus ou moins.

En se mettant au service de l'Alliance, tout avait changé. Entre Endor, Corstris, Fedje et une dizaine d'autres mondes, il avait appris une dure leçon : aucune forêt ne ressemblait à une autre. Elles avaient toutes des arbres et des plantes différents, des animaux sauvages différents, et elles étaient en général de vrais casse-tête pour le visiteur occasionnel. Désormais, il en savait plus sur les forêts qu'il ne l'aurait désiré.

Et celle de Wayland correspondait parfaitement au modèle de base. Et le premier casse-tête qu'elle lui proposa fut de traverser la couche supérieure de feuillages sans laisser un trou trop repérable par n'importe quel pilote de chasseur Tie. D'abord, il devait trouver une brèche – probablement laissée par un arbre qui était tombé – et ensuite, la manœuvre de base consisterait à basculer le vaisseau sur le flanc, ce qui était nettement plus risqué sous gravité planétaire que dans un champ d'astéroïdes. Un nouveau casse-tête se présenta avec la deuxième voûte d'arbres plus bas, et il en écima quelques-uns avant de réussir à stabiliser le *Faucon* et à le poser en écrasant un lit de broussailles.

– Superbe, commenta Lando tout en se massant les épaules.

– La coupelle du senseur est encore là, en tout cas, protesta Yan.

– Tu risquerais quand même pas de la perdre!

Yan haussa les épaules et pianota sur la console les algorithmes de probables formes de vie.

– Tu m'as dit toi-même que tu ne supporterais même pas une éraflure.

– Parfait, dit Lando d'un air maussade. La prochaine fois, c'est *moi* qui détruirai le générateur de champ et c'est *toi* qui lanceras le *Faucon* en plein cœur de l'Étoile Noire.

En fait, cette perspective n'avait rien d'amusant. Si l'Empire retrouvait la plupart de ses anciennes ressources, Thrawn serait bien capable de reconstruire ces maudites forteresses.

Luke passa la tête dans le cockpit.

– On est prêts, à l'arrière. Ça se présente comment?

Yan consulta les relevés.

– Pas trop mal, on dirait. Il y a un troupeau d'animaux par là, mais ils restent à distance.

– Quelle taille? demanda Lando.

– Et combien? ajouta Luke.

– Je dirais une quinzaine. Pas de quoi s'inquiéter. On va aller jeter un coup d'œil.

Mara, Chewbacca, D2 et 6PO les attendaient à la coupée. 6PO, bizarrement, était muet.

– Bon, dit Yan, je vais aller au-devant avec Chewie. (Il dégaina son blaster.) Vous restez ici et vous vous tenez prêts.

La rampe se déploya vers le bas et se posa dans un craquement de feuilles sèches.

Yan repéra le premier animal alors qu'il n'était pas encore en bas de la rampe. Il était gris, le dos tacheté de blanc, et ne dépassait pas deux mètres du museau à la queue. Il était accroupi contre un arbre, ses petits yeux fixés sur Yan.

Ses dents et ses griffes acérées révélaient sans le moindre doute un prédateur.

Chewbacca émit un ronflement sourd.

– Oui, je l'ai vu. Il doit y en avoir quatorze autres dans les parages.

Le Wookie grommela à nouveau en agitant les bras, et Yan examina plus attentivement l'animal.

– Tu as raison. Il a quelque chose de familier. On dirait un panthac de Mantessa, non?...

Chewbacca grogna négativement.

– On verra plus tard, décida Yan. Luke? Toi et Mara, commencez à décharger le matériel. D'abord les motospeeders. Lando, tu restes en couverture.

Le prédateur ne semblait pas être irrité par la voix de Yan, pour l'instant.

– On y va! lança Lando.

Dans une série de claquements et de cliquetis, les deux premiers motospeeders furent largués, et les répulseurs bourdonnèrent subitement.

Et, dans un craquement soudain de branchages, l'animal bondit.

– Chewie! hurla Yan, dans la fraction de seconde où il fondait sur lui.

Il tira, et le trait de blaster cueillit la bête en plein poitrail. Il se baissa pour éviter le corps pantelant. Chewbacca poussait déjà son cri de bataille et levait son arbalète-laser face à la charge des fauves qui venaient de surgir entre les arbres. Quelqu'un cria depuis la coupée et un autre trait de blaster jaillit.

Du coin de l'œil, Yan entrevit des griffes qui s'abattaient sur lui, trop vite pour qu'il puisse leur échapper.

Il leva le bras devant son visage en écartant la tête à la demi-seconde où la bête le percutait. La douleur fusa dans son torse quand les griffes transpercèrent son blouson de camouflage...

Et, tout à coup, il fut libéré. Il baissa le bras et vit le prédateur qui se préparait à bondir vers le *Faucon*. Il pivota et ouvrit le feu, en même temps qu'on tirait depuis le vaisseau.

Chewbacca grogna un avertissement. Yan, toujours sur le dos, se retourna pour voir trois nouveaux fauves qui bondissaient vers lui. Il en abattit un en quelques tirs, et il réajustait son blaster quand une paire de bottes se planta dans le sol, sous son nez. Les deux derniers furent cueillis en plein bond par le sabrolaser de Luke.

Qui se tenait à demi accroupi, son arme de Jedi vrombissant encore. Chewbacca, lui, était debout de l'autre côté de la rampe, devant trois fauves morts.

Yan se tourna vers le plus proche et l'examina attentivement...

– Fais attention : il y en a encore trois autres là-bas, le prévint Luke.

Yan releva les yeux. Deux d'entre eux au moins étaient visibles, accroupis sous les arbres.

– Ils ne nous inquiéteront pas. Est-ce qu'il y en a un qui a réussi à entrer dans le vaisseau?

– Oui, mais il n'est pas allé très loin, dit Luke. Mais qu'est-ce que tu as fait pour qu'ils attaquent comme ça?

– Rien. Ils ont bondi à l'instant où Mara et toi vous avez fait descendre les motospeeders.

Chewbacca émit un grognement de confirmation.
– Mais oui, mon vieux, c'est bien ça, dit Yan en hochant la tête.
– C'est quoi, comme animal? demanda Luke.
– On les appelle des garrals, dit Mara en descendant vers eux.
Elle se pencha sur les cadavres des bêtes, le blaster au poing.
– L'Empire les utilisait comme chiens de garde, surtout dans les garnisons installées en pleine forêt, où les droïds de surveillance n'étaient jamais très efficaces. La résonance ultrasonique des répulseurs semble leur rappeler une de leurs proies favorites. Ça les attire comme un aimant.
– C'est pour ça qu'ils nous attendaient, conclut Luke en éteignant son sabre.
– Ils détectent les répulseurs d'un vaisseau à des kilomètres, ajouta Mara. (Elle bondit vers l'un des garrals abattus et fouilla dans son pelage, près de l'encolure.) Si on leur a mis une balise-radio, c'est que les contrôleurs du Mont Tantiss savent que nous sommes là.
– Splendide, marmonna Yan en promenant à son tour la main autour du cou de la bête. Et on cherche quoi? Un collier?...
– Probablement. Regardez près des pattes, aussi.
Ils y passèrent plusieurs minutes. Mais non : aucun des prédateurs n'avait porté de balise.
– Alors, ça doit être les descendants directs de ceux qui gardaient le Mont Tantiss, fit Lando.
– Ou n'importe quel autre lieu, s'ils sont vraiment originaires de cette planète. Je n'ai jamais réussi à apprendre d'où ils venaient précisément.
– De toute façon, on est coincés, dit Yan en dégageant le dernier cadavre de la coupée. Si nous ne pouvons pas utiliser les motospeeders, ça veut dire qu'il va falloir marcher.
Un sifflement électronique lui répondit.
– Veuillez m'excuser, monsieur, dit 6PO. Est-ce que cela s'applique également à D2 et à moi-même?
– Oui, à moins que vous n'ayez appris à voler.
– Ma foi, monsieur... il me semble que D2, en particulier, n'est guère équipé pour voyager en forêt. Si nous ne pouvons pas utiliser la plate-forme du cargo, il existe peut-être d'autres solutions...
– Nous n'allons pas sur Endor, lui rappela Luke calmement. Nous ne sommes guère qu'à deux semaines de marche de cette montagne.

– Non, ce n'est pas aussi grave, rectifia Yan. Disons neuf, dix jours au plus. Ajoutons-en deux si nous avons des ennuis en route.

– Oh, ça, nous allons en avoir, dit Mara d'un ton acide. (Elle s'assit sur la rampe et posa son blaster sur ses cuisses.) Vous pouvez me faire confiance.

– Pourquoi? Les indigènes ne sont pas hospitaliers? jeta Lando.

– Je redoute qu'ils nous attendent avec des arbalètes. Ils sont de deux races : les Psadans et les Myneyrshi. Mais ils ont en commun le fait de ne pas aimer les humains. Et cela remonte bien avant que l'Empire n'installe l'entrepôt du Mont Tantiss.

– Eh bien, au moins, ils ne sont pas du côté de l'Empire, dit Lando.

– Ça ne nous sera pas d'un grand secours. Et il faut également compter avec les prédateurs. On aura de la chance si on fait le trajet en douze ou treize jours, à mon avis.

Yan surprit quelque chose dans la forêt. Une chose plus que troublante...

– Alors comptons douze jours. (Il se dit que, désormais, ils courraient un risque en laissant des traces derrière eux.) On va y aller. Lando, Mara, vous allez débarquer l'équipement de transport. Chewie, tu sors les boîtes de ration des trousses de survie – on en aura besoin en renfort. Luke : toi et les droïds, vous allez prendre cette direction et voir ce que vous rencontrez. Peut-être le lit d'un ruisseau à sec – on doit être assez près de la montagne pour ça.

– Certainement, monsieur, dit 6PO d'un ton pétulant en s'engageant sur la coupée. Viens, D2, suis-moi.

Dans un rapide échange de gazouillis et de murmures, les deux droïds retournèrent à l'intérieur du *Faucon*. Yan était sur le point de les suivre lorsque Luke lui posa la main sur le bras.

– Que se passe-t-il?

Yan tourna la tête vers la forêt.

– Ces garrals qui nous surveillaient sont repartis.

– Ensemble?

– Je ne sais pas. Je ne les ai pas vus disparaître.

Luke palpait son sabrolaser.

– Tu penses qu'il pourrait y avoir une patrouille impériale dans le coin?

– Non, peut-être une autre horde de ces animaux. Est-ce que tu détectes quelque chose?

Luke retint son souffle.

– Non, rien à proximité. Mais ils pourraient aussi bien se

trouver juste hors de portée. Tu crois qu'on devrait annuler cette mission?

Yan secoua la tête.

– Si on faisait ça, on manquerait notre meilleure occasion. Quand ils réaliseront que nous avons repéré leur fabrique de clones, ils n'auront plus à se cacher dans ce système perdu. Et quand nous reviendrons avec une force d'intervention, des tas de superdestroyers nous attendront.

Luke grimaça.

– Je suppose que tu as raison : s'ils ont repéré le *Faucon*, mieux vaut nous en éloigner le plus vite possible. Est-ce que tu vas transmettre nos coordonnées à Coruscant avant que nous partions?

– Je ne sais pas, dit Yan, incertain.

Il contemplait son cargo avec un sentiment de malaise en pensant aux Impériaux qui allaient poser leurs pattes avides sur son cher vaisseau.

– S'il y a effectivement une patrouille dans le coin, nous n'arriverons jamais à régler le faisceau avec assez de finesse pour que le message passe sans qu'ils l'accrochent.

– On court un risque. Parce que si on a des problèmes sérieux, personne ne saura comment nous secourir.

– D'accord, mais si notre émission est captée par une patrouille impériale, les problèmes seront pour tout de suite, grogna Yan. Je suis ouvert à toutes les propositions.

– Et si je restais en arrière pendant quelques heures, suggéra Luke. Si aucune patrouille n'a pointé son nez, nous pourrons envoyer un message sans risque.

– Non, laisse tomber. Il faudrait ensuite que tu nous rejoignes seul, et il y aurait trop de risques pour que tu ne nous retrouves pas.

– Je suis prêt à les courir, tu sais.

– Moi pas. Et puis, chaque fois que tu pars seul à l'aventure, j'ai des malheurs.

Luke eut un sourire triste.

– Oui, parfois...

– Allez, viens, on perd du temps. On fiche le camp et on se trouve un chemin.

– D'accord, fit Luke dans un soupir.

Il n'avait pas l'air trop navré : il avait dû se dire en arrière-pensée, depuis le début, que son idée n'était pas excellente.

– 6PO, D2! appela-t-il. Allez : venez!

La première heure se révéla la plus difficile. La vague piste que suivait D2 s'achevait en impasse dans un énorme massif d'épineux cent mètres plus loin, et ils durent le contourner pour se frayer un chemin dans les épais taillis. Ils ne dérangeaient pas que la vie végétale, et ils luttèrent pendant plusieurs minutes contre des créatures à six pattes qui les cernaient en lançant leurs griffes et en claquant des mâchoires. Heureusement, griffes et crocs étaient prévus pour de bien plus modestes proies et seul 6PO eut droit à une morsure sur une de ses jambes dorées. Ses lamentations finirent par attirer quelques minutes plus tard un nouvel assaillant, une chose à écailles brunes. Le premier tir de blaster de Yan n'arrêta pas la bête, et Luke dut utiliser son sabrolaser pour libérer, cette fois, le bras du droïd doré. Les gémissements de 6PO redoublèrent, et Yan était en train de menacer de l'abandonner aux charognards lorsqu'ils atteignirent inopinément l'un des ruisseaux à sec qu'ils espéraient rencontrer. Ce qui leur permit de progresser plus vite et, quand le crépuscule obscurcit la voûte des arbres, ils avaient parcouru près de dix kilomètres.

Mara, tout en s'extirpant de son sac à dos pour le poser dans les buissons bas qui bordaient le lit du ruisseau, commenta d'un ton sarcastique :

– Voilà qui nous rappelle de bons moments, n'est-ce pas?

– Oui, c'est exactement comme Myrkr, acquiesça Luke en tranchant d'un coup de sabre un épineux pareil à tous ceux qui avaient encombré leur chemin depuis quelques heures. Vous savez : je n'ai jamais su exactement ce qui s'était passé après que nous nous en sommes tirés.

– En ce qui concerne ce que vous espériez, nous avons réussi à nous échapper avec les AT-AT de Thrawn juste derrière nous. Et on a bien failli être capturés parce que Karrde voulait qu'on reste dans le coin pour voir ce qui se passait.

– Et c'est pour ça que vous nous aidez? Parce que Thrawn a condamné Karrde à mort?

– Skywalker, il faut absolument que nous mettions une chose au clair. Je travaille pour Karrde, et il a déjà dit qu'il restait neutre dans cette guerre. La seule raison qui explique ma présence, c'est que je connais un peu la période des Guerres Cloniques et que je ne tiens pas à ce que des hordes de duplicatas à tête de zombie essayent encore une fois d'envahir la galaxie. Et la seule raison qui explique *votre* présence ici, c'est que je ne peux pas détruire toute seule cet entrepôt.

– Je comprends. (Luke découpa encore un buisson d'épineux et lança la Force pour le rejeter dans le lit du ruisseau.) Je ne crois pas que ça pourra arrêter un attaquant décidé. Mais ça le retardera au moins...

– Pour ce que ça vaut. Espérons seulement que nous ne sommes pas installés dans un des lieux de rencontre préférés des prédateurs du coin.

– Les senseurs de D2 sont capables de les détecter avant qu'ils ne soient trop près.

Il trancha encore deux buissons d'épineux pour faire bonne mesure.

Il était sur le point de désactiver son arme quand il perçut soudain une variation subtile dans les sens de Mara.

Elle venait d'ouvrir une barre de ration qu'elle s'apprêtait à croquer, mais elle le fixait avec une expression égarée.

– Mara? Ça va?...

Lentement, elle détourna le regard.

– Oui... Ça va...

– Bien.

Il abaissa son sabre, empila les épineux pour renforcer encore un peu plus la barrière, en se disant que s'il réussissait à tirer quelques lianes d'entre les arbres...

– Skywalker.

Il se retourna.

– Oui?

Mara le fixait.

– Il faut que je vous demande. Vous êtes le seul à savoir. Comment l'Empereur est-il mort?

Un instant, il la regarda. Dans la lumière mourante, il devinait la peine dans ses yeux, le souvenir amer de la vie fastueuse et de l'avenir scintillant qui lui avaient été arrachés à Endor. Mais, en même temps que la peine, il lisait aussi sa détermination. Puissante. Même si elle devait en souffrir violemment, elle voulait entendre ce qu'il avait à lui dire.

– L'Empereur essayait de me rejeter vers le côté sombre, commença-t-il enfin, et les souvenirs qui refluaient en lui étaient douloureux. C'était presque lui qui était mort ce jour-là. Il a bien failli réussir. Je venais de lui porter un coup, et je me suis retrouvé face à Vador. Je pense qu'il s'est dit que si je tuais Vador de colère, je serais ouvert au côté sombre.

– Et c'est alors que vous vous êtes unis contre lui, acheva Mara avec de la fureur dans le regard. Vous vous êtes retournés contre lui – tous les deux.

– Une minute! protesta Luke. Je ne l'ai pas attaqué. Pas durant cette première passe, du moins.

– Mais de quoi parlez-vous donc? Je vous ai vus. Vous deux, le sabre levé. Je vous ai vu faire...

Luke la dévisagea... et comprit soudain. Mara Jade, la Main

de l'Empereur, celle qui pouvait entendre sa voix n'importe où dans la galaxie. Elle avait été en contact avec son maître à l'instant de sa mort et elle avait tout vu.

Tout mal vu.

– Mara, je ne me suis pas tourné contre lui, dit-il enfin. Il s'apprêtait à me tuer quand Vador l'a saisi et projeté dans un puits. Moi, je ne pouvais rien faire, même si je l'avais voulu : j'étais encore paralysé par les éclairs qui m'avaient touché...

– Qu'est-ce que vous entendez par : « Même si je l'avais voulu? » C'était bien pour cette seule raison que vous étiez à bord de l'Étoile Noire, non?

– Non. J'y étais pour tenter de détourner Vador du côté sombre.

Il sentit le trouble profond de Mara.

– Pourquoi devrais-je vous croire?

– Pourquoi mentirais-je? Ça ne change rien au fait que si je n'avais pas été là, Vador ne se serait pas retourné contre lui. Et, dans ce sens, oui, je suis responsable de la mort de l'Empereur.

– Oui, c'est vrai, vous êtes responsable, fit Mara d'un ton dur. (Mais elle eut une brève hésitation avant d'ajouter :) Et je ne l'oublierai pas.

Il acquiesça en silence et attendit. Mais elle n'ajouta rien et, après un instant, il se remit à trancher des épineux.

– A votre place, dit Mara d'un ton froid, j'irais un peu plus doucement avec ces choses. Après tout, vous ne tenez pas à ce que nous soyons pris au piège si nous avons affaire à un adversaire plus gros que les autres...

– Bien vu, dit-il, en devinant toutes les implications de sa mise en garde. Ils avaient une mission à accomplir, et, jusque-là, elle tenait à ce qu'il demeure en vie.

Ensuite, elle devrait affronter le destin qui l'attendait. Ou en choisir un autre.

Il éteignit son sabrolaser et s'éloigna de Mara pour rejoindre les autres, qui préparaient le campement. Avant tout, il devait s'occuper des droïds.

17

La porte de la chambre de l'Assemblée s'ouvrit, déversant un flot de droïds et d'êtres dans le Grand Corridor en même temps que le brouhaha de bavardages en multiples langages. Leia jeta un bref regard à Winter et hocha la tête.

L'heure du spectacle était venue.

– Il n'y a rien d'autre que je doive connaître? demanda-t-elle comme elles s'avançaient sur le côté du flot.

– Le rapport sur Pantolomin a provoqué des remous inhabituels, dit Winter, promenant le regard sur la cohue. Il semble qu'un chasseur de primes prétende avoir pénétré dans les chantiers impériaux d'Ord Trasi et nous propose de nous vendre des informations sur leur nouveau programme de construction.

– En ce qui concerne les chasseurs de primes, j'en ai eu plus que ma part, dit Leia en baissant les yeux : avec sa mémoire parfaite, Winter observait tout pour elle et pouvait repérer quiconque essayait d'épier leur conversation.

– Pour quelle raison le colonel Derlin pense-t-il que nous pouvons lui faire confiance?

– Il n'en est pas vraiment certain. Le contrebandier nous a proposé ce qu'il appelle un échantillon gratuit : selon lui, trois nouveaux superdestroyers sont en cours d'achèvement là-bas. Le colonel Derlin a dit que le commandant d'escadre Harley met au point un plan afin d'en avoir la confirmation.

Elles avaient quitté le Grand Corridor et suivaient les quelques rares personnes qui n'avaient pas disparu dans des bureaux ou autres salles de conférences.

– Ça me paraît dangereux, commenta Leia en répétant le discours qu'elles avaient soigneusement préparé de bout en bout. J'espère qu'il ne va pas se contenter d'un simple survol.

– Le rapport ne donnait aucun détail. Mais simplement un addendum sur la possibilité d'emprunter un cargo à quelqu'un qui travaillerait pour l'Empire.

Les derniers fonctionnaires s'éclipsaient dans des couloirs latéraux et elles étaient maintenant seules avec divers assistants, techniciens et autres employés du bas de l'échelle. Leia lança un nouveau coup d'œil à Winter et elles se dirigèrent droit vers les turbolifts.

Ghent avait besoin d'un coin de travail sans que la moindre rumeur du projet en cours ne puisse filtrer. Et c'est en fouillant méticuleusement dans les plans du Palais qu'elles avaient trouvé l'endroit idéal. Une ancienne réserve à cellules énergétiques, qui avait été mise sous scellé des années auparavant, coincée entre les Secteurs d'Intendance et de Ravitaillement et les bureaux du Commandement de la Chasse. Leia s'était servie de son sabrolaser pour découper une nouvelle porte à partir d'un couloir de service. Bel Iblis les avait aidées à installer les câbles d'alimentation et de transmission. Et Ghent avait mis en place lui-même son programme de décryptage.

Elles avaient désormais tout ce qu'elles désiraient. Sauf des résultats.

Ghent était installé dans l'unique siège de la pièce, les pieds posés sur le bureau du décrypteur, les yeux perdus dans le vide. Avant même qu'il ait remarqué leur présence, Winter avait refermé la porte dérobée.

– Oh... Hello... fit-il.

– Moins fort, fit Leia.

L'officier qui ne se trouvait qu'à quelques centimètres de l'autre côté de la paroi pouvait sans doute capter n'importe quel bruit inaccoutumé.

– Est-ce que le général Iblis vous a apporté leurs dernières transmissions ?

– Oui. Il y a une heure environ, fit Ghent dans un murmure presque inaudible. Je viens juste de les craquer.

Il tapa sur une touche et une série de messages décryptés apparut sur l'écran. Leia s'avança. Des déploiements militaires, des transcriptions de conversations diplomatiques à haut niveau, des racontars qui circulaient dans le Palais : comme d'habitude, la Source Delta avait couvert tout le spectre, de l'essentiel au banal.

– Il y a un de nos messages, remarqua Winter en effleurant le moniteur.

– Oui : un rapport non identifié émanant du système de Bpfassh suggérait que le *Chimaera* et son escorte pouvaient avoir été repérés au large d'Anchoron.

– Combien d'autres ont pu l'intercepter? demanda-t-elle à Winter.

– Quarante-sept, pas plus. (Winter était déjà penchée sur le bloc de données de Ghent.) Cela remonte avant la deuxième session du Conseil Intérieur d'hier, à trois heures. Et le Grand Corridor était désert.

Leia hocha la tête et revint à l'écran. Elle identifia deux autres de leurs messages de diversion avant même que Winter ait fini sa liste. Et cinq autres plus tard.

– On dirait bien que c'est ça, dit-elle à Ghent tandis que Winter lui rendait ses trois premières listes et se mettait déjà au travail sur les autres. Passez tout ça au criblage.

– O.K., acquiesça Ghent en lançant un regard perplexe à Winter avant de revenir à sa console.

Depuis trois jours qu'il était plongé dans ce projet, il n'avait pas encore réussi à découvrir comment l'autre femme pouvait mémoriser les moindres détails de cinquante conversations différentes séparées d'une minute.

– Bon, voyons... On en est à cent vingt-sept possibilités. Des technos et des types de l'administration, apparemment... Et aussi des diplomates des mondes extérieurs...

Leia secoua la tête.

– Non. Il est totalement improbable qu'aucun d'eux ait accès à de telles informations. C'est nécessairement quelqu'un qui se trouve en haut de la structure de commandement...

– Une minute! lança Ghent en levant un doigt. Vous chassez le gros? J'en tiens un : le Conseiller Sian Tevv de Sullust.

Leia plissa le front en se penchant à nouveau sur l'écran.

– C'est impossible. Il a été l'un des tout premiers leaders de l'Alliance Rebelle. En fait, je crois bien que c'est lui qui nous a ramené Nien Numb et son escadron d'attaque privé après que l'Empire les avait chassés du système de Sullust.

Ghent déclara avec un haussement d'épaules :

– J'ignore tout de ça. Tout ce que je sais, c'est qu'il était au courant de ces quinze petits messages qui ont été retransmis par la Source Delta.

– Ça ne peut pas être lui, dit Winter d'un air absent, sans quitter son bloc de données. Il n'était pas présent durant ces six derniers entretiens.

– L'un de ses aides a pu les entendre, suggéra Ghent. Il n'a pas besoin d'être présent en personne.

– Non, insista Winter. L'un de ses aides a été présent, certes, mais à un seul entretien. Plus important encore, le Conseiller Tevv était effectivement présent lors de deux entretiens qui ont eu lieu avant-hier et qui n'ont pas été retransmis par la Source Delta. A 9 h 15 le matin et à 2 h 48 de l'après-midi.

Ghent compara les listes.

– Vous avez raison. Je n'avais pas fait les recoupements. Je crois que je devrais travailler sur un meilleur programme de criblage.

Bel Iblis fit son entrée par la porte improvisée.

– Je pensais bien vous trouver ici, dit-il à Leia. Nous allons faire notre premier essai du plan Poussière d'Étoiles. Si vous voulez y assister...

La dernière technique qu'ils avaient mise au point afin de localiser l'essaim d'astéroïdes masqués que Thrawn avait lancé en orbite autour de Coruscant.

– Oui, je vous suis. Winter, dès que vous aurez fini ici, vous pourrez me retrouver dans la salle de guerre.

– Bien, Votre Altesse.

Elle enfila le couloir de service en compagnie du général.

– Vous avez découvert quelque chose? lui demanda-t-il.

– Winter étudie la liste d'hier. Jusque-là, nous avons cent trente possibilités.

Bel Iblis hocha la tête.

– Si je considère le nombre de gens présents dans le Palais, c'est un progrès réel.

– Peut-être... (Elle hésita.) J'ai abouti à la conclusion que ce plan ne peut être efficace que si la Source Delta est une seule et même personne. Si nous avons affaire à un groupe, nous ne serons sans doute pas capables de les neutraliser de cette manière.

– Sans doute, mais j'ai du mal à admettre que nous puissions avoir autant de traîtres parmi nous. A dire vrai, je suis même sceptique quant à l'existence d'un seul. J'ai toujours pensé que la Source Delta pourrait être une espèce de système d'enregistrement exotique. Que la Sécurité n'a pu localiser jusqu'à présent.

– Je les ai vus travailler sur des interventions de contre-espionnage, remarqua Leia. Je n'imagine pas que quoi que ce soit puisse leur échapper.

– Moi non plus, malheureusement.

Ils arrivaient dans la salle de guerre. Le général Rieekan et l'amiral Drayson les y attendaient derrière la console de commande principale.

– Princesse, dit Rieekan d'un ton grave, vous arrivez juste à temps.

Leia posa les yeux sur le moniteur. Un vieux cargo avait

quitté le groupe de vaisseaux placé sur orbite de garde au large et descendait prudemment vers la planète.

– Jusqu'où est-il censé pénétrer? demanda Leia.

– Nous allons commencer immédiatement au-dessus du bouclier planétaire, Conseillère, dit Drayson. L'analyse post-combat indique que la plupart des astéroïdes sous manteau-bouclier se sont probablement retrouvés sur orbite basse.

Elle acquiesça. Il était parfaitement logique de commencer là, puisque les astéroïdes les plus bas seraient les premiers à se glisser dans l'atmosphère.

Lentement, comme s'il était télécommandé, le cargo se rapprochait.

– Très bien, dit Drayson. Contrôle de Cargo Un : coupez vos moteurs et tenez-vous prêt à déverser à mon ordre. Paré?... Déversez!

Un instant, rien ne se produisit. Puis, soudain, un nuage de poussière scintillante apparut à la poupe du cargo et se gonfla lentement en tourbillonnant.

– Laissez-le descendre, dit Drayson. *Harrier*, tenez-vous prêt à enregistrer les faisceaux ioniques négatifs.

– La poussière a été totalement répandue, amiral, annonça un officier.

– Cargo Un, repoussez-la, ordonna Drayson.

– Mais lentement, ajouta Iblis dans un murmure. Nous ne tenons pas à marquer des sillons.

Drayson lui jeta un regard irrité.

– Tout va bien se passer. Est-ce que nous avons les premiers relevés?

– Oui, et ils sont très forts, confirma l'officier de la console de senseur. Ils se situent entre un point 33 et 9,8 en indice de réflexion sur toutes les fréquences.

– Parfait, acquiesça Drayson. On ne les perd pas de vue. *Harrier?*

– *Harrier*, paré, amiral.

– Tir de faisceau ionique négatif. Intensité minimale. On va voir ce que ça donne...

Du coin de l'œil, Leia vit le rayon brumeux balayer le nuage de poussière. Toutes les particules étaient chargées selon une polarité identique afin de se repousser mutuellement... Et soudain, le nuage de poussière se dilata de nouveau comme une immense fleur exotique et brillante.

– Cessez le tir, commanda Drayson. Voyons le résultat...

– Le nuage commence à se disperser, amiral, annonça l'officier du senseur. Taux moyen : 12.

– Les vents solaires, marmonna Rieekan.

– Nous l'avions prévu, lui rappela Drayson. Contrôle de Cargo Deux : paré à larguer.

Un deuxième vaisseau de transport quitta la flotte des unités en orbite pour descendre lentement vers la planète.

– C'est vraiment un des moyens les plus lents qu'on ait pu imaginer, commenta Bel Iblis.

– D'accord, fit Rieekan. Si seulement nous n'avions pas perdu votre dispositif PGC à Svivren. Il nous aurait été tellement utile ici...

Leia acquiesça. Les Pièges Gravifiques à Cristaux, destinés à l'origine à repérer des vaisseaux furtifs à senseurs à des milliers de kilomètres de distance, auraient effectivement été l'outil idéal dans cette situation.

– Je croyais que les Renseignements en avaient retrouvé un.

– Ils en ont repéré trois, en fait, dit Rieekan. Le problème, c'est qu'ils sont tous en espace impérial.

– Je ne suis pas du tout persuadé qu'un PGC ferait du bon travail ici, dit Bel Iblis. A cette distance, je pense que le champ de Coruscant brouillerait toutes les lectures.

– Oui, ce serait difficile, ça ne fait aucun doute, admit Rieekan. Mais ce serait notre meilleure chance.

Ils gardèrent le silence : sur le moniteur, le deuxième cargo répétait la manœuvre d'épandage sur sa zone-cible. Sans plus de résultat que le premier.

– Non, les vents solaires nous gênent trop, commenta Bel Iblis alors que le cargo numéro trois quittait son orbite. Il faudrait sans doute que nous utilisions des particules plus importantes.

– Ou alors, que nous opérions dans l'hémisphère nocturne, suggéra Rieekan. Au moins, cela diminuerait l'effet et...

– Turbulence! aboya l'officier du senseur. Vecteur 1-1-7 – azimut 4-9-2!

Un brouillage intense envahit l'écran du senseur. A la frange extrême du second nuage en expansion, un liséré orange venait d'apparaître, marquant la turbulence créée par le passage de l'astéroïde invisible.

– Rayon de poursuite! lança Drayson. *Harrier* : ouvrez le feu.

Des traits rouges jaillirent des turbolasers du cuirassé. Leia ne quittait plus l'écran des yeux, les mains crispées sur le siège de l'officier... Et soudain, ils découvrirent tous à la même seconde un fragment de roc qui dérivait lentement sur le fond des étoiles.

– Cessez le feu, ordonna Drayson. Bien joué, messieurs. Parfait, *Allegiant*, c'est à vous maintenant. Amenez votre équipe de technos sur place...

Il s'interrompit. Sur le moniteur visuel, un lacis de lignes ténues emprisonnait soudain le bulbe sombre de l'astéroïde comme un filet. Elles émirent une lueur intense avant de disparaître.

– *Allegiant*, suspendez cet ordre, grommela Drayson. A ce qu'il semble, le Grand Amiral ne tient pas à ce qu'on regarde ses petits jouets de trop près.

– Au moins, nous en avons trouvé un, dit Leia.

– Exact, fit Rieekan. Ce qui ne nous en laisse que trois cents.

Elle hocha la tête et se détourna. Elle ferait tout aussi bien de rejoindre Winter et Ghent...

– Collision! cria l'officier du senseur.

Elle tourna la tête. Sur l'écran, le troisième cargo tourbillonnait follement en répandant sa poudre de particules dans toutes les directions, la poupe fracassée, en feu.

– Repérage? lança Drayson.

L'officier explorait sa console avec des mains tremblantes.

– Négatif. Données insuffisantes. Je ne peux tenter qu'un cône de probabilité.

– Je prends, fit Drayson. A tous les vaisseaux : ouvrez le feu. Salves à pleine portée selon cône-cible.

Le cône venait d'apparaître sur l'écran tactique et, dans le lointain, la flotte venait d'ouvrir le feu avec ses turbolasers.

– Ouvrez le cône à cinquante pour cent de probabilité, ordonna Drayson. A tous les postes de combat : prenez le cône extérieur. Je veux que l'on me trouve cette cible.

Cet encouragement n'était pas vraiment nécessaire. L'espace, au-dessus de Coruscant, était devenu une tempête de feu, strié de jets de turbolasers et de torpilles protoniques qui convergeaient vers le cône de probabilité. La zone-cible se dilata encore : les ordinateurs venaient de déterminer les trajectoires possibles de l'astéroïde invisible, et les vaisseaux et les stations de bataille rectifiaient leur tir.

Mais il n'y avait rien... Au bout de quelques minutes, Drayson admit la défaite.

– A toutes les unités : cessez le feu. Inutile de poursuivre. Nous l'avons perdu.

En silence, ils observèrent le cargo qui tournoyait lentement vers le bouclier planétaire et sa fin certaine.

Leia se plongea dans ses exercices Jedi, chassant la colère de son esprit tandis que les derniers débris embrasés s'éparpillaient dans l'espace. Elle ne pouvait libérer la haine qu'elle ressentait à l'égard de Thrawn au risque d'embrumer ses propres pensées. Plus grave encore : elle ferait un pas vers le côté sombre.

Elle devina un mouvement près de son épaule et se tourna pour découvrir Winter qui fixait l'écran avec une expression de chagrin intense.

– Tout va bien, murmura Leia. Il n'y avait personne à bord.

– Je sais. Mais je pensais à un autre vaisseau que j'ai vu s'abattre ainsi au-dessus de Xyquine. Un vaisseau de transport de passagers...

Elle inspira profondément et Leia devina l'effort qu'elle faisait pour rejeter les souvenirs douloureux.

– J'aimerais m'entretenir avec vous, Votre Altesse, quand vous en aurez fini ici.

Leia la sonda, et ce qu'elle sentit par-delà son expression neutre n'était pas bon.

– Je viens.

Elles quittèrent la salle de guerre et contournèrent les turbolifts pour rallier le couloir de service qui conduisait à leur chambre de décryptage secrète. Effectivement, les nouvelles étaient loin d'être bonnes.

– Mais c'est impossible, fit Leia en relisant une fois encore l'analyse de Ghent. Nous *savons* qu'il y a une fuite dans le Palais.

– J'ai tout vérifié dans tous les sens, et même depuis l'intérieur, affirma Ghent. Avec toujours le même résultat. J'ai paramétré tous ceux qui avaient pu entendre ou ne pas entendre les informations transmises par la Source Delta, tous ceux qui avaient pu entendre ou ne pas entendre ce qu'elle n'avait jamais transmis. Et chaque fois le résultat est semblable. Zéro absolu.

Leia repassa encore une fois les données et regarda défiler la liste de noms.

– Donc, la Source Delta est composée de plus d'une personne.

– J'ai déjà calculé cette éventualité, dit Ghent en levant les mains. Mais ça ne marche pas non plus. Je me suis retrouvée avec au moins quinze personnes. Impossible que votre sécurité soit aussi inefficace.

– Alors, la Source choisit ce qu'elle transmet. Elle envoie ce que quelqu'un entend, mais pas la totalité.

Ghent se gratta la joue.

– Oui, je suppose que ce serait possible, fit-il avec réticence. Mais non, je ne sais pas... Si on regarde certains éléments stupides qui ont été transmis : je veux dire, par exemple, que dans la dernière émission, il n'était question que d'un couple d'Arcona qui discutait des noms qu'ils allaient donner à leur dernière couvée. Ou bien ce type n'a pas une bonne mémoire, ou sa liste de priorité est plutôt bizarre, non?...

Bel Iblis entra à cet instant.

– Je vous ai vue partir. Vous avez découvert quelque chose?

Sans un mot, Leia lui tendit le bloc. Bel Iblis le lut et le relut.

– Intéressant, dit-il enfin. Ou bien cette analyse est fausse, ou alors Winter commence à perdre la mémoire... Ou bien encore, la Source Delta se trouve parmi nous.

– Comment parvenez-vous à cette conclusion? demanda Leia.

– Parce qu'il est clair qu'elle n'émet plus tout ce qu'elle entend. Quelque chose a dû éveiller ses soupçons.

Leia repensa à toutes ces conversations qu'elles avaient simulées.

– Non, fit-elle lentement. Non, je ne le crois pas. Jamais je n'ai décelé la moindre trace de soupçon ou de malveillance.

Bel Iblis haussa les épaules.

– En ce cas, la seule alternative, c'est que nous avons un véritable nid d'espions à demeure. Mais attendez une minute : ça n'est peut-être pas aussi désespéré que ça. Si nous supposons qu'il n'a pas transmis immédiatement ce qu'il avait à rapporter, nous pouvons utiliser les données des deux premiers jours pour réduire la liste des suspects à un nombre raisonnable.

Leia sentit son estomac se crisper.

– Garm, nous parlons d'une bonne centaine de membres loyaux de la Nouvelle République. Nous ne pouvons quand même pas accuser tout le monde. Les attaques du Conseiller Fey'lya contre l'amiral Ackbar nous ont déjà causé suffisamment de tort. Là, ce serait infiniment plus grave.

– Je le sais, Leia. Mais nous ne pouvons accepter que l'Empire continue d'écouter nos secrets. Proposez-moi une solution et je serai d'accord.

– Vous vous rappelez ce commentaire que vous avez fait en allant à la salle de guerre? Vous avez dit que vous pensiez que la Source Delta pouvait n'être qu'une sorte de système d'enregistrement exotique.

– Si tel est le cas, elle se trouve dans le Grand Corridor, intervint Winter avant que le général ait pu répondre. Toutes les conversations retransmises ont eu lieu ici.

– Vous en êtes certaine? demanda Bel Iblis.

– Absolument. Toutes.

– C'est donc bien ça, fit Leia en éprouvant les premiers frissons d'une intense excitation. Quelqu'un est parvenu à implanter un système d'enregistrement dans le Grand Corridor.

– Attention : il ne faut pas nous énerver, intervint Bel Iblis. Je sais que ça semble astucieux, mais la chose n'est pas aussi facile. Les systèmes microphoniques ont certaines caractéristiques bien définies, très connues et qui peuvent être détectées par n'importe quel balayage du contre-espionnage.

– A moins qu'elles ne soient en sommeil pendant les balayages, suggéra Ghent. J'ai déjà vu des systèmes capables de faire ça.

Bel Iblis secoua la tête.

– Alors, il s'agirait d'un système avec des capacités de décision minimales. Proche du niveau d'intelligence d'un droïd...

– Eh! lança Ghent. C'est ça. La Source Delta n'est pas une personne, mais un droïd!

Leia se tourna vers Bel Iblis.

– Ce serait possible?

– Je ne sais pas. Certes, implanter un programme secondaire d'espionnage dans un droïd est une chose faisable. Le problème serait de faire passer le programme dans le Palais avec les procédures de sécurité habituelles, et ensuite d'éviter tous les balayages du contre-espionnage.

– Et il faut un droïd qui ait de bonnes raisons de circuler dans le Grand Corridor, ajouta Leia en essayant de se concentrer. Mais capable aussi de s'effacer dès qu'on déclenche un balayage.

– Si l'on tient compte de l'intense circulation du Grand Corridor, ces balayages sont très fréquents, dit Bel Iblis. Ghent, est-ce que vous pouvez aller pêcher dans les données de la Sécurité et nous ramener la liste des balayages sur ces trois ou quatre derniers jours?

– Bien sûr. Mais ça me demandera quand même environ deux heures. A moins que vous ne voyiez aucun inconvénient à ce que je sois repéré.

Bel Iblis consulta Leia.

– Qu'en pensez-vous?

– Nous ne tenons pas à ce qu'il soit repéré. Mais, d'un autre côté, nous ne pouvons nous permettre de lâcher la bride à la Source Delta à l'intérieur du Palais.

– Votre Altesse? intervint alors Winter. Pardonnez-moi, mais si ces balayages sont tellement fréquents, tout ce que nous avons à faire est de surveiller le Grand Corridor pour voir quels sont les droïds qui le quittent juste avant le prochain balayage.

– Oui, ça vaut la peine d'essayer, acquiesça Bel Iblis. Ghent, occupez-vous des données de la Sécurité. Leia, Winter : allons-y...

– Ils arrivent, annonça Winter dans le comlink niché dans la paume de Leia.

– Vous êtes certaine qu'il s'agit de la Sécurité du Palais? fit Bel Iblis.

– Oui. J'ai vu le colonel Bremen donner ses ordres. Et ils ont amené leur matériel ainsi que des droïds.

– On dirait bien que c'est un balayage qui se prépare, murmura Leia en portant discrètement la main à ses lèvres, tout en espérant que les trois Kubaz assis en face d'elle dans la loge de conversation ne seraient pas intrigués par son comportement. Ne les quittez pas des yeux.

Leia baissa la main et regarda autour d'elle. C'était sans doute leur meilleure occasion de découvrir la Source Delta : l'Assemblée allait se réunir et le Grand Corridor s'emplissait de fonctionnaires de haut rang. Avec leurs aides, leurs assistants, leurs droïds...

Sur un certain plan, la présence des droïds dans l'enceinte du Palais Impérial avait toujours été pour elle chose courante. Mais, par ailleurs, et elle le réalisait avec de plus en plus d'acuité, elle n'avait pas la moindre idée de leur nombre réel. D'où elle se trouvait, elle apercevait quelques droïds de protocole 3PO, qui pour la plupart accompagnaient des groupes de diplomates des mondes extérieurs, mais aussi bien certains fonctionnaires du Palais. Un essaim de droïds de maintenance insectoïdes du SDS sur rayons répulseurs survolait la foule et inspectait les vitraux et les moulures des parois. Une ligne de droïds du SEC explorait l'autre paroi en émettant des messages trop complexes pour être décryptés par les transmissions officielles. Et, tout au fond, sous les arbres ch'hala, un droïd d'entretien MN-2E ramassait consciencieusement les feuilles vertes et mauves.

Et Leia se demandait lequel d'entre eux pouvait bien être un espion bricolé par l'Empire?...

– Ils commencent, annonça Winter. Ils se mettent en ligne dans le Corridor...

Un bruissement soudain s'éleva du comlink, comme si Winter venait de poser brutalement son micro. Suivit une série de sons étouffés. Leia se demanda si elle ne devait pas aller au secours de Winter, quand une voix d'homme demanda :

– Conseillère Organa Solo?

– Oui, risqua-t-elle prudemment. Qui est-ce?

– Ici le lieutenant Michael Kendy, Conseillère. De la Sécurité du Palais. Êtes-vous au courant de la présence illicite d'une tierce personne sur votre ligne de comlink?

– Elle n'est pas illicite, lieutenant. Nous sommes en triple discussion avec le général Bel Iblis.

– Je vois, dit Kendy, apparemment déçu. (Il avait sans doute pensé être tombé sur la Source Delta.) Conseillère, je vais vous demander d'interrompre votre discussion durant quelques minutes. Nous allons effectuer un balayage du Grand Corridor et nous ne pouvons autoriser des transmissions comlink dans le secteur.

– Je comprends. Nous attendrons que vous ayez terminé.

Leia coupa le comlink, le cœur battant. Elle se détourna avec une apparente désinvolture afin de pouvoir observer le Grand Corridor. Si un droïd espion était dans les environs, il s'avancerait dans sa direction dès qu'il aurait remarqué le début du balayage.

Près du plafond, les droïds de maintenance de la Sécurité avaient été rejoints par un autre groupe qui se déployait dans le couloir en sondant le haut des parois aussi bien que les incrustations du plafond et des moulures, en quête de micros clandestins qui auraient pu être implantés depuis le dernier balayage. Le lieutenant Kendy et son escouade s'avançaient en même temps sur toute la largeur du corridor, lisant au fur et à mesure les indications de leurs détecteurs. Ils passèrent devant la loge où se trouvait Leia et continuèrent sans s'interrompre. Au bout du corridor, ils attendirent que les droïds aient achevé leur tâche. Puis, le groupe tout entier se reforma et disparut vers les bureaux du Conseil Intérieur.

C'était fini. Tout le Grand Corridor avait été balayé, archi-sondé avec un résultat vraisemblablement négatif... et pas un seul droïd ne s'était éclipsé.

Du coin de l'œil, elle surprit un mouvement. C'était le droïd de maintenance et de nettoyage des arbres qui s'approchait du jeune ch'hala qui avait poussé près de la loge de conversation. Il entreprit d'enlever les feuilles mortes en écartant délicatement les vrilles de l'arbre, tout en caquetant doucement.

Avec un soupir, elle récupéra son comlink.

– Winter? Garm?

– Oui, Votre Altesse, répondit Winter.

– Je suis à l'écoute, dit Bel Iblis. Que s'est-il passé?

Elle secoua la tête.

– Absolument rien. Pour autant que j'aie pu le noter, aucun des droïds n'a bronché.

Une courte pause, puis Bel Iblis déclara :
– Je vois... Eh bien, il est possible que notre droïd ne se soit pas trouvé sur les lieux aujourd'hui. Ce que je désire faire, c'est renvoyer Winter auprès de Ghent pour qu'elle puisse ajouter les droïds à sa liste.
– Winter, qu'en dis-tu?
– Je peux toujours essayer. Le problème... (Winter hésita.) Ce sera d'identifier des droïds spécifiques. Vu comme ça, un droïd de protocole 3PO ressemble à n'importe quel autre.
– Nous prendrons ce que nous trouverons, déclara Bel Iblis. Il est là, de toute façon, quelque part à proximité. Je le sens.
Leia suspendit son souffle et lança ses sens Jedi autour d'elle. Elle n'avait pas l'intuition de guerrier de Bel Iblis, non plus que la sensibilité de Luke. Mais elle aussi sentait quelque chose. Qui se situait dans le Grand Corridor...
– Je crois que vous avez raison, dit-elle. Winter, tu as intérêt à faire vite et à te mettre au travail dès maintenant.
– Certainement, Votre Altesse.
– Je vais vous accompagner, Winter, proposa Bel Iblis. Je suis curieux de voir ce qui se passe pour le plan Poussière d'Étoiles.
Les trois Kubaz se levèrent et quittèrent la loge en contournant le petit ch'hala et le droïd MN-2E avant de se fondre dans la foule. Leia gardait les yeux fixés sur le droïd qui rassemblait méticuleusement les feuilles mortes en un petit tas avec son bras manipulateur tout en continuant de caqueter doucement. Elle avait affronté une fois déjà un droïd espion de l'Empire sur Honoghr, la planète des Noghri, et elle avait échappé de justesse au désastre et les Noghri au génocide. Si Bel Iblis ne se trompait pas... si la Source Delta était en réalité un droïd et non un traître glissé parmi eux...
Mais cette réflexion ne lui était d'aucun secours. L'Empire n'avait pu infiltrer un droïd espion à l'intérieur du Palais sans la collaboration d'un ou de plusieurs humains. La Sécurité sondait régulièrement et à fond tous les droïds susceptibles de circuler dans le Palais. Un programme d'espionnage secondaire serait apparu en rouge. Comme cette tache pâle sur les tons pastel de l'écorce de ce ch'hala, à quelques pas d'elle... Elle plissa le front en observant plus attentivement l'arbrisseau, et ses pensées se figèrent soudain. Une autre tache rouge et fugace était apparue sur le tronc mince du ch'hala, envoyant des rides comme à la surface d'un étang avant que l'écorce ne reprenne son habituelle livrée dans des gammes de mauve éteint. Une autre lui succéda, puis une autre encore. Les rides faisaient lentement le

tour du tronc et toutes avaient à peu près la même importance. Toutes avaient pour origine le même point du tronc.

Et elles semblaient toutes répondre au caquètement discret et incessant du droïd MN-2E.

Quand elle comprit, ce fut comme si une douche glacée s'abattait sur elle. Avec des doigts tremblants, elle saisit son comlink et appela l'opérateur du central.

– Ici la Conseillère Organa Solo. Passez-moi le colonel Bremen, à la Sécurité. Et dites-lui que j'ai découvert la Source Delta.

Ils durent creuser sur près de huit mètres avant de découvrir le tube terni par les ans enterré au pied de l'arbre, avec à une extrémité un millier de câbles ténus et, à l'autre, une fibre de transmission directe. Il fallut quand même un rapport préliminaire et une heure de plus avant que Bremen soit convaincu.

Leia, Bel Iblis et Mon Mothma attendaient en silence près de l'arbuste abattu.

– Les techniciens disent qu'ils n'ont encore jamais rien vu de pareil, dit le chef de la Sécurité. Mais tout ça se tient très bien. La moindre pression sur le tronc du ch'hala – y compris les ondes soniques – déclenche des modifications chimiques dans la couche interne de l'écorce.

– Ce qui provoque ces modifications de formes et de couleurs? demanda Mon Mothma.

– Exact. (Bremen accusait visiblement le coup.) C'est évident si l'on y pense après coup. Les changements de formes sont trop rapides pour ne pas être d'origine purement biochimique. Mais ces tubes qui ont été implantés dans les racines et jusqu'au tronc modifient sans cesse les composants chimiques et shuntent l'information jusqu'au module implanté dans la racine-mère. Le module traite les données chimiques, les restitue en données de pression, puis en langage. Un autre module – que nous trouverons sans doute plus loin –, trie les conversations et prépare le tout pour l'encryptage et la transmission. C'est tout.

– Un micro organique, fit Bel Iblis en hochant la tête. Sans le moindre élément électronique détectable par les balayages du contre-espionnage.

– Ou plutôt, toute une série de micros organiques, corrigea Bremen en lançant un regard lourd à la double rangée d'arbres qui bordaient le Grand Corridor. Il va falloir nous débarrasser de tous les autres en tout cas.

– Voilà un plan brillant, songea Mon Mothma à haute voix.

Et qui ressemble beaucoup à l'Empereur. Je me suis toujours demandé comment il avait pu obtenir certaines des informations qu'il avait utilisées contre le Sénat. (Elle secoua la tête.) Même mort, semble-t-il, il peut encore s'attaquer à nous.

– En tout cas, ici, au moins, nous l'avons immobilisé, dit Bel Iblis. Colonel, mettez donc une équipe au travail pour arracher encore quelques-uns de ces arbres...

18

Dans le lointain, au fond de la plaine striée de cicatrices, un reflet de lumière brasilla.

– Mazzic arrive, annonça Karrde.

Gillespee abandonna son verre et son bruallki froid, s'essuya les mains sur sa tunique et plissa les yeux en direction de la muraille croulante.

– Oui, quelqu'un approche, en tout cas... (Il prit ses macrolunettes.) Ouais, c'est bien lui. C'est drôle : il y a deux autres vaisseaux qui l'accompagnent.

Karrde plissa le front.

– Deux autres vaisseaux?

– Jette un coup d'œil.

Karrde prit les lunettes. Il y avait effectivement trois vaisseaux qui descendaient vers eux : un yacht spatial au profil élancé, et deux unités à l'aspect inhabituel, hautement redoutable.

– Tu penses qu'il nous a ramené des invités?

– Il n'a pas parlé d'invités quand il a appelé Aves, il y a quelques minutes, dit Karrde.

Les deux vaisseaux de flanc venaient de rompre la formation et plongeaient vers la plaine, en direction d'une profonde ravine.

– On ferait peut-être bien de vérifier, suggéra Gillespee.

– Oui, fit Karrde en sortant son comlink. Aves? Tu as un relevé d'identification sur nos visiteurs?

– Oui, sûr. Tous leurs codes d'identification étaient brouillés, mais on a leurs noms : l'*Arc-en-ciel Lointain*, le *Griffe du Ciel* et le *Raptor*.

Karrde grimaça. Les noms étaient certes plus familiers que

la ligne des vaisseaux. Le yacht personnel de Mazzic et deux de ses chasseurs customisés.

– Merci, dit-il.

– Alors? fit Gillespee.

– C'est bien Mazzic.

– Qu'est-ce qui se passe avec Mazzic? demanda une voix.

Celle de Niles Ferrier.

Karrde se retourna brusquement. Le voleur de vaisseaux était installé à la table. Il s'était servi une généreuse poignée de noix de pirki grillées.

– Je disais que Mazzic arrivait, c'est tout.

– Bien, fit Ferrier en croquant une noix. C'est pas trop tôt. On va enfin pouvoir commencer la réunion.

Il s'éloigna en mâchouillant, saluant Dravis et Clyngunn d'un signe de tête.

– Je croyais que tu ne voulais pas de lui ici, marmonna Gillespee.

Karrde secoua la tête.

– C'est vrai. Mais, apparemment, tout le monde ne partageait pas mon sentiment.

Gillespee afficha un air sombre.

– Tu veux dire que c'est quelqu'un d'autre qui l'a invité? Mais qui?

– Je l'ignore, admit Karrde tout en observant Ferrier qui allait rejoindre Ellor et son groupe. Je n'ai pas réussi à interroger qui que ce soit sans avoir l'air fouinard, soupçonneux, ou mesquin... Mais il n'y a peut-être rien de mal là-dessous. Quelqu'un se sera dit que tous ceux qui étaient présents à la première réunion de Trogan devaient être ici.

– Sans y êtes invités?

Karrde haussa les épaules.

– On a sans doute cru que c'était un oubli. De toute manière, attirer l'attention sur cette question, ce serait courir le risque de provoquer des frictions. Déjà que certains doivent être irrités de voir que je m'occupe de l'opération...

Gillespee enfourna un dernier morceau de bruallki.

– Oui, il n'y a peut-être rien de mal là-dessous, comme tu dis. Ou alors...

– On surveille toutes les approches, lui rappela Karrde. Si Ferrier a conclu un marché avec l'Empire, on aura le temps de les voir arriver.

– Je l'espère, grommela Gillespee en scrutant le buffet. Parce que je n'aime pas trop courir avec l'estomac plein, vois-tu...

Karrde sourit. Il était sur le point de s'éloigner quand son comlink bippa. Automatiquement, il leva les yeux vers le ciel.

– Oui, ici Karrde?

– C'est Torve. Est-ce que vous pourriez descendre un instant?

La voix de l'autre était inquiète.

– Certainement. (De son autre main, il agrippa la crosse de son blaster.) Il faut que j'amène quelqu'un?

– Inutile : ce n'est pas une fête.

Traduction : des renforts étaient déjà en route.

– Compris. J'arrive.

Il coupa le comlink.

– Des ennuis? fit Gillespee en l'observant par-dessus son verre.

– On a un intrus. (Karrde promena vivement les yeux sur la cour. Aucun des autres ne semblait regarder dans leur direction.) Rends-moi un service et surveille le secteur.

– D'accord. Je dois tenir quelqu'un plus à l'œil en particulier?

Karrde observa Ferrier, qui se dirigeait vers Par'tah et son collègue Ho'Din.

– Oui, assure-toi que Ferrier ne s'éclipse pas.

Le secteur principal de la base avait été aménagé sur trois niveaux, sous ce qui subsistait des étages de la forteresse en ruine et qui devait correspondre aux anciennes cuisines et offices. Une pièce très haute de plafond avait dû faire fonction de salle de banquet. C'est là qu'ils avaient caché le *Wild Karrde*. Le vaisseau y était plutôt à l'étroit, mais la salle offrait un double avantage : une clandestinité acceptable et la possibilité d'une évacuation rapide en cas d'urgence. Lorsqu'il atteignit les doubles portes, Karrde trouva Fynn Torve et cinq des hommes d'équipage du *Starry Ice*, le blaster au poing.

– Au rapport, dit-il.

– On pense qu'il y a quelqu'un à l'intérieur, dit Torve d'un ton sombre. Chin emmenait les vornskrs faire un tour près du vaisseau quand il a aperçu quelque chose qui bougeait dans l'ombre, près du mur sud.

C'était le mur le plus proche de la rampe d'accès du *Wild Karrde*.

– Il y avait quelqu'un à bord?

– Lachton travaillait sur la console secondaire. Aves lui a dit de rester sur la passerelle avec le blaster braqué sur la porte jusqu'à ce qu'on ait quelqu'un d'autre ici. Chin a pris un des gars de l'*Etherway* qui traînait dans le secteur et ils sont allés patrouiller dans les pièces du côté sud. Dankin fait la même chose au nord.

Karrde acquiesça.

– Bon, ça nous laisse le vaisseau. (Il désigna les deux hommes du *Starry Ice* :) Vous allez rester là et garder les portes. Allez : vite fait, bien fait. Maintenant, on y va.

Ils ouvrirent une des doubles portes et se glissèrent à l'intérieur de la salle. Droit devant eux, la proue du *Wild Karrde* se dressait dans la pénombre. A cent cinquante mètres de là, des fragments du ciel bleu d'Hijarna étaient visibles à travers la muraille effondrée.

– J'aurais aimé qu'on y voie un peu plus clair, marmonna Torve.

– Ça paraît toujours plus facile de se cacher dans l'ombre que ça ne l'ait réellement, dit Karrde. (Il prit son comlink :) Dankin, Chin : au rapport.

– Rien dans les pièces nord jusque-là, fit Dankin. J'ai envoyé Corvis avec un senseur portable, mais il n'est pas encore revenu.

– Rien, ici non plus, ajouta Chin.

– D'accord. On va contourner le vaisseau par tribord jusqu'à la coupée. Tenez-vous prêts à nous couvrir.

– On est prêts, capitaine.

Karrde prit son souffle et s'avança.

Ils avaient fouillé tout le vaisseau, la salle de banquet, l'office et les entrepôts sans rien trouver.

– Je suis navré, capitaine, fit Chin d'un ton morose quand ils se retrouvèrent au bas de la rampe d'accès. Vraiment navré. J'ai dû tout imaginer...

– Ne t'en fais pas.

Karrde inspecta encore une fois la salle de banquet. Ils n'avaient rien trouvé, d'accord, mais il éprouvait toujours le même sentiment de malaise. Quelqu'un les épiait et riait, là, quelque part...

– Ça arrive à tout le monde de se tromper. Dans le cas présent, on a mal interprété les informations. Torve, tu es certain que toi et Lachton, vous avez exploré tout le vaisseau?

– Chaque centimètre cube, l'assura Torve. Si quelqu'un s'est faufilé à l'intérieur du *Wild Karrde*, il est reparti bien longtemps avant qu'on arrive.

– Et vos vornskrs, capitaine? demanda l'un des hommes du *Starry Ice*.

– Ils ne sont bons que pour la chasse aux Jedi ou aux ysalamari. Mais... bon. On dirait qu'il n'y a plus personne dans le coin. On l'aura peut-être dérangé avant qu'il ait fini ce qu'il était venu faire. Torve, je veux que tu mettes des hommes en sentinelles ici. Et qu'Aves alerte ceux qui sont de service à bord du *Starry Ice.* et de l'*Etherway.*

– Vu. Et qu'est-ce qu'on fait de nos invités? On les prévient aussi?

– Pourquoi, on est leurs mères? grogna l'un des hommes d'équipage. Ce sont de grands garçons – ils peuvent se débrouiller tout seuls.

– J'en suis persuadé, dit Karrde, mais c'est moi qui les ai invités. Et aussi longtemps qu'ils sont sous notre toit, nous devons les protéger.

– Y compris celui que Chin a repéré? demanda Lachton.

Karrde leva les yeux vers son vaisseau.

– Tout dépendra de ce qu'on l'a envoyé faire ici.

Il se dit soudain qu'il était temps de rejoindre leurs invités, justement. Mazzic devait déjà être avec eux, et Ferrier n'était sans doute pas le seul à attendre avec impatience le début de la réunion.

– Lachton, dès que Corvis rapplique ici avec ses scanners, je veux que vous me passiez tout le vaisseau au peigne fin, en commençant par la coque. Il est possible que notre visiteur nous ait laissé un petit cadeau, et je ne tiens pas à ce que l'on reparte d'ici avec une balise au cul ou une bombe à concussion planquée quelque part. Si vous voulez me joindre, je serai dans la salle de conférences.

Il les quitta avec une pensée amère pour Mara Jade qui n'était pas avec eux. Il se promit de se rendre sur Coruscant dès que possible pour la ramener avec Ghent.

A supposer qu'on le laisse agir en toute liberté. Ses sources d'informations lui avaient rapporté une rumeur vague et troublante concernant une femme inconnue qui aurait été surprise en train d'aider un commando d'attaque impérial sur Coruscant. Si l'on tenait compte du mépris de Mara pour le Grand Amiral Thrawn, il semblait peu probable qu'elle pût offrir ses services à l'Empire. Mais, d'un autre côté, nombreux étaient ceux qui, dans la Nouvelle République, replongeaient dans une sorte d'hystérie guerrière. Étant donné son passé obscur, Mara se posait en suspecte évidence. Raison de plus, se dit-il, pour la faire évader de Coruscant.

Il gagna la cour supérieure et constata que Mazzic était effectivement arrivé. Il était avec le groupe de Ho'Din, en pleine conversation avec Par'tah, accompagné de son garde du corps femelle qu'il avait déjà sur Trogan et qui se tenait à quelque distance de là, essayant de se faire oublier.

Tout comme les deux hommes qui se trouvaient immédiatement derrière elle. Et les quatre autres à quelques mètres audelà. Plus les six dispersés à la périphérie de la cour.

Karrde s'était arrêté sur le seuil. Un signal d'alarme discret venait de se déclencher dans son cerveau. Il pouvait être normal que Mazzic se fasse accompagner par deux chasseurs de couverture. Mais amener toute une équipe de protection à une réunion amicale, c'était autre chose. Ou bien le raid impérial sur Trogan l'avait rendu anormalement inquiet... ou il préparait un coup qui rendrait la réunion moins amicale.

– Hé... Karrde! lança Ferrier en l'apercevant. Rappliquez par ici! Il faudait qu'on commence un de ces jours!

– Mais bien sûr, fit Karrde en affichant son sourire le plus chaleureux.

Il était désormais trop tard pour rappeler certains de ses hommes ici afin d'équilibrer les forces. Il ne lui restait plus qu'à espérer que Mazzic était tout simplement prudent.

– Bonsoir, Mazzic, lui dit-il. Et merci d'être venu.

– Mais ça ne posait aucun problème, fit Mazzic, le regard froid, sans répondre à son sourire.

– Suis-moi par là, dit Karrde. J'ai fait préparer des sièges plus confortables dans la salle du fond.

– Moi, j'ai une meilleure idée, dit Mazzic. Et si nous nous réunissions à bord du *Wild Karrde*?

Karrde le fixa un instant. Mazzic lui faisait face, l'air neutre. Apparemment, il n'obéissait pas uniquement à la prudence.

– Et puis-je demander pour quelle raison? demanda-t-il.

– Tu aurais donc quelque chose à cacher?

Karrde se permit un sourire glacé.

– Bien sûr que j'ai des choses à cacher. De même que Par'tah, ou Ellor... ou vous encore. Nous sommes tous des concurrents en affaires, non?...

– Alors, tu ne nous laisseras pas monter à bord du *Wild Karrde*?...

Karrde les regarda tous l'un après l'autre. Ses chers collègues contrebandiers. Gillespee, Dravis et Clyngunn fronçaient les sourcils, visiblement inquiets de la situation. Le visage de Ho'Din de Par'tah était difficile à déchiffrer, mais elle aussi semblait troublée. Ellor fuyait le regard de Karrde. Quant à Ferrier... Il affectait de sourire. Il minaudait dans sa barbe. Mais, pour Karrde, c'était plus que suffisant.

Et, bien trop tard, il comprenait enfin. Ce que Chin avait

entrevu – et ce qu'ils n'avaient pas pu saisir – c'était le Defel. L'être d'ombre de Ferrier.

Les hommes de Mazzic étaient présents. Ceux de Karrde étaient à trois niveaux plus bas. Ils gardaient le vaisseau contre un danger qui n'existait plus depuis un certain temps. Et tous ses invités attendaient sa réponse.

– Le *Wild Karrde* est en bas, dit-il enfin. Si vous voulez tous me suivre...

Quand ils arrivèrent, Dankin et Torve bavardaient au pied de la rampe d'accès.

– Salut, capitaine, dit Dankin, l'air surpris. On peut vous aider?

– Non, pas vraiment. Nous avons décidé de tenir cette réunion à bord, c'est tout.

– A bord? s'écria Dankin en écho.

Il explora le groupe des yeux, apparemment incrédule. Ce qui n'était guère étonnant : au milieu des contrebandiers, de leurs assistants et de leurs gardes du corps, les renforts de Mazzic étaient comme autant de balises.

– Je suis désolé, mais on ne m'a pas prévenu.

Il glissa son pouce d'un geste désinvolte dans la ceinture de son blaster.

– Oui, on a pris la décision sur un coup de tête, fit Karrde.

Du coin de l'œil, il vit que ses hommes quittaient la salle de banquet pour se rabattre sur le vaisseau : ils avaient tous vu le signal de Dankin. Et ils se déployaient en cercle...

– Oh, d'accord, fit Dankin, prenant un air confus. Mais je crains que ça ne soit pas l'endroit idéal. Je veux dire : vous savez comme le carré est petit et...

– Nous ne sommes pas là pour l'aménagement intérieur, l'interrompit Mazzic. Écarte-toi, tu veux bien? Des affaires pressantes nous attendent...

– Oui... Oui, je comprends. Mais... le problème, en vérité, c'est que nous sommes en train de scanner tout le vaisseau. Et la lecture va être complètement nulle si d'autres personnes montent à bord.

– Alors, annule tout d'avance, dit Ferrier. Tu te prends pour qui, d'abord?...

Dankin n'eut pas le temps de placer une réplique. Karrde surprit une brève bouffée de parfum, et le museau d'un blaster s'enfonça dans ses côtes.

– Pas mal joué, Karrde, lui dit Mazzic. Mais ça n'a pas marché. Allez, fais-les sortir. Tout de suite.

Karrde jeta un regard prudent par-dessus son épaule et découvrit la séduisante garde du corps de Mazzic. Son regard froid de professionnelle.

– Et si je n'obéis pas?...

– Alors, on ouvre le feu. Dans la seconde.

Autour d'eux, les autres s'agitaient.

– Est-ce que quelqu'un pourrait m'expliquer ce qui se passe? demanda Gillespee.

– Je vous le dirai quand nous serons à bord, dit Mazzic sans quitter Karrde du regard. En supposant que nous y arrivions vivants. Ça, ça regarde notre hôte.

– Jamais je ne livrerai mes hommes sans combattre, dit Karrde d'un ton calme.

– Mais ce ne sont pas tes hommes qui m'intéressent. Et encore moins ton vaisseau, ou ton organisation. C'est une question personnelle, juste entre toi et moi. Et nos amis contrebandiers.

– Alors on va la résoudre, proposa Dankin. On forme un cercle, vous choisissez vos armes et...

– Je ne t'ai pas parlé, pauvre crétin! lança Mazzic. Ici, on va discuter de trahison.

– De *quoi*? s'écria Gillespee. Mazzic?...

– La ferme, Gillespee. Alors, Karrde?...

Lentement, Karrde regarda autour d'eux. Et ne vit aucun allié immédiat. Aucun ami sur lequel s'appuyer dans l'instant face aux accusations maquillées de Mazzic et de Ferrier. Ils avaient tous oublié le respect qu'ils avaient pour lui. Ils étaient prêts à le regarder mourir... et à se partager les morceaux de cette organisation qu'il avait construite avec tant de peine.

Mais, jusqu'à ce que ça se passe, il y avait encore des gens, des êtres, qui étaient encore ses associés. Et qui étaient encore sous sa responsabilité.

– Il n'y a pas suffisamment de place dans le carré. Nous ne pourrons être que huit, dit Karrde, très calmement. Tous tes gardes du corps, tes assistants et tes hommes de main devront rester dehors. Est-ce que tu veux bien leur donner l'ordre de ne pas attaquer mes hommes?

Mazzic le scruta un instant avant d'acquiescer.

– Aussi longtemps qu'on ne les provoquera pas, ils ne s'en prendront à personne. Shada, prends son blaster. Karrde... après toi.

Karrde jeta un bref regard à Dankin et à Torve avant d'approuver. Il monta à regret la rampe d'accès, suivi par les hommes qui, il l'avait espéré, auraient pu former avec lui un front uni face à l'Empire.

Comme il regrettait...

Dans le carré, Mazzic repoussa Karrde jusque dans un siège de recoin tandis que les autres s'installaient face à lui.

– Parfait, dit Karrde. Et alors, où est-ce que nous en sommes?

– Je veux tes cartes de données, dit Mazzic. Toutes. On va commencer par celles de ton bureau...

Karrde jeta un regard derrière lui en acquiesçant.

– Il faut passer la porte et prendre la coursive de droite.

– Et les codes d'accès?

– Il n'y en a pas. Je fais confiance à mes hommes.

– Ellor, accompagne-les, dit Mazzic avec un bref plissement des lèvres. Et ramène quelques blocs avec toi.

Sans un mot, le Duro se leva et quitta le carré.

– Pendant que nous attendons, proposa Karrde dans le silence lourd, je pourrais peut-être vous proposer l'accord pour lequel je vous avais invités sur Hijarna...

Mazzic eut un reniflement de mépris.

– Karrde, je dois avouer que tu as un certain culot. Et pas mal d'élégance aussi. Mais si tu veux bien, reste assis tranquillement... D'accord?

– Comme tu voudras, fit Karrde.

Ellor fut de retour la minute suivante avec un plateau chargé de cartes de données.

– Parfait, dit Mazzic. Donne donc une des cartes à Par'tah et on va explorer les autres. Vous savez l'un comme l'autre celles qui nous intéressent...

– [Pour commencer], dit Ellor, [je dois vous dire que ça ne me plaît guère.]

– [Je sssuis d'accord], ajouta Par'tah, dont les appendices de tête frissonnaient furieusement. [Déffiier un concurrent professsiiionnel, c'est le jeuuu. Mais ceccci est diiffférent...]

– Ça ne vous concerne pas, protesta Mazzic.

– Bien sûr que non, acquiesça Karrde. Il a déjà déclaré qu'il n'avait pas d'intérêt dans mon organisation. Vous vous en souvenez, non?...

– N'essaie pas de jouer sur les mots, Karrde. Ça me déplaît autant que d'être mené par le bout du nez.

– Mais je ne mène personne par le bout du nez, Mazzic, fit Karrde d'un ton serein. J'ai joué franc-jeu avec vous tous depuis que tout a commencé.

– Peut-être. C'est ce que nous sommes venus vérifier.

Karrde regarda autour de lui. Il se souvenait du chaos qui avait déferlé sur le petit monde crépusculaire des contrebandiers après l'effondrement de l'organisation de Jabba le Hutt.

Tous les groupes de la galaxie s'étaient empoignés pour arracher des morceaux, des vaisseaux, des hommes et des contrats. Souvent, ils s'étaient battus sauvagement. Surtout les organisations les plus importantes, qui s'étaient largement gavées des restes de Hutt.

Karrde se demanda si Aves serait en mesure de les battre sur ce terrain. Même avec l'aide de Mara.

– Autre chose? demanda Mazzic.

– [Sssiii tel est le cas, nous te le ferons ssavoir], rétorqua Par'tah d'un ton, encore plus aigu que de coutume, qui trahissait sa mauvaise humeur.

Karrde se tourna vers Mazzic.

– Est-ce que ça te gênerait de me dire ce que je suis supposé avoir fait?

– Oui, moi aussi, j'aimerais bien entendre ça, insista Gillespee.

Mazzic se laissa aller en arrière, la main sur son arme.

– C'est très simple. Cette embuscade de Trogan – celle où mon ami Lishma a trouvé la mort – semble avoir été complètement simulée.

– Comment ça, simulée? dit Dravis.

– Je viens de le dire. Quelqu'un a payé les services d'un lieutenant impérial et de son escouade pour nous attaquer.

Clyngunn émit un ronflement profond.

– Les gens de l'Empire ne sont pas des mercenaires.

– Mais ceux-là l'étaient, insista Mazzic.

– Qui l'a dit? demanda Gillespee.

Mazzic eut un sourire crispé.

– La source la plus fiable qui soit. Le Grand Amiral Thrawn lui-même.

Un silence stupéfait suivit. Dravis fut le premier à retrouver la voix.

– Sans rire? Et il t'a dit ça comme ça?

– Ils m'ont coincé pendant que je furetais dans le système de Joiol et ils m'ont emmené sur le *Chimaera*, dit Mazzic, ignorant le sarcasme. Après le coup des chantiers de Bilbringi, je pensais que j'allais avoir droit au traitement de choc. Mais Thrawn m'a expliqué qu'il voulait simplement clarifier les choses, que personne, dans tout l'Empire, n'avait ordonné l'attaque de Trogan et que je ne devais pas le tenir pour responsable. Ensuite, il m'a laissé repartir.

– En insinuant, bien entendu, que j'étais sans doute le coupable? suggéra Karrde.

– Il ne t'a pas désigné nommément. Mais qui d'autre aurait pu avoir intérêt à nous remonter contre l'Empire?

– Mazzic, dit Karrde, nous parlons ici d'un Grand Amiral qui se régale de stratégies compliquées. Et qui a personnellement intérêt à m'éliminer.

Mazzic eut encore un de ses sourires roides.

– Karrde, je ne crois pas mot pour mot ce qu'a dit Thrawn. L'un de mes amis a fouiné dans les archives militaires de l'Empire. Il m'a fourni tous les détails du plan de Trogan.

– Les archives de l'Empire peuvent toujours être trafiquées.

– Comme je viens de le dire, je ne les crois pas vraiment. Mais si nous arrivons à trouver qui a pu passer un accord avec eux, alors... (Il leva son blaster.) Ça sera une preuve définitive.

– Je vois, murmura Karrde en jetant un regard à Ferrier. C'était donc ce que son Defel était venu faire ici. Dissimuler la preuve que cherchait Mazzic.

– Je suppose qu'il est trop tard pour vous signaler que nous avons détecté un intrus ici même il y a quelques minutes?

Ferrier eut un reniflement de mépris.

– Oh, bravo, Karrde. Bien joué. Mais trop tard, effectivement.

– Trop tard pour quoi? demanda Dravis en fronçant les sourcils.

– Il essaie seulement de rejeter les soupçons sur nous, c'est tout, dit Ferrier d'un air hautain. De faire croire que c'est l'un des nôtres qui lui a glissé cette carte de données.

– Mais quelle carte? railla Gillespee. On ne l'a pas trouvée.

– [Mais si, nous l'avons trouvée], dit la voix douce d'Ellor.

Karrde se tourna vers lui. Le visage plat de l'autre était vide d'émotions. Il tendait une carte à Mazzic qui la prit, les traits soudain durcis.

– C'est bien ça, dit-il en la posant sur la table. Eh bien, je suppose qu'il n'y a rien à ajouter...

– Une seconde! protesta Gillespee. On peut ajouter quelque chose. Karrde ne ment pas à propos de cet intrus : j'étais avec lui en haut quand l'alerte a été déclenchée...

Mazzic haussa les épaules.

– D'accord, je veux bien. Et alors, Karrde? Qu'est-ce que tu as trouvé?

Karrde essayait de ne pas regarder en face le canon du blaster de Mazzic.

– Rien, malheureusement. Chin a cru remarquer un mouvement à proximité du vaisseau, mais sans pouvoir vraiment le localiser.

– Je n'ai pas repéré autant d'endroits où se cacher, dit Mazzic.

– S'il s'agit d'un humain, oui, acquiesça Karrde. Mais, d'un autre côté, nous n'avons pas tenu compte de toutes les ombres des murs et des portes...

– Ce qui signifie qu'il s'agirait de mon spectre, hein? lança Ferrier. Karrde, c'est typique de toi : tu t'accroches au moindre indice et tu envoies le rideau de fumée. Mais cette fois, laisse tomber : ça ne marchera pas.

Karrde le fixa. L'autre avait un air agressif, un regard méfiant... Et il comprit soudain qu'il s'était trompé. Ferrier et Mazzic n'avaient pas monté ce traquenard ensemble. C'était sans doute Ferrier le seul coupable, obéissant aux directives de Thrawn.

Ce qui impliquait que Mazzic ne pensait pas au fond de lui-même que Karrde ait pu les trahir. Et qu'il existait encore une chance de le convaincre.

Il fixa Mazzic et demanda :

– Est-ce que tu me crois vraiment assez imprudent pour laisser une trace de ma trahison là où n'importe qui peut la trouver?

– Mais tu ne savais pas que nous chercherions cette carte, intervint Ferrier avant que Mazzic ait pu répondre.

Karrde haussa un sourcil.

– Parce que maintenant c'est « nous », Ferrier? Tu es en cheville avec Mazzic sur ce coup?

– Il a raison, Karrde : n'essaie pas de tout brouiller, dit Mazzic. Tu penses vraiment que Thrawn dépenserait tous ces efforts rien que pour t'écarter du circuit? Il aurait pu le faire directement sur Trogan.

– Là-bas, il n'a pas pu m'avoir. Parce que vous étiez tous là. Jamais il n'aurait pris le risque de dresser toute la Frange contre lui. Non, il est beaucoup plus habile que ça. Il me détruit, il fait taire du même coup tous les avertissements que j'ai lancés contre lui, et il conserve vos services et votre bonne volonté.

Clyngunn secoua sa tête hirsute.

– Non... Thrawn n'est pas comme Vador. Il ne gaspillerait pas des troupes dans un raid délibérément manqué.

– Je suis d'accord, acquiesça Karrde. Mais je ne pense pas non plus que ce soit lui qui ait préparé le traquenard de Trogan. Je crois que c'est quelqu'un d'autre, et que Thrawn utilise ça du mieux qu'il peut.

– Je suppose que tu essaies de me mettre ça sur le dos aussi, grogna Ferrier.

– Je n'ai encore accusé personne, Ferrier, lui dit Karrde

d'une voix très douce. A t'entendre, on pourrait croire que tu te sens coupable...

– Et voilà : il continue, dit Ferrier en observant les autres avant de revenir à Karrde. Tu as quasiment accusé mon spectre d'avoir introduit cette carte de données ici.

– Ça, c'est ce que tu suggères, toi.

Réfléchir n'était pas le point fort de Ferrier, il le savait. L'autre commençait à accuser le coup. Et s'il pouvait, lui, pousser son avantage...

– Mais, puisque nous en parlons, où est donc ton Defel?

– Sur mon vaisseau. Dans la cour ouest, où se trouvent tous les autres. Depuis que je me suis posé.

– Pourquoi?

– Qu'est-ce que tu veux dire? Il fait partie de mon équipage.

– Non, je veux dire : pourquoi n'est-il donc pas là dehors, avec tes autres gardes du corps?

– Qui a dit que c'était un garde du corps?

– Alors, c'est une idée que je me faisais, dit Karrde en haussant les épaules. Mais c'est pourtant bien le rôle qu'il jouait sur Trogan, n'est-ce pas?...

– Oui, c'est vrai, intervint Gillespee. Il était près du mur, je me rappelle. Prêt à aligner les Impériaux dès qu'ils surgiraient.

– Comme s'il savait d'avance qu'ils allaient attaquer, grommela Karrde.

Le visage de Ferrier s'était assombri.

– Karrde...

– Ça suffit comme ça, trancha Mazzic. Karrde, tout ça ne nous apporte aucune preuve, et tu le sais bien. Et puis, qu'est-ce que Ferrier aurait à gagner en préparant une attaque comme ça?...

– Peut-être qu'il serait en position pour nous aider à nous défendre, suggéra Karrde. Dans l'espoir d'apaiser nos soupçons vis-à-vis de ses rapports avec l'Empire.

– Tu peux tourner et retourner les mots comme tu le veux, dit Ferrier en pointant le doigt sur le bloc de données qui se trouvait toujours devant Mazzic. Mais cette carte ne dit nulle part que c'est *moi* qui ai engagé Kosk et son escouade. Il y est question de *toi*. Uniquement de toi. Personnellement, je pense que nous en avons suffisamment entendu...

– Une minute! lança Mazzic en se tournant vers lui. Comment peux-tu savoir ce qu'il y a sur la carte?

– Mais tu nous l'as dit. Tu as dit que c'était l'autre moitié de...

– Mais je n'ai à aucun moment mentionné le nom du lieutenant.

Le silence était lourd, soudain. Et, derrière sa barbe, le visage de Ferrier était blême.

– Tu as dû le prononcer.

– Non. A aucun instant.

– C'est vrai. Personne ne l'a entendu, confirma Clyngunn dans un rauquement.

Ferrier lui lança un regard furieux.

– C'est de la folie! cracha-t-il en retrouvant un peu de courage. Toutes les preuves désignent Karrde – et vous allez le laisser repartir libre parce que j'ai entendu le nom de Kosk quelque part? Peut-être qu'un des commandos l'a crié pendant le combat de Trogan – comment je pourrais le connaître autrement?

– Moi, j'ai une question plus facile à poser, dit Karrde. Raconte-nous comment tu as appris ce rendez-vous et où il devait avoir lieu. Parce que tu n'avais pas d'invitation...

Mazzic jeta un regard vif à Karrde.

– Tu ne l'avais pas invité?...

– Non, fit Karrde en secouant la tête. Je ne lui ai jamais vraiment fait confiance. Pas depuis que j'ai appris le rôle qu'il avait joué dans la prise de la flotte Katana par Thrawn. Et il ne serait pas venu sur Trogan si Gillespee n'avait pas lancé de rendez-vous à tout le monde.

– Alors, Ferrier?... demanda Dravis. Tu vas prétendre que c'est l'un de nous qui t'a prévenu?

– Bon, d'accord, j'ai intercepté les messages destinés à Mazzic. Je les ai décryptés et je me suis dit que je ferais aussi bien d'être présent.

– Ça, c'est du travail rapide, commenta Gillespee. Parce qu'on se sert de codes solides. Bien entendu, tu as gardé une copie de l'émission encryptée originale, n'est-ce pas?...

Ferrier se dressa.

– Inutile que je reste ici à vous écouter. C'est Karrde qu'il faut juger, pas moi.

– Assieds-toi, Ferrier, dit Mazzic d'un ton paisible.

Et son blaster n'était plus pointé sur Karrde.

– Mais c'est *lui*, insista Ferrier. C'est lui qui a...

– Attention! cria Gillespee.

Mais trop tard. Ferrier avait fait diversion de la main droite et, de la gauche, il brandissait un détonateur thermique.

– Allez : les mains sur la table, tous! gronda-t-il. Mazzic, laisse tomber ton arme.

Lentement, Mazzic posa son blaster sur la table.

– Tu ne pourras pas t'en sortir, Ferrier, fit-il d'un ton mordant. Ça va se passer entre Shada et mes hommes.

– Mais non : ils n'auront pas le temps de me tirer dessus, dit Ferrier en saisissant le blaster de Mazzic. Hé, spectre! Rapplique ici!

La porte du carré coulissa et une ombre se glissa dans la pièce. Une ombre qui avait des yeux rouges et de longs crocs.

Clyngunn poussa un juron de ZeHethbra gargouillant.

– Ainsi donc, Karrde avait raison. Tu nous a vendus à l'Empire.

Ferrier parut ne pas l'entendre.

– Surveille-les, ordonna-t-il à son Defel en lançant le blaster de Mazzic. Allez, Karrde : accompagne-moi sur la passerelle.

– Et si je refuse?

– Je te tuerai et je prendrai ton vaisseau. Mais c'est sans doute ce que je ferai après tout... Thrawn me donnera sans doute un bon prix...

– Ça, je veux bien le croire, dit Karrde en se levant. Par ici...

Ils atteignirent la passerelle sans incident.

– Maintenant, c'est toi qui pilotes, ordonna Ferrier en consultant les écrans. Oui, parfait : je savais que tu serais prêt à décoller...

– Et on va où? demanda Karrde en se laissant tomber dans le siège de pilotage.

Au-delà de la baie, il apercevait ses hommes : ils tenaient toujours en joue ceux de Mazzic.

– On dégage de cette planète, dit Ferrier en agitant son blaster. C'est par là qu'on commence...

Karrde composa un rapport de statut de la main droite tout en glissant sa main gauche vers son genou. Juste au-dessus, sous la console principale, se trouvait le panneau dissimulé avec tous les contrôles des phares extérieurs.

– Et ensuite?...

Ferrier inspecta rapidement le poste de communications.

– Qu'est-ce que tu crois? On file. Tu as d'autres vaisseaux en stand-by?

– Le *Starry Ice* et l'*Etherway*, c'est tout.

Dans la même seconde, Karrde alluma trois fois de suite, très vite, les balises extérieures. Et certains de ses hommes se tournèrent vers le vaisseau d'un air inquiet.

– Mais je suppose que tu ne comptes pas aller très loin.

Ferrier grimaça un sourire.

– Pourquoi? Tu as peur que je te vole ton bon vieux cargo?...

– Non, bien sûr que tu ne le voleras pas, dit Karrde en le fixant. Je vais le détruire.

Ferrier ricana.

– Dis-moi : tu as le verbe bien haut pour quelqu'un qui se trouve du mauvais côté d'un blaster...

– Mais je ne bluffe pas, le prévint Karrde en allumant à nouveau tous les phares du cargo et en coulant un regard vers la baie.

Il se dit que ceux qui se trouvaient là dehors avaient dû comprendre qu'il se passait quelque chose. Sinon, le départ prématuré du *Wild Karrde* risquait de mettre le feu aux poudres.

– Bien sûr que non, fit Ferrier en s'installant au poste de copilote. Du calme : on ne joue pas au héros. Ça me plairait bien de te piquer le *Wild Karrde*, remarque bien, mais on ne marche pas avec la moitié d'un équipage. Non, je veux seulement que tu ailles me poser près de mon vaisseau. On va dégager d'ici et se faire discret jusqu'à ce que tout ça soit calmé. (Il jeta un ultime regard sur les écrans.) O.K. On y va.

Karrde lança les répulseurs en croisant mentalement les doigts. Il s'était plus ou moins attendu à un tir de blasters, mais il se dégagea sans ennui de la brèche pour surgir dans le ciel du soir.

– Oui, confirma Ferrier. Ils sont tous partis. Ils ont regagné leurs vaisseaux pour nous prendre en chasse.

– Ça n'a pas l'air de t'inquiéter.

– Absolument pas. Tout ce que tu as à faire, c'est de me poser à côté de mon vaisseau, là-bas. Tu peux y arriver, non?...

– Je vais faire de mon mieux, dit Karrde, sans quitter des yeux le blaster de Ferrier. Ce fut facile. Le *Wild Karrde* s'était à peine posé sur la terrasse craquelée près d'un aviso corellien que les autres vaisseaux surgissaient des arches qui accédaient à la cour de la forteresse.

– Je savais que tu étais capable de cet exploit, ricana Ferrier en pressant la touche d'intercom... Spectre? Ouvre la porte. On est sortis.

Aucune réponse.

– Spectre? Tu m'entends?

– Il ne t'entendra plus avant un certain temps, dit la voix basse de Clyngunn. Si tu veux le voir, il va falloir qu'on le porte.

Ferrier coupa l'intercom d'un geste brusque.

– Quel imbécile! Jamais je n'aurais dû lui faire confiance. Et j'aurais dû aussi vous tuer tous dès le début!...

– Peut-être, fit Karrde, pensif. (Il leva le menton vers la cour, vers les gardes du corps et les hommes de main qui couraient vers le vaisseau.) Mais je crains que tu n'aies pas le temps de corriger cette bévue, camarade...

– Je le ferai plus tard. Mais je peux toujours te liquider.

– Seulement si tu souhaites partir avec moi, rétorqua Karrde en se déplaçant légèrement pour montrer sa main gauche qui tenait fermement l'une des commandes basses de la console. Comme je te l'ai dit, je préfère détruire mon vaisseau plutôt que tu t'en empares.

Un moment, un très long moment, il se dit que Ferrier allait risquer sa chance. Mais, finalement, l'autre dévia son arme et tira deux fois dans les commandes.

– Une autre fois, Karrde.

Il battit en retraite vers la porte de la passerelle, jeta un rapide regard au-dehors, puis sortit.

Karrde expira lentement. Il lâcha la commande des feux d'atterrissage et se redressa. Quinze secondes plus tard, par la baie, il vit Ferrier qui courait vers son aviso.

Il tendit la main au-dessus du trou encore grésillant creusé dans la console et ouvrit l'intercom.

– Ici Karrde. Vous pouvez dégager la porte, à présent : Ferrier est parti. Vous avez besoin d'aide ou d'assistance médicale pour votre prisonnier?

– Non aux deux questions, répondit Gillespee. Le Defel est un champion quand il s'agit de se faufiler n'importe où, mais en tant que garde du corps, je n'en voudrais pas. Alors, comme ça, Ferrier l'a abandonné?

– C'est ce que j'attendais de lui plus ou moins.

L'aviso de Ferrier s'élevait sur ses répulseurs et pivotait vers l'ouest...

– Il décolle en ce moment même. Prévenez tout le monde d'évacuer le vaisseau : il a sûrement prévu quelque chose pour empêcher qu'on le poursuive.

Il avait à peine lancé son avertissement que l'aviso de Ferrier lança un grand container. Il y eut un éclair violent, et soudain le ciel explosa et un vaste filet métallique tomba vers la cour. Il s'abattit sur les vaisseaux dans un jaillissement d'étincelles.

– Un filet Conner, commenta Dravis. Un truc typique des voleurs de vaisseaux.

Karrde se retourna. Dravis, Par'tah et Mazzic se tenaient sur le seuil et observaient le décollage de Ferrier.

– Nous avons pas mal de monde dans le coin, leur dit-il. Il ne devrait pas tarder à se faire descendre.

– [Il ne ffaut pas qu'il sss'échappe], insista Par'tah avec un geste de mépris Ho'Din en direction de l'aviso.

– Mais non, il ne s'échappera pas, la rassura Karrde. (Le vaisseau de Ferrier évoluait au ras de la plaine pour éviter tous les tirs éventuels.) L'*Etherway* et le *Starry Ice* sont parés. Au nord et au sud. (Il se tourna vers Mazzic en haussant les sourcils.) Mais, étant donné les circonstances, je crois que cet honneur revient à Mazzic.

L'autre esquissa un sourire.

– Merci. (Il sortit son comlink.) Griv, Amber : l'aviso approche. Occupez-vous de lui.

Ferrier avait presque atteint la ligne d'horizon et entamait maintenant sa montée vers l'espace. C'est alors que les deux chasseurs de Mazzic apparurent et filèrent derrière lui.

– Je pense que je te dois des excuses, dit Mazzic.

Karrde secoua la tête.

– Oublions ça. Ou plutôt : ne l'oublions pas. Rappelons-nous que le Grand Amiral Thrawn sait comment s'y prendre. Et ce que nous représentons pour lui, au fond.

– Ne t'inquiète pas. Je n'oublierai pas.

– Bien. Maintenant, il faut que nos hommes s'occupent de ce filet. Je suis certain que nous aimerions tous être au large d'Hijarna avant que l'Empire n'apprenne que son stratagème a échoué.

Au fond du ciel, il y eut un bref éclat de lumière.

– En attendant, ajouta Karrde, j'ai quand même une proposition à vous faire.

19

Yan chercha une meilleure prise sur la jambe gauche de D2 et dit :

– D'accord. Prépare-toi.

Le droïd émit un pépiement bref.

– Il vous rappelle de faire très attention, traduisit 6PO, qui se tenait prudemment à l'écart, de crainte de s'attirer des cris. N'oubliez pas que la dernière fois...

– On n'a pas fait exprès de le lâcher, grommela Yan. Mais s'il préfère attendre Luke, ça le regarde.

D2 pépia de nouveau.

– Il dit que ça ne sera pas nécessaire, fit aussitôt 6PO. Il vous fait confiance. Absolument.

– Très heureux de le savoir. (Malheureusement, se dit-il, D2 aurait dû être équipé de meilleurs points d'appui. Il devrait en parler au Groupe Automaton un de ces jours.) Bon, on y va. Lando, tu le soulèves.

Ils tirèrent ensemble et, brusquement, dans une secousse qui se propagea dans tout le dos de Yan, le droïd fut extirpé du nid de racines dans lequel ses roues étaient prisonnières.

– Eh bien, ça va mieux comme ça ! grommela Lando tandis qu'ils déposaient le droïd avec plus ou moins de douceur sur le lit de feuilles et de gravier du ruisseau à sec. Il se sent comment ?

Cette fois, le pépiement dura plus longtemps.

– Il dit qu'il ne semble avoir souffert que de dommages minimes, traduisit 6PO. Surtout esthétiques.

– Ça veut dire qu'il rouille, murmura Yan en se frottant le bas des reins.

Un peu plus bas, Luke tranchait des lianes avec son sabrolaser afin de leur frayer un chemin. Près de lui, Chewbacca et Mara veillaient, accroupis, blaster au poing, prêts à tirer sur les créatures ophidiennes qui se mettaient parfois à exploser en bouillonnant quand on les découpait.

Sur Wayland, tout s'apprenait à la dure.

Lando s'avança en s'efforçant de nettoyer le jus acide des racines de ses mains.

– Je trouve ce pays charmant, dit-il. Et toi?...

– J'aurais dû poser le *Faucon* bien plus près. Ou aller le récupérer quand nous nous sommes aperçus qu'il était impossible d'utiliser les motospeeders.

– Et comme ça, on serait en train d'affronter les patrouilles impériales au lieu de profiter de ces gentilles racines corrosives et de ces serpents des lianes, rétorqua Lando. Moi, je dirais que c'est plutôt une bonne affaire.

– Oui, je suppose, acquiesça Yan à regret.

Tout près d'eux, une créature émit un sifflement complexe, et une autre lui répondit. Il essaya vainement de percer du regard l'écran des broussailles et des lianes.

– Ça ne sonnait pas comme un prédateur, commenta Lando.

– Peut-être...

Yan se retourna vers les deux droïds : 6PO parlait d'un ton apaisant à D2 tout en examinant ses brûlures.

– Hé, les petits! Préparez donc vos scanners!

Docilement, D2 déploya aussitôt une petite antenne et l'agita. Il se mit à glousser avant de débiter une série de sons crépitants.

– Il dit qu'il n'y a aucun animal de taille conséquente dans un rayon de vingt mètres, dit 6PO. Au-delà...

– Il ne peut pas lire dans les broussailles, acheva Yan. Merci bien.

D2 rentra son antenne, et les deux droïds reprirent leur bavardage.

– Où crois-tu qu'ils soient allés? demanda Lando.

– Les prédateurs? Ça me dépasse. Peut-être qu'ils sont allés rejoindre les indigènes...

Lando souffla doucement, les mâchoires crispées.

– Yan, ça ne me plaît pas. Ils doivent savoir maintenant qu'on est ici. Qu'est-ce qu'ils attendent?

– Peut-être que Mara se trompait à leur sujet. Peut-être que l'Empire en a eu assez de partager cette planète avec quelqu'un d'autre et les a tous liquidés.

– Quelle pensée réconfortante, dit Lando. Mais ça n'explique toujours pas pourquoi les bestiaux nous ont ignorés depuis plus de deux jours...

– Non, acquiesça Yan.

Lando avait raison : on les guettait. Ce sentiment ne le quittait pas. Quelque part à proximité, il y avait quelqu'un. Ou quelque chose.

– Peut-être que ceux que nous avons affrontés juste après notre arrivée ont passé le mot pour qu'on ne nous attaque pas.

– Mais non, Yan, ces machins étaient plus bêtes que des limaces de l'espace, tu le sais bien.

– C'est juste une pensée qui me venait, fit Yan en haussant les épaules.

Luke venait de baisser son sabre et le reflet vert disparut de la forêt.

– On dirait qu'on va pouvoir avancer encore un peu, dit-il. Vous avez réussi à extirper D2?

– Oui, ça va pour lui, dit Yan. Tu es tombé sur des serpents?

– Pas cette fois. (Luke montra un arbre de la pointe de son sabre.) Par contre, je dirais qu'on a évité de justesse de se colleter encore une fois avec ces rapaces.

Yan suivit son regard. Là-bas, dans les basses branches, il découvrait d'autres nids de boue et d'herbes. 6PO était tombé dessus la veille, et Chewbacca soignait encore les plaies de son bras gauche.

– Ne touchez à rien!

– Mais non, tout va bien, ils sont vides, le rassura Luke. Ils ont dû déménager.

– Oui. (Yan s'approcha lentement du nid.) Ça va... Il y a quelque chose d'anormal?

– Non, non... Aucun problème. Pourquoi?...

Derrière Luke, Chewbacca émit un grondement sourd.

– On y va, dit Yan avant que Luke ait pu ajouter un mot. Je veux qu'on progresse encore un peu avant que la nuit tombe. Luke et Mara, vous accompagnez les droïds en tête. Chewie, on ferme la marche.

Luke n'était pas content. Ça se lisait sur son visage. Mais il inclina la tête.

– Bon. Allez, 6PO, on y va.

Et ils reprirent leur chemin dans le lit du ruisseau, accompagnés comme toujours par les geignements de 6PO.

Chewbacca grogna une question.

– On va essayer de savoir ce qui est arrivé aux oiseaux de proie, lui dit Yan en regardant le nid. (Il n'avait pas l'air trop abîmé.) Mais c'est toi qui peux sentir la chair fraîche à dix pas. Renifle donc un peu...

Il ne fallut guère de temps au Wookie pour découvrir l'un des volatiles. Il gisait au pied d'un buisson, de l'autre côté de l'arbre, les ailes déployées et raides. Absolument mort.

– Qu'est-ce que tu en penses? demanda Yan d'un ton désinvolte. Un prédateur?

Chewbacca grommela une réponse négative. Il plongea ses griffes dans les plumes du rapace, à l'endroit où une marque brune était visible, juste sous l'aile gauche. Il décela une entaille et y inséra une griffe, délicatement. Puis il émit un grondement sourd.

– Tu es certain que c'est un coup de couteau? Pas des serres?

Le Wookie marmonna en désignant ce qui était évident : si l'oiseau avait été tué par un prédateur, ils n'auraient trouvé que des plumes et un squelette.

– Exact, reconnut Yan tandis que Chewbacca laissait retomber le volatile. Donc, les indigènes ne sont pas loin. Et même plutôt près.

C'est alors que Chewbacca gronda la question évidente.

– Mais oui, c'est ça! Ils sont peut-être en train d'essayer d'en savoir plus sur nous. Ou alors, ils attendent des renforts...

Le Wookie poussa quelques notes rauques en montrant le rapace, que Yan examina à nouveau. Oui, il avait raison, la blessure impliquait que l'oiseau avait eu les ailes déployées à l'instant où on l'avait tué. En plein vol. D'un seul et unique coup.

– Tu as raison, Chewie : ils n'ont pas besoin de renforts. Viens, on va rejoindre les autres.

Yan Solo voulait qu'ils poursuivent leur marche jusqu'à la tombée de la nuit, mais après une nouvelle altercation avec l'astromécano de Skywalker et un nouveau lacis de lianes acides, il céda et accepta une halte.

A la seconde où il posait son sac auprès du sien et étirait ses membres endoloris, Mara lui demanda :

– Quelles sont les perspectives? Est-ce qu'il va falloir le porter?

– Je ne pense pas. (Il regarda Calrissian et Chewbacca qui bricolaient les roues de D2.) Chewie pense qu'il est capable de le réparer.

– Vous devriez l'échanger contre un machin qui n'a pas été prévu pour rouler uniquement sur des ponts métalliques bien plats...

– L'idée m'est souvent venue, dit Skywalker en s'asseyant auprès d'elle. Mais, tout bien pesé, il ne s'en tire pas si mal. La première nuit où je l'ai eu, vous auriez dû voir combien de kilomètres il a réussi à parcourir dans le désert de Tatooine.

Le regard de Mara dériva vers Yan, occupé à dérouler son lit tout en guettant la forêt.

– Vous allez me dire quel était le sujet de votre conversation, tout à l'heure? Ou bien suis-je censée ne pas devoir le connaître?

– Yan et Chewie ont trouvé un des rapaces qui se trouvaient dans le second nid qu'on a rencontré dans les pièges de lianes. C'est un coup de couteau qui l'a tué.

Mara resta un instant sans voix, la gorge nouée, se souvenant des récits qu'elle avait entendus à propos de cette planète du temps de l'Empereur.

– Ce sont sans doute les Mynershi, dit-elle. Pour eux, le combat rapproché à l'arme blanche est une forme d'art...

– Et que pensent-ils de l'Empire?

– Je vous l'ai déjà dit : ils n'aiment pas les humains. A commencer par les colons qui ont débarqué ici bien avant l'Empereur.

Elle observait Skywalker, à présent, mais ses yeux étaient perdus dans la nuit. Elle inspira profondément et lança la Force aussi puissamment qu'elle le pouvait. Les sons et les senteurs de la forêt affluèrent dans son esprit, se mêlèrent dans l'entrelacs de vie qui les cernait. Des arbres, des buissons, des animaux, des oiseaux...

Et puis, là, au seuil de sa conscience, un autre esprit. Étranger, fermé... mais un esprit quand même...

– Quatre, dit Skywalker d'un ton paisible. Non. Cinq. Ils sont cinq.

Mara plissa le front en se concentrant sur cette sensation. Il avait raison, il y avait plus d'un esprit dans le champ de sa perception. Mais elle ne parvenait pas à les séparer.

– Essayez de rechercher les déviations, lui murmura Skywalker. Ce qui les distingue les uns des autres. C'est le meilleur moyen de les définir.

Elle essaya, et découvrit avec un mélange de surprise et d'agacement qu'il avait raison, encore une fois. Il y avait ce deuxième esprit... elle le sentait... puis un troisième...

Et soudain, ils ne furent plus là.

Elle lança un regard aigu à Skywalker.

– Je ne sais pas, fit-il lentement. J'ai perçu une décharge émotionnelle, et ils sont partis.

– Peut-être ignoraient-ils notre présence, suggéra-t-elle d'un ton hésitant.

Mais elle savait que c'était improbable. Entre les grondements du Wookie qui s'en prenait à tout et les gémissements du droïd de protocole, c'eût été un miracle que toute la planète ne soit pas au courant de leur présence.

– Non, ils le savaient, dit Skywalker. En fait, je suis certain qu'ils venaient tout droit sur nous quand ils ont été... (Il secoua la tête.) Je veux dire qu'ils ont eu peur. Mais ça semble absurde.

Mara leva les yeux vers la voûte de la forêt.

– Serait-il possible que nous ayons détecté une patrouille impériale?

– Non. S'il y avait d'autres humains à proximité, je le saurais.

– Je parie que c'est facile, marmonna Mara.

– Simple question d'entraînement.

Elle lui coula un regard en biais. Elle avait senti une note bizarre dans sa voix.

– Ça veut dire quoi?...

Il eut une grimace presque imperceptible.

– Rien. Seulement... Je pensais aux jumeaux de Leia. Et je me suis dit qu'il faudrait bien que je les forme un de ces jours.

– Et cette perspective vous ennuie?

– Ce qui m'ennuie, c'est de savoir si j'en serai capable ou non.

– Qu'est-ce qu'il y a à faire? Leur apprendre à écouter les esprits, à déplacer les objets, à se servir d'un sabrolaser? Est-ce que vous n'avez pas déjà fait cela avec votre sœur?

– Oui, c'est vrai. Mais c'était quand je pensais encore que tout était simple. Mais ce n'est que le début. Ils vont être puissamment doués pour la Force, ce qui implique des responsabilités. Comment le leur apprendre? Comment leur apprendre la sagesse, la compassion? Et à ne pas abuser de leur pouvoir?

Mara le dévisagea. Oui, il était sincère et sérieux. Un aspect du Jedi noble, héroïque et infaillible qu'elle n'avait encore jamais vu.

– Mais comment peut-on enseigner ces choses à quelqu'un d'autre? demanda-t-elle. Surtout par l'exemple, je suppose.

Il réfléchit et acquiesça à regret.

– Oui, je pense. Jusqu'où l'Empereur est-il allé dans votre éducation de Jedi?

VOUS ALLEZ TUER LUKE SKYWALKER!

– Assez! murmura-t-elle tout en rejetant les mots de son esprit et en luttant contre le réflexe de haine qui les accompagnait.

– La formation de base, dit-elle. Pourquoi? Vous vous préoccupez de la sagesse et de la compassion?...

– Non... (Il hésita.) Mais il nous reste encore plusieurs jours avant d'atteindre le Mont Tantiss, et ce serait une bonne idée de revoir tout ça. Disons une sorte de cours d'entretien.

Elle le fixa avec un frisson glacé. Il avait dit cela avec beaucoup trop de désinvolture.

– Est-ce que vous auriez vu quelque chose qui nous attendrait? demanda-t-elle d'un air soupçonneux.

– Pas vraiment. Quelques images qui n'avaient pas de sens. Mais je me suis dit qu'il serait bien d'être aussi puissant que possible dans la Force avant d'arriver.

Elle détourna le regard. *VOUS ALLEZ TUER LUKE SKYWALKER.*

– Mais vous serez là. Pourquoi aurais-je besoin de consolider ma Force?

– Pour le but que le destin vous a fixé, dit-il, calmement mais fermement. Il nous reste près d'une heure avant le coucher du soleil. Commençons.

Wedge Antilles prit sa place au côté des autres commandants d'escadrons de chasse tout en promenant le regard dans la salle de combat du superdestroyer. Le demi-cercle de sièges était déjà presque plein. Quoi qu'Ackbar ait pu mettre sur pied, ça devait être important.

– S'lut, Wedge, grommela quelqu'un qui venait de s'asseoir à la place voisine. C'est drôle de te retrouver ici.

Wedge n'éprouva qu'une surprise mitigée. C'était Pash Cracken, le fils du légendaire général Airen Cracken, et l'un des meilleurs chefs d'escadron qui fût.

– Je pourrais en dire autant, Pash. Je croyais que tu étais encore dans le secteur d'Atrivis, à veiller sur le centre de commandement de la Frange.

– Tu es un peu en retard, fit Pash d'un air sombre. Generis est tombée il y a trois jours.

Wedge le fixa.

– J'ignorais. C'était dur?

– Assez. On a perdu tout le centre de commandement, plus ou moins intact, et la plupart des dépôts de ravitaillement. Par contre, on a réussi à ne leur laisser aucun vaisseau utilisable. Et en nous repliant, on a fait suffisamment de dégâts pour que le général Kryll ait le temps d'évacuer Travia Chan et ses gens.

– Ça a dû être une sacrée affaire, dit Wedge. Ça s'est passé comment : ils étaient en surnombre ou plus fort sur le plan stratégique?...

– Les deux, fit Pash en grimaçant. Je ne crois pas que

Thrawn était présent en personne, mais c'est certainement lui qui a mis au point l'assaut. Wedge, je vais te dire une chose : ces clones sont les trucs les plus épouvantables auxquels j'aie jamais eu à me colleter. C'est comme les commandos, des machines de guerre au sang glacé, précis, implacables. La seule différence, c'est qu'ils sont partout, et qu'ils n'ont rien de troupes de choc en mission spéciale.

– Parle-moi de ça. On a dû affronter deux escadrons de Tie avec ces choses pendant le premier assaut de Qat Chrystac. Ils faisaient des manœuvres impossibles.

Pash hocha la tête.

– Le général Kryll pense que Thrawn doit choisir ses meilleurs éléments comme étalons de clonage.

– Il serait idiot de ne pas le faire. Et Varth ? Est-ce qu'il s'en est sorti ?

– Je l'ignore, dit Pash. On a perdu le contact avec lui pendant la retraite. J'espère seulement qu'il a réussi à s'extraire de l'étau pour rallier une des unités de Fedje ou Ketaris.

Wedge se souvint des quelques rares rencontres qu'il avait eues avec le commandant d'escadre Varth, surtout à propos de problèmes de maintenance ou de pièces détachées. Varth était un tyran au langage caustique, amer, mais il avait un talent particulier : il lançait ses chasseurs avec des chances de réussite ridiculement faibles et les récupérait.

– Il va s'en tirer, déclara-t-il. Il est bien trop contrariant pour mourir rien que pour faire plaisir à l'Empire.

– Ça se peut, acquiesça Pash en observant le centre de la salle. On dirait bien que ça va commencer.

Le niveau des conversations diminua jusqu'à ce que règne le silence. L'amiral Ackbar se tenait à côté de la table holographique, flanqué du général Brix Madine et du colonel Bren Derlin. Ses grands yeux de Calamarien firent le tour de la salle et il commença d'un ton grave :

– Officiers de la Nouvelle République, il n'est nul besoin de vous rappeler que, depuis ces dernières semaines, la guerre que nous menions contre les restes de l'Empire et qui ressemblait à un exercice de nettoyage est devenue un combat pour notre survie. Pour l'heure, nous conservons l'avantage en logistique et en nombre. Mais, à l'instant où je vous parle, cet avantage est en train de se dégrader. Moins tangible mais tout aussi grave est le moyen dont se sert le Grand Amiral Thrawn pour saper notre volonté et notre moral. Il est grand temps pour nous de répliquer à ce double aspect des attaques de l'Empire. (Il se tourna vers Madine.) Général...

– Je suppose que vous avez tous été briefés sur cette nouvelle technique de siège que les Impériaux ont installée autour de Coruscant, commença Madine en tapotant son marqueur lumineux dans le creux de sa main gauche. La détection des astéroïdes masqués a progressé, mais, pour que la tâche soit menée à terme, nous avons besoin de Pièges Gravifiques à Cristaux. Nous avons pour mission de nous en procurer un.

– Ça s'annonce comme une partie de plaisir, marmonna Pash.

– Tais-toi, souffla Wedge.

– Les Renseignements en ont localisé trois, poursuivit Madine. Naturellement, ils sont en espace impérial. Le plus simple à capturer se situe au large de Tangrene. Il contribue à renforcer la garde de la nouvelle base Ubiquetorate qu'ils sont en train d'installer. Les cargos et les transporteurs de matériaux de construction sont nombreux, mais nous n'avons dénombré que quelques unités de combat. Nous sommes parvenus à infiltrer certains de nos hommes dans les équipages des cargos et leurs derniers rapports indiquent que le site se prête à un raid.

– Ça rappelle un peu Endor, commença quelqu'un, non loin de Wedge. Comment pouvons-nous être certains qu'il ne s'agit pas une fois de plus d'un piège ?

– En fait, nous en sommes presque convaincus, rétorqua Madine avec un sourire bref. C'est justement pour cela que nous allons intervenir.

Il pressa une touche et une projection holo apparut au-dessus de la table.

– Voici les chantiers impériaux de Bilbringi. Et je sais ce que vous êtes tous en train de vous dire : c'est énorme, bien défendu, et qu'est-ce qu'en pense donc le haut commandement ? La réponse est simple : c'est énorme, bien défendu, et c'est le dernier endroit où l'Empire s'attend à ce que nous attaquions. De plus, si nous réussissons, nous aurons sérieusement diminué leur capacité de construction, ajouta Ackbar. Et semé quelque doute quant à cette prétendue infaillibilité du Grand Amiral Thrawn.

En supposant, bien entendu, que Thrawn *ne fût* infaillible. Wedge songea un instant à souligner ce point particulier, puis renonça : tous ceux qui se trouvaient ici devaient avoir eu la même pensée.

– L'opération se déroulera en deux temps, reprit Madine. Nous ne voulons surtout pas décevoir les Impériaux qui nous ont tendu un piège à Tangrene, aussi le colonel Derlin aura-t-il pour charge d'entretenir l'illusion que ce système est effectivement notre cible. Pendant ce temps, avec l'amiral Ackbar, nous mettrons sur pied la véritable attaque sur Bilbringi. Des questions?...

Un instant de silence, puis Pash leva la main.

– Que se passerait-il si les Impériaux venaient à être au courant de l'attaque de Bilbringi et abandonnaient totalement leur dispositif autour de Tangrene?

Madine eut un sourire.

– Là, ils nous décevraient vraiment. Parfait, messieurs : nous avons maintenant une force d'assaut à organiser. Au travail.

-

La chambre était sombre et tranquille, dans les échos infimes de la nuit du Palais Impérial, et le souffle discret des enfants endormis. Leia avait les yeux fixés sur le plafond, guettant tous ces sons, inspirant les senteurs familières de son foyer. Et elle se demandait ce qui avait pu la réveiller.

– Dame Vador... Avez-vous besoin de quelque chose? souffla une voix de Noghri dans l'ombre de la porte.

– Non, Mobvekhar, je te remercie.

Elle se dit qu'elle n'avait pas émis le moindre bruit et qu'il avait dû déceler un changement dans le rythme de son souffle.

– Je suis désolée. Je ne pensais pas te déranger.

– Mais vous ne m'avez pas dérangé, Dame Vador. Êtes-vous inquiète?

– Je ne sais pas. (Les souvenirs revenaient.) J'ai fait... ça n'était pas vraiment un rêve. Plutôt une sorte d'éclair de vision subconsciente. Comme si la pièce d'un puzzle essayait de se mettre en place.

– Savez-vous laquelle?

Elle secoua la tête.

– J'ignore même de quel puzzle il pouvait s'agir.

– Avait-il quelque rapport avec ces pierres dans le ciel qui nous assiègent? Ou avec la mission de votre consort et du fils de Vador?...

– Je n'en suis pas certaine. C'est quelque chose que Luke a dit. Non : c'est *Mara* qui a dit cela. Et c'est Luke qui a *fait* quelque chose. Il y a une correspondance entre eux. Je ne sais pas ce que c'est... mais je suis certaine que c'est important.

– Alors, vous allez trouver la réponse, dit Mobvekhar d'un ton assuré. Vous êtes la Dame Vador. La *Mal'ary'ush* du Seigneur Vador. Vous atteindrez le but que vous vous êtes fixé.

Leia sourit dans la pénombre. Il ne s'agissait pas simplement de mots : Mobvekhar et les autres Noghri croyaient sincèrement ce qu'ils disaient.

– Je te remercie.

Elle inspira profondément et sentit son humeur changer. Oui, elle réussirait. Ne serait-ce que pour justifier la confiance que le peuple des Noghri avait placée en elle.

Elle décela la faim croissante des jumeaux, dans l'autre coin de la chambre et devina qu'ils allaient bientôt s'éveiller. Elle tendit la main au-dessus du sabrolaser caché sous son oreiller et prit son peignoir. Quelle que soit l'importance de cette pièce de puzzle, elle attendrait bien jusqu'au matin.

20

Le dernier vaisseau rebelle clignota et disparut dans l'hyperespace et, au bout de trente-quatre heures de bataille, le cœur du secteur de Kanchen fut enfin à l'Empire.

– Que la flotte quitte le statut de combat, ordonna Thrawn en observant la baie. Déployez les forces de bombardement planétaire et dites au capitaine Harbid de transmettre nos conditions de reddition au gouvernement de Xa Fel.

– Bien, amiral, confirma Pellaeon en pianotant l'ordre sur sa console.

Thrawn se tourna à demi vers lui.

– Et ajoutez encore un autre message destiné à toutes les unités : beau travail.

Pellaeon eut un sourire. Oui, le Grand Amiral savait comment diriger ses hommes.

– Oui, amiral.

Sur sa console, un voyant clignotait. Un message venait d'être décrypté. Il l'extirpa et le parcourut.

– Un rapport de Tangrene? demanda Thrawn sans détourner le regard du monde désormais livré à eux.

– Oui, amiral. Les Rebelles ont envoyé deux autres transporteurs dans le système. Les scannings à longue portée ont révélé qu'ils avaient déchargé quelque chose dans le système extérieur mais, jusqu'à présent, les Renseignements n'ont pu localiser ni identifier ces largages.

– Transmettez-leur de ne pas essayer. Il ne faut pas effrayer notre proie.

Pellaeon acquiesça, s'émerveillant encore une fois du talent que le Grand Amiral avait pour répliquer à ses adversaires. Vingt heures auparavant, il aurait juré que les Rebelles n'auraient jamais l'audace d'engager autant de forces dans une bataille uniquement pour s'emparer de dispositifs PGC.

– Les rapports signalent également que des vaisseaux rebelles s'infiltrent discrètement dans le secteur de Tangrene. Des bâtiments lourds, des chasseurs, des engins d'appui – toute la gamme.

– Excellent, dit Thrawn.

Mais l'ombre d'une préoccupation se lisait dans la façon dont il nouait soudain ses mains dans le dos.

Un autre message apparut : le gouvernement de Xa Fel avait accepté les conditions proposées par Harbid.

– Le *Tête de la Mort* nous transmet que Xa Fel s'est rendue, amiral.

– Ça n'est guère surprenant. Informez le capitaine Harbid qu'il va être chargé des opérations de débarquement et de déploiement. Quant à vous, capitaine, vous allez remettre la flotte en formation de défense jusqu'à ce que toutes les défenses planétaires aient été neutralisées.

– Bien, amiral. (Pellaeon s'interrompit.) Quelque chose ne va pas?...

– Je ne sais pas vraiment, avoua Thrawn. Capitaine, vous pourrez me trouver dans ma chambre de commandement. Disons dans une heure. (Il lui adressa un sourire crispé.) J'aurai peut-être alors une réponse à votre question.

Gillespee acheva sa lecture et tendit le bloc de données à Mazzic par-dessus la table.

– Karrde, tu ne cesseras jamais de m'amuser, dit-il, en haussant à peine le ton dans le tohu-bohu du bar automatique. Mais où est-ce que tu as pu récupérer ça?...

– Un peu partout, dit Karrde avec un geste vague.

– Ça ne m'en apprend pas plus qu'un crachat de mynock.

Mazzic rendit le bloc à Karrde en déclarant d'un ton cassant :

– Je suppose que ce n'était pas destiné à ça. Oui, d'accord, c'est très intéressant. La question est de savoir si j'y crois.

– L'information est de source sûre, affirma Karrde. Mais l'interprétation que j'en donne peut bien entendu être mise en doute.

Mazzic secoua la tête.

– Je ne sais pas quoi penser. Ça me paraît plutôt désespéré, comme opération.

– Je ne dirais pas ça. On pourrait plutôt y voir un retour aux tactiques audacieuses qui avaient fait la réputation de l'Alliance Rebelle. Personnellement, je trouve que ça vient un peu tard : ils se sont installés dans la défensive bien plus longtemps qu'ils ne l'auraient dû.

– Ce qui ne change en rien le fait que si ça ne marche pas, ils vont perdre beaucoup de vaisseaux, remarqua Mazzic. Au moins un ou deux secteurs complets de leur flotte, si on en juge par ces chiffres.

– Exact. Mais s'ils réussissent, ils remporteront une victoire majeure sur Thrawn et le moral des troupes remontera d'autant. Sans compter le dispositif PGC qu'ils peuvent capturer.

– Ça, c'est autre chose, intervint Gillespee. D'abord, pourquoi est-ce qu'ils en auraient besoin?

– C'est supposé avoir un rapport direct avec le fait que Coruscant ait été fermée au trafic civil depuis quelques jours. Et c'est tout ce que je sais.

Mazzic se laissa aller en arrière et posa un regard calculateur sur Karrde.

– Oublions leurs motifs. Qu'est-ce que tu nous proposes de faire?

Karrde haussa les épaules.

– Il me semble que la Nouvelle République a un besoin urgent de ses PGC. S'ils sont prêts à se battre pour en avoir, je suppose donc qu'ils seront prêts à payer si on leur en apporte un.

– Ce qui semble raisonnable, approuva Mazzic. Alors, qu'est-ce que nous pouvons faire? Nous infiltrer dans le système de Tangrene avant qu'ils rappliquent?...

– Pas exactement. Je me suis dit que pendant qu'ils seraient tous tellement occupés à Tangrene, nous pourrions subtiliser un PGC à Bilbringi.

Le sourire de Mazzic s'effaça.

– Tu plaisantes.

– Non, en fait, ça n'est pas une mauvaise idée, dit Gillespee en faisant tourner son verre entre ses doigts. On se glisse dans le système avant le début de l'attaque, on récupère le PGC et on dégage.

– En traversant la moitié de la flotte impériale? protesta Mazzic. Allons : moi, j'ai vu leur puissance de feu là-bas!

– Je doute qu'ils aient plus qu'un simple squelette de défense sur place. (Karrde haussa les sourcils.) A moins que tu penses que Thrawn ne sera pas capable d'anticiper et de se préparer à l'offensive de la Nouvelle République sur Tangrene?

– Je te l'accorde. Ils ne peuvent pas se permettre de laisser la Nouvelle République triompher là-bas, non?...

– Surtout pas à Tangrene, acquiesça Karrde. C'est exactement là que le général Bel Iblis les a écrasés une fois.

Mazzic grommela et reprit le bloc de données. Karrde le laissa relire les informations et les analyses tout en sondant le bar. Tout près de l'entrée, Aves et Faughn, le lieutenant de Gillespee, étaient installés à une table et filtraient les arrivants d'un air innocent. Devant l'entrée arrière, Shada, la garde du corps de Mazzic, jouait l'hôtesse de charme pour Dankin et Torve, sous la surveillance ravie de Rappapor et Oshay, deux hommes de Gillespee. Trois autres tables, disposées à des endroits divers, étaient occupées par des renforts sur le pied de guerre. Cette fois, ils n'avaient pris aucun risque face à l'éventualité d'une intervention impériale.

– Ça ne sera pas facile, dit enfin Mazzic. Le raid qu'on a monté a rendu Thrawn fou furieux. Ils ont probablement renouvelé tout leur dispositif de sécurité.

– Tant mieux, dit Karrde. Ils n'ont pas pu en découvrir les failles, en ce cas. Tu marches avec nous, oui ou non?...

Mazzic regarda encore une fois le bloc.

– Oui, ça se pourrait. Mais seulement si tu réussis à obtenir une confirmation de ce truc sur Tangrene. Si on doit tomber sur Bilbringi, je préfère que Thrawn soit au moins à cent années-lumière de là.

– Ça ne devrait pas poser de problème. Nous connaissons tous les systèmes autour desquels la Nouvelle République regroupe ses forces. Je vais envoyer quelques-uns de mes gars jeter un coup d'œil.

– Et s'ils ne trouvent rien?

Karrde sourit.

– Il faut que Ghent nous inscrive sur les fiches de paye, de toute façon. Et comme il est sur place, il peut fouiner aussi dans leurs plans de bataille.

Un instant, Mazzic le fixa sans un mot. Puis il pouffa de rire.

– Tu sais, Karrde, je n'ai jamais vu un type jouer comme toi sur deux fronts contre le centre. D'accord, je marche.

– Heureux de t'avoir avec nous. Gillespee?

– J'ai déjà vu les clones de Thrawn en action, lui rappela Gillespee d'un air sombre. Bien sûr que je marche. Et puis, si on gagne, peut-être que je pourrai récupérer ce bout de terrain que l'Empire m'a piqué sur Ukio...

– J'en toucherai un mot à la Nouvelle République, promit Karrde. D'accord, donc. Je vais partir pour Coruscant avec le *Wild Karrde*, mais je laisse Aves pour qu'il s'occupe de la coordination de mon groupe d'attaque. C'est lui qui vous donnera le plan des opérations.

– Ça me paraît correct, fit Mazzic tandis qu'ils se levaient tous. Tu sais, Karrde, j'espère seulement que je serai là quand la Nouvelle République te mettra la main dessus. Ou bien ils te fusilleront, ou ils te donneront une médaille : en tout cas, je crois que le spectacle vaudra le coup.

Karrde lui sourit.

– Moi aussi j'espère quand même voir ça. Bon vol, messieurs. Et on se retrouve à Bilbringi.

Loin au fond de l'espace, la forme vague d'un superdestroyer cracha un jet vert de turbolaser. Il laissa un splash sur le bouclier énergétique invisible, puis réapparut à une courte distance de là et continua...

– Stop! lança l'amiral Drayson.

L'enregistrement se figea.

– Veuillez m'excuser pour la qualité, dit Drayson en s'avançant avec son pointeur. Mais vous pouvez quand même voir ce qui se passe. Le tir du superdestroyer, en fait, ne pénètre nullement le bouclier d'Ukio. En vérité, il s'agit d'un deuxième tir venu d'un vaisseau qui se trouve *à l'intérieur* du bouclier.

Leia avait le regard fixé sur l'image plus ou moins floue. Tout ça ne lui semblait pas très évident.

– Vous êtes certain? demanda-t-elle.

– Tout à fait. (Le point lumineux se posa entre le splash laissé par le superdestroyer et le feu vert.) Nous avons effectué des analyses spectrales et énergétiques sur les rayons, mais cette interruption est la preuve dont nous avions besoin. La masse d'un second vaisseau – très probablement un croiseur léger de classe Carrack, à en juger par ses dimensions. En d'autres termes, la super nouvelle arme de l'Empire n'est rien de plus qu'une ruse particulièrement habile.

Leia se souvenait de sa rencontre avec Ackbar, alors qu'il était encore accablé de soupçons.

– Ackbar nous a prévenus, Yan et moi, qu'un Grand Amiral saurait trouver un moyen d'utiliser les manteaux-boucliers contre nous.

– Je ne pense pas que quiconque puisse le réfuter, acquiesça Drayson. En tout cas, voilà qui met un terme à ce gambit. Nous allons prévenir toutes les forces planétaires que si l'Empire renouvelle sa tentative, il leur suffit de concentrer un tir de saturation à l'endroit précis où les turbolasers paraissent pénétrer le bouclier.

– Que ce soit ou non une ruse, ça reste quand même très impressionnant, releva Bel Iblis. Les positions et le timing étaient parfaitement maîtrisés. Leia, qu'en pensez-vous?... Et ce Jedi fou à qui Luke a eu affaire sur Jomark?

Leia sentit un frisson la parcourir.

– Ça ne fait aucun doute. Nous avons déjà été témoins de ce genre de coordination dans les premières campagnes de Thrawn. Et nous savons par Mara que C'baoth et Thrawn travaillent ensemble.

En mentionnant le nom de Mara, elle s'en rendit compte immédiatement, elle venait de commettre une erreur. L'ambiance de la salle s'était nettement rafraîchie. Ils avaient tous entendu parler des arguments que Leia avait avancés pour la libération de Mara et aucun d'eux ne les avait appréciés.

Bel Iblis fut le premier à rompre le silence.

– Amiral, cet enregistrement macro que vous venez de nous montrer, d'où vient-il?

– De Talon Karrde, le contrebandier. (Drayson jeta un bref regard à Leia.) Un autre élément extérieur qui est venu nous proposer une information de valeur qui n'a pas donné grand-chose...

Leia se hérissa.

– Ce n'est pas juste. Si nous avons perdu la flotte Katana, ce n'est nullement par la faute de Karrde.

Et elle se tourna vers le Conseiller Fey'lya, qui gardait le silence, toujours plongé dans son repentir de Bothan. Si seulement il n'avait pas fait cette tentative folle pour prendre le pouvoir...

– Mais ce n'était la faute de personne, reprit Leia en revenant à Drayson.

Bel Iblis s'éclaircit la gorge.

– Je pense que ce que Leia essaie de nous faire comprendre, c'est que sans l'aide de Karrde, nous aurions perdu bien plus que la flotte Katana. Quelle que soit votre opinion sur les contrebandiers en général et sur Karrde en particulier, nous lui sommes redevables.

– Très intéressant de vous entendre dire cela, fit Drayson d'un ton sec. Karrde semble éprouver le même sentiment. En échange de cet enregistrement et de divers rapports adressés à nos Renseignements, il a tiré très libéralement un crédit spécial sur les fonds de la Nouvelle République. (Il regarda à nouveau Leia.) Un crédit apparemment officialisé par le frère de la Conseillère Organa Solo.

Le commandeur Sesfan, qui représentait officiellement Ackbar devant le Conseil, roula ses yeux énormes de Mon Calamari vers Leia.

– Le Jedi Skywalker aurait donc autorisé des paiements à un contrebandier? demanda-t-il avec un accent étonné dans sa voix graveleuse.

– Oui, il l'a fait, confirma Drayson. Et bien sûr, sans aucune autorisation. Nous allons fermer immédiatement ce compte.

– Vous n'en ferez rien, dit Mon Mothma, très sereine, depuis l'autre bout de la table. Que Karrde soit ou non de notre bord, il est bien évident qu'il veut nous aider. Ce qui justifie que nous le soutenions.

– Mais il s'agit d'un contrebandier! protesta Sesfan.

– Yan en était un, lui aussi, leur rappela Leia. De même que Lando Calrissian. Et tous deux ont été nommés généraux.

– *Après* qu'ils nous eurent rejoints, remarqua Sesfan. Ce que Karrde n'a pas fait, lui.

– Peu importe, dit Mon Mothma, d'une voix de velours et d'acier. Nous avons besoin de tous les alliés possibles, qu'ils soient ou non officiels.

– A moins qu'il ne soit en train de nous escroquer, fit Drayson d'un air sombre. On peut toujours gagner notre confiance en nous transmettant des enregistrements comme celui d'Ukio, à coups de macrolunettes, et nous jeter dans la désinformation immédiatement après. Et, entre-temps, en profiter plutôt bien...

– Il suffit d'être vigilants pour détecter ce genre de duplicité, dit Mon Mothma. Mais je ne crois pas que ce soit possible. Luke Skywalker est un Jedi... et il est clair qu'il a une solide confiance en ce contrebandier, Karrde. Nous devrions plutôt nous concentrer sur les divers éléments de notre destin. Amiral Drayson, avez-vous le dernier rapport sur l'opération Bilbringi?

Drayson inséra une carte de données dans une fente de lecture et, dans la même seconde, Leia perçut le faible signal de son comlink. Winter répondit discrètement. Si discrètement que Leia ne put entendre ce qu'elle disait, mais, mentalement, elle perçut le trouble de Winter.

– Des ennuis? murmura-t-elle.

– Pourrais-je avoir l'attention de tous? fit Drayson, un ton trop fort.

Leia se retourna, rougissante, tandis que Winter retournait vers la porte sous le regard furibond de l'amiral. La porte coulissa et une personne invisible glissa une carte de données dans la main de Winter.

– Eh bien? fit Drayson. Encore une chose qui ne pouvait attendre?

– Non, pas vraiment, fit Winter d'un ton froid en lançant un regard plein de feu à Drayson. (Elle tendit la carte à Leia.)

Pour vous, Votre Altesse. Les coordonnées de la planète Wayland.

Leia prit la carte tandis qu'une onde de surprise se propageait dans la pièce.

– Ç'a été rapide, commenta Drayson d'un ton suspicieux. J'avais l'impression que ce monde allait être difficile à repérer.

Leia haussa les épaules tout en s'efforçant de chasser son propre malaise.

– Non, apparemment, tel n'était pas le cas.

– Montrez-nous cela, dit Mon Mothma.

Leia mit la carte dans un lecteur et un plan apparut sur un moniteur. Des noms familiers flottaient auprès de plusieurs étoiles. Au centre, les étoiles étaient anonymes, mais un système clignotait en rouge. Tout en bas du plan, il n'y avait qu'une brève liste d'informations planétaires et un commentaire ultracourt.

– Ainsi, voilà le trou de rat de l'Empereur, marmonna Bel Iblis en se penchant en avant. Je me suis toujours demandé où il avait bien pu dissimuler ces petits trucs qui disparaissaient mystérieusement des dépôts en hangars officiels de l'Empire...

– A supposer que ce soit le bon endroit, releva Drayson.

Mon Mothma se tourna vers Winter.

– Je suppose que vous pouvez en avoir la confirmation auprès du capitaine Solo.

Winter hésita.

– Elle ne provient pas exactement de lui.

Leia la regarda d'un air sévère.

– Qu'entendez-vous par « exactement »? C'est Luke qui vous a transmis cette information?...

– Tout ce que je puis dire, fit Winter d'un air roide, c'est que ma source est fiable.

Un instant de silence s'installa.

– Oui, c'est fiable, dit enfin Mon Mothma.

– Bien sûr, confirma Winter.

Mon Mothma se tourna vers Leia.

– Ce Conseil n'a pas pour habitude de récupérer des informations. Je veux connaître les coordonnées de la source.

– Désolée, fit Winter. C'est un secret que je ne puis révéler.

– Quel genre de secret?

– Cela non plus, je ne puis vous le dire.

Mon Mothma prit un air sombre.

– Mais peu importe, intervint Bel Iblis. Du moins dans l'immédiat... Que cette planète soit ou non le véritable centre de clonage de l'Empire, nous ne pouvons rien faire avant que l'opération Bilbringi soit achevée.

Leia le regarda.

– Nous n'envoyons aucun renfort?

– Impossible, grommela Sesfan. Tous les vaisseaux et les équipages sont pris dans l'assaut sur Bilbringi. Nous avons eu déjà beaucoup trop de systèmes et de régions laissés sans défense.

– D'autant plus que nous ne savons pas s'il s'agit de la bonne planète, ajouta Drayson. Ça pourrait aussi bien être un piège impérial.

– Non, ce n'est pas un piège, insista Leia. Mara ne travaille plus pour l'Empire.

– Nous n'avons que votre seule parole...

– Peu importe, trancha Bel Iblis de son ton de sénateur. Leia, regardez au bas de la carte, tout indique qu'ils se sont posés sans être repérés. Vous seriez prête à risquer l'avantage de la surprise en envoyant un autre vaisseau à leur recherche?

Leia se contracta : malheureusement, là, Iblis marquait un point.

– Nous pourrions peut-être retarder l'attaque de Bilbringi, suggéra Fey'lya.

Leia se tourna vers lui, vaguement consciente que tous les autres faisaient de même. C'était la première fois que le Bothan prenait la parole à une réunion du Conseil depuis que son ascension vers le pouvoir avait été brutalement interrompue par le désastre de la flotte Katana.

– Je crains que ce soit hors de question, Conseiller Fey'lya, dit enfin Mon Mothma. Non seulement cela exigerait d'interrompre tous les préparatifs en train, mais il est absolument impératif que nous nous débarrassions de ces astéroïdes sous manteau qui tournent au-dessus de nos têtes.

– Pourquoi? insista Fey'lya dont la toison se hérissait lentement. Ce bouclier est une protection. Nous disposons de ressources pour plusieurs mois. Nous communiquons avec l'ensemble de la Nouvelle République. Nous devons céder à la crainte de paraître affaiblis et impuissants?

– L'image qu'elle présente est importante pour la Nouvelle République. Et c'est parfaitement justifié. L'Empire règne par la force et la menace. Nous, par l'inspiration et le leadership. Personne ne doit avoir l'impression que nous nous terrons ici sous l'effet de la peur.

– Mais cela dépasse toute question d'image et de perception, répliqua Fey'lya. Les Bothans connaissaient bien l'Empereur – ses ambitions, ses désirs. Bien mieux, sans doute, que tous ceux qui n'étaient pas ses serviteurs ou ses alliés. Il y a dans cet entrepôt des choses qui jamais ne devraient revoir la lumière. Des engins et des armes sur lesquels Thrawn mettra la main un jour et qu'il utilisera si nous ne l'en empêchons pas.

– Mais nous le ferons, l'assura Mon Mothma. Et très bientôt. Mais pas avant que nous ayons occasionné des dégâts majeurs aux chantiers de Bilbringi et que nous disposions de PGC.

– Et qu'en est-il du capitaine Solo et du frère de la Conseillère Organa Solo?

Mon Mothma serra les lèvres. Leia savait qu'au nom de la logique militaire, elle devait s'en tenir à ses positions, mais que cela ne lui plaisait guère.

– Tout ce que nous pouvons faire pour eux dans l'immédiat, dit-elle, c'est de nous en tenir à nos plans. C'est-à-dire attirer l'attention du Grand Amiral Thrawn sur notre attaque supposée de Tangrene. (Elle jeta un regard à Drayson.) Et nous devions en discuter, amiral?

Drayson s'avança une fois encore vers la projection.

– Nous allons donc commencer par le statut actuel des préparatifs de notre feinte sur Tangrene.

Leia risqua un regard en direction de Fey'lya. Le Bothan était sous le coup d'une émotion intense, cela se lisait sur son visage et dans les violents frissons de son pelage. Qu'y avait-il donc dans cette montagne de Wayland, se demanda-t-elle, pour qu'il redoute à ce point que Thrawn s'en empare?...

Mais il était sans doute préférable qu'elle ne le sache pas.

Pellaeon s'avança dans la pénombre du vestibule de la chambre de commandement privée de Thrawn, le regard en alerte. Il savait que Rukh se trouvait quelque part, prêt à se livrer à l'un de ses petits jeux de Noghri. Il fit un pas, puis un autre...

Un souffle d'air sur sa nuque, et il pivota, en position de combat, retrouvant les réflexes de défense de l'académie militaire.

Il ne trouva personne. Il fouilla la pièce des yeux, cherchant le Noghri...

– Capitaine Pellaeon, miaula une voix familière, quelque part dans l'ombre.

Il se retourna une fois encore, prêt à frapper. Et ne trouva que le vide, et l'obscurité, les murs nus. Mais, dans la même seconde, Rukh se dressa.

– Vous êtes attendu, capitaine, fit-il en pointant son poignard d'assassin à la fine lame sur la porte de la chambre voisine.

Pellaeon lui décocha un regard noir. Un jour prochain, se

jura-t-il, il parviendrait bien à convaincre Thrawn qu'un Grand Amiral de l'Empire n'avait nul besoin d'un non-humain arrogant et féroce pour le protéger. Ensuite, il prendrait un plaisir tout personnel à faire exécuter Rukh.

– Merci beaucoup, grommela-t-il en entrant.

Il s'était attendu à trouver l'habituelle collection hétéroclite d'œuvres d'art dans la chambre de commandement de Thrawn, et il ne fut pas surpris. Cependant, il décela une différence mineure : même pour son regard peu entraîné, il était évident que deux formes d'expression artistique étaient en présence. De part et d'autre de la pièce, avec un grand hologramme tactique du système de Tangrene au centre.

– Avancez, capitaine. Quelles sont les nouvelles de Tangrene ?

– Les Rebelles continuent à renforcer leur dispositif d'attaque, fit Pellaeon en passant entre les œuvres d'art pour s'approcher de Thrawn. Ils s'infiltrent peu à peu dans le piège.

– Très aimable de leur part. (Thrawn tendit la main vers la droite.) De l'art calamari... Qu'en pensez-vous ?

Pellaeon, jeta un bref coup d'œil au double cercle holographique. Ce qu'il vit lui parut aussi primaire et repoussant que les Mon Calamari eux-mêmes.

– Très intéressant...

– N'est-ce pas ? Ces deux pièces que vous voyez ici, en particulier, sont l'œuvre de l'amiral Ackbar lui-même.

Pellaeon les observa.

– J'ignorais qu'Ackbar s'intéressait à l'art.

– De façon très mineure. Elles ont été créées il y a pas mal de temps, avant qu'il ne se joigne à la Rébellion. Néanmoins, elles donnent de précieuses indications sur son caractère. (Le Grand Amiral tendit le doigt vers la gauche.) De même que celles-là, choisies personnellement par notre adversaire corellien.

Pellaeon regarda les pièces avec un intérêt neuf. Ainsi donc, le Sénateur Bel Iblis les avait choisies lui-même ?

– Où se trouvaient-elles ? Dans son ancien bureau du Sénat Impérial ?

– Celles-là, précisément, confirma Thrawn en montrant les œuvres les plus proches. Les autres proviennent de sa demeure et de son vaisseau privé. Les Renseignements sont tombés là-dessus plus ou moins par hasard, en triant les données que nous avons récupérées lors de notre raid sur Obroa-skai. Ainsi, les Rebelles continuent de faire mouvement sur notre piège, disiez-vous ?...

– Oui, amiral, dit Pellaeon, soulagé de revenir à un sujet plus familier. De nouveaux rapports indiquent que des unités d'appoint sont en train de se rassembler au large du système de Draukyze.

– Mais ce n'est pas évident.

Pellaeon fronça les sourcils.

– Je vous demande pardon, amiral?

– Ce que je veux dire, c'est qu'ils maintiennent le plus grand secret sur leurs préparatifs. Ils détachent discrètement des unités de soutien et de renseignement de diverses missions. Ils déplacent et reforment des flottes sectorielles pour les assigner à des bâtiments majeurs... Ce genre de chose. Mais ça n'est jamais évident. Et les Renseignements ont bien du mal à rassembler les pièces du puzzle.

Il regarda Pellaeon, ses yeux rouges luisant dans la pénombre.

– Presque comme si Tangrene était leur véritable objectif.

– Vous suggéreriez que tel n'est pas le cas?

– Exactement, capitaine, fit Thrawn en promenant les yeux sur les œuvres d'art.

Pellaeon, lui, fixa l'hologramme de Tangrene. Le pourcentage de probabilité d'une attaque, selon les Renseignements, était de 94 pour cent.

– Mais... s'ils ne frappent pas Tangrene... quelle serait leur cible?

– Le dernier endroit où nous pourrions les attendre normalement.

Thrawn appuya sur une touche et l'image du système de Tangrene s'effaça brusquement pour être remplacée par...

Pellaeon resta médusé.

– *Bilbringi*? Mais, amiral, c'est...

– Dément? (Thrawn haussa un sourcil bleu-noir.) Bien sûr que ça l'est. La démonstration de la démence d'hommes et de non-humains qui ont appris à leurs dépens qu'ils ne peuvent m'affronter face à face. Et qui tentent d'utiliser mes propres talents de stratège, mon propre instinct contre moi. Ils donnent l'illusion de tomber dans le piège que nous avons tendu, en jouant sur le fait que la discrétion de leurs mouvements ne pourra que nous conforter dans leurs intentions. Et tandis que je suis censé me féliciter de mon habileté... (Il montra la projection), ils préparent la véritable attaque.

– Amiral, suggéra prudemment Pellaeon, il serait peut-être bon d'en avoir confirmation avant de déplacer certaines de nos forces de Tangrene. Nous pouvons intensifier l'activité de nos

Renseignements dans la région de Bilbringi. Ou alors, la Source Delta pourrait nous fournir les données de cette manœuvre.

– Malheureusement, la Source Delta a été réduite au silence. Mais, là encore, nous n'avons aucune confirmation. Cela est le plan *réel* des Rebelles, et nous n'allons pas risquer d'être mis à jour en renforçant le dispositif de nos Renseignements. Ils croient qu'ils ont réussi à m'abuser. Notre devoir le plus pressant est de nous assurer qu'ils continuent de le croire. (Thrawn eut un sourire sinistre.) Après tout, capitaine, cela ne fait aucune différence que nous les écrasions à Tangrene ou à Bilbringi. Aucune différence.

21

L'hélice asymétrique de la gousse verte s'était immobilisée maintenant à un mètre du sol. A cinquante centimètres seulement de Mara, comme si elle attendait que le sabrolaser s'abatte. Mara la fixait d'un œil sombre, serrant à deux mains le sabre de Skywalker, prise peu orthodoxe mais pratique. Elle avait déjà manqué la gousse par deux fois et elle comptait bien réussir.

– On ne se précipite pas, dit Skywalker. Concentrez-vous et laissez la Force se répandre. Devinez les mouvements de la gousse.

Facile à dire pour lui, songea-t-elle avec aigreur.

Après tout, c'était lui qui contrôlait les mouvements de cette réplique improvisée. La gousse se rapprocha d'un millimètre encore pour la provoquer...

Et soudain, elle fut lasse de ce jeu. Elle lança sa propre Force vers la cosse. Brièvement immobilisée, elle n'eut qu'un simple frémissement avant que le sabre ne la tranche par le milieu.

– Et voilà, fit-elle. C'est fini.

Elle s'était attendue à une réaction de colère de la part de Skywalker. Mais elle dut constater avec une certaine surprise et une trace d'irritation que ce n'était pas le cas.

– Bien, fit-il d'un ton d'encouragement. Très bien, même. Il est très difficile de réorienter son attention entre deux exercices mentaux et physiques comme vous venez de le faire. Et vous vous en êtes très bien tirée.

– Merci, marmonna-t-elle en lançant le sabre dans les broussailles.

Il pivota dans les airs pour retomber dans la main ouverte de Skywalker.

– C'est tout? demanda Mara.

Skywalker jeta un regard derrière lui. Solo et Calrissian étaient toujours penchés sur le droïd de protocole, qui avait cessé de se plaindre à propos de Wayland, du terrain, de la végétation et de la faune pour concentrer son ressentiment sur cette fissure dans laquelle il s'était pris le pied. Le droïd astromécano de Skywalker flottait à quelque distance, l'antenne de son senseur entièrement déployée, débitant ses habituelles rafales d'encouragement. A quelques pas de distance, le Wookie fouillait dans leur paquetage, probablement à la recherche d'un outil.

– Je pense que nous avons le temps de faire encore quelques exercices, décida Skywalker. Votre technique est très intéressante – Obi-wan ne m'a jamais rien appris à propos de la pointe du sabre.

– La philosophie de l'Empereur était de tirer parti de tout ce qui était disponible.

– En un sens, ça ne me surprend guère, fit Skywalker d'un ton sec. Bon, on va essayer autre chose. Allez : prenez le sabre.

Elle lança la Force et lui arracha l'arme, tout en se demandant, au seuil de son esprit, si elle pourrait tenter un jour de le faire en activant la lame. Elle n'était pas persuadée de pouvoir contrôler le déclencheur, mais ça valait la peine d'essayer, ne serait-ce que pour le voir sauter loin de la lame.

Et si, par chance, elle arrivait à le tuer...

VOUS ALLEZ TUER LUKE SKYWALKER.

Elle crispa les doigts sur la poignée. *Pas encore*, pensa-t-elle fermement. *J'ai encore besoin de lui.*

– Très bien, grommela-t-elle. Et maintenant?...

Il n'eut pas le temps de lui répondre. Derrière elle, l'astromécano couinait d'un ton surexcité.

– Quoi? fit Solo, qui dégainait déjà son blaster.

– Il dit qu'il vient de détecter quelque chose qui mérite notre attention juste de ce côté, traduisit 6PO en levant le bras vers la gauche. Je crois qu'il parle d'un amas de lianes. Mais je peux me tromper – avec tous les dommages causés par l'acide...

– Chewie, viens, on va voir ça! lança Solo en grimpant la pente abrupte du ruisseau.

Skywalker surprit le regard de Mara.

– On y va, jeta-t-il en courant derrière les autres.

Ils n'eurent que quelques mètres à parcourir. Immédiatement derrière la première rangée d'arbres, dans un buisson, ils découvrirent un autre nid de lianes semblables à celles qu'ils avaient rencontrées depuis deux jours.

A une différence près : celles-ci avaient déjà été tranchées. Et entassées sur le côté comme un tas de corde.

– Plus question de nous demander si quelqu'un nous ouvre la voie, commenta Calrissian.

– Je pense que tu as raison, dit Solo. Un prédateur ne les aurait pas rangées comme ça...

Le Wookie grommela dans un souffle et tira sur le buisson qui, à la surprise de Mara, s'arracha du sol.

– Oui, et il ne se serait pas non plus préoccupé de les camoufler, dit Calrissian. On dirait bien des traces de couteau. Comme sur les lianes.

– Et comme sur le rapace d'hier, acquiesça Solo. Luke? Tu penses que nous avons de la compagnie?

– Je n'ai décelé que quelques indigènes. Mais ils ne semblent jamais trop se rapprocher, et ils se replient très vite. (Il se tourna vers 6PO, qui les attendait dans le lit à sec du ruisseau, apparemment anxieux.) Est-ce que tu penses que ça pourrait avoir un rapport avec les droïds?

– Tu veux dire comme sur Endor? Avec nos Ewoks hirsutes qui prenaient Bâton d'Or pour un dieu?

– Quelque chose dans ce genre, confirma Skywalker. Ils doivent être suffisamment près pour entendre 6PO et D2.

– Peut-être. Et quand s'approchent-ils?

– Surtout vers le crépuscule, dit Skywalker. Jusqu'à présent, en tout cas.

– Alors, la prochaine fois, tiens-moi au courant, tu veux? Il est grand temps qu'on ait une petite discussion. Viens. On va se remettre en marche.

L'ombre se faisait plus dense, et ils préparaient le camp pour la nuit, quand Luke retrouva les sensations diffuses qu'il avait déjà senties.

– Yan? appela-t-il doucement. Ils sont là...

Yan hocha la tête et lui tapota le dos tout en saisissant son blaster.

– Combien?

Luke se concentra.

– Je dirais cinq ou six... Ils arrivent de là.

Il pointa le doigt sur le côté.

– C'est seulement le premier groupe? demanda Mara.

Le premier groupe? Il se concentra un peu plus. Oui, elle avait raison : il y avait un second groupe qui suivait le premier.

– Oui, uniquement le premier groupe, confirma-t-il. Il... Oui, il y en a le même nombre dans le second groupe. Mais on dirait qu'ils sont d'une race différente.

Yan consulta Lando.
– Qu'est-ce que tu en dis?
– Ça ne me plaît pas beaucoup, dit Lando en agitant son blaster. Mara, est-ce que ces deux races s'entendent bien, d'ordinaire?
– Pas vraiment. Il existait une espèce de commerce entre elles quand j'étais ici. Mais on parlait aussi de guerres très longues entre eux et les colons humains.
Chewbacca rauqua une suggestion : il était possible que les indigènes fassent front commun contre eux.
– L'idée est amusante, dit Yan. Qu'est-ce que tu en dis, Luke?
Luke lança la Force à pleine intensité, mais sans succès.
– Désolé, dit-il enfin. Je décèle un taux d'émotion intense, mais je n'ai aucune base pour en définir la nature.
– Ils se sont arrêtés, annonça Mara. Les deux groupes.
Yan grimaça.
– Oui, c'est bien ce que je pense. Lando, Mara : vous gardez le camp. Luke, Chewie : on va voir ce qu'il en est.
Ils escaladèrent la pente rocailleuse et pénétrèrent dans la forêt aussi silencieusement que possible entre les broussailles et les lits de feuilles mortes.
– Ils savent que nous approchons? demanda Yan.
– Je ne sais pas, fit Luke. Je sonde, mais on dirait qu'ils ont cessé de s'avancer.
Chewbacca grommela quelques sons que Luke ne comprit pas.
– Oui, ça se pourrait, commenta Yan. Mais ce serait plutôt stupide de leur part de tenir un conseil de guerre aussi près de leur cible.
C'est alors que Luke surprit un mouvement dans l'ombre, sur leur gauche, au bas d'un tronc imposant.
– Attention! lança-t-il dans la demi-seconde où il activait son sabrolaser. Dans la lumière blanc-vert, ils entraperçurent une petite silhouette en habit ajusté et capuche qui plongeait derrière l'arbre à l'instant où Yan y creusait un trou d'un trait-éclair. Chewbacca déclencha son arbalète-laser immédiatement après, et arracha une bonne partie du tronc de l'autre côté. Dans le jaillissement de copeaux et de fumée, ils entrevirent l'être qui se repliait précipitamment vers un autre arbre. Yan leva son blaster et un son étrange monta dans la forêt, comme le pépiement de dizaines d'oiseaux étrangers...
Et avec un grondement où se mêlaient la compréhension et le soulagement, Chewbacca lança l'extrémité de son arbalète vers

le canon du blaster de Yan, déviant son tir à l'ultime fraction de seconde.

– Chewie! hurla Yan.

– Non : il a raison, fit Luke. (Soudain, tout se dessinait nettement.) On arrête tout.

L'ordre était inutile. L'être encapuchonné s'était déjà arrêté net et se tenait à découvert dans la clarté blême du sabrolaser.

Luke fit un pas en avant.

– Je suis Luke Skywalker, déclara-t-il d'un ton solennel. Frère de Leia Organa Solo, fils du Seigneur Dark Vador. Et qui êtes-vous?

– Je suis Ekhrikhor du clan Bakh'tor, répliqua le Noghri d'un ton rocailleux. Je vous souhaite la bienvenue, fils de Vador.

La clairière où Ekhrikhor les conduisit n'était qu'à une vingtaine de mètres de distance, sur le vecteur que Luke avait défini dès leur premier survol. Et les non-humains de Wayland étaient bien là : cinq représentants de chacune des deux races, de part et d'autre d'un arbre énorme qui s'était abattu.

Deux autres Noghri se tenaient à proximité, dans la même tenue de camouflage que leur congénère, leurs capuches rejetées dans le dos. Ils avaient disposé une lampe sur le tronc, et Yan put distinguer les non-humains les plus proches.

Ça n'était guère encourageant. Ceux qui se trouvaient à droite avaient une tête de plus que les Noghri qui leur faisaient face et une tête de moins que Yan. Ils étaient couverts de plaques grumeleuses et évoquaient plutôt des tas de cailloux. Ceux de gauche avaient presque la taille de Chewbacca, avec quatre bras et une peau luisante, bleuâtre, presque cristalline, qui rappela à Yan la chose qui avait assailli 6PO le premier jour.

– Une vraie bande de copains, marmonna-t-il à Luke tandis qu'ils s'avançaient dans la clairière.

– Ce sont des Mynershi et des Psadans, dit Ekhrikhor. Ils voulaient vous affronter.

– Et vous avez réussi à les en dissuader? demanda Luke.

– Nous ne pouvions le leur permettre, dit le Noghri.

Ils s'arrêtèrent. Une sorte de murmure parcourut les rangs des non-humains : ça ne semblait guère amical.

– Quelque chose me dit que nous sommes pas vraiment les bienvenus, dit Yan. Luke?...

Luke secoua la tête.

– Je ne lis toujours rien de solide. Que se passe-t-il, Ekhrikhor?

– Ils m'ont indiqué qu'ils souhaitaient avoir un entretien avec vous. Probablement pour décider s'ils doivent nous livrer bataille.

Yan balaya les indigènes du regard. Ils semblaient tous armés d'un couteau et de quelques arcs, mais il ne voyait rien de plus sophistiqué.

– J'espère pour eux qu'ils ont une armée en réserve, dit-il.

– Nous ne souhaitons pas nous battre si nous pouvons l'éviter, lui reprocha discrètement Luke. Comment allez-vous communiquer avec eux?

– L'un d'eux a appris quelques phrases de Basic impérial à l'époque de la construction de l'entrepôt sous la montagne. (Ekhrikhor désigna le Myneyrsh le plus près de la lumière.) Il va tenter de faire l'interprète.

– Nous sommes capables de faire un petit peu mieux, dit Luke en consultant Yan du regard. Qu'en penses-tu?

– Ça vaut le coup d'essayer, acquiesça Yan en sortant son comlink.

Il était temps que 6PO mérite le gîte et le couvert, après tout.

– Lando?

– Je suis là. Vous avez trouvé les non-humains?

– Oui. Plus une ou deux surprises en prime. Demande à Mara de nous rejoindre avec 6PO – il lui suffit de suivre nos traces.

– Vu. Et moi, qu'est-ce que je fais?

– Je ne crois pas que cette bande nous crée des problèmes. Toi et D2, vous restez au camp. Oh, et si vous repérez des petits gars en tenue camouflée avec des dents partout, vous ne tirez pas. Ils sont de notre côté.

– J'en suis ravi, fit Lando d'un ton sec. Rien d'autre?

– Si : croise les doigts. Il se pourrait que nous soyons sur le point de nous trouver des alliés. En tout cas, moins d'obstacles sur notre route.

– Bien. Mara et 6PO sont partis. Bonne chance.

– Il est inutile de faire garder votre camp, dit Ekhrikhor. Les Noghri s'en chargent.

– Ça ira, dit Yan. Il y a déjà suffisamment de monde ici. Ainsi, je ne me trompais pas, hein? Nous étions suivis.

– Oui, fit le Noghri en inclinant la tête. Et je vous en demande pardon, consort de Dame Vador. Moi et les autres, nous ne jugions pas cela comme très honorable, mais Cakhmaim du clan Eikh'mir souhaitait que nous cachions notre présence.

– Pour quelle raison?

Ekhrikhor s'inclina à nouveau.

– Cakhmain du clan Eikh'mir a décelé de l'hostilité de votre part vis-à-vis de la suite de Dame Vador. Il a pensé que vous n'accepteriez pas qu'une garde de Noghri vous accompagne.

Yan risqua un regard vers Luke, qui contenait difficilement un rictus.

– Eh bien, la prochaine fois que tu verras Cakhmaim, dis-lui que j'ai décidé de ne plus me passer d'une main secourable il y a quelques années. Mais, puisqu'il est question d'hostilité, je souhaite que tu ne me traites plus de consort de Dame Vador. Ce sera Yan, ou bien Solo, ou encore capitaine. N'importe quoi d'autre.

– Yan du clan Solo, peut-être, suggéra Luke dans un murmure.

Ekhrikhor était soudain rayonnant.

– C'est une bonne chose. Nous implorons votre pardon, Yan du clan Solo.

Yan regarda Luke.

– Je crois qu'ils viennent de t'adopter, dit Luke.

– Oui, fit Yan. Merci. Merci beaucoup.

– Mais les rapports entre êtres intelligents ne font jamais de mal. Souviens-toi d'Endor.

– Je ne risque pas d'oublier, grommela Yan.

Certes, les Ewoks poilus avaient joué un rôle important dans l'anéantissement de l'Étoile Noire. Mais cela ne changeait rien au fait que d'être intronisé membre d'une de leurs tribus était une chose infiniment ridicule.

Pourtant, grâce à leur nombre, les Ewoks avaient submergé les troupes impériales. Mais les Noghri, par ailleurs...

– Combien d'entre vous se trouvent ici? demanda-t-il à Ekhrikhor.

– Nous sommes huit. Nous vous avons précédés, suivis et accompagnés depuis le début de votre voyage.

Yan hocha la tête avec un sentiment de respect de plus en plus net envers ces créatures. Huit Noghri avaient en silence tué les prédateurs et repoussé les indigènes. Jour et nuit. Et ils avaient même trouvé le temps d'écarter de leur chemin les rapaces et les serpents.

Il fixa Ekhrikhor et se dit que le processus d'adoption n'avait rien de ridicule, cette fois.

Un bruit familier le fit se retourner : la silhouette dorée de 6PO venait d'apparaître. Mara le suivait à un pas de distance, le blaster au poing.

– Maître Luke! fit le droïd de protocole d'un ton soulagé, anxieux et toujours aussi précieux.

– Par ici, 6PO, lança Luke. Tu crois que tu peux faire ton travail d'interprète?

– Je ferai de mon mieux. Ainsi que vous le savez, je parle couramment six millions de formes de communica...

– Je vois que vous avez retrouvé nos indigènes, coupa Mara. (Elle observa Ekhrikhor.) Ainsi qu'une petite surprise.

Lentement, elle pointa son blaster sur le Noghri.

– Il n'y a pas de problème, c'est un ami, dit Luke en tendant la main vers l'arme de Mara.

– Je ne le crois pas. Ce sont des Noghri. Ils travaillent pour Thrawn.

– Nous ne sommes plus à son service, dit Ekhrikhor.

– Ce qu'il dit est vrai, Mara, insista Luke.

– Peut-être.

Elle ne semblait pas pour autant satisfaite, encore moins réjouie. Mais son blaster n'était plus pointé sur le Noghri.

De l'autre côté de la clairière, le Myneyrsh qui se trouvait près du tronc abattu sortit d'une de ses poches ce qui semblait être un rapace empaillé et décoloré. En marmonnant des mots inaudibles, il le posa dans la lumière.

– Ça veut dire quoi? souffla Yan. L'heure du déjeuner?

– On appelle ça le *satna-chakka*, expliqua Ekhrikhor. C'est un gage de paix qui accompagne cette réunion. Ils sont désormais prêts. Vous – le droïd 6PO – suivez-moi.

– Certainement, fit 6PO, visiblement peu ravi de ces dispositions. Maître Luke?...

– Je t'accompagne, dit Luke pour l'apaiser. Yan, Chewie : vous restez là.

– Tout à fait d'accord, ironisa Yan.

Luke et le Noghri se dirigèrent vers le tronc abattu, suivis d'un 6PO particulièrement réticent. Le Myneyrsh qui se trouvait le plus en avant leva deux de ses mains au-dessus de sa tête, les paumes rabattues.

– *Bidaesi charaa*, psalmodia-t-il d'une voix étonnamment mélodieuse. *Lyaaunu baaraemaa dukhnu phaeri.*

– Il annonce la venue des étrangers, traduisit 6PO. Il se réfère très précisément à nous. Il craint, cependant, que nous apportions de nouveau le danger et le trouble à son peuple.

Chewbacca éructa un bref commentaire sarcastique.

– Non, acquiesça Yan. Ils ne sont pas partisans des conversations brèves, ni de la diplomatie.

– Nous apportons l'espoir à votre peuple, déclara le chef des Noghri. Si vous nous laissez passer, nous vous libérerons de la domination de l'Empire.

6PO traduisit, mais les paroles mélodieuses du Myneyrsh restituées par Bâton d'Or, jugea Yan, avaient un ton un peu précieux. L'un des grossiers Psadans fit un geste violent, comme s'il abattait une hache, et émit un son qui pouvait ressembler à un hurlement avec diverses consonnes éparpillées.

– Il dit que le peuple des Psadans a des souvenirs lointains, traduisit 6PO. Apparemment, des libérateurs sont venus avant nous mais rien n'a jamais changé.

– Bienvenue dans le monde réel, murmura Yan.

Luke lui jeta un regard.

– 6PO, demande-lui de nous expliquer.

Le droïd obéit en émettant un cri plaintif à l'adresse du Psadan avant de traduire aussitôt en myneyrsh, pour montrer ce dont il était capable. La réponse du Psadan se fit attendre quelques minutes et Yan commença à souffrir des oreilles.

– Bon... commença 6PO en inclinant la tête comme certains professeurs que Yan avait toujours haïs. Bon... il y a certains détails que je vous passerai pour l'instant. (Là, il avait sans doute réagi au regard lourd du Noghri.) Les humains qui se sont présentés comme des colons ont été les premiers envahisseurs. Ils chassèrent les indigènes de leurs terres, et ils ne furent arrêtés que lorsque leurs arcs à éclair et leurs oiseaux de métal – je cite, bien sûr – s'avérèrent impuissants. Plus tard vint l'Empire qui, ainsi que nous le savons, entreprit de construire dans la montagne interdite. Nombreux furent les habitants de ce monde à être alors réduits en esclavage ou bannis de leurs terres. Lorsque les constructeurs de l'entrepôt furent repartis, survint un personnage qui se donnait le titre de Gardien et qui, lui aussi, tenta de dominer les habitants de ce monde. Finalement, lui succéda celui qui s'appelait le Maître Jedi et qui, lors d'un combat qui illumina le ciel entier, défit le Gardien. Pour un temps, les indigènes pensèrent qu'ils étaient libres, mais le Maître Jedi amena des humains et d'autres êtres, et les obligea à vivre à l'ombre de la montagne interdite. Finalement, l'Empire était revenu. (6PO inclina une fois encore la tête.) Comme vous le voyez, Maître Luke, nous ne sommes que les derniers des envahisseurs.

– Sauf que nous ne sommes nullement des envahisseurs, rectifia Luke. Nous sommes ici pour les libérer du joug de l'Empire.

– Je comprends cela, Maître Luke...

– Ça, je le sais, l'interrompit Luke. Mais *dis-leur*.

– Oui, bien sûr.

Le droïd doré se lança dans la traduction.

– Si tu me le demandes, murmura Yan à l'adresse de Chewbacca, je te dirai qu'ils n'en ont pas bavé autant que ça. L'Empire s'est emparé de planètes entières.

– Les primitifs ont toujours ce genre de réaction face aux visiteurs, remarqua Mara. Et ils ont aussi de la mémoire.

– Oui. Sans doute. Vous supposez que ce Maître Jedi dont ils ont parlé était votre copain C'baoth?

– Qui d'autre? fit-elle d'un air sombre. C'est là que Thrawn a dû le trouver.

Yan eut soudain l'estomac noué.

– Vous croyez qu'il est là actuellement?

– Je ne perçois rien. Mais ça ne veut pas dire qu'il n'est pas susceptible de revenir.

Le chef des Myneyrshi avait repris la parole. Yan inspecta la clairière. Y avait-il d'autres Myneyrshi et Psadans cachés dans l'ombre et qui suivaient le débat? Luke n'avait pas fait allusion à d'éventuels soutiens, mais ces gars-là auraient été fous de ne pas avoir amené des renforts.

A moins que les collègues d'Ekhrikhor ne s'en soient déjà occupés. Si l'affaire tournait mal, les Noghri seraient bien utiles.

Le Myneyrsh avait fini son discours.

– Je suis désolé, Maître Luke, s'excusa 6PO. Mais ils disent qu'ils n'ont aucune raison de supposer que nous sommes différents de ceux dont ils ont parlé.

– Je comprends leurs craintes, acquiesça Luke. Demande-leur comment nous pourrions prouver nos bonnes intentions?

6PO commençait à s'exécuter quand un grand coup de coude du Wookie secoua l'épaule de Yan.

– Qu'est-ce qu'il y a?

Chewbacca leva le menton vers la gauche, son arbalète déjà prête.

– Hon, hon! fit Yan.

– C'est quoi? demanda Mara.

Il ouvrit la bouche, mais il n'eut pas le temps d'émettre un son. Le prédateur que Chewbacca avait repéré rampant dans les branches venait de se lover, prêt à bondir sur le groupe.

– Attention! lança-t-il en braquant son blaster.

Chewbacca fut le plus rapide. Poussant son cri de chasseur, il tira, et l'éclair trancha la bête, qui tomba de son perchoir dans le lit de feuilles mortes.

Et tous les Myneyrshi grondèrent.

– Attention, Chewie! fit Yan en déviant son arme vers les non-humains.

– Il est possible que ç'ait été une erreur, fit Mara d'une voix tendue. On ne doit pas user d'armes à feu pendant des pourparlers de trêve.

– Oui, mais on ne peut quand même pas permettre que les délégués se fassent dévorer, non? répliqua Yan.

Les cinq Psadans étaient devenus frénétiques et s'étaient joints aux Myneyrshi. Il espéra que les collègues d'Ekhrikhor couvraient le secteur.

– 6PO : explique-leur.

– Mais certainement, capitaine Solo, dit le droïd, qui semblait aussi nerveux que Yan. Et il commença :

– *Muilansaar...*

Le leader des Myneyrshi l'interrompit d'un geste violent de ses deux bras gauches.

– Vous! roucoula-t-il en un Basic passable. (Il pointa ses quatre mains sur Yan.) Vous le laissez avoir un arc à éclair?...

Yan fronça les sourcils. Bien sûr que Chewbacca était armé – comme ils l'étaient tous. Il consulta le Wookie du regard... et comprit tout à coup.

– Oui, il a une arme, dit-il au Myneyrsh en abaissant son blaster. C'est notre ami. Nous n'avons pas d'esclaves, contrairement à l'Empire.

6PO se lança dans la traduction, mais le Myneyrsh bavardait déjà fébrilement avec les siens.

– Joli travail, murmura Mara. Ça ne m'avait pas effleuré l'esprit. Mais vous avez vu juste – les derniers Wookies qu'ils ont rencontrés devaient être des esclaves de l'Empire.

Yan hocha la tête.

– Espérons que cela fasse une différence à leurs yeux.

Les palabres reprirent mais, cette fois, c'étaient surtout les Myneyrshi qui se consultaient avec les Psadans. 6PO essaya un temps de jouer son rôle d'interprète, mais il finit par s'en tenir aux points essentiels. Les Myneyrshi, apparemment, commençaient à entrevoir qu'ils avaient une chance de se libérer de l'oppression de l'Empire et, par là, du Maître Jedi. Les Psadans n'aimaient pas plus l'Empire que les Myneyrshi, mais ils se montraient plutôt frileux à l'idée d'affronter C'baoth.

– Nous ne vous demandons pas de combattre avec nous, leur dit Luke quand il réussit à capter à nouveau leur attention. Cette bataille est la nôtre et nous la mènerons nous-mêmes. Tout ce que nous vous demandons, c'est la permission de traverser votre territoire jusqu'à la montagne interdite et l'assurance que vous ne nous dénoncerez pas à l'Empire.

6PO fit une démonstration de son talent dans cette double

traduction, et Yan se prépara à une nouvelle argumentation. Mais ce ne fut pas le cas. Le leader des Myneyrshi leva encore une fois ses quatre mains, se saisit du rapace empaillé et décoloré et l'offrit à Luke.

– Maître Luke, dit 6PO, je crois que cette offrande est un gage de sécurité. Mais je puis cependant me tromper : leur dialecte est resté presque intact, mais les mouvements et les gestes sont souvent...

– Remercie-le de notre part, dit Luke en inclinant la tête. Dis-lui que nous acceptons leur hospitalité. Et qu'ils ne regretteront pas l'aide qu'ils nous offrent.

La voix, dans l'intercom du cockpit de la navette, était aussi militaire que nette.

– Général Covell? Nous devrons atteindre la surface dans quelques minutes.

– Bien reçu. (Covell se tourna vers le second passager de la navette.) Nous y sommes presque.

– Oui, j'ai bien entendu, dit C'baoth avec une note de raillerie que Covell perçut nettement. Dites-moi, général Covell, sommes-nous au terme de notre voyage ou au début?...

– Au début, bien sûr. Le voyage que nous avons prévu n'aura pas de terme.

– Et qu'en est-il du Grand Amiral Thrawn?

Tout d'abord, Covell s'assombrit, puis, peu à peu, la réponse émergea, apaisante. Comme toutes les réponses.

– C'est le commencement de la fin pour le Grand Amiral Thrawn.

C'baoth eut un rire étouffé que Covell accueillit avec plaisir. Il songea brièvement à demander au Jedi ce qu'il y avait de si drôle dans sa réplique, mais il était plus facile et agréable de garder le silence et de savourer. Et puis, après tout, il savait très bien ce qu'il y avait de drôle dans cette situation.

– Ah, général! fit C'baoth en secouant la tête. Vous comprenez à quel point c'est ironique, n'est-ce pas? Depuis le tout début – depuis cette première rencontre dans ma cité – le Grand Amiral a toujours eu la réponse à portée de main. Pourtant, actuellement, il en est encore plus éloigné qu'au début.

– Cela concerne le pouvoir, Maître C'baoth?

– Absolument, général Covell, fit C'baoth d'un ton grave. Je lui ai déclaré dès les premiers jours que le vrai pouvoir ne résidait pas dans la conquête de mondes lointains. Pas plus que dans la guerre, dans les batailles et la répression de rébellions sans visage. (Il sourit, et ses yeux scintillèrent jusqu'au fond de l'esprit de Covell.) Non, général... Le vrai pouvoir, c'est cela. Tenir une autre vie dans le creux de sa main. Être capable de lui choisir son destin, ses pensées, ses sentiments. Dominer une existence, décréter l'heure de sa fin. (Lentement, d'un geste théâtral, C'baoth leva la main, la paume vers le haut et acheva :) Commander à son âme.

– C'est là une chose que l'Empereur lui-même n'a jamais comprise, remarqua Covell.

Une nouvelle onde de plaisir caressa son esprit. C'était un vrai bonheur que de voir le Maître profiter de ce jeu.

– Non seulement l'Empereur, fit C'baoth, son regard accompagnant ses pensées vers un lointain indéfini. Tout comme le Grand Amiral, il ne voyait le pouvoir que dans la mesure où il pouvait l'atteindre. C'est ce qui l'a détruit, et cela, j'aurais pû le lui dire. Car s'il avait vraiment eu Vador dans sa main... (Il secoua la tête.) Par bien des côtés, il s'est montré idiot. Mais telle était sans doute sa destinée. La volonté de l'univers que seul je suis à même de comprendre. Car j'ai le pouvoir et la volonté de détenir cette puissance. La première... mais non la dernière.

Covell acquiesça, la gorge sèche. Il n'aimait guère que C'baoth le laisse ainsi, même pour une brève période. Et tout spécialement avec ce sentiment étrange de solitude...

Mais, bien sûr, le Maître le savait.

– Souffrez-vous de ma solitude, général Covell? demanda-t-il, en apaisant l'esprit de l'autre par un nouveau sourire. Oui, bien sûr. Mais soyez patient. Le temps approche où nous serons nombreux. Et alors, jamais plus nous ne serons seuls. Observez.

Il capta la perception lointaine, comme tous les autres désormais : filtrée, centrée, structurée par l'esprit parfait du Maître.

– Vous voyez, j'avais raison, dit C'baoth, en lançant la Force. Ils sont bien là. Skywalker et Jade. (Il sourit à l'adresse de Covell.) Ils seront les premiers, général Covell – avant bien d'autres. Car ils vont venir à moi, et lorsque je leur aurai montré le pouvoir véritable, ils comprendront et se joindront à nous. (Son regard se perdit une fois encore.) Mara Jade sera la première, je pense. Skywalker m'a résisté une fois, et il résistera encore. Mais la clé de son âme attend déjà dans la montagne. Mara Jade est différente. Je l'ai vue dans mes méditations : elle venait à moi et s'agenouillait à mes pieds. Elle m'appartiendra et Skywalker suivra. D'une façon ou d'une autre.

Il sourit une fois encore et Covell lui répondit, ravi du plaisir du Maître et par la pensée que d'autres allaient venir lui réchauffer l'esprit.

Et puis, sans signe avertisseur, tout se fit obscur. Ce n'était pas la solitude telle qu'il l'avait connue, mais une espèce de vide...

Parfois, il avait l'impresion que sa tête n'était commandée que par son menton. C'baoth le fixait droit dans les yeux. Et il dit d'une voix grondante :

– Général Covell! Pouvez-vous m'entendre?

Cette voix de tonnerre était étrange, car Covell pouvait l'entendre, mais elle ne paraissait pas exister dans le même temps.

– Je peux vous entendre, répondit Covell, et il décela la même étrangeté dans sa propre voix.

Il regarda l'avant de la navette, au-delà de C'baoth, et s'intéressa à ses formes.

Il sentit qu'on le secouait.

– Regardez-moi! ordonna C'baoth.

Covell obéit. Ce qui était tout aussi étrange, car il pouvait voir le Maître, mais il n'était pas là.

– Êtes-vous encore là?

Le visage du Maître changea. Une expression – était-ce un sourire – le traversa.

– Oui, général, je suis ici, répondit la voix, si lointaine. Je ne touche plus votre esprit, mais je suis encore votre Maître. Vous continuerez à m'obéir.

Obéir. Un concept bizarre, songea Covell.

– Obéir?...

– Vous ferez ce que je vous dirai de faire. Je vais vous demander de dire des choses, et vous les répéterez mot pour mot.

– Très bien. Et si je le fais, reviendrez-vous?

– Certes, promit le Maître. En dépit de la trahison du Grand Amiral. Si vous m'obéissez, nous en viendrons à bout. Et ensuite, jamais plus nous ne serons séparés.

– Il n'y aura plus de vide?

– Non. Mais seulement si vous faites tout ce que je vous dis.

Les autres hommes vinrent un peu plus tard. Le Maître resta à ses côtés et Covell répéta les mots qu'il lui disait. Puis les hommes se retirèrent, et le Maître aussi.

Covell observa le lieu où on l'avait laissé, écouta le vide qui l'entourait. Et s'endormit à la fin.

Quelque part, un oiseau trilla sur un mode étrange et, aussitôt, les animaux et les insectes se turent. Mais, apparemment, il n'y avait aucun danger immédiat et, la minute d'après, les échos de la nuit se réveillèrent. Mara, appuyée contre un arbre, changea de position, les muscles douloureux, en souhaitant que cette aventure se termine très vite.

– Il est inutile que vous demeuriez éveillée, souffla doucement un Noghri par-dessus son épaule. Nous gardons le camp.

– Merci, fit-elle sèchement. Mais si vous n'y voyez pas d'inconvénient, je vais continuer de faire mon travail.

Le Noghri resta silencieux un instant.

– Vous ne nous faites pas confiance, n'est-ce pas?

Elle se dit qu'en vérité, elle n'y avait pas vraiment réfléchi.

– Skywalker vous fait confiance, lui. Ça ne vous suffit pas?

– Ça n'est pas l'approbation que nous demandons. Seulement une chance de payer notre dette.

Elle haussa les épaules. Ils avaient protégé le camp, ils s'étaient chargés du difficile travail de ce premier contact avec les Myneyrshi et les Psadans, et à présent, ils les protégeaient à nouveau.

– Si vous étiez redevables envers la Nouvelle République, je dirais que vous avez fait largement votre devoir. Vous avez enfin compris que Thrawn et l'Empire n'ont fait que vous raconter des histoires?..

Elle entendit un claquement discret. Comme si le Noghri serrait les dents.

– Vous étiez au courant de cela?

– Des rumeurs me sont revenues, dit Mara, consciente de s'engager sur un terrain dangereux. Je dirais que cela ressemblait plutôt à des plaisanteries, en fait. Je n'ai jamais pu savoir quel degré de vérité il y avait dans tout ça...

– Tout était exact, probablement, dit le Noghri d'un ton paisible. Oui. Je comprends que nos vies et nos morts aient pu amuser ceux qui nous ont réduits en esclavage. Mais nous allons les convaincre du contraire.

Ça n'était pas de la colère pure, non plus que de la haine fanatique. Rien qu'une détermination simple et glacée. Mortellement dangereuse.

– Et comment comptez-vous faire? demanda Mara.

– Le temps venu, les Noghri se retourneront contre leurs esclavagistes. Sur les mondes de l'Empire, à bord des vaisseaux. Et cinq groupes viendront ici.

Elle fronça les sourcils.

– Vous connaissiez l'existence de Wayland?

– Non. Pas avant que vous nous ayez conduits ici. Mais nous avons transmis les coordonnées de ce monde à ceux qui attendent sur Coruscant. Et ils ont passé le mot à d'autres.

– Vous avez vraiment confiance en nous, n'est-ce pas?

– Nos missions se complètent.

Dans sa voix miaulante et rocailleuse, il y avait un accent plus sombre.

– Vous vous êtes fixé pour tâche de détruire la fabrique de clones. Avec l'aide du fils de Vador, il ne fait aucun doute que vous réussirez. Quant à nous, les Noghri, nous avons décidé d'effacer les dernières traces de la présence de l'Empereur sur Wayland.

Sans doute jusqu'aux moindres reliques, se dit Mara. Elle tourna et retourna un instant cette idée dans son esprit, intriguée d'en éprouver un mélange de chagrin et de colère. Mais ce n'était probablement que l'effet de la fatigue.

– Ça me paraît un projet ambitieux, dit-elle enfin. Mais qui est ce fils de Vador que vous devez nous montrer et qui est censé nous aider?...

Il y eut un bref silence entre eux.

– Le fils de Vador est déjà avec vous, dit le Noghri, intrigué. Vous le servez, de même que nous.

Mara fixa le Noghri au cœur de la nuit. Et soudain, son cœur lui parut se geler dans sa poitrine.

– Vous voulez dire... *Skywalker?*

– Vous ne le saviez pas?

Mara détourna le regard vers la forme endormie à moins d'un mètre d'elle, pétrifiée, avec un sentiment atroce. Soudain, après toutes ces années, la dernière pièce du puzzle venait de se mettre en place. Ce n'était pas vraiment pour lui-même que l'Empereur avait voulu qu'elle tue Skywalker. C'était en fait l'acte ultime de sa vengeance contre son père.

VOUS ALLEZ TUER LUKE SKYWALKER.

En quelques battements de cœur, tout ce en quoi Mara avait cru – sa haine, sa mission, sa vie entière – venait de basculer de la certitude à la confusion.

VOUS ALLEZ TUER LUKE SKYWALKER. VOUS ALLEZ TUER LUKE SKYWALKER.

– Non, souffla-t-elle. Non, pas comme ça. C'est *ma* décision à moi. Mes raisons n'appartiennent qu'à *moi.*

Mais la voix continuait sans répit.

VOUS ALLEZ TUER LUKE SKYWALKER. VOUS ALLEZ TUER LUKE SKYWALKER.

Mais vous, Mara Jade, vous posez un problème différent.

Elle sursauta, et sa tête cogna le tronc de l'arbre. Cette voix était différente. Mais elle ne venait pas de son esprit. Elle venait de...

Je vous ai vue plongée dans vos méditations. Je vous ai vue venir à moi et vous agenouiller à mes pieds. Vous m'appartiendrez, et Skywalker vous suivra. D'une façon ou d'une autre.

Elle secoua la tête avec violence, luttant pour rejeter ces mots, ces pensées. La seconde voix parut rire, puis, soudain, les mots et le rire disparurent pour ne laisser persister qu'une pression sur son esprit. Elle serra les dents et lutta plus fort. Très loin, le rire reprit. On se moquait de ses efforts...

Et, tout à coup, la pression s'évanouit et elle resta là, le souffle court.

– Vous allez bien? demanda la voix paisible de Skywalker.

Il s'était redressé sur un coude, tourné vers elle.

– Vous avez entendu, vous aussi? demanda Mara.

– Je n'ai pas entendu la moindre parole. Mais j'ai senti la pression.

Elle leva la tête vers la voûte de feuillages.

– C'est C'baoth. Il est ici.

– Oui, confirma Skywalker.

Et elle sentit de l'appréhension dans sa voix. Ce qui n'était guère surprenant : il avait déjà affronté C'baoth, sur Jomark, et il avait bien failli perdre.

– Et maintenant? demanda-t-elle en essuyant la sueur qui perlait autour de ses lèvres. Nous annulons la mission?

– Comment? Nous ne sommes plus qu'à deux jours de marche de la montagne. Il nous faudrait bien plus longtemps pour retourner au *Faucon*.

– Oui, mais les Impériaux sont au courant de notre présence désormais.

– Peut-être. Ou peut-être pas. Est-ce que vous avez senti le contact se rompre brusquement?

Elle réfléchit.

– Vous pensez qu'ils ont placé des ysalamari autour de lui?

– Ou qu'ils l'ont installé dans un de ces châssis que nous utilisions sur Jomark. De toute façon, ça signifierait qu'il est prisonnier.

Si tel était le cas, songea Mara, C'baoth ne serait certainement pas enclin à prévenir ses geôliers de la présence des envahisseurs qui s'approchaient de la montagne.

Elle adressa un regard appuyé à Skywalker.

– Vous saviez que C'baoth allait venir? C'est pour ça que vous vouliez que je reprenne les exercices de Jedi?

– Non, je ne savais pas qu'il serait là. Mais j'étais certain que nous aurions à l'affronter tôt ou tard. Il me l'a dit lui-même sur Jomark.

Mara frissonna. *Agenouillée à mes pieds...*

– Skywalker, je ne veux pas le voir en face.

– Moi non plus, fit-il doucement. Mais je pense que nous allons y être contraints.

Il soupira et, calmement, se redressa.

– Pourquoi ne dormez-vous pas un peu? lui proposa-t-il en s'approchant. Je suis complètement éveillé, et vous êtes encore sous le choc de cette attaque.

– D'accord, fit-elle, trop lasse pour discuter. Mais si vous avez besoin d'aide...

– Je vous appelle.

Elle gagna sa couche en contournant Calrissian et le Wookie. Elle s'y glissa et, au seuil du sommeil, elle entendit la voix tout au fond de son esprit :

VOUS ALLEZ TUER LUKE SKYWALKER.

22

Au matin, quand Pellaeon arriva sur la passerelle de commandement du vaisseau, il trouva le rapport du Mont Tantiss. Le *Draklor* avait rallié Wayland six heures auparavant, presque dans les temps. Il avait débarqué ses passagers, et était immédiatement reparti pour Valrar, selon les ordres. Le général Covell avait refusé de prendre le commandement avant le matin local...

Pellaeon s'assombrit. *Il avait refusé de prendre le commandement*? Ça ne ressemblait guère à Covell.

L'officier des communications l'interpella.

– Commandant Pellaeon? Commandant, nous venons de recevoir un message holo du colonel Selid, de Wayland. Il est classé urgent.

– Transmettez-le sur la nacelle holo de la passerelle arrière, ordonna Pellaeon en quittant son siège de commandement. Prévenez le Grand Amiral de... Non : annulez.

Il venait d'apercevoir Thrawn et Rukh qui montaient les marches en direction de la passerelle.

– Que se passe-t-il, capitaine? demanda Thrawn.

– Un message urgent de Wayland, amiral.

Pellaeon désigna la nacelle holographique. L'image de l'officier impérial s'était déjà matérialisée, au quart de taille. Le jeune colonel semblait particulièrement nerveux.

– C'baoth, probablement, déclara Thrawn, l'air sombre.

Il se plaça devant la nacelle et inclina la tête.

– Colonel Selid, ici le Grand Amiral Thrawn. Veuillez faire votre rapport.

Le garde-à-vous du colonel fut soudain plus roide encore.

– Amiral, j'ai le regret de vous informer de la mort soudaine du général Covell.

Pellaeon ouvrit la bouche, mais il eut quelque mal à demander :

– Comment ?

– Nous ne le savons pas encore, commandant. Apparemment, il serait décédé durant son sommeil. Les médics poursuivent leurs examens, mais jusqu'à présent, tout ce qu'ils ont pu suggérer, c'est que des secteurs importants du cerveau du général avaient été simplement neutralisés.

– Mais le tissu cérébral ne se « neutralise » pas comme ça, colonel, fit Thrawn. Il y a une explication.

Selid se crispa.

– Oui, amiral. Je m'en excuse. Ce n'est pas ce que je voulais dire.

– Je le sais bien, le rassura Thrawn. Et le reste des passagers ?

– Les médics les examinent tous. Aucun problème n'est apparu jusque-là. Du moins en ce qui concerne tous ceux qui se trouvent dans la garnison. Les troupes du général Covell – la compagnie qui a débarqué en même temps que lui – s'étaient déjà déployées dans la montagne au moment de sa mort.

– Comment ? Toute la compagnie ? s'exclama Pellaeon.

– Je ne sais pas, commandant. C'est le général Covell qui a donné les ordres. Après la grande réunion : je veux dire avant sa mort.

– Colonel, il serait sans doute préférable que vous nous racontiez tout depuis le début, intervint Thrawn. Tout.

– Oui, amiral, fit Selid en rassemblant visiblement son courage. Le général Covell et les autres ont débarqué par navette il y a six heures. J'ai voulu alors lui remettre le commandement de la garnison, mais il a refusé. Il a insisté ensuite pour avoir une conférence privée avec ses troupes dans une des salles du mess.

– Mais quelles troupes ? dit Thrawn. Toute la garnison.

– Non, amiral, rien que celles qui étaient arrivées avec lui à bord du *Draklor*. Il m'a expliqué qu'il avait certaines consignes spéciales à leur transmettre.

Pellaeon consulta le Grand Amiral du regard.

– J'aurais pensé qu'il avait eu suffisamment de temps pour cela durant le voyage.

– Oui. C'est ce que n'importe qui aurait pensé.

– C'était peut-être une idée de C'baoth, amiral, suggéra Selid. Il n'a pas quitté le général depuis l'arrivée de la navette. Il ne cessait de lui murmurer à l'oreille tout le temps...

– Et maintenant, que fait-il ? murmura Thrawn, songeur.

Sa voix demeurait calme, mais elle portait un écho qui fit frissonner Pellaeon.

– Où est le Maître C'baoth à la minute présente?

– Dans les anciens appartements royaux, répondit Selid. Le général avait insisté pour qu'ils lui soient ouverts.

– Pourrait-il échapper à l'influence des ysalamari? murmura Pellaeon.

Thrawn secoua la tête.

– J'en doute fort. Selon mes calculs, toute la montagne et ses environs sont dans une bulle de neutralisation de la Force. Que s'est-il passé ensuite, colonel?

– Le général a parlé à ses hommes pendant une quinzaine de minutes. En sortant, il m'a dit qu'il leur avait retransmis des ordres secrets qui émanaient directement de vous, amiral, et que je ne devais pas interférer.

– Et ils ont quitté la montagne?

– Après avoir vidé complètement une salle de matériel de terrain et d'explosifs. En fait, ils sont restés encore deux heures à l'intérieur de la garnison avant de partir. Selon le général, ils se familiarisaient avec la topographie. Après leur départ, C'baoth a escorté le général jusqu'à ses quartiers et a demandé à son tour que deux de mes commandos l'escortent jusqu'à ses appartements. J'ai ensuite placé la garnison en dispositif de routine de nuit, et c'est tout. Jusqu'à ce matin, où le général a été trouvé mort.

– Ainsi, C'baoth ne se trouvait pas avec Covell au moment de sa mort? demanda Thrawn.

– Non, amiral. Quoique les médics semblent penser que le général n'a pas vécu très longtemps après son départ.

– Et C'baoth est resté constamment en compagnie du général?

– Oui, amiral.

Pellaeon risqua un regard en biais vers Thrawn. Le Grand Amiral avait ses yeux rouges perdus dans le vague, et ses pupilles n'étaient plus que deux fentes à peine discernables.

– Dites-moi, colonel : quelle impression vous a faite le général Covell?

– Eh bien... hésita Selid. Je dois dire, amiral, que j'ai été un peu déçu.

– Comment cela?

– Il n'était pas tel que je me l'étais représenté, amiral.

Le jeune colonel avait l'air particulièrement mal à l'aise, et Pellaeon se dit qu'on ne pouvait lui en vouloir : critiquer un officier supérieur en présence d'un autre était une sérieuse infraction à l'étiquette militaire. Surtout lorsque deux services étaient concernés.

– Il... il m'a paru *distant*, amiral, c'est le mot que je cherchais. Il m'a laissé entendre que mon dispositif de sécurité était insuffisant et qu'il avait l'intention de faire des changements importants, mais il n'a pas voulu m'en parler. A vrai dire, il ne s'est guère adressé à moi entre le moment de son arrivée et sa mort. Mais cela ne concernait pas seulement moi : il s'est montré très sec avec tous les officiers qui l'ont approché. C'était son droit, bien entendu, et il devait être fatigué. Mais tout cela ne correspondait pas à ce que je savais du général.

– Non, absolument pas, commenta Thrawn. Est-ce que la nacelle holo de l'ancienne salle du trône est en fonction, colonel?

– Oui, amiral. Quoique C'baoth puisse ne pas être dans la salle du trône en ce moment.

– Mais si, dit Thrawn d'un ton froid. Connectez-moi avec lui.

– Bien, amiral.

L'image de Selid s'évanouit, remplacée par le symbole de pause.

– Vous pensez que C'baoth a fait quelque chose de spécial à Covell? demanda calmement Pellaeon.

– Je ne vois aucune autre explication possible. Je dirais que notre cher Maître Jedi a essayé de s'emparer de l'esprit de Covell, peut-être même en remplaçant des secteurs entiers de son cerveau par le sien. Quand ils sont entrés en contact avec la bulle des ysalamari et que ce contact direct a été rompu, il ne subsistait plus assez du Covell initial pour lui permettre de rester en vie.

– Je vois...

Pellaeon détourna les yeux, gagné par un flot de colère noire. Il avait mis Thrawn en garde contre de tels agissements de la part de C'baoth. Il l'avait prévenu plusieurs fois déjà.

– Et qu'allez-vous faire?

Le symbole de pause disparut de la nacelle holo avant que Thrawn ait pu répondre. L'image qui apparut n'était pas au quart de taille comme d'habitude : c'était un C'baoth quasi réel qui les fixait d'un regard courroucé. Pellaeon, du coup, recula de quelques pas. Mais Thrawn ne bougea pas, le visage de pierre.

– Bonjour, Maître C'baoth, fit-il d'une voix lisse. Je vois que vous avez découvert le dispositif holographique privé de l'Empereur...

La voix de C'baoth était glacée, arrogante.

– Grand Amiral Thrawn, est-ce donc ainsi que vous me remerciez d'avoir soutenu vos ambitions? En me trahissant?

– S'il y a trahison, Maître C'baoth, c'est de votre côté. Qu'avez-vous donc fait au général Covell?

C'baoth ignora la question.

– On ne peut trahir aussi facilement la Force que vous le croyez, dit-il. Et n'oubliez jamais, Grand Amiral Thrawn : ma destruction sera suivi de la vôtre. Je l'ai prévu.

Il se tut, les fixant toujours de son regard haineux.

Thrawn fit une brève pause avant de répliquer :

– Vous avez terminé?

C'baoth se renfrogna. Et ils purent lire brièvement le jeu du doute et de la nervosité sur son visage. Car le projecteur holographique de l'Empereur, destiné à grandir son image, n'allait pas sans quelques inconvénients.

– Pour l'heure, reprit le Jedi, quelle faible défense avez-vous à m'offrir?

– Mais je n'ai rien à défendre, Maître C'baoth. C'est vous qui avez insisté pour vous rendre sur Wayland. A présent, dites-moi ce que vous avez fait au général Covell.

– Vous devez me restituer la Force auparavant.

– Les ysalamari resteront là où ils sont, dit Thrawn. Dites-moi ce que vous avez fait au général Covell.

Un instant, les deux hommes s'affrontèrent du regard. C'baoth fut le premier à céder et, l'espace d'une seconde, il parut sur le point de se replier comme un être de papier. Mais sa mâchoire s'anima et il reprit son expression de vieillard arrogant.

– Le général Covell m'appartenait et je pouvais en faire ce qui me convenait. Comme tout dans l'Empire.

– Je vous remercie. C'est tout ce que je désirais savoir. Colonel Selid?

Le visage réduit de l'officier revint dans la nacelle.

– Oui, amiral?

– Voici mes instructions. Premièrement, Maître C'baoth est mis aux arrêts dès cette minute. Vous l'autoriserez à circuler entre les appartements royaux et la salle du trône impérial, mais il ne devra pas quitter les lieux. Bien entendu, tous les circuits de contrôle correspondant à ces niveaux doivent être déconnectés. Deuxièmement, vous devez lancer des opérations afin de savoir où, exactement, les troupes du général Covell ont été vues sur la montagne avant de se disperser.

– Mais pourquoi ne pas le leur demander directement, amiral? s'étonna Selid. Ils ont probablement des comlinks.

– Parce que je ne suis pas certain que nous puissions nous fier à leurs réponses. Ce qui m'amène au troisième ordre : aucune des troupes qui ont quitté la montagne sur les ordres du général Covell ne devra regagner la garnison.

Selid demeura une seconde muet.

– Amiral?...

– Vous m'avez bien entendu. Un autre transport de troupes arrivera dans quelques jours afin de les évacuer et de les remplacer. Mais, dans les circonstances présentes, ces hommes ne doivent absolument pas être autorisés à regagner la montagne.

– Bien, amiral. Mais que devrai-je leur dire?

– Dites-leur la vérité, fit Thrawn, très calme. Que leurs ordres n'émanaient pas du général Covell, encore moins de moi, mais d'un traître à l'Empire. Jusqu'à ce que les Renseignements aient examiné les détails de cette affaire, cette compagnie sera considérée comme suspecte et complice involontaire d'un acte de trahison.

– Compris, amiral.

– Parfait. Bien entendu, vous réintégrez votre commandement. D'autres questions, colonel?

Selid se redressa.

– Aucune, amiral.

– Parfait. Exécution, colonel. Ici le *Chimaera* : fin de transmission.

L'image de Selid disparut.

– Vous pensez qu'il n'y a aucun danger à laisser C'baoth là-bas, amiral? demanda Pellaeon.

– Il n'y a pas de lieu plus sûr dans tout l'Empire. Jusque-là, tout au moins.

– Je ne comprends pas...

– Capitaine, il ne tardera guère à n'avoir plus aucune utilité pour l'Empire. (Thrawn s'éloigna et franchit l'arche qui les séparait de la section avant.) Néanmoins, il lui reste un dernier rôle à jouer dans notre lutte pour la consolidation du pouvoir. (Il s'arrêta.) C'baoth est un dément, capitaine, nous le savons vous et moi. Mais cette démence n'affecte que son esprit. Pas son corps.

Pellaeon le fixa une seconde.

– Vous suggérez que nous le *clonions*?

– Pourquoi pas? Je ne pense pas au Mont Tantiss, bien sûr, vu les conditions actuelles. Encore moins à la vitesse de clonage que ce dispositif permet. C'est parfait pour les techniciens et les pilotes de chasseurs Tie, mais pas pour un projet aussi délicat. Non, j'envisage de cloner celui-ci au stade de l'enfance et de le laisser parvenir à maturité en temps réel durant dix ou quinze années. Dans des conditions adéquates, bien entendu.

– Je vois...

Pellaeon avait quelque difficulté à conserver un ton neutre. Un jeune C'baoth – ou même deux, dix ou vingt C'baoth – répandu dans toute la galaxie. C'était une idée à laquelle il avait un certain mal à se faire.

– Mais où comptez-vous monter cette autre unité de clonage?

– En un endroit sûr, bien évidemment. Probablement sur un monde des Régions Inconnues dans lesquelles j'ai servi l'Empereur autrefois. Vous allez donner l'ordre aux Renseignements de se mettre en quête d'un monde qui convienne dès que nous aurons écrasé les Rebelles à Bilbringi.

Pellaeon faillit se mordre la lèvre. Oui, cette dangereuse attaque de Bilbringi les attendait encore. Avec l'affaire C'baoth, il avait presque perdu de vue leur principal objectif. Et toutes les réserves que cela éveillait en lui.

– Oui, amiral. Mais je suis dans l'obligation de vous rappeler que toutes les preuves convergent sur Tangrene comme étant la cible probable des Rebelles.

– Mais j'en suis conscient, capitaine. Cependant, c'est sur Bilbringi qu'ils vont tomber. Et nous y serons. Capitaine, mettez le cap sur Bilbringi. Et préparons-nous à recevoir nos invités comme ils le méritent.

Wedge vida sa dernière tasse et la reposa sur la table de bois buriné et taché en promenant le regard sur l'intérieur de la bruyante taverne de Mumbri Storve. L'endroit était aussi comble que lorsque Janson, Hobbie et lui étaient arrivés, une heure auparavant, mais la clientèle avait changé. Les plus jeunes s'étaient éclipsés, les groupes comme les couples, pour être remplacés par des anciens à l'apparence plus redoutable. Les rôdeurs de la Frange arrivaient, ce qui voulait dire qu'il était temps pour eux de dégager les lieux.

Ses collègues de l'Escadron Rogue le savaient aussi.

– On va y aller? proposa Hobbie dans le brouhaha.

– Oui, il est temps, acquiesça Wedge.

En se levant, il chercha dans sa bourse une pièce pour régler la dernière tournée. Sa bourse *civile*. Il avait horreur de ce genre de situation. Mais ils n'avaient pas vraiment intérêt à se promener en ville en uniforme de la Nouvelle République, avec leurs insignes de l'Escadron Rogue.

Il trouva la pièce qu'il cherchait et la posa sur la table.

– On va où, maintenant? demanda Janson en s'étirant.
– On retourne à la base, je pense, fit Wedge.
– Ça me convient. Le matin ne va pas tarder, de toute façon.
Wedge se dirigea vers la sortie. Oui, le matin allait venir, mais ils auraient déjà quitté cette planète pour faire route vers leur point de rendez-vous au large des chantiers de Bilbringi.
Ils contournaient les dernières tables quand un personnage très grand et élancé poussa sa chaise en travers de leur passage et se dressa péniblement devant Wedge.
– Fais attention, bredouilla-t-il en se tournant à demi pour venir le cogner, lançant un bras vers ses épaules.
– Du calme, l'ami, grommela Wedge en conservant son équilibre.
Du coin de l'œil, il vit Janson s'avancer pour soutenir l'autre.
– Le calme, ça me convient, murmura l'homme qui, soudain, ne bredouillait plus, en resserrant sa prise sur les épaules de Wedge. Et maintenant, tous les quatre, on va sortir d'ici en soutenant ce pauvre vieil ivrogne.
Wedge se raidit. Ils avaient été repérés, suivis, cueillis... et le temps d'un looping d'aile X, ils passaient d'une gentille virée nocturne en ville à des ennuis sérieux. Janson et lui étaient coincés, et il ne restait que Hobbie à disposer librement de son arme. Mais leur agresseur avait dû prévoir du renfort...
L'autre avait senti sa tension.
– Hé... on joue ça en douceur, hein? Tu ne te souviens pas de moi?
Wedge examina ce visage si proche du sien. Il n'était pas familier mais, d'un autre côté, d'aussi près il n'aurait pas reconnu sa propre mère.
– Pourquoi, on se connaît? souffla-t-il.
L'homme tituba.
– Je croyais quand même que tu m'aurais reconnu. Quand on se paie un superdestroyer avec quelqu'un, il devrait s'en souvenir. Surtout au fin fond de l'espace...
Wedge se concentra, à peine conscient qu'ils marchaient vers la sortie. Au fin fond de l'espace?...
Et soudain, ça lui revint. La flotte Katana, et les hommes de Talon Karrde qui avaient surgi de nulle part pour leur prêter main forte contre les Impériaux. Et ensuite, l'assaut rapide du superdestroyer, les quelques mots qu'ils avaient échangés...
– Aves?
– Alors, ça n'était pas si difficile, non? Il suffisait d'essayer. Allons-y. Vite fait, bien fait. Et n'attirons pas l'attention.
Il n'y avait guère autre chose à faire. Mais Wedge, tout en

suivant Aves, cherchait une autre issue possible. Karrde et les siens étaient censés fournir des informations à la Nouvelle République, mais c'était loin d'en faire des alliés. Et, à supposer que l'Empire les ait menacés... ou même achetés...

Mais aucune occasion ne se présenta et ils franchirent la porte.

– Par ici, dit Aves, abandonnant soudain son rôle d'ivrogne pour se précipiter dans la rue où ne circulaient que quelques rares passants.

Janson rencontra le regard de Wedge. Il était perplexe. Wedge haussa vaguement les épaules en emboîtant le pas à Aves. Il y avait toujours le risque d'un piège mais, à ce stade, ses dernières traces de doute étaient chassées par une intense curiosité. Il allait se passer quelque chose, et il voulait savoir quoi.

Il n'eut pas longtemps à attendre. A deux blocs de la taverne, Aves tourna dans une entrée d'immeuble. Wedge le suivit, s'attendant à se retrouver en face d'une douzaine de blasters. Mais Aves était seul.

– Et maintenant? demanda Wedge à l'instant où Janson et Hobbie les rejoignaient.

Aves montra la ruelle.

– Regardez. Si je ne me trompe pas, il arrive.

Wedge se tourna vers le dehors. Un Aqualish au faciès d'otarie s'avançait rapidement dans leur direction. A la dernière seconde, il jeta un regard méfiant de part et d'autre. Il continua son chemin... Puis il y eut un bruit étouffé, et l'Aqualish fut de retour, tout à coup, inerte, soutenu par deux personnages à l'air sinistre.

– Aucun problème? demanda Aves.

– Non. (L'un des deux hommes déposa l'Aqualish sans douceur devant l'entrée.) Ils sont méchants mais pas très malins.

– Celui-là l'était quand même, dit Aves. Antilles, jette un coup d'œil dessus. Comme ça, la prochaine fois, tu mettras moins de temps à repérer un espion de l'Empire.

– Un espion de l'Empire?

– Oui, un franc-tireur. (Aves haussa les épaules.) Mais tout aussi dangereux.

Wedge essaya de garder un regard neutre.

– Je crois qu'on te doit quelques remerciements.

L'un des deux autres hommes d'Aves fouillait l'Aqualish.

– Oui, je le pense, dit Aves. Parce que si on n'avait pas été sur place, vous auriez fait une affaire bien juteuse pour les Renseignements.

– Probablement, concéda Wedge en regardant ses deux collègues.

Mais ils avaient fait leur possible pour convaincre le Grand Amiral Thrawn que Tangrene restait la cible de la Nouvelle République.

– Qu'est-ce que vous allez faire de lui?

– Nous en débarrasser. Ne t'inquiète pas : il ne pourra plus faire de rapports.

Wedge hocha la tête.

– Merci, fit-il, avec une absolue sincérité, cette fois. Je t'en serai redevable, Aves.

Le contrebandier inclina la tête.

– Tu veux régler ta dette tout de suite?

– Comment?

– On prépare un petit coup de notre côté, dit Aves en pointant un doigt vers l'espace obscur. Ça nous aiderait plutôt si on savait quand commencer pendant que vous occupez Thrawn.

Wedge fronça les sourcils.

– Quoi? Tu voudrais que je te dise quand l'opération va être déclenchée?

– Pourquoi pas? fit Aves d'un ton apaisant. Comme je l'ai dit, nous savons déjà que ça se prépare. Bel Iblis recommence son exploit, et tout ça...

– Désolé, dit Wedge, avec regret. Mais tu sais bien que je ne peux pas te le dire.

– Pourquoi pas? insista Aves d'un air patient. Comme je te l'ai dit, nous connaissons déjà la plupart des grandes lignes. Je peux te le prouver si tu veux.

– Pas ici! Notre objectif était de suggérer des indices, mais pas jusqu'à éveiller des soupçons. Quelqu'un pourrait t'entendre.

Janson tapota le bras de son supérieur.

– Commandant, il faut y aller. Nous avons pas mal de choses à faire avant de partir.

– Je sais, je sais. (Ce brave Janson.) Écoute, Aves : est-ce que tu restes encore un peu dans le secteur?

– Oui, ça se pourrait. Pourquoi?

– Laisse-moi parler au commandant de mon unité. Voir s'il peut faire une exception pour toi.

L'expression d'Aves montra sans équivoque ce qu'il pensait de cette proposition.

– Oui, on peut toujours essayer, dit-il, très diplomatique. Et quand comptes-tu avoir une réponse?

– Je ne sais pas. Il est sur le grill, comme nous tous. Sans nouvelle de moi dans vingt-huit heures, n'y compte plus.

Il crut deviner un sourire furtif sur les lèvres d'Aves. Mais dans la nuit...

– D'accord. Je suppose que c'est mieux que rien. Tu peux laisser n'importe quel message au barman de nuit du Dona Laza.

– O.K. Maintenant, on y va. Et encore merci.

Ils s'étaient éloignés de deux blocs quand Hobbie demanda :

– Vingt-huit heures, hein? Bien joué.

– C'est ce que je pense, fit Wedge, modestement. Si on décolle, on est censés être dans le secteur de Tangrene à temps pour la grande bataille.

– Espérons seulement qu'il compte vendre cette information à l'Empire, murmura Janson. Ce serait vraiment une honte d'avoir gaspillé toute cette soirée.

– Oh, mais bien sûr qu'il va leur vendre ça, ricana Hobbie. C'est un contrebandier. Qu'est-ce qu'il pourrait chercher d'autre?

Mais Wedge songeait à la bataille de la flotte Katana. Peut-être que Karrde et toute sa bande n'étaient que des fripouilles qui ne cherchaient qu'à vendre au plus offrant. Mais, au fond de lui, il en doutait.

– Nous le saurons très vite. Viens. Janson l'a dit : on a du travail.

23

La dernière page défila sur le moniteur et s'arrêta sur la mention : FIN DU SOMMAIRE DE RECHERCHE. AUTRE DEMANDE?

– Annulez, dit Leia en se laissant aller en arrière et en regardant par la fenêtre.

Encore une impasse. Elles se succédaient. Elle commençait à croire que les bibliothécaires du service de Recherche avaient raison : s'il existait une information, quelle qu'elle soit, sur les techniques de clonage durant les Guerres Cloniques dans l'Ancienne Bibliothèque du Sénat, elle était enfouie au-delà de leur portée.

Elle devina un mouvement, un retour à la conscience, se leva et traversa la pièce jusqu'au lit des jumeaux. Jacen était éveillé et examinait ses doigts en roucoulant. Mais Jaina dormait encore, les lèvres à peine entrouvertes, le souffle régulier.

– Bonjour, toi, fit Leia en soulevant son fils et en le serrant entre ses bras. Il lui sourit en oubliant momentanément ses doigts.

Elle lui caressa la joue.

– Oui, je vais bien, merci. Viens : on va voir ce qui se passe dans le vaste monde.

Elle alla jusqu'à la fenêtre. C'était le milieu de la matinée, et les véhicules de sol et les airspeeders se croisaient dans toutes les directions comme des insectes en folie. Au loin, les pics enneigés des Monts Manarai, au sud, brillaient dans la clarté du soleil. Le ciel était d'un bleu profond, sans le moindre nuage. Être au-delà du ciel...

Il y avait un bouclier d'énergie invisible. Et les astéroïdes menaçants de l'Empire, tout aussi invisibles.

Jacen gargouilla et Leia crut deviner une sorte d'inquiétude dans son regard.

– Tout va bien, dit-elle en le berçant doucement. On va bien les trouver et s'en débarrasser. Ne t'en fais pas.

Winter entra. Un plateau flottait devant elle.

– Votre Altesse, dit-elle d'une voix douce, j'ai pensé que vous aimeriez peut-être un rafraîchissement.

– Oui, ça me fait plaisir, dit Leia en humant le parfum épicé de paricha. Rien de nouveau d'en bas?

– Rien. Les équipes de recherche n'ont trouvé aucun autre astéroïde depuis hier matin. J'ai cru comprendre que le général Bel Iblis estimait qu'ils avaient tous été détruits.

– Je doute que ce soit l'opinion de l'amiral Drayson.

– Non, dit Winter en versant l'infusion dans une tasse. Pas plus que Mon Mothma.

Leia hocha la tête. Elle ne le pensait pas elle-même. Quel que fût le coût de production de ces boucliers, elle ne concevait pas que l'Empire ait pu se donner tout ce mal pour produire moins de soixante-dix astéroïdes masqués. Et il pouvait facilement y en avoir le double. Ils n'en avaient jusqu'alors trouvé que vingt et un.

– Et comment avancent les recherches? demanda Winter, en se versant une tasse à son tour.

– Elles n'avancent pas. Mais je n'arrive pas à comprendre pourquoi ça me surprend. Les spécialistes en Recherche du Conseil ont déjà exploré toutes les archives sans rien trouver.

– Mais vous êtes une Jedi. Vous avez la Force.

– Elle ne suffit pas, apparemment. Du moins, elle ne me permet pas de retrouver l'archive qu'il nous faut. A supposer qu'elle existe. Je finis par penser qu'il n'y en a aucune.

Leia savourait l'arôme de la paricha tout en songeant qu'elle n'en boirait bientôt plus : les racines étaient importées et ils étaient prisonniers de Coruscant, désormais.

– Je me suis entretenue avec Mobvekhar, hier, dit Winter, perdue dans ses pensées. Il m'a dit que vous aviez fait allusion à un indice. Quelque chose que Mara vous aurait dit.

– Oui. Plus quelque chose que Luke a fait. Oui, je me rappelle. Et je crois que cela cache une clé essentielle. Mais je n'arrive pas à déterminer quoi.

Son comlink bippa.

– Je savais bien que ça ne durerait pas, souffla-t-elle.

Mon Mothma lui avait promis une matinée tranquille mais, apparemment, c'était fini.

– Conseillère Organa Solo.

Ça n'était pas Mon Mothma.

– Conseillère, ici le Central des Communications, dit une voix au ton militaire. Un cargo civil du nom de *Wild Karrde* vient de se mettre en position immédiatement à l'extérieur de la ligne de surveillance. Son capitaine insiste pour s'entretenir personnellement avec vous. Voulez-vous lui parler, ou bien devons-nous le chasser du système?

Ainsi donc, Karrde était revenu chercher les siens. Ou alors, certaines rumeurs lui étaient parvenues et il avait décidé de venir jeter un coup d'œil sur Coruscant. Dans l'un comme dans l'autre cas, cela annonçait des ennuis.

– Il vaut mieux que je lui parle, dit Leia au contrôleur.

– Bien, Conseillère.

Un déclic discret, puis elle dit :

– Bonjour, Karrde. Ici Leia Organa Solo.

– Bonjour, Conseillère, répondit la voix posée et froide du contrebandier. C'est un plaisir que de vous entendre à nouveau. Je suppose que vous avez bien reçu mon colis?...

Il lui fallut un bref instant pour se rappeler. Oui... L'enregistrement des données de macrolunettes. L'attaque d'Ukio.

– Oui, bien sûr. Permettez-moi de vous exprimer la gratitude de la Nouvelle République.

– Mais vous avez déjà amplement prouvé votre gratitude, fit Karrde d'un ton sec. Y aurait-il eu quelques répercussions déplaisantes sur les dispositions de paiement?

– Au contraire. Nous sommes prêts à payer au même tarif d'autres informations de cette valeur.

– Je suis heureux de l'entendre. Est-ce que par chance la technologie vous intéresserait?

Leia resta interdite : cette question était inattendue.

– Quel genre de technologie? avança-t-elle prudemment.

– Le genre semi-précieux. Pourquoi ne pas m'autoriser à me poser afin que nous en discutions?

– Je crains que ce ne soit possible. Tout le trafic non essentiel de Coruscant a été restreint.

– Et uniquement le trafic non essentiel?

Leia ne put réprimer une grimace. Karrde avait bel et bien entendu les rumeurs qui se propageaient.

– Qu'est-ce que vous avez entendu dire?

– De simples murmures. Mais un seul me concernait. Parlez-moi de Mara, voulez-vous?

– Que voulez-vous que je vous dise?

– Est-elle aux arrêts?

Leia jeta un regard à Winter.

– Karrde, c'est le genre de sujet dont nous ne pouvons discuter...

– Non, ne me racontez pas ce genre d'histoire, fit Karrde, le ton soudain plus dur. Vous me devez cette faveur. J'ajouterai que vous la lui devez, *à elle.*

– J'en suis consciente, rétorqua Leia, en prenant un ton un peu plus distant. Mais laissez-moi finir : nous ne pouvons discuter de cela sur une fréquence ouverte.

– Oh, je vois. (S'il était embarrassé, cela ne se sentait guère dans son ton.) Essayons autre chose : Ghent est-il disponible?

– Oui, il doit être quelque part.

– Trouvez-le et amenez-le devant un terminal avec accès de communications. Dites-lui de le programmer avec un de mes codes personnels. Comme il voudra. Ça devrait nous laisser beaucoup plus d'intimité.

Elle réfléchit rapidement. Cela devrait au moins éviter toute interception par un vaisseau civil présent dans le système. Mais les éventuels droïds de l'Empire étaient un risque bien différent.

– Oui, ce sera au moins un début. Je vais aller le chercher.

– J'attends.

Le silence retomba sur la fréquence.

– Un problème? s'enquit Winter.

– Probablement.

Le regard de Leia se posa sur Jacen. Elle retrouvait cette impression menaçante qu'un élément vital d'information se cachait dans l'ombre, hors de sa portée. Luke et Mara en faisaient partie. Est-ce que Karrde, lui aussi, pouvait être impliqué?...

– Il veut plaider la cause de Mara... et je ne pense pas qu'il sera très heureux d'apprendre qu'elle est partie. Winter, occupe-toi des jumeaux : il faut que je trouve Ghent et que nous descendions jusqu'à la salle de guerre.

La liste de vérification des données s'arrêta.

– Ça me semble O.K., dit Ghent à Leia, tout en effectuant les dernières mises au point de l'encryptage. Vous n'allez pas perdre plus d'une syllabe çà et là. Allons-y.

– Faites quand même attention à ce que vous dites, lui rappela Bel Iblis. Il peut y avoir encore des droïds sondeurs à l'écoute, et nous ne sommes pas du tout certains que l'Empire n'ait pas réussi à craquer les codes de Karrde. Ne dites rien qu'ils ne sachent déjà.

– Je comprends. (Leia s'assit et appuya sur la touche que l'officier des communications lui avait indiquée.) Karrde, nous sommes prêts.

– Moi aussi. Pourquoi Mara a-t-elle été mise aux arrêts?

– Il y a quelques semaines, un commando de l'Empire a pénétré dans le Palais, dit-elle en choisissant avec soin ses mots. Leur chef a désigné Mara comme étant leur complice.

– C'est absurde! pouffa Karrde.

– Je l'admets. Mais un tel chef d'accusation exige une enquête.

– Et qu'ont découvert vos enquêteurs?

– Ce que certains d'entre nous savaient déjà. Qu'elle faisait partie de l'état-major privé de l'Empereur.

– Et c'est pour cette raison que vous la retenez? Pour ce qu'elle a pu faire ou non il y a des années de ça?...

– Ce n'est pas son passé qui nous inquiète.

Leia commençait à se sentir mal à l'aise. Elle avait horreur d'aiguiller Karrde sur cette mauvaise voie après toute l'aide qu'il leur avait apportée. Mais il fallait absolument qu'elle fasse croire à d'éventuelles oreilles espionnes que Mara était encore soupçonnée.

– Certains membres du Conseil et du haut commandement, reprit-elle, se préoccupent de ses attachements actuels.

– Ils sont idiots, lâcha Karrde. J'aimerais lui parler.

– Je crains que ce soit impossible. Elle n'a accès à aucune communication extérieure.

Leia perçut un faible bruit : déclic d'encryptage ou soupir, elle n'aurait su le dire.

– Expliquez-moi pour quelle raison je ne peux pas me poser, demanda Karrde. Je n'ai entendu que des rumeurs. Maintenant, dites-moi la vérité.

Leia regarda Bel Iblis. Il acquiesça avec réticence.

– La vérité, c'est que nous sommes assiégés. Le Grand Amiral a placé de nombreux astéroïdes masqués en orbite autour de Coruscant. Ces orbites, nous ne les connaissons pas, pas plus que le nombre des astéroïdes. Jusqu'à ce que nous puissions les trouver et les détruire tous, le bouclier planétaire doit demeurer en place.

– Très intéressant, murmura Karrde. J'avais déjà entendu parler de ces attaques-éclair de l'Empire, mais jamais encore d'astéroïdes. Les rumeurs disent surtout que vous auriez souffert de dommages importants et que vous essayez de tout étouffer.

– Exactement le genre d'histoire que Thrawn s'amuserait à faire circuler, grommela Bel Iblis. Un petit coup porté à notre moral, rien que pour qu'il s'amuse entre deux offensives.

– Il pratique toutes les stratégies, commenta Karrde. (Mais Leia venait de déceler un écho bizarre dans sa voix.) Ces astéroïdes, vous en avez trouvé combien jusque-là? Parce que je suppose que vous les avez quand même cherchés.

– Nous en avons détruit vingt et un. En fait, vingt-deux au total, si on y ajoute celui que les Impériaux ont détruit eux-mêmes pour qu'on ne le capture pas. Mais nos données de bataille indiquent que l'Empire a pu en lâcher deux cent quatre-vingt-dix-sept au total...

Karrde resta un instant silencieux.

– Ça ne fait pas autant que ça si on considère le volume d'espace. Je suis prêt à courir le risque de passer au travers.

– Ce n'est pas vous qui nous inquiétez, intervint Bel Iblis. Nous pensons surtout à ce qui pourrait arriver si un astéroïde d'une quarantaine de mètres traversait le bouclier et touchait la surface de Coruscant.

– Il me suffirait d'une ouverture pendant cinq secondes.

– Non, impossible, dit Leia, fermement. Je suis désolée.

– Dans ce cas, je pense que je n'ai pas d'autre choix que de vous proposer un marché. Vous m'avez dit que vous étiez prête à payer d'autres informations. Très bien. J'ai quelque chose dont vous avez besoin, et mon prix est seulement quelques minutes d'entretien avec Mara.

Leia se tourna vers Bel Iblis : il avait l'air aussi intrigué qu'elle.

– Je ne peux faire aucune promesse, dit-elle enfin. Dites-moi de quelle information il s'agit, et nous fixerons un juste prix.

Une autre pause.

– Je suppose que c'est la meilleure offre que vous puissiez me faire, dit enfin Karrde. D'accord. Vous pouvez abaisser votre bouclier quand vous le voudrez. Tous les astéroïdes ont disparu.

Leia s'était figée.

– Quoi?

– Vous m'avez bien entendu. Ils ont disparu. Thrawn vous en avait largué vingt-deux. Et vous en avez détruit vingt-deux. Le siège est levé.

– Comment pouvez-vous savoir cela? s'exclama Bel Iblis.

– Je me trouvais dans les chantiers de Bilbringi peu avant l'attaque-éclair de l'Empire. On a repéré un groupe de vingt-deux astéroïdes sous haute sécurité. On ne savait pas alors ce que l'Empire comptait en faire.

– Est-ce que vous avez fait des enregistrements pendant que vous étiez sur place? demanda Bel Iblis.

– J'ai la carte de données du senseur du *Wild Karrde*. Si vous êtes prêt, je vous la transmets.

– Allez-y.

Leia observa l'écran et reconnut les chantiers de Bilbringi tels que les avaient montrés les vols de surveillance de la Nouvelle République. Et là, au centre, entourés d'unités de soutien et d'ouvriers en tenue de travail...

– Il a raison, murmura Bel Iblis. Il y en a vingt-deux.

– Ça ne prouve pas qu'il n'y en ait pas plus, remarqua l'officier installé devant la console. Ils auraient très bien pu en rassembler un autre groupe à Ord Trasi ou Yaga Minor.

– Non, fit Bel Iblis. Même si l'on ne tient pas compte des problèmes de logistique que ça suppose, je n'imagine pas Thrawn déployant sa technologie plus que nécessaire. La dernière chose qu'il pourrait se permettre serait que nous mettions la main sur un modèle qui fonctionne.

– Ou encore sur une lecture des systèmes, renchérit Karrde. Si vous trouviez la moindre faille, il perdrait l'un de ses principaux avantages. Bon, je me suis acquitté de ma part du marché. Et vous?...

Leia se tourna vers Bel Iblis, désemparée.

– Pourquoi voulez-vous parler à Mara? demanda le général.

– Le plus dur, lorsqu'on est incarcéré, c'est le sentiment que l'on éprouve d'avoir été abandonné, fit Karrde d'un ton froid. J'imagine qu'elle ressent cela – je l'ai ressenti moi-même quand Thrawn m'a si gentiment invité à bord du *Chimaera.* Je veux lui faire savoir en personne qu'on ne l'a pas oubliée.

– Leia, murmura Bel Iblis. Que faisons-nous?

Leia le regardait sans le voir. Elle savait que la réponse était là, cette clé qu'elle cherchait : Karrde avait été prisonnier à bord du *Chimaera*...

– Leia?... insista Bel Iblis.

– Je vous ai entendu. Laissez-le se poser.

Bel Iblis lança un bref regard à l'officier de passerelle.

– Nous devrions peut-être...

– J'ai dit : laissez-le se poser, répéta Leia avec plus de vivacité qu'elle ne le souhaitait.

Car soudain, toutes les pièces se mettaient en place... et elles formaient une image qui était celle d'un désastre potentiel.

– J'en prends personnellement la responsabilité.

Bel Iblis la dévisagea en silence avant de répondre à Karrde.

– Karrde, ici Bel Iblis. Nous allons ouvrir l'écran-bouclier pendant cinq secondes. Soyez parés pour les instructions d'atterrissage.

– Merci. A très bientôt.

Bel Iblis se tourna vers l'officier, qui acquiesça.

– Bien, Leia, fit-il en se tournant vers elle. Que se passe-t-il?

Elle inspira longuement.

– C'est le clonage, Garm. Je sais comment Thrawn s'y prend pour sortir autant de clones si rapidement.

Un silence absolu régnait dans la salle de guerre.

– Dites-moi, fit Bel Iblis.

– C'est la Force. (C'était tellement évident que ça lui avait échappé.) Vous ne voyez pas? Quand vous réalisez un duplicata parfait d'un être intelligent, une sorte de résonance naturelle apparaît, quelque chose s'interpose entre l'original et le duplicata. C'est ce qui déforme l'esprit d'un clone qui a été créé trop rapidement : l'esprit n'a pas le temps de s'adapter à la pression exercée sur lui. Il ne parvient pas à s'ajuster, et il craque.

– D'accord, fit Bel Iblis d'un ton dubitatif. Alors, comment Thrawn a-t-il contourné le problème?

– Très simplement. Il se sert des ysalamari pour bloquer la Force et isoler les cuves de clonage.

Le visage de Bel Iblis se givra. Quelque part, quelqu'un souffla un juron.

– La clé, reprit Leia, ç'a été l'évasion de Karrde du *Chimaera*. Mara m'a dit que l'Empire avait capturé cinq ou six mille ysalamari dans les forêts de Myrkr. Mais ils n'ont pas été embarqués sur les bâtiments de guerre impériaux, car, lorsque Luke est parti à la recherche de Karrde, il n'a rencontré aucun problème pour se servir de la Force.

– Oui, parce que les ysalamari étaient sur Wayland, acquiesça Bel Iblis. Ce qui signifie que lorsque l'équipe atteindra la montagne...

– Luke sera sans défense, acheva Leia, la gorge serrée. Et il ne saura pas pourquoi jusqu'à ce qu'il soit trop tard.

Elle frissonna et le rêve qu'elle avait eu la nuit du raid des Impériaux lui revint. Luke et Mara affrontaient un Jedi dément et une autre menace inconnue. Ce qu'elle avait vu n'était pas un rêve, mais une vision de Jedi.

– Je vais aller parler à Mon Mothma, dit Bel Iblis, l'air sombre. Même avec Bilbringi, nous pouvons peut-être arracher quelques secours.

Il se rua vers les turbolifts. Et Leia se dit qu'il allait essayer, mais qu'il échouerait certainement. Mon Mothma, le commandeur Sesfan et Bel Iblis lui-même l'avaient déjà dit : ils ne disposaient pas de ressources suffisantes pour frapper sur Wayland et Bilbringi en même temps. Et elle ne savait que trop bien que tous les Conseillers ne se laisseraient pas convaincre qu'ils n'étaient plus sous la menace des astéroïdes masqués. Pas au point de reporter l'attaque sur Bilbringi, en tout cas.

Ce qui signifiait que personne n'irait au secours de son époux et de son frère.

Elle se précipita à la suite de Bel Iblis. Elle avait beaucoup à faire avant que Karrde n'arrive.

Trois personnes formaient le comité d'accueil de Karrde quand il sortit de son vaisseau pour s'engager dans le tunnel d'accès. Il les avait repérées du haut de la coupée, et même dans l'ombre, il était parvenu à identifier deux d'entre elles. Il y avait là Leia Organa Solo, avec Ghent. Quant au troisième personnage, il était de petite taille et portait la robe de tissu brun et rèche des Jawas. Karrde se demanda ce qu'un de ces fouilleurs de désert pouvait bien faire ici, sur Coruscant. Mais quand il vit plus nettement le visage de Leia Organa Solo, il comprit qu'il n'allait pas tarder à le savoir.

– Bonjour, Conseillère, fit-il en inclinant la tête. Ghent, ça me fait plaisir de te retrouver. J'espère que tu as su te rendre utile?...

– Je le crois, dit Ghent en oscillant nerveusement d'un pied sur l'autre. (Bien trop nerveusement.) C'est ce qu'ils disent, du moins.

– Bien, bien... (Karrde se tourna vers le personnage en tenue de Jawa.) Et votre ami est?...

– Je suis Mobvekhar du clan Hakh'khar, miaula une voix graveleuse.

Karrde faillit reculer. Il n'avait certainement pas affaire à un Jawa.

– C'est mon garde du corps, dit Organa Solo.

– Ah... (Karrde dut faire un effort pour ne pas regarder la face à demi cachée par le capuchon.) Eh bien... pouvons-nous y aller?

Leia Organa Solo secoua la tête.

– Mara n'est pas ici.

Karrde lança un bref regard à Ghent, qui semblait de plus en plus nerveux.

– Vous m'avez dit qu'elle était là.

– Je vous ai seulement confirmé qu'elle avait été mise aux arrêts, dit Organa Solo. Je ne pouvais en dire plus sur le moment – des droïds sondeurs de l'Empire pouvaient être à l'écoute.

Karrde s'efforça d'oublier son irritation. Ils étaient du même bord, après tout.

– Et où est-elle?

– Sur une planète appelée Wayland. En compagnie de Yan, Luke, et quelques autres.

Wayland? Karrde n'avait pas souvenir d'une planète de ce nom.

– Et qu'y a-t-il de tellement intéressant sur Wayland?
– La fabrique de clones du Grand Amiral Thrawn.
Il la fixa brusquement.
– Vous l'avez découverte?
– Non, c'est Mara qui l'a découverte.
Karrde hocha la tête. Ainsi, ils avaient trouvé eux-mêmes la fabrique de clones. Et tout ce travail qu'il avait mis au point avec les autres groupes de contrebandiers était maintenant évaporé comme de l'épice de Kessel. Le travail, les risques, sans parler de l'argent investi.
– Vous êtes certaine que c'est bien là que se trouve la fabrique?
– Nous en aurons bientôt la confirmation. (Organa Solo pointa un doigt sur le *Wild Karrde*.) J'ai besoin que vous me conduisiez sur Wayland. Sans perdre de temps.
– Pourquoi?
– Parce que leur expédition est en danger. Ils ne le savent pas encore. Et s'ils suivent encore le plan que nous avons fixé, nous avons une chance de les rejoindre avant qu'il ne soit trop tard.
– Elle m'a tout expliqué pendant qu'on venait, ajouta Ghent. Je crois qu'on devrait...
Il hésita sous le regard de Karrde.
– Conseillère, dit Karrde, j'ai de la sympathie pour les vôtres. Mais d'autres urgences m'appellent.
– Ainsi, vous abandonnez Mara.
– Je n'éprouve pas de sentiment particulier pour elle. Elle fait partie de mon organisation : rien de plus.
– Et cela suffit?
Un instant, il affronta son regard. Et il lut dans ses yeux qu'elle savait bien qu'il bluffait. Qu'il ne pouvait abandonner Mara, pas plus qu'Aves, Dankin ou Chin. Pas s'il pouvait faire quoi que ce fût.
– Ce n'est pas aussi simple, dit-il enfin. J'ai des responsabilités envers les miens. A l'heure qu'il est, ils préparent un raid avec l'espoir de s'emparer d'un Piège Gravifique à Cristaux pour vous le revendre.
Une expression de surprise apparut brièvement sur le visage d'Organa Solo.
– Un Piège Gravifique à Cristaux?...
– Pas celui que vous visez. Mais nous devons opérer au même moment, en espérant que votre attaque va créer une diversion. Il faut que je sois sur place.
– Je vois... murmura Organa Solo.
Elle avait apparemment décidé de ne pas demander à Karrde comment il pouvait être au courant de l'opération Tangrene.

– Le *Wild Karrde* est destiné à jouer un rôle essentiel dans ce raid ?

Karrde regarda Ghent. Non, si Mazzic, Ellor et les autres venaient renforcer le groupe qu'Aves avait déjà mis sur pied. Le problème était que s'ils partaient dès maintenant – et, au ton d'Organa Solo, il était convaincu qu'elle allait lui demander de remonter tout droit vers l'espace – Ghent ne pourrait s'occuper du système de données de la Nouvelle République pour re-router les autres fonds nécessaires aux nouveaux groupes.

A moins qu'il ne puisse obtenir cet argent par un autre moyen.

– Ça peut se faire, dit-il enfin d'une voix ferme. Mais je ne peux pas abandonner mes collègues comme ça. Du moins, pas sans avoir...

Brutalement, le non-humain en robe jawa claqua des doigts. Karrde s'interrompit, observant la créature qui se repliait en silence dans le tunnel d'accès. Un poignard à la lame fine était apparu comme par magie dans sa main. Il disparut et, un instant, le silence persista. Karrde adressa un regard perplexe à Organa Solo, qui lui répondit par un faible haussement d'épaules...

Un gémissement leur parvint du tunnel, suivi de bruits. Ils entrevirent des gestes violents, et Karrde saisit son blaster. Il était sur le point de le braquer vers les silhouettes qu'il entrevoyait vaguement quand le calme revint. L'instant d'après, le non-humain réapparut, poussant devant lui un personnage recroquevillé. Et familier.

– Eh bien, eh bien... fit Karrde en rabaissant son arme sans toutefois la rengainer. Conseiller Fey'lya... Vous en êtes réduit à écouter aux portes ?

– Il n'est pas armé, déclara le non-humain en robe jawa de sa voix graveleuse.

– Alors, laissez-le, dit Organa Solo.

Dès que l'autre se fut exécuté, Fey'lya se redressa. Son pelage était parcouru d'ondulations folles. Il cherchait à retrouver une attitude digne.

– Je proteste contre ce traitement injuste ! lança-t-il d'un ton un peu moins mélodieux que la norme bothan. Et sachez que je n'espionnais pas. Le général Bel Iblis m'a informé de l'annonce faite par la Conseillère Organa Solo à propos de cette fabrique de clones sur Wayland. Capitaine Karrde, je ne suis venu ici que pour apporter mon soutien à la Conseillère dans son désir de gagner Wayland.

Karrde eut un sourire fugace.

– Et ainsi, elle vous libérerait le terrain ? Merci bien, mais je crois que nous avons d'ores et déjà tout vu ensemble.

Le Bothan se redressa.

– Il ne s'agit plus de politique. Si elle ne prévient pas ceux qui sont sur Wayland, ils ne survivront pas à cette expédition. Et alors, nous ne pourrons détruire le dépôt avant que le Grand Amiral transporte ce qu'il recèle en un lieu sûr.

Ses yeux mauves étaient rivés sur ceux de Karrde.

– Et ce serait un désastre. Pour le peuple bothan et pour la galaxie tout entière.

Un instant, Karrde le dévisagea en se demandant pour quelle raison il semblait si inquiet. Thrawn pouvait-il mettre la main sur une arme ou une technologie encore inconnue? Ou bien était-ce plus personnel? Dans l'un comme dans l'autre cas, il devait s'agir d'une information embarrassante pour Fey'lya, ou pour le peuple des Bothans...

Il se dit que Fey'lya n'allait pas le lui révéler comme ça.

– Les catastrophes potentielles qui pourraient affecter les Bothans ne me touchent guère, dit enfin Karrde. Et vous, Conseiller? Vous les estimez à combien?...

Un frisson d'incertitude courut dans le pelage des épaules de Fey'lya.

– Ce serait un désastre pour toute la galaxie.

– Oui, vous l'avez dit. Mais je répète : est-ce que cela vous touche et à combien chiffrez-vous ce désastre?

Cette fois, Fey'lya comprit. Ses yeux s'étrécirent et il afficha une expression d'absolu mépris.

– A combien chiffrez-vous ce désastre, vous? répliqua-t-il.

– Oh... à un chiffre raisonnable. Disons... un crédit de soixante-dix mille?

– *Soixante-dix mille?* balbutia Fey'lya. Mais est-ce que vous croyez vraiment que?...

– Tel est mon prix, Conseiller. A prendre ou à laisser. Et si la Conseillère Organa Solo dit vrai, nous n'avons guère le temps de nous lancer dans de longues discussions...

Fey'lya siffla comme un prédateur en colère.

– Vous n'êtes qu'un vil mercenaire. Vous ne voulez qu'une chose : saigner à blanc le peuple des Bothans...

– Conseiller, épargnez-moi vos sermons, dit Karrde. C'est oui ou c'est non?

– Oui, siffla le Bothan.

– Bien. (Karrde regard Organa Solo.) Le compte-crédit ouvert par votre frère est-il toujours là?

– Oui. Le général Iblis connaît son code d'accès.

– Alors, vous pouvez y déposer les soixante-dix mille crédits dès à présent, fit Karrde à Fey'lya. Et dites-vous bien qu'avant d'atteindre Wayland, je vérifierai que l'opération a bien été faite. Au cas où vous auriez quelques arrière-pensées. Ou des regrets.

– Écoutez-moi, contrebandier : je suis honnête, *moi*, gronda Fey'lya.

– Ma foi, je suis heureux de l'apprendre. Les gens honnêtes sont tellement rares. Conseillère?

– Je suis prête, dit Leia.

Ils étaient déjà loin de Coruscant et prêts à sauter en luminique lorsque Leia posa enfin la question qui la rongeait depuis qu'ils étaient montés à bord :

– Nous allons vraiment vérifier les avoirs de Fey'lya?

– Avec le peu de temps dont nous disposons? Ne soyez pas stupide. Mais Fey'lya, lui, l'ignore.

Leia le scruta un instant.

– L'argent, ça n'est pas aussi important que ça pour vous, n'est-ce pas?

– Ne croyez pas cela non plus. J'ai certaines obligations. Si Fey'lya avait refusé de coopérer, j'aurais fait appel à votre Nouvelle République.

– Je vois...

Il décela un écho particulier dans sa voix et insista avec une grimace peu convaincante :

– Je suis ici parce que cela sert mes intérêts. Et non pas parce que votre guerre m'intéresse en quoi que ce soit.

– Oui, j'ai dit que je comprenais, fit Leia, avec un sourire rentré.

Si les mots que Karrde employaient étaient différents, son regard restait le même. *Vous comprenez, Princesse, je ne fais pas ça pour votre chère Révolution. Je souhaite seulement qu'on me paye. Il n'y a que l'argent qui m'intéresse.*

C'est ce que Yan lui avait dit, plus ou moins, après leur évasion mouvementée de l'Étoile Noire. Et, sur le moment, elle l'avait cru.

Son sourire s'effaça. Yan et Luke lui avaient sauvé la vie et elle se demandait soudain si elle arriverait à temps pour faire la même chose.

24

L'entrée du Mont Tantiss brillait doucement d'un éclat métallique, sous un surplomb de rocher, de mousse et d'arbustes. Depuis le sommet de la colline, ils discernaient une clairière avec une petite cité au centre.

– Qu'est-ce que tu en penses? demanda Luke à Yan.

– Je propose qu'on trouve un autre accès, dit Yan en essayant de stabiliser ses macrolunettes, les coudes plantés dans les feuilles mortes.

Il ne se trompait pas : il y avait une station de commandos de garde à quelques mètres de la porte de métal.

– De toute façon, on ne passe jamais par-devant.

Luke lui tapota deux fois l'épaule pour l'avertir que quelqu'un approchait. Yan écouta. Et perçut des pas étouffés dans les broussailles. Une minute plus tard, quatre commandos impériaux en tenue de combat surgirent entre les arbres quelques mètres plus bas. Ils passèrent sans même lever les yeux et se perdirent dans la forêt.

– Ils commencent vraiment à devenir nombreux, murmura Yan.

– Je crois que c'est uniquement à cause de la proximité de la montagne, dit Luke. Rien n'indique encore qu'ils soient au courant de notre présence.

Yan grommela et porta son regard vers le village. La plupart des bâtiments étaient trapus, d'apparence étrangère. Le plus important se dressait devant un square ouvert. Même sous cet angle peu favorable, il réussissait à distinguer une foule de Psadans qui se pressaient autour. Une réunion municipale?...

– Je ne vois aucun signe d'une garnison dans ce coin, dit-il en balayant le village avec ses macrolunettes. Elle doit se trouver sur la montagne.

– Ça devrait permettre de la contourner plus facilement.

– Oui.

Yan fronça les sourcils en revenant sur le square. Le groupe de Psadans qu'il avait remarqué la minute d'avant formait à présent un demi-cercle. Ils faisaient face à un couple isolé de cailloux ambulants qui tournait le dos au grand bâtiment. Les Psadans étaient de plus en plus nombreux.

– Des ennuis? murmura Yan.

– Je ne sais pas encore, dit Yan en augmentant un peu plus le grossissement. On dirait qu'il s'agit d'une réunion très importante. Il y a deux Psadans qui font face aux autres... Mais ils n'ont pas l'air de parler. Ils brandissent quelque chose...

– Laisse-moi voir. Il existe des techniques Jedi pour améliorer la vision. Je peux essayer sur les macrolunettes.

– Vas-y.

Tout en lui tendant les lunettes, Yan remarqua que quelques nuages étaient apparus, mais ça ne semblait pas annoncer un ciel couvert. Le soleil ne se coucherait pas avant deux heures, estima-t-il. Et il ferait encore jour pendant une demi-heure après...

– Hmm... fit Luke.

– Qu'y a-t-il?

– Je n'en suis pas certain, mais on dirait qu'ils montrent aux autres un bloc de données.

Yan se tourna vers le village.

– J'ignorais qu'ils se servaient de ça.

– Moi aussi, fit Luke d'un ton soudain bizarre.

Yan l'observa, intrigué. Luke contemplait maintenant la montagne avec une expression d'étonnement.

– Qu'arrive-t-il?

– La montagne. Elle est sombre. Totalement sombre.

Sombre? fit Yan. Mais la montagne n'avait pas changé. De quoi parles-tu?

– Elle est sombre, ajouta Luke, lentement. Tout comme l'était Myrkr.

– Tu veux dire... comme si des ysalamari bloquaient la Force?

Luke acquiesça.

– C'est ce qu'il me semble. Mais je ne pourrai en avoir la certitude que lorsque nous nous rapprocherons.

Yan éprouva une crispation au niveau de l'estomac.

– Parfait, marmonna-t-il. Magnifique. Et qu'est-ce qui se passe maintenant?

Luke haussa les épaules.

– On continue. Qu'est-ce qu'on peut bien faire d'autre?

– Retourner au *Faucon* et ficher le camp d'ici, par exemple. A moins que tu tiennes vraiment à tomber dans un piège de l'Empire.

– Je ne crois pas que ce soit un piège. En tout cas, il ne nous est pas destiné. Rappelle-toi ce contact que j'ai eu avec C'baoth et qui a été brusquement coupé?

Yan se frotta le menton. Il commençait à discerner où Luke voulait en venir : les ysalamari étaient là pour C'baoth, et non pour Luke.

– Je ne suis pas encore convaincu. Je croyais que C'baoth et Thrawn étaient du même bord. Mara elle-même nous l'a dit.

– Peut-être qu'ils ont eu un moment de faiblesse. Ou alors, Thrawn s'est servi de C'baoth au départ et il n'a plus besoin de lui maintenant. Si les Impériaux ignorent notre présence ici, les ysalamari sont pour lui.

– Mais peu importe pour qui ils sont là, répliqua Yan. Ils nous bloqueront comme ils bloquent C'baoth. Ça va être comme sur Myrkr.

– Mara et moi, on s'en est sortis, sur Myrkr, lui rappela Luke. On peut le refaire ici. Et puis, on est bien trop avancés maintenant.

– Tu vas en parler à Mara avant que nous atteignions la montagne?

– Bien sûr, dit Luke en examinant attentivement le ciel. En route. On ferait bien d'y aller, d'ailleurs, pendant qu'il nous reste un peu de jour.

– Tu as raison.

Yan se redressa. Force ou non, c'était à eux de jouer, maintenant.

Les autres les attendaient sur l'autre flanc de la colline.

– Ça se présente comment? demanda Lando.

– Ils ne sont toujours pas avertis de notre présence, répondit Yan en cherchant Mara du regard.

Elle était assise auprès de 6PO et D2, se concentrant sur cinq cailloux qu'elle avait réussi à faire léviter devant elle. Luke lui enseignait ce tour depuis quelques jours, et Yan avait renoncé à l'en dissuader.

– Alors, vous allez nous conduire jusqu'à cette entrée arrière?

– Je suis prête à la rechercher, en tout cas, dit Mara tout en maintenant les cailloux en l'air. Je vous l'ai déjà dit : je n'ai vu le système d'aération que de l'intérieur. Mais pas les entrées d'admission.

– On va les trouver, fit Luke avec assurance en s'avançant vers les droïds. Comment ça va, 6PO?

– Plutôt bien, Maître Luke, je vous remercie. Cette route est bien meilleure que les précédentes. (D2 émit une trille.) D2 pense la même chose.

– Ne vous y attachez pas trop, conseilla Mara en laissant enfin retomber les cailloux. Pour rejoindre la montagne, nous n'aurons probablement plus de pistes myneyrshi. L'Empire avait interdit toute activité indigène dans le secteur.

– Ne vous en faites pas, ajouta Luke d'un ton consolant. Les Noghri nous trouveront bien un chemin.

– Cargo *Garret's Gold*, vous êtes autorisé à faire votre approche finale, lança la voix cassante du Contrôleur de Bilbringi sur la passerelle de l'*Etherway*. Accostage : plate-forme vingt-cinq. Vecteur droit selon la bouée-repère. Elle vous transmettra votre cap.

– Bien reçu, Contrôle, dit Aves en composant le cap qui apparaissait sur l'écran de navigation. Et les champs de sécurité?...

– Suivez le cap qui vous a été assigné et vous ne les rencontrerez pas. Si vous déviez de quinze mètres, vous recevrez un bon coup sur le nez. A votre aspect, je ne pense pas que votre nez puisse en supporter beaucoup.

Aves jeta un regard noir en direction du haut-parleur. Les sarcasmes de l'Empire commençaient à le fatiguer.

– Merci beaucoup, fit-il avant de couper la communication.

– C'est un vrai plaisir que de travailler avec les Impériaux, non? railla Gillespee depuis son poste de copilote.

– J'imagine sa tête quand on va ficher le camp avec un de leurs PGC, dit Aves.

– Espérons en tout cas qu'on ne soit plus sur place pour nous en assurer. Leur procédure de vol est drôlement compliquée, je dois dire.

– Ça n'était pas comme ça avant le raid de Mazzic, fit Aves en se penchant vers la baie.

Une demi-douzaine de générateurs de boucliers étaient visibles au long de leur vecteur d'approche, marquant la route définie par la bouée.

– Ils sont sans doute là pour empêcher qu'on aille se promener dans les chantiers.

Aves consulta ses écrans et confirma son vecteur et son temps d'approche. La flotte de la Nouvelle République tomberait sur Tangrene dans un peu plus de trois heures. Le temps pour l'*Etherway* de s'amarrer, de débarquer les capaciteurs à rayons tracteurs qu'ils offraient généreusement à l'Empire dans le cadre de l'effort de guerre, et de se replier en position de soutien au moment où Mazzic tenterait d'enlever le PGC du centre principal de commandement, à huit plates-formes de là.

– Voilà Ellor, annonça Gillespee en montrant les hublots tribord.

Aves hocha la tête. Oui, c'était bien le *Kai Mir* qui arrivait, flanqué du *Klivering*. Et, derrière eux, il entrevit le *Starry Ice* qui dérivait vers une plate-forme d'amarrage de la périphérie. Apparemment, pour autant qu'il pût en juger, tout se déroulait selon le plan prévu.

Mais avec Thrawn, les apparences n'avaient plus guère de sens. Le Grand Amiral savait probablement tout en ce qui concernait ce raid et il attendait que tous soient entrés dans la nasse.

– Tu n'aurais pas des nouvelles de Karrde, par hasard? demanda Gillespee, d'un ton un rien trop détaché.

– Il n'a pas déserté, Gillespee, grogna Aves. S'il a dit qu'il avait plus important à faire, c'est que c'est vrai. Point.

– Oui, je sais. Mais je me disais que l'un des autres pouvait poser la question à tout instant.

Aves grimaça. Voilà qu'ils recommençaient. Il avait pensé qu'en démasquant Ferrier sur Hijarna, la chose serait close une fois pour toutes, Mais non...

– Je suis là. Ainsi que le *Starry Ice*, le *Dawn Beat*, le *Lastri's Ort*, le *Amanda Fallow*, le...

– Oui, je te comprends. Et ne te mets pas en rogne pour ça – mes vaisseaux sont là, eux aussi...

– Désolé. Mais j'en ai vraiment marre que tout le monde soupçonne tout le monde.

Gillespee haussa les épaules.

– On est des contrebandiers. On a pas mal bourlingué, tu le sais. Et je dois dire que, personnellement, je suis plutôt surpris de voir à quel point notre groupe sera resté aussi longtemps consolidé. Mais qu'est-ce que tu crois qu'il fabrique, Karrde?...

– Pas la moindre idée. Mais ça doit être important.

– Sûrement. (Gillespee pointa l'index.) C'est la bouée-repère, là-bas?

– On dirait bien. Tiens-toi prêt à copier les données de route. On y va.

Les ordres apparurent sur l'écran de Wedge. Il y jeta un bref regard avant de passer sur la fréquence de l'escadron.

– Escadron Rogue, ici Rogue Leader. On va attaquer en cinquième vague, en escorte du cuirassé de commandement de l'amiral Ackbar. Restez en formation jusqu'à ce qu'on prenne le dispositif. A toutes les unités : confirmez.

L'Escadron Rogue était paré au combat.

La voix de Janson fit irruption dans les pensées de Wedge.

– Vous supposez que Thrawn a intercepté notre message, Rogue Leader?

Leur message...? Ah, oui : cette petite conversation qu'ils avaient eue à l'extérieur de la taverne de Mumbri Storve avec Aves, le collègue de Talon Karrde. Hobbie leur avait certifié qu'elle serait rapportée telle quelle aux Renseignements de l'Empire.

– Je ne sais pas, Rogue Cinq. A vrai dire, j'espère que non.

– Alors c'était une perte de temps.

– Pas nécessairement. Rappelle-toi qu'il a dit qu'ils avaient un autre plan de leur côté et qu'ils voulaient qu'on soit coordonnés. Tout ce qui dérange ou distrait l'Empire ne peut que nous aider.

– Ils préparaient sans doute une livraison, comme d'habitude, intervint Rogue Six. Ça les aurait arrangés que l'Empire soit occupé ailleurs.

Wedge ne répondit pas. Luke Skywalker semblait croire avec conviction que Karrde était du côté de la Nouvelle République, ce qui le regardait. Mais jamais lui, Wedge, ne parviendrait à persuader son escadron. Un jour, peut-être, Karrde se tournerait franchement contre l'Empire. Jusque-là, du moins au regard de Wedge, tous ceux qui n'étaient pas du côté du Grand Amiral aidaient la Nouvelle République, qu'ils le reconnaissent ou non...

Plus encore : qu'ils en aient ou non conscience.

L'image se modifia sur son écran de contrôle : l'avant-garde du cône de formation des supercuirassés venait de se placer en formation de largage. Il était temps pour l'escorte de les imiter.

– O.K., Escadron Rogue. On a le feu vert. On se met en place.

Il lança son aile-X à pleine puissance et fila vers les feux qui s'éloignaient. Encore deux heures et demie, si le reste de la flotte se rassemblait selon le plan, et ils s'extrairaient de luminique à un jet de pierre des chantiers de Bilbringi.

Dommage, se dit-il : ils ne pourraient pas voir la tête des Impériaux...

Les ultimes rapports de la région de Tangrene se déroulèrent sur l'écran de Pellaeon, et il les lut d'un regard noir. Pas de problème : les Rebelles étaient encore présents. Ils continuaient à infiltrer leurs forces dans le système. Et ils ne faisaient rien pour attirer l'attention. Dans deux heures, si les projections des Renseignements étaient suffisamment précises, ils déclencheraient une attaque sur un système sans réelle défense.

– Ils font du bon travail, n'est-ce pas, capitaine? demanda Thrawn. Une exhibition particulièrement convaincante...

– Amiral, dit Pellaeon avec toute la déférence dont il était capable, puis-je suggérer que toute cette activité de la part des Rebelles n'est nullement une simulation? Tout prouve à l'évidence que Tangrene est leur objectif le plus probable. Plusieurs superdestroyers et des unités lourdes sont en formation aux points d'émergence...

– Faux, capitaine, dit Thrawn d'un ton froid. C'est ce qu'ils veulent nous faire croire, mais ce n'est qu'une illusion minutieusement échafaudée. Les vaisseaux auxquels vous vous référez ont quitté ces secteurs entre quarante et soixante-dix heures auparavant, en ne laissant que quelques hommes en uniforme pour tromper nos espions. L'ensemble de leur force d'attaque se porte à présent vers Bilbringi.

– Oui, amiral, soupira Pellaeon, résigné.

C'était fait. Une nouvelle fois, Thrawn ne tenait pas compte de ses arguments – de même que de l'évidence – pour s'attacher à des intuitions nébuleuses.

Et, s'il se trompait, il n'y aurait pas que la base Ubiquetorate de Tangrene qui tomberait. Une erreur aussi flagrante secouerait toute la machine de guerre impériale.

– Toute guerre comporte un risque, capitaine, dit Thrawn, calmement. Mais il n'est pas aussi grave que vous le pensez. Si je me suis trompé, nous perdons la base d'Ubiquetorate – ce qui est important, certes, mais non critique. (Il haussa un sourcil bleu-noir.) Mais si j'ai raison, nous avons une chance de détruire deux flottes sectorielles des Rebelles. Considérez donc l'impact que cela aura sur l'équilibre des forces.

– Oui, amiral, dit Pellaeon, obéissant.

Mais le regard de Thrawn pesait encore sur lui.

– Vous n'avez nul besoin de me croire, capitaine. Mais attendez-vous à reconnaître vos erreurs.

– Je l'espère sincèrement, amiral.

– Parfait. Le vaisseau-amiral est-il prêt, capitaine?

Pellaeon se redressa dans un garde-à-vous parfait, obéissant à un réflexe induit.

– Amiral, le *Chimaera* est à vos ordres.

– En ce cas, veuillez préparer la flotte pour le passage en hyperespace. Et pour le combat.

Il n'existait aucun sentier sur les pentes du Mont Tantiss mais, ainsi que Luke l'avait prévu, les Noghri avaient un flair certain pour le terrain. Et même avec les droïds qui les ralentissaient, ils atteignirent les évents du système d'aération à l'heure où le soleil s'abîmait entre les arbres.

Mais la situation ne se présentait pas exactement comme Luke l'avait prévu.

– Ça ressemble plus à une tourelle rétractable de turbolaser qu'à un évent d'aération, déclara Luke tandis qu'ils progressaient vers la double clôture métallique.

– Ça me rappelle ce bunker qu'on a dû attaquer sur Endor, marmonna Yan. Si ce n'est qu'il y avait cette porte-écran. Du calme : ils ont très bien pu mettre en place des détecteurs.

N'importe où, Luke aurait pu lancer la Force à travers le tunnel. Mais, pris dans l'étau des ysalamari, il était comme aveugle.

C'était Myrkr qui se répétait.

Il jeta un regard vers Mara, en se demandant si des pensées et des souvenirs semblables lui revenaient. Peut-être... Il lisait une certaine tension sur son visage. De la crainte, de l'anxiété, comme jamais auparavant.

– Et alors? souffla-t-elle. On va attendre ici jusqu'au matin?...

Yan braquait ses macrolunettes sur les évents.

– Je crois que je distingue un terminal d'ordinateur là-bas, juste sous le surplomb, dit-il. Vous restez là – je vais envoyer D2 pour qu'il essaie de se brancher dessus.

Chewbacca gronda un avertissement étouffé.

– Où?... fit Yan en réponse, en dégainant son blaster.

Le Wookie pointa un doigt tout en armant son arbalète.

Le groupe tout entier se figea sur place, les armes braquées... et c'est à cet instant que Luke entendit le fracas lointain d'un tir de blasters. C'était à plusieurs kilomètres, estima-t-il, et probablement plus bas sur la pente. Mais sans les techniques Jedi, il ne pouvait en avoir la certitude.

Un gazouillement d'alerte s'éleva tout près d'eux.

– Un groupe de Myneyrshi approche, le prévint Ekhrikhor. Les Noghri ont réussi à les arrêter. Ils veulent vous parler.

– Dis-leur de rester là où ils sont.

Yan hésita une seconde avant de rengainer son blaster. Il sortit son rapace *satna-chakka* desséché et fit signe à 6PO.

– Viens par ici, Bâton d'Or. On va voir ce qu'ils nous veulent.

Ekhrikhor gronda un ordre et, instantanément, un des Noghri vint se poster en silence au côté de Yan. Chewbacca se plaça sur l'autre flanc et, avec un 6PO geignard et impuissant, ils s'engagèrent entre les arbres.

D2 émit un gargouillement d'inquiétude et son dôme pivota frénétiquement, tandis qu'il observait tour à tour Luke et son collègue droïd.

– Ça va bien se passer pour lui, fit Luke. Yan est là pour le protéger.

Le petit astromécano trapu gronda sur un ton sourd, exprimant sans doute le souci de Yan à l'égard de 6PO.

– Tu sais, fit Lando d'un air sinistre, on ne va pas tarder à avoir des problèmes plus graves que la santé de 6PO. Je crois bien avoir entendu des tirs de blaster dans cette montagne.

– Moi aussi, acquiesça Mara. Ils venaient sans doute de l'entrepôt.

Lando se tourna vers l'énorme évent de l'entrepôt.

– Essayons de voir si on peut l'ouvrir. Au moins, ça nous fera une autre entrée si on est obligés de sauter.

Luke se tourna vers Mara mais, à nouveau, elle esquivait son regard.

– D'accord, dit-il à Lando. J'y vais le premier. Tu me suis avec D2.

Il s'avança prudemment. S'il y avait jamais eu des défenses en place, elles ne réagissaient pas pour l'instant. Il se risqua sous le surplomb de métal sans incident et, dans le souffle violent, il examina la clôture. A cette distance, elle ne lui semblait qu'un grillage particulièrement lourd qui s'achevait en deux plaques incrustées dans les parois du tunnel. C'était une barrière redoutable, mais qui ne résisterait pas longtemps à son sabrolaser.

Il entendit un bruissement de feuilles sèches derrière lui et se retourna : Lando et D2 le rejoignaient.

– D2, dit-il, la prise d'ordinateur se trouve là. Branche-toi et dis-moi ce que tu peux trouver.

Le droïd gazouilla vivement et, avec l'aide de Lando, il traversa le terrain raboteux.

– Ça ne va pas s'ouvrir comme ça, rien que pour vous, dit Mara.

– D2 va voir comment ça se présente, dit Luke en la fixant. Ça va?

Il s'était plus ou moins attendu à un regard haineux ou à un commentaire sarcastique, mais il fut totalement décontenancé quand elle lui saisit la main.

– Je veux que vous me promettiez quelque chose, lui dit-elle à voix basse. A aucun prix ne me laissez retomber du côté de C'baoth. Vous me comprenez? Faites que je ne me retrouve pas avec lui. Même si vous devez me tuer pour ça.

Luke la dévisagea et un frisson glacé lui parcourut l'échine.

– Mara, C'baoth ne peut vous attirer de force à ses côtés. Si vous ne coopérez pas.

– Vous en êtes certain? *Vraiment* certain?

Il ne put réprimer une grimace : il y avait tant de choses qu'il ignorait encore à propos de la Force.

– Non.

– Moi non plus. C'est ce qui m'inquiète. C'baoth m'a dit, sur Jomark, que je serais un jour de son bord. Et il l'a répété, cette nuit où vous êtes arrivé.

– Il a pu se tromper. Ou mentir, tout aussi bien.

– Je ne veux pas courir le risque. (Ses doigts serrèrent un peu plus fort la main de Luke.) Skywalker, je ne me mettrai pas à son service. Et je voudrais que vous me promettiez ici que vous me tuerez avant que ça soit possible.

Luke avait la gorge nouée. Même sans faire appel à la Force, il savait qu'elle était sincère. Mais demander comme ça à un Jedi de vous tuer de sang-froid...

– Voilà ce que je vous promets, dit-il enfin. Quoi qu'il advienne, vous ne serez pas seule quand vous l'affronterez. Je serai là, avec vous.

Elle détourna les yeux.

– Et si vous êtes déjà mort?

Il se dit que c'était le même combat qui recommençait : celui qu'elle menait contre elle-même depuis la première fois où ils s'étaient rencontrés.

– Vous n'aurez pas à me tuer. L'Empereur est mort. Cette voix que vous entendez dans votre esprit n'est que le souvenir qu'il vous a implanté.

– Je le sais. (Elle ressentit un élan de feu ardent au milieu de sa peur glacée.) Et vous pensez que ça suffit à l'oublier?

– Non. Mais vous ne devez pas utiliser cette voix intérieure comme une excuse. Votre destin est entre vos mains, Mara. Il ne dépend pas de l'Empereur ou de C'baoth. A terme, c'est à vous que reviennent les décisions. Vous en avez le droit... et la responsabilité.

Un bruit de course s'éleva de la forêt.

Mara lâcha la main de Luke et recula d'un pas.

– Très bien. Servez donc votre philosophie : ça vous regarde. (Elle se tourna vers le groupe qui venait sur eux.) Que se passe-t-il, Solo?

– On a récupéré quelques alliés. Enfin... des espèces d'alliés.

Luke le regarda, intrigué.

– Comment : des espèces d'alliés?

– C'est plutôt embrouillé, dit Yan. Du moins, si l'on en juge par la traduction de 6PO. Ils ne veulent pas nous aider, mais seulement venir avec nous pour combattre les Impériaux. Ils nous ont suivis parce qu'ils se sont dit qu'on trouverait une entrée par l'arrière.

Luke observa le groupe de non-humains à quatre bras qui attendaient en silence, dominant les Noghri qui les gardaient. Ils étaient armés de longs poignards et d'arcs – pas vraiment le genre efficace contre les cuirasses des commandos.

– Je ne sais pas. Qu'est-ce que tu en penses, toi?

– Yan! appela Lando avant que Yan ait pu répondre. Viens par ici! Écoute.

Yan s'approcha du terminal de l'ordinateur.

– Quoi donc?

– 6PO, dis-leur, fit Lando.

– Apparemment, on est en train d'attaquer l'accès principal de la montagne, déclara 6PO de son habituel ton de surprise. D2 a intercepté plusieurs rapports sur des mouvements de troupes dans le périmètre de garde de l'entrepôt et...

– Mais qui attaque? l'interrompit Yan.

– Certains Psadans de la cité. Selon les rapports de la garde, ils exigent la libération de leur Seigneur C'baoth avant de donner l'assaut.

Yan se tourna vers Luke.

– Le bloc de données!

– Oui, ça me paraît logique. Ils ont reçu un message de C'baoth les incitant à l'attaque. Mais je me demande comment il a réussi à le leur faire passer.

– En tout cas, dit Mara, voilà qui confirme qu'il était bien aux arrêts. J'espère que les gardiens sont à la hauteur.

– Veuillez me pardonner, Maître Luke, intervint 6PO en inclinant la tête. Mais je pense que le bloc de données auquel le capitaine Solo vient de faire allusion est arrivé de la même façon que les armes. Si j'en juge par les rapports...

– Quelles armes? s'exclama Yan.

– J'allais aborder ce sujet, capitaine, dit 6PO, apparemment quelque peu froissé. Selon les rapports des postes de garde, les attaquants seraient armés de blasters, de lance-missiles et de détonateurs thermiques. De modèles récents, si je me fie à ces rapports.

– Peu importe où ils se les ont procurés, dit Lando. Ce qui compte, c'est que nous disposons actuellement d'une diversion sur mesure. Et qu'il faut en profiter sans perdre de temps.

Chewbacca émit un grognement chargé de doute.

– Tu as raison, vieux, dit Yan. C'est suspect. Mais Lando a quand même raison : on devrait en profiter.

– O.K., fit Lando. D2, tu me coupes l'arrivée d'air.

Le petit droïd pépia une seconde et son bras se mit à tourner. Le souffle de l'air s'affaiblit bientôt, puis cessa complètement.

D2 lança une trille bavarde.

– Il confirme que tous les systèmes de ventilation ont été coupés, traduisit 6PO. Mais il tient à nous mettre en garde : à la fin du cycle normal, les barrages antipoussière et les champs de conduction peuvent être réactivés à partir d'un dispositif local.

– Donc, on ferait bien d'y aller, conclut Luke en activant son sabrolaser.

Il se dirigea vers l'évent et, quatre coups plus tard, ils disposaient d'une entrée béante.

Yan escalada les gravats.

– On dirait qu'on peut avancer sans risque. L'éclairage d'appoint fonctionne encore, tout au fond. D2, tu aurais des plans des différents niveaux ?

Le droïd se mit à jacasser en pénétrant à son tour dans l'entrepôt.

– Je suis affreusement navré, capitaine, geignit 6PO. Il possède tous les dessins des installations de ventilation, mais il dit qu'il n'a aucune information quant au reste. Du moins sur ce terminal.

– On trouvera d'autres terminaux en chemin, fit Lando. Est-ce qu'on laisse une arrière-garde ?

– Un Noghri demeurera ici, feula Ekhrikhor, au côté de Yan. Il gardera la sortie.

– Parfait. On y va.

Ils avaient parcouru une cinquantaine de mètres et approchaient des lampes que Yan avait repérées quand Luke prit conscience que les Myneyrshi les avaient accompagnés.

– Yan ? dit-il en pointant un doigt vers l'arrière.

– Oui, je sais. Mais qu'est-ce que tu voulais que je leur dise ? De rentrer chez eux ?

Luke se dit qu'il avait raison. Mais des couteaux et des arcs contre des blasters...

– Ekhrikhor ?...

– Oui, quels sont vos ordres, fils de Vador?

– Je veux que tu assignes deux des tiens pour accompagner ces Myneyrshi. Ils devront leur servir de guides et les aider en cas d'attaque.

– Mais c'est vous que nous devons protéger, fils de Vador, protesta le Noghri.

– Mais vous allez me protéger. Chacun des Impériaux que les Myneyrshi pourront coincer sera un ennemi de moins. Mais ils ne serviront à rien s'ils se font tuer dans le premier engagement.

Un son irrité monta de la gorge du Noghri.

– J'entends et j'obéis, dit-il avec réticence.

Il fit signe à deux de ses hommes qui s'engagèrent aussitôt dans le tunnel. Luke les regarda s'éloigner et surprit l'expression de Mara. La peur se lisait encore sur son visage, mais aussi une détermination farouche. Elle était prête à affronter ce qui les attendait.

Il se demanda s'il l'était, lui.

– La voilà! annonça Karrde en désignant la montagne qui venait de surgir de la forêt dans la faible clarté du crépuscule.

– Vous êtes certain? insista Leia en lançant la Force.

Sur Bespin, lors de leur folle évasion de la Cité des Nuages, elle avait réussi à percevoir l'appel de Luke à une pareille distance. Mais là, elle n'entendait rien.

– On a suivi la route indiquée par leur ordinateur de navigation. A moins qu'ils n'aient deviné la petite traîtrise de Ghent et qu'ils nous aient envoyés sur une fausse piste. Rien d'autre?...

– Non. (Leia ne quittait pas la montagne du regard. Après tous ces efforts, ils arrivaient trop tard.) Ils doivent déjà être à l'intérieur.

– En ce cas, ils vont avoir des ennuis, lança Ghent depuis le poste de communications où il continuait de bricoler sur le faux code d'identification impérial. Le contrôle de vol annonce qu'il y a une émeute à l'entrée. Et ils nous dirigent vers un accès secondaire à dix kilomètres au nord.

Leia secoua la tête.

– Il va falloir que nous courrions le risque de les contacter.

– Trop dangereux, dit Dankin, le copilote. S'ils nous surprennent en train d'utiliser un canal comlink non impérial, on va se faire descendre.

– Il existe peut-être un autre moyen, dit Mobvekhar en se portant au côté de Leia. – Ekhrikhor du clan Bakh'tor aura laissé une arrière-garde au point d'entrée. Il existe un signal de reconnaissance noghri qu'on peut émettre avec les feux d'atterrissage.

– Alors, allons-y, dit Karrde. Si la garnison s'en aperçoit, on dira que c'était un incident technique. Chin, Corvis : surveillez bien vos écrans.

Le Noghri se pencha sur la console de Dankin et pianota plusieurs fois sur les touches des feux de position. Leia, quant à elle, observait la montagne au travers de la baie. Si Yan et les autres étaient entrés au-dessus de la ligne du crépuscule...

– Je l'ai! annonça Corvis depuis la tourelle du turbolaser. Repère : zéro-zéro-trois-point dix-sept.

Leia risqua un regard par-dessus l'épaule de Karrde tandis que les coordonnées apparaissaient sur son moniteur de navigation. Et elle discerna enfin un clignotement dans l'ombre.

– Ils sont bien là, confirma Mobvekhar.

– Bon, dit Karrde. Ghent, transmets-leur que nous nous dirigeons vers cet accès de maintenance selon leurs instructions. Conseillère, il faut maintenant que vous vous asseyiez : nous allons voir un incident de répulseurs.

Entre les arbres et les affleurements rocheux, le site semblait totalement inabordable aux yeux de Leia. Mais Karrde et ses hommes avaient déjà affronté ce genre de pari et, avec une dernière salve de turbolaser ajustée avec précision, ils dessinèrent très exactement l'aire d'atterrissage nécessaire.

– Et maintenant? demanda Dankin tandis que Karrde rentrait les répulseurs.

Le contrebandier dévisagea Leia en guise de réponse.

– Je vais entrer dans la montagne. Il n'est pas utile que vous m'accompagniez.

Il se redressa en débouclant son harnais.

– La Conseillère et moi allons partir en quête de ses amis. Ghent, essaie de convaincre la garnison impériale que nous n'avons pas besoin de secours.

– Et moi, qu'est-ce que je fais? demanda Dankin.

– Tu te tiens prêt au cas où ils ne nous croiraient pas, répliqua Karrde avec un mince sourire. Venez, Conseillère.

Le Noghri qui avait répondu à leur signal ne s'était toujours pas montré quand ils descendirent la coupée.

– Où est-ce qu'il peut être? demanda Karrde.

– Il attend, dit Mobvekhar. (Il porta la main à sa bouche et émit un sifflement modulé et complexe auquel répondit un autre, du fond de l'ombre.) Notre identité est confirmée. Il nous presse de faire vite. Les autres ont un quart d'heure d'avance sur nous.

Un quart d'heure... Leia leva les yeux vers la montagne ténébreuse. Il était trop tard pour les prévenir mais pas pour leur venir en aide.

– Venez : nous perdons du temps, dit-elle.

– Une minute, fit Karrde. Il faut encore que nous attendions... Ah !

Leia se retourna. Un homme d'âge moyen s'avançait vers eux, surgi de l'arrière du vaisseau. Il tenait en laisse deux quadrupèdes à longues pattes.

– On y va, capitaine, dit-il en libérant les animaux.

– Je te remercie, Chin. (Karrde s'accroupit pour gratter affectueusement ses bêtes.) Conseillère, je ne crois pas que vous ayez fait la connaissance de mes vornskrs apprivoisés. Celui-ci est Drang, et l'autre, moins familier, c'est Sturm. Sur Myrkr, ils se servent de la Force pour traquer leur proie. Ici, ils vont l'utiliser pour retrouver Mara. Vu ?

Les vornskrs émirent un miaulement rauque, étrange.

– C'est bien, dit Karrde en se redressant. Conseillère, je pense que nous sommes définitivement prêts. Allons-y.

25

Les sirènes d'alerte résonnaient encore au loin. Yan risqua prudemment un coup d'œil à l'angle du couloir. Si l'on se fiait aux plans dessinés par D2, ils étaient dans la principale station de défense extérieure de ce secteur de la garnison. Donc, des gardes auraient dû intervenir, prêts à l'affrontement.

Il avait vu juste. A cinq mètres de là, dans le couloir d'accès principal, de part et d'autre d'une porte blindée, il vit deux commandos. Eux aussi l'avaient vu, et ils braquèrent aussitôt leurs fusils-blasters.

Yan agrippa l'angle de sa main libre et s'en servit comme d'un tremplin pour se projeter de l'autre côté du couloir. Les tirs de blasters l'effleurèrent à quelques millimètres près à la seconde où il se plaquait contre le mur de métal.

Chewbacca surgit à son tour et mit fin à l'affrontement en deux tirs d'arbalète-laser.

– Beau travail, Chewie, grogna Yan en se repliant.

Les commandos étaient annihilés, d'accord, et ils se retrouvaient devant une énorme porte de métal.

Ce qui ne posait pas plus de problèmes que les commandos.

– Tu es prêt ? demanda-t-il à Luke qui les avait rejoints.

Il s'accroupit auprès de la porte en levant son blaster : d'autres gardes devaient les attendre à l'intérieur.

– Prêt.

Le sabrolaser grésilla et sa lame verte et ardente découpa à l'horizontale l'épaisse paroi blindée. Le mécanisme d'ouverture se déclencha quelque part à l'intérieur et, à la seconde où Luke achevait de découper la porte, la partie supérieure remonta brusquement dans le plafond.

Les commandos les attendaient. Il était évident qu'ils avaient entendu les échos du combat extérieur, mais qu'ils ne s'attendaient pas à voir des adversaires surgir aussi vite. Yan en abattit un, et Luke se chargea de l'autre en un tournoiement de sabre.

Quant aux Impériaux installés devant les consoles des senseurs, ils ne s'attendaient pas non plus à avoir de la compagnie. Ils cherchaient désespérément leurs armes ou tentaient de plonger à couvert quand Yan et Chewbacca les neutralisèrent. Dix autres tirs de blasters, et la salle ne fut plus qu'un amas de débris carbonisés.

– Ça devrait aller comme ça, diagnostiqua Yan. Il vaut mieux disparaître avant l'arrivée des renforts.

Mais entre l'émeute à l'entrée principale et la bande des Myneyrshi, les Impériaux étaient retardés. Et Yan, Luke et Chewbacca remontèrent sans problème le couloir pour retrouver les autres dans la salle des pompes.

Deux Noghri montaient la garde quand Yan ouvrit la porte.

– Des ennuis? demanda Lando, perdu au milieu de la jungle de tuyauteries qui emplissait deux tiers de la salle.

– Pas vraiment, fit Yan tandis que Chewbacca refermait derrière eux. Mais je n'aimerais pas recommencer ce genre d'expérience...

– Je ne crois pas que tu en auras l'occasion. Ils ne vont pas tarder à conclure qu'une attaque aérienne massive se prépare.

– Espérons-le.

Yan s'approcha de Lando, qui se débattait avec une console à l'apparence archaïque. D2 avait enfoncé une broche d'ordinateur sur un côté, tandis que 6PO tournait autour d'eux comme une poule couveuse en émoi.

– Le matériel de pointe, hein? fit Yan.

– Tu l'as dit. A mon avis, l'Empereur a dû récupérer tout le complexe de clonage et le larguer ici en l'état...

D2 lança une rafale de sons embrouillés.

– Exact : et le programme aussi, déclara Lando. Yan, je connais un peu la question, mais pas suffisamment pour causer des dommages permanents. A mon avis, on va être obligés d'utiliser les explosifs.

– Moi, ça me convient. (Il se dit qu'il n'aurait jamais accepté de faire tout ce chemin jusqu'à Wayland pour rien.) Où est passée Mara?

– Elle est là-bas, dans la grande salle.

– Je vais aller la voir, dit Yan.

L'idée de Mara errant librement dans cet endroit ne lui plaisait guère.

– Chewie, ajouta-t-il, reste avec Lando. Vois s'il y a encore des trucs à faire sauter.

Il ouvrit la porte et se retrouva devant un large chemin de ronde qui paraissait dominer une immense caverne naturelle. Mara était là-bas, penchée sur la rampe, non loin d'une énorme colonne artificielle qui traversait la caverne du sol au plafond, exactement au centre.

– C'est là? demanda-t-il en s'avançant.

Une vingtaine de portes ouvraient sur le chemin circulaire, à intervalles plus ou moins réguliers, et quatre passerelles rétractables étaient reliées à une plate-forme de travail qui cernait la colonne centrale. Si l'on exceptait les quelques Noghri qui montaient la garde, les lieux étaient déserts.

Mais pas silencieux. Un bruit sourd de machines et de voix montait de quelque part, ponctué de déclics de relais, de pulsations bizarres, de souffles à demi éteints... On aurait dit que la caverne respirait.

– Oui, c'est bien là, confirma enfin Mara d'un ton étrange. Venez voir...

Yan échangea un rapide regard avec Luke et, ensemble, ils s'avancèrent jusqu'à la rampe.

Oui, c'était bien *là*.

La caverne se perdait comme un gouffre, à dix niveaux plus bas, au moins. Elle était aménagée comme une arène sportive, chaque niveau formant une sorte de balcon circulaire dont la largeur allait croissant vers le centre, jusqu'à un orifice réduit, juste autour de la colonne centrale. Des tubulures et des tuyaux s'entrecroisaient un peu partout, entre la colonne principale et les balcons.

Il y en avait des milliers, qui formaient des milliers de cercles. Et chacun alimentait un cylindre de clonage spaarti.

Luke fit entendre un son bizarre qui semblait monter du plus profond de sa gorge.

– Ça, c'est dur à croire, fit-il, à la fois abasourdi et terrassé.

– Mais il faut le croire, fit Yan en sortant ses macrolunettes pour observer le niveau principal.

Les canalisations occultaient partiellement la vue, mais il vit des hommes en tenue de medtechs et des gardes qui se hâtaient de toutes parts. Il y en avait également sur les balcons.

– On dirait un repaire de rats en folie. Je vois des commandos tout en bas.

Il jeta un regard en biais à Mara. L'air fermé, elle observait les cuves de clonage et, dans ses yeux, il y avait le fantôme du passé.

– Ça vous rappelle des souvenirs? demanda Yan.

Mara demeura encore immobile un instant avant de se redresser, très lentement.

– Oui. Mais nous ne pouvons tolérer ça.

– Heureux d'apprendre que vous êtes d'accord.

Il la dévisagea longuement. Son expression était apparemment aussi normale que sa voix, mais il devinait la turbulence de ses pensées.

Tiens le coup, ma jolie, lui dit-il en silence. *Encore un peu. D'accord?*

– Cette colonne, là au centre, ça me paraît la meilleure cible. Vou savez quelque chose à son sujet?

Elle regarda autour d'eux.

– Pas vraiment. Mais il doit y avoir un autre moyen. L'Empereur n'était pas du genre à laisser derrière lui des choses dont d'autres pouvaient se servir.

Yan jeta un bref coup d'œil à Luke.

– Vous voulez dire que toute cette installation pourrait être autodestructible?

– C'est possible. Le dispositif de contrôle devrait être dans la salle du trône. Je peux aller voir.

Elle n'avait pas perdu son regard hanté, et Yan hésita. Une caverne aussi immense ne se détruisait pas avec un sac d'explosifs, d'accord, et il savait que Mara avait raison, qu'un système d'autodestruction était l'unique solution. Mais l'idée de la savoir dans la salle du trône impérial, seule avec ses souvenirs, ne le séduisait guère.

– Je ne sais pas... Mais non, je pense que nous ne devons pas nous séparer dans ce genre d'endroit.

– Je peux aller avec elle, proposa Luke. Elle a raison : cela mérite d'être vérifié.

– Il n'y a aucun danger, ajouta Mara. Il y a un turbolift pour les droïds d'entretien qui nous permettra d'aller presque jusqu'en haut. Et les Impériaux sont concentrés sur l'émeute à l'entrée, pour le moment.

Yan céda avec réticence.

– D'accord, allez-y. Mais n'oubliez pas de prévenir quand vous appuirez sur la manette, hein?

– On ne fera rien, l'assura Luke avec un rictus. Venez, Mara.

Ils s'engagèrent sur la passerelle.

– Où est-ce qu'ils vont? s'inquiéta Lando.

– A la salle du trône impérial, répondit Yan. Elle prétend qu'elle peut découvrir le dispositif de commande d'autodestruction du complexe. Et toi, qu'est-ce que tu as trouvé?

– D2 a finalement réussi à se connecter avec l'ordinateur central. Il recherche des plans de ce truc.

Il désigna la colonne centrale.

– On ne peut pas attendre. (Yan se tourna vers Chewbacca qui émergeait de la salle des pompes avec un sac d'explosifs sur l'épaule.) Chewie : toi et Lando, enfilez un de ces ponts et mettez-vous au travail.

– D'accord, fit Lando. Et toi?...

– Je vais nous enfermer, dit Yan en montrant les portes qui ouvraient sur la passerelle. Vous, les Noghri, venez par ici.

Lando et Chewbacca s'éloignaient déjà. Les deux Noghri le rejoignirent.

– Quels sont vos ordres, Yan du clan Solo?

– Toi, dit-il en désignant le premier Noghri, tu restes ici. En cas de pépin. Et toi... Tu vas m'aider à bloquer ces portes. Un coup de blaster dans chaque boîtier de contrôle devrait suffire. Je prends celles-ci, et tu te charges des autres. Vu?

Il avait parcouru le tiers du chemin quand il perçut un son dans les halètements mécaniques et sinistres de la caverne. Il se retourna et vit 6PO qui lui adressait des signes frénétiques depuis le seuil de la salle des pompes.

– Super, grommela-t-il.

Ça, on pouvait compter sur 6PO pour ficher la panique dans n'importe quoi. Il neutralisa une dernière porte avant de rebrousser chemin en courant.

– Capitaine Solo! geignit le droïd doré, soulagé. Loué soit le Constructeur! D2 me dit que...

– Qu'est-ce que tu essaies de faire au juste? aboya Yan. Nous mettre toute la garnison sur le dos?

– Certes non, capitaine. Mais D2 dit que...

– Quand tu as à me parler, tu viens me trouver. D'accord?

– Oui, capitaine. Mais D2...

– Et si tu ne sais pas où me trouver, tu te sers de ton comlink, O.K.? C'est pour ça qu'on t'en a donné un, tu saisis? Tu ne cries sous aucun prétexte. Compris?

– Oui, capitaine, dit 6PO, dont la patience électronique commençait à s'épuiser. Puis-je continuer?

Yan soupira et laissa tomber son sermon.

– Oui, c'est à propos de quoi?

– C'est au sujet de Maître Luke. J'ai surpris l'un des Noghri disant que lui et Mara Jade étaient en route pour la salle du trône de l'Empererereur...

– Oui, et alors?

– Eh bien, capitaine, au cours de ses investigations, D2 a

appris que le Maître Jedi Joruus C'baoth était retenu prisonnier dans ce secteur.

Yan le fixa.

– Comment ça? Il n'est pas dans un centre de détention?

– Non, capitaine. Ainsi que je vous l'ai dit...

– Pourquoi tu ne l'as pas dit? vociféra Yan en sortant son comlink. Pour le laisser retomber aussi vite.

– On dirait qu'il ne fonctionne pas, dit 6PO. Je l'ai découvert en essayant de vous joindre, justement.

– Merveilleux, gronda Yan, le sifflement de statique résonnant encore dans son oreille.

Luke et Mara allaient se jeter dans les pattes de C'baoth. Et il n'avait aucun moyen de les prévenir.

Si, un seul.

– Dis à D2 de continuer avec ses plans. Mais, pendant qu'il y est, qu'il essaie donc de savoir d'où vient ce brouillage. S'il y arrive, envoie deux Noghri pour essayer de neutraliser la source. Ensuite, tu iras prévenir Chewie et Lando.

– Bien, capitaine, fit 6PO, apparemment débordé par cette rafale d'ordres. Mais, pardonnez ma question : *où* serez-vous précisément?

– Où crois-tu que j'aille? lança Yan par-dessus son épaule.

Immanquable, se dit-il, amer. D'une façon ou d'une autre, quelles que soient les circonstances, il se retrouvait en train de courir derrière Luke.

Et il avait le sentiment très net qu'il devait faire vite.

– O.K., *Garret's Gold*, les écoutilles sont fermées, dit la voix du Contrôleur de Bilbringi. Tenez-vous prêt à recevoir les données de départ.

– Bien reçu, Contrôle, dit Aves en extrayant l'*Etherway* du bras d'amarrage pour commencer sans hâte sa manœuvre de pivotement. Ils étaient parés et, à en juger par ce qu'il pouvait voir, c'était le cas de tous.

– Le voilà, souffla Gillespee en pointant un doigt vers la baie. Pile.

– Tu es certain que c'est bien Mazzic?

– Tout à fait. Tu veux que j'essaie de l'appeler?

Aves haussa les épaules. Ils communiquaient tous par code encrypté, mais ce ne serait certainement pas une bonne idée d'essayer sans y être réellement obligé.

– Attends encore un peu, dit-il à Gillespee. Qu'on ait une raison valable de se parler.

Il avait à peine fini que l'enfer éclata.

– Superdestroyers! lança Faughn depuis la console de commande. Ils viennent de sortir du luminique!

– Vecteurs? demanda Gillespee.

– Peu importe, fit Aves, traversé par un coup de poignard glacé.

Il voyait les superdestroyers qui venaient de surgir de l'hyperespace au seuil des chantiers. Et aussi les cuirassés, les frégates de type Lancer, les croiseurs d'assaut, les escadrons de chasseurs Tie. Une flotte d'attaque au grand complet.

Et toutes les unités de la confédération des contrebandiers de Karrde capables de se battre étaient là. Au milieu.

– Ainsi donc, c'était bien un piège, fit Gillespee d'un ton gelé.

– Je suppose, dit Aves en observant l'armada qui se mettait en formation. Une formation qui avait quelque chose d'anormal, cependant.

– Aves, Gillespee, ici Mazzic! On dirait bien qu'on a été vendus. Je ne compte pas me rendre. Et vous?...

– Je pense qu'ils méritent au moins qu'on se paie deux de leurs superdestroyers, déclara Gillespee.

– C'est ce que je me disais moi aussi, appuya Mazzic. Quel dommage que Karrde ne soit pas là pour nous voir disparaître dans toute notre gloire.

Il se tut, et Aves sentit les regards de Gillespee et de Faugh peser sur lui. Jusqu'à l'instant de leur mort, il le savait, ils penseraient que Karrde les avait trahis. Eux tous.

– Je suis avec vous, dit-il calmement. Mazzic, si tu le désires, tu peux prendre le commandement.

– Merci, dit Mazzic. J'allais le faire. Tenez-vous prêts : on ferait tout aussi bien de frapper une dernière fois tous ensemble.

Aves observa encore une fois l'armada... et il comprit soudain.

– Attendez. Mazzic – et vous – attendez. Cette force d'assaut n'est pas pour nous.

– De quoi tu parles? fit Gillespee, interloqué.

– De ces croiseurs Interdictor, là-bas. Juste de l'autre côté des superdestroyers – tu les vois? Regarde bien leur positionnement.

Un instant de silence, puis Mazzic fut le premier à déclarer :

– Ce n'est pas une configuration d'encerclement.

– Bien sûr que non, tu as raison, dit Gillespee. Regardez : il y a un autre groupe plus loin.

– C'est une configuration de piège, diagnostiqua Mazzic,

comme s'il ne croyait pas à ses propres paroles. Ils se préparent à extirper quelqu'un de l'hyperespace. Et à le garder assez longtemps pour le détruire.

Aves et Gillespee échangèrent un long regard.

– Non, souffla enfin Gillespee. Tu ne supposes quand même pas que...? Je croyais qu'ils étaient censés frapper Tangrene?

– Moi aussi, dit Aves d'un air sombre. Je crois bien qu'on s'est fichus dedans...

– A moins que ce ne soit Thrawn, dit Gillespee en secouant la tête. Mais non. Sans doute pas.

– D'accord, on ne panique pas, dit Mazzic. Si la Nouvelle République intervient, ça signifie que les Impériaux seront encore un peu plus occupés. On garde le même plan et on voit comment ça se passe.

– D'accord, soupira Aves.

Ils étaient coincés dans une base impériale en plein assaut de la Nouvelle République. Splendide!

– Je vais te confier quelque chose, Aves, fit Gillespee. Si on s'en sort, je vais avoir deux mots à dire à ton patron.

– On ne se dispute pas, fit Aves en observant l'armada de Thrawn. A vrai dire, je crois que je t'accompagnerai.

Prudemment, Mara jeta un regard dans le corridor. Mais il était absolument désert.

– On peut y aller, annonça-t-elle en quittant la passerelle de secours.

– Pas un garde en vue? demanda Skywalker en la rejoignant.

– C'est inutile ici. Il y en avait rarement dans les étages du haut, si l'on excepte la salle du trône et les chambres royales.

– Et où se trouve ce turbolift privé?

– Là-bas, sur la droite, juste après l'angle du couloir.

Obéissant plus à l'habitude qu'aux circonstances, elle gagna silencieusement l'autre corridor.

A dix mètres d'elle, deux commandos attendaient devant la porte du turbolift. Ils pivotaient déjà vers elle en braquant leurs fusils-blasters.

Mara venait à peine de prendre pied dans le corridor, et elle ne put que se jeter au sol tout en ouvrant le feu. Un commando s'effondra, un geyser de feu au centre de sa cuirasse. L'autre lança son fusil vers son visage... Et sauta en arrière pour éviter le sabrolaser de Luke qui arrivait en tourbillonnant.

A une telle distance, et sans la Force, le coup n'était guère redoutable. Mais le commando abattit sa garde une fraction de seconde, et cela suffit à Mara pour l'abattre en deux tirs de blaster.

– Je suppose qu'ils ne tiennent pas à ce qu'on monte, commenta Skywalker en la rejoignant.

– Apparemment. (Elle ignora sa main tendue et se redressa.) Venez.

La cabine du turbolift avait été bloquée, mais elle la libéra en moins d'une minute. Quatre niveaux seulement étaient indiqués sur le panneau : celui où ils se trouvaient, le hangar de la navette d'urgence, les chambres royales, et la salle du trône. Ils y arrivèrent en quelques secondes. La porte de la cabine coulissa de l'autre côté et Mara s'avança...

Pour pénétrer dans la salle du trône impérial... et dans un océan de souvenirs.

Tout était là. L'éclairage sourd et les plages d'ombre que l'Empereur trouvait tellement propices à la méditation. Le niveau du sol plus élevé à l'approche du trône, qui lui permettait de mieux voir ses visiteurs quand ils escaladaient les marches. Les écrans placés de part et d'autre, obscurs à présent, et qui montraient les moindres détails de son domaine.

Et, pour observer la totalité de ce domaine...

Mara se tourna vers la gauche, et elle retrouva au-delà de la rambarde de la passerelle le vide immense auquel le trône faisait face. Là, dans l'obscurité, à vingt mètres de distance, un nuage de points de lumière flottait. La galaxie...

Non pas l'hologramme standard que l'on trouvait dans les écoles de tous les mondes et à bord de tous les vaisseaux. Ni même le modèle plus précis réservé aux salles de guerre et aux quartiers généraux. Cet hologramme-ci était absolument unique, parfait dans le moindre détail. Chacun des cent milliards de soleils qui tournoyaient dans la galaxie était présent. Et les régions politiques étaient définies par de subtiles délimitations de couleurs : les systèmes du Noyau, les Territoires de la Frange, l'Espace Sauvage, les Régions Inconnues. Depuis son trône, l'Empereur pouvait manipuler l'ensemble de cette image, agrandir un secteur, localiser un système entre tous, suivre une campagne militaire...

Un outil et une œuvre d'art. Le Grand Amiral Thrawn aurait aimé ce modèle de la galaxie...

Sur cette dernière pensée, Mara revint aux réalités du présent. Thrawn dirigeait l'Empire désormais, et il voulait le refaçonner à son image. Avec une telle avidité qu'il était prêt à déclencher de nouvelles Guerres Cloniques

– Très bien, souffla-t-elle, éveillant des échos dans toute la salle. Si ça se trouve ici, c'est très exactement dans le trône.

Skywalker fit un effort évident pour détourner le regard de la galaxie.

– Jetons un coup d'œil, alors...

Ils descendirent la passerelle d'accès au turbolift pour gagner le passavant étroit qui faisait le tour du puits holographique entre les plates-formes de surveillance. Mara se souvint des gardes en cape rouge qui s'étaient tenus là jadis, silencieux et vigilants. Sous le dernier niveau, le moniteur et le tableau de contrôle étaient maintenant visibles entre les marches, sombres et inertes. A l'exception de la projection galactique, tous les systèmes semblaient éteints.

En haut des marches, ils se dirigèrent vers le trône lui-même, qui était tourné vers la paroi de roche lisse. Mara, en l'observant, se demanda pour quelle raison l'Empereur l'avait laissé ainsi.

Et c'est à cet instant qu'il pivota.

Elle agrippa le bras de Skywalker tout en braquant son blaster.

Le trône massif s'immobilisa...

– Enfin, vous êtes venus à moi, lança la voix grave de Joruus C'baoth, dont les yeux ardents les fixaient. Je le savais. Ensemble, nous apprendrons à la galaxie ce que servir les Jedi signifie.

26

– Je savais que vous viendriez à moi cette nuit, ajouta C'baoth en se dressant. Dès l'instant où vous avez quitté Coruscant, j'en ai eu la certitude. C'est pour cela que j'ai lancé les gens de ma cité à l'attaque des oppresseurs précisément ce soir.

– Ça n'était pas nécessaire, déclara Luke en se remémorant soudain les jours quasi désastreux qu'il avait passés sur Jomark. C'baoth, alors, avait tenté sournoisement de le faire basculer vers le côté sombre... Et, voyant qu'il échouait, il avait voulu tuer Luke et Mara.

Mais il n'essaierait pas une nouvelle fois. Non, pas ici. Pas sans la Force.

– Bien sûr que c'était nécessaire, dit le Jedi. Il fallait une diversion afin que vous puissiez pénétrer dans ma prison. Et, comme tous les êtres inférieurs, ils avaient besoin d'un motif. Quel meilleur motif pouvaient-ils donc avoir que de mourir avec l'honneur d'avoir servi un Jedi?

Mara émit un vague murmure.

– Je pense que vous prenez les choses à l'envers, rétorqua Luke. Les Jedi sont les gardiens de la paix. Les serviteurs de l'Ancienne République, et non ses maîtres.

– C'est pour cette raison qu'ils ont échoué, de même que l'Ancienne République, Jedi Skywalker. C'est pour cela qu'ils ont péri.

– L'Ancienne République a duré des milliers de générations, intervint Mara. Ça n'a rien d'un échec, à mes yeux.

– Sans doute pas, fit C'baoth avec un mépris évident. Mais vous êtes jeune et vous ne savez pas encore bien discerner clairement.

– Mais vous oui, bien sûr.

C'baoth lui répondit en souriant.
– Mais oui, ma jeune apprentie. Certes oui. De même que vous, bientôt.
– N'y comptez pas. Nous ne sommes pas venus pour vous libérer.
– La Force ne repose nullement sur ce que vous considérez comme vos buts essentiels. Non plus que les maîtres véritables de la Force. Que vous le sachiez ou non, vous êtes ici à ma requête.
– Croyez-le si ça vous fait plaisir, grommela Mara en se déplaçant de côté, le blaster au poing. Approchez...
– Mais bien sûr, ma jeune apprentie. (C'baoth fit trois pas.) Elle a de la volonté, Jedi Skywalker, ajouta-t-il tandis que Mara s'approchait avec méfiance du trône et s'accroupissait pour inspecter les commandes des bras d'appui. Elle aura un vaste pouvoir dans cette galaxie que nous allons construire.
Luke secoua la tête.
C'était sans doute sa dernière chance de ramener le Jedi dément. De le sauver, tout comme il l'avait fait pour Vador sur la deuxième Étoile Noire.
– Vous n'êtes pas en état de bâtir quoi que ce soit, Maître C'baoth. Vous n'êtes pas bien. Mais je puis vous aider, si vous m'y autorisez.
Le visage de C'baoth se fit très sombre.
– Comment osez-vous proférer pareilles choses? Comment vous permettez-vous seulement de les *penser* en présence du Maître Jedi C'baoth?
– C'est bien là le problème, dit Luke d'un ton serein. Vous n'êtes pas le Maître Jedi C'baoth. En tout cas, pas l'original. La preuve est dans les enregistrements de la flotte Katana. Jorus C'baoth est mort il y a longtemps pendant le Vol Extérieur.
– Mais je suis là.
– Oui. *Vous*, vous êtes là. Mais pas Jorus C'baoth. Vous n'êtes que son clone.
C'baoth se figea, rigide.
– Non. Ce n'est pas possible.
Luke secoua la tête.
– Il n'y a aucune autre explication. Mais cette idée a dû vous venir.
C'baoth prit une longue inspiration vibrante... et puis, brusquement, éclata de rire.
– Surveillez-le! lança Mara. Il a déjà fait ce coup-là sur Jomark, souvenez-vous!
– Ça ira, dit Luke. Il ne peut rien nous faire.

– Ah, Skywalker, Skywalker, fit C'baoth. Vous aussi? Le Grand Amiral Thrawn, la Nouvelle République, et maintenant vous? Pourquoi cette fascination soudaine pour les clones?

Il partit d'un autre rire fou puis, soudain, devint d'une gravité mortelle.

– Ils ne comprennent pas, Jedi Skywalker. Pas plus le Grand Amiral que les autres. Le pouvoir véritable d'un Jedi ne réside pas dans ces tours rudimentaires avec la matière et l'énergie. Nous seuls, les Jedi, dans cette galaxie, avons le pouvoir de nous dépasser, d'aller au-delà de nous-mêmes, vers les bords de l'univers.

Luke jeta un regard à Mara, qui lui répondit par un haussement d'épaules perplexe.

– Nous ne comprenons pas ce que vous voulez dire, fit-il à C'baoth.

Le Maître Jedi fit un pas vers lui.

– Jedi Skywalker, chuchota-t-il, les yeux brillants, je l'ai déjà fait. Avec le général Covell. L'Empereur n'y était jamais parvenu. Je me suis emparé de son esprit et je l'ai modifié. Je l'ai reconstitué et reconstruit à mon image.

Luke éprouva un long frisson.

– Qu'est-ce que vous voulez dire par là?

C'baoth inclina la tête avec un sourire mystérieux.

– Je l'ai reconstruit, parfaitement. Et ça n'était qu'un début. Parce que dans les tréfonds de cette montagne, la future armée des Jedi est déjà prête à nous servir. Ce que j'ai fait au général Covell, je peux le répéter à volonté, encore et encore. Parce que le Grand Amiral Thrawn n'a jamais pris conscience que l'armée qu'il croit avoir formée m'est destinée.

Et soudain, Luke comprit. Les clones développés dans la caverne n'étaient pas seulement des copies physiques de leurs modèles. Leurs esprits aussi étaient identiques, ou constituaient au moins des variations mineures du même schéma. Si C'baoth savait comment briser l'esprit de n'importe qui, il pouvait faire la même chose avec l'ensemble des clones.

Il regarda Mara. Elle aussi avait compris.

– Vous pensez encore qu'il peut être sauvé? lui demanda-t-il.

– Je n'ai besoin de personne pour être sauvé, Mara Jade, fit C'baoth. Dites-moi : avez-vous réellement cru que j'allais laisser le Grand Amiral Thrawn m'emprisonner ainsi?

– Je ne crois pas qu'il vous en ait demandé la permission, cracha Mara en s'éloignant du trône. Il n'y a rien qui nous intéresse ici, Skywalker. Repartons.

– Mais je ne vous ai pas autorisés à vous retirer! lança

C'baoth d'un ton altier. (Il leva la main et Luke vit qu'il tenait un petit cylindre.) Et vous ne partirez pas!

Mara agita son blaster.

– Ça n'est pas avec ça que vous nous arrêterez, fit-elle avec un mépris à peine voilé. Un télédéclencheur est fait pour déclencher quelque chose...

– C'est précisément son rôle, fit C'baoth avec un mince sourire. Mes soldats ont mis celui-ci au point. Avant que je ne les envoie hors de la montagne avec des armes et des ordres pour mon peuple.

– Bien sûr. Nous vous croyons sur parole, fit Mara.

Mara recula d'un pas et leva un regard méfiant vers le plafond. A tâtons, elle trouva sous sa main la balustrade qui séparait la partie surélevée de la salle du trône de la partie inférieure.

C'baoth secoua la tête.

– Je ne vous le demande pas, dit-il d'une voix douce en pressant la détente.

Et, tout au fond de l'esprit de Luke, quelque chose de lointain et d'étranger parut glapir de douleur...

Impossiblement, une vague de puissance et de perception aiguë monta en lui. C'était comme s'il s'éveillait d'un profond sommeil, comme s'il quittait une pièce obscure pour s'avancer dans la clarté.

La Force lui était revenue.

– Mara! cria-t-il.

Mais il était trop tard. Son blaster lui avait déjà été arraché et projeté à travers la salle. Et à la seconde où il bondissait vers elle, un faisceau d'éclairs blanc-bleu jaillit de la main tendue de C'baoth.

Mara fut touchée en pleine poitrine et projetée en arrière sur la balustrade.

– Assez! hurla Luke en se plaçant devant elle.

Il activa son sabrolaser, mais C'baoth l'ignora et lança une seconde volée d'éclairs. Luke l'intercepta en grimaçant de douleur. Et C'baoth continua de lancer ses éclairs...

Puis, brutalement, il baissa les bras.

– Jedi Skywalker, ne tentez pas de me donner des ordres! lança-t-il d'un ton étrangement vif. Je suis le maître. Vous êtes mon serviteur.

– Je ne suis pas votre serviteur!

Luke jeta un bref regard en direction de Mara. Elle s'était redressée et agrippait la balustrade. Si elle avait les yeux ouverts, son regard était loin d'être clair, et elle semblait respirer douloureusement, gémissant entre ses dents serrées. Luke posa une main sur son épaule dans l'odeur acide d'ozone, et compta ses blessures.

– Mais si, vous êtes mon serviteur, reprit C'baoth d'une voix maintenant hautaine. De même qu'elle. Laissez-la, Jedi Skywalker. Elle avait besoin d'une leçon.

Luke ne répliqua pas. Les brûlures de Mara ne semblaient pas trop graves, mais ses muscles continuaient de frémir spasmodiquement. Il l'enveloppa de la Force pour tenter d'atténuer sa souffrance.

– Je vous ai dit de la laisser, répéta C'baoth. Sa vie n'est pas en danger. Gardez donc votre énergie pour l'épreuve qui vous attend.

Il pointa un doigt en un geste dramatique.

Luke se retourna. Et vit, se dessinant sur la galaxie scintillante, une silhouette qui semblait porter la même robe brune que C'baoth. Et qui lui parut familière...

– Vous n'avez pas le choix, mon jeune Jedi, reprit C'baoth, d'un ton presque aimable. Vous ne comprenez donc pas? Vous devez me servir, sous peine de n'être pas capable de sauver la galaxie d'elle-même. Vous devez par conséquent affronter la mort et émerger à mon côté... ou mourir, et un autre que vous prendra votre place. (Il leva les yeux et adressa un signe à la silhouette en robe brune.) Venez, et affrontez votre destinée.

La silhouette s'avançait vers les marches à présent, en décrochant son sabrolaser. Mais, avec l'éclat de la galaxie en arrière-plan, il était impossible de distinguer son visage.

Luke s'éloigna de Mara. Un bourdonnement étranger et déplaisant montait peu à peu. Dans cette confrontation, il devinait quelque chose de familier et d'inquiétant. Comme s'il allait se trouver devant quelqu'un ou quelque chose qu'il avait déjà dû affronter autrefois...

Et, brusquement, un déclic se produisit dans sa mémoire. Dagobah... La grotte ténébreuse où Yoda l'avait envoyé pour sa formation de Jedi. Sa bataille en rêve contre cette vision de Dark Vador...

Il suspendit son souffle, le cœur pétrifié par un soupçon atroce. Mais non : celui qui approchait n'était pas assez grand pour être Vador. Mais qui était-il alors?...

L'autre s'avança encore. Et, bien trop tard, Luke se souvint de la fin de ce songe de bataille, là-bas, dans la grotte. Quand le masque de Vador s'était effrité pour laisser apparaître son visage. Son visage à lui, Luke.

Celui qui lui faisait face à présent, sans aucune émotion lisible.

Il sentit qu'il battait lentement en retraite, bouleversé, ses pensées bloquées par la pression bourdonnante.

– Oui, Jedi Skywalker, dit C'baoth quelque part derrière lui. C'est vous. Il est Luuke Skywalker, et il a été créé à partir de cette main que vous avez dû laisser derrière vous dans la Cité des Nuages de Bespin. Et ce sabre qu'il brandit est celui que vous avez perdu.

Luke porta son regard sur le sabrolaser de son autre moi. Oui, c'était bien l'arme qu'Obi-wan lui avait remise en lui disant que son père l'avait laissée pour lui.

– Pourquoi ? balbutia-t-il.

– Pour vous faire comprendre la vérité. Et parce que votre destin doit s'accomplir. De quelque façon que ce soit, il faudra me servir.

Luke le regarda brièvement. Il lut du plaisir dans ses yeux. Et de la folie.

A cet instant, Luuke le clone attaqua.

Il bondit vers le haut des marches, activa son sabre, et lança la lame blanc-bleu vers le torse de Luke. Luke esquiva et leva son arme pour parer l'attaque. Les deux lames se heurtèrent avec violence, il perdit l'équilibre et faillit bien lâcher son arme. Luuke sauta à sa poursuite, et Luke lança la Force pour se replier, sauter par-dessus la balustrade et gagner l'une des plates-formes érigées au bas de la salle. Il avait besoin d'un répit pour penser et calculer. Et trouver un moyen de chasser ce terrible bourdonnement qui avait envahi son esprit.

Mais le clone n'entendait pas lui laisser tout ce temps. Il sauta vers la balustrade et fit tourbillonner son sabre. Il ne réussit pas complètement, mais le coup suffit à faire soudain pencher la plate-forme sur laquelle Luke se tenait. Il riposta tout en essayant d'atteindre le passavant étroit qui dominait la salle du trône, à cinq mètres de hauteur derrière lui.

Mais la distance était trop grande, ou son esprit trop obscurci par le bourdonnement pour que la Force afflue totalement en lui. Il heurta la frêle passerelle et retomba violemment sur le dos.

– Jedi Skywalker, proféra C'baoth, je ne souhaitais pas vous infliger ce traitement. Et je ne le souhaite toujours pas : joignez-vous à moi. Laissez-moi vous apprendre. Ensemble, nous pouvons sauver la galaxie de tous ces êtres inférieurs qui pourraient la détruire.

– Non !

Luke agrippa une entretoise et se hissa en reprenant son souffle. Le clone venait vers lui.

Son clone. Était-ce lui qui était la cause de ce pénible bourdonnement qui s'était installé dans son cerveau? Parce qu'il était sa copie et que lui aussi puisait dans la Force?...

Il l'ignorait. Pas plus qu'il ne savait à quel motif C'baoth obéissait en les lançant l'un contre l'autre. Obi-wan et le Maître Yoda l'avaient mis en garde : tuer par haine ou par colère le ferait basculer vers le côté sombre. Courait-il le même risque s'il venait à tuer ce clone de lui-même?

Ou bien C'baoth avait-il préparé quelque chose d'absolument différent? Voulait-il le rendre fou en l'obligeant à tuer son clone?

Quelle que soit l'issue, Luke voulait la connaître très vite. Il prit alors conscience qu'il pouvait aussi s'échapper, reprendre le turbolift qui les avait amenés ici, et laisser Mara.

Seule. Face à C'baoth.

Il leva les yeux. Mara était toujours penchée sur la balustrade. Sans doute à peine consciente.

Il se redressa. Elle lui avait demandé – elle l'avait même supplié – de la tuer plutôt que de la laisser aux mains de C'baoth. Le moins qu'il pouvait faire était de rester avec elle jusqu'à la fin.

Que ce soit celle de Mara. Ou la sienne.

L'explosion résonna dans la caverne comme l'écho d'un énorme coup de tonnerre, violente et curieusement assourdie à la fois.

– Tu as entendu ça, Chewie? s'exclama Lando en jetant un regard par-dessus leur plate-forme de travail. Tu crois qu'ils ont fait sauter quelque chose?

Chewbacca, les bras chargés de câbles et de fils qu'il avait récupérés dans la colonne, le corrigea d'un grognement prolongé : il n'y avait pas eu une explosion unique, mais plusieurs explosions mineures en chaîne. Des disques de destruction, sans doute, ou d'autres engins de faible puissance.

– Tu es certain? insista Lando en observant les cuves de clonage, au niveau inférieur. Tout ça ne ressemblait pas à un défaut de fonctionnement normal.

Puis il se roidit. Il venait de découvrir des fumées qui montaient des conduits d'alimentation des cuves. Et il y en avait d'autres. De plus en plus nombreuses, qui venaient s'y ajouter, comme si elles suivaient un cycle régulier. Comme si quelque chose venait d'exploser dans chacun des groupes de cylindres spaarti...

Un bruit métallique. Lando se retourna et découvrit 6PO qui

s'avançait tant bien que mal vers leur plate-forme, en inclinant la tête.

– Serait-ce de la fumée? demanda le droïd doré.

– Oui, je dirais que c'est vraiment de la fumée, acquiesça Lando. Et toi, qu'est-ce que tu fiches là?

– Oh... (Délibérément, 6PO détourna le regard de ce qui se passait en bas.) D2 a trouvé les plans de l'équipement de cette colonne, dit-il en tendant une carte de données. Il suggère que le coupleur de flux négatif de l'alimentation principale mérite toute votre attention.

– On ne l'oubliera pas, dit Lando.

Il inséra la carte dans son bloc et le tendit à Chewbacca tout en jetant un bref regard au-delà de la plate-forme. Lui et le Wookie n'étaient pas trop repérables sur le fond coloré de la colonne et des diverses installations de la caverne, mais 6PO, lui, était comme un lingot d'or dans une flaque de boue.

– Maintenant, tu décampes avant que quelqu'un te repère! fit Lando.

– Oh... (6PO se redressa, encore plus raide que d'habitude.) Oui, certes. Également, je dois vous dire que D2 a localisé la source de brouillage des comlinks dans ce secteur. Le capitaine Solo requiert que si nous la trouvons...

– Parfait, l'interrompit Lando.

Est-ce qu'il n'avait pas surpris un mouvement près des cylindres spaarti au niveau inférieur?

– Je me souviendrai. Toi et D2, partez en avant. Et prenez les Noghri avec vous.

Le droïd parut déconcerté.

– D2 et moi? Mais, général Calrissian...

Dans un grésillement de tauntaun en colère, un serpentin d'un bleu ardent jaillit du bas.

– Paralyseur! aboya Lando.

Il se coucha sur le sol et Chewbacca l'imita dans un bruit impressionnant. Un deuxième tir ricocha un peu plus haut sur la colonne à la seconde où il dégainait son blaster.

– 6PO, dégage!

Le droïd n'avait pas besoin de cet encouragement : il détalait déjà en lançant :

– Oui, général, de suite!

Chewbacca gronda.

– Oui, fit Lando en pointant son blaster. Ils sont par là. Mais fais attention. Il y en a sûrement d'autres qui vont venir.

Un troisième serpentin bleu crépita sous la plate-forme et, cette fois, Lando repéra le soldat accroupi derrière un des cylindres de clonage. Il l'abattit en deux tirs de blaster et, du même coup, réduisit le cylindre en scories.

Un quatrième coup de paralyseur crépita juste au-dessus de sa tête, suivi dans la seconde par l'aboiement sourd de l'arbalète-laser de Chewbacca.

Lando eut un sourire crispé. D'accord, leur situation n'était pas brillante, mais elle aurait pu être bien plus grave s'ils ne s'étaient pas trouvés au milieu de tout cet équipement que les Impériaux ne souhaitaient visiblement pas détériorer. Et leurs adversaires n'avaient guère d'abris possibles en dehors des cylindres spaarti qu'ils ne tenaient certainement pas à voir détruits.

Ou alors, ils allaient gagner un niveau de plus et corriger leurs tirs de façon à ne plus être bloqués par la massive plate-forme de travail.

Chewbacca grommela que les Impériaux, apparemment, se retiraient.

– Ça veut dire qu'ils vont tenter de grimper, dit Lando en jetant un regard sur les portes qui ouvraient sur la passerelle extérieure. Elles avaient l'air solides, autant ou presque que les portes blindées des vaisseaux de guerre. Si Yan et le Noghri avaient bien travaillé, elles résisteraient un bon moment à un groupe de commandos.

Restait la porte de la salle des pompes où D2 avait travaillé. Et que Yan avait bien été obligé de laisser ouverte.

Là, il n'y avait rien à faire, se dit Lando. Sauf... Il cala son bras contre la balustrade, visa longuement et tira. Le boîtier de commande de la porte flamboya et se déforma. Des étincelles jaillirent du nuage de fumée.

C'était fait. Les Impériaux resteraient bloqués au dehors. Et lui et Chewabacca seraient bloqués à l'intérieur.

Il rampa prudemment pour contourner la colonne. Chewbacca s'était déjà mis au travail. Ses mains graisseuses exploraient les tubules et les câbles. Le bloc de données était posé devant lui.

– Ça avance? demanda Lando.

Chewbacca tapota maladroitement sur le bloc de données avec son pied. Lando se pencha. C'était le plan d'un segment du câble d'alimentation qui montrait un couplage de huit prises. Et, juste au-dessus, nettement indiqué, un régulateur de flux positif.

– Hon, hon... fit Lando avec un sentiment plutôt déplaisant. Est-ce que tu ne songerais pas à brancher ça sur le coupleur de flux négatif que D2 a signalé, par hasard?

En guise de réponse, le Wookie tira sur le coupleur du flux négatif, déjà partiellement déconnecté.

– Attends une minute, fit Lando, méfiant.

Il avait entendu certaines choses sur ce qui arrivait quand on faisait ce genre de dérivation.

– Tu comptes provoquer quoi exactement?

La réponse du Wookie confirma ses craintes. Tout ça était encore plus dangereux qu'il ne l'avait imaginé, en fait.

– Chewie, on ne va pas en faire trop. On est venus ici pour détruire les cylindres spaarti, O.K.? Pas pour nous retrouver avec tout l'entrepôt sur la tête, hein?...

Chewbacca grommela avec insistance et se remit à la tâche. Lando, avec une grimace, posa son blaster et sortit deux charges de leur sac d'explosifs. Il préférait se rendre utile plutôt que d'imaginer un moyen de franchir des portes blindées et soudées pour aller affronter des escouades de commandos entassées dans les corridors.

Et si le plan de résonance arythmique du noyau énergétique de Chewbacca leur revenait à la figure, cette question deviendrait purement académique.

Lando écarta les câbles d'une main et se mit au travail.

Le chrono de la console buzza et Wedge, dans un long souffle, tendit la main vers les leviers de commande hyperspatiale.

Et, soudainement, la trame de l'espace se changea en traits, puis en point lumineux. Les étoiles étaient de retour. Autour d'eux, l'Escadron Rogue réapparut, toujours en formation. Loin devant eux, brillaient les chantiers de Bilbringi. Trop loin. Ce qui ne pouvait signifier qu'une chose...

– Alerte! lança Rogue Deux. Intercepteurs Tie en approche! Dans le quadrant deux-neuf-trois-point vingt!

– A toutes les unités : parés au combat! lança la voix rauque de l'amiral Ackbar. Configuration de défense. Commandement superdestroyer en position écran. On dirait que nous sommes tombés dans un piète.

– Ça c'est sûr, marmonna Wedge en virant bâbord et en jetant un regard sur ses écrans.

Les croiseurs Interdictor qui les avaient arrachés de l'hyperespace se tenaient en retrait des flottes énormes qui se déployaient déjà en position d'attaque. A en juger par leur dispositif, la flotte de la Nouvelle République n'était pas sur le point de sauter en luminique avant longtemps.

Et les chasseurs Tie déferlèrent alors sur eux. Il était trop tard pour se demander pourquoi leur attaque surprise avait échoué avant même de commencer. La seule question était de survivre, de compter les vaisseaux.

Les pas furtifs se rapprochaient. Ils tournèrent l'angle du corridor à dix mètres de Yan et continuèrent. Yan, rencoigné contre la porte jusqu'à en avoir le dos douloureux, abandonna son ultime espoir d'échapper à ses poursuivants. Et il se prépara au combat.

Les autres auraient dû s'éloigner. A vrai dire, ils n'auraient jamais dû se trouver ici. D'après tout ce qu'il avait pu apprendre furtivement dans les rapports, tous les hommes armés étaient censés se trouver vingt étages plus bas pour défendre l'entrepôt contre les assauts des indigènes. Dans ces hauteurs, il ne devait rester probablement que C'baoth à avoir besoin de protection.

Les pas se rapprochaient. Yan eut une pensée amère : il allait sûrement avoir affaire à deux déserteurs qui cherchaient à se cacher quelque part.

A cinq mètres de lui, tout à coup, les pas s'arrêtèrent... Et, dans le silence, il perçut un cri étouffé.

Ils l'avaient repéré.

Il n'hésita pas. Il bondit dans le corridor, essayant de répéter ce tour qu'il avait fait avec Chewbacca dans la station de défense. Mais ils étaient plus loin qu'il l'avait calculé, et il perdit une demi-seconde avant de lever son blaster sur eux...

– Yan ! cria Leia. Ne tire pas !

La surprise lui scia les jambes et il s'effondra sans dignité contre la paroi. *Leia*. Et Talon Karrde était avec elle, accompagné de ses deux vornskrs apprivoisés.

– Mais qu'est-ce que vous faites ici ?

– Luke est en danger, fit Leia en le secouant. Il est là, quelque part...

Il lui prit le bras.

– Ça va, mon cœur. On savait qu'il y avait des ysalamari dans le coin.

Elle secoua la tête.

– C'est ça, justement : il n'y en a plus. La Force est revenue. Juste à l'instant où tu t'es montré.

Il jura à mi-voix.

– C'baoth. C'est sûrement lui !

– Oui, confirma Leia d'une voix vibrante. C'est lui.

Yan se tourna vers Karrde.

– On m'a engagé pour détruire l'entrepôt de l'Empereur, dit

le contrebandier d'un ton détaché. J'ai amené Drang et Sturm pour qu'ils m'aident à retrouver Mara.

Yan regarda les deux redoutables vornskrs.

– Quelqu'un d'autre est avec vous? demanda-t-il.

– Non. Nous sommes tombés sur une escouade de soldats trois niveaux plus bas. Nos deux Noghri sont restés sur place pour les arrêter.

– Et vos amis? demanda Yan à Karrde.

– Ils sont tous à bord du *Wild Karrde*. Ils gardent la sortie, en espérant qu'on puisse la retrouver.

– Alors, il n'y a que nous ici. Venez. Ils sont dans la salle du trône : je connais le chemin.

Ils repartirent en courant. Yan tenta de ne pas se rappeler la dernière fois qu'il avait affronté un Jedi Sombre. Dans la Cité des Nuages de Bespin, quand Vador l'avait torturé et surgelé dans de la carbonite.

D'après ce que Luke lui avait dit, C'baoth ne se montrerait pas aussi civilisé.

27

Blanc-bleu, blanc-vert. Les lames des sabrolasers crépitaient en s'entrechoquant, tranchant à vif le métal et les câbles. Et Mara, les deux mains crispées sur la balustrade, observait le duel, l'esprit en feu, fascinée. C'était comme une réplique atrocement déformée de cette dernière vision qu'elle avait eue de l'Empereur, à l'heure de sa mort, six années plus tôt.

Mais, cette fois, ça n'était pas l'Empereur qui affrontait sa fin. C'était Skywalker.

Et ce n'était pas une vision.

– Regardez-les, Mara, fit C'baoth du haut des marches, d'un ton étrangement désenchanté. Si vous ne vous soumettez pas à mon pouvoir, un jour, vous vous battrez de même.

Elle lui jeta un regard en biais. Le Jedi fou suivait ce duel qu'il avait orchestré avec une fascination macabre. Le travail qu'il avait accompli pour Thrawn lui avait donné le goût du pouvoir et, tout comme l'Empereur, cela ne lui avait pas suffi.

Mais, à la différence de l'Empereur, il ne se contenterait pas de dominer des mondes et des armées. Son ambition était plus particulière : il voulait façonner les esprits, les reconstruire, les remodeler selon son désir.

Elle ne s'était pas trompée : il était absolument dément.

– Ça n'est nullement de la folie que d'offrir la splendeur de ma gloire aux autres, murmura le Jedi. C'est un présent pour lequel n'importe qui serait prêt à mourir.

– En tout cas, vous en donnez un aperçu à Skywalker, fit-elle.

Elle luttait désespérément entre ses souvenirs, l'étrange et pénible bourdonnement qui émanait de l'esprit de Skywalker, et le poids de la présence de C'baoth. C'était comme si elle pilotait un airspeeder au plus fort d'une tempête.

Mais il existait un schéma mental que l'Empereur lui avait appris il y avait longtemps, quand il voulait que Vador ignore tout de l'enseignement qu'il lui prodiguait. Et si elle pouvait seulement éclaircir son esprit le temps de le mettre en place...

Une vrille de douleur.

– Mara Jade, ne tentez pas de me dissimuler vos pensées, fit la voix dure de C'baoth. Vous m'appartenez, maintenant. Une apprentie ne doit pas cacher ses pensées à son maître.

– Ainsi, je suis déjà votre apprentie? fit Mara, serrant douloureusement les dents.

Cette fois, elle réussit.

– Je pensais qu'il fallait d'abord que je me sois agenouillée à vos pieds.

– Vous raillez ma vision, fit C'baoth d'un ton cruel. Mais, je vous l'assure, vous allez vous agenouiller.

– Tout comme Skywalker? En supposant qu'il survive...

– Il sera à moi, fit le Jedi fou, confiant. De même que sa sœur et ses enfants.

– Et ensemble, vous guérirez la galaxie, dit-elle en observant attentivement son visage et en écoutant la tourmente qui s'était levée dans son esprit à elle.

Oui, la barrière semblait contenir C'baoth. Et si elle pouvait conserver encore cette intimité un instant...

– Vous me décevez, Mara Jade, fit C'baoth. Croyez-vous vraiment que j'aie besoin d'écouter vos pensées pour lire dans votre cœur? Comme les êtres inférieurs de cette galaxie, vous ne visez que ma destruction. Une obsession stupide. L'Empereur ne vous a donc rien appris sur notre destinée?

– Il n'a jamais vraiment réussi à déchiffrer la sienne, pour autant que je sache, répliqua-t-elle, le cœur battant follement. Si ce dément qu'elle contemplait venait à penser une seconde qu'elle constituait une menace réelle et lançait encore une fois ses éclairs...

C'baoth sourit.

– Mara Jade, éprouveriez-vous le désir de mesurer votre puissance à la mienne? Approchez, alors.

L'espace d'un souffle, elle faillit oser. Il paraissait tellement vieux et affaibli. Et elle avait maintenant sa barrière mentale en place. Plus tout ce qu'elle savait du combat à mains nues. Il lui suffirait de quelques secondes...

Elle baissa les yeux. Non, pas maintenant. Pas comme ça. Pas avec toutes ces pressions et ses distractions qui tournaient autour de ses pensées. Elle ne réussirait pas.

– Tuez-moi maintenant et je n'aurai pas à m'agenouiller devant vous, murmura-t-elle en prenant une attitude de défaite.

– Très bien, ronronna C'baoth. Finalement, vous savez vous montrer sage. Alors, regardez, et apprenez.

Elle se retourna. Non pas pour observer le duel mais le blaster que C'baoth lui avait arraché de la main dans l'instant où il avait stoppé l'effet des ysalamari et retrouvé la Force. Si elle réussissait à le récupérer avant que C'baoth réalise qu'elle n'avait pas abandonné...

Skywalker venait de bondir jusqu'au passavant. Le clone était prêt, le sabre déjà levé. La lame blanc-bleu effleura Skywalker, trancha en partie l'étroite passerelle et l'une des entretoises qui la maintenaient au plafond. Dans un grincement aigu, la plaque de métal se tordit sous le poids de Skywalker, qui fut rejeté en arrière.

Il retomba au sol, se rétablit tant bien que mal et resta sur un genou. Il leva la main et le sabre, qui dérivait vers le clone, changea soudain de direction...

Et s'immobilisa en vol. Skywalker bandait tous ses muscles.

– Pas de cette façon, Jedi Skywalker, le réprimanda C'baoth.

Et Mara vit que sa main était également tendue vers le sabrolaser. Quant au clone, il se tenait immobile dans sa robe brune, comme s'il savait que C'baoth était de son côté dans ce duel.

Ce qui était peut-être le cas. Ce corps n'était sans doute qu'un prolongement de l'esprit de C'baoth.

– C'est un duel à mort, reprit le Jedi fou. Il doit être à arme contre arme, esprit contre esprit, âme contre âme. Tout acte inférieur ne vous donnera pas accès à la connaissance dont vous aurez besoin pour me servir.

Skywalker se battait bien. Avec cette pression étrange, ce bourdonnement dans son esprit, il devait avoir compris qu'il ne pouvait lutter à armes égales avec C'baoth. Mara perçut le changement subtil de sa concentration Jedi. Et soudain, il lança son sabre vers la poignée du sabre de son adversaire.

Mais C'baoth ne voulait pas qu'il abatte son clone, non plus qu'il détruise son arme. A l'instant où la lame ardente plongeait, un petit objet jaillit de l'ombre, heurta l'épaule droite de Skywalker, et son bras fut dévié. Dans la demi-seconde qui suivit, le Jedi fou arracha l'arme du clone à l'emprise mentale de Skywalker et la renvoya vers son adversaire. Le clone se remit instantanément en position. Et Skywalker se prépara à reprendre le duel.

Mais Mara ne s'intéressait plus aux sabrolasers. Car sur le

sol, à deux mètres en arrière de Skywalker, elle venait d'apercevoir l'objet que C'baoth avait lancé.

Le blaster de Mara.

Elle observa le Jedi à la dérobée, se demandant s'il la surveillait. Apparemment pas. En fait, il ne regardait rien précisément. Ses yeux étaient perdus dans le vide, quelque part dans la salle du trône. Il avait un sourire d'enfant très bizarre.

– Elle est venue, marmonna-t-il. Je savais qu'elle viendrait. (Il se tourna brusquement vers Mara.) Elle est ici, Mara Jade, dit-il en pointant un doigt vers le turbolift.

Mara, intriguée, détourna la tête avec quelque crainte.

La porte du turbolift coulissa et Yan Solo sortit, le blaster au poing. Et, immédiatement derrière lui...

Mara suspendit son souffle, tous ses muscles tendus. Leia Organa Solo était doublement armée : d'un blaster et de son sabrolaser. Et, derrière elle, avec ses vornskrs en laisse... il y avait Karrde.

Organa Solo avec Karrde?

– Leia... Yan... fuyez! lança Skywalker dans le crépitement des sabres.

Ils s'avançaient sur la passerelle. Ils avaient dépassé l'hologramme galactique et ils arrivaient dans la salle principale.

– Arrêtez. C'est trop dange...

– Bienvenue, ma nouvelle apprentie! s'écria joyeusement C'baoth, couvrant la voix de Skywalker. Venez à moi, Leia Organa Solo. Je vais vous enseigner le véritable usage de la Force.

Solo ne l'entendait pas ainsi. Atteignant l'extrémité de la passerelle, il leva son blaster et tira.

Mais l'esprit d'un Maître Jedi tel que C'baoth, même effiloché par ses illusions de folie, ne pouvait céder aussi aisément. En un éclair, le blaster de Mara s'envola et intercepta le tir de Solo dans une gerbe d'étincelles. Le deuxième tir de Solo fut stoppé de même. Le troisième fit éclater la cartouche énergétique.

Et C'baoth devint fou furieux.

Il poussa un atroce glapissement de fureur destructrice, comme s'il allait cracher du feu. Et Mara recula, les oreilles déchirées...

Elle faillit tomber par-dessus la balustrade sous l'impact de la Force.

Jamais encore elle n'avait ressenti un choc d'une pareille violence. Pas avec Vador, ni même avec l'Empereur. C'était une férocité animale qui se déchaînait, échappant à tout contrôle.

Elle était prise dans un ouragan. Des déferlantes de fureur la giflaient, effritaient la barrière mentale qu'elle avait créée, attaquant son esprit par la haine et la souffrance. Elle entrevit Skywalker et Organa Solo qui vacillaient sous l'assaut, et les vornskrs qui hurlaient.

Des mains tendues de C'baoth, deux faisceaux d'éclairs jaillirent.

Mara réagit à la douleur de Solo qui venait d'être projeté en arrière contre la balustrade, au-dessus du puits holographique. Dans le crépitement des éclairs du Jedi fou, elle entendit Organa Solo qui criait le nom de son époux et sautait à son côté, le sabre abaissé, juste à temps pour intercepter la troisième volée d'éclairs. Brusquement, C'baoth orienta ses rafales d'éclairs vers l'étroite passerelle déchirée qui pendait au-dessus de leurs têtes.

Le métal explosa et se fendit. Les restes du passavant pivotèrent sur la dernière entretoise encore en place et tombèrent droit sur Organa Solo.

Elle les vit à la dernière fraction de seconde, ou bien avait-elle appris avec Skywalker à se servir de la Force pour deviner le danger. Elle leva son sabre et trancha net la plaque de métal dont une moitié alla s'écraser à quelques pas de Karrde et de ses vornskrs. Mais elle ne put éviter l'autre. Touchée à la tête et à l'épaule, elle lâcha son sabrolaser et s'effondra sur le sol à côté de Solo.

– Leia! hurla Skywalker avec un regard angoissé. Et soudain, ce fut comme s'il oubliait le bourdonnement parasite qui amollissait son esprit. Sa défense vacillante se changea en un assaut furieux. Le clone se mit à reculer devant ses coups qu'il avait du mal à parer. Il bondit sur les marches et se rapprocha de C'baoth à l'instant où Skywalker se fendait de nouveau. Il atteignit la plate-forme de garde et, une seconde, Mara se dit que Skywalker allait l'y rejoindre, ou encore taillader la plate-forme.

Mais il n'en fit rien. Il leva son visage luisant de sueur vers C'baoth avec une expression telle que Mara frissonna.

– Voudriez-vous me détruire également? demanda le Jedi fou d'un ton glacé. Une telle pensée est stupide. Je pourrais vous écraser comme un insecte.

– Peut-être, haleta Skywalker. Mais si vous faites cela, vous perdrez toute chance de contrôler mon esprit.

– Que voulez-vous?

Skywalker montra de la tête sa sœur et Solo.

– Laissez-les partir. Tous. Immédiatement. Et Mara aussi.

– Et si j'accepte?

Un muscle s'était mis à trembler sur le visage de Skywalker. Il bougea un doigt et la lame de sabrolaser disparut dans un sifflement.

– Laissez-les partir. Et je resterai.

Tout prêt, un battement sourd et régulier s'éleva, s'ajoutant aux pulsations sinistres et aux souffles qui emplissaient la vaste caverne de clonage. Le tir répété d'un fusil-laser sur une paroi de métal, devina Lando, en regardant tour à tour chacune des lourdes portes. Elles étaient toutes bloquées, soudées, mais il savait qu'elles ne résisteraient pas longtemps. Les commandos qui étaient au-dehors ne faisaient pas du tir à la cible et ils allaient utiliser des explosifs.

De l'autre côté de la colonne centrale, Chewbacca grommela.

– Mais je baisse la tête, l'assura Lando.

Il jeta un regard entre les deux canalisations majeures dans le lacis de câblages et de tubulures. Où était donc cette connexion de pompe à répulsion?...

Il venait à peine de la repérer et préparait sa charge quand son comlink bippa. Celui de Chewbacca parut répondre en écho.

Il répondit, à demi convaincu qu'il allait avoir un des techniciens de l'Empire qui avait réussi à tomber sur sa fréquence.

– Calrissian.

– Ah... général Calrissian! lança la voix de 6PO. Je vois que D2 a réussi à éliminer le brouillage. Ce qui est surprenant, à vrai dire, vu tous les ennuis que nous avons dû...

– Dis-lui qu'il a fait du bon travail, le coupa Lando. (Le moment n'était pas idéal pour une aimable conversation avec ce cher 6PO.) Autre chose?

– Oui, général. Les Noghri m'ont demandé si vous souhaiteriez que nous venions vous assister.

Un autre coup résonna, puissamment cette fois.

– Je pense que ce serait utile, soupira Lando. Mais vous n'aurez pas le temps de revenir. (Un autre coup et il vit la porte secouée sous l'impact.) Il va falloir qu'on se débrouille pour ficher le camp d'ici par nous-mêmes.

Chewbacca grogna son opinion, qui était loin d'être enthousiaste.

– Mais si Chewbacca souhaite que nous revenions... commença 6PO.

– Non, j'ai dit que vous n'en auriez jamais le temps. Dis aux Noghri que s'ils veulent se rendre utiles, ils feraient mieux de monter jusqu'à la salle du trône pour donner un coup de main à Yan.

– Trop tard pour ça, dit une voix presque inaudible dans son comlink.

Il plissa le front.

– Yan?

– Non, c'est Talon Karrde. Je suis venu avec la Conseillère Organa Solo. Nous sommes dans la salle du trône...

– Comment? Leia est ici? Qu'est-ce que vous...?

– Taisez-vous et écoutez. Joruus C'baoth – le Maître Jedi de Luke – est ici également. Il a capturé Solo et Organa, et Skywalker se bat avec ce qui semble bien être un clone de lui-même. C'baoth ne me surveille pas pour l'instant : il semble qu'il y ait un face-à-face en ce moment. Mais si je tente quoi que ce soit...

– Je croyais que Luke avait dit que la Force était bloquée.

– Elle l'était. Mais C'baoth est parvenu à la libérer. Vous êtes dans les cuves de clonage?

– Juste au-dessus. Pourquoi?

– Organa Solo a dit qu'elle pensait qu'il devait y avoir des ysalamari en quantité dans ce secteur. Si vous arrivez à en détacher quelques-uns de leurs supports nutritifs pour les amener ici, on aura peut-être une chance de l'arrêter.

Chewbacca émit un grondement lugubre, et Lando ne put qu'acquiescer. C'était donc ce qui expliquait toutes ces explosions.

– C'est trop tard pour ça, dit-il à Karrde. C'baoth les a déjà tous fait tuer.

Un instant, le silence régna sur le comlink.

– Je vois, dit enfin Karrde. Ceci explique cela. Vous avez des suggestions?

Lando hésita.

– Pas vraiment. Mais je vous appelle au cas où quelque chose me viendrait.

– Merci, fit Karrde, un peu sèchement. J'attends.

– 6PO, tu es encore là? appela Lando.

– Oui, général.

– Remets D2 sur l'ordinateur. Qu'il trouve un moyen de détourner les troupes de cet évent de ventilation par lequel on est entrés. Ensuite, toi et les Noghri, vous irez dans cette direction.

– Nous devons repartir, général?

– Exact. Et Chewie et moi, on va vous suivre. Alors, vous avez intérêt à faire vite si vous ne voulez pas qu'on vous marche dessus. Et prévenez aussi les deux Noghri que Luke a envoyés avec cette bande de Myneyrshi. Vu?

– Oui, général, fit le droïd d'un ton hésitant. Mais Maître Luke et les autres?...

Un instant de silence. Que Chewbacca rompit avec un grondement interrogatif.

– Je ne crois pas qu'on ait le choix, répliqua Lando. A ce qu'en disent Luke et Mara, C'baoth est au moins aussi dangereux que l'Empereur. Peut-être plus encore. Il faut détruire tout l'entrepôt en espérant qu'on en finira avec lui en même temps.

Chewbacca protesta.

– Mais on ne peut pas, fit Lando en secouant la tête. Du moins pas jusqu'à ce que tout soit réglé et qu'on ait déclenché le dispositif. Si on prévient qui que ce soit là-haut, C'baoth sera immédiatement au courant. Et ça lui donnera le temps de tout arrêter.

Une autre explosion étouffée retentit derrière la porte.

– Viens, qu'on en finisse, dit Lando en récupérant ses dernières charges d'explosifs.

Avec un peu de chance, ils pourraient mettre en place le résonateur arythmique de Chewbacca avant que les commandos fassent irruption. Et avec encore plus de chance, ils pourraient peut-être sortir vivants de la caverne.

Et avec un troisième supplément miraculeux de chance, ils pourraient prévenir Yan et les autres que tout l'entrepôt n'allait pas tarder à sauter.

Longtemps, le silence persista dans la salle du trône. Mara fixait Skywalker, se demandant s'il avait conscience de ce qu'il venait de dire. Qu'il offrait de rester ici volontairement avec C'baoth...

Il la regarda et elle perçut sa peur. Oui, il savait ce qu'il venait de dire. Et il était bien décidé. Si C'baoth acceptait son offre, il se rendrait au Jedi dément. Il se sacrifierait pour ses amis.

Et aussi pour la femme qui s'était juré de le tuer.

Elle détourna les yeux. Et vit Karrde, agenouillé dans les débris de la passerelle, entre ses deux vornskrs. Il les caressait en leur parlant d'une voix douce – essayant sans doute de les calmer après ce déchaînement de la Force.

Mais le contrebandier avait dû surprendre son mouvement de tête. Il riva son regard au sien, sans la moindre expression. Sans cesser de caresser ses vornskrs, il inclina presque imperceptiblement la tête vers Yan et Organa Solo. Mara, lentement, porta son regard sur eux...

Et se figea. Près du fragment de passerelle qui recouvrait encore à demi sa femme, Yan Solo bougeait. Oh... très lentement. Il rampait sur le sol centimètre par centimètre.

En direction du blaster d'Organa Solo.

– Skywalker, vous demandez trop, fit enfin C'baoth. Mara Jade sera à moi. Elle *doit* être à moi. C'est le destin tracé par la Force. Pas même vous ne pouvez le modifier en quoi que ce soit.

– C'est exact, intervint Mara avec tout le sarcasme dont elle était capable.

Peu importait le danger qu'elle courait : il fallait absolument qu'elle détourne l'attention de C'baoth.

– Il faut encore que je m'agenouille à ses pieds, l'auriez-vous oublié ?

– Vous m'insultez, Mara Jade, proféra C'baoth avec un sourire mauvais. Croyez-vous vraiment qu'il soit si aisé de me tromper ?

Sans la quitter des yeux, il leva un doigt...

Et le blaster s'éloigna de la main désespérément tendue de Yan Solo.

Le bourdonnement qui s'élevait de la plate-forme changea subtilement.

– Skywalker : attention ! lança Mara.

Skywalker réactiva son sabrolaser et se remit en garde. Le clone avait retrouvé son courage, et il se fendait déjà vers le bas. Les deux lames se heurtèrent dans un craquement d'énergie, et l'impact repoussa Skywalker vers les marches. Il récupéra son équilibre in extremis, et sauta vers le bas de la salle.

Le clone se précipita derrière lui et Mara décocha un rapide regard à Solo. Si le clone était vraiment un prolongement de l'esprit de C'baoth...

Mais non. A l'instant où Solo tentait encore une fois de récupérer l'arme, elle lui échappa. Quel que fût l'effort que faisait C'baoth pour participer au duel, il gardait suffisamment de concentration pour s'amuser avec ses prisonniers.

– Vous voyez, Mara Jade ? demanda-t-il d'un ton serein.

Toute fureur l'avait quitté. De même que le faible amusement qu'il avait éprouvé en jouant avec eux. A nouveau, il ne se préoccupait plus que de l'édification de son Empire.

– C'est inévitable. Je régnerai... avec Skywalker et sa sœur, ainsi que vous à mes côtés. Ensemble, nous deviendrons très grands.

Brusquement, il s'éloigna de la balustrade en une longue enjambée pour se porter de l'autre côté des marches. Juste à temps : la seconde d'après, Skywalker était de retour. Il bondit et atterrit dos à dos avec Mara. Le clone attaqua dans une vague de lumière blanc-bleu, sauta par-dessus la balustrade, et décrivit de redoutables moulinets avec son sabre pour parer aux attaques de Skywalker. Qui recula, sans avoir conscience, apparemment, qu'il allait être acculé à la paroi rocheuse.

Les deux combattants s'éloignaient... et Mara, levant les yeux, vit que C'baoth l'observait.

– Ainsi que je l'ai dit, Mara Jade, c'est inévitable. Avec vous et Skywalker, les peuples inférieurs de la galaxie afflueront à nous comme des feuilles portées par le vent. Nous posséderons leurs cœurs et leurs âmes.

Il fit un geste. Karrde, toujours accroupi derrière les restes du passavant, sursauta de surprise : son blaster venait d'être arraché de sa gaine pour jaillir dans les airs. Il fut rejoint par le sabre d'Organa Solo et le blaster que Yan Solo tentait toujours d'atteindre.

– ... Tout comme ces armes insignifiantes, acheva C'baoth.

Il tendit une main en un geste négligent pour les récupérer tout en observant le duel qui semblait approcher de son issue.

C'était la chance que Mara avait guettée. Sans doute la dernière qu'elle aurait. Elle lutta contre le chaos qui cernait son esprit et projeta la Force, l'esprit et les yeux concentrés sur les armes qui traversaient la salle vers la main de C'baoth. Elle décela une infime interruption de son contrôle.

Et le sabrolaser d'Organa Solo décrivit une courbe pour lui revenir dans la main. Elle serra fermement la poignée.

C'baoth se détourna. Les blasters venaient de tomber à grand fracas sur le sol.

– Non! hurla-t-il, le visage affreusement déformé par le doute et la frayeur.

Elle sentit l'effort frénétique qu'il faisait pour lui arracher l'arme. Mais son désarroi était soudain tel que la surprise n'était plus de son côté. Avant peu, il récupérerait, se remettrait du choc, mais Mara n'avait pas l'intention de lui accorder le moindre répit. Elle activa le sabrolaser, et chargea.

Le clone avait dû l'entendre approcher, bien sûr. Le sifflement du sabre de Mara n'avait pu lui échapper. Mais Skywalker était collé à la paroi, et il ne put résister à l'envie d'en finir. Son sabre fendit l'air, taillada la paroi, et Skywalker esquiva en plongeant...

Dans une explosion de pièces d'électronique, le mur s'ouvrit au-dessus de la tête de Skywalker pour retomber sur le visage du clone.

Car Skywalker ne s'était pas laissé acculer à la paroi. Il s'était replié derrière un des écrans de la salle.

Le clone recula en glapissant – et c'était le premier son qu'il émettait. Il tituba en se tournant vers elle, guidé par le sifflement de son sabre, avec une expression abominable de colère et de peur, les yeux brillants. Il leva son sabre...

VOUS ALLEZ TUER LUKE SKYWALKER.

Elle courba la tête et regarda le visage qu'elle avait en face d'elle. Ce visage qui avait hanté ses cauchemars depuis six années. Ce visage que l'Empereur lui avait ordonné de détruire.

VOUS ALLEZ TUER LUKE SKYWALKER.

Et, pour la première fois depuis qu'elle avait retrouvé Skywalker dans son aile-X à la dérive dans l'espace, elle s'abandonna à la voix qui tourbillonnait dans son esprit. Rassemblant toute son énergie, elle abattit son sabre et trancha net le clone.

Il s'effondra et son arme claqua sur le sol.

Elle baissa les yeux, inspira douloureusement. Et la voix s'éteignit dans son esprit.

C'était fait. Elle avait obéi à l'ultime commandement de l'Empereur.

Et elle était enfin libre.

28

– On dirait bien qu'ils sont tous là, capitaine, déclara Thrawn en observant par la baie les bâtiments rebelles alignés sous les cônes gravifiques des croiseurs Interdictor. Donnez ordre au *Constrainer* et au *Sentinelle* de quitter leur position de piège pour retourner sur la ligne de démarcation. A toutes les unités : préparez-vous au combat.

– Oui, amiral, dit Pellaeon, admiratif, tout en composant les ordres sur sa console.

Une fois encore, envers et contre toute évidence, le Grand Amiral avait raison. La flotte rebelle avait bien attaqué Bilbringi.

Et Les rebelles se demandaient sans doute en cet instant ce qui avait pu tourner mal dans leur habile petit scénario.

– Amiral, je me disais que nous ne voudrions peut-être pas tous les détruire. Il faudrait que l'un d'eux puisse regagner Coruscant pour raconter comment ils ont été contrés.

– Je suis d'accord avec vous, capitaine. Quoique je doute que telle soit leur interprétation. Il est plus probable qu'ils vont penser qu'ils ont été trahis.

– Oui, c'est probable, acquiesça Pellaeon.

Il promena son regard sur la passerelle. Il lui semblait avoir entendu un bruit discret, comme un raclement de gorge assourdi ou un halètement d'effort. Il écouta encore un instant, mais le son ne se répéta pas.

– Mais, ajouta-t-il, ce serait tout autant à notre avantage.

– Certes, dit Thrawn. Devons-nous confier cette tâche au supercroiseur de l'amiral Ackbar?...

Pellaeon eut un mince sourire. Ackbar. Qui venait à peine d'être lavé des accusations d'incompétence et de trahison portées par le Conseiller Borsk Fey'lya après l'opération des chantiers de Sluis Van. Cette fois, il n'aurait sans doute pas la même chance.

– Un excellent choix, amiral.

– Je vous remercie, capitaine.

Pellaeon risqua un regard en direction de Rukh, qui montait une garde silencieuse derrière Thrawn, et se demanda si le Noghri appréciait l'ironie de la situation. Vu le degré de sophistication de cette race, probablement pas, songea-t-il.

Les premiers traits de laser striaient l'espace : les chasseurs de l'adversaire venaient d'engager la bataille. Pellaeon s'installa plus confortablement dans son fauteuil, examina ses écrans et se prépara au combat. Et à la victoire.

– Attention, Rogue Leader, vous en avez deux en queue! lança la voix de Rogue Deux dans l'oreille de Wedge. Rogue Six?...

– Je suis avec vous, Rogue Deux. Double piqué à trois. Un, deux...

Wedge se tendit et fit basculer son aile-X dans un tonneau sauvage. Les deux Tie, qui tentaient de suivre sa manœuvre sans tirer trop loin, n'avaient sans doute pas vu les deux ailes-X qui venaient de plonger derrière eux. Deux explosions plus tard, Wedge était hors d'affaire.

– Merci.

– Pas de problème. Et maintenant?...

Il observa le combat qui se déchaînait.

– Je ne sais pas, avoua-t-il.

Jusque-là, l'amiral Ackbar maintenait ses supercroiseurs en formation de bataille. Mais à la façon dont les unités de soutien encaissaient le feu des Impériaux, on pouvait craindre que tout sombre dans la confusion absolue à tout instant. Auquel cas, les escadrons de chasse seraient seuls et n'auraient d'autre choix que de tirer sur n'importe quoi, n'importe où...

Ce qu'ils faisaient déjà, de toute manière. Le truc, c'était de trouver des cibles qui en valaient la peine...

Rogue Deux avait dû faire le même raisonnement.

– Vous savez, Rogue Leader, je pense que les Impériaux n'auraient pas mis autant de vaisseaux pour nous tomber dessus s'ils devaient en même temps protéger les chantiers.

Wedge tendit le cou pour observer les lueurs lointaines. Il discerna les silhouettes massives et obscures d'au moins quatre stations de bataille Golan II.

– D'accord. Mais je crois qu'il faudrait un peu plus d'une

attaque, même par le légendaire Escadron Rogue, pour les inquiéter...

– Commandant Antilles, ici le Central de Communications de la Flotte ! intervint une voix tendue. J'ai un signal urgent qui vous est destiné en encryptage diplomatique de la Nouvelle République. Voulez-vous le recevoir ?

Wedge tiqua. Un encryptage *diplomatique* ?

– Je suppose. D'accord, envoyez.

– Bien, commandant.

Il y eut un faible déclic.

– Salut, Antilles. (La voix sèche était vaguement familière.) Ça fait plaisir de te retrouver.

– Je suis certain que ce sentiment est réciproque. Qui parle ?

– Oh, ça va. Est-ce que tu aurais déjà oublié les moments formidables qu'on a vécus ensemble près de la taverne de Mumbri Storve ?

Mumbri Storve...

– *Aves ?*

– Bien, très bien. Ta mémoire s'améliore.

– Toi et les tiens, on a du mal à vous oublier. Tu es où ?

– En plein milieu de ce beau feu d'artifice impérial, sur ton flanc. J'aurais aimé que tu me dises que vous alliez attaquer ici plutôt qu'à Tangrene comme on le croyait.

– Et moi, j'aurais apprécié que tu me parles un peu de votre petit boulot, rétorqua Wedge. On s'est pas mal débrouillés, non ?

– Ça c'est sûr, Wedge. On a eu tout le monde. Sauf le Grand Amiral.

– Raconte-moi. Tu m'appelles juste pour dire bonjour ou quoi ?...

– C'est possible, dit Aves. Mais ça dépend. Tu vois, dans quatre-vingt-dix secondes, certains d'entre nous vont essayer de piquer ce PGC pour lequel on est venus. Ensuite, c'est au revoir, adieu, on calcule la route et on file.

Oui, c'est ça, se dit Wedge. On calcule sa route et on file des chantiers de l'Empire. Comme ça. Facile.

– Bonne chance.

– Merci bien. Mais si je te parle de ça, c'est parce qu'on ne sait pas encore le cap qu'on va prendre pour filer, tu vois ? Ce qui pourrait faire une certaine différence pour toi et tes gars...

– Oui, ça se pourrait, fit Wedge en plissant les lèvres. Par exemple, si vous approchiez de ces Golan II que j'aperçois là-bas. Et en supposant que vous ayez l'occasion de les secouer un peu de l'arrière au passage...

– Oui, ça me semble un cap correct. Bien sûr, il ne va pas faire très beau à l'extérieur du périmètre – avec tous ces vaisseaux et tous ces machins qui canardent de tous les côtés. Je suppose que tu ne peux pas nous procurer une petite escorte amicale?...

Wedge avait le regard perdu dans les feux qui brillaient dans l'espace. Oui, ce coup pouvait marcher. Si les hommes d'Aves étaient capables de détruire ne serait-ce qu'une seule des forteresses Golan II, les chantiers seraient ouverts à une autre incursion de la Nouvelle République. Si les Impériaux ne voulaient pas les sacrifier, ils devraient déplacer une partie de leurs forces pour combler l'orifice et repousser les vaisseaux infiltrés. Et, du point de vue des contrebandiers, une irruption de vaisseaux de la Nouvelle République, c'était la meilleure des couvertures. Le marché était honnête.

– On marche, dit Wedge. Tu me donnes deux minutes et je te trouve cette escorte.

– N'oublie pas : une escorte *amicale*. Tu vois ce que je veux dire.

– Exactement.

Le mépris que les Mon Calamari vouaient aux contrebandiers et à la contrebande en général était légendaire, et Aves ne tenait pas à en faire les frais. Wedge non plus. C'était probablement pour cette raison qu'Aves lui avait proposé ses services, et non pas à Ackbar ou à tout autre commandant de la flotte.

– Ne t'inquiète pas, ça se passera entre nous.

– O.K. Oups! Voilà la première charge. A bientôt.

La communication fut coupée.

– On y va? demanda Rogue Onze.

– Oui, on y va, confirma Wedge en lançant son aile-X dans un demi-tour serré sur tribord. Rogue Deux, contactez le Commandement, faites un rapport bref et dites-leur qu'on a besoin de soutien. Ne mentionnez pas le nom d'Aves. Dites-leur seulement que nous avons établi une jonction avec un groupe de résistance indépendant à l'intérieur des chantiers.

– Vu, Rogue Leader.

– Et si Ackbar ne veut pas prendre le risque? demanda Rogue Sept.

Ainsi, se dit Wedge, une fois encore, tout se ramène à un problème de confiance. Faire confiance à un garçon de ferme élevé sur une planète désertique et perdue, et lui confier le commandement de l'attaque de la première Étoile Noire. Et maintenant, faire confiance à un contrebandier capable de vous trahir pour le même prix.

– Peu importe, dit Wedge. On y va, même sans son soutien.

Dès que le sabre de Mara se fut abattu en un dernier éclat, dès que le clone Luuke s'effondra, lâchant son arme, le bourdonnement s'évanouit et l'esprit de Luke Skywalker fut libéré. Il se redressa devant les débris encore crépitants de l'écran et inspira à fond pour la première fois, sans doute, depuis des heures. L'affrontement avait pris fin.

– Merci, Mara, dit-il d'une voix apaisée.

Elle recula d'un pas.

– Pas de quoi, vraiment. Votre cerveau s'est éclairci?

Ainsi donc, se dit-il, elle avait lu le bourdonnement qui l'avait emprisonné jusqu'alors. Ce qui mettait fin à certaines questions.

– Oui. Et vous?...

Elle lui lança un regard amusé et ironique. Mais, pour la première fois depuis qu'il avait rencontré Mara, il ne lut ni peur ni haine dans ses yeux.

– J'ai fait ce qu'il souhaitait que je fasse. Et c'est fini à présent.

Luke observa la salle du trône. Karrde avait noué les laisses de ses vornskrs aux débris de la passerelle et s'avançait lentement vers eux. Yan aidait Leia, encore sous le choc.

– Leia? appela Luke. Ça ira?

– Très bien. Ça n'était qu'un coup sur la tête, tu sais. On va s'en aller, non?

Luke se tourna vers C'baoth. Le Jedi avait les yeux fixés sur le clone mort et il le palpait, le regard perdu, fou.

– Oui, dit Luke. Venez, Mara.

– Partez devant. Je vous rejoins dans une minute.

– Qu'est-ce que vous comptez faire ici?

– Que croyez-vous, Skywalker? Je vais finir le travail. Comme je l'ai fait sur Jomark.

Lentement Joruus C'baoth leva les yeux sur elle.

– Pour cela, vous mourrez, Mara Jade. (Sa voix glacée était plus mortelle que jamais.) Lentement, et dans les plus graves souffrances.

Il inspira profondément, crispa les mains sur sa poitrine, et ferma les yeux.

– Ça, on va le voir, marmonna Mara en s'avançant vers lui, le sabre levé.

Cela commença par une rumeur distante, plus une impression qu'un son réel.

Luke explora la salle du regard, tous ses sens éveillés par la prémonition soudaine du danger. Mais il ne vit rien. Alors que le son se faisait de plus en plus fort et profond...

Et dans un fracas infernal, toute la partie du plafond qui dominait la salle du trône, juste au-dessus d'eux, s'abattit dans un déluge de pierres et de gravats.

– Attention!

Luke lança les bras vers le haut pour se protéger la tête tout en essayant de bondir de côté. Mais il glissa dans l'entassement encore mouvant. Il essaya une fois encore, mais son pied s'enfonça jusqu'à la cheville dans la pierraille. Il y en avait trop et les fragments étaient de trop petite taille pour qu'il puisse se servir de la Force. Et ils continuaient de pleuvoir et de le mitrailler douloureusement. Dans la poussière tourbillonnante, il entrevit Mara, coincée elle aussi sous une avalanche de pierres qu'elle essayait vainement de repousser à coups de sabre. Yan criait quelque part dans le lointain et il se dit que les autres étaient dans la même situation.

A l'abri de l'orage de pierre qu'il avait provoqué, C'baoth levait les mains.

– Je suis le Maître Jedi C'baoth! proféra-t-il, et sa voix porta aux quatre coins de la salle, dominant le grondement. L'Empire – ainsi que tout l'Univers – m'appartient!

Luke leva son sabre en position de défense, avec le sens aigu d'un nouveau danger imminent. Mais, une fois encore, ça ne le sauva pas. Le jet d'éclairs bleus de C'baoth frappa de plein fouet la lame, et sous le choc, Luke se retrouva à genoux dans les fragments du plafond. A l'instant où il luttait pour se relever, une pierre lui frappa la tempe. Il tituba et bascula sur le côté. Une fois encore, les éclairs fusèrent et formèrent une couronne incandescente sur la pile de gravats. Des ondes de souffrance traversèrent tout son corps. Le sabrolaser avait quitté ses doigts et il l'entrevit vaguement qui volait vers l'autre extrémité de la salle.

– Arrêtez! cria Mara.

Dans la brume de la souffrance, Luke la vit : elle était à genoux et taillait frénétiquement les pierres. Si vous voulez nous tuer, faites-le maintenant!

– Patience, ma future apprentie, fit C'baoth.

Luke vit que le Jedi souriait avec une expression rêveuse.

– Vous ne pouvez encore mourir. Pas avant que je ne vous aie conduite dans la chambre de clonage du Grand Amiral.

Mara sursauta, submergée par l'horreur.

– Quoi?

– J'ai prévu que Mara Jade s'agenouillerait devant moi, lui rappela C'baoth. Cette Mara Jade-ci... ou une autre.

– On y est, fit Lando en plaçant le détonateur sur la dernière charge. Un coup de pied et on décampe.

Chewbacca acquiesça. Lando récupéra son blaster et se leva en surveillant les portes d'accès à la passerelle. Jusque-là, rien d'inquiétant. Si elles pouvaient contenir les commandos à l'extérieur pendant une ou deux minutes encore, jusqu'à ce que Chewbacca et lui aient dégagé la plate-forme de travail...

Chewbacca poussa un grondement d'avertissement. Lando entendit alors le vrombissement d'un coupleur de flux négatif qui se mettait en colère. Un vrombissement qui allait s'amplifiant.

– Ça c'est extra, Chewie. On y va.

Il progressa vers l'extrémité du pont... Et s'arrêta net quand la porte en face explosa.

– Attention!

Il se plaqua au sol tout en ouvrant le feu sur le nuage de débris et de poussière. Déjà, les premiers traits bleus de paralyseur convergeaient sur eux. Derrière lui, il entendit le grondement sourd de l'arbalète-laser du Wookie.

Adieu les deux minutes de répit.

Le visage presque collé au treillis métallique, Lando se surprit en train d'examiner le pont. Les rails minces mais solides du garde-fou...

C'était complètment dingue. Ce qui se signifiait pas que ça ne pouvait pas marcher.

– Chewie, rapplique ici. (Il fit un demi-tour en roulant et jeta un rapide regard sur les commandes du pont placées au sommet de la balustrade de la plate-forme de travail. Oui, il y avait bien un contrôle d'extension et de rétraction. Un contrôle d'arrêt d'urgence...)

Le pont trembla sous le poids de Chewbacca qui s'affalait à son côté.

– Tu vas les occuper, lui dit Lando.

Il prit ses repères, plongea soudain en avant, et appuya sur la commande de rétractation puis l'arrêt d'urgence presque d'un seul geste. Le pont se détacha de la plate-forme et s'arrêta. Les barres de verrouillage étaient maintenant désengagées.

Le pont, soudain, se balançait légèrement sous leur poids, ce qui amena Chewbacca à ronfler une question.

– Tu vas voir, promit Lando.

Deux autres portes se désintégrèrent et de nouveaux tirs les cernèrent.

– Cramponne-toi aux supports et continue à tirer. Allez, on y va.

Lando assura fermement sa prise, visa soigneusement, et ouvrit le feu.

Non pas sur les commandos impériaux qui chargeaient sur la passerelle. Mais sur l'autre extrémité du pont, arrachant des nuages d'étincelles, réduisant en vapeur les mailles de métal du sol et les barres de soutien inférieures. Le pont tressauta et s'inclina un peu plus au fur et à mesure que Lando détruisait l'équilibre de ses structures. Ce qui arracha au Wookie une longue phrase sauvage que Lando n'avait encore jamais entendue.

Et, dans un atroce grincement, le pont céda. Relié à la passerelle par les derniers rails encore intacts, il pivota vers le fond. Lando s'agrippa violemment aux barres qui venaient de passer en position verticale...

Dans un fracas énorme, le pont vint cogner la balustrade de la salle de clonage, trois niveaux plus bas.

– C'est là qu'on descend! lança Lando. Viens.

Rengainant tant bien que mal son blaster, il sauta vers le sol. Chewbacca, avec son agilité naturelle d'arboricole, le suivit trois secondes plus tard.

Ils avaient parcouru la moitié de la distance qui les séparait de la sortie, slalomant entre les cylindres spaarti, quand la colonne centrale explosa.

D'abord les charges, qui transformèrent les sections de câbles et de tubulures en boules de feu sur tout le périmètre. Puis un nuage menaçant de fumée, de poussière et de liquides nutritifs vaporisés s'éleva dans les airs, obscurcissant la vue. De toutes parts jaillissaient des fluides multicolores, en flots ou en geysers. La plate-forme où ils s'étaient trouvés fut arrachée à ses derniers supports et glissa le long de la colonne en arrachant d'autres pièces. Le nuage vomit un torrent de câblages, ce qui déchaîna d'autres explosions secondaires, d'autres pluies de débris.

L'enveloppe extérieure de la colonne se lacéra et s'effilocha en lanières de métal dans un affreux concert de poutrelles broyées avant de se disperser avec une curieuse lenteur.

Chewbacca poussa un grondement d'alerte.

– Moi non plus! répondit Lando. On file d'ici en vitesse!

Dix secondes plus tard, ils passaient devant l'unique garde qui avait été placé à la sortie. Ils étaient à deux corridors de distance quand ils perçurent la vibration énorme de la colonne qui s'écroulait au fond de la caverne.

– O.K., haleta Lando en s'arrêtant à une intersection.

D2 semblait avoir fait du bon travail avec ses Noghri : les lieux paraissaient déserts.

– La sortie est par là, fit-il à Chewbacca en saisissant son comlink. On va appeler les autres.

Il composa la fréquence de Yan et recula en recevant une salve de statique en réponse.

– Yan?

– Lando?

La voix de Yan était presque inaudible.

– Qu'est-ce qui se passe?

– Ce fou de Jedi nous a fait tomber le plafond sur la tête! Leia et moi, on est à couvert, mais Luke et Mara ont été pris sous l'effondrement. Tu es où?

– En bas, près de la caverne de clonage.

Si ce truc de résonance arythmique monté par Chewie fonctionnait, l'un des réacteurs de la montagne n'allait pas tarder à être déstabilisé. Et s'ils ne quittaient pas la montagne avant qu'il explose...

– Tu veux qu'on rapplique?

– Non, ne vous donnez pas cette peine, coupa la voix de Karrde, rauque et sombre. Le turbolift est bloqué par un tas de cailloux. On dirait qu'on est ici pour pas mal de temps.

Chewbacca rugit de colère.

– Arrête ça, Chewie. Il n'y a rien que tu puisses faire, de toute façon, dit Yan. Nous avons encore Luke et Mara : ils arriveront peut-être à l'arrêter.

– Et s'ils n'y arrivent pas? fit Lando. Écoute : vous n'avez pas beaucoup de temps – on pense qu'on a une résonance arythmique dans le noyau de fusion central.

– Magnifique, dit Yan. Ça veut dire que C'baoth ne sortira pas vivant d'ici lui non plus.

– Yan...

– Allez. Fichez le camp. Chewie, c'était du super boulot. Mais si on ne s'en sort pas, il faudra que quelqu'un soit aux côtés de Winter pour s'occuper de Jaicen et de Jaina. Tu comprends?

– Le *Wild Karrde* attend devant l'entrée, ajouta Karrde.

– D'accord, fit Lando, les dents serrées. Bonne chance.

Il remit le comlink dans sa ceinture. Yan avait raison : ils ne pouvaient rien faire contre C'baoth d'où ils se trouvaient. Mais avec le *Wild Karrde* et les plans de D2...

– On y va, Chewie, dit-il en s'élançant au pas de course. Ça n'est pas encore fini.

C'baoth dévisagea Luke avec tristesse et murmura en s'avançant vers lui :

– Peut-être est-ce pour le meilleur...

En frottant ses paupières, Luke leva les yeux, luttant contre la douleur.

La douleur, et le sens de la défaite imminente. Il était là, à genoux dans les pierres et la poussière, paralysé jusqu'à la ceinture, affrontant un Jedi dément qui allait le tuer...

Non. *Un Jedi doit agir dans le calme. En paix avec la Force.*

– Maître C'baoth, écoutez-moi. Vous n'êtes pas bien. Je le sais. Mais je peux vous venir en aide.

Une dizaine d'expressions jouèrent tour à tour sur le visage de C'baoth, comme s'il les essayait.

– Le pourriez-vous maintenant? dit-il, optant pour l'amusement sarcastique. Et pourquoi feriez-vous cela pour moi?

– Parce que vous en avez besoin. Et parce que nous avons besoin de vous. Vous possédez une vaste expérience et un pouvoir que nous pourrions utiliser pour le bien de la Nouvelle République.

C'baoth afficha un air méprisant.

– Le Maître Jedi Joruus C'baoth ne saurait servir des gens inférieurs, Jedi Skywalker.

– Pourquoi pas? Tous les grands Maîtres Jedi de l'Ancienne République l'ont fait.

– Et ç'a été leur perte, fit C'baoth en pointant un doigt sur lui. C'est pour cela que les gens inférieurs se sont révoltés et les ont tués.

– Mais ils n'ont pas...

– Ça suffit! tonna C'baoth. Peu importe que vous pensiez que les êtres inférieurs ont besoin de moi. C'est à *moi seul* qu'il appartient d'en décider. Ils accepteront mon pouvoir ou ils périront. Vous n'avez pas le choix, Jedi Skywalker. Mais vous auriez pu régner avec moi. Au lieu de cela, vous choisissez la mort.

Luke sentit une goutte de sueur ou de sang couler sur son visage.

– Et Mara?...

C'baoth secoua la tête,

– Le sort de Mara Jade ne vous concerne plus, Je m'occuperai d'elle plus tard,

– Non! lança Mara, C'est *maintenant* que vous allez vous occuper de moi,

Luke la regarda, Les pierres pleuvaient toujours sur elle mais, à son immense étonnement, l'entassement qui l'avait bloquée jusqu'alors avait disparu. Il vit alors pourquoi : les coups de sabre qu'elle avait portés n'avaient pas été inutiles. Elle ne s'était pas attaquée à la pierre, mais au sol, et elle était parvenue à découper une brèche jusqu'au niveau du moniteur, en bas.

Et, brandissant son sabrolaser, elle chargea.

C'baoth lui fit face avec un rictus de rage.

– Non! hurla-t-il.

Et une autre volée d'éclairs bleus jaillit en crépitant de ses doigts. Mara la bloqua d'un revers de sabre et une corolle de feu se déploya autour d'elle.

C'baoth lançait salve sur salve tout en reculant vers le trône et la paroi. Mara s'avançait inexorablement.

La pluie de pierres cessa soudainement. Et certaines s'envolèrent de l'amas dans lequel Luke était à demi englouti pour voler vers le Jedi fou.

Mais elles le contournèrent et revinrent vers Mara. Droit sur son visage.

Elle recula en titubant, ferma les yeux et se détourna pour essayer de parer la mitraille avec son épaule.

Luke déploya toute sa puissance pour tenter de soulever son carcan de pierre. Il ne voulait pas que Mara se batte seule. Mais ce fut en vain : ses muscles avaient été bien trop affaiblis par la dernière attaque de C'baoth. Il essaya pourtant une fois encore, ignorant la douleur qui fusait dans toute sa chair. Il ne quittait pas Mara des yeux...

Et il vit son expression changer. Et entendit alors la voix de Leia. Au centre de son esprit.

Gardez les yeux fermés, Mara, et écoutez ma voix. Je peux voir. Et je vais vous guider.

– Non! rugit C'baoth. Non! Elle est à moi!

Luke regarda vers l'autre extrémité de la salle du trône, se demandant comment C'baoth pourrait répliquer à Leia. Mais il ne se passait rien. Les pierres et les gravats avaient cessé de tomber sur le mince abri du passavant effondré où ils se serraient. Ce long combat avait peut-être épuisé l'énergie de C'baoth et il se pouvait qu'il ne puisse plus diviser son attention.

Luke repéra alors l'éclat métallique de son sabrolaser, audelà du passavant écroulé, à demi enfoui dans le tas de débris qui bloquait le turbolift. S'il pouvait le rappeler avec la Force et retrouver assez d'énergie pour aller se battre avec Mara...

Un mouvement attira son regard ailleurs. Attachés aux restes du passavant, indemnes, les vornskrs dressés de Karrde tiraient sur leurs laisses.

Tournés vers Mara. Et C'baoth.

Pendant leur périple dans la forêt de Myrkr, Mara avait failli être tuée par un vornskr sauvage. Ce serait un juste retour des choses si ces deux-là venaient à son secours.

Le sabrolaser de Luke trembla à son appel, et s'activa. Il roula sur la pile de débris en lançant des étincelles vertes. Luke tendit tous ses muscles, et l'arme vola dans les airs.

Au passage, il la dévia de façon qu'elle tranche net les laisses des vornskrs.

C'baot les vit arriver, bien sûr. Acculé à la paroi, maintenant, il pivota et lança ses éclairs bleus sur les deux prédateurs. Le premier roula sur le sol en hurlant, mais le second vacilla brièvement sur ses pattes et continua.

Cette diversion était l'ouverture que Mara avait guettée.

Elle bondit vers C'baoth à travers la grêle de graviers et, à la seconde où il levait les mains vers elle en un geste désespéré, elle tomba à genoux devant lui et lança son sabre vers le haut, furieusement, cruellement. Dans un dernier cri lugubre, C'baoth s'écroula...

Et, tout comme lorsque l'Empereur était mort à bord de l'Étoile Noire, l'énergie sombre qui l'avait empli explosa en un déchaînement de feu bleu.

Luke était prêt. Dans un immense effort, il lança la Force vers Mara, la saisit, et l'attira loin de la déflagration aussi vite qu'il le pût. Il sentit le choc de la première vague d'ondes, puis l'effet léger du soutien de Leia.

Et tout à coup, ce fut fini.

Il resta longtemps immobile, cherchant à faire entrer l'air dans ses poumons, luttant contre la menace de l'obscurité qui pesait sur son esprit. Il sentit vaguement qu'on écartait les pierres autour de lui.

– Luke, tu vas bien? demanda Leia.

Il dut faire un effort pour ouvrir les yeux. Il la vit : couverte de poussière, le visage marqué d'ecchymoses, elle n'avait pas l'air vraiment en forme.

– Ça ira, dit-il en se redressant. Et les autres?

– Ils vont à peu près bien. (Elle lui prit le bras pour le soutenir.) Mais Yan va avoir besoin d'un traitement médical. Il a des brûlures sérieuses.

– Mara également, dit Karrde qui les rejoignait en portant Mara entre ses bras. Il faut la ramener au *Wild Karrde* sans perdre de temps.

– Appelez-les, dit Yan. (Il s'était agenouillé auprès du clone mort, Luuke.) Dites-leur de venir nous récupérer.

– Mais où? demanda Karrde.

Yan montra l'endroit précis où C'baoth était mort.

– Exactement là.

Luke vit que la déflagration d'énergie sombre avait fracassé cet endroit de la salle. Le plafond et les murs étaient noirs et crevassés. Le métal du sol, là où C'baoth était mort, était à demi fondu. Quant au trône lui-même, il avait été réduit en lambeaux et achevait de fumer à un mètre de son assise.

Et derrière, au-delà de la brèche ouverte dans la paroi, Luke entrevit une étoile qui brillait.

– Parfait. Leia?...

– Je vois, fit-elle en lui tendant son sabre et en activant le sien. Au travail...

Les deux frégates d'assaut rebelles surgirent de part et d'autre de la forteresse Golan II assiégée en crachant des salves de turbolasers. Une partie de la section de combat flamboya, puis redevint obscure. Au-delà, une vague de chasseurs de la Nouvelle République filait déjà vers les chantiers.

Pellaeon avait perdu son sourire.

– Ne paniquez pas, capitaine, dit Thrawn. (Mais lui aussi commençait à afficher un air sombre.) Nous ne sommes pas encore vaincus. Loin de là.

Une sonnerie résonna sur la console de Pellaeon.

– Amiral, c'est un message prioritaire de Wayland, dit-il avec une pénible prémonition.

Wayland... La fabrique de clones...

– Lisez-le-moi, capitaine, fit Thrawn avec un calme mortel.

– Le décryptage suit.

Pellaeon pianota nerveusement sur le clavier. C'était exactement ce qu'il avait craint.

– On attaque la montagne, amiral. Les assaillants se composent des deux races indigènes, plus quelques saboteurs rebelles et... (Il s'interrompit, incrédule, le front plissé.) Et un groupe de Noghri...

Il n'eut pas la moindre chance d'achever le rapport. Une main à la peau grise jaillit de nulle part et lui serra la gorge.

Il éructa et s'effondra dans son fauteuil, le corps instantanément paralysé.

Tandis qu'il luttait pour retrouver un peu d'air, il entendit la voix paisible de Rukh.

– Voilà pour la félonie de l'Empire contre le peuple des Noghri. Nous avons été trahis. Nous avons été vengés.

Un mouvement furtif, et il ne fut plus là. Pellaeon, tétanisé, haletant, se débattit pour revenir à sa console. Il dut s'y reprendre à deux fois pour déclencher l'alerte.

Et, quand la sirène résonna par-dessus le fracas de la bataille, il parvint enfin à tourner la tête.

Thrawn se tenait très raide dans son fauteuil, le visage étrangement apaisé. Au centre de sa poitrine, une tache rouge sombre se répandait sur le blanc immaculé de son uniforme de Grand Amiral. Le poignard de Rukh brillait au centre.

Thrawn surprit le regard de Pellaeon et, à son grand étonnement, il sourit. Et murmura :

– Mais... c'était si artistement fait.

Le sourire s'effaça. De même que l'éclat rouge de ses yeux... Thrawn, le Grand Amiral, n'était plus.

– Commandant Pellaeon? appela l'officier des communications alors que l'équipe médicale arrivait, trop tard. Le *Nemesis* et le *Stormhawk* requièrent des ordres. Que dois-je leur répondre?

Pellaeon se tourna vers les baies. Vers le chaos qui se déchaînait derrière les défenses supposées invulnérables des chantiers de Bilbringi. Vers ses forces qu'il avait dû diviser pour résister. Vers la flotte rebelle qui tirait pleinement parti de la diversion.

En un clin d'œil, l'univers s'était retourné contre eux.

Thrawn aurait pu encore remporter la victoire. Mais lui, Pellaeon, n'était pas Thrawn.

L'attaque de Rukh n'avait rien à voir avec la douleur qu'il ressentit au fond de la gorge quand il déclara d'une voix rauque :

– Signalez à tous les vaisseaux : préparez-vous à la retraite.

29

Le soleil venait de se coucher derrière une mince strate de nuages, à l'occident, et le ciel du soir était peu à peu gagné par la nuit de Coruscant. Mara, penchée sur le balcon de pierre, au bord du toit du Palais Impérial, guettait le souffle de la brise et contemplait les lumières et les véhicules, tout en bas. En dépit de l'activité fébrile qui régnait, elle trouvait quelque chose d'étrangement paisible ici.

Ou bien était-ce la paix qui était revenue en elle. De toute façon, le changement était agréable.

A vingt mètres derrière elle, la porte s'ouvrit. Elle envoya la Force pour savoir qui venait. Mais ça n'était pas une surprise.

– Mara? appela Luke, doucement.

– Par ici.

Elle devinait qu'il était venu chercher une réponse.

Au revoir la paix intérieure, se dit-elle.

– La vue est superbe, n'est-ce pas? fit-il en se penchant à son tour vers la cité. Ça doit éveiller tellement de souvenirs en vous...

Elle lui adressa un regard patient.

– Traduction : qu'est-ce que j'éprouve en revenant à la maison? Vous savez, Skywalker – et je vous le dis entre nous –, vous faites vraiment pitié quand vous essayez d'être tortueux. A votre place, j'abandonnerais pour garder ma franche honnêteté de garçon de la campagne.

– Désolé. Je suppose que j'ai passé trop de temps avec Yan.

– Et aussi avec Karrde et moi, non?

– Vous voulez que ce soit le garçon de la campagne qui vous réponde avec sa franche honnêteté?

Elle lui fit un sourire rusé.

– Je suis navrée d'avoir soulevé ce sujet.

Luke lui retourna son sourire avant de redevenir sérieux.

– Je répète : qu'est-ce que vous éprouvez vraiment?

Mara ne détourna pas les yeux.

– C'est étrange. C'est comme si je revenais chez moi... mais ça n'est pas vraiment ça. Jamais je n'ai contemplé la ville comme ça, le soir. Je ne suis jamais montée ici que pour guetter l'arrivée de tel ou tel airspeeder, surveiller un bâtiment... Ce genre de chose. Je ne travaillais que pour l'Empereur. Et je ne pense pas qu'il ait jamais conçu la Cité Impériale comme un ensemble de gens et de lumières. Pour lui, il n'y avait que le pouvoir et d'autres chances d'agrandir ce pouvoir.

– C'était probablement comme ça qu'il voyait tout. Et à propos de chances...?

Elle ne put réprimer un sourire amer : oui, il était venu chercher sa réponse.

– Tout cela est ridicule, dit-elle enfin. Vous le savez aussi bien que moi.

– Ce n'est pas l'avis de Karrde.

– Parfois, Karrde est un idéaliste plus grave encore que vous. Avant tout, jamais il ne sera capable de conduire cette coalition de contrebandiers.

– Peut-être que non, dit Luke. Mais pensez à tout ce que cela pourrait nous ouvrir s'il y parvenait. Dans la Frange de la galaxie, il existe des sources d'informations et des contacts auxquels la Nouvelle République n'a jamais eu accès.

– Mais pour quelles raisons auriez-vous besoin de sources d'informations? rétorqua Mara. Thrawn est mort, le centre de clonage a été réduit en miettes, et l'Empire bat une fois encore en retraite. Vous avez gagné.

– A Endor aussi, nous avions gagné. Ce qui ne nous a pas évité de longues années sur des théâtres d'opération, comme l'on dit. Il y a encore beaucoup à faire.

– Ce qui ne signifie pas que j'aie quoi que ce soit à faire au milieu de tout ça, protesta Mara. Si vous avez besoin d'un agent de liaison entre vous et les contrebandiers, pourquoi ne pas faire cette proposition à Karrde?

– Parce que c'est un contrebandier. Alors que vous n'étiez que son assistante.

Elle eut un reniflement méprisant.

– Oui, ça fait une sacrée différence.

– Pour pas mal de gens, certainement. Toute cette négociation repose sur l'apparence, l'image par rapport à la réalité. De toute façon, Karrde a dit qu'il refuserait. Maintenant que ses vornskrs sont rétablis, il veut retourner auprès des siens.

– Je n'ai rien d'une politicienne, protesta Mara. Encore moins d'une diplomate.

– Mais on a confiance en vous dans les deux camps. C'est ce qui est important avant tout.

– Skywalker, vous ne connaissez pas ces gens. Faites-moi confiance : Chewbacca et les gars que vous avez envoyés pour transporter les Noghri vers leur nouveau monde vont beaucoup plus s'amuser.

Il lui effleura la main.

– Mara, vous pouvez le faire. Je le sais.

Elle soupira.

– Il faut que j'y pense encore.

– Certainement. Descendez me voir quand vous serez prête, voulez-vous?

– Bien sûr. (Elle lui jeta un bref regard.) Il y avait autre chose?

Il sourit.

– Vous voyez : vous vous améliorez.

– Parce que vous avez été un trop bon professeur. Allez : c'est quoi?

– Rien que cela.

Il sortit un sabrolaser de sa tunique.

– Mais quoi, ça?... insista Mara.

– Mon ancien sabre. Celui que j'avais perdu dans la Cité des Nuages, et qui a failli me tuer sur Wayland. J'aimerais qu'il soit à vous.

Elle le fixa, surprise.

– A moi? Mais pourquoi?

– Pour pas mal de raisons. Parce que vous l'avez mérité. Parce que vous allez devenir une Jedi et que vous aurez à l'utiliser. Et avant tout parce que je le veux.

Lentement, elle prit le sabrolaser.

– Merci.

– Mais il n'y a pas de quoi. (Une fois encore, sa main effleura la sienne.) Je vais aller rejoindre les autres dans la salle de conférences. Descendez quand vous vous serez décidée.

Il s'éloigna. Mara se détourna vers les lumières de la cité. Le métal froid de la poignée du sabre au creux de sa paume. Le sabre de Skywalker. L'un des derniers liens qu'elle avait avec le passé... et qui était sur le point de céder.

Est-ce qu'il portait un message qui lui était destiné? Probablement. La subtilité, ainsi qu'elle l'avait dit, n'était pas le point fort de Luke. Mais s'il avait prémédité cela, il avait perdu son temps. Le dernier lien qu'elle avait eu avec le passé avait été brisé dans la salle du trône du Mont Tantiss.

Le passé était derrière elle. Et il était temps de s'avancer vers le futur. Ce futur, c'était la Nouvelle République. Que cela lui plaise ou non.

Derrière elle, elle entendit Luke qui ouvrait la porte de la terrasse.

– Attendez une minute! lança-t-elle. Je viens avec vous!

Achevé d'imprimer en janvier 1997
sur les presses de l'Imprimerie Bussière
à Saint-Amand (Cher)

POCKET - 12, avenue d'Italie - 75627 Paris Cedex 13
Tél. : 01-44-16-05-00

— N° d'imp. 2781. —
Dépôt légal : janvier 1997.

Imprimé en France